일본문학의 기억과 표현

한국외국어대학교 일본연구소 총서 10

일본문학의 기억과 표현

초 판 인 쇄	2015년 08월 20일
초 판 발 행	2015년 08월 28일

저　　　자	김종덕·문명재·서재곤·최재철·최충희 외
발 행 인	윤석현
발 행 처	제이앤씨
책 임 편 집	최인노·김선은
등 록 번 호	제7-220호

우 편 주 소	서울시 도봉구 우이천로 353 성주빌딩 3층
대 표 전 화	02) 992 / 3253
전　　　송	02) 991 / 1285
홈 페 이 지	http://www.jncbms.co.kr
전 자 우 편	jncbook@hanmail.net

ⓒ 김종덕 외, 2015. Printed in KOREA

ISBN 978 89-5668-172-6　93830　　　　　　　　　정가 28,000원

한국외국어대학교 일본연구소 총서 10

일본문학의 기억과 표현

김종덕 · 문명재 · 서재곤 · 최재철 · 최충희 외

제이앤씨
Publishing Company

이번에 한국외국어대학교 일본연구소 총서 시리즈 제10권으로『**일본문학의 기억과 표현**』을 출간하게 되었다. 이 책에서 다루고 있는 내용은 일본의 상대, 중고, 중세, 근세, 근현대 문학으로, 작가들의 기억과 표현을 문예학적으로 감상하고 고찰하여 살펴본 것이다. 특히 각 시대별로 필자들이 최근까지 관심을 갖고 연구해온 대표적인 글을 게재하여 문학의 교재로서, 일본문학의 이해를 돕는 인문도서로서 그 의의가 있다.

오늘날 대학은 학령인구의 감소와 학부제, 한일 국교정상화 50년이라는 해가 무색할 정도로 한일관계가 위축되어 일본어 관련 강좌가 줄고 있다. 한편 문학연구는 학제간의 연구가 활발하게 진행되어 작자와 작품의 인간관계뿐만이 아니라 문학을 통한 의식주, 자연, 경제, 과학, 사회현상 등을 분석하기에 이르렀다. 이『일본문학의 기억과 표현』은 이러한 최근의 연구 동향을 반영한 책으로 기술하고 있는 내용은 대체로 다음과 같다.

제1부 상대의 신화와 문화의 동류는 일본의 태양신화와 태양숭배, 일본 신화와 설화를 통해 본 신의 세계, 일본 고대문학에 나타난 한문화에 대한 문제를 고찰했다. **제2부 헤이안 시대 문학의 미의식**은 헤이안 시대의 문학과 미의식,『겐지 이야기』에 나타난 노노미야라는 공간,『겐지 이야기』가오루의 와카에 표현된 그리움 등의 작품을 살펴보았다. **제3부 고전시가와 근세괴담**에서는 와카에 나타난 '가을의 석양 무렵', 잇사의 홋쿠에 나타난 소나기의 이미지,『우게쓰 이야기』의 불법승 등을

분석했다. **제4부 근대문학의 확립과 자연**에서는 일본근대문학의 자연·계절의 발견과 그 전개, 모리 오오가이의 역사소설, 다카무라 고타로의 자연관, 하기와라 사쿠타로의 근대성 등을 규명했다. **제5부 현대소설 속의 기억과 시**는 관동대지진 전후 요코미츠 리이치문학 속의 도시, 오오에 켄자부로『타오르는 푸른 나무』의 기억과 기록, 일본문학에 나타난 태평양전쟁, 일본 현대시의 흐름 등을 고찰한 연구이다.

　그간 일본문학의 통시적인 감상과 연구, 그리고 교육에 필요한 도서가 필요하다는 공감대가 있었다. 이에 한국외국어대학교 대학원 일어일문학과에서는『일본문학의 기억과 표현』이라는 제목으로 출간하게 되었고, 여러 교수님들이 제목에 합당한 연구논문을 게재하도록 기꺼이 허락해 주었다. 모든 필자들이 최근의 연구 성과에 맞도록 수정 가필을 했지만 여전히 미진한 부분이 있으리라 생각된다. 일본어문학 연구자들과 일반 독자 여러분의 많은 관심과 아낌없는 질정을 바란다. 아울러 이 책의 출판을 흔쾌히 승낙해 주신 제이앤씨 출판사 윤석현 사장님과 편집부에 심심한 감사의 마음을 전하는 바이다.

2015년 8월
한국외국어대학교 일본어대학 집필진일동

●●●
제I부
상대의 신화와
문화의 동류

일본문학의 기억과 표현

제1장
일본의 태양신화와
태양숭배

김 후 련

1. 머리말

일본신화에는 천황가의 시조신인 아마테라스오미카미天照大御神(이하 '아마테라스'로 약칭) 이외에도 수많은 태양신이 존재하고 있다. 그 대표적인 신들로서는 이세의 태양신 아마테라스 성립 이전에 이미 이세 지방에 존재했던 이세쓰히코伊勢津彦와 사루타히코노오카미愛田毘古大神 (이하 '사루타히코'로 약칭), 그리고 이즈모出雲의 태양신인 사다노오카미佐太大神 등이 존재하고 있다. 그 외에도 『우사하치만구탁센슈宇佐八万宮託宣集』에 나오는 우사하치만의 제신, 쓰시마의 덴도天童신화에 등장하는 신들은 일본 도처에 있던 태양신의 존재를 알려주는 실례들이다.[1]

---

1 태양신앙은 야마토 대왕가의 산물이 아니라, 고대 일본에서 보편적인 현상이었다. 고대 일본에 있어서 태양신숭배는 농경과 결부되어 있었다. 태양의 추이에 따라 계절 및 일 년의 순환을 알고, 파종시기 및 농사의 절기를 측정했기 때문이다. 진구 황후의 신라정벌전승에는 천황을 '히지리(聖王)'라고 훈독하고 있다. '히지리'라는 것은 '태양을 아는 자(日知り)'라는 뜻으로, 농경과 관련하여 계절의 추이를 아는 사람이라는 의미이다. 야마토의 대왕은 '히지리(日知り=聖王)'라고 관념화되었기 때문에 고대 농경사회를 통솔하는 곡령신이자 태양신으로서 숭배될 수 있었던 것이다.

그런데 고대 일본의 태양신과 관련하여『수서隋書』「왜국전」기사에 의하면, 스이코推古 8년(600)에 수에 파견된 왜왕의 사자가, 왜왕은 동생으로 여기고 있는 해가 나오면 정무를 멈추고 동생에게 위임한다고 전한다. 이 기사에서 주목해야 할 것은, 스이코 천황 때까지도 태양신은 있었지만, 태양신 '아마테라스'의 개념은 없었다고 하는 점이다. 더욱이 태양신을 천황이 '남동생'으로 여겼다고 하는 것으로 보아, 태양신은 여신이 아니었다. 따라서 일본의 신화에 등장해서 천손 니니기를 지상에 강림시키고 니니기의 후손인 초대천황 진무神武의 구마노 정벌을 돕고 진구神功 황후의 삼한정벌을 돕는 태양신 아마테라스는 후대의 관념이 반영된 것으로 보아야 한다.

사실 야마토 대왕가에서 이세의 태양신 아마테라스를 황조신으로서 받든 시기는 불분명하다.『니혼쇼키』에 의하면, 스진崇神 천황 시대에 그때까지 아마테라스의 신체神体인 거울神境을 천황이 침전에 두고 모시고 있던 것을 신의 위력을 두려워하여 야마토의 가사누이읍笠縫邑으로 옮겨, 황녀 도요스키리히메를 신녀神女로서 봉사하게 한다. 만일 이 전승대로, 궁정 내에 제사시내고 있던 아마테라스를 이세로 옮겼다고 한다면, 시기적으로 보아 훨씬 후대였던『수서』「왜국전」해당기사에 아마테라스가 나왔을 것이다. 그런데 정사인『니혼쇼키』에는 21대 유랴쿠雄略 천황부터 40대 덴무天武 천황 사이에 아마테라스의 이름을 찾을 수가 없다. 그러다 덴무 천황 때에 다시 아마테라스와 이세신궁은 역사의 전면에 부상하기 시작하고, 아마테라스는 덴무왕권의 수호신으로 특별한 대우를 받는다. 그럼에도 불구하고 천황가의 이세숭배는 7세기 후반의 지토조持統朝까지는 전혀 없었으며, 아마테라스를 받드는 이세신궁과 천황의 즉위의례를 거행하는 다이죠사이의 건물구조도 전혀 이질적이다.

따라서 본고에서는 일본의 태양신화와 이세신앙을 이해하기 위해, 첫째 일본신화를 통해서 고대일본의 태양신앙의 변천과정에 대해 살펴보고자 한다. 아울러 태양신의 도래전승을 통해 한일왕권신화의 상호 관련성에 대해서 고찰하고자 한다. 둘째 궁중제사의 중핵을 형성하고 있는 아마테라스의 아마노이와야토 전승을 통해서 태양신의 진혼의례와 태양신의 후손으로 관념화된 천황가의 즉위의례의 상관관계를 규명하고자 한다. 셋째 이세의 태양신앙의 형성과 관련해 이세신궁과 덴무天武왕통과의 상관관계에 대해서 규명하고자 한다.

2. 고대일본의 태양신화의 변천과정과 태양숭배

고대 일본의 태양신앙은 7세기 후반에 이르러 최종적으로 황조신 아마테라스로 수렴되어 천황가에 의해서 독점되지만, 그 이전에 일본도처에 무수히 많은 민간전승상의 태양신이 있었다는 것은 여러 문헌들을 통해서 알 수 있다. 고대신앙의 성지인 이즈모出雲, 이세伊勢, 구마노熊野에는 각각 아마테라스 이전에 태양신이 존재하고 있었다. 더욱이『고지키』『니혼쇼키』『풍토기』등을 자세하게 검토하면, '이세노오카미伊勢大神'와 '아마테라스오미카미'가 미묘하게 다르게 기술되어 있다. 특히『이세노쿠니 후도키伊勢國風土記』를 검토해 보면, 이세에는 아마테라스 이전에 이세의 지방신인 이세노오카미의 존재가 떠오른다. 그리고 이세의 지방신인 이세노오카미와 황조신인 아마테라스오미카미는 서로 다른 계통임을 알 수 있다. 따라서 고대 일본의 태양신앙을 이해하기 위해서는 고대일본의 태양신화의 변천과정을 고찰할 필요가 있다.

1) 고대일본의 태양신의 실체

일본신화에 나오는 신들 중에서 아마테라스 이전의 남성 태양신의 잔영을 보여주는 존재는 태어나자마자 갈대 배에 실려 떠내려보내지는 '히루코'이다.『니혼쇼키』본문에 의하면, 히루코는 태양신 아마테라스와 달의 신인 쓰쿠요미노미코토月讀命와 함께 태어나는데, 3세가 될 때까지 걷지 못했기 때문에 아마노이와쿠스부네天磐橡樟船에 태워 유기한다. 그런데 이 '히루코日子'야말로 '히루메日女'에 대칭되는 신명으로, 여성 태양신 아마테라스 이전의 남성 태양신이었던 것으로 보인다.

히루코처럼 태어나자마자 배에 태워져 떠내려보내지는 신은 민간전승 속에도 남아있다. 가고시마현 '오스미쇼하치만大隅正八幡宮'의 연기설화에 의하면, 신단국震旦國의 왕녀인 '오히루메大比留女'가 태양 빛을 받아 일곱 살 때 회임했기 때문에 아이와 함께 빈배에 실려 쫓겨난다. 이들이 표착한 곳은 일본의 해안가로 두 신은 하치만신으로 모셔진다. 이 외에도 태양 빛에 감정되어 회임한 여성이 아이와 함께 빈배에 실려 포착하는 이야기는 쓰시마의 덴도天童전승에도 보인다. 그리고 『고지키』의 아메노히보코天日矛 전승에도 신라에 있는 늪 부근에서 여자가 일광에 감정하여 붉은 구슬을 낳는 태양신과 관련된 설화가 나온다.

한편 오스미하치만大隅八幡전승에 나오는 '오히루메'는 태양신 아마테라스와 상호 관련성이 있다. 『니혼쇼키』본문에 의하면, 이자나키와 이자나미가 일본열도와 산천초목을 낳은 후 어떻게든 천하를 주관할 신을 낳아야겠다고 해서 태양신 '오히루메노무치'를 낳는다. 또한 일서 제1에는 '오히루메노미코토'라고 되어 있다. 또한 일서 제2에는 '해'와 달이 태어난 후에 히루코와 스사노오노미코토가 태어났다고 되어있어, 태양신에 대한 고유명사는 없는 경우도 있다. 더욱이 『만요슈萬葉集』의 빈궁반카殯宮挽歌에 의하면, 태양신을 '아마테라스히루메노미코토'라고 부르고 있다. 그런데 여기서 '아마테라스'는 고유명사가 아니라 '하늘을 비추는'이라는 뜻으로 '히루메노미코토'를 수식하는 용어로서 사용되고 있다.

상기의 전승을 토대로 결론을 내리면, 신을 받들던 '히루메' '오히루메' '오히루메무치'라는 이름의 신녀가 나중에 '아마테라스오미카미'로 승격되어 천황가의 제사를 받는 신으로서 승격된 것으로 보인다. 세

가지 신명에 공통적으로 보이는 '히루메'의 어원에 대해서는 '태양신의
여자' 혹은 '태양신의 처'라고 하는 것이 일반적이다. 태양신을 받들던
'히루메'[2]는 나중에 황조신 아마테라스오미카미로 승격되어 마침내 민
간에서 사적인 폐백을 바치는 일조차 금지된다. 아마테라스오미카미에
게 폐백을 바칠 수 있는 유일한 존재는 천황뿐이며, 심지어는 황후와 황
자, 황녀도 금지된다.

　한편 후도키신화에 의하면, 이즈모의 조신인 가미무스히의 딸인 기
사카히메는 이즈모의 태양신인 사다노오카미를 낳는다. 『이즈모노쿠
니 후도키』에 의하면, 시마네현島根郡 가가加賀의 구게도瀨戸에는 태양의
동굴이 있는데 기사카히메가 이곳에서 낳은 자식이 사다노오카미다.[3]

　　현재는 암굴이 있다. 높이는 10장정도 되고 주위는 5백 2십 보 정도이다.
　　동과 서와 북은 외해外海로 통하고 있다. 이른바 사다노오카미가 태어나신
　　곳이다. 태어나실 때 즈음해서 활과 화살이 사라졌다. 그 때 조신인 가미무스
　　히노카미의 자식인 기사카히메노미코토가 기원하시기를, "내 아들이 내가
　　믿고 있는 대로 마스라가미(늠름한 신)의 자식이라면, 사라진 화살이여 나오
　　너라."고 기도하셨다. 그러자 뿔 화살이 조수에 실려 흘러나왔다. 그 때 (그
　　뿔 화살을)손에 들고 말씀하시기를, "이것은 다른 화살이다."라고 하시며 던
　　져버렸다. 그러자 금 화살이 흘러나왔다. 그래서 눈앞에 오기까지 기다렸다

　2　여러 전승을 종합적으로 검토하면, 아마테라스는 태양신이라기보다는 태양신
　　을 받드는 신녀(神女)였던 것으로 보인다. 예를 들면, 아마테라스가 '이미하타
　　야(忌服屋)에 들어가 신의(神御)를 짜게 하고 있을 때'(고지키신화), '아마테라
　　스오미카미가 햇곡으로 신전에 제사지낼 때'나 '아마테라스오미카미가 신의
　　(神衣)를 짜는 이미하타도노(齊服殿)에 있는 것을 보고'(니혼쇼키신화)라는 신
　　화의 내용으로 보아, 아마테라스의 원상은 '제사를 받는 신'이라기보다는 '제사
　　를 지내는 신녀'로서의 성격이 강하다.
　3　같은 이야기가 『이즈모노쿠니 후도키』시마네군 가가향(加賀鄕)조에도 있다. 사
　　다노오카미가 이 곳에서 태어나실 때, 가미무스히의 딸인 기사카히메(支佐加比
　　賣)가 "어두운 암굴이구나"하며 황금 화살을 쏘자, 동굴에서 빛이 빛났기 때문
　　에 가가(加賀)라고 했다고 한다.

주어서 "어두운 암굴이구나."하고 말씀하시며 화살을 쏘아 관통하게 하셨
다. 이에 조상신인 기사카히메노미코토의 야시로社가 이곳에 진좌하고 계시
다. 지금 사람들은 이 암굴 근처에 갈 때는 반드시 큰 소리가 메아리치게 하
고 간다. 만일 몰래 가면 신이 나타나서 돌풍을 일으켜 지나가는 배는 반드
시 전복한다.[4]

상기의 전승에서 사다노오카미의 탄생지인 가가의 구계도는 기사카
히메가 황금 화살[5]을 던져 태양이 빛나게 했다는 것으로 보아 사다노오
카미는 태양신이다. 뿐만 아니라 가가의 구계도 동굴과 마토시마的島는
동서로 일직선상에 서 있으며, 해가 뜨면 황금색으로 빛나는 태양이 이
두 곳을 일직선상으로 관통하는 천혜의 자연 동굴이다. 이와 같은 태양
의 일출광경을 배경으로 하여 태양신 탄생신화가 만들어진 것이다.

상기의 전승에서 알 수 있듯이 이즈모의 태양신은 이자나키의 미소
기 의례에 의해 태어난 태양신 아마테라스가 아니라, 기사카히메 여신
이 동굴 속에 사는 남신의 감응에 의해 태어난 사다노오카미이다. 더
구나 사타노오카미는 아마테라스오미카미, 사루타히코노오카미猿田彦
大神와 더불어 오카미大神라는 칭호를 받고 있는 신으로, 이 세 신의 공통

---

4 「加賀の神埼、即ち窟あり。高さ一十丈ばかり、周り五百二歩ばかりなり。東と西と北と
に通ふ。謂はゆる佐太の大神の産れまししところなり。産れまさむとする時に、弓箭亡
せましき。その時、御祖神魂命の御子、枳佐加比売命、願ぎたまひつらく、「吾が御
子、麻須羅神の御子にまさば、亡せし弓箭出で来」と願ぎましつ。その時、角の弓箭
水の随に流れ出でけり。その時、弓を取らして、詔りたまひつらく、「此の弓は吾が弓
箭にあらず」と詔りたまひて、擲げ廃て給ひつ。又、金の弓箭流れ出で来れり。即ち
待ち取らしまして、「暗鬱き窟なるかも」と詔りたまひて、射通しましき。即ち、御祖支
佐加比売命の社、此の処に坐す。今の人、是の窟の邊を行く時は、必ず声磅□か
して行く。若し、密かに行かば、神現れて、飄風起り、行く船は必ず覆へる。」(『風土
記』、p.149)

5 여기서 황금 화살은 태양(활)과 일광(화살)을 상징한다. 더욱이 태양신이 탄생
한 동굴 모양이 여성의 음부와 닮은 데다가, 기사카히메의 이름은 여성의 음부
(赤具:붉은 조개)를 뜻한다. 즉 바다조개인 기사카히메의 여음 내지 자궁에 해당
하는 동굴에서 황금 화살로 표상화된 사다노오카미가 탄생한 것이다.

점은 모두 태양신이라는 점이다.[6] 이는 고대일본신화에서 태양신이라
는 신격이 얼마나 큰 의미를 갖고 있었는가를 단적으로 보여주는 실례
이다.

더욱이 니혼쇼키신화의 일서와 후도키신화 소재의 전승에 천황가의
조상신과 아무런 관계도 없는 일개의 지방신, 그것도 야마토를 중심으
로 동서의 태양선상에 위치하는 이세와 이즈모에 각각 원시태양신에
관한 전승이 존재하며 이들의 신격이 여성이 아니라 남성이라는 것은
대단히 의미심장하다. 이는 이세의 태양신으로 부상하는 여신 아마테
라스 이전에 일본열도에 존재하던 남성 태양신의 존재를 나타내고 있
기 때문이다.

한편 남성 태양신에서 여성 태양신으로 이행하는 태양신의 교체를
보여주는 것이 사루타히코 앞에서 여음을 드러내는 신화에 투영되어
있다. 아마테라스의 분신인 아메노우즈메가 아마노이와야토 석실 앞에
서 신이 들려 춤추는 모습은 남성태양신을 받들던 신녀의 모습을 시사
해주고 있다. 즉 아메노우즈메처럼 태양신을 받들던 무녀가 태양신으
로 승격된 것이 아마테라스인 것이다. 『니혼쇼키』제9단 일서 제1에 의
하면 아마테라스의 손자인 니니기가 강림할 때 그 길을 가로막은 사루
타히코 앞에서도 가슴과 여음을 드러낸다.

---

6 일본신화에는 야오요로즈노카미사마(八百万神)로 불리울 정도로 수 없이 많은
  신들이 등장하지만, 처음 부터 오카미(大神)라는 칭호를 부여받은 신은 여성 태
  양신 '아마테라스오미카미'(고지키신화), 남성 태양신 '사루타히코노오카미'
  (니혼쇼키신화), 남성 태양신 '사다노오카미'(후도키신화)뿐이다. 특히 고지키
  신화는 아마테라스에게 오미카미(大御神)라고 해서 이중경칭을 사용하고 있다.
  그 외에는 천부신 이자나키와 지모신 이자나미는 천상세계인 다카마가하라에
  서 처음 생겨났을 때는 각각 이자나키노카미와 이자나미노카미로 불리다가 지
  상세계인 아시하라나카쓰쿠니를 조성하라는 명령을 받는 시점부터 이자나키
  노미코토와 이자나미노미코토로 이름이 바뀐다. 이윽고 두 신이 사후의 세계인
  요모쓰노쿠니와 지상의 경계인 요모쓰히라사카에서 결별을 하고 난 후 각자의
  활동무대에서 사라지는 시점에서 '오카미'라는 칭호를 마지막에 단 한번 부여
  받고 있을 따름이다.

이리하여 니니기노미코토가 하강하려고 하자 이를 선도하는 자가 돌아와서 보고하기를 "한 신이 아메노야치마다에 있습니다. 그 신은 코 길이가 7척을 넘고 등 길이가 7척을 넘어 나나히로七尋라고 부르는 것이 좋을 것 같습니다. 또 입 언저리는 밝게 빛납니다. 눈은 야하타노카가미八咫鏡같이 혁혁하게 빛나 마치 빨간 꽈리 같습니다."고 하였다. 그러자 같이 강림하는 신을 파견해 그 신이 무엇 때문에 와 있는가 물으려고 했다. 이 때 같이 동반한 신들은 무수히 많았으며, 다 안력眼力으로 상대방을 두렵게 할 수 있는 신이었다. 그래서 특히 아메노우즈메天鈿女에게 명하기를 "너는 안력이 누구보다 훌륭하니까 네가 가서 물어보고 오너라"고 하였다. 그러자 아메노우즈메는 나아가서 그녀의 젖가슴을 노출시키고 치마끈을 배꼽 밑에 늘어뜨리고 헛웃음을 치면서 그 신을 향해서 섰다.[7]

상기의 전승에서 사루타히코의 모습을 형용해 '입 언저리는 밝게 빛나고 눈은 야하타노카가미처럼 혁혁하게 빛나 마치 빨간 꽈리와 같다'고 묘사하고 있다. 이처럼 사루타히코의 눈을 태양신의 상징인 야하타노카가미라는 거울에 비유한 것을 보아도 그가 태양신임을 알 수 있다. 게다가 사루타히코가 천신이 강림하는 길목을 가로막고 서 있을 때, 그가 위로는 다카마가하라를 비추고 아래로는 아시하라노나카쓰쿠니를 비춘다고 하는 것은 태양신이라는 것을 뜻한다.

이 두 전승의 상관성을 지적하면, 태양신(히루코:日子)을 받드는 신녀(히루메:日女)인 아메노우즈메는 남성 태양신인 사루타히코와 여성 태양신인 아마테라스 앞에서 여음을 드러내고 있다. 게다가 두 태양신

---

7 「已にして降りまさむとする間に、先駆の者還りて白さく、「一の神有りて、天八達之衢に居り。其の鼻の長さ七咫、背の長さ七尺余り。当に七尋と言ふべし。且口尻明り耀れり。眼は八咫鏡の如くして、𤣥然赤酸醬に似れ」とまうす。即ち従の神を遣して、往きて問はむ。時に八十万の神有り。皆目勝ちて相問ふこと得ず。故、特に天鈿女に勅して曰はく、「汝は是、目人に勝ちたる者なり往きて問ふべじ」とのたまふ。天鈿女、乃ち其の胸乳を露にかきいでて、裳帯を臍の下に抑れて、咲□ひて向きて立つ。」(『紀』、pp.147~148)

이 좌정한 곳은 태양신의 성지인 이세지방이다. 다른 점이 있다면 남성
태양신 사루타히코는 이세에서 죽음을 맞이하고, 아마테라스는 이세에
좌정한 후 황조신으로서 승격되어 천황가의 숭배를 받게 되었다는 점
이다.

　더구나 다른 신도 아니고 바로 태양신 사루타히코가 태양신 아마테
라스의 후손인 니니기가 지상으로 강림할 때 천손을 강림지[8]로 안내한
다는 것은 의미심장하다. 이는 원시 태양신 사루타히코가 새로이 한반
도에서 부상하는 태양신 아마테라스와 그의 자손인 니니기에게 태양신
의 지위를 넘겨주고 신처인 아메노우즈메의 안내로 이세지방에 은거하
게 되었다는 것을 의미하기 때문이다. 하지만 새로이 부상한 여성 태양
신 아마테라스가 이세신궁에 좌정하게 되자, 그는 다시 이세지방에서
영원히 사라질 수밖에 없는 운명에 처한다.

2) 이세 태양신의 변천과정

　『이세노쿠니 후도키伊勢國風土記』일문에 의하면 태양신앙의 성지로서
현재도 숭상받고 있는 이세에는 천황가의 태양신인 아마테라스 이전에
또 다른 남성 태양신이 있었다. 전승에 의하면, 간야마토이와레비코(진
무 천황)의 동정東征 때, 아메노히와케노미코토에게 명하여 이세쓰히코
가 다스리는 나라를 바칠 것을 강요한다. 이세쓰히코는 이를 거부하지
만, 아메노히와케노미코토가 병사를 일으켜 죽이려고 한다. 그러자 나
라를 양보하고 큰바람을 일으켜 파도를 불러 일으켜 파도를 타고 동쪽
으로 사라진다.

8　고지키신화에 의하면, 천손 니니기가 지상에 강림하여 "이 땅은 가라쿠니(韓國)
　　를 향해 있고 가사사(傘佐)의 곶(岬)과도 바로 통하여 아침 해가 바로 비추는 곳,
　　저녁 해가 비추는 곳이다. 그러므로 여기는 정말 좋은 곳이다"라고 하고 있다.

그 마을에 신이 있어, 이름을 이세쓰히코라 하였다. 아메노히와케노미코
토는 "너의 나라를 천손에게 헌상하지 않겠는가"라고 말씀하셨다. 이세쓰
히코가 대답하기를 "내가 이 나라를 구하여 지낸지 오랜 세월이 지났다. 칙
명 따위를 듣지 않겠다"고 하였다. 그러자 아메노히와케노미코토는 병사를
일으켜서 그 신을 죽이려고 하였다. 이에 그 신이 두려워하여 복종하여 말
하기를 "내 나라 전부를 천손에게 바치겠다. 나는 더 이상 이 땅에 있지 않
겠다"고 아뢰었다. 아메노히와케노미코토가 물으시기를 "네가 사라질 때
어떻게 사라진다는 것을 알 수 있나"라고 하시니, 대답하기를 "나는 오늘밤
에 큰바람을 불러 바닷물을 일으켜 그 파도에 올라타고 동쪽으로 가겠습니
다. 이것이 내가 사라지는 증거입니다"라고 아뢰었다. 그리하여 아메노히
와케노미코토는 병사를 일으켜서 상황을 살피시니, 한밤중이 되자 큰 바람
이 사방에서 일어나, 물결을 일으키니 그 물결이 빛나는 모양은 태양과 같
아서 순식간에 육지도 바다도 밝아졌다. 결국에는 그 물결 위에 올라타고
동국으로 사라졌다.[9]

이세쓰히코는 자신이 퇴거하는 증거로서 오늘밤 많은 바람을 일으켜
바닷물을 일게 하여 파도를 타고 동쪽으로 사라진다고 약속한다. 그 퇴
거의 광경에 대해 한밤중 무렵이 되어 태풍이 사방에서 발생하여 밀어
올린 물보라에서 빛을 발하는 모습이 마치 태양과 같았는데, 갑자기 육
지도 바다도 밝아졌다고 한다. 아메노히와케노미코토가 이세국을 평정

---

9 「其の邑に神あり、名を伊勢津彦と日へり。天日別命、問ひけらく、「汝の國を天孫に
獻らむや」といへば、答へけらく、「吾、此の國を覓ぎて居住むこと日久し。命を聞き敢
へじ」とまをしき。天日別命、兵を發して其の神を戮さむとしき。時に、畏み伏して啓し
けらく、「吾が國は悉に天孫に獻らむ。吾は敢へて居らじ」とまをしき。天日別命、問
ひけらく、「汝の去らむ時は、何を以ちてか驗と爲さむ」といへば、啓しけらく「吾は今
夜を以ちて、八風を起して海風を吹き、波浪に乗りて東に入らむ。此は則ち吾が去る
由なり」とまをしき。天日別命、兵を整へて窺ふに、中夜に及ぶ比、大風四もに起りて
波瀾を扇擧げ、光耀きて日の如く、陸も海も共に朗に、遂に波に乗りて東にゆき
き。」(『風』、p.433)

하고 나서 천황에게 보고하자 천황은 매우 기뻐하며, 이 나라의 이름을 국신인 이세쓰히코의 이름을 따서 이세노쿠니伊勢國라 명명하고, 아메노히와케노미코토에게 영지로 하사한다.

아마테라스 이전에 이세에 이미 태양신이 존재하고 있었다는 후도키 신화와 관련해,『니혼쇼키』에도 아마테라스는 원래부터 이세에서 받들어 모셔지던 신이 아니었음을 전하고 있다.『니혼쇼키』의 기록에 따르면, 아마테라스는 제10대 스진 천황 시대까지만 해도 궁중에서 천황이 직접 모시던 신이었다.

> 6년에, 백성들이 유랑하거나 혹은 거역하는 자도 생겼다. 그 위세는 천황의 덕을 가지고 서도 통치하기가 어려웠다. 그리하여 천황은 아침 일찍부터 밤늦게 까지 정무에 힘을 쏟으시고 천신지기에 사죄를 청하였다. 이보다 앞서 아마테라스오미카미, 야마토노오쿠니타마倭大國魂 두 신을 같이 천황의 대전 안에 모시고 있었다. 그런데 이 두 신의 신위를 무서워하여 두 신과 함께 지내는 것을 불안하게 여겼다. 그래서 아마테라스오미카미를 도요스키이리비메노미코토豊鍬入姬尊에게 모시게 하여 야마토의 가사누이읍笠縫邑에 모시고 견고한 신역을 세웠다. 또한 야마토노오쿠니타마노카미倭大國魂神를 누나키노이리비메노미코토渟名城入姬命에게 모시게 하였다. 그러나 누나키노이리비메노미코토는 머리카락이 빠지고 몸이 야위어 신을 받들 수가 없었다.[10]

한편『니혼쇼키』제11대 스닌垂仁 천황 25년 3월 기사에는, 아마테라

---

10 「六年に、百姓流離へぬ。或いは背叛くもの有り。其の勢、德を以て治めむこと難し。是を以て、晨に興き夕まで惕りて、神祇に請罪る。是より先に、天照大神・倭大國魂、二の神を、天皇の大殿の內に並祭る。然して其の神の勢を畏りて、共に住みたまふに安からず。故、天照大神を以ては、豊鍬入姬命に託けまつりて、倭の笠縫邑に祭る。仍りて磯堅城の神籬を立つ。亦、日本大國魂神を以ては、渟名城入姬命に託けて祭らしむ。然るに渟名城入姬、髮落ち体瘦みて祭ること能はず。」(『紀』、p.238)

스오미카미가 이세에 좌정하게 된 유래와 재궁齋宮의 기원에 대해 전하고 있다.

> 3월의 정해 초의 병신(10일)에 아메테라스오미카미는 도요스키이리비메노미코토를 대신하여 야마토히메노미코토에게 모시게 하였다. 그래서 야마토히메노미코토는 오카미大神가 진좌하실만한 장소를 찾아서 우다宇陀 사사하타筱幡로 향하셔서, 다시 오미노쿠니로 돌아오셔서 동쪽 방향의 미노美濃를 순회하여 이세에 도착하셨다. 그때 아마테라스오미카미가 야마토히메노미코토에게 가르침을 내리시길, "신풍神風이 부는 이세는 도코요常世의 파도가 끊임없이 밀려오는 나라다. 야마토의 변방에 떨어져 있는 좋은 나라이다. 이 나라에 있고 싶다"고 말씀하셨다. 그래서 오카미의 가르침대로 이세에 신사를 세우고 그를 위해 재궁齋宮을 이스즈강五十鈴川 기슭에 세우셨다. 이를 이소노미야磯宮라고 한다. 이렇게 이세는 아마테라스오미카미가 처음으로 하늘에서 강림하신 곳이다.[11]

상기의 기사에서는 이세는 아마테라스오미카미가 처음으로 강림한 곳으로 되어 있지만, 이세에는 이미 태양신 이세쓰히코가 존재하고 있었다. 그리고 아마테라스는 각지를 전전하다 스닌 천황 무렵에야 이세에 정착한다. 이들 기사를 종합해 결론을 내리면, 이세의 태양신은 원래 남신이었고 그 남신을 받들던 것이 태양신의 무녀인 히루메였을 것으로 추정된다. 각지의 태양신화를 아마테라스로 일원화하는 과정에서 각지에서 태양신을 받들던 신녀인 히루메가 나중에 '도요스키이리비

---

11 「三月の丁亥の朔丙申に、天照大神を豊耜入姫命より離ちまつりて、倭姫命に託けたまふ。爰に倭姫命、大神を鎭め坐させむ處を求めて、菟田の筱幡に詣る。更に還りて近江國に入りて、東美濃を廻りて、伊勢國に到る。時に天照大神、倭姫命に誨へて日はく、「是の神風の伊勢國は、常世の浪の重浪歸する國なり。傍國の可怜し國なり。是の國に居らむと欲ふ」とのたまふ。故、大神の教の隨に、其の祠を伊勢國に立てたまふ。因りて齋宮を五十鈴の川上に興つ。是を磯宮と謂ふ。則ち天照大神の始めて天より降ります處なり。」(『紀』上、pp.269~270)

메노미코토'와 '야마토히메노미코토'와 같은 황녀들의 실명이 부회되면서 환궁전승으로 변모해갔을 것이다.[12]

따라서 태양신 아마테라스가 '아마테라스오미카미'로 대표되기 이전의 실태를 알기 위해서는 '이세노오카미'와 '아마테라스오미카미'의 출현에 관한 기사를 고찰할 필요가 있다. 『니혼쇼키』에 아마테라스라는 이름이 나오는 것은 권1, 2의 신대권을 별도로 한다면, 초대천황 진무 천황 때부터이다. 진무 천황조에 기록된 아마테라스는 천황가의 황조신이며, 진무 천황은 천손이다. 그리고 게이코景行 20년 봄 2월 4일 기사에 의하면, 이오노노히메미코遣五百野皇女를 파견해서 아마테라스를 받들었다고 되어 있다. 이어서 진구 황후 섭정 전기에 의하면 진구 황후에게 신라 정벌을 교시한 신으로서 아마테라스가 등장한다. 이렇듯 진무기神武紀, 스진기崇神紀, 스닌기垂仁紀, 및 진구 황후기神功皇后紀의 아마테라스가 신대의 아마테라스와 동일신이라는 점은 말할 필요도 없다. 왜냐하면 아마테라스가 천황의 일본 통치의 근원으로서의 역할을 담당하는 신으로서 구체적으로 기능하고 활동하고 있기 때문이다.

한편 『니혼쇼키』 기사 중에서 비교적 사실로서 추정할 수 있는 자료를 근거로 해서 말하면, 황녀가 이세노오카미를 제사지내는 관행은 5세기 중반 무렵부터였다[13]고 생각된다. 또한 6세기 후반에는 이세노오카미가 태양신으로 불리웠을 것으로 추정된다.[14] 이세노오카미가 천황가

---

12 이러한 일본 도처에 있던 태양신의 잔재는 각지의 태양신을 제사지내는 신사에 남아 있다. 태양신을 받들던 신사에 '아마테루' 혹은 '아마테루미무스비'라는 이름을 가진 신을 모시고 있는 것은 이세의 태양신에서 유래된 것은 아니다. 오히려 각 지역에서 제사지내고 있던 태양신을 나중에 새로 고쳐 부른 것에 지나지 않는다. 요컨대, 아마테라스는 처음부터 황조신으로 존재한 신이 아니고, '아마테루'라는 이름의 태양신도 이세만이 아니라 일본 도처에 산재해 있었던 것이다.

13 신빙성이 있는 자료로서 '이세노오카미'가 처음 보이는 곳은 『일본서기』 유라쿠(雄略) 원년(456) 3월 3일 기사이다. 이 기사에 의하면 유라쿠 천황과 가라히메(韓媛)와의 사이에 태어난 와카타라시히메노히메미코(椎足姫皇女)를 이세신궁의 재궁(齋宮)으로 삼았다고 기록되어 있다.

14 게이타이(繼體) 천황 원년(507) 3월 기사에 사사게노히메미코(荳角皇女)를 이

에게 있어서 특별한 관계에 있는 신이었던 것은 사실이지만, 아마테라스오미카미라는 명칭으로 불린 것은 아니었다.[15] 더욱이 『니혼쇼키』유라쿠 천황 때부터 텐무 천황 때까지 아마테라스라는 이름을 발견할 수도 없고 천황의 이세 참배도 없었다.[16]

아마테라스가 역사의 전면에 부상하는 7세기 후반은 국내적으로는 다이카개신大化改新과 임신의 난, 그리고 대외적으로는 조선출병을 계기로 정치와 사회구조가 크게 변화하여 그 영향이 첨예하게 나타나던 시기이다.[17] 가미카제神風가 부는 이세라는 개념은 이와 같은 대내외의 정세를 배경으로 해서 국가통치를 위한 지도원리가 궁정의 율령제사를 방향지었던 시대의 정치적 의도에 따라 견고하게 완성되어 간다.

세황태신궁(伊勢皇太神宮)의 재궁으로 삼았다고 기록되어 있다. 긴메이(欽明) 천황2년(541) 3월조에 이와쿠마노히메미코(磐隈皇女)를 처음으로 이세노오카미(伊勢大神)에게 받들어 모시게 했다고 기록되어 있다. 비다쓰(敏達) 천황 7년(578) 3월조에, 우지노히메미코(莵道皇女)를 이세신궁에 받들어 모시게 했다고 적고 있다. 또한 요메이(用明) 천황 즉위 전기(585년) 9월조에, 스가테히메노미코(酢香手姬皇女)를 이세신궁에 파견해서 일신(日神)의 제사를 받들어 모시게 하였다고 기재하고 있다.

15 교쿄쿠(皇極) 천황 4년(645) 정월 기사에 의하면, '언덕과 골짜기, 하천, 궁전과 절 사이로 아득하게 뭔가 보인다. 가까이 가면 보이지 않고 단지 원숭이 울음소리가 들릴 뿐이다. 그 당시 사람들이 말하기를 "이는 이세노오카미의 사자다"라고 했다'고 전한다.

16 『니혼쇼키』지토 천황 6년 윤 5월 13일 기사에 의하면, 이세신궁의 신관이 천황에게 주상해서 지토 천황이 이세에 행차할 때 행로에 있는 각 지방의 조역을 면제했지만, 신군(神郡)인 와타라이군(渡會郡)과 다키군(多氣郡)에 납부하는 아카히키노이토는 신궁의 제사재료로서 빠트릴 수 없기 때문에 면제에서 제외해주기를 신청한 것이다.

17 마에카와 아키히사(前川明久)는 이세신궁의 호칭이 신사(神祠)에서 신궁(神宮)으로 이행해서 기록되어 있는『고지키』와『니혼쇼키』기재의 변화에 주목해, 신궁의 기원을 고대 신라의 제사제도에서 찾고 있다. 5세기 말에서 6세기 초에 걸쳐 신라에서는 국가제도의 정비와 발전, 그리고 왕권강화의 전제로서 제사제도를 완성해 가는데, 6세기에 일본도 이에 영향을 받아 6세기 후반에 황실과 깊은 관계를 갖고 있던 이세신사에 신궁의 호칭을 부여하고 왕권에 근거를 둔 종교적 지배강화를 도모한다(前川明久,「伊勢神宮と卵生說話一神宮の神饌卵をめぐって一」,『東アジアの古代文化』第11号、大和書房、1977・早春).

3. 천황가의 도래전승에 보이는 태양신의 재생의례

일본의 고대문헌에 보이는 진구神功 황후와 오진應神 천황에 관한 기록
은 한반도에서 도래하는 태양신에 관한 전승과 해상에서 내림하는 모
자신母子神에 관한 전승이 서로 혼재되어 있다. 진구 황후와 오진 천황에
관한 전승은 크게 세 단락으로 구성되어 있다. 첫째는 진구 황후의 신라
정벌의 신탁을 믿지 않고 구마소를 정벌하다 죽자, 진구 황후가 태중 천
황인 오진을 임신한 채 출산을 뒤로 미루고 신라를 정벌하는 외정담이
다. 둘째는 진구 황후가 신라를 정벌한 후 쓰쿠시에서 오진 천황을 출산
한 후 야마토로 동천하여 오진 천황을 즉위시키는 내치담이다. 세째는
진구 황후의 모계 선조에 해당하는 아메노히보코의 도래전승이다. 이
세 가지 이야기 중에서 태양신앙과 관계가 깊은 것은 두 번째의 오진 천
황의 탄생과 즉위에 관한 전승과 세 번째의 신라왕자 아메노히보코의
도래전승이다.

1) 한반도에서 도래하는 태양신

아메노히보코의 도래전승은 『니혼쇼키』에는 스닌조垂仁朝, 『고지키』
에는 오진조應神朝에 각각 따로 기술되어 있다. 진구 황후의 모계 계보는
신라왕자 아메노히보코를 그 원류로 하고 있는데 아메노히보코와 진구
황후를 계보상으로 연결하고 있는 것은 『고지키』뿐이다. 더욱이 『하리
마노쿠니 후도키播磨國土記』와 같은 민간전승에서는 아메노히보코를
신대神代의 인물로서 기술하고 있다.[18]

---

18 『하리마노쿠니 후도키(播磨國土記)』의 이이보노오카(粒丘)조에는 아메노히
보코가 가라노쿠니(韓國)에서 건너와서 우즈가와(宇頭川) 부근에서 아시와라
시코호(오오나무치)에게 머물 곳을 내주기를 요청했지만 육지에는 상륙하지
못하도록 했기 때문에 이 마레비토노카미(客人神)는 검으로 해수를 휘저어서
그곳에 머물렀다고 되어 있다. 이 외에도 몇몇 군데에 아메노히보코가 토착신인

『고지키』에 수록된 아메노히보코와 아카루히메의 신혼神婚신화의 전
반부는 아메노히보코의 본국에 해당되는 신라에서의 이야기로, 아메노
히보코가 붉은 구슬이 변해서 생긴 여자와 결혼하는 이야기로 구성되
어 있다. 한편 후반부는 일본으로 건너온 아메노히보코가 다지마但馬씨
족의 여성과 결혼하여 생긴 후손들의 계보를 중심으로 한 씨족전승으
로 구성되어 있다.

　　옛날 신라에 아메노히보코라는 왕자가 있었다. 이 사람이 일본으로 건너
왔다. 건너오게 된 이유는 다음과 같다. 신라에서 어떤 늪 하나가 있었는데
그것을 아구누마라 했다. 그 늪 근처에 어떤 신분이 천한 여인이 낮잠을 자
고 있었다. 그때 무지개와 같은 햇빛이 그녀의 음부를 비추었다. 그러자 신분
이 천한 남자 한 명이 이를 보고 이상히 여겨, 항상 그 여자의 동태를 살폈다.
그러더니 이윽고 그 연인이 낮잠을 자던 때부터 태기가 있어서 드디어 출산
을 했는데 붉은 구슬이었다. 그리하여 그 모습을 보고 있던 그 천한 남자는
그 구슬을 그녀에게 달라고 애원한 끝에 얻은 후, 구슬을 싸서 항상 허리에
차고 있었다. 이 남자는 산골짜기에서 밭을 일구며 살고 있었으므로 밭을 가
는 인부들의 음식을 한 마리 소에다 싣고 산골짜기로 들어가다가 그 나라 왕
자인 아메노히보코를 우연히 만났다. 이에 아메노히보코가 그 남자에게 묻
기를 "어찌하여 너는 음식을 소에다 싣고 산골짜기로 들어가느냐? 필시 이
소를 잡아먹으려고 그러는 것이지?" 라며 즉시 그 남자를 잡아 옥에 가두어
두려고 했다. 이에 그 남자가 대답하기를 "저는 소를 죽이려 하는 것이 아닙
니다. 다만 밭을 가는 사람들의 음식을 실어 나를 뿐입니다." 라고 하였다.
그러나 아메노히보코는 이를 용서하지 않았다. 그러자 그 남자는 허리에 차

오나무치나 이와(伊和)의 대신(大神)이 세력다툼을 벌인 것으로 되어 있다. 이
러한 전승으로 미루어 짐작컨대, 히보코는 원래 이즈시(出石)족이 섬기던 신이
었던 것을 나중에 야마토(大和)조정에 도래한 역사적 인물인 것처럼 왜곡한 것
에 지나지 않는다(松前健, 『日本神話の謎』, 大和書房, 1988年, p.250參考).

고 있던 구슬을 풀어 왕자에게 바쳤다. 그러자 아메노히보코는 그 신분이 천한 남자를 방면하고 그 구슬을 가지고 와서 마루 곁에다 두었다. 그런데 그 구슬이 아름다운 여인으로 변하였다. 그리하여 아메노히보코는 그녀와 혼인을 하고 적실의 아내로 맞아들였다. 그 후 그녀는 항상 여러 가지 맛있는 음식을 장만하여 남편으로 하여금 먹게 하였다. 그러나 그 나라 왕자는 거만한 마음이 들어 아내를 나무랐기 때문에 "아무래도 나는 당신의 아내가 될 여자가 아닙니다. 나의 모국으로 가겠습니다."라고 말을 하고는 재빨리 남몰래 작은 배를 타고 도망쳐 건너와 나니와^{難波}에 머물렀다. - 그녀가 바로 나니와의 히메코소사에 모셔지고 있는 아카루히메신이다.[19]

상기와 같이 『고지키』는 아메노히보코가 도망간 아내를 쫓아서 나니와^{難波}에 온 것이라고 하고 있는데 반해, 『니혼쇼키』는 '일본에 성황이 계시다고 듣고' 자신의 의지로 도래한 것으로 기술하고 있다.[20] 그리고

19 「又昔、新羅の国主の子有りき。名は天之日矛と謂ひき。是の人参渡り来つ。参渡り来つる所以は、新羅国に一つの沼有り、名は阿具奴摩阿より下の四字は音を以いよ、と謂ひき。此の沼のりに、一賎しき夫、其の状を異しと思ひて、恒に其の女人の行を伺ひき。故、是の女人、其の昼寝せし時より妊身みて、赤珠を生みき。爾に其の伺へる賎しき夫、其の珠を乞ひ取りて、恒に裏みて腰に著けき。此の人田を山谷の間に営りき。故、耕人等の飲食を、一つの牛に負せて山谷の中に入るに、其の国主の子、天之日矛に遇逢ひき。爾に其の人に問ひて曰ひしく、「何しかも汝は飲食を牛に負せて山谷の中に入る。汝は必ず是の牛を殺して食ふならむ」といひて、即ち其の人を捕へて、獄囚に入れむとすれば、其の人答へて曰ひしく、「吾牛を殺さむとに非ず。唯田人の食を送るにこそ。」といひき。然れども猶赦さざりき。爾に其の腰の玉を解きて、其の国主の子に幣しつ。故、其の賎しき夫を赦して、其の玉を将ち来て、床のりに置けば、即ち美麗しき嬢子に化りき。仍りて婚ひして嫡妻と為き。爾に其の嬢子、常に種種の珍味を設けて、恒に其の夫に食はしめき。故、其の国主の子、心奢りて妻を罵るに、其の女人の言ひけらく、「凡そ吾は、汝の妻と為るべき女に非ず。吾が祖の国に行かむ。」といひて、即ち窃かに小船に乗りて逃遁げ渡り来て、難波に留まりき。此は難波の比売碁曾の社に坐す阿加流比売神と謂ふ。」(『記』、pp.255～257)

20 이와 같은 『니혼쇼키』의 본문의 기술의도는 가야에 '미마나니혼부(任那日本府)'가 있었음을 합리화하려고 한 것이다. 이러한 의도에 맞추어서 아라시토가 일본에 도래한 이유를 일본국에 성황이 계셔서 귀화한 것으로 기술하고, 또한 아라시토가 대가야로 귀국할 때 스진(崇神) 천황의 이름인 '미마키'를 따서 '미마나'라는 이름을 하사 받은 것으로 기술하고 있다. 게다가 귀국할 때 하사 받은 붉은 비단 때문에 신라와 가야가 원수지간이 된 것으로 기술하고 있다.

상기의 두 전승과 유사한 전승이 『셋쓰노쿠니 후도키攝津國風土記』일문[21]
에 실려 있는데, 단지 신라에서 건너온 여신이라고 되어 있다.

상기와 같은 아메노히보코의 도래전승과 대단히 유사하면서 실제로
그 전승지나 숭배지가 혼동되고 있는 설화가 바로 오카라노쿠니意富加羅
國의 왕자인 아라시토阿羅斯等의 도래전승이다.[22]

일서一書에 전하기를, 처음에 쓰누가아라시토都怒我阿羅斯等가 제 나라에
있을 때 누런 소가 농구를 싣고 시골로 갔다. 누런 소가 갑자기 없어져서 그
자취를 찾아갔더니 자취는 어떤 군위郡衙 속에 있었다. 한 노인이 말하기를
"그대가 찾는 소는 이 군위로 들어갔다. 그런데 군공郡公(군의 관리)들이 '소
가 지고 있는 물건으로 보아 반드시 잡아먹으려고 한 듯하다. 만일 그 주인
이 오면 물건으로 보상을 하자'고 하면서 잡아서 먹어버렸오. 만일 '소 값으
로 무엇을 가지려는가' 하고 물으면, 재물을 바라지 말고, '군내郡內에서 제사

21 「셋츠노쿠니 후도키(攝津國風土記)에 전하기를, 이 히메시마(此賣島)의 마쓰바
라(松原). 옛날에 가루시마(輕島)의 토요아키라(豊阿伎羅)궁에 천하를 다스리던
천황의 치세에 신라국에 여신이 있어서 그 남편을 피해 와서 잠시 쓰쿠시(筑紫)
지방의 이하히(伊波比)의 히메지마(比賣島)에 살았다. 그리고 말하기를 '이 섬
은 역시 이곳에서 멀지 않다. 만약 이 섬에 있으면 남신이 찾아 올 것이다'라고
하며 또 옮겨와서 마침내 이 섬에 머물렀다. 그런 까닭에 원래 살던 지방의 지명
을 따서 섬의 이름으로 삼았다(攝津の國の風土記に云はく、此賣島の松原。古
へ、輕島の豊阿伎羅の宮に御宇しめしし天皇のみ世、新羅の國に女神あり、其の夫
を遁去れて來て、暫く筑紫の國の伊波比の比賣島に住みめりき。乃ち日ひしく、「此の
島は、猶是遠からず。若し此の島に居ば、男の神尋め求なむ」といひて、乃ち更、遷
り來て、遂に此の島に停まりき。故、本住める地の名を取りて、島の号と爲せり。)」
(『風』、p.425)
22 이 양자의 설화는 주인공의 이름을 달리하면서 그 내용에 있어서는 일치하고 있
다. 이는 단순히 양설화의 혼동이라고 볼 수는 없다. '아메노히보코'나 '아카루
히메'라는 이름은 완전히 일본화된 이름이며, 따라서 그 전승자인 이즈시일족
이 자신들의 종의(宗儀)를 일본화해 가는 과정에서 일어난 신명(神名)의 변화이
다. 이에 반해 '쓰누가 아라시토'라는 이름은 신라왕자에 적합한 이름이다. 츠누
가는 왕자에게 붙여지는 최고 관위인 각간(角干:spur-khan)의 일본식 읽기이며,
아라시토는 신라의 시조왕 알지(ar-chi)와 동어(同語)이다. 알지는 소동(小童)의
모습으로 천상에서 강림했다고 전승되고 있는 태양신의 아들이며, 그것이 일본
적으로 표현되어 '아메노히보코'라고 불린 것이라면 양자는 반드시 별개라고
는 할 수 없다(三品彰英、前揭書、pp.43~44의 付記 參考).

지내는 신神을 달라'고 하시오"라고 하였다. 조금 있다가 군공들이 와서, "소 값으로 무엇을 가지겠는가"하고 물었다. 대답하기를 노인이 말한 대로 하였다. 그들이 제사지내는 신은 흰 돌이었다. 그래서 흰 돌을 소 값으로 받았다. 그것을 가지고 와서 침실 속에 두었다. 그 신석神石이 아름다운 소녀로 변했다. 이에 아라시토는 몹시 좋아하여 교합하려 하였다. 그런데 아라시토가 다른 곳에 간 사이에 소녀가 갑자기 사라졌다. 아라시토는 몹시 놀라, 자기 처에게 "소녀는 어디로 갔는가"하고 물었다. 그러자 "동방으로 갔습니다"라고 대답하였다. 곧 찾아서 좇아갔다. 드디어 멀리 바다를 건너 일본국으로 들어왔다. 찾는 소녀는 나니와難波에 와서 히메코소사比賣語曾社의 신이 되었다. 또 도요노쿠니豊國 구니사키군國前郡에 와서 다시 히메코소사의 신이 되었다. 두 곳에서 제사지낸다고 한다.[23]

상기의 일서에 의하면 아라시토는 침실에 두었던 흰 돌이 아름다운 동녀로 변하여 사라지자 그녀를 좇아서 일본으로 건너간 것으로 되어 있다. 게다가 일본으로 건너간 동녀는 나니와難波로 가서 히메코소사의 신이 되고, 또한 도요노쿠니豊國의 히메코소사의 신이 되어, 두 곳에서 제사를 받게 되었다고 전하고 있다.[24]

한편 상기의 두 전승과 관련해 한반도에서 도래하는 태양신의 도래

---

23 「一云、初都怒我阿羅斯等、有國之時、黃牛負田器、將往田舍。黃牛忽失。則尋迹覓之。跡留一郡家中。時有一老夫日、汝所求牛者、入於此郡家中。然郡公等日、由牛所負物而推之、必設殺食。若其主覓至、則以物償耳、卽殺食也。若問牛直欲得何物、莫望財物。便欲得郡內祭神云爾。俄而郡公等到之日、牛直欲得何物、對如老父之敎。其所祭神、是白石也。乃以白石、授牛直。因以將來置于寢中。其神石化美麗童女。於是、阿羅斯等大歡之欲合。然阿羅斯等去他處之間、童女忽失也。阿羅斯等大驚之、問己婦日、童女何處去矣。對日、向東方。則尋追求。遂遠浮海以入日本國。所求童女者、詣于難波爲比賣語曾社神。且至豊國々前郡、復爲比賣語曾社神。並二處見祭焉。」(『紀』、pp.259~261)

24 상기의 두 전승을 자세히 비교해 보면 아라시토전승은 『고지키』의 아메노히보코 전승을 소재로 하여 오진 천황 치세의 일을 스진 천황의 치세의 일로 바꾸고, 신라왕자를 가야왕자로, 여신이 화생(化生)한 붉은 옥을 흰 돌로 바꾼 것에 지나지 않음을 알 수 있다.

전승은 연오랑延烏郎과 세오녀細烏女신화다. 이 전승은『삼국유사』기이奇
異 제1권에 실려 있는데, 일연이 본문에서 밝히고 있듯이 일본측 사료에
는 실려 있지 않다.

제8대 아달라왕阿達羅王이 즉위한 4년 정유丁酉(157)에 동해 바닷가에는
연오랑延烏郎과 세오녀細烏女 부부가 살고 있었다. 어느 날 연오랑이 바다에
나가 해조海藻를 따고 있는데 갑자기 바위 하나(물고기 한 마리라고도 한다)
가 나타나더니 연오랑을 등에 업고 일본으로 가 버렸다. 이것을 본 그 나라
사람들은, "이는 범상한 사람이 아니다"하고 세워서 왕을 삼았다(『일본제기
日本帝紀』를 상고해 보면 전후에 신라 사람으로 왕이 된 사람은 없다. 그러니
이는 변읍邊邑의 조그만 왕이고 진짜 왕은 아닐 것이다). 세오녀는 남편이 돌
아오지 않는 것이 이상해서 바닷가에 나가서 찾아보니 남편이 벗어놓은 신
이 있었다. 바위 위에 올라갔더니 그 바위는 또한 세오녀를 업고 마치 연오
랑 때와 같이 일본으로 갔다. 그 나라 사람들은 놀라고 이상히 여겨 왕에게
이 사실을 아뢰었다. 이리하여 부부가 서로 만나게 되어 그녀로 귀비貴妃를
삼았다. 이때 신라에서는 해와 달에 광채가 없었다. 일관이 왕께 아뢰기를,
"해와 달의 정기精氣가 우리나라에 내려 있었는데 이제 일본으로 가 벼렸기
때문에 이러한 괴변이 생기는 것입니다" 했다. 왕이 사자使者를 보내서 두 사
람을 찾으니 연오랑은 말한다. "내가 이 나라에 온 것은 하늘이 시킨 일인데
어찌 돌아갈 수가 있겠는가. 그러나 나의 비妃가 짠 고운 비단이 있으니 이것
으로 하늘에 제사를 드리면 될 것이다." 이렇게 말하고 비단을 주니 사자가
돌아와서 사실을 보고하고 그의 말대로 하늘에 제사를 드렸다. 그런 뒤에 해
와 달의 정기가 전과 같았다. 이에 그 비단을 임금의 창고에 간수하고 국보
로 삼으니 그 창고를 귀비고貴妃庫라 한다. 또 하늘에 제사지낸 곳을 영일현迎
日縣, 또는 도기야都祈野라 한다.[25]

25 「第八, 阿達羅王卽位四年丁酉, 東海浜有延烏郎・細烏女, 夫婦而居. 一日延烏歸海採
藻. 忽有一巖(一云一魚).負歸日本. 國人見之曰. 此非常人也. 乃立爲王(按日本帝紀,

상기의 전승에서도 알 수 있듯이, 사자가 가지고 온 비단을 신라왕이
제사를 지내자 일월이 다시 빛을 되찾는다. 그러자 신라왕은 비단을 국
보로 삼고 이를 보관하는 창고를 귀비고라 했는데, 바로 태양신을 맞이
하며 하늘에 제사지낸 곳이 영일현 도기야다.[26]

그런데 태양신의 신처인 세오녀가 짠 비단이 태양의 정기를 되찾도
록 했다고 하는 이야기는 태양신의 신처인 아메테라스가 직녀織女라고
한『니혼쇼키』의 전승과 겹친다. 전승에 의하면, 아마테라스가 니이나
메新嘗를 신에게 받치는 제사를 올릴 때에 맞추어, 몰래 니이나메궁新嘗宮
에 분뇨를 뿌린다. 또 아마테라스가 이미하타도노齊服殿에서 신의神衣를
짜고 있는 것을 보고 검은 반점이 있는 말天斑駒의 껍질을 벗겨서 신전 지
붕에 구멍을 뚫고 던져 넣었다. 이 때 아마테라스는 놀라서 베틀 북梭으
로 몸을 다치고, 아마테라스는 대노하여 아마노이와야토天石窟에 들어가
숨어버린다.

상기의 두 전승은 태양신의 죽음과 부활을 신화한 것으로, 이 이야기
에 이어지는 아마테라스의 아마노이와야토 칩거는 태양신의 죽음을 의
미한다. 아마테라스가 동굴 속에 칩거하자, 신들은 동굴 속의 아메테라
스를 밖으로 끌어내기 위해, 하늘의 가구야마香山에 있는 잎이 무성한 비
추기 나무를 뿌리채 뽑아서, 윗가지에다 곡옥曲玉을 꿴 구슬을 걸고 가운
데 가지에는 커다란 거울을 걸고 아래 가지에는 흰색의 천丹寸手과 푸른

前後無新羅人爲王者. 此乃邊邑小王而非眞王也) 細烏□夫不來. 歸尋之.見夫脫鞋.
亦上其巖. 巖亦負歸如前. 其國人驚訝. 奏獻於王. 夫婦相會. 立爲貴妃. 是時新羅日月
無光. 日者奏云. 日月之精. 降在我國. 今去日本. 故致斯□. 王遣使求二人. 延烏曰. 我
致此國, 天使然也. 今何歸乎. 雖然朕之妃有所織細綃. 以此祭天可矣. 仍賜其綃. 使人
來奏. 依其言而祭之. 然後日月如旧. 藏其綃於御庫爲國宝. 名其庫爲貴妃庫. 祭天所
名迎日縣.又都祈野.」
26 여기서 태양신을 맞이한 영일현 도기노(都祈野)의 도기(都祈)는 '돌이(도지)'의
   음차표기다. 그리고 연오랑(延烏郎)의 이름 중에서 연(延)은 영(迎), 오(烏)는 삼
   족오(三足烏), 즉 태양이며, 랑(郎)은 남자를 뜻한다. 다시 말하면 연오랑(延烏
   郎)은 '영일(迎日)의 남자' 즉 태양신이며, 세오녀(細烏女)는 태양신의 신처(神
   妻)라고 볼 수 있다(大和岩雄,『天照大神と前方後円墳の謎』, 六興出版, 1983
   年、p.202參考).

색의 천丹寸手을 매달아 놓고 의례를 한다. 이것은 태양신의 부활과 재생을 위한 의례로 태양신을 맞이하기 위한 영신의례에 해당된다. 그리고 이와 같은 영신의례는 한반도를 그 원류로 하고 있는 것으로 보인다.

이를 방증하는 자료가 『지쿠젠노쿠니 후도키筑前國風土記』의 이토군伊都郡 기사에 실려 있는 영신의례이다. 상기의 아마노이와야토 앞에서 벌어지는 영신의례와 유사한 의례를, 구마소를 정벌하기 위해서 주아이 천황이 온다는 이야기를 들은 아메노히보코의 후손인 이토테가 다음과 같이 거행하고 있다.

> 『치쿠젠노쿠니 후도키』에 말하기를, 이토怡土군, 옛날 아나토穴戶의 도요라豊浦궁에 천하를 통치하시는 다라시나카쓰히코仲哀 천황이 구마소를 토벌하려고 쓰쿠시로 행차하셨을 때 이토의 아가타누시縣主의 선조인 이토데가 천황이 오신다는 말씀을 듣고, 가지가 무성한 비추기榊나무를 꺾어서 뱃머리에 세우고 윗가지에는 야사카니라는 구슬을 꿰어서 걸고 중간가지에는 백동경白銅鏡을 걸고 아랫가지에는 도쓰카라는 검을 걸고 아나토穴門의 히키시마引嶋에 영접해 받들었다. 천황께서 말씀하시기를 "누구인가"물으시자, 이토테가 아뢰기를 "고려국의 오로산意呂山에 하늘에서 내려온 히보코의 후예인 이토테란 자입니다"라고 아뢰었다.[27]

상기의 기사에 의하면, 쓰쿠시筑紫의 이토怡土의 아가타누시縣主(고을의 우두머리)의 조상인 이토테五十跡手가 비추기 나뭇가지를 뱃머리에 세

---

27 「筑前の國の風土記に曰はく、怡土の郡。昔者、穴戶の豊浦の宮に御宇しめしし足仲彦の天皇、球磨噌唹を討たむとして筑紫に幸しし時、怡土の縣主等が祖、五十跡手、天皇幸しめと聞きて、五百枝の賢木拔取りて船艫に立て、上枝に八尺瓊を掛け、中枝に白銅鏡を掛け、下枝に十握劒を掛けて、穴門の引嶋に參迎へて獻りき。天皇、勅して、「阿誰人ぞ」と問ひたまへば、五十跡手奏ししく、高麗の國の意呂山に、天より降り來し日の苗裔、五十跡手是なり」とまをしき。天皇、ここに五十跡手を譽めて曰りたまひしく、「恪しきかも伊蘇志と謂ふ。五十跡手が本土は恪勤の國と謂ふべし」とのりたまひしき。今、恪土の郡と謂ふは訛れるなり。」(『風』、p.503)

우고, 윗가지에는 구슬을, 가운데 가지에는 백동경白銅鏡을, 아래 가지에
는 검劍을 걸고서 아나토穴門까지 천황을 마중 나왔다는 것이다.[28]

　연오랑과 세오녀 신화의 경우, 일본과 같은 영신의례에 대한 기술은
생략하고 간단히 '하늘에 제사지냈다'고 한 줄로 기록하고 있지만, 그
제사가 어떠한 형태로 진행되었는지는 상기의 두 전승을 통해서 추측
하고도 남음이 있다.

　이러한 태양신의 제장과 관련이 있는 성스러운 바위 중에 하나가 바
로 신라 문무왕의 수중릉인 대왕암이다. 그런데 이 대왕암이 토함산, 탈
해왕릉, 알천閼川과 나란히 태양신의 죽음과 재생을 상징하는 동지선상
에 위치하고 있는 것은 우연의 일치라고 보기는 어렵다. 전승에 따르면
용성국에서 신라에 표착해서 궤짝에서 나온 탈해는 자신은 용성국龍城國
사람이며 그곳에는 용왕龍王이 있고 사람의 태에서 태어나 5, 6세가 되면
왕위에 오르는데 자신은 난卵에서 태어났으므로 이렇게 배에 태워져 용
의 호위를 받으며 신라 땅에 오게 되었다고 표착의 경위를 스스로 밝히
고 있다. 그리고 나서 탈해는 지팡이를 끌면서 두 종자를 데리고 왕이 되
기 전에 토함산의 산정에 올라가서 돌로 무덤을 만들고 7일 동안 머무르
면서 성안을 바라보면서 자신이 살만한 곳이 있는지 바라다본다. 그 후
석탈해는 문무왕이 꿈에 나타나 자신의 유골을 파내어 토함산, 즉 동악
에 묻어 달라고 한다.

28　여기에서 유의할 점은 이토의 아가타누시가 비추기 나뭇가지에다 구슬, 거울,
　　검을 걸고 맞이하는 광경인데, 이것은 한반도의 샤마니즘의 영신의례와 흡사하
　　다. 그 무대가 선상(船上)이며, 받드는 존재가 태양신인 천황이라는 점 만 제외
　　하면, 한반도의 영신의례에 해당된다고 볼 수 있다. 게다가 아가타누시는 자신
　　의 선조가 고려국의 오로산에 하늘에서 내려온 아메노히보코의 후손이라고 분
　　명히 밝히고 있다. 그런데 이토테가 밝힌 히보코의 강림지인 고려국의 오로산
　　(意呂山)에 대해서는 신라의 울산(蔚山)이라고 읽는 것이 정설이라고 보는 학자
　　도 있다. 또한 연오랑과 세오녀 신화에서 태양신을 맞이하는 영신의례를 올린
　　도기노(都祈野)는 현재 경상북도 영일군을 말하며 도구동(都邱洞), 일월동(日月
　　洞)이라는 지명으로 불리는데 바로 울산 지역에 해당된다. 게다가 진구 황후의
　　일본식 이름인 오키나가타라시히메(氣長足姫, 息長帶姫)의 오키나가(氣長)는
　　한반도의 '기장'에 해당된다고 보는 학자들도 있다.

한편 석탈해의 유골을 수습해 동악, 즉 토함산에 묻은 문무왕은 자신을 동해의 수중릉인 대왕암에 장사지내주기를 유언한다. 기록에는 문무왕의 수중릉은 용이 되어 왜의 침공을 막고 국가를 수호하기 위해서라고 되어 있다. 그런데 최근의 발굴조사의 성과에 따르면 대왕암 밑에는 수중릉이 없다는 사실이 확인된 반면에, 문무왕을 위해 지어졌다고 전해지는 감은사지感恩寺址에는 용혈이 있어서 그곳으로 용이 된 문무왕이 드나들 수 있도록 설계되어 있다는 사실이 확인되고 있다.[29]

오와 이와오는 그 해답을 동해에서 문무왕의 수중릉, 감은사, 토함산 산정, 탈해왕릉, 알천으로 이어지는 동지 30도선에 구하고 있다. 더욱이 동지 30도상의 기점에 알천閼川이 있다는 것은 큰 의미가 있다. 알천은 신라의 시조인 알지閼智(박혁거세)와 부인인 알영閼英이 태어난 곳이다. 시조가 탄생하는 성소인 알천을 기점으로 한 동지선상에 탈해와 문무왕의 능이 나란히 존재한다는 것은, 동지의 태양신의 죽음과 재생의례를 무시하고는 이해될 수 없는 것이다.[30]

---

29 전승에서는 문무왕은 사후에 호국용이 되기를 희망했다고 하는데, 동짓날의 출방위(出方位)는 12간지의 진(辰:龍)에 해당된다. 즉 문무왕은 동짓날 자신이 태양으로 재생해서 출현하기를 갈구하며 대왕암에 장사지내 주기를 유언 한 것이다. 석탈해과 문무왕의 능묘를 둘러싼 두 전승간의 상호 관련성을 살펴보면, 이 유언은 신라의 문무왕이 자신을 탈해처럼 토함산의 석굴에 들어가서 대왕암으로 출현하는 발상을 한 것이라고 볼 수 있다(大和岩雄,「太陽祭祀と古代王權(一)」,『東アジアの古代文化一特集・日本古代の太陽祭祀と方位觀』第二四号,1980年・夏, p.91參考).

30 따라서 동지의 태양(재생의 태양)이 떠오르는 동해에 대한 사모, 즉 재생에 대한 갈망이 죽어서도 동해의 용이 되어 신라를 수호한다는 대왕암의 전승을 낳았다고 본다. 문무왕은 꿈에 탈해왕이 나타나 탈해왕의 능에 묻친 유골을 토함산으로 이장하라고 했기 때문에 이대로 실행하고 탈해를 동악신(東岳神)으로 제사지냈다고 하고 있다. 그런데 토함산에 있는 석굴암 불상은 동짓날 대왕암(문무왕릉)에서 떠오르는 아침해가 비치도록 설계되어 있다고 한다. 이와 같은 태양신의 재생 관념을 표현한 관념이 고구려의 주몽 전승에도 존재한다. 조선시대에 쓰인『세종실록』지리지에 의하면 평양의 기린굴(麒麟窟)은 동명왕이 기린을 타고 땅속을 통해서 맞은편 대동강 삼각주에 있는 조천석(朝天石) 위에 출현해서 조천석을 기점으로 해서 하늘과 땅을 왕래하며 정사를 돌보았다고 되어 있다. 조천석으로 출현한다고 하는 것은 동명(東明)이라는 이름처럼 일출(日出)을 의미한다(大和岩雄,前揭書(『天照大神と前方後円墳』), p.206參考).

2) 오진 천황의 도래전승과 즉위의례

신라왕자 아메노히보코의 후손인 신공 황후는 복중에 오진 천황을 임신한 몸으로 자신의 모계쪽 선조인 신라를 정벌하는 인물이다. 『고지키』와 『니혼쇼키』 기록에 의하면 오진 천황은 14대 주아이 천황과 신공 황후 사이에서 태어난다. 그런데 스미요시 연기住吉緣起[31]에 의하면 오진 천황은 주아이 천황과 황후 사이에서 태어난 아이가 아니라, 스미요시신과의 사이에서 태어난 아이로 되어 있다.

『고지키』에 의하면 신라에서 개선해서 돌아오던 진구 황후는 쓰쿠시 지방의 해변에서 황자를 출산한다.[32] 그런데 오진 천황의 탄생과 관련해, 『니혼쇼키』일서에는 신라왕을 살해한 기사가 다음과 같이 실려 있다.

> 일서一書에 말하기를, 신라왕을 포로로 잡아 해변에 끌고 와 왕의 무릎 근육을 끊고 돌 위에 포복시켰다. 조금 있다가 베어서 모래 속에 묻었다. 한 사람을 남겨 두어서 신라의 재상으로 삼고 귀환했다. 그 후에 신라왕의 처는 남편의 시신이 묻혀 있는 곳을 몰랐기 때문에, 재상을 유혹할 생각으로 재상을 꼬셔서 "그대가 왕이 묻혀 있는 곳을 가르쳐준다면 반드시 후일에 크게 보답하겠습니다. 또 그대의 처가 되겠습니다"라고 말하였다. 재상은 꼬임의 말을 믿고 시체가 묻힌 곳을 가르쳐주었다. 즉석에서 왕의 처는 국인國人과

---

31 『託宣集』(第二卷)에 의하면, 신라정벌의 직전날 밤에 나타나 스미요시다이묘진(住吉大明神)이 나타나 오타라시히메와 부부가 되었다라고 되어 있으며, 또한 우가야후키아에즈노미코토(初代天皇인 神武天皇의 父神)의 신령이 밤에 찾아와서 오타라시히메에게 "네가 나의 처가 되면 네가 이루고자 하는 바를 이룰 것이다"라고 하자, 황후가 임신했다고 되어 있다.

32 「신라정벌이 미처 끝나기도 전에 임신한 황후에게 태기가 있었다. 그리하여 황후는 출산을 억제하기 위해 돌을 주워서 입고 있던 옷의 허리춤에 감고 있었으나 쓰쿠시(筑紫)에 도착하자마자 아이는 태어났다(其の政未だ竟へざりし間に、其の懷妊みたまふが産れまさむとしき。卽ち御腹を鎭めたまはむと爲て、石を取りて御裳の腰に□かして、筑紫國に渡りまして、其の御子は阿礼坐しつ)。」(『記』、p.233)

공모하여 재상을 죽이고 다른 곳에 묻었다. 그때 일본 재상의 시체를 왕의 묘 자리 흙 밑에 묻고 왕의 관을 그 위에 놓으면서, "존비尊卑의 순서는 이렇게 되는 것이 실로 마땅할 것이다"라고 하였다.[33]

이처럼 신라왕의 살해 기사가 다른 곳이 아니라, 바로 12월의 오진 천황의 탄생기사의 뒤에 나란히 기재되어 있는 것에 주목할 필요가 있다. 기사 내용 가운데 특히 유의해야 할 사항은 신라왕의 시체를 넣은 관을 일본 사신의 시체 위에 겹쳐놓았다는 대목이다. 이러한 의식에는 신라왕의 시체와 그의 대사자代死者인 희생양의 시신을 겹쳐놓음으로서 왕이 재생할 수 있다는 신화본연의 재생관의 논리가 내포되어 있다.[34]

한편『고지키』에 의하면, 진구 황후는 갓 태어난 혼다와케황자(=오진천황)을 장송의례를 거행하는 배喪船에 태워서 야마토大和로 진군한다.

오키나가타라시히메노미코토息長帶日賣命가 야마토大和로 돌아갈 때, 사람들의 마음을 의심하여 관을 실은 배 한 척을 준비하여 왕자를 그 배에 태우고는 "왕자는 이미 죽었다"고 소문을 퍼뜨렸다.[35]

『고지키』는 이에 대해 혼다와케황자의 황위계승을 방해하는 그의 이복형제들을 속이기 위한 계략이라고 부연설명하고 있다. 하지만 태어난 지 3개월 남짓한 유아를 장송선喪船에다 태운다는 것은 장송의례를

---

33 「一云、禽獲新羅王、詣于海邊、拔王臏筋、令匍匐石上。俄而斬之、埋沙中。則留一人、爲新羅宰而還之。然後、新羅王妻、不知埋夫屍之地、獨有誘宰之情。乃誂宰曰、汝当令識埋王屍之處、必敦報之。且吾爲汝妻。於是、宰信誘言、密告埋屍之處。則王妻与國人、共議之殺宰。更出王屍葬於他處。乃時取宰屍、埋于王墓土底、以擧王櫬、窆其上曰、尊卑次第、固当如此。」(『紀』上、pp.341~343)

34 「韓國の王城と王陵の位置一太陽祭祀と古代王權(二)」、大和岩雄、『東アジアの古代文化』25号、1980年・秋、大和書房、p.93。

35 「息長帶日賣命、倭に還り上ります時、人の心疑はしきに困りて、喪船を一つ具へて、御子を其の喪船に載せて、先づ「御子は既に崩りましぬ。」と言ひ漏さしめたまひき。」(『記』、p.233)

거행했다는 것을 의미한다. 이를 방증하는 자료가 민간전승인『탁센슈
託宣集』에 실려 있다. 제2권에 의하면 '갓 태어난 황자를 모래 속에 칠일
간 묻었다'고 되어 있다.

더욱이『하리마노쿠니 후도키播磨風土記』일문逸文에 의하면, 황후는
배는 말할 것도 없고 군복과 창에도 모두 적토赤土를 바르고 바다를 건
넌다.

> 그 적토赤土를 하늘을 향해 세운 창(아마노사카호코天の逆鉾)에 바르시고
> 선두船頭와 선미船尾에 세웠다. 또 뱃전과 병사의 갑옷을 적토로 칠하셨다. 이
> 렇게 해서 해수를 끌어올려서 탁하게 하면서 건너실 때 여느 때는 배 밑에
> 숨어드는 물고기 또 하늘 높이 나는 새들도 이 때는 왕래를 하지 않고 앞을
> 방해하는 것은 아무 것도 없었다. 이렇게 해서 신라를 무사히 평정하고 귀환
> 하셨다. 그래서 니호츠히메노미코토爾保都比賣命를 기이紀伊지방의 즈츠國管
> 강에 있는 후지시로藤代 봉우리에 옮겨서 받들어 모셨다.[36]

상기의 전승은 고분의 내부를 전부 적토로 바르는 장법葬法에 해당되
며, 진구 황후의 해상원정은 국가 신화의 정벌의 논리를 배제하면 그대
로 타계에서 돌아오는 모습에 해당된다. 미시나 아키히데三品彰英는 태양
신의 후손인 황자(혼다와케)가 장송선을 타고 도해하는 전승은 '태양의
배와 장송'이라는 오래된 관념에 뿌리를 둔 전승이라고 하고 있다.[37] 더
욱이『고지키』는 이 배를 가리켜 '공선空船'[38]이라고 기술하고 있다.

36　「其の土を天の逆鉾に塗りて、神舟の艫舳に建て、又、御舟の裳と御軍の着衣とを染
　　め、又、海水を攪き濁して、渡り賜ふ時、底潜く魚、及高飛ぶ鳥等も住き來ふことな
　　く、み前に遮ふることなく、かくして、新羅を平らけ已訖へて、還り上りまして、乃ち其
　　の神を紀伊の國管川の藤代の峯に鎭め奉りたまひき。」(『風』、pp.482〜483)

37　三品彰英、前掲書、p.114參考。

38　여기서 공선(空船)이라는 것은 장송선(喪船)을 의미한다. 이 배에는 시체를 넣
　　는 관 이외에는 아무도 타지 않기 때문에 빈배라고 한 것이다. 미시나 아키히
　　데(三品彰英)와 오카다 세이지(岡田精司)는 혼다와케(応神) 전승은 바다 저편에

한편 『고지키』에 의하면, 혼다와케황자의 쓰누가角鹿[39]행의 목적에 대해서 미소기祓ぎ의례[40]를 하기 위해서라고 명기하고 있다. 이어서 혼다와케 황자의 이름 바꾸기名換え의례가 아래와 같이 거행된다.

한편 다케우치스쿠네노미코토가 그 태자를 데리고 목욕재계를 하기 위하여 오미淡海 및 와카사若狹 지방을 순행하게 되었을 때, 고시노미치노쿠치高志前의 쓰누가角鹿에서 임시로 궁궐을 짓고 그곳에서 거주하게 되었다. 그런데 그곳에서 거주하고 있는 이자사와케노오카미노미코토伊奢沙和大御之命가 다케우치스쿠네가 잠이 든 날 꿈에 나타나 "내 이름을 태자의 이름으로 바꾸자고 한다"고 말씀하셨다. 이를 들은 다케우치스쿠네가 곧 신께 축복의 드리며 아뢰기를, "황송하옵니다. 신께서 말씀하신 대로 태자의 이름을 신의 이름으로 바꾸겠사옵니다."라고 아뢰었다.[41]

그런데 이에 대해, 『니혼쇼키』는 다음과 같은 주를 달고 있다.

일설에 의하면 처음 천황이 태자가 되어 고시노쿠니高志國에 가서 쓰누가角鹿의 게히노오카미笥飯大神를 제사드렸는데, 그때 대신大神과 태자의 이름을 서로 바꾸었다. 그래서 대신을 일컬어 이자사와케노카미去來紗別神라고 하고

서 어린아이의 모습을 한 채 밀폐된 용기에 들어있는 상태로 바다 저편에서 내림한다는 신앙이 투영된 것으로 모자신의 표착전승에 해당되는 것으로 보았다.
39 쓰누가(角鹿)는 현재의 후쿠이(福井)현 쓰루가(敦賀)시의 옛 이름으로 이곳은 고대 한반도와 교통이 빈번했던 해상교통의 요충지였다. 츠루가시의 츠누가에는 이 신을 모신 게이신궁(氣比神宮)이 있는데, 오와 이와오(大和 岩雄)에 의하면, 이 신의 실체는 신라왕자 아메노히보코(天日槍)라고 하는 견해도 있다.
40 이는 타계인 요미노쿠니(黃泉國)에서 돌아온 이자나키가 현세로 돌아와서 한 미소기(祓)에 해당된다.
41 「故、建內宿禰命、其の太子を率て、禊せむと爲て、淡海及若狹國を經歷し時、高志の前の角鹿に假宮を造りて坐さしめ。爾に其地に坐す伊奢沙和氣大神の命、夜の夢に見えて云りたまひしく、「吾が名を御子の御名に易へまく欲し。」とのりたまひき。爾に言禱きて白ししく、「恐し、命の隨に易へ奉らむ。」とまをせば、」(『記』、pp.235~237)

태자를 혼다와케노미코토譽田別尊라고 이름 지었다고 한다. 그렇다면 대신大神의 본명은 혼다와케노카미譽田別神, 태자의 본명은 이자사와케노미코토去來紗別尊라고 해야 한다. 그러나 다른 기록이 보이지 않기 때문에 아직 상세하지 못하다.[42]

그런데 진구 황후의 아들인 오진 천황이 어머니의 선조에 해당되는 히보코, 즉 게히노오카미笥飯大神와 이름을 서로 교환했다는 것은 상당히 중요한 의미를 가지고 있다. 이는 다시 말하면 오진 천황이 태양신인 아메노히보코의 영을 계승했다는 것을 의미한다. 또한 태양신이자 곡령신으로서의 천황령天皇靈의 갱신을 의미한다. 더욱이 혼다와케의 탄생이 동지 직후라는 점으로 미루어 볼 때 혼다와케는 태양신이자 곡령신이며, 동시에 신라왕자 아메노히보코인 이자와와케의 부활, 즉 화신인 것이다.[43]

혼다와케應神天皇와 오키나가타라시히메神功皇后는 태양신의 아들과 그 어머니에 해당되는 모자신母子神의 관계인데, 이 모자는 신라왕자 아메노히보코와 밀접한 관련을 맺고 있다. 이와 같은 관계가 바로 『니혼쇼키』 분주分註기사의 신라왕 살해기사와 혼다와케의 탄생을 연결시킨 전승을 낳았을 것이다. 그리고 이자사와케와 혼다와케의 이름 바꾸기 전승도 그와 무관하지는 않을 것이다. 이와 같이 전반부의 진구 황후의 신라정벌담과는 달리, 후반부의 혼다와케應神天皇의 탄생설화는 아메노히보코의 전승과 거의 중복되고 있거나 상당한 관련성을 보이고 있음을 알 수 있다. 특히 진구 황후의 계보와 오진 천황의 출생전설에 아메노히보코 전승이 황통皇統을 기술하는 제기帝紀의 분야까지 들어갈 수 있

---

42 「一云、初天皇爲太子、行于越國、拜祭角鹿笥飯大神。時大神与太子名相易。故号大神曰去來紗別神。太子名譽田別尊。然則可謂大神本名譽田別神、太子元名去來紗別尊。然無所見也、未詳。」(『紀』上、p.363)

43 大和岩雄、前揭書、p.94。

었든 데에는, 무엇인가 야마토조정과 특별한 관련이 있었음을 시사하고 있다.[44]

4. 태양신의 진혼의례와 천황의 즉위의례

일본의 태양신앙을 이해하기 위해서는 덴무天武 천황에서 지토持統여제로 이어지는 시대의 정치사상과 종교사상을 이해하지 않으면 안 된다. 전술한 바와 같이 이세의 태양신을 천황가의 시조신으로서 정치적 의미를 부여하고 이를 받들어 모신 것은 덴무·지토 천황 때부터이기 때문이다. 덴무 천황과 덴무 천황 직계의 황자를 태양의 자손으로 하는 사상은 필연적으로 그 성지를 태양이 재생해서 오는 동방의 이세로 정하고 그 종교적 제의를 태양신의 제의로서 정착시킨다. 이에 그치지 않고 태양신의 죽음과 재생의례에 비유해 천황의 진혼의례와 즉위의례가 거행되게 된다.

---

44 이를 방증하는 자료가 우사(宇佐)지방의 민간전승을 싣고 있는 『託宣集』제3권에 실려있는 우사하치만(宇佐八幡) 연기설화이다. 이에 따르면 오가노히기(大神比義)라는 자의 기도에 의하면, 우사의 히시가타산(菱形山)에 천동(天童)이 나타나, "가라쿠니노시로(辛國城)에 처음으로 8종류의 깃발(旗)을 강림하며 나는 일본의 신이 되었다"는 신탁을 내린다. 천동 또는 3세의 어린아이(小兒)의 형상으로 강림했다고 하는 가라쿠니노시로(辛國城), 즉 소오노미네(蘇於峰)는 천손강림신화의 소호리 산봉우리(添の山峰)를 말하며, 고래로부터 기리시마산(霧嶋山)로 비정되고 있다. 여기에 나오는 '소호리'라고 하는 강림지명은 신라의 왕도인 '서블'과 동명으로, 신라의 시조전설에 의하면 신동(神童)인 혁거세(赫居世:閼智)가 강림한 성스런 숲에 해당되는 신화적 고어이다. 이 '소호리'라고 하는 말, 그리고 그것이 가라쿠니노시로(辛國城)로 불린 것은, 이 전승이 신라의 시조전승과 밀접한 관련을 맺고 있음을 뜻한다. 또 하치만궁(八幡宮)의 제신(祭臣) 중에 신라왕자 아메노히보코의 후손인 '오타라시히메'가 받들어 모셔지고 있는 점도 어떤 역사적 관계가 있었음을 시사하고 있다(三品彰英、前揭書、pp.88~89參考).

1) 태양신 아마테라스의 죽음과 재생의례

　태양신 아마테라스의 죽음에 대한『니혼쇼키』제 7단 본문과 일서 제
1이다.『니혼쇼키』본문에 의하면, 스사노오노미코토須佐之男命(이하 '스
사노오'로 약칭)가 말가죽을 벗겨서 이미하타도노齋服殿(신에게 바칠 옷
을 짜는 신전)의 지붕에 구멍을 뚫고 던져 넣는 바람에 '아마테라스'가
하늘을 쳐다보다가 베틀 북에 찔려 몸에 부상을 입고 아마노이와야토
에 모습을 감춘다.

　　아마테라스오미카미가 니이나메新嘗를 신에게 받치는 제사를 올릴 때에
　맞추어, 몰래 니이나메궁新嘗宮에 분뇨를 뿌렸다. 또 아마테라스오미카미가
　이미하타도노齋服殿에서 신의神衣를 짜고 있는 것을 보고 검은 반점이 있는
　말天斑駒의 껍질을 벗겨서 신전 지붕에 구멍을 뚫고 던져 넣었다. 이 때 아마
　테라스오미카미는 놀라서 베틀 북梭으로 몸을 다쳤다. 이로 인해 아마테라스
　오미카미는 대노하여 아마노이와야토天石窟에 들어가 이와토磐戸를 잠그고
　숨어 버렸다. 이로 인해 나라 안이 암흑으로 변해 낮과 밤이 바뀌는 것도 알
　지 못했다.[45]

　한편『니혼쇼키』제7단 일서 제1에 의하면, 아마테라스가 신전에 들
어가 신에게 바칠 베를 짜고 있을 때 스사노오가 반점이 있는 말의 가죽
을 벗겨 지붕에서 던져 넣는다. 이에 놀라 '와카히루메稚日女尊'가 갖고 있
던 베틀 북으로 몸을 상하게 하여 죽는다. 이로 인해 '아마테라스'는 아
메노이와야天の岩屋에 들어가 몸을 감춘다. 이에 반해 고지키신화에 의하
면, 베틀 북에 음부를 찔려 죽은 것은 '베를 짜는 직녀'이다. 그런데 와카

45「復見天照大神新嘗時、則陰放尿於神宮。又見天照大神、紡織神衣、居齊服殿、
　則剝天斑駒、穿殿甍而投納。是時、天照大神驚動、以梭傷身。由此、發慍、內入于
　天石窟、閉磐戸而幽居焉。故六合之內常闇、而不知晝夜之相代。」(『紀』、p.113)

히루메는 아마테라스의 별명인 '오히루메'와 관련이 있는데다가, 『니혼쇼키』본문에서는 아마테라스가 베틀 북에 찔렸다고 되어있는 것으로 보아 스사노오의 폭력에 의해 음부에 손상을 입은 것은 원래는 아마테라스였던 것으로 보인다.[46]

스사노오의 난폭한 행동을 견디다 못한 아마테라스는 아마노이와야토의 문을 열고 들어가 숨어버리자, 천상계인 다카마노하라는 말할 것도 없고 지상계인 아시하라노나카쓰쿠니도 완전히 암흑세계로 변해버린다. 이에 다카마노하라의 신들은 태양신 아마테라스를 밖으로 불러내기 위해서 태양신의 영신의례를 다음과 같이 거행한다.

> 하늘의 가구야마天香山에 있는 잎이 무성한 비추기나무木神를 뿌리째 뽑아 윗가지에다 곡옥을 꿴 구슬의 장식물을 달아 놓고, 가운데가지에는 커다란 거울을 걸어 놓고 아랫가지에는 흰색의 천丹寸手(신에게 기원할 때 바치는 천)와 푸른색의 천을 매달아 놓았다. 이와 같은 여러 가지 물건을 후토타마노미코토布刀玉命가 신성한 제물로서 손에 들고, 아메노코야네노미코토天兒屋命는 노리토祝詞를 외우면서 기원을 했으며, 아메노타지카라노카미天手力神는 석실의 문 옆에 서서 숨어 있었고, 아메노우즈메노미코토天宇受賣命는 하늘의 가구야마에 있는 히카게日影(덩쿨식물)를 다스키手次(소매가 흘러내리지 않도록 하는 어깨 끈)로 사용하였다. 또 하늘의 마사키眞拆라는 넝쿨나무를 머리에 꽂고 하늘의 가구야마의 대나무 잎을 손에 쥐고, 아마노이와야토 앞에다 통을 뒤집어 놓고 그 위에서 발을 세차게 구르며 신이 들렸다. 그러자 젖가슴을 드러내고 치마끈을 음부에다 늘여 뜨려 놓았다. 그러자 천상계가 진동할 정도로 많은 신들이 함께 크게 웃었다.[47]

---

46 이와 같이 아마테라스가 석실에 몸을 감춘 것은 원시태양신을 받들던 신녀가 베틀 북(히:梭)을 매개로 한 신혼(神婚)에 의해 스스로 태양신으로 승격하는 재생의례이다. 이 때 태양신과 신녀의 매개가 되는 빙의처는 태양(히:日)과 불(히:火)과 동음인 베틀 북(히:梭)이다.

47 「天の香山の眞男鹿の肩を內拔きに拔きて、天の香山の天の波波迦を取りて、占合ひ

아메노우즈메는 여음을 드러내고 통 위에 올라가 춤을 추자 많은 신들이 입을 벌리고 크게 웃는다. 이 웃음소리를 이상하게 여긴 아마테라스가 문을 열고 밖을 내다보자 석실 문 앞에 기다리던 아메노타지카라노카미가 아마테라스를 끌어낸다. 결국 젖가슴과 여음을 노출한 상태에서 춤을 추는 아메노우즈메로 인해 결국 태양신 아마테라스는 몸을 감추었던 동굴에서 밖으로 나오게 된 것이다. 이처럼 태양신을 받드는 무녀인 아메노우즈메가 여음을 드러내는 행위는 죽은 태양신을 다시 소생시키는 동지의 진혼의례의 주술인 셈이다.

그런데 태양제사와 이와쿠라磐座, 그리고 태양신을 받드는 무녀라는 세가지 조건을 다 갖추고 있는 곳이 아마테라스를 받드는 '아마테라스오미카미다카쿠라신사天照大御神高座神社, 일명 이와토신사岩戸神社'인데 낭떠러지 동굴에 위치하고 있다.[48] 원래 '구라神座, 磐座, 幣'라고 하는 것은 '신이 거하는 곳'[49]을 뜻한다. 그리고 '다카미쿠라高座'는 태양신이 거하는 장소이자 태양신의 후손인 천황의 왕좌[50]를 뜻한다.

麻迦那波しめて、天の香山の五百津眞賢木を根許爾士て、上枝には八尺の勾璁の五百津の御須麻流の玉を取り著け、中枝には八尺鏡を取り繋け、下枝には白丹寸手、青丹寸手を取り垂でて、此の種種の物は、布刀玉命、布刀御幣と取り持ちて、天兒屋命、布刀詔戸言禱ぎ白して、天手力男神、戸の掖に隱り立ちて、天宇受賣命、天の香山の天の日影を手次に繋けて、天の眞拆を縵を爲て、天の香山の小竹葉を手草に結ひて、天の石屋戸に汗氣伏せて蹈み登杼呂許志、神懸爲て、胸乳を掛け出で裳緒を番登に忍し垂れき。爾に高天の原動みて、八百万の神共に咲ひき。(『記』、pp.81~83)

48 이렇듯 동굴 그 자체를 '아마테라스오미카미다카쿠라신사'라고 칭하고 있는 것은, 아마테라스오미카미의 원상을 나타내고 있다. 이와토신사(아마테라스오미카미다카쿠라신사)의 동굴에서 생겨난 태양이 다카야스산(高安山) 정상에서 떠올라, 이와토신사의 동굴로 진다고 관념화되었던 것으로 보인다. 더욱이 아마테라스오미카미다카쿠라신사의 위치는 동지와 하지뿐만 아니라, 춘분과 추분의 동서선에 있어서 중요한 위치에 있다. 이 신사를 동쪽 기점으로 해서, 서쪽으로 향하면 스미요시대사(住吉大社)가 있고, 그 선을 더 연장하면 아와지(淡路)의 시키나이샤이와야신사(式內社石屋神社)'에 이른다.

49 니혼쇼키신화 천손강림단 일서 제1에 의하면, 황손은 거기서 '아마노이와쿠라(天磐座)를 떠나 하늘의 여러 겹 구름을 제치고 기세 좋게 길을 밟고 나아가 강림하셨다'는 대목에서 알 수 있듯이 아마노이와쿠라는 천손이 거하는 장소인 것이다.

　　그런데 태양신 아마테라스의 죽음과 재생 의례를 신화화한 아마노이
와야토 신화는 덴무天武 조정에서 시작된 궁정 제사가 투영된 것으로 보
인다.『니혼쇼키』하권에 의하면, 11월의 진혼 의례는 덴무 천황의 병이
그 해 9월부터 악화[51]된 것이 원인이 되어 회복을 기원하여 거행되었다.
천황이 5월부터 병상에 들어 눕고 9월부터는 병상이 악화되었는데도
불구하고, 음력 11월 동지에 맞추어서 진혼의례를 거행한 것은 덴무 천
황을 태양신 아마테라스의 화신이라고 생각했기 때문이다. 게다가 덴
무 천황의 궁정이었던 기요미하라궁淨御原宮에는 미무로노도노라 불리
는 장소와 미무로노마치이라는 진혼 주법의 건물이 실제로 있었다.[52]
그리고 그 곳에서 아메노이와야도 신화에 대응하는 진혼招魂의례[53]가 실
제로 거행된 것으로 보인다.[54]

---

50 몬무(文武) 천황 원년(697)의 '센묘타이(宣命体)'에는 '아마쓰히쓰기(天つ日嗣)
의 다카미쿠라(高御座)의 업(業)'이라고 해서, '천황의 자리에 오르는 자의 임
무'라고 해석되는 것으로 보아 다카쿠라(高座)신사의 제신은 태양신과 그의 후
손이라고 보는 것이 타당할 것이다.

51 「丁卯、爲天皇体不予之、三日、誦經御大官大寺・川原寺・飛鳥寺。因以稻納三
寺。」(『紀』下, p.473)

52 「戊午、改元日飛鳥元年。仍明官日飛鳥淨御原宮。戊寅、選淨行者七十人、以出
家。乃設齋御宮中御窟院。」(『紀』下, p.148)

53 실제 궁정의 진혼제 때 진기관(神祇官)인 미칸나기(御神巫)가 나와서 '우케후
네'라고 하는 통을 거꾸로 엎어놓고 그 위에 올라서서 방울(사나기:鐸)이 달린
창으로 통을 찌르는 동작을 하면서 춤을 춘다. 이는 아마테라스가 석 실 안에 모
습을 감추었을 때 아메노우즈메가 우케후네에 올라가 한 손에는 방울이 달린 창
을 쥐고 가무를 하는 광경(『고고슈이(古語拾遺)』)에 그대로 대응된다.『엔기시
키(延喜式)』에 의하면, 아메노우즈메의 후손인 사루메노키미(猿女君)도 진혼제
때 가무를 했다고 전하고 있다. 이와 같은 정황에 비추어 볼 때, 아마노이와야토
에서 벌어진 태양신 아마테라스의 재생의례는 덴무 천황의 초혼의례를 반영해
서 구성되었을 가능성이 상당히 높다.

54 『니혼쇼키』기사에 의하면 덴무 천황의 아스카키요미하라노미야(飛鳥淨御原)
에는 '미무로노도노(御窟殿)'라 하여 궁중의 아마노이와야토가 현실에 존재하
여, 거기서 아마노이와야토 신화에 대응하는 초혼의례가 거행 된다. 11월 24일
기사에 의하면, 천황의 혼이 유리해나가지 않도록 신체 속에 깃들도록 해서 장
수를 기원하는 미타마후리(招魂:鎭魂祭)를 거행했다고 되어 있다. 더욱이『니혼
쇼키』아카미토리(朱鳥) 원년(686) 정월 1월 18일자 기사에는 '미무로노도노
(御窟殿) 앞에 행차하시어 와자히토(倡優)들에게 각각 녹(祿)을 하사하셨다'고
되어 있다. 아마도 이 와자히토는 685년 11월에 궁정 진혼에 참가한 사람들일

따라서 이른바 아마노이와야토신화는 단순히 궁정인의 작위 및 윤색에 의한 것이라기보다는, 7세기 후반의 율령정치와 제의에 밀착된 궁정인의 신화인 것이다. 다시 말해 태양신의 아메노이와야도 칩거는 다이죠사이大嘗祭의 의미를 이야기하는 신화의 전 단계에 해당된다면 천손강림 신화는 그 다음 단계에 해당된다. 이는 아마테라스의 아마노이와야토신화는 천손강림신화와 연동하고 있는 것을 보아도 알 수 있다. 아마테라스의 진혼의례를 거행했던 다섯 부족의 시조신(이쓰토모노오:五伴緒)이 그대로 천손 니니기와 함께 지상에 강림하고 있다.

> 그리하여 아메노코야네노미코토天兒屋命, 후토타마노미코토布刀玉命, 아메노우즈메노미코토天宇受賣命, 이시코리토메노미코토伊斯許理度賣命, 다마노야노미코토玉造命, 모두 합해 다섯 부족의 수장들을 거느리고 하늘에서 내려 왔다. 그 때 아마테라스노오미카미天照大御神를 석실에서 나오게 할 때 사용하였던 야사카노마가타八尺句瓊와 거울 및 구사나기노쓰루기草那芸釖, 그리고 도코요常世의 오모히노카미思金神, 다지카라노오노카미手力男神, 아메노이와토와케노카미天石門別神도 함께 동행하도록 하시며 말씀하시기를 "이 거울은 오로지 나의 혼魂이라 여기고 내 자신을 모시는 것처럼 우러러 모시도록 하라. 그리고 오모히노카미는 제사에 관한 일을 맡아서 하도록 하라."고 명하셨다.[55]

것이다. 그 때문에 다음 해 정월 1월 18일에 와자히토에게 녹을 주는 행사가 궁정의 '아마노이와토'라고 할 수 있는 '미무로노마치' 앞에서 거행된 것이다. 그리고 동년 7월 28일에는 불도를 수행하는 자들 중에서 70여명을 선발해서 득도시키고 궁중의 '미무로노마치'에서 사이에(齊會)를 여는데, 이 행사는 불교행사와 습합되어 있다. 하지만 7월 28일에 사이에(齊會)가 열리기 전인 7월 3일에 여러 지방에 명해서 오하라에(大祓)를 거행했다는 것으로 보아, 이 행사는 전통적인 신도의례와 관련이 있음을 알 수 있다.

55 「爾に天兒屋命、布刀玉命、天宇受賣命、伊斯許理度賣命、玉造命、併せて五伴緒を支ち加へて、天降したまひき。是に其の遠い岐斯八尺句瓊、鏡、及草那芸釖、亦常世思金神、手力男神、天石門別神を副へ賜ひて、詔りたまひしく、「此れの鏡は、專ら我が御魂として、吾が前を拜くが如伊都岐奉れ。次に思金神は、前の事を取り持ちて、政爲よ。」とのりたまひき。」(『記』、p.127)

이처럼 아마테라스가 아마노이와야토에서 출현하자 즉시 태양신의 후손인 천손 니니기의 강림이 실현된다. 그리고 태양신 아마테라스를 맞이하는 영신의례를 행한 다섯 부족의 신五伴緖신들이 그대로 천손을 따라 지상에 강림한다. 이처럼 천손을 따라 강림하는 신들이 아마노이와야토 앞에서 태양신 아마테라스의 진혼의례를 거행했던 신들과 동일신인 것만 보아도, 진혼의례와 천손강림은 서로 독립되어 있는 사건이 아님을 알 수 있다. 게다가 아마노이와야토신화는 다이죠사이大嘗祭(천황의 즉위의례)와 연동하고 있다.

한편 지토 천황 때 만들어진 가키노모토노 히토마로柿本人麿의 구사카베황자草壁皇子 빈궁반카殯宮挽歌에는 덴무 천황을 천손 니니기에 비유하고 있다. 히토마로는 구사카베황자를 추모하는 반카의 전반부에서 덴무 천황을 '아마노하라天の原'에서 내려온 태양신에 비유함으로써 아스카의 기요미하라궁을 덴무 천황의 성지로 만들고 있다.

천지가 처음으로 갈라질 때 히사카다의 아마노카와하라天の河原에 여러 신들이 모여서 각각 영지를 나누시게 될 때 아마테라스히루메노미코토는 천상을 다스리게 되고, 한편 아시하라의 미즈호노쿠니를 하늘과 땅이 만나는 저 끝까지도 지배하시는 존귀한 신으로서 겹겹이 겹쳐있는 하늘의 구름을 헤치고 신들을 데리고 내려오신 태양신의 아드님이신 우리 덴무 천황은 아스카 기요미하라궁에 신이신 채로 통치하시고 이 나라는 대대로 천황이 다스리시는 나라로서 아메노하라의 석실문을 여시고 신이신 채로 천상으로 올라가셨다.[56]

---

56 「天地の初の時 ひさかたの 天の河原に 八百万 千万神の 神集ひ 集ひ座して 神分り 分りし時に 天照らす 日女の尊 天をば 知らしめすと 葦原の 瑞穂の國を 天地の 寄り合ひの極 知らしめす 神の命と 天雲の 八重かき別きて 神下し 座せまつりし 高照らす 日の皇子は 飛鳥の 淨の宮に 神ながら 太敷きまして 天皇の 敷きます國と 天の原 石門を開き 神あがり あがり座しぬ …以下略…」(卷2の167)

상기의 노래를 고지키신화와 니혼쇼키신화에 대응해 보면, 여기서 '높이 비추는 히루메노미코토日女の尊'의 '히루메노미코토'는 '아마테라스'에, 그리고 '아시하라노미즈호노쿠니葦原の瑞穗の國'는 '아시하라노나카쓰쿠니葦原中國'에 대응한다. 그리고 "겹겹이 쌓인 구름을 해치며 신이 내려오시니 하늘을 밝게 비추는 태양의 황자"라는 표현은, 니혼쇼키신화 제9단 일서 제4의 "아마노이와야토를 여시고 하늘의 많은 구름을 헤치시며 강림하셨다"[57]는 표현에 대응한다.

또한 니니기의 혼을 계승한 덴무 천황의 붕어에 대해서 "아마노하라天の原의 석실문을 열고 신이 승천하셨다"고 노래하고 있다. 이것은 아마테라스가 아마노이와야토天岩屋戶에 몸을 감추었을 때 "아마노이와야토에 들어가셔서, 석문을 닫고 칩거하시다"라는 표현에 대응하고 있다. 이처럼 덴무 천황을 아라히토가미現人神로 하는 사상은 아마테라스로 직결되고 있다. 히토마로의 표현을 빌려 말하면, 천지가 창조되었을 때 아마테라스히루메노미코토의 명을 받고 겹겹이 쌓인 구름을 해치며 지상의 도요아시하라미즈호노쿠니豊葦原水穗國에 강림한 아마테라스히루메노미코토의 자손인 덴무 천황은 아스카의 기요미하라궁을 역대 천황이 다스려야하는 나라로 정하고, 다시금 아마노하라의 석실문을 열고 하늘로 올라가 몸을 숨기셨다고 하는 내용의 완전히 새로운 신화로 재창작되어 있다.

여기에서 주의해야 할 점은 고지키신화의 '다카마노하라'가 『만요슈』에서는 '아마노카와하라' 혹은 '아마노하라'로 불려지고 있다는 점이다. 더욱이 천손강림의 사령신을 '아마테라스'가 아니라 '아마테라스히루메노미코토'라고 부르고 있다는 점이다. 여기서 '아마테라스天照らす(하늘을 비추는)'는 신명神名으로 사용된 것이 아니라 '사시노보루差し昇る(떠오르다)'라는 표현과 더불어 '태양(히:日)'을 수식하는 마쿠라

57　「則引開天磐戶、排分天八重雲、以奉降之」(『紀』, p.157)

코토바枕詞(앞에서 수식하는 말)에 불과하다.

이는 히토마로의 노래가 불리던 지토 천황의 조정에서조차 '다카마노하라'나 '아마테라스오미카미'라는 말이 아직 정착되지 않았다는 것을 의미한다. 다시 말하면 아마노이와야토신화나 천손강림신화가 신화소가 존재하고 '아시하라노미즈호노쿠니'라는 용어가 이미 사용되고 있음에도 불구하고, 고지키신화의 중핵을 이루는 '다카마노하라'나 '아마테라스오미카미'와 같은 용어는 지토 천황 때까지도 정착되지 않았던 것이다.

이와 같이 덴무 천황과 그의 황자들을 천신의 자손이라 여기는 관념은 덴무 천황 이후부터 그 경향이 강해진다. 천황을 현인신으로 여기는 의식은, "오키미大君[58]는 신이시므로"라는 표현을 포함해 덴무 천황 계통에 집중되어 있다. 히토마로나 야카모치가 덴무 천황뿐만 아니라 지토여제와 덴무 천황 직계의 황자를 신으로서 찬양한 것은, 천황제의 확립과 함께 그 정점에 덴무天武 천황을 중심으로 한 체제를 구축하려 한 것이다.

이처럼 오키미大王라고 불리던 사람을 스메라미코토天皇로 부르게 된 것은 7세기 무렵의 비교적 새로운 시대였고, 도교에서 북극성을 의미하는 천황대제에서 차용한 천황이라는 용어를 경계로 해서 '오키미大王의

---

58 『만요슈』속의 일자 일음(一字一音)의 오키미(大王)의 용례는 전부 23번 등장한다. 노래의 소재는 권3에 1번, 권14에 1번, 권15에 2번, 권17에 3번, 권18에 5번, 권20에 11번으로 뒤쪽으로 갈수록 용례가 많아진다. 기시 토시오(岸俊男)씨에 의하면 전체의 47、8%로 용례가 가장 많은 권20은 서력 753년에서 759년에, 5번 등장하는 권18은 748년에서 750년, 3번인 권17은 730년에서 748년, 권15의 2예는 736년, 738년 이후, 한 예인 권3은 733년과 692～744년에 읊은 노래가 각각 게재되어 있다(『古代史からみた万葉集』, 1991年)고 한다. 이는 일자 일음으로 표시한 군주호(君主号)가 전부 8세기에 만들어진 노래에서 인용된 것이라는 것을 의미한다. 이러한 배열을 보면 『고지키』가 『니혼쇼키』보다 오래되었다고 하는 정설은 통용되지 않을 뿐만 아니라 일자일음(一字一音)의 표기는 고대의 것이라기보다도 오히려 새로운 것으로 보아야 할 것이라고 생각된다(弘中芳男、「君主号と『万葉集』(下)」、『月刊韓國文化』、韓國文化院、1992年9月、p.46 參考).

시대에서 스메라미코토天皇의 시대'로 변천해 간 것이다. 그리고 이러한 관념은 '다카히카루 히노미코高光る日の御子' 또는 '다카테라스 히노미코高照らす日の御子'라는 식으로 발전하여, 오키미는 천상계인 '다카마노하라高天原' 또는 '아메노카와하라天の河原'에서 유래하는 신성한 존재로 간주되게 된다.

이는 실재로 천황으로서 신격화된 오키미의 신화적 표현이며, 태양신 아마테라스가 자손을 지상에 강림시킨다는 스토리는 군주(천황)호의 성립을 배경으로 해서 구상되어졌을 가능성이 매우 높다. 따라서 고지키신화와 니혼쇼키신화에 아마테라스의 손자로서 '도요아시하라노미즈호노쿠니豊葦原水穗國'에 강림하는 천손 니니기의 강림신화의 모티브는, '아마테라스持統 → 오시호미미草壁 → 니니기輕=文武'으로 이어지는 천황의 계보를 신화적 기원에 부합하도록 만들기 위해 성립된 것으로 볼 수 있다. 이러한 고지키신화와 히토마로의 만요가万葉歌는 지토여제와 겐메이元明여제의 창조적 의도[59]와 서로 부합하여 성립된 것일 것이다.

2) 천황가의 태양숭배와 율령제사

궁정의 진혼의례[60]는 태양신의 아들이자 그의 화신인 천황에 대해 거

---

59 지토여제는 덴무 천황의 아내이자 황태자인 구사카베(草壁)의 어머니이다. 지토여제는 자신의 아들인 구사카베황자가 죽자 손자인 가루(輕)황태자가 몬무(文武) 천황으로 왕위를 계승할 때까지 등극한다. 한편 겐메이여제는 지토여제의 이복자매이자 죽은 구사카베황자의 왕비이며 몬무 천황의 어머니이다. 나중에 겐메이여제는 아들 몬무 천황의 뒤를 이어 보위에 오른다. 지토여제의 시호가 '다카마노하라히로노히메노스메라미코토(高天原廣野姬天皇)'이고, 몬무 천황의 시호가 '아메노마무네토요오지노스메라미코토(天之眞宗豊祖父天皇)'라는 것은 고지키신화의 다카마노하라 세계관의 목적이 어디에 있었는지를 분명히 하고 있다. 다시 말하면 지토여제(아마테라스)에서 몬무 천황(니니기)로 이어지는 황위계승이 다가마노하라 세계관에서 유래한다는 것을 확정지은 것은 겐메이여제인 것이다.
60 진혼제(鎭魂祭)는 옛날에는 음력 11월 니이나메사이(新嘗祭) 또는 다이죠사이(大嘗祭)가 거행되기 전날인 인일(寅日)에 거행되는 천황의 다마시즈메(魂鎭め)

행하는 의례이다. 따라서 아마노이와야토 앞에서 행해진 아메노우즈메의 강신무는 태양신과 동체로서 인식된 천황의 쇠약한 영혼을 일깨우고 북돋우기 위한 궁정의 진혼의례 광경을 묘사한 것이다. 태양신 아마테라스의 동굴칩거는 11월 동지 때 행해지던 태양신의 부활의례를 상징하는 신화이기 때문에, 동지에 자연신인 태양의 기운이 가장 쇠약해지는 것처럼 태양신의 화신인 천황도 그 무렵이 가장 기력이 쇠하는 시기라고 믿었던 것이다.

동지의 진혼의례에 이어서 거행되는 다이죠사이大嘗祭는 니이나메新嘗의 신곡新穀행사와 천황령의 계승의례가 중복되어 있기 때문에 상호간에 혼재하는 부분이 있다. 니이나메는 민간에서 그 해의 첫 수확 산물을 신에게 바치는 수확제로서 원래는 그 해 처음 익은 벼를 수확하는 가을에 매년 거행되었다. 이러한 민간의 니이나메사이가 조정에 받아들여져 새로운 역曆의 시행과 함께 분화되어, 그 일부가 정월의례로 옮겨져 새로운 즉위예식인 다이죠사이가 거행되게 된다.[61]

이처럼 천황의 즉위시 행해지는 다이죠사이가 음력 11월 동지와 가

와 다마후리(魂振り)를 위한 의례이다. 진혼제는 한마디로 천황의 영혼을 안정시키고 활성화하기 위한 의례인데, 이 의례가 니이나메사이의 전날에 거행하는 데 큰 의미가 있다. 음력 11월 동지 무렵은 태양이 가장 쇠약한 시기이며, 천황은 태양신 아마테라스의 후손으로 관념화되었기 때문에 진혼제를 거행함으로써 태양과 태양의 화신인 천황이 영력을 회복하고 니이나메사이에 의해 재생하는 태양을 축하하는 것이다(「鎭魂祭」、『天皇の本』、學習研究社、1998年、pp.66～67).

61 사이고 노부쓰나(西鄕信綱)에 의하면, 고대 역대천황의 즉위는 '진무를 필두로 정월에 즉위했다고 여겨지는 천황의 수가 『니혼쇼키』기사에 대단히 많다. 1대 진무 천황부터 41대 지토 천황까지 21대가 춘 정월에 즉위한 것으로 되어 있다. 12월과 2월에 즉위한 경우를 더하면 실로 80%가 정월 전후에 즉위한 것이 된다. 더욱이 정월 즉위는 제16대 닌토쿠 천황 이전과 제34대 죠메이 천황 이후에 거의 대부분 모여 있는 것이 특징적이라고 기술하고 있다. 이는 닌토쿠 천황 이전의 정월 즉위에 후대의 의식이 투영된 것에 지나지 않는다는 것을 의미한다. 『니혼쇼키』의 기재에 있어서 특히 진무부터 닌토쿠에 이르는 초기와 죠메이부터 지토에 이르는 후기에 춘 정월 즉위가 집중되어 있는 것은, 새로운 역(曆)을 받아들인 죠메이 이후의 즉위의례의 개념을 과거에 투영하여 과거부터 있었던 것으로 확정지으려고 한 것과 관련이 있다(西鄕信綱、『古事記の世界』、岩波書店、1987年、p.183 참고).

장 가까운 때에 거행되게 된 것은, 동지를 경계로 죽음과 부활의 전환이 이루어진다고 하는 세시적인 지식을 배경으로서 천황령의 계승식을 거행했기 때문이다. 다이죠사이의 최대의 의의는, 한 마디로 말해서 천황령의 계승에 있다. 즉 천황에 의해 아마테라스오미카미와 천신지기에게 바치는 첫 수확물인 벼는 신(곡령신) 그 자체를 의미한다. 다이죠사이를 거행함으로써 비로소 천황은 '태양의 후손'과 '곡령稻魂의 체현자'[62]라고 하는 자격을 몸에 지니게 된다. 다이죠사이는 새로운 천황이 즉위하여 그 해에 수확된 햇곡식을 받치며 아마테라스오미카미와 천신지기를 제사하며 국가의 안태와 번영을 기원하여 거행하는 천황 일대에 한번 있는 중대한 의식이다.[63]

그런데 '센소踐祚(즉위식)'라고 하는 전통적인 황위계승 의식이 있음에도 불구하고, 덴무·지토조에 다이죠사이가 황위 계승의 의식으로서 새롭게 첨가된 것은, 임신의 난을 발단으로 하는 그 시대의 정치 상황에 있다. 덴무 천황은 수도를 아스카 기요미하라궁飛鳥淨御原宮으로 옮기고, 이후 14년간 본격적인 율령국가체제 도입함으로써 천황에 대한 권력집중을 도모한다. 이러한 천황의 권력을 절대화하는 과정에서 덴무 천황은 보다 강력한 국가를 만들기 위한 일환으로 그때까지의 니이나메사이新嘗祭에 유키悠紀·스키主紀라고 하는 두 군데 봉사국奉仕國을 설정하는

---

62 그것을 신과 함께 먹음으로써 전대의 천황은 후계자인 '히쓰기(日嗣:천황)' 속에 대 부활을 이루고, 현인신인 태양신의 후손이 다카미쿠라(高御座)에 올라 즉위하는 것이다. 이는 천손인 '호노니니기'와 그의 부친인 '아메노오시호미미'의 이름이 벼이삭을 의미하는 것과, 호노니니기가 아마테라스오미카미로부터 벼이삭을 하사 받은 것에도 잘 나타나 있다.

63 다치바나 고사부로(橘孝三朗)는 다이죠사이는 신을 먹는 의식이라고 하고 있다. 햇곡(初穗の稻)은 신 그 자체이며 이를 먹음으로써 전대의 천황은 후대의 천황 속에 대부활을 이루고 아라히토가미(現人神)의 다카미쿠라(高御座)에 앉는다고 하고 있다. 또한 오리구치 시노부(折口信夫)는 천손 니니기가 강림할 때 싸여서 내려왔다고 하는 마토코오 우후스마(眞床襲衾)는 다이죠사이의 가쿠라(神座)에 놓여있는 침구에 상당한다고 하고 있다. 마코토오우후스마에 의해 천황은 천손 니니기의 영혼과 일체가 되는 것이다(「皇靈の繼承」, 前揭書『天皇の本』), p.76參考).

새로운 형태로 그 치세의 첫 해에 도입한다.[64]

　다이죠사이의 문헌기록은 지토기持統紀에 처음으로 보인다. 공식적으로 즉위식과 다이죠사이를 동시에 거행한 것은 지토조부터였다. 또한 천황의 이세행차도 지토 천황이 최초였으며 유일한 사례이다. 즉 덴무 천황의 빈궁의례에 이어서, 다이죠사이가 천황의 즉위식과 견줄만한 천황 일대 단 한 번의 공식적인 황위 계승 의식으로서 등장한 것은 지토조이다. 지토조에 있어서의 다이죠사이는 지토가 즉위한 다음해였고, 이세 행차는 다이죠사이의 다음해였다.[65]

　한편 아마테라스를 받드는 이세신궁[66]에 대해서는, 지금까지 여러 가지 연구가 행해져 왔다. 그 중에서도 관심이 집중되고 있는 것은 이세신궁의 성립과정에 관한 문제이다. 이세신궁은 아마테라스를 중심으로 한 황조신을 제사지내는 신사이며, 고대 왕권의 성립과 밀접하게 관련되어 있다. 이세신궁은 야마토조정의 정 동쪽에 위치하고 있는데, 요시노 유코吉野裕子가 지적하고 있듯이 이세는 동서라는 횡적 관계에 있어서는 동쪽의 신계 즉 현세의 도코요常世로 서쪽의 인간계인 야마토에 대치되는 곳이다. 이로 인해 현세의 제왕인 야마토의 천황은 이세 땅을 밟는 것도 참배하는 것도 모두 금기이다. 다시 말하면 이세신궁은 야마토 조정의 도코요, 즉 황실전용의 신계였던 것이다.[67]

　이와 같은 야마토 조정의 방위관념은 지토 천황의 후지와라궁을 찬

64　岡田精司・山口昌男・山折哲雄構成、「女帝持統天皇の執念―律令國家と皇位繼承儀礼―」、『歴史誕生』10、角川書店、1992年、p.45 참고).

65　지토여제의 즉위는 지토 4년(690) 춘 정월 1일에 거행했다. 모노노베노마로아손(物部麻呂朝臣)이 큰 방패를 세우고, 간즈카사노카미(神祇伯)인 나카토미노오오시마노아손(中臣大島朝臣)이 천신의 '요고토(寿詞)'를 읽고, 그 후 인베노스쿠네시코부치(忌部宿禰色夫知)가 신물(신지:神璽)인 거울과 검을 황후에게 헌상하고 즉위한다. 공경백관은 정렬해서 일제히 배례하고 박수를 쳤다. 그리고 3일, 4일 양일동안 대 연회를 개최했다고 되어 있어, 즉위 행사가 그 형태를 갖추었다는 것을 알 수 있다.

66　이세신궁은 아마테라스오미카미를 제사지내는 내궁(太神宮)과 도요우케노카미(豊受神)를 제사지내는 외궁(度會宮)으로 구성되어 있다.

67　吉野裕子、『大嘗祭―天皇卽位式の構造―』、弘文館、1987年、pp.107~108

양한『만요슈』제1권의「후지와라노미야 미이노우타藤原宮御井の歌」에 잘
나타나 있다.

　　　　널리 천하를 지배하시는 우리의 오키미大王 높고 높은 천상에서 비추시는
　　　태양의 황자이신 천황께서 후지이藤井의 들판에 궁궐을 창건하시고, 하니야
　　　스埴安의 제방에 서서 주위를 둘러보시니, 야마토의 푸르디 푸른 가구야마香
　　　久山는 궁전의 동문 방향에 과연 봄 산답게 푸르고 무성하게 있다. 우네비야
　　　마畝傍山의 싱싱하고 아름다운 산은 궁전의 서문 방향에 아름답고 의젓하게
　　　진좌해 있다. 미미나시耳梨의 사초莎草가 무성한 상쾌한 산은 이름에 걸맞게
　　　북문 방향에서 멀리 떨어진 구름이 있는 곳에 있구나. 이렇게 좋은 산들에
　　　둘러싸여 높게 세워진 큰 궁전, 천공에 우뚝 선 대궁大宮의 물이야말로 영원
　　　하리라.[68]

　　이 노래에 대해 오와 이와오는 "후지와라궁의 다이쿄큐덴大極殿은 동
지의 아침해가 가구산 정상에 떠오르고, 동지의 저녁 해가 우네비산의
정상에 지는 장소에 위치하고 있다. 즉 성스러운 산의 정상, 즉 동지의
아침해와 저녁 해를 받드는 장소가 성스러운 땅이다. 그곳에 후지와라
궁의 다이쿄큐덴이 있다"[69]고 지적하고 있다. 다시 말하면 후지와라궁
을 중심으로 해서 아침해가 떠오르는 방향이 동쪽이며, 저녁 해가 지는
방향이 서쪽으로 되어 있는 것이다.[70]

68 「やすみしし わご大王 高照らす 日の皇子 荒栲の 藤井が原に 大御門 始め給ひて 埴安
　　の 堤の上に あり立たし 見し給へば 大和の 青香具山は 日の經の 大御門に 春山と 繁さ
　　び立てり 畝火の この瑞山は 日の緯の 大御門に 端山と 山さびいます 耳成の 青菅山は
　　背面の 大御門に 宜しなべ 神さび立てり 名くはし 吉野の山は 影面の 大御門ゆ 雲居に
　　そ 遠くありける 高知るや 天の御蔭 天知るや 日の御蔭の 水こそば 常にあらめ 御井の淸
　　水」(卷1의 52번 노래)
69 大和岩雄, 『天照大神と前方後円墳の謎』, 六興出版, 1983年, p.223。
70 후지와라궁을 중심으로 한 최단거리의 동서축을, 야마토를 중심으로 하여 최장
　　거리의 동서축을 일본국토로 확대하면 동방의 이세(伊勢)와 서방의 이즈모(出
　　雲)에 도달한다. 사방이 산으로 둘러싸인 야마토는 신들이 사는 성지를 야마토

이처럼 기존의 일본 원시신앙에 있어서는, 태양이 뜨고 곡령이 해상 내림하는 동쪽 방위가 신성시되었기 때문에 동서축을 중심으로 하여 태양신앙과 그 제사 유적이 배치되어 있었다. 이러한 동서축을 중심으로 한 태양제사의 유적지는 일본각지에 산재해 있다. 이를 '덴도의 길天 道の道(태양의 길)'이라고 부른다.

그런데 이세신궁은 덴무조에 이르러 그 성격을 조금씩 바꾸어, 지토 조가 되면 기존의 동서의 횡축을 남북의 종축으로 바꾼다. 새로이 부상하는 남북축을 중심으로 한 제사가 바로 '시호하이四方拜'이다. 이 행사는 궁중에서 연초인 1월 1일 조야에서 거행했는데, 천황은 이세신궁과 천신지기, 그리고 각 산릉과 신사 등을 참배하며 국가의 안태와 오곡풍요를 기원한다. 이는 도교에 기원을 둔 제사로 매년 정월 초하루 인시寅時(오전 4시)에 천황이 세이료덴淸凉殿에 행차해서 우선 북쪽을 향해서 북두칠성 중에서 속성屬星(생년에 해당하는 별) 이름을 두 번 부르면서 두 번 배례하며 도교적인 주술적인 말을 한다. 그리고 다음은 북을 향해서 하늘을 서북을 향해서 땅을 배례한다. 그리고 동서남북순으로 각각 2배하고 다음은 선제先帝와 그 비의 능묘를 배례하는 행사다.[71]

이와 같은 신앙은 덴무조부터 유래하는 '천황'이라는 용어와 관계가 있다. 천황이라는 용어는 '천황대제는 북진의 별이다'라는 개념에서 온 것으로, 천황은 북진, 즉 북극성을 신령화한 말이다. 요시노 유코에 의

를 중심으로 해서, 다시 히타치(常陸), 이세(伊勢), 구마노(熊野), 이즈모(出雲) 로 확대해 나간다. 이와 같은 성지관념에 따라, 국토양도(國讓り)신화의 구상은 동방의 신계 '히타치'의 신인 다케미카즈치와 후쓰누시가 서방의 신계 '이즈모' 를 대표하는 신인 고토시로누시와 야타케미나카다를 정복함으로써 국신들이 날뛰는 아시하라노나카쓰쿠니를 평정하는 구조로 전개해 나간다. 이처럼 덴무·지토 조정의 궁궐이 있었던 기요미하라궁과 후지와라궁을 중심으로 한 하라(原)의 제정공간의 성립에는 다카마노하라의 태양신 아마테라스와 태양신의 자손으로서 아마테라스를 계승한 천황, 그리고 국토를 태양을 중심으로 한 동서 축으로 나누어 기층의 신화를 재편성하려고 한 정치적·지정학적 관념이 그 근 저에 흐르고 있다.

71 「天皇家の祭祀 1」、前揭書(『天皇の本』)、p.63.

하면, 텐무 천황이 창시했다고 여겨지는 고세쓰五節의 춤은 북두를 칭송
하는 것이며, 이세신궁의 외궁에 전승되고 있다. 그리고 만세일계의 천
황의 영혼은 북극성으로 환원되어 불멸한다. 그리고 생멸生滅하는 개개
의 천황은 이 북극성, 즉 '자성의 덕子星の德'을 계승하는 것이라고 여겼
다[72]고 하고 있다.

따라서 북극성을 상징하는 '천황대제'에 비유하여, 스스로를 '천황
(=현인신)'으로 위치 지으려고 한 덴무조와 그 뒤를 이은 지토조에 있어
서, 천황의 정궁인 태극전과 이세신궁의 전각 배치는 변경될 수밖에 없
었던 것이다. 왜냐하면 북쪽은 태일太一이 있는 곳이며, 서북은 역易에 있
어서 '건乾'이기 때문이다. 이는 하늘을 상징하기 때문에 이세신궁의 방
위는 남면하지 않을 수 없었던 것이다. 더욱이 당연히 천황가의 황조신
의 조령도 우주의 태일太一에 맞추어서 승격되지 않으면 안 되게 된다.

우주의 태극을 북극성 위에서 추구한 중국 철학을 받아들인 야마토
조정은 이 태극을 천황의 보위에 비정하고, 북극성의 명칭인 천황대제
의 이름을 그 수장의 명칭으로 한다. 이로 인해 태양의 동서선[73]뿐만 아
니라 음향오행에 의한 남북축子午線[74]이 중시되게 된다.

이렇게 천황가의 황조신인 아마테라스오미카미와 습합한 북극성 태

---

72 吉野裕子、「星空のロマン・大嘗祭」、『東アジアの古代文化』第28號、大和書房、
1981·夏、p.47
73 사이메이능(斉明陵)은 가쓰라기신(葛城山) 산정과 휴유노(冬野)를 연결하는 동
서선상에 있다. 이 선을 서쪽으로 더욱 연장하면 이세신궁의 내궁에 거의 도달
된다. 그리고 덴무 천황의 왕릉인 대내능(오치노미사사키:大內陵)을 중심으로
동서에 긴메이능(欽明陵)과 시마노미야(島宮)이 위치하고 있다. 이처럼 시마노
미야(島宮), 대내능(大內陵), 긴메이능(欽明陵)이라는 동서의 조령(祖靈)에 대한
제사선을 생각하면 이세신궁과 사이메이능이라고 하는 보다 큰 우주적 제사선
이 중시된 것이다(伊藤眞二、「陰陽五行思想の方位と天皇陵」、『東アジアの古代文
化』(特集·日本古代の太陽祭祀と方位觀)、pp.18~19).
74 지토여제의 후지와라궁(藤原宮)의 다이쿄쿠덴(太極殿)을 중심으로 북쪽으로는
자의 감궁(子の坎宮)에서 순행하는 태일(太一)로 관념화된 덴치(天智) 천황의 능
이 있고, 그 남쪽에는 오의 이궁(午の離宮)에서 순행하는 천일(天一)로 관념화된
덴무(天武) 천황의 능이 있다. 그리고 후지와라궁에서 남북 30도 각도에 히로세
(廣瀬)신사와 다쓰다(龍田)신사가 있다(伊藤眞二、前揭書、p.21).

일은, 이를 보좌하는 북두와 함께 천황가의 수호신으로서 이세 땅에서 숭배되고 제사지내지게 된 것이다. 북극성의 신격화인 '태일'은 아마테라스오미카미에 습합하여 내궁의 신이 되고, 외궁의 신은 도요우케노오카미豊受大神가 된 것이다. 이렇게 하여 '태일'과 이를 둘러싼 남두·북두의 사상을, 다이죠사이와 이세신궁 제사에 받아들인 것이다.

5. 맺음말

원래 이세신앙은 태양신과 깊은 관계가 있지만, 태양신과 관계가 깊은 이야기에 기키記紀신화의 히루코전승이 있다. 이 '히루코'야말로, 실은 히루메日女에 대한 히루코日子로 태양신의 후손을 의미한다. 아마테라스라고 일컬어지는 태양신을 모시던 히루메는 호토(음부)를 찔려 아마노이와야토에 칩거하나 진혼의례를 통해 태양신으로 재생하고 있다. 이것이 바로 아마테라스의 아마노이와야토신화는 태양신의 죽음과 재생에 관한 신화이다. 그런데 동굴을 아마테라스의 제장으로 하는 아마노이와야토신화는 아마테라스오미카미다카쿠라신사天照大神高座神社 혹은 이와토신사岩戸神社에 투영되어 있다. 이와토신사는 태양신의 성지에 걸맞게 동지와 하지뿐만 아니라, 춘분, 추분의 동서선에서도 중요한 위치를 차지하고 있다.

한편 이세지방이 아마테라스오미카미의 성지로 부상되는 것은 덴무천황 때부터이다. 아마테라스오미카미가 스진조 이전에는 궁중에서 제사를 모셨었다고 하는 기사와 덴무 천황이 임신의 난 때에 아마테라스오미카미를 멀리서 배알했다고 하는 기사를 제외하면, 역대의 천황이 이세신궁 내지는 아마테라스오미카미를 직접 모시고 참배했다는 예는 없다. 덴무 천황이 이세에 사이구齋宮를 파견함으로써, 고대일본의 제정공간은 이세를 동서축의 중심으로 해서 히타치常陸와 휴가日向의 양극을 통합하는 신화 지리학을 확립한다. 더욱이 덴무 천황의 아스카 기요미하라궁에서는 아마노이와야토를 상징하는 미무로노도노가 존재하고, 이곳에서 실제로 덴무 천황의 진혼의례가 거행된다.

　이와 같은 동지의 진혼제에 이어서 거행되는 다이죠사이의 최대 의의는 한마디로 천황령의 계승에 있다. 천황이 아마테라스와 천신지기에게 바치는 햇곡식인 벼는 신 그 자체를 의미한다. 이는 천손 '니니기노미코토'와 그 부친인 '아메노오시호미미노미코토'의 이름이 벼이삭을 의미한다는 점과 아울러 니니기노미코토가 아마테라스부터 벼이삭을 하사 받은 점에서도 잘 나타나 있다. 햇곡식을 신과 함께 나누어 먹음으로써 죽은 천황의 영혼은 새로이 즉위하는 천황에게 계승되는 것이다. 이를 통해 태양신의 후손인 천황은 현인신(아키쓰가미:現御神)으로 다카미쿠라高御座에 앉아 즉위하는 것이다. 그리고 니니기노미코토가 천손강림 때 휩싸여 내려왔다고 하는 '마도코오후스마'는 다이죠사이의 다카미쿠라에 놓여진 침구에 해당된다.

　고대 율령제사의 정치사상에 있어서, 아마테라스와 천황은 이체異體인 동시에 동체同體이다. 예를 들어 태양신의 소생의례인 진혼제의 경우 아마테라스오미카미와 천황은 서로 중첩되어 동일시된다. 이는 천황의 기력이 동지 경에 쇠약해 가는 점과 아마테라스가 아마노이와야토에 칩거함으로써 태양이 사라졌다는 점이 서로 중첩되어 천황과 아마테라스가 동체라고 간주된 것이다. 아마테라스가 아마노이와야토에서 밖으로 나온다고 하는 것은, 갱생한 새로운 태양의 출현, 즉 태양신의 후손의 탄생과 동시에 햇곡의 곡령신稻魂의 탄생이라는 제의적 의미가 서로 중첩되어 있다. 다시 말하면 아마노이와야토신화는 다이죠사이의 의미를 이야기하는 신화의 전 단계에 해당하며, 천손강림신화는 그 다음 단계에 해당된다.

　한편 우주의 태극을 북극성 위에서 추구한 중국 철학을 받아들인 야마토 조정은 이 태극을 천황의 보위에 비정하고, 북극성의 명칭인 천황

대제의 이름을 그 수장의 명칭으로 한다. 이로 인해 태양의 동서선뿐만
아니라 음향오행에 의한 남북축子午線이 중시되게 된다. 이로 인해 천황
가의 황조신인 아마테라스와 습합한 북극성太一은, 이를 보좌하는 북두
와 함께 천황가의 수호신으로서 이세 땅에 제사지내지게 된 것이다. 즉
북극성의 신격화인 '태일'은 아마테라스와 습합하여 내궁의 신이 되고,
외궁의 신은 도요우케노오카미豊受大神가 된 것이다. 이렇게 하여 '태일'
과 이를 둘러싼 '남두와 북두' 사상을, 다이죠사이와 이세신궁 제사에
받아들이게 된다.

Key Words 태양신화, 이세신앙, 天照大御神, 須佐之男命, 天日矛

참고문헌

倉野憲司・武田祐吉校注『古事記 祝詞』日本古典文學大系 1 (岩波書店 1958)

坂本太郎・家永三郎・井上光貞・大野晋校注『日本書紀』上 日本古典文學大系 (岩
　　波書店 1967)

坂本太郎・家永三郎・井上光貞・大野晋校注『日本書紀』下 日本古典文學大系 (岩
　　波書店 1965)

秋本吉郎校注『風土記』日本古典文學大系 2 (岩波書店 1958)

大和岩雄『天照大神と前方後円墳』(六興出版社 1983)

吉野裕子『大嘗祭 天皇卽位式の構造』(弘文堂 1987)

西郷信綱『古事記の世界』(岩波書店 1987)

『天皇の陵』(學習研究社 1998)

鎌田東二『神と仏の精神史』(春秋社 2000)

前川明久「伊勢神宮と卵生說話―神宮の神饌卵をめぐって―」『東アジアの古代文化』
　　第11号 (大和書房 1977・早春)

小川光三・水谷慶一 「大談「太陽の道」と古代の方位」『東アジアの古代文化』第24号
　　(大和書房 1980・春)

伊藤眞二 「陰陽五行思想の方位と天皇陵」『東アジアの古代文化』第24号 (大和書房
　　1980・夏)

大和岩雄「太陽祭祀と古代王權」『東アジアの古代文化』第24号 (大和書房 1980・夏)

吉野裕子 「日本古代信仰にみる東西軸」『東アジアの古代文化』第24号 (大和書房
　　1980・夏)

吉野裕子「伊勢神宮祭日考」『東アジアの古代文化』第28号 (大和書房 1981・夏)

岡田精司「伊勢神宮の成立と古代王權」『伊勢信仰 1』荻原龍夫編 (雄山閣 1985)

田村圓澄「「天照大神」と天武天皇」『東アジアの古代文化』第67号 (大和書房 1991・
　　春)

岡田精司・山口昌男・山折哲雄構成 「女帝持統天皇の執念―律令國家と皇位繼承
　　儀礼―」『歴史と誕生』10 (角川書店 1992)

森朝男「聖空間としての大和―近江荒都歌の國土觀―」『東アジアの古代文化』第64号
　　(大和書房 1990・夏)

熊田亮介「天皇家の氏神 伊勢神宮の起源」『古神道・神道の道』(新人物往來社 1996)

矢代和夫「アマテラスと伊勢神宮」『古神道・神道の道』(新人物往來社 1996年)

金厚蓮「古代日本における穀靈儀禮の變遷過程」『日本研究』(韓國外國語大學校
　　2003・6)

金厚蓮「天つ日嗣の卽位儀禮における他界訪問神話の構造」『日語日文學研究』(韓國
　　日語日文學會 2003・8)

金厚蓮「古代日本における伊勢信仰の成立と王權との關係」『日本研究』(韓國外國語
　　大學校日本研究所 2004・6)

金厚蓮「母子神과 하치만(八幡)신앙」『東아시아 古代學』(東아시아 古代學會 2004
 · 06)

金厚蓮「일본의 여신신화와 여음숭배」『종교와 문화』제10호 (서울대학교 종교
 문제연구소 2004)

제2장
일본 신화와
설화를 통해 본
신의 세계

문 명 재

1. 머리말

최근 지역연구에 대한 관심이 높아지면서 다양한 분야에서 다양한 방법으로 접근이 시도되고 있는데, 일본에 대한 지역연구의 경우도 마찬가지다. 특히 지역연구의 경우는 관련 학문 간의 경계를 넘어 학제 간 연구가 활발히 이루어질 때 그 효과를 거둘 수 있다.

신화와 설화의 경우, 일반적으로는 국문학 또는 민속학 분야에서 많은 연구가 이루어져 왔는데, 이제는 사실규명을 중시하는 역사연구의 분야에서도 중요한 고찰대상으로 여기게 되었고, 특히 최근에 지역연구에 대한 관심이 고조되면서 이러한 현상이 두드러지게 나타나는 것은 당연한 일이라 하겠다.

일례로 일본 사학계의 움직임을 보면, 그 간의 역사연구가 사료의 치밀한 검토를 바탕으로 한 사건사 정치사 중심의 연구였음에 비해, 최근에는 민속 종교 사상 생활상 등 종합적인 문화연구의 방향으로 그 무게중심이 이동하고 있음을 느낄 수 있다. 따라서 옛날 사람들이 과연 어떠한 생각을 가지고 어떠한 삶을 살았었는가 하는 문제가 관심의 대상이 되고 있고, 과거의 몇몇 중요한 인물과 사건들로 엮어지던 역사연구는 이제 신분의 귀천을 막론한 모든 개개인을 주인공으로 삼고 그들의 삶의 모습 자체를 파악하는데 노력하고 있는 것이다.

이에 따라 연구의 대상과 시각에 있어서도 다양성이 두드러지고 신화와 설화에 대한 가치도 재인식되고 있다. 즉 정통 사료를 중심으로 역사연구가 이루어지던 시대에 있어서 신화와 설화는 신빙성이 문제시되어 사료적 가치를 인정받지 못하고 기껏해야 부차적인 역할을 하는데 지나지 않았다. 그러나 생활문화사에 대한 관심이 커지면서 신화와 설화의 가치가 재인식되고 이제는 사학계에서도 중요한 의미를 부여하게 된 것이다.

이러한 현상은 신화와 설화의 특성을 생각할 때 매우 자연스러운 변화이다. 신화와 설화 안에는 이들의 생성 당시 민중들이 지니고 있던 의식과 일상생활의 모습들이 적나라하게 묘사되어 있어, 생생하게 살아 숨쉬는 산 역사의 기록이라 해도 과언이 아니기 때문이다.

2. 신의 출현

신화와 설화를 통한 지역연구의 대상은 매우 방대한데, 그 가운데 일본 또는 일본인을 이해하는데 있어 중요한 키워드 중의 하나가 바로 신에 대한 문제이다. 즉 일본인에게 있어 신이란 어떠한 존재였는가 하는 점인데, 우선 일본의 신을 나타내는 말로서 '야오요로즈노카미'라는 말이 있고 한자로는 八百萬神이라 표기하는데서 엿볼 수 있듯이 헤아릴 수 없이 많은 신이 존재하고, 그 만큼 다양하고 복잡한 기능과 이미지를 가지고 있다. 또한 일본은 신의 나라이고 천황은 신의 후예요 현인신現人神 (아라히토가미)이라는, 천황제와 결부된 의식도 있다. 이러한 신들의 출현과 이미지, 그리고 신에 대한 의식의 형성과 그 영향 등을 알아보기 위해서 먼저 신의 출현과 일본의 기원부터 살펴보기로 하겠다.

일본사람들은 자기나라의 기원을 언제쯤으로 생각하고 있는 것일 까? 우리나라의 경우 수십 년 전까지 단기檀紀가 사용되었던 것을 보아 알 수 있듯이, 단군신화에 나타난 단군조선을 국가의 시작으로 생각했 었다. 이러한 신화 속의 이야기들에 대한 인정 여부가 논란의 대상이 되 기도 하는데, 여기서는 사실 여부를 중요시하고 싶지는 않다.

일본인이 자기나라의 기원을 언제로 생각하고 있는지를 알아보기 위 해서는 역시 그들의 신화를 살펴보는 것이 좋을 것이다. 우리나라의 경 우,『삼국유사』에 실린 단군신화는 국토의 생성에 대한 이야기는 없고 국가의 기원을 이야기한 건국 신화의 성격을 지닌 데 비하여, 현존하는 일본의 가장 오래된 자료『고지키古事記』(712)는 일본 국토가 만들어지 게 된 이야기로부터 시작하고 있다.

1) 국토창조 ─ 이자나기·이자나미 ─

옛날 아주 오랜 옛날, 하늘과 땅이 처음으로 분리되던 천지개벽의 시 기에, 천상계에 다카마가하라高天原란 곳이 있었는데 그 곳에 여러 신들 이 나타났다. 이 때 땅은 단단히 굳지 않아서 물에 떠있는 기름 같은 상 태로 해파리처럼 떠다니고 있었다. 그래서 여러 신들이 의논한 끝에 '남 신 이자나미와 여신 이자나기의 두 신에게 명하여 떠다니는 국토를 잘 다듬어서 단단히 굳히도록 시키자'라고 결정하고, 신성한 창을 주면서 일을 맡겼다.

그래서 두 신은 하늘과 땅 사이에 걸려 있는 사다리 위에 올라가 창을 밑으로 내려서 천천히 휘저었다. 그런 후 창을 들어 올리자 창끝에서 소 금물이 뚝뚝 떨어지다 굳어져 섬이 생겼다.

"야, 섬이 생겼다. 어서 가보자."

두 신은 섬에 내려와서 신성한 기둥을 세우고 넓은 궁전을 지었다. 그리고 이자나기가 이자나미에게 물었다.

"그대의 몸은 어떻게 해서 만들어졌소?"

"내 몸은 만들어지다 보니 한군데 부족한 곳이 있습니다."

"그래요? 사실 내 몸은 만들어지다 보니 한군데 남는 곳이 있는데, 그렇다면 내 몸의 남는 곳을 그대 몸의 모자라는 곳에 집어넣어 국토를 낳고자 하는데 어떻소?"

"그렇게 합시다."

합의를 한 두 신은 신성한 궁전의 기둥을 돌다가 만나서 부부가 되는 행위를 하였는데, 이 때 먼저 말을 건 것은 여신 이자나미였다.

"아~ 이자나기, 당신은 정말 멋진 남자시군요."

"아~ 이자나미, 당신도 정말 아름다운 여자요."

라고 말을 주고받으면서 아이를 낳았지만 실패하고 말았다. 태어난 것은 거머리처럼 뼈가 없는 것이었기 때문이다. 다른 신에게 그 이유를 물었더니 여자가 먼저 말을 걸었기 때문이라고 했다. 그래서 이번에는 남자 쪽에서 먼저 말을 걸자 잘 되었다.

이자나미는 아이를 낳는 대신에 여러 섬들을 낳았고, 계속해서 땅신 바람신 물신 초목신 등등 수많은 신들도 낳았는데, 어느 날 둘 사이에 불행이 찾아들었다. 불의 신인 카구츠치노카미迦具土神를 낳던 이자나미가 음부에 화상을 입고 마침내 죽고 만 것이다.

"아~ 불쌍한 이자나미여, 사랑하는 아내를 하찮은 자식 하나와 바꾸다니."

죽은 이자나미의 몸에 엎드려 큰 소리로 우는 이자나기의 눈물에서 나키사와메노카미泣澤女神라는 울보 여신이 태어날 정도로 슬퍼하였다.

"에이, 이렇게 된 바에야 참을 수 없다."

이자나기는 칼을 빼어들고 태어난 불의 신의 목을 친 뒤 요미노쿠니黃泉國로 향했다. 이때도 칼에 묻은 피로부터 많은 신들이 태어났다.

요미노쿠니에서 이자나미를 만난 이자나기가 말했다.

"사랑스런 이자나미여, 나와 그대가 만들던 나라는 아직 다 이루지 못했소. 제발 나와 함께 돌아갑시다."

그러자 이자나미는 안타까운 얼굴로 말했다.

"정말 안타깝습니다. 좀 더 일찍 와 주셨더라면 좋았을 텐데. 나는 이미 요미노쿠니의 음식을 먹어버렸습니다."

요미노쿠니의 음식을 먹으면 다시는 인간세계로 돌아갈 수 없는 일이었다. 하지만 이자나미는 남편의 정성에 끌리고 말았다.

"사랑하는 나의 남자여, 일보러 여기까지 와 주셨으니 고맙기 그지없습니다. 그러니 어떻게든 당신 곁으로 다시 돌아갈 수 있도록 이곳 황천의 신에게 의논해 보겠습니다. 그 대신 한 가지 조건이 있습니다. 여기에서 기다리는 동안 결코 내 모습을 엿보아서는 안 됩니다."

이자나기가 약속하자 이자나미는 문을 열고 안으로 들어갔다. 하지만 좀처럼 아내는 나오지 않았다. 기다리다 못한 이자나기는 머리에 꽂은 빗에서 빗살을 하나 꺾어 들고 불을 붙여서 문 안을 살짝 들여다보았다.

"으악!"

이게 웬일인가. 사랑하는 아내는 온 몸에 구더기 투성이인 무섭고도 추한 모습으로 변해 있었던 것이다. 혼비백산한 이자나기는 냅다 도망치기 시작했다.

"잠깐 기다리라고 했는데 잘도 약속을 깨뜨렸군. 나의 이런 모습을 보아 버리다니, 도저히 참을 수 없다. 저 자를 쫓아라."

이자나미는 황천의 추녀 귀신들에게 명령했다. 필사적으로 도망쳐 황천국과 이승의 경계에 다다랐을 때 이번에는 이자나미가 직접 쫓아왔다. 놀란 이자나기는 커다란 바위로 이승으로 통하는 길을 막아 버렸다. 이리하여 두 신은 절교하고 이후로 황천으로 통하는 길도 막혀버려 오갈 수 없게 되었는데, 그 곳이 바로 지금의 이즈모出雲지방이다.

이와 같이 일본의 국토는 남녀의 두 신에 의해 만들어졌다고 이야기 되고 있는데, 흥미로운 내용이 담겨 있다. 하나는 두 신이 궁전의 기둥을 돌면서 부부가 되는 행위를 하였다고 한 부분으로, 『고지키』 원문에는 '미토노마구하히美斗能麻具波比'라고 표현되어 있다. '미토'란 여성의 성기를 말하고 '마구하히'란 원래 눈맞춤을 뜻하던 것이 전성되어 성교를 뜻하게 된 말이다. 다시 말하면 일본 국토의 생성은 남신과 여신의 성교에 의해 생겨난 것이라는 점인데, 그 표현이 상당히 에로틱하다.

또 하나는 그리스 신화에 나오는 올피스 이야기와 모티브 면에서 유사하다는 점이다. 아내인 오리이디체의 죽음으로 슬픔에 빠진 올피스는 저승에 가서 아내를 다시 돌려보내 주기를 청한다. 저승의 왕은 그의 음악에 반하여 청을 들어 주지만 조건이 있었다. 즉 올피스가 앞에 걸으면 아내가 뒤따를 것인데 저승문을 나설 때까지는 결코 뒤를 돌아보면 안 된다는 것이었다. 그러나 올피스는 과연 아내가 뒤따라오는지 갑자기 불안해져 저승 문 앞에 이르자 뒤돌아보고 만다. 때문에 두 사람 사이에는 영원히 건널 수 없는 장애가 생기고 아내는 슬픈 눈으로 저승으로 되돌아가고 만다. 이때도 약속을 깬 것은 남자 쪽이었다.

그러면 요미노쿠니에서 돌아온 이자나기는 그 뒤 어떻게 되었을까, 그리고 일본 국토와 신들이 만들어진 후 천황의 기원은 어디로부터 시작되는 것일까, 『고지키』의 신화를 좀 더 추적해 보기로 하자.

2) 천황의 기원

가) 아마테라스오미카미

한편, 요미노쿠니에서 돌아온 이자나기는 더럽고 부정한 곳에 다녀왔으니 몸을 깨끗이 씻어 맑게 해야겠다고 생각하고 목욕재계(미소기禊)를 하였다. 그리고 그가 벗어 던진 지팡이 허리띠 옷 등으로부터 여러 신들이 생겨났고 씻을 때도 곳곳에서 신들이 태어났다.

그러던 중, 왼쪽 눈을 씻을 때 아마테라스오미카미天照大神라는 해의 여신이 생겨나자 그에게 천상계인 다카마가하라의 통치를 맡겼다. 그리고 오른 쪽 눈을 씻을 때 츠쿠요미노미코토月讀命라는 달의 여신이 생겨나자 밤의 세계를 맡겼고, 코를 씻을 때 스사노오노미코토須佐之男命라는 바다의 남신이 생겨나자 바다를 다스리도록 했다.

그런데 스사노오는 맡겨진 나라는 다스리지 않고 큰 소리로 울기만 했다. 너무 심하게 울어서 산천의 나무와 물이 다 말라버릴 지경이었다. 보다 못한 아버지 이자나기가 그 이유를 묻자 스사노오는 돌아가신 어머니(이자나미)가 있는 나라에 가고 싶다고 했다. 화가 난 이자나기는 스사노오를 추방해 버렸다.

쫓겨난 스사노오는, 그렇다면 누님인 아마테라스에게 사정 이야기를 하고 가야겠다고 생각하고 하늘나라로 올라가는데, 산천이 울리고 온 나라가 진동하였다. 아마테라스가 그 소리를 듣고 놀라서, 필시 동생이 나쁜 마음을 먹고 자가 나라를 빼앗으러 오고 있다고 생각했다. 그래서 단단히 무장을 하고 찾아온 이유를 따지자, 스사노오는 그 동안의 사정을 이야기하고 절대 나쁜 마음을 먹고 온 것이 아니라고 했다. 그리고 그것을 증명하기 위해서 같이 서약을 하고 신들을 낳아보기로 했다.

두 신의 서약에 의해 검과 옥으로부터 세 여신이 스사노오의 자식으로서, 다섯 남신이 아마테라스의 자식으로서 태어났다. 이를 보고 스사노오가 말하기를,

"내 마음이 결백하다는 증거로 내가 낳은 자식들은 모두 상냥한 여자들이니, 내가 이겼소."

라고 말하고 승리에 도취되어 난동을 부렸다. 그러고도 모자라 아마테라스가 직녀와 함께 신에게 바칠 베를 짜고 있을 때 지붕에 구멍을 뚫고 말가죽을 벗겨서 안으로 던져 넣었다. 직녀는 깜짝 놀라 베틀의 북에 음부를 찔려 죽고 말았다. 이를 본 아마테라스는 두려워서 하늘의 석실 문을 열고 안에 숨어 버렸다. 이렇게 되니 하늘나라 다카마가하라는 완전

히 암흑 속에 빠지고 지상 세계도 영원한 어둠이 계속되었다.

이렇게 되자 여러 신들이 모여 상의했지만 별다른 수가 없었다. 이 때 힘이 장사인 아메노타지카라오노미코토天手力男神는 바위문 옆에 숨어 있고 아메노우즈메노미코토天宇受讀命는 문 앞에서 춤을 추기 시작했는데, 신들린 듯이 추다 보니 젖가슴이 드러나고 허리띠가 음부까지 흘러 내렸다. 그러자 다카마가하라가 떠나갈 듯이 모든 신들이 일제히 웃어 댔다.

아마테라스는 '내가 이 안에 숨어 있으면 온 세상이 암흑이라 모두 곤란할 텐데 춤추고 웃고 떠드는 것일까'라는 생각이 들어 석실 문을 살짝 열고 밖을 내다보았다. 그러자 힘센 아메노타지카라오노미코토가 그 틈을 노려 문틈에 손을 집어넣고 바위 문을 열어젖히고 아마테라스의 손을 잡아 끌어냈다. 그러자 다카마가하라도 땅위의 세계도 모두 태양이 비치고 밝은 세상으로 돌아왔고, 모든 신들은 다카마가하라로부터 스사노오를 추방해 버렸다.

나) 스사노오노미코토

쫓겨난 스사노오는 홀로 이즈모 지방의 히노카와肥河라는 강변에 도착했다. 이 때 상류에서 젓가락이 흘러오는 것을 보고 사람이 살고 있을 것이라고 생각하고 찾아가 보니 할머니와 할아버지가 여자애를 사이에 두고 울고 있었다. 스사노오가 연유를 묻자 할아버지가 대답했다.

"내게는 원래 딸이 여덟 있었는데, 해마다 몸통은 하나인데 머리와 꼬리가 여덟 개인 야마타노오로치八俣大蛇라는 괴물이 습격해 와 딸들을 먹어 치웠습니다. 올해도 그 괴물이 올 시기가 되었기 때문에 울고 있는 것입니다."

"나는 태양신 아마테라스의 동생인 스사노오다. 너의 딸을 내게 아내로 주면 내가 그 괴물을 해치우겠다."

말을 마친 스사노오는 딸을 빗으로 변신시켜 자기 머리에 꽂고 신들로 하여금 울타리를 둘러치게 하였다. 그리고 울타리에는 여덟 개의 문을 만들고 문마다 앞에 잘 빚은 술을 담은 술독을 놓아두고 기다렸다. 그러자 정말 노인의 말대로 야마타노오로치라는 괴물이 나타났다. 괴물은 술독을 보자 여덟 개의 머리를 모두 술독에 쳐박고 술을 마셔댔다. 그리고 술에 취해 그 자리에 쓰러져 잠들고 말았다. 이때를 놓치지 않고 스사노오가 나타나 칼을 빼어들고 괴물의 목들을 모두 잘라 버렸다. 그리고 가운데 꼬리를 잘랐을 때 안에서 아주 훌륭한 칼이 나왔다. 이상하게 생각한 스사노오는 그 칼을 누님인 아마테라스에게 바쳤는데, 이것이 바로 쿠사나기노쓰루기草薙劍라는 칼이다.

다) 오오쿠니누시노카미

이후, 스사노오와 아내인 쿠시나다히메는 침실에서 부부의 행위를 함으로써 둘 사이에는 많은 신들이 태어났는데, 그 직계 후손에 오오쿠니누시라는 신大國主神이 있었다. 이 신에게는 많은 형제들이 있었는데, 모두 자기 나라를 오오쿠니누시에게 물려 주었다. 나라를 물려주게 된 이유로서 다음과 같은 이야기가 전해진다.

오오쿠니누시와 형제들이 이나바因幡(지금의 돗토리현 지방)에 사는 야가미히메八上姬에게 구혼하기 위하여 함께 길을 떠났는데, 형제들은 오오쿠니누시에게 짐을 지게 하고 종자로 삼아 데리고 갔다. 짐을 진 오오쿠니누시는 뒤쳐지고 형제들이 앞서 가던 중 해변에 다다랐을 때 알몸이 된 토끼 한 마리가 누워있는 것을 발견하고, 여러 신들이 물었다.

"토끼야, 무슨 일로 그러고 있느냐?"

"예, 보시다시피 저는 가죽이 모두 벗겨져 아파서 울고 있습니다."

"너의 몸을 고치려면 이 바닷물에 목욕을 하고 바람 부는 산꼭대기에 누워있어 보거라."

토끼는 가르쳐 준 대로 했다. 하지만 바람을 쐬자 바닷물이 마르면서 온몸의 살갗이 갈라지고 그 고통이 이루 말할 수 없을 정도였다. 그래서 쓰

러져 울고 있었는데, 신들의 맨 뒤에 따라온 오오쿠니누시가 이 토끼를
보고 물었다.

"왜 너는 그렇게 엎드려 슬피 울고 있느냐?"

"제 이야기를 들어 보십시오. 저는 바다 건너편 오키노시마隱岐島에 살
고 있었는데 이쪽으로 건너오고 싶었지만 바다를 건널 수가 없었습니
다. 그래서 바다 속에 살고 있는 악어를 속여서 '나하고 너하고 누가 더
종족이 많은지 비교해 보자. 먼저 너는 네 종족을 다 데리고 와서 여기서
저 건너편 해변까지 일렬로 늘어서 엎드려 있어라. 그러면 내가 그 위를
밟고 수를 세면서 건너 가겠다'고 했습니다. 그리하여 악어가 속아서 죽
엎드려 늘어서 있을 때 그 위를 밟고 수를 세면서 건너 왔는데, 막 해변
에 닿기 직전에 '너희들은 나한테 속은 거야'라고 말하자마자 맨 끝에
있던 악어가 나를 붙잡아서 가죽을 모두 벗겨버린 것입니다. 그래서 울
고 있는데, 먼저 온 많은 신들이 바닷물로 목욕하고 바람을 쐬면서 누워
있으라고 가르쳐 주었습니다만 그대로 하니까 온 몸이 상처투성이가
되어 버렸습니다."

토끼는 빨갛게 벗겨진 몸을 떨면서 말했다. 그러자 토끼가 불쌍해진
오오쿠니누시가 가르쳐 주었다.

"지금 바로 강가에 가서 깨끗한 물로 몸을 씻고 향포香蒲 꽃가루를 뿌
린 다음 그 위에 누워 있으면 네 몸은 틀림없이 나을 것이다."

이 말을 들은 토끼가 그대로 해보니 정말 원래의 몸으로 회복되었는
데, 이것이 바로 이나바의 흰 토끼로서 지금도 토신兎神이라 부른다. 이
토끼가 오오쿠니누시에게 '다른 많은 신들은 모두 야가미히메를 아내
로 삼을 수 없을 것이고, 보따리를 짊어지고 하인처럼 보이기는 하지만
당신이 틀림없이 아내로 삼게 될 것입니다'라고 말했다.

이후 야가미히메는 구혼하러 온 형제 신들의 청혼을 물리치고 오오
쿠니누시와 결혼하겠다고 하였다. 그러자 많은 신들이 화를 내고 오오
쿠니누시를 죽이려고 했다. 죽음을 당하기도 했지만 신들의 도움으로

다시 소생한 오오쿠니누시는 조상인 스사노오가 살고 있는 지하의 저승세계에 도착하였다. 그곳에서 스사노오의 딸인 스세리비메須勢理毘賣를 만나 결혼을 하고 스사노오의 시험을 무사히 견뎌냄으로써 국토를 개척하는 일이 맡겨졌다.

그 후로도 오오쿠니누시는 여러 신들과 결혼을 하여 많은 신들을 낳았다. 하지만 지상에서는 여러 신들이 싸우고 횡포를 부리므로 소란스러웠다. 이를 본 다카마가하라의 아마테라스오오미카미와 다카미무스비노카미高御産巢日神는 많은 신들을 모아놓고 회의를 한 결과, 아메노호히노카미天菩比神를 내려보냈지만 그는 오오쿠니누시노카미에게 아첨하면서 천상계 신들의 명령을 듣지 않았다. 그래서 다시 아메노와카히코天若日子를 내려보냈는데, 이번에는 오오쿠니누시의 딸인 시타테루히메下照比賣를 아내로 삼고 돌아오지 않았다. 그러자 천상계의 신들은 그가 돌아오지 않는 이유를 물어보기 위해서 어떤 신을 파견할 것인가 의논한 끝에 나키메鳴女라는 꿩을 보내기로 했다.

명령을 받은 꿩은 지상으로 내려와서 아메노와카히코에게 천상계 신들의 이야기를 그대로 전했다. 그러자 아메노사구메天探女라는 영적 능력을 가진 여자가 옆에서, 이 새는 그 우는 소리가 매우 불길하니 죽이도록 진언했다. 아메노와카히코는 그녀의 말대로 하늘나라에서 가져온 활과 화살로 그 꿩을 쏘아 죽였다.

그런데 그 화살이 꿩의 가슴을 뚫고 하늘나라에 까지 날아가 천상계 신들이 있는 곳에 떨어졌다. 신들은 "이 화살은 아메노와카히코의 화살임에 틀림없는데, 만일 그가 나쁜 신에게 쏜 화살이 여기까지 날아온 것이라면 무사할 것이지만, 그렇지 않고 우리 명령을 거역하는 마음에서 쏜 것이라면 이 화살에 맞아 죽을 것이다."라고 말하고, 그 화살이 날아들어 온 그 구멍을 통해서 지상의 세계로 되던졌다. 결국 아침에 침상에서 잠을 자던 아메노와카히코는 가슴에 화살을 맞고 죽어버렸다. 그리고 그 꿩은 한번 간 채로 소식이 없었으므로, 이후 사신으로 간 채 소

식 없는 꿩('함흥차사'의 뜻으로 원어로는 '기지노히타츠카이雉の頓使'
라고 함)이란 속담이 생기게 되었다. 이처럼 지상 세계인 아시하라노나
카쓰쿠니葦原中國에 시자를 제차 파견했지만 실패로 끝나자 이번에는 누
구를 보낼 것인가 상의 끝에 다케미카즈치노카미建御雷神를 보내기로 했
다. 다케미카즈치노카미는 지상의 이즈모 지방에 내려와 오오쿠니누시
를 만나서 말했다.

"아마테라스오오미카미와 다카미무스비노카미의 분부에 의해 그대
들의 의견을 들으러 왔소. 그대들이 지배하고 있는 지상 세계인 아시하
라노나카쓰쿠니는 우리 천상계 신들의 자식이 다스리기로 되어 있는
나라라고 아마테라스오오미카미께서 말씀하셨는데, 그대의 생각은 어
떤가?"

"나는 지금 대답할 수 없고 내 아들인 야에코토시로누시노카미八重言
代主神가 대답해 드릴 것입니다."

오오쿠니누시의 말대로 아들인 야에코토시로누시노카미를 불러 물
어보니, 나라를 천상계 신의 자손에게 바쳐야 한다고 대답했다. 그러자
오오쿠니누시는 다케미나카타노카미建御名方神라는 아들이 하나 더 있는
데 그의 말도 들어보아야 한다고 했다. 그 때 마침 그 아들이 나타났다.
천 명이 덤벼서 겨우 움직일 수 있는 거대한 바위를 손끝으로 가볍게 놀
리면서 말했다.

"누구냐, 우리나라에 와서 이러쿵저러쿵 지껄이는 자가. 어디 한번
힘겨루기를 해서 결판을 내자. 그럼 내가 먼저 당신의 손을 붙잡겠다."

그래서 다케미카즈치노카미가 자기 손을 상대방에게 잡혀 주었더니
그것이 갑자기 고드름으로 변하였다가 다시 칼날로 변하였다. 이를 보
고 놀라서 물러나자 이번에는 반대로 다케미카즈치노카미가 다케미나
카타노카미의 손을 잡으니, 마치 이제 막 싹이 튼 갈대를 잡아 뽑듯이 쉽
게 붙잡아 던졌더니 멀리 도망쳐 버렸다. 그래서 뒤쫓아 가서 붙잡아 죽
이려고 했더니 목숨만 살려달라고 애원하면서 아버지인 오오쿠니누시

와 형인 야에코토시로누시노카미의 말에 거역하지 않을 것을 약속하고, 천상계 신의 자손의 명령에 따라 지상 세계를 바치겠다고 말했다.

이렇게 해서 오오쿠니누시는 지상세계인 아시하라노나카쓰쿠니를 천상계 신의 자손이 다스리는 것을 인정하니, 다케미카즈치노카미는 천상계인 다카마가하라에 돌아가서 지상 세계를 평정한 사실을 보고했다. 천상계의 신 아마테라스오오미카미와 다카미무스비노카미는 누구에게 지상세계의 통치를 맡길 것인지 의논 끝에 히노호노니니기노미코토日子能邇邇藝命를 하늘에서 내려 보내기로 했다.

라) 니니기노미코토 - 신에서 천황으로 -

니니기노미코토瓊瓊杵尊가 하늘에서 내려올 때, 천신 아마테라스오미카미는 그에게 야사카노마가타마八尺の勾玉, 가가미鏡, 구사나기노쓰루기라는, 옥과 거울과 검의 세 가지 신기神器를 지니고 신들과 함께 지상으로 내려가도록 했다. 구름을 뚫고 위풍당당하게 떠나온 그는, 츠쿠시筑紫(지금의 규슈九州지방)의 히무카日向에 있는 다카치호高千穗라는 성스러운 봉우리에 도착했다.

"이곳은 멀리로는 가라쿠니韓國(고대 한반도에 대한 명칭)를 바라보고 있고 가까이로는 가사사笠沙 곶과 직접 통하여 아침 해가 직접 비추는 나라이고 석양이 빛나는 나라이다. 그러니 이곳은 정말 좋은 땅이로다."

라고 말한 후, 그 곳에 궁전을 짓고 살았다.

그러던 어느 날 니니기노미코토는 가사사 곶에서 아름다운 여자를 만났다. 누구냐고 물으니 그녀가 대답했다.

"저는 오오야마츠미노카미大山津見神의 딸로, 이름은 고노하나노사쿠야비메木花之佐久夜毘賣라고 합니다."

"그대에게는 형제가 있는가?"

"예, 이와나가히메石長比賣라는 언니가 있습니다."

"나는 그대와 결혼하고 싶은데 어떤가?"

"저로서는 뭐라고 대답하기 어렵습니다. 아버지인 오오야마츠미노 카미께서 대답해 주실 것입니다."

니니기노미코토는 그녀의 아버지에게 사신을 보내 딸과 결혼하고 싶다고 하자, 아버지는 기꺼이 허락했다. 그리고 언니도 함께 데려가도록 했다. 그러나 그는 언니인 이와나가히메가 매우 못생긴 것을 보고 돌려보내 버렸다. 그리고 동생인 고노하나노사쿠야비메만을 머무르게 하고 그녀와 하룻밤 잠자리를 같이 했다.

한편 아버지는 니니기노미코토가 언니를 돌려보내자 매우 부끄러워하면서,

"내가 두 딸을 함께 보낸 것은 다 이유가 있었는데……. 언니 이와나가히메를 바친 것은 하늘신의 아들은 눈이 내리고 바람이 불어도 언제나 바위처럼 영원히 불변하시라는 뜻이었고, 동생 고노하나노사쿠야비메를 드린 것은 나무의 꽃이 화려하게 피듯이 무한히 번창하시기를 기원하고 서약하는 뜻에서 보낸 것이다. 그런데 이렇게 이와나가히메를 되돌려 보내고 동생만 남겨 두었으니, 앞으로 하늘신의 아들의 수명은 나무의 꽃처럼 한계가 있어 덧없는 것이 되고 말 것이오."

라고 말했다. 이 일로 인해서 지금에 이르기까지 역대 천황의 수명은 영원하지 않게 되었다.

어느 날 고노하나노사쿠야비메가 니니기노미코토에게 아이를 가져서 출산이 가까워졌음을 알렸다. 그러나 니니기노미코토는 단 하룻밤의 관계만으로 아이를 가졌다는 것은 믿기 어려운 일이니 그 아이는 자기 아이일 리가 없고, 따라서 필시 지상세계의 다른 신의 아이일 것이라고 말했다. 그러자 그녀가 대답했다.

"제가 가진 아이가 만약에 다른 지상신의 아이라면 출산할 때 이 아이는 무사하지 않을 것이나, 만일 하늘신의 아이라면 무사히 태어날 것입니다."

라고 서약했다. 그리고 출입구가 없는 산실을 차려놓고 그 안에 들어간 후 흙을 발라서 완전히 막아 버렸다. 출산 때가 되자 산실에 불을 붙인 채 아이를 낳았는데, 불길이 한창일 때 태어난 신이 호데리노미코토火照命이고 다음에 호스세리노미코토火須勢理命가, 그 다음에 호오리노미코토火遠理命가 태어났다.

이 가운데 형 호데리노미코토는 바다에서 나는 물고기를 잡았고 동생 호오리노미코토는 산에 사는 짐승을 잡았는데, 어느 날 동생 호오리노미코토가 형에게 서로 먹이를 잡는 도구를 바꿔서 써보자고 제안했는데 형은 듣지 않았다. 몇 번이나 조른 뒤에 겨우 허락을 얻은 동생은 바꾼 도구로 물고기를 낚았지만 한 마리도 못 낚았을 뿐만 아니라 낚시 바늘을 바다 속에서 잃어버리고 말았다. 형이 이제 서로의 도구를 원래대로 바꾸자고 말했을 때 동생은 어쩔 수 없이 사실대로 말했다. 하지만 형은 계속 돌려줄 것을 요구했다. 동생은 허리에 차고 있던 칼을 풀어 오백 개의 낚시 바늘을 만들어 주었지만 형은 받지 않았다. 다시 천 개를 만들어 주어도 받지 않고 원래의 자기 낚시 바늘을 내놓으라고 재촉했다.

그래서 동생이 바닷가에서 울고 있는데, 바닷물을 다스리는 신 시오츠치노카미鹽椎神가 다가와서 울고 있는 이유를 묻자 사정을 이야기했다. 이야기를 듣고 난 시오츠치노카미는 바닷속 와타츠미노카미綿津見神라는 신의 궁전에 가는 방법을 가르쳐 주고, 그 신의 딸과 의논해 보라고 했다.

그 가르침대로 호오리노미코토가 궁전에 도착하니, 와타츠미노카미의 딸 토요타마비메豊玉毘賣가 그를 보고 반해서 둘은 결혼을 하게 되었다. 삼년이 지난 어느 날, 호오리노미코토가 크게 한숨을 쉬는 것을 보고 아내가 그 이유를 물었다. 그래서 자기가 형의 낚시 바늘을 잃어버리고 계속 재촉당하고 있음을 이야기했다.

이런 사정을 딸에게서 들은 와타츠미노카미는 바닷속의 물고기들에게 그 낚시 바늘을 가진 자가 있는가를 알아보니 붉은 돔이 목에 가시가 걸려 먹이도 못먹고 고통스러워하고 있는 것을 알았다. 그래서 돔의 목을 살펴보니 낚시 바늘이 걸려 있었고, 바로 꺼내어서 호오리노미코토에게 건네주었다.

이렇게 해서 잃어버린 낚시 바늘을 찾은 호오리노미코토는 악어 등을 타고 본국으로 돌아왔다. 이후 형은 낚시 바늘을 돌려받았지만, 동생이 와타츠미노카미의 계책대로 실행함으로써 형은 점점 가난해졌고 나중에는 동생을 모시는 신세가 되고 말았다.

한편 남편을 지상 세계로 돌려보낸 도요타마비메는 아이를 갖게 되었다. 그래서 남편이 사는 곳에 찾아와 말했다.

"나는 이미 몸이 무거워져서 이제 출산 때가 다가왔습니다. 하지만 하늘신의 아들을 바다 속에서 낳아서는 안 된다고 생각해서 당신을 찾아온 것입니다."
말을 마치고 곧 아이를 낳기 위한 산실을 만들었다. 그리고 남편에게 말했다.

"다른 세상에서 온 자는 출산할 때가 되면 자기 나라에서의 모습이 되어 아이를 낳는 법입니다. 그러므로 나도 이제 본래의 내 모습이 되어 아이를 낳으려고 합니다. 그러니 부디 내 모습을 보지 말아 주십시오."
하지만 호오리노미코토는 이 말에 이상한 생각이 들어 아내가 아이 낳는 모습을 몰래 들여다보았다. 그러자 아내는 커다란 악어로 변하여 기면서 뒹굴고 있었다. 그 모습을 보자마자 그는 놀라 도망치고 말았다. 그리고 아내는 이 사실을 알고 부끄럽게 생각되어 아이를 남겨둔 채 돌아가며 말했다.

"나는 앞으로도 계속 바닷길을 따라 이 나라에 왔다 갔다 하려고 생각하고 있었는데, 그런데 내 모습을 보아 버린 것은 정말 유감으로 생각합니다."
말을 마친 그녀는 해신의 나라와 지상세계와의 국경을 막아버리고 바다 속으로 돌아가 버렸다. 그리고 그 때 낳은 아이가 아마츠히코나기사타케우가야후키아에즈노미코토天津日高日子波限建鵜草葺不合命이다.

한편 호오리노미코토는 다카치호 궁에서 오백팔십 년을 살았고 그 능은 다카치호산 서쪽에 있다.

그리고 아들 아마츠히코나기사타케우가야후키아에즈노미코토가 숙모인 다마요리비메노미코토玉依毘賣命와 결혼하여 네 아이를 낳았는데, 처음에 이쓰세노미코토五瀨命를 낳고 다음에 이나히노미코토稻氷命를 낳고 다음에 미케누노미코토御毛沼命를 낳고 마지막으로 와카미케누노미코토若御毛沼命를 낳았다.

마지막에 낳은 와카미케누노미코토는 별명을 도요미케누노미코토豊御毛沼命라고도 하고 가무야마토이와레비코노미코토神倭伊波禮毘古命라고도 부르는데, 바로 일본의 제1대 천황인 진무神武 천황이다.

3. 신과 불보살과의 만남

1) 신과 불보살의 반발과 신국 사상의 태동

백제로 부터 일본에 불교가 전해지면서 재래신과 불보살이라는 외래신과의 조우가 이루어지게 된다. 이후 일본의 신들은 불보살과의 반발로 부터 시작하여 불법에 대한 조력助力과 귀의歸依를 거쳐 동격同格의 상태에 이르게 되기까지 수많은 우여곡절을 거치게 된다. 그리고 마침내는 불보살과의 역학관계에서 역전이 이루어지고 신이 불보살보다 우위에 서는 현상까지 벌어지게 된다. 이러한 현상은 신불분리神佛分離와 배불훼석排佛毀釋으로 이어지며 신국 사상의 재등장을 가져오게 되는데, 먼저 일본에 불교가 전래되었을 때의 상황부터 보아가기로 하겠다.

불교가 전래된 이후 그 수용에 대한 태도는 나라마다 다른 모습을 보이고 있는데, 일본의 경우 한동안은 찬·반의 충돌을 피할 수 없었다.

『곤자쿠 이야기집今昔物語集』(1120-50)제11권 제1화 '쇼토쿠聖德 태자가 일본에 처음으로 불법을 펼친 이야기'는 일본의 불교 전래를 태자의 전기 형식을 빌려 이야기한 것이다. 백제로부터 불상이 전래되자 쇼토쿠 태자와 소가노우마코蘇我馬子는 불당을 세우고 불법을 전파하려고 했지만, 그 때 불법배척을 주장하던 모노노베物部와 나카토미中臣 양측에 유리한 사태가 벌어졌다. 그것은 역병의 유행이었는데, 다음 이야기는 이를 둘러싼 양측의 공방이 전개되는 장면이다.

가)『곤자쿠 이야기집』제11권 제1화

백제에서 미륵불상을 보내왔다. 그러자 소가노우마코라는 대신이 건너온 사신을 맞이하여 자기 집의 동쪽에 절을 짓고 거기에 머물게 했다. 대신이 이 절에 탑을 세우려고 하자 태자가, "탑을 세우면 반드시 안에 부처의 사리를 안치시켜야 한다."고 말하고, 사리 한 알을 구해서 유리항아리에 넣어서 탑에 안치시키고 예를 올렸다. 이렇게 모든 일에서 태자는 이 대신과 한마음이 되어 삼보三寶를 널리 전하였다.

당시 나라 안에 유행병이 발생하여 죽는 사람이 많았다. 이 때 모노노베와 나카토미 두 사람이 왕에게 진언하기를 "우리나라는 원래부터 신만을 받들어 신앙하고 있습니다. 그런데 근래에 소가대신이 불법이란 것을 일으켜 행하고 있습니다. 그것 때문에 나라 안에 병이 유행하여 백성들이 죽고 있는 것입니다. 불법을 금지시켜 사람들의 목숨을 구해야 할 것입니다."라고 말했다. 이 말에 왕은 "두 사람 말이 옳다. 즉시 불법을 금하도록 하라."고 명하였다. 그러자 쇼토쿠 태자가 진언하기를 "저 두 사람은 아직 인과보응의 이치를 모르고 있습니다. 선정을 베풀면 복이 오고 악정을 행하면 반드시 화가 오는 것입니다. 두 사람은 반드시 화를 당할 것입니다."라고 말했다. 그렇지만 왕은 절에 사람을 보내 불당과 탑을 부수고 불경을 불태우게 했다. 그리고 타다 남은 불상을 강에 버리고 세 명의 비구니를 매로 때려 절에서 내쫓았다.

쇼토쿠 태자와 소가의 숭불주장과 모노노베와 나카토미의 배불주장은 당시 조정의 2대 세력가의 권력싸움이 배경을 이루고 있고 종교적인 교리상의 대립은 아니었다. 그러나 "우리나라는 원래부터 신만을 받들어 신앙하고 있습니다."라는 말에 잘 나타나 있듯이 양측의 대립은 신과 불의 만남이 발단이 되고 있다.

이 사건은『니혼쇼키日本書紀』(720)의 긴메이欽明 천황 13년 10월 기록을 통해서도 확인되는데, 백제의 성명왕이 보내온 금동불상과 불경 등을 둘러싸고 벌어진 상황이 자세히 나타나 있다.

나)『니혼쇼키』 긴메이 천황 겨울 10월 조

백제의 성명왕聖明王(다른 칭호 聖王)이 달솔 노리사치계 등을 보내, 석가불의 금동상 한 구와 반개幡蓋약간과 경전 약간 권을 전해왔고, 따로 편지를 써서 불법을 널리 보급하고 불상을 경배하는 공덕을 찬양하여 말하기를, "이 불법은 모든 법 가운데 가장 뛰어나고, 깨치기 어렵고 불문에 들기도 어렵습니다. 주공周公과 공자도 또한 알지 못했습니다. 이 법은 헤아릴 수 없고 끝도 없는 복덕과보를 낳고 무상의 보리菩提를 이루어냅니다. 예를 들어 사람이 여의보주를 가지고 용도에 따라서 모든 것을 마음대로 할 수 있듯이 이 묘법의 보물 또한 그러하니, 기원하는 바를 뜻대로 이루되 부족함이 없습니다. 또한 멀리는 인도에서 이곳 삼한에 이르기까지 법에 따르고 받들어 공경하지 않는 일이 없습니다. 그러므로 백제의 왕신 명明, 삼가 노리사치계를 보내어 일본에 전하니 나라 안에 전파해 주십시오. 부처님께서 나의 법은 동쪽으로 흘러가리라고 하신 것을 실천하는 것입니다."라고 했다.

이 날 천황이 다 들으시고 매우 기뻐하면서 사신을 불러 말하기를, "나는 예로부터 지금까지 일찍이 이처럼 신묘한 법을 들어보지 못했다. 그러나 (불법을 받아들일 것이지) 내가 스스로 결정하기 어렵다."고 하

셨다. 그리고 신하들을 불러 물으시기를, "이웃 서국西國에서 보내온 불
상은 그 모습이 매우 장엄하고 일찍이 없던 모습인데, 받들어 모셔야 할
것인가 그렇지 않은가?" 하셨다. 소가노이나메蘇我稻目가 아뢰기를, "서
국 여러 나라가 모두 받들고 있는데, 어찌 일본 만이 홀로 배척하려 합니
까?" 하자, 모노노베노오코시物部尾興와 나카토미노카마코中臣鎌子가 함께
아뢰기를, "우리나라의 천하를 다스리는 왕은 항상 천지사직의 수많은
신百八十神에게 춘하추동 제사 드리는 것을 중요한 일로 삼아 왔습니다.
그런데 이제 고쳐서 외래 신蕃神을 받든다면 필경 국신國神의 노여움을 살
것입니다."라고 했다. 그러자 천황이 말하기를, "원하는 이나메에게 시
험 삼아 모셔보도록 하라."고 하니, 이나메는 무릎꿇고 받들며 기뻐하
였다. 그리고 자기 집에 불상을 안치시키고 열심히 불도를 닦았고 무쿠
하라의 집을 깨끗이 하여 절로 삼았다.

그 후 나라 안에 역병이 발생하여 갈수록 죽는 백성들이 늘어났지만
낫지를 않았다. 그러자 오코시와 카마코가 아뢰기를, "지난 날 저희 말
을 듣지 않았기 때문에 이처럼 병이 유행하는 것입니다. 이제 다시 예전
으로 돌아간다면 머지않아 틀림없이 기쁜 일이 있을 것입니다. 어서 불
상을 내버리고 열심히 다음 복을 구하십시오."하자, 천황은 그 말대로
하라고 했다. 그래서 관리가 불상을 나니와難波의 강가에 버리고 절에 불
을 지르니 다 타버렸다. 이 때 하늘에 바람과 구름 한 점 없었는데 갑자
기 궁 안에 화재가 있었다.

즉, 긴메이 천황은 백제로부터 전해온 불교의 수용 여부에 대해 명확
한 태도를 보이지 않았다. 그러자 숭불파는 서방 여러 나라가 불교를 받
아들였는데 일본만 배척할 필요는 없다고 주장하였고, 배불파는 불상
을 번신蕃神 즉 외래신이라 여기고 번신숭배는 국신國神의 노여움을 초래
하리라고 반격하였다. 그러다가 소가 씨는 왕의 허가를 얻어 불상을 안
치하고 받들게 되었는데, 유행병을 번신숭배의 탓으로 주장한 배불파
의 주장이 받아들여져 불상은 버려지고 불당도 불태워졌다.

불교의 전래로부터 수용에 이르는 과정에서 일어난 시련의 한 장면
이 생생하게 기록되어 있는 부분인데, 이후의 사건은 『곤자쿠 이야기
집』에 의하면, 긴메이 천황의 뒤를 이은 요메이用明 천황이 즉위한 후 불
법수용을 결정하자 양측의 싸움은 신과 불을 전면에 내세운 전투로 발
전하였고, 결과적으로는 사천왕상(불법수호신의 하나)을 받들고 싸움
에 나선 태자와 소가의 군대가 씨족 신을 앞세운 모노노베군을 이김으
로써 신에 대한 불상의 승리로 결말이 난다.

이와 같이 불교전래시의 모습들을 살펴보았는데, 신·불의 만남이
뚜렷한 특징으로 떠오른다. '우리나라는 원래부터 신만을 받들어 신앙
하고 있다(『곤자쿠 이야기집』)'고 한다든지, '우리나라의 왕이 천하의
왕인 것은 항상 천지 사직의 백팔십신에게 춘하추동 제사를 드리기 때
문입니다. 그런데 이제 와서 외래 신을 받든다면 필경 우리 신이 노여워
하실 것입니다(『니혼쇼키』)'라고 한 부분에 잘 나타나 있듯이, 신과 불
의 만남이 불교배척의 발단이 되고 있는 것이다.

또한 이것은 일본인들이 고유의 신을 받들고 또 그 신이 나라를 보호
해 준다고 믿는, 자기 나라를 신국神國으로 생각하는 사상이 근저를 이루
고 있음을 볼 수 있는데, 이는 이미 앞의 『고지키』 신화를 통해서 살펴보
았던 신에 대한 의식이 바탕이 되고 있음은 말할 나위 없다.

2) 불법에 귀의하는 신의 모습

가) 신과 불의 대립

이렇게 일본에 전래된 불교는 이후 곳곳에서 신과 만나게 됨으로써
서로 융화에 이를 때까지 반발과 직면하게 된다.

『곤자쿠 이야기집』 제11권 제16화는 구다라다이지百濟大寺의 연기담
인데, 절 건립 시에 있었던 화재에 대해서 '이 절을 세울 때에 담당 관리
가 옆 신사의 나무를 베어 이 절의 재목으로 사용하자 신이 노해서 불을

질러 절을 태워 버렸다'고 기록하여, 절의 화재를 신의 노여움에 의한 불 때문으로 해석하고 있음을 알 수 있다. 이에 대해서는 『산보에三寶繪』 (984)라는 설화집에 더 자세히 기록되어 있는데 다음과 같다.

①『산보에』 하권 17화

도지道慈라는 승려가 말하기를, 이 절百濟大寺이 처음에 불탄 것은 고베묘진子部明神이란 신을 모신 신사의 나무를 베었기 때문이다. 이 신은 벼락신이어서 노한 마음에 불길을 일으킨 것 이다. 그 후 9대에 걸쳐 왕들이 고쳐 지었는데, 때때로 장소를 옮기니 그 비용이 많이 들었다. 신의 마음을 기쁘게 하여 절을 보호하게 하는 데는 불법의 힘을 따를 것이 없다고 하여 대반야경을 서사하고 반야 법회를 처음으로 열었다. 또한 한편으로는 독경을 하고 가무를 베풀어 신을 기쁘게 하니 절의 보호신이 되었다.

벼락 신을 모신 신사의 나무를 베어 절의 재목으로 썼기 때문에 신의 노여움이 불꽃이 되어 절을 불태웠고 신의 마음을 기쁘게 해서 절의 보호신이 되도록 하기 위해서는 불법을 따를 것이 없으므로 대반야경을 서사하고 독경과 가무로 즐겁게 하니 신도 기뻐하면서 절의 보호신이 되었다는 것으로, 신・불의 만남은 반발로부터 점차 융화 쪽으로 바뀌어 가고 있는 양상을 읽을 수 있다. 이와 유사한 신・불의 만남이 법화경 영험담 형식으로 된 것도 있다.

②『홋케겐키法華驗記』(1043 무렵) 하권 81화

진유神融법사는 에치고越後지방 고시古志군 사람이다. 법화경을 독송하며 깊은 수행을 쌓았다. 그래서 귀신이 명을 받들고 국왕이 멀리서 귀의하고 민중들이 공경하였다.

그 지방 구가미야마國上山에 한 시주가 살았는데 발원하여 복을 짓고자 탑을 세웠다. 그리고 공양하려는데 천둥번개가 치면서 벼락이 탑을 부수고 산산조각을 낸 후 사라졌다. 시주는 슬퍼하면서 다시 탑을 짓고 공양하려 할 때 전처럼 벼락이 또 탑을 부수고 사라졌다. 이렇게 벼락이 탑을 부수기를 세 번이나 했다. 시주는 자기 원을 이루지 못함을 한탄하면서 다시 탑을 만들고 부서지지 않기를 기원했다.

이 때 진유법사가 시주에게 말하기를, "너무 탄식하지 마시오, 내가 불법의 힘으로 탑을 지키고 부서지지 않도록 하여 당신의 원을 이루어 주겠소."라고 하였다. 그리고 탑 아래에 자리 잡고 법화경을 독송하기 시작했다. 그러자 구름이 덮이고 가랑비가 내리면서 벼락이 치니 시주는 탑이 무너질 것이라고 걱정하며 슬퍼했다. 진유법사는 원을 세우고 높은 소리로 경을 외우니, 이 때 한 동자가 하늘에서 떨어졌다. 그 형체를 보니 머리카락은 쑥대머리처럼 흐트러지고 무서운 얼굴을 하고 있었고 나이는 15, 6세 정도였다. 동자는 몸의 다섯 곳이 묶인 채 몸을 제대로 가누지 못하고 눈물을 흘리면서 큰 소리로 말하기를, "경을 읽는 성인이시여, 자비로운 마음으로 저를 용서해 주시오. 앞으로 다시는 탑을 부수지 않겠습니다." 라고 했다.

진유법사가 탑을 부순 이유를 물었더니 벼락신이 답하기를, "이 산의 지주신地主神은 나와 깊이 사귀고 있었습니다만, 그 지주신이 말하기를 탑이 자기 산의 꼭대기에 세워지면 내가 살 곳이 없어지니 나를 위해서 탑을 부수어 달라고 했습니다. 그래서 지주신의 부탁대로 탑을 세울 때마다 부순 것입니다. 그런데 불법의 힘이 불가사의하여 저를 굴복시킨 것입니다. 이로 인해 지주신은 다른 곳으로 옮겨갔고 저도 이곳을 피하겠습니다. 시주와 성인의 서원이 이루어진 것입니다."라고 말했다.

진유법사가 벼락 신에게 이르기를, "너는 불법에 따르고 거역하는 짓을 말아라. 선한 마음을 일으켜 탑을 부수지 않는다면 바로 너의 이익이 될 것이다. 단지 이 절을 보니 물이 없다. 멀리 계곡 아래로 내려가서 물을 퍼 올라와야 한다. 벼락신이여, 이곳에 샘물이 나오게 하여 승들의 편리를 도모하라. 네가 만일 물을 나오게 하지 않으면 내가 너의 몸을 묶어서 세월이 흘러도 그대로 두겠다. 또한 이 절의 사방 40 리 안에서 다시는 벼락 치는 소리를 내서는 안 된다."고 하니, 벼락신은 무릎을 꿇고 공경하며 성인의 뜻을 받들었다.

즉시 손바닥 위에 물병의 물을 한 방울 받고 손가락으로 바위를 뚫더니 벼락 치는 소리를 내면서 허공으로 사라졌다. 그러자 바위의 구멍에서 맑은 샘물이 솟아났다. 그 후 탑도 무너지는 일이 없었다.

여기에는 당시의 재래신과 불교의 만남에 있어서 신의 모습이 여실히 나타나 있다. 즉 신과 불이 서로 영역싸움을 하고 있는, 서로 대립적이고 이질적인 존재로 인식되고 있었고, 불교의 진출에 대한 재래신의 반발과 패배로부터 조력자로서 손을 잡아가기까지의 일들이 묘사되어 있다. 이것은 당시 사람들의 의식변천을 반영하는 것으로, 설화에는 살아있는 역사가 숨 쉬고 있다는 것을 새삼 느끼게 해준다.

나) 불교의 정착을 돕는 신의 모습

신불습합神佛習合의 가장 근간을 이루고 있는 것이 신·불의 융합과 조화인 만큼, 설화에도 불교융성의 조력자로서의 신의 모습이 많이 등장하고 있을 뿐만 아니라 다양한 전개 양상을 보이고 있다. 먼저 『곤자쿠 이야기집』 제11권 제25화는 고보弘法대사가 고야산에 공고부지金剛峯寺라는 절을 세우고 진언종을 개종한 이야기로, 신·불의 만남과 관련된 부분만을 발췌하여 요약하면 다음과 같다.

고보대사가 당나라 유학 시 삼고三鈷를 던져 그것이 떨어진 곳에 절을 세우기로 마음을 정했다. 그 후 일본에 돌아와서 삼고가 떨어진 곳을 찾아다니다가 사냥꾼을 만나, 그가 가르쳐 준 대로 기노쿠니 지방의 강가에 이르렀다. 거기에서 다시 산왕을 만났는데, 산왕은 자기의 영지를 대사에게 바치면서 절터로 삼도록 하였다. 대사가 그의 정체를 묻자, 자신은 니우명신丹生明神이고 길을 가르쳐준 사냥꾼은 고야명신高野明神임을 알려 주었다.

이 이야기에서처럼 신이 절을 세울 장소를 교시 또는 제공하는 모티브는 유형적인 것으로, 일본설화에는 불교의 종파를 열고 절을 세우는 이야기에서 신·불의 만남이 매우 다양하게 전개되고 있다. 앞에서 본 『곤자쿠 이야기집』 제11권 제25화의 말미에는 '니우·고야의 두 신은 신사의 도리이鳥居(신사의 입구에 세운 기둥문)를 나란히 하고 있으면서 서원한 바와 같이 고야산의 절을 지킨다'라고 기록되어 있고, 제35화에도 '기부네명신은 서원한 대로 지금도 구라마사가 있는 산을 지킨다'고 되어 있어, 절터를 교시 또는 제공하는데 그치지 않고 절을 지키는 일까지 서약하고 있는 것이다. 이와 같이 절 건립지를 교시·제공한다든지 절의 수호를 약속한다든지 하는 신의 모습에서 유래한 것이 절의 수호신인데, 이 외에도 다음과 같은 예화에서 볼 수 있다.

① 미오명신三尾明神은 미이데라三井寺의 불법 수호를 서약한 신으로, 절을 지키고 있던 중에 지쇼智證대사를 만나 그에게 절을 맡기게 되었다(제11권 제28화)
② 이와시미즈하치만石淸水八幡 신은 야쿠시지藥師寺의 수호신으로 신앙되어 왔는데, 절에 불이 났을 때 신의 사자인 비둘기들이 모여들어 날아다니면서 불길이 불당 가까이 못 오도록 하는 것을 보고 하치만신이 이 절의 불법을 지키고 있음을 알았다(제12권 제20화).
③ 하세데라長谷寺가 있는 곳에는 다키노쿠라라는 신이 진좌하고 있다. 어느 해인가 새해 첫 참배 시에 건물이 계곡으로 무너져 내려 많은 사람이 죽었는데, 그 중에서 여섯 명만 조그만 상처도 없이 무사하였다. 이것은 전세의 숙업 때문이기도 하지만 신의 도움과 관음의 가호가 있었기 때문이다(제19권 제42화).

다) 불경 듣기를 간절히 원하는 신의 모습
신은 이제 불교의 전파를 돕는데서 한 걸음 더 나아가 불교에 귀의하

는 존재로 나타나게 되는데, 이는 신도 부처 앞에서는 사바세계에 살고
있는 중생과 다를 바 없는 존재로 여겨지고 있었음을 말해준다. 그러나
신이 불법에 귀의하는 존재로서 위치하기까지에는 많은 우여곡절이 있
었으리라고 짐작되는데, 『곤자쿠 이야기집』제12권 제6화에 아쓰타묘
진熱田明神이 열반회를 열고 있는 주코壽廣 법사에게 자신의 고민을 이야
기한 부분을 보기로 하겠다.

아츠타묘진이 꿈에 나타나 쥬코 법사에게 말하기를 "너는 원래 우리
나라 사람이다. 그런데 네가 존엄한 열반회를 열고 있다는 말을 듣고, 나
는 어제 그 법회를 듣기 위해서 멀리서 왔지만, 이 지역 안은 모두 부처의
영역으로 되어 있고 입구에는 범천 제석천 사대천왕 등의 불법수호신들
이 지키고 있어서 접근하기에는 나의 힘이 미치지 못하므로 들을 수 없
었다. 그래서 분하기 그지없다. 하지만 어떻게든 이 법회를 듣고 싶다."
고 하였다. 쥬코 법사는 이 말을 듣고 신을 가엾게 여겨 다시 법회를 열었
고, 법회를 청문한 신이 서방정토에 왕생했을 것은 틀림없을 것이다.

열반회에 참석하여 법문을 듣고 싶어 하는 신의 간절한 마음이 나타
나 있는데, 이러한 신의 생각과 행동은 불교에의 귀의를 선언한 것과 같
다. 그러나 그 과정에 묘사되어 있는 신의 고충을 간과해서는 안 될 것이
다. 여러 불법 수호신들이 지키고 있어서 법회에 접근하지 못함을 탄식
한 신의 고충은 어디에서 기인하는 것인가? 생각해 보면 예로부터 고유
의 신을 신앙해 오던 사람들이 새로운 신앙인 불교를 접하게 되었고, 그
들에게 있어서 신도 불보살도 신앙의 대상으로서 절대적인 존재였을
것이다. 동시에 양자 사이에는 뚜렷한 이질성이 존재하고 있다는 점에
도 생각이 미쳤음에 틀림없다. 때문에 사람들은 이질적인 신과 불보살
이 만나는 상황에 있어서, 어느 한 쪽 신을 다른 쪽 신에게로 다가서게
하는데 주저와 당혹을 느꼈을 것이고, 이 이야기에서 볼 수 있는 아츠타
묘진의 고충도 당시 사람들이 느꼈던 주저와 당혹이 투영되어 나타난
것으로 해석할 수 있을 것이다.

라) 불법에 의한 구제를 원하는 신의 모습

우여곡절을 거쳐 신은 불법을 반기고 불법에 의해 구제되는 존재가 되어 가고 있음을 볼 수 있었는데, 하치만신의 이야기도 시사하는 바가 많다.『곤자쿠 이야기집』제12권 제10화는 이와시미즈데라石清水寺의 방생법회 유래담인데, 배후에는 신과 불의 불가분의 관계가 숨겨져 있다. 관련 내용은 다음과 같다.

하치만신八幡神이 전생에 이 나라의 천황이셨을 때 반란군을 진압하기 위해서 스스로 전쟁에 나가 많은 사람을 죽였다. 이 신은 처음에 오스미大隅 지방에 나타나셨다가 다음에 우사신궁宇佐神宮으로 옮기셨고 마침내 이와시미즈하치만궁石清水八幡宮에 모습을 나타내 진좌하시면서 많은 승려와 속세사람들에게 무수한 생물을 놓아주도록 하셨다. 그리고 조정에서도 이 신의 계시에 의해 여러 지방에 방생을 할당하고 신의 소원대로 방생을 행하도록 했다. 그 결과 일 년 간 행해지는 방생의 수는 이루 헤아릴 수 없을 정도였다. 한편 조정에서는 매년 8월 15일로 정하여 하치만신이 신전 앞에 내려오실 때 방생한 생물의 수를 보고했는데, 그 때 성대하게 법회를 열고 최승왕경最勝王經을 설법했다. 왜냐하면 이 경전 안에서 부처가 유수장자流水長者의 행한 방생의 공덕을 말씀하셨기 때문이다. 그래서 이 법회를 방생회라 하였다.

즉 하치만신은 전생에 일본의 제왕이었는데, 그 때 군사를 이끌고 많은 사람들을 죽인 일이 있고 처음에 오스미 지방에 출현하여 우사신궁, 이와시미즈하치만궁의 순서로 옮겨 간 사실과 산 생물을 방생하도록 계시한 일 등을 기록하고 있다. 그런데 왜 일본 고유의 신이 불교의 공덕인 방생을 부탁했는가 하는 의문이 생기는데 이에 대해서는『세이지요랴쿠政治要略』와『산보에』에 의해 그 의문이 풀린다.

하치만신이 신탁神託하여 이르기를, "나는(전생에) 반란군을 많이 죽였다. 그 죄를 벗기 위해서 방생회를 매년 행해야 한다."고 했다. 이 계시에 의해 여러 지방에서 방생회가 행해졌다.

즉 양로 4년(720)에 오스미와 휴가 두 지방에서 일어난 반란을 진압
할 때 관군의 수호신으로서 활약한 하치만신은 꿈을 통하여 계시를 내
렸는데, 전쟁 중에 많은 병사를 죽여 살생의 죄를 범하게 되었고 이제 그
죄보의 두려움으로 떨고 있으므로 자신의 죄보를 소멸시키기 위하여
매년 방생법회를 열어주기를 바란다는 내용이었다.

이러한 기록을 통하여 하치만신이 방생회를 열도록 계시한 이유가
살생에 대한 죄를 멸하기 위해서였음을 알게 된다. 결국 신이 불법을 신
봉하고 불법에 의한 구원의 손길이 뻗치기를 기원한 셈인데, 부처의 앞
에서는 고뇌자의 존재에 지나지 않았던 신의 모습이 잘 나타나 있다고
할 수 있을 것이다.

마) 신전독경의 유행

이처럼 신은 불법을 환희하고 불법에 의한 구제를 희구하는 존재로
서 묘사되고 있었음을 확인할 수 있는데, 이러한 모습을 잘 나타내 주는
또 하나의 예가 바로 신전독경神前讀經이다. 일본에서 과거에는 상당히
성행했음을 다음과 같은 예화를 통해서 알 수 있다.

① 덴교傳敎대사가 우사하치만신 앞에서 법화경을 독송하였다(11-10).
② 야쿠시지 절의 남대문 수리에 사용할 재목을 지방관에게 빼앗긴
   중들이 남대문 앞의 하치만신 앞에서 백일간의 인왕경 설법을 시
   작하자, 신의 영험에 의해 무사히 되찾을 수 있었다(12-6).
③ 미타케산金峯山의 자오권현藏王權現, 구마노권현熊野權現, 스미요시 대
   명신住吉大明神, 마츠오대명신松尾大明神 등의 신들이 매일 밤 찾아와
   서 도묘道命법사가 독경하는 법화경을 청문하고 돌아갔다(12-36).
④ 고니치光日법사가 예전부터의 숙원인 이와시미즈하치만궁 참배를
   이루고, 그날 밤 신전 앞에서 법화경을 독경하였다(13-16).
⑤ 히에산比叡山의 승려 엔쵸圓長가 자오권현 신전 앞에서 법화경을 독

송하였다(13-21).

⑥ 젊었을 때부터 법화경의 수행에 힘써 온 승려 렌쵸蓮長는 미타케산
신, 구마노권현, 하세데라 등 모든 영험한 곳을 참배하고 그 신전
앞에서 반드시 법화경 천부를 독송하였는데, 임종 시에 하얀 묘법
연화를 들고 왕생을 이루었다(13-28).

⑦ 덴노사天王寺의 승려 도코道公가 도소신道祖神의 고난을 구제하기 위
하여 법화경을 독경했는데, 그 청문의 공덕에 의해 신은 보타락산
에 태어나서 관음의 권속이 되고 마침내 보살의 지위까지 오르게
되었다(13-34).

⑧ 어떤 승려가 매일 법화경, 인왕경 등을 독송하여 東三條院히가시산조인
의 서북방 귀퉁이에 살고 있는 신에게 법락을 바쳤더니, 신이 남자
로 변하여 그를 신목 위의 궁전으로 안내했다(19-33).

⑨ 미노노쿠니美濃國에 역병이 유행하여 사망자가 많이 나왔기 때문에
그 지방 사람들이 모두 마음을 합하여 난구南宮라는 신사 앞에서 백
좌의 인왕경 강설을 행했다(20-35).

3) 신에 대한 불보살 칭호

신과 불보살이 만나는 자리에서 생겨난 양상의 하나로서 신과 불보
살을 동일시 하는 양상을 볼 수 있다. 신과 불보살을 동격으로 보는 발상
은 소위 본지수적설本地垂迹說에 바탕을 두는데, 본지本地인 불보살이 중생
을 제도하기 위해서 그 모습을 도처에 다투어 신기神祇가 되어 나타났다
는 것으로, 신기의 본원이 불보살이라는 생각에 의한 것이다.

『곤자쿠 이야기집』의 제11권 제10화는 덴교 대사가 중국에서 천태
종을 전해 온 이야기인데, 대사는 중국에 건너가기 전과 귀국 후 우사
하치만궁에 참배하고, '하치만八幡대보살의 가호'를 기원하는 장면이
있다.

또는 지장보살을 모시는 승려 조산藏算이 자신의 빈곤과 병을 탄식하자 꿈에 소승이 나타나 "너의 전세 인연이 나쁘기 때문에 가난하고 몸도 늙은 것이다. 이제 다이센大山이란 곳에 참배하고 현세와 내세의 바라는 바를 기원하라. 그 곳의 곤겐權現은 지장보살의 수적垂迹으로 다이치메이大智明보살이라고 하신다."라고 계시하는 것을 듣고 신전에 참배하여 풍족한 생활을 하게 되었다는 이야기도 있다(17-15).

흔히 지장보살 영험담에서는 지장이 소승으로 모습을 바꾸어 나타나는 것이 유형화되어 있고 따라서 이 이야기에서의 소승도 평소에 조산 승려가 신봉하고 있던 지장보살의 화신이라고 여겨지는데, "그 곳의 곤겐은 지장보살의 수적으로 다이치메이 보살이라고 하신다."라고 한 부분이 주목된다. 즉 다이센의 다이치메이신은 지장보살의 수적이란 것을 분명히 밝히고 있는 것이다. 이것은 본지수적사상이 보다 구체적으로 정비되어, 어느 곳의 신은 어느 보살의 화신이라는 식으로, 주된 신기에 대해서는 각각 본지불이 정해져 가고 있음을 보여주고 있다.

4. 신국 사상의 부활과 천황의 신격화

이후 신은 불보살과 동격의 지위에서 점차 우위를 점하게 되고 설화 안에서도 신국 사상이 자주 등장하게 된다.

1) 『고콘초몬주古今著聞集』(1254) 제1권 제1화

천지가 아직 나누어지지 않고 혼돈상태로 계란 같았다. 그 가운데 맑은 윗부분이 하늘이 되고 탁한 부분이 가라앉아 굳어서 땅이 되었다. 이때 천지 가운데 억새풀의 싹 모양의 것이 생겨났다. 이것이 변하여 신이 되었는데 바로 구니노토코타치노미코토國常立尊라는 신이다. 그 이후 천신칠대天神七代 지신오대地神五代가 나타났고, 히코나기시타케우가야후키아헤즈노미코토彦波瀲武鸕鶿草葺不合尊라는 신의 아들인 진무 천황으로부터 인대人代가 되었다. 이 시기에 처음으로 모든 신에 대해 제사지냈다.

제10대 스진崇神 천황 6년에는 아마테라스오미카미를 가사누히노무라笠縫邑에 제사지냈고, 7년에는 아마츠야시로天社, 구니츠야시로國社 및 여러 지방 여러 신들의 간베神戶(신사에 속하여 조세나 잡역을 바친 民戶)를 정하였다. 그 후 세상이 안정되고 백성들이 풍요해졌다.

제11대 스닌垂仁 천황 25년 3월에 아마테라스오미카미의 계시에 따라 이세 지방 이스즈五十鈴강 상류에 신궁神宮을 지어 제2황녀인 야마토히메노미코토倭姬命로 하여금 모시게 했다.

대저 우리나라는 신국으로서, 수많은 신들과 그 일족의 감응이 널리 통하는 나라이다. 소위 진구코고神功皇后가 삼한을 정벌하실 때도 천신지기天神地祇가 모두 나타나 도와주신 것이다. 이로 인해 황공하게도 조정에서 모시는 22신사神社의 존신尊神을 정하고 백왕백대百王百代의 보호하심에 공물을 바치고 모셨다. 그러니 천자부터 서민에 이르기까지 신의 은덕을 입지 않은 일이 없었다.

간무桓武 천황시대인 엔랴쿠延曆 원년(782) 5월 4일에 우사 신궁의 신이 계시하기를, "헤아릴 수 없이 긴 시간 속에서 삼계三界(욕계 색계 무색계를 말함)에 환생하여 여러 방편으로 중생을 인도하였고, 칭호를 대자재왕보살大自在王菩薩이라 한다."라고 하였으니 정말 존귀하시다.

2) 『진노쇼토키神皇正統記』(1343) 상

대일본은 신국이다. 구니노토코타치신國常立神이 처음으로 기초를 세우고 아마테라스신天照大神이 오랫동안 다스림을 이어왔다. 우리나라만이 이러한 일(신에 의한 다스림)이 있고 다른 나라에는 이러한 예가 없다. 그러므로 신국이라 하는 것이다.

신대神代에는 도요아시하라노치호노아키노미즈호국豊葦原千五百秋瑞穂國이라 했고, 천지개벽 처음부터 이 이름이 있었다. 구니노토코타치신이 양신음신陽神陰神에게 내린 칙서에 보인다. 아마테라스신이 니니기노신에게 물려주신 것도 이 이름이었으므로 근본 이름임을 알겠다.

또는 오야시마국大八洲國이라고 한다. 이것은 양신음신이 이 나라를 낳으셨는데 여덟 개의 섬이었으므로 생긴 이름이다. 또는 야먀토耶麻土라고 한다. 이것은 오야시마大八洲의 나카츠쿠니中國의 명칭이다.

특히 근세 국학이 발달하면서 복고신토復古神道가 일어나고 막부말기에서 명치시대에 걸쳐 신토학神道學의 주류를 이루게 되는데, 그 바탕에는 고전연구를 통하여 일본의 고유한 정신을 되찾으려는 의도가 있었다. 『고지키』『만요슈』『겐지 이야기源氏物語』등의 고전연구를 통하여 고대인의 정신생활로 회귀하려는 이상과 아마테라스를 중심으로 한 고유신의 존중은 타 이데올로기에 대한 배타적인 면으로 이어졌고, 명치시대에 들어서서는 신불분리와 배불훼석운동의 계기를 이룸으로써 마침내 국가신토國家神道에 이르게 된다.

국가신도는 명치유신부터 제2차 세계대전의 패전에 이르기까지 일본의 이데올로기적 기반으로서 일본의 국교라 해도 좋을 정도였는데, 복고신토의 천황숭배정신이 바탕이 되고 있어 일본의 내셔널리즘을 강조한 것이었다.

메이지 원년(1868) 도쿄전도東京奠都 때 명치 천황이 히카와氷川신사에 참배하여 내린 칙어 가운데 신기를 존중하고 제사를 중시한다는 정교일치를 선언하였다.

국가신토는 명확한 교의를 지니는데, 즉 천황은 신화적 조상인 아마테라스오미카미로부터 만세일계의 혈통을 잇는 신의 자손이요 아라히토가미라는 것이다. 또한 『고지키』『니혼쇼키』 신화의 국토형성과 신의 세계에 보이듯이 일본은 특별히 신의 보호를 받는 신국이라는 것, 그러므로 일본은 세계를 구제할 사명이 있고, 따라서 타국으로의 진출은

성전聖戰으로서 의미가 부여되었으니 우리나라를 비롯한 일본의 침략
행위의 근본을 거슬러 올라가 보면 바로 이러한 신화의 정신이 바탕이
되고 있음을 발견한다.

결국 빗나간 신과 천황의 일치사상은 패전과 더불어 포츠담선언에
있어서 '종교 및 사상의 자유의 존중'에 의거하여 국가신토의 금지와 천
황 스스로의 신격 부정에 의해 인간으로의 복귀를 선언하게 된다.

5. 맺음말

이상에서 살펴보았듯이 일본에 있어서의 신의 세계는 복잡·다양하
고 다른 나라에 비해서도 특징적이다.

특히 신화와 설화는, 다른 역사적 기록들이 건조한 사실의 나열에 지
나지 않음에 비해 시공을 초월하여 생생한 삶의 현장을 전해준다는 점
에서 유익하다. 남신과 여신에 의한 국토창조, 천상계에서 내려온 신의
지상세계 통치, 신에서 천황으로 이어지는 계보의 흐름, 벼락신과 불보
살의 영역싸움, 법문을 듣고 싶어 하는 아쓰타묘진의 간절한 모습, 살생
의 죄를 불교의 공덕인 방생에 의해 구원받고자 하는 야하타신의 모습
등, 신화와 설화를 통해 살펴본 신의 세계는 너무 다양하고 현실적임에
놀라게 된다.

신화와 설화는 문화의 일부이고 게다가 언어에 의해 전해지는 것이
기 때문에 그 안에는 해당 지역 선인들의 삶의 모습이 어떤 형태로든 반
영되어 있다. 따라서 그 지역의 문화나 사회를 분석하는 데 있어 신화나
설화는 효과적인 자료를 제공하고 있다.

어떤 사람은 이러한 방법론에 대해, 신화나 설화 차원에서 적출한 것
이 현실세계와 같을 수는 없는 것이 아닌가 하고 이의를 제기할 지도 모
르겠다. 그러나 현실과는 거리가 있을 지라도 그 안에는 인간이란 무엇

이고 당시 선인들은 어떠한 삶을 살았는가를 이해하는 커다란 단서가 내재되어 있음을 부정할 수는 없을 것이다. 시대를 초월하여 현실에 없는 것도 상상을 통해 표현하고, 또한 그것에 의해 지배되고 행동하게 되는 것이 인간이기 때문이다.

　미래는 과거를 돌아볼 줄 아는 자에게 스스로를 열어 놓는다. 과거의 우리 조상들과 이웃 민족들이 어떠한 생각으로 어떠한 삶을 살았는가를 돌아보는 것은 다가오는 세상을 살아갈 우리에게 더 없는 길잡이가 되어주고 있다. 이러한 점을 감안할 때 지역연구에 있어서 신화와 설화의 이용은 앞으로 그 효과가 크게 기대된다고 할 수 있을 것이다.

Key Words　　일본신화日本神話, 천황天皇, 신국사상神國思想,
신불습합神佛習合, 본지수적本地手迹

참고문헌

靑木和夫 외 3인『古事記』(日本思想大系) 岩波書店 1982
靑木周平 외 4인『日本神話事典』大和書房 1997
坂本太郞 외 3인『日本書紀』(日本古典文學大系67) 岩波書店 1967
馬淵和夫 외 2인『今昔物語集』(日本古典文學全集) 小學館 1976
井上光貞 大曾根章介『往生傳 法華驗記』(日本思想大系) 岩波書店 1974
西尾光一 小林保治『古今著聞集』(新潮日本古典集成) 新潮社 1983
山田孝雄 외 3인『今昔物語集』(日本古典文學大系) 岩波書店 1961
一然 저 李民樹 역『三國遺事』乙酉文化社 1983
田村圓澄『仏教伝来と古代日本』(講談社学術文庫) 講談社 1986
山田孝雄『三宝絵略注』宝文館 1951
遠藤嘉基 春日和男『日本靈異記』(日本古典文學大系) 岩波書店 1967
中村元『佛敎語大辭典』東京書籍 1981
坂本幸男 岩本裕『法華経』(岩波文庫) 岩波書店 1988
國史大系編修會『扶桑略記』(新訂增補國史大系) 吉川弘文館 1988
國史大系編修會『水鏡』(新訂增補國史大系) 吉川弘文館 1988
國史大系編修會『新抄格勅符』(新訂增補國史大系) 吉川弘文館 1988
國史大系編修會『續日本紀』(新訂增補國史大系) 吉川弘文館 1988
문명재『일본설화문학연구』보고사 2003

일본문학의 기억과 표현

제3장
일본의 고대문학에 나타난 한문화

김종덕

1. 머리말

일본의 고대문학은 전기인 상대시대(~794년)와 후기인 중고시대 (794~1192년)의 문학으로 나눌 수 있다. 상대문학은 유사 이래 주로 야마토大和와 나라奈良에 도읍이 있었던 시대를 그 배경으로 하고, 중고 문학은 도읍을 헤이안平安, 지금의 교토京都로 천도한 이후 약 400년간인 데, 이를 헤이안 문학 또는 왕조문학이라고도 한다.

상대의 일본문학은 오랜 구비문학의 시대를 거쳐 시가나 신화·전설 등이 편찬되었는데, 현존하는 작품은 대체로 한문으로 기술하거나 한 자의 음훈을 이용한 만요가나萬葉假名로 표기된 것이다. 신화·전설은 『고지키古事記』(712), 『니혼쇼키日本書紀』(720), 『후도키風土記』(713) 등에 기술되어 있는데, 이에는 약 200여 수의 상대 가요가 포함되어 있다. 시 가문학으로는 일본 최대의 시가집으로 총 20권 4516수나 수록되어 있 는『만요슈萬葉集』(759년 이후)와 한시문집 등이 남아있다.

중고시대 초기의 일본은 신라와 당나라의 문화를 활발히 섭취하여 한문학이 발달했지만, 894년 견당사가 폐지된 이후에는 소위 국풍문학

國風文學이라고 하는 일본 고유의 문학이 화려한 개화를 하게 된다. 즉 궁정의 여류작가들에 의해 만요가나를 초서화한 가나假名 문자가 발명되어 와카和歌, 모노가타리物語, 일기, 수필 등이 융성하게 기술된다. 특히 『고킨슈古今集』와『마쿠라노소시枕草子』, 『겐지 이야기源氏物語』로 대표되는 이 시대 가나 문학은 이후의 일본문학에 지대한 영향을 미치게 된다.

이와 같은 일본의 고대문학에는 한반도와의 인물人物 교류가 수없이 기술되어 있는데, 선진문물의 전파는 거의 한반도에서 일본으로 건너가는 일방통행의 형식이었다. 즉 한문화韓文化의 동류東流 현상은 여러 가지 형태로 일본 고대문학 속에 화석처럼 남아있다고 할 수 있다. 즉 한반도에서는 이미 산실散失되어 버린 한문화韓文化의 자취를 일본의 고대문학에서 찾을 수 있는 것이다. 이러한 연구를 통해 한국 문화의 동류東流 현상을 파악할 수 있을 뿐만 아니라, 일본문화의 원천과 나아가 일본인의 대한관對韓觀까지도 규명할 수 있다고 생각된다.

그런데 한국에서의 일본문학에 관한 연구는 언제부터 시작되었을까. 조선시대의 문헌으로는 申叔舟는『해동제국기海東諸國記』(1471)에서 일본의 역사지리와 문화를, 康遇聖은『첩해신어捷解新語』(1676)를 기술했으나, 일본의 문학에 관심을 기울인 사람과 문헌은 없었던 것 같다. 문헌에 나타난 최초의 일본문학 연구는 崔南善의「日本文學에 있어서의 朝鮮의 모습」[1]이라 할 수 있을 것이다. 崔南善은 이 논설에서 지극히 단편적이기는 하지만 일본문학 속의 한문화韓文化 수용을 면밀히 지적하고 있다.

일본의 상대시대에 전래된 한문화에 대한 본격적인 연구는 주로 한국인 연구자에 의해 역사와 문화사적인 교류의 측면에서 고찰되었다. 재일 작가 金達壽는『일본 속의 조선문화日本の中の朝鮮文化』11권[2]에서 일본 전국의 유물·유적을 답사하여 역사적인 관계를 사실적으로 고증하고

---

1 六堂全集編纂委員会(1974)『六堂崔南善全集』第9卷, 玄岩社
2 金達壽(1975)『日本の中の朝鮮文化』11卷, 講談社

있다. 金達壽의 일련의 저작과 연구는 일본문화사 전반에 걸쳐 한문화
의 수용이 어떻게 이루어져 왔는가를 고찰하고 있다. 또한 재일 사학자
인 李進熙는 광개토대왕의 비문과 조선통신사 연구를 하는 한편, 『일본
문화와 조선日本文化と朝鮮』³에서 한국과 일본의 통시적인 문화교류에 대
해 고찰하고 있다. 그밖에 일본인 사학자들에 의한 공동 연구로『일본과
조선의 고대사日本と朝鮮の古代史』⁴ 등이 있다. 또한 문학에서는 目加田さくを
가『모노가타리 작가권의 연구物語作家圈の硏究』⁵에서 8, 9세기에 일본으로
귀화한 인물에 대해 분석을 하고 있다. 한편 국내의 연구로는 金聖昊의
『沸流百濟와 日本의 國家起源』⁶, 송석래의『鄕歌와 萬葉集의 比較硏究』⁷
등이 있다.

본고에서는 이상과 같은 선행연구를 바탕으로 일본 고대문학에서 한
반도를 원천으로 하는 문화를 어떻게 수용하고 있는가를 고찰하고자
한다. 특히 '韓', '加羅', '韓國', '高麗', '百濟', '新羅' 등의 용례를 중심으
로 일본 고대문학에 나타난 한반도의 이미지를 살펴보고, 한반도에서
일본으로 건너간 소위 '도래인'들이 일본의 조정에서 어떠한 역할을 하
였는가를 규명하고자 한다. 또한 한일 고대문학에 나타난 신화·전설
등의 화형話型은 어떤 공통점과 상이점이 있는가에 대해 시야를 넓혀 그
전승 관계를 분석해 보고자 한다.

2. 金銀寶貨의 나라

『고지키』나『니혼쇼키』등에는 한반도와 관련한 수많은 이야기가 기

3 李進熙(1985)『日本文化と朝鮮』日本放送出版協会
4 吉田晶(1984)『日本と朝鮮の古代史』三省堂
5 目加田さくを(1964)『物語作家圈の硏究』武蔵野書院
6 金聖昊(1984)『沸流百濟와 日本의 國家起源』知文社
7 宋哲来(1991)『鄕歌와 萬葉集의 比較硏究』을유문화사

술되어 있다. 우선『니혼쇼키』에서 한반도 관련 기사가 가장 처음으로
나오는 곳은 神代上의 스사노오노미코토素淺鳴尊의 신화이다. 특히 '一
書'의 형태로 달리 전승되는 여러 가지 이야기들을 소개하고 있다. 그
중에서도 '韓國'과 '新羅'를 금은金銀의 나라로 묘사하고 있는 기사의 내
용은 다음과 같다.

스사노오노미코토는 이자나기伊耶那岐의 아들로 바다海原를 지배하는
신이었는데, 천상세계인 다카마가하라高天原에서 악행을 저지른 죄로 지
상세계로 추방되어 신라의 소시모리曾尸茂梨라는 곳에서 살게 된다. 그러
나 스사노오노미코토는 소시모리가 자신이 있을 곳이 아니라는 생각이
들어 배를 타고, 일본의 이즈모 지방出雲國(지금의 시마네島根 현)으로 가
게 되었다는 것이다. 이즈모 지방으로 간 스사노오노미코토는 사람을
잡아먹는 '큰 뱀大蛇'을 퇴치하고 그 나라를 잘 다스렸다고 한다. 그리고
천상세계에서 가져온 나무 씨를 가라쿠니韓地에는 심지 않고 모두 일본
으로 가져가 전국에 심어 푸른 산이 되게 하였다는 것이다.

그런데『니혼쇼키』神代上 스사노오노미코토의 신화에서 <제5> 一
書에는 다음과 같은 기술이 나온다.

> 가라쿠니의 나라에는 금은이 있다. 만약 내 자식이 다스리는 나라에 배가
> 없으면 좋지 않을 것이다.
> 韓鄉の島は、是、金銀有り。若使吾が兒の御らす國に、浮寶有らずは、是
> 佳からじ。[8]
> (①100-101)

스사노오노미코토는 이와 같이 말하며 일본에 많은 나무를 심는데,
나무를 심는 방법은 다소 신화 전설과 같은 표현이 이어진다. 스사노오

---

8 小島憲之 他校注(1999)『日本書紀』「新編日本古典文学全集」小学館. pp.100-101.
　　이하『日本書紀』의 본문 인용은 「新編全集」의 권, 페이지를 표기함. 필자 역.

노미코토가 수염을 뽑아 던지니 삼나무가 되고, 가슴의 털을 뽑아 던지니 노송나무가 되었다. 그리고 엉덩이 털은 마키나무, 눈썹 털은 녹나무가 되었다고 한다. 또한 이 나무들의 용도를 모두 정했는데, 삼나무와 녹나무는 배를 만드는데 좋고, 노송나무는 궁전을 짓는데 좋고, 마키나무는 백성들의 침실과 관을 만드는데 좋다고 했다. 여기서 금은이 있다는 '韓鄕'이라는 곳은, 스사노오노미코토가 먼저 신라의 소시모리에 있다가 이즈모出雲로 갔다는 문맥으로 추정해 보면 신라를 지칭하고 있다고 볼 수 있다.

　『니혼쇼키』권 제6의 제11대 스이닌垂仁 천황 대(1세기경)에는 신라의 왕자 아메노히보코天之日矛가 일본으로 갔다는 전설이 나온다. 아메노히보코가 일본에 갈 때, 진귀한 구슬玉, 칼, 거울 등 7가지 보물을 가지고 갔다고 한다. 이러한 물건들은 신라의 선진 문물로서, 이후 일본 천황의 집안에서 삼종의 신기神器로 삼게 되는 것과 같은 종류의 보물들이다. 아메노히보코의 이야기를 『고지키』에서는 제15대 오진應神 천황 대(3세기말)의 일로 상세히 기술하고 있다. 신라의 아구누마阿具奴摩에서 낮잠을 자고 있던 신분이 낮은 여자의 음부陰部에 日光이 비치자, 여자는 붉은 구슬赤玉을 낳았다. 그런데 그 광경을 엿보고 있던 어떤 남자가 赤玉을 얻어서 허리에 차고 다니다가 아메노히보코에게 발각된다. 아메노히보코는 그 赤玉을 빼앗아 방에 두었는데, 곧 아름다운 처녀로 변신하였기에 아내로 맞이한다. 그런데 아메노히보코는 점점 오만해져서 아내를 비난하자, 아내가 일본의 나니와難波로 떠나버린다. 이에 아메노히보코도 아내를 따라 일본으로 건너가서 다지마但馬(지금의 효고兵庫 현 북부) 지방에 머무르게 된다는 것이다. 그리고 『고지키』에서는 아메노히보코가 구슬, 목도리, 거울 등 8가지의 보물을 가지고 간 것으로 기술하고 있다.

　『고지키』의 제14대 주아이이仲哀 천황(3세기 초)이 쓰쿠시筑紫(규슈九州)에서 구마소熊襲, 지금의 규슈 남부를 정벌하려 했을 때, 천황은 거문고琴를 켜면서 신탁을 받으려 했다. 이에 진구神功 황후에게 신탁이 내렸는데, 그 내용은 다음과 같다.

"서쪽에 나라가 있다. 금은을 비롯해서 눈이 부신 갖가지 진귀한 보물이 그 나라에 많이 있다. 나는 지금 그 나라를 너에게 굴복하게 하려한다."라고 말씀하셨다.

『西の方に国有り。金・銀を本と為て、目の炎輝く、種々の珍しき宝、多た其の国に有り。吾、今其の国を帰せ賜はむ』とのりたまひき。[9]　　　　　　(p.243)

여기서 일본의 서쪽 나라는 당연히 신라를 지칭하고 있다. 그러나 이 때 주아이이 천황은 신탁을 의심하여 높은 곳에 올라가 서쪽을 바라보았지만, 바다가 보일 뿐이니 신이 거짓말을 한 것이라고 생각했다. 이에 신은 크게 화를 내고 주아이이 천황을 죽게 했다는 것이다.

『니혼쇼키』의 권제8, 주아이이 천황 8년에는 진구 황후에게 내린 신탁이 『고지키』보다도 더 상세하게 기술되어 있다. 신은 구마소가 '황폐한 지역胷宍の空國'이니 싸우지 않는 것이 좋다고 하며 다음과 같이 말했다는 것이다.

이 나라 구마소보다도 훨씬 보물이 많은 나라, 예를 들면 처녀의 눈썹과 같이 저편에 보이는 나라가 있다. 록 자를 여기서는 마요비키라고 읽는다. 이 나라에는 눈이 부시는 금・은・채색 등이 많이 있다. 이를 흰 천과 같은 신라 국이라고 한다. 만약 자신에게 제사를 잘 지내면 칼에 피를 묻히지 않고, 그 나라는 복종할 것이다. 또한 구마소도 굴복할 것이다.

茲の國に愈りて寶有る國、譬えば處女の睩如す向ふ国有り、睩、此に麻用弭枳と云ふ。眼炎く金・銀・彩色、多に其の國に在り。是を栲衾新羅國と謂ふ。若し能く吾を祭りたまはば、曾て刃に血らずして、其の國必ず自ず服ひな

9　山口佳紀・神野志隆光　校注(2007)『古事記』「新編日本古典文学全集」1, 小学館. p.243. 이하 『古事記』의 본문 인용은 「新編全集」의 페이지를 표기함. 필자 역.

む。復熊襲も服ひなむ。 　　　　　　　　　　　　　　　　(①411)

　진구 황후에게 내린 이 신탁에서 신라는 금은과 채색의 나라이니 구마소보다도 침략의 대상으로 적합하다는 것이다. 그러나 주아이이 천황은 신의 계시를 의심하여 높은 곳에 올라가 멀리 바다를 바라보았지만 신라는 보이지 않았다. 그래서 주아이이 천황은 구마소를 공격했으나 이기지 못하고 병을 얻어 죽어버렸다는 것이다. 이에 진구 황후는 재궁齋宮을 짓고 스미요시住吉 신들에게 제사를 지내고, 신의 계시대로 신라를 정벌하고 구마소도 굴복시킨다는 것이다. 즉 신라정벌이라고 하는 허구를 가미함으로서 진구 황후의 신탁과 스미요시 신에 대한 제사를 합리화하고 있는 것이다. 이러한 진구 황후의 이야기에는 상대 일본인의 대한관對韓觀이 그대로 반영되어 있다고 생각된다.

　『니혼쇼키』의 권제9에는 진구 황후가 주아이이 천황이 죽은 후, 출산 예정 달임에도 신라로 출병했다고 기술하고 있다. 신라왕이 백기를 들고 스스로 항복하자, 어떤 사람이 왕을 죽이자고 했지만 황후는 다음과 같이 말했다고 한다.

　　　"처음부터 신의 가르침에 의해서 장차 금은의 나라를 얻으려 하는 것이다. 다시 삼군에 호령하여 말하기를, '스스로 항복하는 자를 죽여서는 안 된다'고 했다. 이미 보물의 나라를 얻었다. 또 다른 사람도 스스로 항복할 것이다. 죽이는 것은 좋지 않다."고 말씀하셨다.

　　　「初め神の教えを承りて、金銀の國を授けむとす。又三軍に號令して日ひしく、『自ら服はむをばな殺しそ』といひき。今既に財の國を獲つ。亦人自づから降服ひぬ。殺すは不詳し」とのたまふ。 　　　　　　　　(①429-430)

　이 기사도 신라를 금은의 나라로 지칭하면서 침략하는 과정을 기술한 대목에서, 진구 황후가 신라왕을 죽이려는 신하에게 항복하는 사람

을 죽여서는 안된다는 이야기를 하고 있다. 그리고 진구 황후는 만삭의
몸으로 백제와 고구려도 굴복시킨 후, 규슈筑紫로 돌아가서 출산을 했다
는 것이다. 이와 같은『고지키』와『니혼쇼키』의 진구 황후 설화는 광개
토대왕의 비문好太王碑과 함께 이후 일본이 '임나일본부任那日本府'[10]설을
주장하는 근거가 되어 왔다. 그러나 진구 황후 설화는 한국의 사학계와
재일 사학자 李進熙[11] 등에 의해 허구성에 대한 강한 의문이 제기되고
있다.

　『니혼쇼키』권제15에는, 제23대 겐조顕宗 천황(5세기 말)에게 즉위를
권하는 신하들이 간하는 말 가운데 한반도에 대해 다음과 같이 말하는
대목이 나온다.

　　　황위에 올라 천하의 주인이 되어, 조상의 무궁한 업을 이어받아, 위로는
　　하늘의 뜻을 따르고, 아래로는 백성들의 소원을 만족시켜 주십시오. 그러니
　　까 즉위를 승낙하시지 않으면, 그 결과 금은의 번국과 원근의 신료들이 실망
　　시키는 일이 될 것입니다.

　　　鴻緒を奉けて、郊廟の主と爲り、祖の窮無き列を承續し、上は天の心に當
　　り、下は民の望を厭ひたまふべし。而るに肯へて踐祚したまはず。遂に金銀の
　　蕃國をして、郡僚近遠を失はずといふこと莫からしめむ。　　　　　(③241)

　신하들이 겐조 천황에게 성덕과 정통이 있으시니 황위에 올라야 한
다고 진언하는 대목이다. 그리고 천황이 즉위하지 않으면 금은이 많은
이웃나라들이 실망한다는 것이다. 여기서 '금은의 번국金銀の蕃国'으로
표현한 이웃나라가 구체적으로 어느 나라인지는 밝히고 있지 않지만,
진구 황후의 연장선상에서 생각하면 신라 내지는 한반도 전체를 지칭

10 『日本書紀』에서 3-6세기경 한반도의 가야(任那) 지방에 日本府를 두고 가야, 백
　　제, 신라를 지배했다고 기술하고 있으나 그 존재가 의문시되고 있음.
11 李進熙(1985)『日本文化と朝鮮』日本放送出版協会

하는 것으로 볼 수 있다.

『日本書紀』권제17 제26대 게이타이繼體 천황 6년(6세기 초)에는, 백제의 사신이 와서 임나任那의 4현을 달라고 한다는 기사가 나온다. 천황은 이를 허락하는 뜻을 전하는 사신으로 모노노베노오무라지 아라카히 物部大連麤鹿火를 파견하게 되었다. 다음은 모노노베노오무라지가 영빈관이 있는 오사카大阪의 나니와칸難波館으로 출발하려 할 때, 그의 처가 간하는 말 가운데 다음과 같은 이야기가 나온다.

> 스미요시 대신은 바다 저편 금은의 나라인 고려·백제·신라·임나 등을
> 아직 배속에 있는 오진應神 천황에게 내리셨다.
> 住吉大神、初めて海表の金銀の國、高麗·百濟·新羅·任那等を以ちて、
> 胎中譽田天皇に授記けまつれり。   (②299)

인용문에 나오는 오진 천황은 바로 진구 황후의 아들로서 주아이이 천황에 이어 즉위한 인물이다. 그리고 진구 황후가 제사를 지낸 스미요시 신이 고려(고구려), 백제, 신라, 임나 등 금은의 나라를 평정하여 오진 천황에게 주었다는 것이다. 즉 일본은 진구 황후 전설의 연장선상에서 항상 한반도를 생각해 왔다는 것을 알 수 있다. 한편 731년경에 성립된 『스미요시타이샤 진다이키住吉大社神代記』[12]에도 스미요시타이샤住吉大社의 기원이 나오는데, 『日本書紀』의 진구 황후 전설과 대동소이한 내용이 기술되어 있다.

그러나 헤이안 시대에 성립된 『다케토리 이야기竹取物語』, 『이세 이야기伊勢物語』, 『야마토 이야기大和物語』, 『겐지 이야기』 등에는 '新羅'라는 용례가 전혀 나오지 않는다. 또한 한반도를 금은의 나라로 생각하는 의식도 더 이상 나타나지 않게 된다. 그 배경에는 935년 신라가 멸망한 후 고

---

12 田中卓(1985)『住吉大社神代記の研究』『田中卓著作集』7. 国書刊行会. p.147.

려가 건국되자 일본과의 국교가 단절되고, 일본도 견당사가 폐지된 이후에는 고유의 국풍문화가 번창하게 된 점을 들 수 있다.

3. 한반도는 선진문화의 권위

『고지키』나 『니혼쇼키』, 『만요슈萬葉集』 등에는 한반도로부터의 문화 전래 사실이 국명과 함께 표현되어 있는 경우가 많다. 특히 고려, 신라, 백제 등의 국명이 어떤 사물 앞에 붙어 복합어를 형성하는 경우 대체로 선진문물이나 선진문화의 권위를 나타낸다. 이하 한반도에서 일본으로 사람과 문화가 직접 전해진 사례와 국명에 선진문물의 권위가 표현된 용례를 살펴보고자 한다.

『고지키』중권의 오진 천황(3세기 말) 대에는 백제로부터의 사람과 새로운 문화가 전래된 사실을 다음과 같이 기술하고 있다.

> 또 백제국의 소고왕이 수말 한 필, 암말 한 필을 아치키시 편에 헌상했다. 〈이 아치키시는 아치키 사관 등의 조상이다.〉 또한 백제 국왕은 칼과 큰 거울을 헌상했다. 또 백제국에 대해, "만약 현인이 있으면 보내 주시오."라고 말씀하셨다. 그래서 명을 받아 헌상한 사람의 이름은 와니키시이다. 즉 논어 10권, 천자문 1권, 모두 11권을 이 사람에게 부탁하여 헌상했다. 〈이 와니키시는 한학자 집안의 조상이다.〉
>
> 亦、百済の国主照古王、牡馬壱疋・牝馬壱疋を以て、阿知吉師に付けて貢上りき 〈此の阿知吉師は、阿直史等の祖ぞ〉。亦、横刀と大鏡とを貢上りき。
> 又、百済国に科せ賜ひしく。「若し賢しき人有らば、貢上れ」とおほせたまひき。
> 故、命を受けて貢上りし人の名は、和迩吉師、即ち論語十巻、千字文一巻、并せて十一巻を、是の人に付けて即ち貢進りき〈此の和迩吉師は文首等の祖ぞ〉。
>
> (pp.267-268)

백제의 근초고왕이 학자 아치키시阿知吉師(아직기)와 함께 암수의 말과 칼大刀, 거울大鏡 등을 보냈다는 것을 상세히 기술하고 있다. 그리고 오진 천황이 다시 백제왕에게 학자를 보내달라고 하자, 이번에는 와니키시王邇吉師(왕인)와 논어 10권과 천자문 1권, 그리고 갖가지 선진 기술도 함께 전했다는 것이다. 실제로 문자가 전해진 것은 이보다 먼저일지 모르나 공식적인 문자전래의 역사를 밝히고 있는 것으로 볼 수 있다. 이 때 함께 데리고 간 기술자들에는, 대장장이韓鍛인 탁소卓素, 비단吳服의 직녀織女인 서소西素, 술을 빚는 스스호리須須許理 등이 있었다고 한다. 백제인 아지키시와 왕인 박사의 도래는 일본 문화의 신기원을 이루었다고 할 수 있을 것이다. 그런데 이러한 학문의 전래를 요청한 오진 천황은 바로 한반도 침략의 원천인 진구 황후의 아들이라, 일본의 역사 왜곡은 이율배반적인 주장이라 생각된다.

『니혼쇼키』제33대 스이코推古 천황 대(6세기)에도 고구려, 신라, 백제로부터 수많은 문화가 전해진다는 기술이 있다. 그 중에서 백제인 미마지味摩之는 오늘날 노能의 원형이 되는 가면극 기악伎樂의 무용을 전했다고 되어있다. 즉 일본은 한반도로부터 수많은 선진문화를 받아들이면서도 한편으로는 한반도를 금은보화의 나라로 간주하고 항상 침략의 대상으로 여기고 있었다는 것을 알 수 있다.

다음은 일본 상대 최고의 앤솔러지인『만요슈』에서 '고마高麗(고구려)'가 대륙의 선진 문물의 권위로서 표현되어 있는 시가들이다. 여기서 '高麗'라 함은 한반도에 고려국이 생기기 이전이므로 당연히 고구려를 뜻한다. 예를 들면『만요슈』에는 다음과 같이 '고구려 비단高麗錦'이라는 용례가 자주 나온다.

고구려 비단 띠를 서로 풀고 견우가 아내를 찾는 밤이야 나도 그리워라
高麗錦紐解き交はし天人の妻問ふ夕ぞ我れも偲はむ　　　(卷10-2090)

　고구려 비단의 띠 한쪽이 마루에 떨어졌기에 내일 밤에도 오신다면 맡아
두고 기다리지요

　高麗錦紐の片方ぞ床に落ちにける明日の夜し來なむと言はば取り置きて待た
む
　　　　　　　　　　　　　　　　　　　　　　　　　　　　　　(巻11-2356)

　사람들이 울타리가 되어 수군거려도 고구려 비단의 띠를 풀지 않은 당신
이지요

　垣ほなす人は言へども高麗錦紐解き開けし君ならなくに　　　　(巻11-2405)

　고구려 비단 띠를 풀어 제치고 저녁까지도 알 수 없는 목숨으로 사랑을 나
눌 것인지

　高麗錦紐解き開けて夕だに知らざる命恋ひつつやあらむ　　　　(巻11-2406)

　고구려 비단 띠를 풀어 제치고 자고 있는데 이제 어떡하라고 정말로 귀엽
구려

　高麗錦紐解き放けて寝るが上にあどせろとかもあやにかなしき　(巻14-3465)[13]

　'고구려 비단高麗錦'이란 고구려에서 수입된 화려하고 아름다운 채색
의 비단을 말하는데, 흔히 허리띠를 만드는데 사용되었다고 한다. 이 중
에서 2090번, 2405번, 2406번, 3465번 등에는 고구려 비단의 띠를 푼다
는 표현이 나오는데, 이는 남녀가 만나 함께하는 농후한 사랑의 묘사로
볼 수 있다. 특히 권11-2356은 남자의 속옷 띠를 들고 기다리는 여성의
심정을 잘 읊었고, 2406은 자신의 속옷 띠를 풀어놓고 하루 종일 애타게
상대를 기다리고 있는 애인의 마음을 읊은 노래이다. 『만요슈』의 시가

13　小島憲之 他校注(1994)『万葉集』1-4「新編日本古典文学全集」小学館. 이하『万葉
　　集』의 인용은「新編全集」의 권, 노래번호를 표기함. 필자 역.

에서 남녀의 속옷 띠는 대체로 '고구려 비단'으로 만든 것이 많았고, 남 녀가 선호하는 브랜드 물품이었다는 것을 알 수 있다.

다음은 『만요슈』권3에서 오토모노 사카노우에노이라쓰메大伴坂上郞女 가 비구니 리간理願의 죽음을 비탄하여 읊은 만가挽歌이다.

> 신라국으로부터 사람들의 소문에 좋은 나라라는 말을 듣고 서로 이야기 하던 부모형제도 없는 나라로 건너와서 (이하 생략)
> たくづのの 新羅の国ゆ 人言を 良しと聞かして 問ひ放くる 親族兄弟 なき
> 国に 渡り來まして (以下略)   (巻3-460)

'다쿠즈노노たくづのの'의 다쿠는 흰 닥나무 등의 의미로 신라를 수식 하는 마쿠라코토바枕詞이다. 신라의 비구니 리간이 천황의 인덕에 끌려 일본으로 귀화해 살았다는 것이다. 그런데 리간은 천황이 있는 도읍에 서 살지 않고 사호佐保 언덕에서 살다가 죽었다. 이 만가는 사카노우에노 이라쓰메가 리간을 애도하여 읊은 노래이다. 그리고 권15의 3696번 만 가挽歌, '신라에 가는가 집에 가는가新羅へか家にか帰る'에 나오는 국명은 특 별한 문화를 수식하는 표현은 아니지만 신라와 일본과의 왕래를 짐작 하게 한다.

『고지키』나『만요슈』등에서 신라, 고려, 백제 등의 국명은 대부분 선 진문물이나, 귀중품의 접두어적으로 쓰이는 경우가 많다. 그러나 헤이 안 시대의 와카, 모노가타리, 수필 등에도 한반도의 지명이 간혹 등장하 긴 하지만 그 빈도는 현격하게 줄어들게 된다. 이는 견당사가 폐지되고 가나 문자가 발명되어 와카, 일기, 수필, 모노가타리 등의 국풍문화가 번창하는 것과 관계가 있다고 볼 수 있다.

일본 최초의 칙찬가집으로 905년에 편찬된『고킨슈古今集』의 가나假名 서문에는 백제에서 도래한 왕인 박사의 와카를 '와카의 부모歌の父母'[14] 중 아버지의 노래라고 기술하고 있다. 천황의 명에 의해 편찬된 가집인

『고킨슈』의 가나 서문에 나오는 왕인 박사의 와카는 다음과 같다.

> 나니와쓰에 매화꽃이 피었어요 이제야 봄이 왔다고 아름답게 피었어요
> 難波津に咲くや木の花冬こもり今は春べと咲くや木の花   (p.20)

　나니와쓰는 오사카의 옛 이름이며 매화꽃은 닌토쿠仁德 천황을 상징하고 있다. 즉 이 와카는 왕인王仁 박사가 닌토쿠 천황의 즉위를 축하하기 위해 읊은 것이라고 한다. 또한 가나 서문에는 이 와카가 이후 '와카의 부모'가 되는 노래로서 습자를 배우는 기본이 되었다고 한다. 이러한 전통이 헤이안 시대에까지 전승된 것을『겐지 이야기』의 와카무라사키若紫 권에서 확인할 수 있다.

　다음은『겐지 이야기』와카무라사키 권에서 학질의 치료를 위해 기타야마北山에 간 히카루겐지光源氏가 보낸 편지의 답장을 와카무라사키若紫의 조모祖母가 대신 쓴 것이다.

> 지금은 아직 나니와쓰조차도 만족스럽게 이어 쓰지 못하오니 하릴없는 일이지요.
> まだ難波津をだにはかばかしうつづけはべらざめれば、かひなくなむ。[15]
>
>   (若紫①229)

　이 때 와카무라사키는 겨우 열 살이었다. 당시에 귀족의 교양으로는 습자와 와카, 음악 등이 있었다. 그런데 와카무라사키는 습자에서 가장 먼저 연습하게 되어있는 왕인 박사의 와카 '나니와쓰' 조차도 아직 연면

---

14 小沢正夫 他校注(1994)『古今和歌集』「新編日本古典文学全集」11, 小学館. p.19. 이하『古今和歌集』의 本文引用은 같은 책의 頁数를 표기함. 필자 역.

15 阿部秋生 他校注(1996)『源氏物語』1「新編日本古典文学全集」20, 小学館. p.229. 이하『源氏物語』의 本文引用은 같은 책의 卷, 册数, 頁数를 표기함. 필자 역.

체로 이어 쓰지 못하기 때문에 히카루겐지의 연애 상대가 될 수 없다는 것이었다. 이처럼 한반도에서 일본으로 건너간 지식인들과 문화는 후대의 일본문학에 크나큰 영향을 주었다는 것을 알 수 있다.

고구려, 신라, 백제 등의 용례는 헤이안 시대 전기傳記 이야기인『다케토리 이야기竹取物語』와 와카 이야기인『이세 이야기伊勢物語』,『야마토 이야기大和物語』등에는 거의 등장하지 않는다. 단지『우쓰호 이야기うつほ物語』의 도시카게俊蔭 권에는 일곱 살인 도시카게俊蔭가 고려국(실제는 발해국)에서 온 사절과 한시를 증답하는 장면이 나온다.

> 도시카게가 일곱 살이 되는 해에, 아버지가 고려에서 온 사절을 만나는데, 이 일곱 살 되는 애가 아버지를 제치고 고려인과 한시를 증답했다. 천황이 들으시고 "근래에 보기 드문 일이다. 언젠가 시험해 보고 싶구나."하고 생각하시고 계셨는데, 12살에 성년식을 했다.
>
> 七歳になる年、父が高麗人にあふに、此七歳なる子、父をもどきて、高麗人と文をつくりかはしければ、おほやけ聞こしめして、あやしうめづらしきことなり。いかで心みむと思すほどに、十二歳にてかうぶりしつ。[16]　　　　　　　(俊蔭①19)

『우쓰호 이야기』의 시대배경은 발해 멸망 전이기 때문에, 여기서 고려인高麗人라 함은 발해인을 말한다. 당시 일본에서는 발해도 고구려의 후예라 생각하여 이전의 국명대로 고려高麗[17]라고 했다. 즉『우쓰호 이야기』에서는 주인공 도시키게의 비범함을 강조하기 위하여 발해로부터 파견된 국사와 한시를 증답한다고 함으로써 학문이 뛰어난 해외 석학

---

16 中野幸一 校注(1999)『うつほ物語』1,「新編日本古典文学全集」14, 小学館. p.19. 이하『うつほ物語』의 인용은「新編全集」의 巻数, 頁数를 표기함. 필자 역.

17 『続日本紀』(797)에는 발해와 일본이 서로 '高麗'라는 국호를 호칭하고 있다.
高麗使楊承慶等貢方物奏曰. 高麗国王大欽茂言.(『続日本紀』卷第21, 天平宝字3年 759年 正月条)
賜渤海王書云. 天皇敬問高麗王. (『続日本紀』卷第32, 宝亀3年 772년 2月条), 宝亀2年 12月에 渡日한 大使 壱万福 등이 귀국할 때의 기록.

의 권위를 이용하고 있는 셈이다.

이 밖에도 『우쓰호 이야기』에는 '新羅組(吹上下)', '百濟藍(あて宮)', '高麗錦(樓の上)', '高麗笛(樓の上)' 등 한반도 문화와 관련된 표현이 빈번하게 나온다. 특히 후지와라노키미^{藤原の君} 권에서는 간쓰케노미야^{上野の宮}가 아테미야^{貴宮}에게 구혼하기 위해 여러 사람들을 모아놓고 다음과 같이 말하는 장면이 있다.

> 정말 내가 이 세상에 태어난 후, 아내로 맞이할 사람을 국내의 60여국, 당나라, 신라, 고려(고구려), 천축까지 찾아다녔지만 마음에 드는 여성을 찾을 수 없었다.
> ほに、われ、この世に生まれてのち、妻とすべき人を、六十餘國、唐土、新羅、高麗、天竺まで、尋ね求むれど、さらになし。　　　　　(藤原の君①154)

간쓰케노미야가 국내외에서 아내로 맞이할만한 사람을 아직 구하지 못했다는 것을 다소 과장되게 이야기하는 장면이다. 그런데 여기서 주목하고 싶은 부분은 당시의 외국이란 관념 속에 당나라, 신라, 고구려, 인도(천축) 등이 있었다는 점이다. 이는 헤이안 시대 말기인 12세기경에 편찬된 『곤자쿠 이야기집^{今昔物語集}』의 세계가 천축, 중국, 일본으로만 구성되어 있는 것과 사뭇 대조적이라 할 수 있다.

『겐지 이야기』의 기리쓰보^{桐壷} 권에서는 발해국에서 파견된 국사의 한사람인 고려인^{高麗人}이 기리쓰보^{桐壷} 천황의 둘째 황자(히카루겐지)에 대한 예언을 이야기하는 장면이 나온다.

> 그 무렵 고려인이 와 있는 가운데 뛰어난 관상가가 있다는 것을 들으시고, 궁중에서 접견하는 것은 우다 천황의 훈계가 있었기 때문에 대단히 은밀하게, 이 황자를 홍로관에 보내셨다. 그리고 후견인격인 우대변의 아들인 것처럼 해서 데려가자, 관상가는 놀라서 몇 번이고 고개를 갸우뚱거리며 의아해

했다.

　そのころ、高麗人の参れるなかに、かしこき相人ありけるを聞こしめして、宮の
内に召さむことは宇多帝の御誡あれば、いみじう忍びてこの皇子を鴻臚館に遣は
したり。御後見だちて仕うまつる右大辨の子のやうに思はせて率てたてまつる
に、相人おどろきて、あまたたび傾きあやしぶ。　　　　　　　　　　(桐壺①39)

　기리쓰보 권에 나오는 '고려인高麗人'은 발해국에서 파견된 국사였다
는 것이 통설이다. 우다宇多(887-897) 천황의 '간표의 유계寬平御遺誡'는
아들 다이고醍醐(897-930) 천황에게 남긴 훈계로서, '외번의 사람을 반
드시 접견할 자는 발 안에서 보아라. 직접 대면하지 말아야 한다. 外藩の人
必ずしも召し見るべき者は、簾中にありて見よ。直に対ふべからざらくのみ'[18]라고　하는　내
용이다. 이 때 둘째 황자인 히카루겐지는 겨우 일곱 살이었지만 흥취 있
는 시구詩句를 짓자 발해인 관상가가 보고 극찬했다고 한다. 그리고 예언
전후의 장면설정은 주인공 히카루겐지가 발해에서 온 사신과 한시를
증답하고 있어 『우쓰호 이야기』의 도시카게 권과 비슷한 상황으로 설정
되어 있다.

　『겐지 이야기』의 기리쓰보 권에서 발해로부터 파견된 국사인 고려인
高麗人을 등장시킨 이유는 어떤 의도일까. 그 배경으로 생각할 수 있는 것
은 여러 가지가 있지만 우선 주인공 히카루겐지가 왕권과 영화를 획득
할 수 있는 예언을 듣게 하는 것이었다. 또 겐지가 한반도의 학자와 한시
도 증답할 정도의 비범한 주인공이라는 점을 부각시키기 위한 인물조
형의 한 방법이라고 할 수 있을 것이다.

　기리쓰보 권의 마지막 부분에는 히카루겐지라는 이름 또한 고려인高
麗人이 지었다고 되어있다. 주인공의 이름에 '빛光'과 관련한 수식이 붙
은 것은 미모와 왕권성을 부여하기 위한 표현이다. 『다케토리 이야기』

18　山岸德平 他校注(1979)『古代政治社会思想』「日本思想大系」8, 岩波書店. p.105.

의 주인공인 가구야 아가씨의 이름에 붙여진 '가구야赫'도 빛이 날 정도로 아름답다는 것을 강조하여 작명된 것이다. 이러한 표현의 논리는『삼국유사三國遺事』에 전하는 우리나라의 시조신화와도 흡사하다. 고구려의 유화柳花가 주몽을 잉태했을 때 햇빛이 배를 비추었다고 되어 있고, 신라 시조 박혁거세朴赫居世도 번개와 같은 빛이 땅에 닿고 흰말이 절하는 듯한 곳에서 얻은 자줏빛 알紫卵에서 태어나고, 金閼智도 자줏빛 구름紫雲이 하늘에서 땅까지 깔려 있고 빛이 나는 금궤에서 태어났다고 되어있다. 그리고 伽倻의 시조들도 한결같이 알에서 태어나니, 이 또한 빛(光彩)과 관계가 깊다고 할 수 있다.

고대의 시조 신화에서 왕의 출생이나 성장과정에서 빛과 관련된 표현으로 비유되는 경우가 많은 것은 신성 왕권의 고유성을 강조하기 위해서이다. 전승 화형을 이어받은 모노가타리에서도 뛰어난 미모의 주인공에게 왕권을 부여할 때에는 왕권의 상징인 빛과 관련된 수식이 붙는 경우가 많다. 따라서 히카루겐지라는 이름의 작명은 발해의 관상가인 고려인高麗人이기에 가능했을 것이라 생각된다. 즉『겐지 이야기』에 나오는 고려인高麗人은『우쓰호 이야기』의 '고려인高麗人'처럼 해외 지식인의 권위를 상징하는 인물로 등장하여 주인공의 비범함을 입증하는데 이용되고 있는 것이다. 이 이외에도『겐지 이야기』에는 高麗, 高麗人, 高麗樂, 高麗紙, 高麗錦, 高麗亂聲, 高麗笛 등 20여개의 고마高麗 국명과 관련이 있는 용례가 나온다. 여기서 '고마高麗'라 함은 대체로 발해와 고구려를 의미하고, 고려시대의 고려와는 국교도 없었고 모노가타리의 준거準據에도 맞지 않다.

『겐지 이야기』에서 신라와 백제는 각각 한 용례씩 나온다. 다음은 와카무라사키 권에서 히카루겐지가 학질에 걸려 기타야마의 고승에게 치료를 받고 완쾌되어 도읍으로 돌아가는 대목이다.

고승은 부적으로 독고를 드렸다. 이를 보신 승도는, 성덕태자가 백제로부터 입수해 두신 금강자의 염주에 옥을 장식한 것을, 그 나라에서 들어온 상자가 당나라 풍인 것을, 투명한 보자기에 넣어 다섯 잎의 소나무 가지에 묵고, 감색의 보석 상자에 여러 가지 약을 넣어, 등나무와 벗나무 가지에 묵고, 이러한 때에 어울리는 갖가지 선물을 바쳤다.

> 聖、御まもりに独鈷奉る。見たまひて、僧都、聖徳太子の百済より得たまへりける金剛子の数珠の玉の装束したる、やがてその国より入れたる箱の唐めいたるを、透きたる袋に入れて、五葉の枝につけて、紺瑠璃の壷どもに御薬ども入れて、藤桜などにつけて、所につけたる御贈物ども捧げたてまつりたまふ。

(若紫①221)

와카무라사키의 외삼촌인 승도僧都는 히카루겐지에게 성덕태자聖徳太子가 백제로부터 입수해 둔 염주를 최고의 가치가 있는 물건으로 생각하는지 석별의 선물로 준다. 그런데 백제에서 염주와 함께 들어온 상자가 당나라풍이라는 것은 아무래도 헤이안 시대라는 분위기에 따른 표현인 듯하다. 상대에는 가라韓(駕洛)였던 것이 헤이안 시대가 되면서 모두 가라唐로 표현하게 된 것이 아닐까 생각된다. 백제에서 들어온 물건이 당나라풍일 수도 있지만, 상대의 용례처럼 가라韓 풍이라고 생각하는 것이 온당할 것이다.

한편 가게로蜻蛉 권에서 우키후네浮舟가 실종된 후, 우키후네의 계부인 히타치常陸의 수령은 손자의 출산을 축하하기 위한 선물들을 당나라唐土와 신라의 수입품으로 장식했다. 그러나 지방 수령이라는 신분에 어울리지 않아 오히려 초라하게 보인다는 것이다. 즉 당나라나 신라로부터 수입한 물건들이 당시의 일본에서는 진귀한 물건이었기에 히타치 수령과 같은 사람의 신분에는 걸맞지 않는다는 것이다.

이와 같이 신라, 백제, 고구려로부터 선진 문물의 전래와 '고려인高麗人'으로 표기되어 있는 발해인과의 학문적 교류를 살펴보았다. 이러한 한반도의 국명은 모두 선진문화의 권위를 상징하고 있으며, '고마高麗'

가 수식되어 복합어를 형성하고 있는 어휘는 모두 진귀한 최고의 가치
있는 물건을 의미한다는 것을 알 수 있었다.

4. 신화·전설에 나타난 '韓國'

고대 중국의 사서인『삼국지三國志』「위지왜인전魏志倭人傳」이나『후한
서後漢書』의「倭傳」[19] 등에는 삼한을 지칭하는 의미로 '韓國'이라는 국명
을 사용하고 있다. 일본의『고지키』,『니혼쇼키』등에는 '韓國'을 비롯
하여, '高麗', '百濟', '新羅' 등의 국명이 빈번히 등장한다. 특히『고지키』
의 신화 전설에는 한반도를 지칭하는 표현으로 '가라쿠니韓國'라는 용례
가 가장 먼저 등장한다.

『時代別國語大辭典』에는 '韓國'를 원래 한반도 남부의 국명이었지만
반도 전체를 지칭한다고 하고, 'からくに韓國'의 만요가나 표기로 柯羅倶
爾, 可良國, 可良久爾[20] 등의 용례를 들고 있다. 즉 '가라から'는 원래 조선
남부의 駕洛國(伽倻國)을 지칭했지만, 나중에는 조선반도 전체를 일컫
게 되었다. 그런데 7세기경부터 일본이 중국의 당나라에 견당사를 파견
하게 되면서 당나라도 '가라唐'로 발음하게 되고, 이후 널리 외국이라는
의미로 사용하게 된 것이다.

『고지키』에서는 '韓'을 가락국駕洛國(伽倻) 혹은 한반도 전체의 의미로
사용하고 있는데, 한반도를 삼한三韓이라고 지칭하는 경우도 있다.『고
지키』에서 '韓'이 가장 먼저 사용되는 용례는 상권의 이즈모出雲지방 신
화에서, 스사노오노미코토須佐之男命의 아들 오토시노카미大年神의 아이
로 가라카미韓神가 태어난다는 기술이 나온다. 이 신의 이름에 '韓'이 들

19 石原道博 編訳(1994)『魏志倭人伝』他三編, 岩波書店
20 上代語辞典編修委員會(1983)『時代別國語大辭典』上代編, 三省堂

어있다는 것은 이즈모 지방의 신화가 한반도와 관계가 깊다는 것을 유추할 수 있다.

다음은『고지키』상권의 마지막 부분에서, 천손이며 태양신의 아들인 니니기노미코토邇邇藝命가 규슈九州 히무카日向의 다카치호高千穗 봉우리에 강림하는 장면이다.

> 그리하여 니니기노미코토가 말씀하시기를 "이곳은 한국을 향해 있고, 가사사의 곳으로 통하고, 아침 해가 빛나는 나라이며, 저녁 해가 빛나는 나라이다. 그래서 이곳은 참 좋은 곳이다."라고 말씀하시고, 땅 속의 돌 속에 장대한 궁전의 기둥을 세우고, 천상 세계로 지붕을 높이 올리고 궁전을 조영하여 사셨다.
>
> 是に、詔はく、「此地は、韓國に向かひ、笠紗の御前に眞來通りて、朝日の直刺す國、夕日の日照る國ぞ。故、此地は甚吉き地」と、詔りて、底津石根に宮柱ふとしり、高天原に氷椽たかしりて坐しき。　　　　　(p.118)

다카치호 봉우리는 지금의 규슈 미야자키宮崎 현 히무카에 있는 곳으로, 바다에 면한 곳이 아니라 내륙의 산으로 둘러싸인 곳이다. 그런데 왜 니니기노미코토는 다카치호의 봉우리가 가라쿠니韓國를 향해 있다고 하고 그 곳에다 궁전을 짓는다고 했을까.『고지키』의 본문에서는 다카치호의 봉우리가 왜 한국을 향해 있다고 했는지에 대한 이유는 전혀 밝히지 않고 있지만, 단지 이곳이 한국을 향하고 있는 좋은 곳이기에 땅속의 암반에 기둥을 세우고 장대한 궁전을 지었다는 것이다. 小學館『日本古典文学全集』(1973)의 주에서는 한국을 향해 있다는 것에 대해 '조선과의 교통을 의식한'(p.131) 표현이라고 기술하고, 小學館『新編日本古典文学全集』(2007)의 주석에서는 '지배가 언젠가 조선반도에 미칠 것을 시야에 넣고'(p.118) 말한 것이라고 지적했다. 그렇다면 천손강림의 기사야말로 이후 일본이 '韓國'을 금은의 나라, 혹은 침략대상으로 생각

하는 원천이 아닐까 생각된다. 이 부분을 『니혼쇼키』에서는 다카치호 봉우리에 강림한 천손이 '불모지인 빈나라膂宍の空國'(①121)에서 좋은 나라를 찾아갔다고 기술하고 있다. 이는 니니기노미코토가 처음 강림한 히무카 지방을 개척하고 왕권확립의 기반으로 삼았다는 의미로 해석할 수 있다.

『고지키』하권 제16대 닌토쿠 천황이 구로히메黑日賣와 결혼하고, 다시 야타노와키이라쓰메八田若郎女를 총애하자, 황후인 이와노히메石之日賣은 격렬하게 질투를 한다. 황후는 요도가와淀川를 거슬러 올라가서 백제로부터 귀화한 '韓人'인 누리노미奴理能美의 집에 머물렀다는 기술이 있다. 누리노미의 집은 지금의 교토京都 근교였는데, 황후가 이곳에 머물렀다는 것은 누리노미가 상당한 재력과 큰 저택을 소유했을 것으로 해석할 수 있다. 또한 제21대 유랴쿠雄略 천황(5세기경)이 쓰부라오호미都夫良意富美의 딸 가라히메韓比賣을 맞이하여 낳은 아들이 나중에 제22대 세이네이淸寧 천황이 된다. 여기서 가라히메의 이름에 '韓'이 붙어있다는 점에서 한반도 도래인과의 관계를 추측해 볼 수 있다.

『니혼쇼키』권제19, 제29대 긴메이欽明 천황 23년(6세기 후반)에는 신라가 가야를 정복하자, 일본의 장군 쓰키노기시 이키나調吉士伊企儺 등이 가락국을 도우러 왔다가 패하여 신라군의 포로가 된다는 기사가 나온다. 다음은 신라군의 포로가 된 이키나와 그의 아내 오호바코와 관련한 이야기이다.

　　같은 때(미마나가 신라에 망했을 때), 포로가 된 쓰키노기시 이키나는 성격이 용감하여 마지막까지 항복하지 않았다. 신라군의 무장은 칼을 뽑아 베려고 했다. 그리고 강제로 훈도시(속옷)를 벗기게 하고, 내쫓아 궁둥이를 일본으로 향하게 하여, 큰소리로 "일본의 장수들아, 엿 먹어라"라고 말하게 했다. 그러나 갑자기 이키나가 말하기를, "신라의 왕이여, 엿 먹어라"라고 했다. 고문을 받아 괴로워도 여전히 같은 말을 되풀이했다. 이에 죽임을 당했다. 그 아들 오지코 또한 아버지의 시체를 안고 죽었다. 이키나가 말을 바꾸지 않는 것이 이와 같았다. 이에 일본의 많은 무장들도 이키나의 죽음을 애도했다. 그의 처 오호바코도 또한 포로가 되어있었는데 다음과 같이 슬퍼하며 노래했다.

가락국의 성채 위에 서서 오호바코는 목도리를 흔들어요 일본을 향해서

라고 읊었다. 어떤 사람이 이에 화답해 노래하기를,

가락국의 성채 위에 서서 오호바코가 목도리 흔드는 것이 보인다. 나니와 쪽을 향하여

라고 읊었다.

同時に虜にせられたる調吉士伊企儺、爲人勇烈くして、終に降服はず。新羅の闘將、刀を拔きて斬らむとす。遍めて褌を脱かしめて、追ひて尻臀を以ちて日本に向けて、大きに号叫びて、日はしむらく、「日本の將、我が尻を噍へ」といはしむ。卽ち叫びて曰はく、「新羅の王、我が尻を啗へ」といふ。苦め逼まると雖も、尙し前の如く叫ぶ。是に由りて殺されぬ。其の子舅子も其の父を抱きて死ぬ。伊企儺の辭旨奪ひ難きこと、皆此の如し。此に由りて、特り諸將師の爲に痛み惜まる。其の妻大葉子も並に禽にせらる。蒼然みて歌して日はく、

韓國の 城の上に立ちて 大葉子は 領布振らすも 日本へ向きて

といふ。或和へて日はく、

韓國の 城の上に立たし 大葉子は 領布振らす見ゆ 難波へ向きて

といふ。   (②452-453)

오호바코의 가요에 나오는 '가라쿠니韓國'는 가락국이며, 목도리를 흔드는 것은 오호바코가 죽은 남편의 혼을 부르는 주술적인 행위로 볼 수 있다. 그리고 인용문에 나오는 사건이 전장에서는 있을 수 있는 일이라 하더라도, 일본의 장군 이키나가 신라에 대한 강한 적개심을 표출한다는 이야기이다. 이러한 이야기를 통하여 신라와 일본의 관계를 짐작할 수 있으며, 한반도를 침략으로 일관하는 일본의 대한관對韓觀을 확인

할 수 있다.

8세기 중엽에 편찬된『만요슈』에는 한반도로부터 수입된 선진 기술의 물품인 '가라코로모韓衣'를 읊은 노래가 많이 나온다. 예를 들면 '한복을 잘 입는 나라 고을의 아내를 기다리니韓衣着奈良の里の つま松に'(6-952)라든지, '한복을 당신에게 입혀보고 싶어韓衣君にうち着せ見まく欲り'(11-2682) 등의 용례에서, '韓'의 수식이 붙은 한복은 사랑하는 사람에게 입히고 싶은 소중한 의복의 이미지가 담겨 있다. 이 이외에도 '한복과 같은 다쓰다산의 단풍이 물들기 시작했다.韓衣龍田の山は もみちそめたり'(10-2194)와 같이 아름다운 단풍의 비유표현으로 읊었다. 그리고 '한복의 옷자락이 맞지 않아도韓衣 裾のうちかへ 逢はねども'(14-3482), 어떤 이본에는 '한복의 옷자락이 맞지 않으니韓衣 裾のうちかひ 逢はなへば'(14-3482)와 같은 용례도 있다. 이러한 한복은 나라奈良의 다카마쓰쓰카高松塚의 고분벽화에 나오는 고대의 여인들이 입은 아름다운 채색의 의상을 연상케 한다.

다음은『만요슈』권5의 804번에서 야마노우에 오쿠라山上憶良(660-733?)가 세월의 무상함을 읊은 노래이다.

> 이 세상에서 어찌할 도리가 없는 것은 세월이 흘러가는 것이다. 이어서
> 오는 것은 갖가지로 다가온다. 처녀들이 처녀답게 보이려고 한국의 옥구
> 슬을 팔에 감고, 친구들과 손을 잡고 놀았겠지.
> 世の間の すべなきものは 年月は 流るるごとし 取り続き 追ひ來るものは 百種
> に 迫め寄り來る 娘子らが 娘子さびすと 韓玉を 手本に巻かし よち子らと 手携は
> りて 遊びけむ   (巻5-804)

인용문은 장가長歌의 서두 부분인데, '한국의 옥구슬韓玉'은 '가라韓'가 붙는『만요슈』의 다른 용례에서도 볼 수 있듯이 아름답게 보이는 장신구의 대표적인 물건이었다. 즉 야마노우에 오쿠라는 처녀들이 팔에 장식하는 물건 중에서 한국의 옥구슬韓玉을 가장 아름다운 것으로 생각했

던 것이다. 그러나 이렇게 아름다운 처녀들도 한창 때가 지나면 검은 머리에 서리가 내리고, 얼굴에는 주름이 생기니 세월은 어찌할 수가 없다는 것이다.

『만요슈』권16의 3791번의 장가는 대나무 베는 할아범竹取の翁이 춘 삼월에 아홉 선녀를 만나 읊은 노래이다. 할아범은 자신도 젊은 시절에는, '고구려 비단高麗錦'으로 된 끈을 옷에 묶고, '가라오비韓帶(한국 허리띠)'를 매고 다녔다고 한다. 그래서 들길을 지나가면 자신을 풍류인이라 생각해서인지 꿩도 와서 울고, 산길을 가면 구름도 천천히 놀고 가고, 궁녀들만이 아니라 남자들도 뒤돌아보았을 정도로 인기가 있었다고 읊고 있다. 즉 한반도에서 수입된 '고려 비단高麗錦'과 '가라오비'는 젊음과 아름다움을 장식하는 전형적인 브랜드 상품이었던 것이다.

권16의 3886번은 조미료를 만들기 위해 느릅나무의 껍질을 '가라우스韓臼(한국 디딜방아)'로 찧어 가루로 만든다는 노래이다. 여기서 가라우스란 보통의 절구와는 달리 발로 밟아서 곡물을 찧는 디딜방아로, 한반도로부터 도래한 제조 기술로 만든 것이다. 『니혼쇼키』의 제33대 스이코 천황 18년(610)에는 고구려 국왕이 승려 담징曇懲·法定을 보내 물감, 종이, 먹, 그리고 물을 이용한 방아碾磑의 제조법을 전했다고 기술하고 있다. 『니혼쇼키』에서는 담징 등이 만든 방아가 일본 최초의 물레방아라고 기술하고 있다.

다음은 『만요슈』제3기의 대표가인이며, 규슈 다자이후大宰府의 수장이었던 오토모노 다비토大伴旅人(665-731)가 정 3위인 대납언으로 승진하여 도읍인 교토로 되돌아가게 되었을 때, 송별연의 자리에서 부하인 아사다淺田가 읊은 노래이다.

　한국 사람들이 옷에 물들인다는 보라색처럼 마음속에 스며들어 그리워하리라

　韓人の 衣染むといふ 紫の 心に染みて 思ほゆるかも　　　　　（巻4-569）

아사다가 이러한 노래를 읊은 것은 당시 일본의 조정에서 정3위 이상
의 예복이 보라색이었기 때문이다. 즉 '한국 사람들이 옷에 물들인다는
보라색처럼'이란 비유표현은 한국 사람들이 보라색을 좋아했고, 그 염
색 기술과 수공예품의 품질이 뛰어났다는 것을 알 수 있다. 그리고 律令
制의 衣服令에는 헤이안 시대에 짙은 보라색 옷은 정1위의 귀족들이 천
황의 허락(禁色)이 있어야 입을 수 있는 것으로 정해져 있었다.

『삼국사기三國史記』권제33 '色服'에는 신라의 법흥왕(514-540) 때 정
해진 의복제도를 기술하고 있는데, 신라에서 중국의 제도가 들어오기
전에는 태대각간太大角干에서 5등급인 대아찬大阿湌까지 자의紫衣을 입었
다고 되어 있다. 또한 '色服'에는 고구려에서도 신분이 높은 귀족이 쓰
는 모자는 자색紫色이었고, 백제에서는 왕이 큰 소매의 자색 도포를 입었
다고 되어 있다. 즉 고대의 보라색은 한반도의 삼국과 일본을 막론하고
고귀한 색으로 인식되었고, 왕과 고위 귀족들의 의복에 사용되었다는
것을 알 수 있다.

『만요슈』권제16의 3885번은 거지가 걸식을 하면서 읊었다는 노래
이다.

> 오랜만이요. 여러분 가만히 있다가 어디로 갈까 하니 한국에 있다는 호랑
> 이라고 하는 신을 사로잡아서, 여덟 마리나 잡아와 그 가죽으로 자리를 만들
> 어 여러 겹의 자리를 만들어
> 　いとこ 汝背の君 居り居りて 物にい行くとは 韓国の 虎といふ神を 生け捕りに
> 八つ捕り持ち來 その皮を 畳に刺し 八重畳　　　　　　　　　(巻16-3885)

한국의 호랑이 이야기는 『만요슈』의 199번, 3833번에도 나오지만 모
두 레토릭 상의 비유표현이지 실제 상황은 아니다. 이 3885번에서도 한
국의 호랑이를 잡아왔다는 것이 사실이 아닐 가능성이 많지만, 호랑이
를 여덟 마리나 잡아서 그 가죽으로 자리를 만들었다고 읊고 있다. 이 노

래에서 상대의 일본이 금은의 보물 대신에 호랑이를 목표로 '가라쿠니 韓國'를 침략의 대상으로 생각하는 것은 임진왜란의 가토 기요마사加藤清 正로 이어진다.

『니혼쇼키』의 제29대 긴메이欽明 천황 6년(6세기 중엽)에는, 백제에 사신으로 갔던 가시와데노 하스히膳臣巴提便가 귀국하여 백제에서 겪은 이야기를 보고하는 이야기가 기술되어 있다. 하스히는 백제의 해변에서 호랑이에게 아이를 빼앗겼는데, 그 원수를 갚기 위해 호랑이굴을 찾아가 호랑이를 잡아 그 가죽을 벗겨 왔다는 무용담을 자랑하고 있다. 또한 제35대 고교쿠皇極 천황 4년(645)에는 학승이 고구려에 갔다가 호랑이로부터 의술 등을 배워온다는 이야기가 실려 있고, 제40대 덴무天武 천황 5년(686)에는 신라로부터 호피가 왔다는 기술이 있다.

그런데 신라의 호랑이 이야기를 좀 더 사실적으로 다룬 것은 12-13세기에 걸쳐 나타난 설화문학의 세계이다. 『곤자쿠 이야기집今昔物語集』권제29 제31화, 『우지슈이 이야기宇治拾遺物語』권제3의 7화에는 신라에 장사하러 갔다가 해변에서 호랑이를 만난다는 이야기가 나온다. 『우지슈이 이야기宇治拾遺物語』권제12의 19화는 일본의 무사가 경주에 나타난 호랑이를 화살로 쏘아 죽인다는 이야기이고, 同20화는 견당사로 간 무사가 호랑이에게 아들을 잃고 원수를 갚는다는 이야기이다. 이러한 설화문학의 세계에서 호랑이는 대체로 최고의 두려움과 공포의 대상으로 그려지거나, 호랑이를 죽이고 원수를 갚는 이야기를 다루고 있다.

『만요슈』권제5의 813번은 진구 황후의 신라 정벌과 관련한 노래이다.

입으로 말하는 것은 황송하지만, 다라시히메(진구 황후)께서 한국을 평정하시고 마음을 진정하기 위해 손에 잡고 소중히 모셨던, 옥과 같은 두개의 돌을 세상 사람들에게 가르치며 만대에 전하라고,

かけまくは あやに恐し 足日女 神の尊 韓国を 向け平らげて 御心を 鎮めたま

ふとい取らして 斎ひたまひし ま玉なす 二つの石を 世の人に 示したまひて 万代
に 言ひ継ぐがねと

(巻5-813)

이 노래는 진구 황후의 신라 정벌과 관계가 있는 규슈 이토군怡土郡 해
변 언덕 위의 바위에 얽힌 근원 설화이다. 진구 황후는 만삭의 몸으로 신
라를 정벌하러 갔다가 삼한三韓을 모두 굴복시키고 돌아가, 규슈의 해변
에 있던 바위를 잡고 마음을 진정시켰다는 것이다. 이 노래에서 신라
를 금은의 나라로 표현하지는 않았지만『고지키』,『니혼쇼키』의 진구
황후 전설과 마찬가지로 '가라쿠니韓國'를 침략의 대상으로 읊은 노래이
다.

이 외에도『만요슈』에서 '가라쿠니韓國'의 용례가 나오는 노래로는 권
제15의 3688번과 3695번 등이 있다. 3668번은 천황의 사신으로 '가라
쿠니'에 가다가 죽은 유키노 야카마로雪宅滿를 애도하는 만가이다. 그리
고 3695번은 '옛날 옛적부터 한국에 가게 되어 헤어지는 것은 괴로운 일
이다昔より 言ひけることの 韓國の からくもここに 別れするかも'라고 읊은 노래이다. 이
노래는 특히 '가라쿠니韓國'와 괴롭다는 뜻의 '가라쿠'를 동음이의어同音
異意語로 표현하여, 한국에 가게 되어 가족이 헤어지는 슬픔을 노래하고
있다.

그러나 헤이안 시대인 8세기말이 되면 '가라韓'과 '가라쿠니韓國'의 용
례가 급격하게 줄어든다. 또한 '가라코로모韓衣(한복)'와 같은 용례도
10세기 초의『古今集』를 비롯한 팔대집八代集(천황의 명에 의해 편찬된 8
개의 가집)에는 보이지 않고, 저본底本을 활자화 할 때에도 당나라 옷이
란 뜻의 가라코로모唐衣로 번각飜刻되는 경우가 대부분이다. 그리고 10세
기말의『우쓰호 이야기』,『오치쿠보 이야기落窪物語』등의 원문 인쇄에서
도 '가라코로모'는 전부 '唐衣'로 표기하고 있다.

『겐지 이야기』에서도 원문이 헨타이가나変体仮名로 'から'인 경우 '韓'
로 번각한 용례는 없고, '가라'의 발음이지만 '唐'이 7회, '漢'이 1회 나

온다. 예를 들면 '일본의 와카도 당나라 시도大和のも唐のも'(賢木②143)라
든지, '당나라 풍의 배唐めいたる舟'(胡蝶③165) 등의 용례가 있다. 또한 드
물게는 '한시도 와카가漢のも倭のも'(椎本⑤176)처럼 '가라'를 '漢'으로 표
기한 경우도 있지만 '가라韓'의 용례는 보이지 않게 된다. 기타 복합어
의 경우도 '唐衣', '唐臼', '唐草', '唐櫛笥', '唐猫', '唐綾', '唐紙', '唐櫃' 등
으로 번각하여, '가라から'의 발음은 모두 '唐'으로 활자화하고 있다.

『겐지 이야기』의 유가오夕顔 권에서 겐지는 육조 근처의 유가오 집에
서 자고난 다음 날, 평소에 익숙하지 않은 천둥소리와도 같은 디딜방아
소리를 듣고 놀란다.

> 우르릉 쿵쿵하는 천둥소리보다도 더 크게 울려 퍼지는 당나라 디딜방아
> 의 소리도 바로 머리맡에서 나는가 생각하니, 이건 정말 시끄럽구나 하고 생
> 각하신다.
> ごほごほと鳴神よりもおどろおどろしく、踏みとどろかす唐臼の音も枕上とおぼ
> ゆる、あな耳かしがましとこれにぞ思さるる。　　　　　　　　　(夕顔①156)

헤이안 시대가 되면서 견당사遣唐使의 파견으로 한시문을 비롯한 많은
당나라 문물이 수입되었다. 그러나 상대 문학에서는 '한국 디딜방아韓
臼'였던 것이 시대가 바뀌자마자 모두 '당나라 디딜방아'가 될 수는 없
을 것이다. 디딜방아란 절구공이에 긴 나무를 달아 발로 밟아 곡물 등을
찧는 기구였는데, 실제의 물건은 '한국 디딜방아'일 텐데 레토릭 상으
로만 당나라 디딜방아로 기술하고 있는 것이다. 그리고 이 대목의 원문
은 헨타이가나変体仮名이지만 「新編日本古典文学全集」(小學館) 등에서 활
자화하면서 대체로 '唐臼'로 고착시켜버린 것이다. 이처럼 상대의 '가
라우스韓臼'를 헤이안 시대 문학에서는 의도적으로 '당나라 디딜방아唐
臼'로 바꾸어 놓은 듯한 느낌이 없지 않다.

이상의 용례에서 살펴본 바와 같이 일본의 상대문학에서 한반도를

금은의 '가라쿠니韓國'로 표현하는 경우에는 대체로 부정적인 이미지로 사용되었다. 즉 스사노오노미코토와 진구 황후의 신라 정벌 기사 이래로, 신라와 한국은 금은보화를 탈취하고 호랑이를 잡는 곳으로 생각되었다. 그런데 '가라韓'가 외국으로부터 도래한 사람이나 물건의 앞에 붙어 접두어로 사용될 때에는 선진 기술을 상징하는 특별한 이미지를 형성하게 되었다. 즉 '韓衣', '韓玉', '韓帶', '韓人'처럼 '韓'이 수식어로 쓰일 경우, 대체로 선진문물에 대한 동경과 권위를 나타내고 긍정적인 이미지로 사용되었다. 그리고 헤이안 시대의 『겐지 이야기』와 같은 국풍 문학에서는 헨타이가나로 기술된 'から'가 '韓'이 아닌 '唐'으로 번각되는 경우가 많다는 것을 확인할 수 있었다.

5. 맺음말

한문화韓文化가 일본의 상대와 헤이안 시대의 문학에 어떻게 수용受容되고 인용되어 있는가를 살펴보았다. 특히 韓國, 加羅, 高麗, 高句麗, 新羅, 百濟 등의 용례를 중심으로, 고대의 일본에서는 이들 국가들을 어떻게 인식하고 있었는가. 또한 한반도에서 일본으로 건너간 도래인들은 어떠한 역할을 하였는가를 분석해 보았다.

일본의 상대 문헌에서 한반도의 '가라쿠니韓國' 등을 금은보화의 나라로 지칭할 때에는 대체로 침략의 대상으로 생각하는 경우가 많았다. 그리고 '韓國'이란 국명에 침략과 약탈이라는 고정적인 이미지가 형성된 것은 『고지키』와 『니혼쇼키』에 나오는 스사노오노미코토와 진구 황후의 신라 정벌의 기사가 그 원천이다. 그러나 '가라韓'와 新羅, 高麗 등의 국명이 문물의 앞에서 접두어로 사용될 때에는 선진문물의 상징이 되는 경우가 많았다. 즉 일본문학 속에 나타난 한반도는 金銀의 나라로 침략의 대상인 경우와 선진문물의 상징이 되는 두 가지 이미지가 있었다. 또한 헤이안 시대의 국풍문화가 번창해지는 시기부터 '가라韓'를 '가라唐'로 번각하게 되는 계기가 된다는 것을 확인할 수 있었다.

이 이외에도 문화의 동류현상이 현저한 한일 양국의 신화·전설이나 이야기 등에 용해되어 있는 화형話型의 비교·대비 연구는 다각도로 이루어질 필요가 있다고 생각한다. 이번에 다루지 못한 이야기의 전승관계를 규명하는 화형 연구와 중세 이후의 작품들에 나타난 한문화 수용에 대해서는 차후의 과제로 삼고자 한다.

Key Words 한문화, 금은보화, 당나라, 신라, 백제, 고려

참고문헌

目加田さくを(1964)『物語作家圏の研究』武蔵野書院
六堂全集編纂委員会(1974)『六堂崔南善全集』第9巻, 玄巌社
金達寿(1975)『日本の中の朝鮮文化』11巻, 講談社
山岸徳平 他校注(1979)『古代政治社会思想』「日本思想大系」8, 岩波書店. p.105
上代語辞典編修委員會(1983)『時代別國語大辭典』上代編, 三省堂
金聖昊(1984)『沸流百濟와 日本의 國家起源』知文社
吉田晶(1984)『日本と朝鮮の古代史』三省堂
田中卓(1985)『住吉大社神代記の研究』「田中卓著作集」7. 国書刊行会. p.147
李進熙(1985)『日本文化と朝鮮』日本放送出版協会
宋晳来(1991)『郷歌와 萬葉集의 比較研究』을유문화사
石原道博 編訳(1994)『魏志倭人伝』他三編, 岩波書店
小島憲之 他校注(1994)『万葉集』1-4「新編日本古典文学全集」小学館.
小沢正夫 他校注(1994)『古今和歌集』「新編日本古典文学全集」11, 小学館. p.19.
阿部秋生 他校注(1996)『源氏物語』1「新編日本古典文学全集」20, 小学館. p.229.
中野幸一 校注(1999)『うつほ物語』1,「新編日本古典文学全集」14, 小学館. p.19.
小島憲之 他校注(1999)『日本書紀』「新編日本古典文学全集」小学館. pp.100-101.
山口佳紀・神野志隆光　校注(2007)『古事記』「新編日本古典文学全集」1,　小学館.
　　　　p.243.
김종덕(2014.2)『겐지 이야기의 전승과 작의』제이앤씨
김종덕(2015.2)『헤이안 시대의 연애와 생활』제이앤씨

●●●
제Ⅱ부
헤이안 시대
문학의 미의식

일본문학의 기억과 표현

제1장
헤이안 시대의
문학과 미의식

김 종 덕

1. 머리말

일본의 대표적인 전통 문화라 하면 노能, 조루리淨瑠璃, 가부키歌舞伎, 다도茶道, 꽃꽂이華道, 우키요에浮世絵 등을 들 수 있을 것이다. 그런데 이러한 전통 문화의 원천에는 고유의 정서를 있는 그대로 표현할 수 있는 가나仮名 문자의 발명으로 성립된 문학작품이 있다. 특히 헤이안(794-1192년) 시대의『고킨슈古今集』(905년)나『겐지 이야기源氏物語』(1008년경)와 같은 문학 작품에는 일본인의 사계四季에 대한 미의식이나 자연과, 연애관, 인생관 등이 유형적으로 잘 나타나 있다. 이 유형화되고 정형화된 미의식은 오늘날에 이르기까지 일본인의 의식구조를 지배하고 있다.

1000여 년 전 무라사키시키부紫式部(974-?)라고 하는 한 미망인에 의해 성립된 장편『겐지 이야기』는 전편을 우리말로 번역했을 때, 200자 원고지 4,000매가 넘는 세계 최고 최장의 작품이다. 전체 400여명의 등장인물과, 기리쓰보桐壷, 스자쿠朱雀, 레이제이冷泉, 금상今上의 4대 천황에 걸친 70여 년간의 이야기로, 히카루겐지라고 하는 주인공의 비현실적이고 이상적인 일생과 그 자녀들의 이야기를 그리고 있다. 또한 본문에는 수많은 전기伝奇적 화형話型과 함께 795수의 와카和歌가 산재되어 있어 긴장감 있는 문체를 이루고 있다. 일본인의 미의식이 녹아 있는『겐지 이야기』는 오랜 기간 일본인들에게 향수•연구되어 왔는데, 근대 이전의 고주석古注釋 중 주요한 것만도 100여종에 달하며, 근대 이후의 주석과 연구를 합하면 가히 한우충동의 분량이 될 것이다. 그러나 각 시대에 따라 사상과 문화의 배경이 다르기 때문에 향수 방법도 독자층이나 시대에 따라 각기 다른 전통이 남아 있다.

무라사키시키부와 거의 동시대 사람인 스가와라 다카스에菅原孝標의 딸은『사라시나 일기更級日記』(1060년경)에서『겐지 이야기』54권을 얻어서 탐독하는 기분이 '황후의 지위도 부럽지 않다.后の位も何にかはせむ'[1]라고 기술했다. 중세의 가인歌人 후지와라 슌제이藤原俊成(1114-1204년)는『롯퍄쿠반 우타아와세六百番歌合』에서 '겐지 이야기를 읽지 않은 가인은 한을 남기는 것이다.源氏見ざる歌詠みは遺恨の事なり'[2]라고 지적하고 요염한 정취와 가인의 필독서라는 것을 강조했다. 이후 렌가시連歌師들은『겐지 이야기』를 불교적 입장에서 '인과응보'의 세계로 분석했고, 근세의 모토오리 노리나가本居宣長(1730-1801년)는 '모노노아와레もののあはれ'의 우미優美를 강조하고, 심오한 미적 정취와 정감을 특징으로 지적했다. 한편 근대의 오리구치 시노부折口信夫(1887-1953년)는 주인공 히카루겐지光源氏가 '이로고노미色好み'를 통해 왕권을 획득한다는 주제로 고찰했다. 이러한 해석 이외에도『겐지 이야기』는 와카和歌, 그림, 음악, 서예, 춤, 향 등 문예와 오락의 미의식이 담겨 있으며, 후대의 문학과 예능의 원천으로 추앙받고 있다.

본고에서는 헤이안 시대 문학의 배경과 교양을 살펴보고 미의식의

---

1 犬養廉 他校注,『和泉式部日記 紫式部日記 更級日記 讃岐典侍日記』(「新編日本古典文学全集」 小学館, 1994) p.298. 이하 본문의 인용은「新編全集」의 페이지 수를 표시함.
2 峯岸義秋 校訂,『六百番歌合』岩波書店, 1984, p.182.

형성과정을 고찰하고자 한다. 상대의『만요슈』등에서 형성되기 시작
한 미의식은 가나문자로 표현된 와카와 수필, 모노가타리에서 유형화
되어 이후의 각종 문화양식에 전승된다고 할 수 있다. 특히『겐지 이야
기』에 나타난 '모노노아와레(우아한 정취)'의 사계관과 미의식이 어떻
게 유형화 되었는가를 규명하고자 한다.

2. 귀족들의 교양과 문학

헤이안 시대의 지식인은 천황을 비롯한 상류귀족과 관료, 승려 등 극
소수에 불과했다. 그들은 당나라와 한반도로부터 전래된 선진 문물을
접하고 새로운 국풍문화를 창출하거나 향수하며 다음 세대에 전승하였
다. 천황을 중심으로 궁중의 귀족들은 한문학이 기본 소양이었지만, 지
식인 여성들은 가나仮名 문자를 발명하여 와카和歌나 모노가타리物語, 일
기, 수필 등을 창작했고, 음악이나 습자, 회화, 바둑 등의 예능 분야에도
깊은 소양을 갖추고 있었다.

이마이 겐에今井源衛는 헤이안 시대의 왕조 문학에 대한 특정한 선입관
으로 다음 두 가지 점을 지적하고 있다. 첫째, 왕조문학은 여류문학이
고, 모노가타리나 여류일기·수필이 그것으로 다른 것은 현격히 수준이
떨어진다. 둘째, 모노가타리, 일기, 수필은 우아하고, 섬세하고, 고상한
것이다[3]라는 점이다. 그는 헤이안 시대에 여성의 문학이 당대의 주류를
점하고 있다는 인식이 없었고, 동시대의 문학작품 중 설화나 한시문집
등은 거의 주목을 받지 못하고 있는 점을 지적하고 있다. 이것은 타당한
지적이라 생각되고, 후대의 연구자들이 이러한 선입관에 사로잡혀 있
는 부분이 없지 않다고 생각한다. 그러나 헤이안 시대 초기 100년 동안

---

3 今井源衛,「王朝文學の特質 - その廣さ」(『國文學』學燈社, 1981, 9) p.25.

에는 한문학이 융성했지만, 가나 문자의 발명과 함께 894년 견당사가
폐지되고, 905년에 『고킨와카슈古今和歌集』가 칙찬집으로 편찬되자 궁정
에서 와카의 지위가 향상된다. 그리고 이와 함께 궁정 여류작가들에 의
한 모노가타리 문학과 와카, 일기, 수필 등이 창출된다. 특히 무라사키
시키부의 『겐지 이야기』와 세이쇼나곤清少納言의 『마쿠라노소시枕草子』에
나타난 미의식은 후대의 작자와 독자들의 미적인 행동규범을 지배하게
된다.

   기노 쓰라유키紀賢之는 905년 『고킨슈古今集』의 서문을 가나 문자로 쓰
고 있는데, 서두에 나오는 '야마토우타和歌'란 한시에 대해 일본 노래라
는 의미로 사용하고 있다. 오늘날에는 5·7·5·7·7의 31문자로 읊는 와카
를 단가라고 하는데, 이 와카에서 중세의 렌가連歌, 근세의 하이카이俳諧
(俳句)로 장르가 변천한다. 단가 형식의 가체는 상대에서부터 시작되지
만, 『만요슈』에서부터 운문문학의 대표적인 장르일 뿐만 아니라, 내용
면에 있어서도 일본인의 미의식과 사계관을 지배하고 그 전통은 오늘
날까지 이어진다.

   기노 쓰라유키는 『고킨슈』의 서문에서 와카의 본질, 기원과 형식, 역
사, 그리고 편집과정을 논하고 있는데 서두는 다음과 같이 시작된다.

   와카는 사람의 마음을 바탕으로 하여 갖가지 말이 노래로 표현된 것이다.
   이 세상 사람들은 여러 가지 일을 하기 때문에, 마음속에 생각하는 것을 보
   고 듣는 것에 견주어 표현한 것이 노래이다. 매화꽃에 지저귀는 꾀꼬리, 맑은
   물에 사는 개구리의 소리를 들으면 어떤 생물이 노래를 하지 않는 것이 있겠
   는가. 아무런 힘도 들이지 않고 천지의 신들을 감동시키고, 눈에 보이지 않는
   영혼들조차도 감격시키고, 남녀의 관계도 부드럽게 하며, 사나운 무사의 마
   음조차 위로하는 것은 와카이다.

   やまとうたは、人の心を種として、万の言の葉とぞなれりける。世の中にある
   人、ことわざ繁きものなれば、心に思ふことを、見るもの聞くものにつけて、言ひ

出せるなり。花に鳴く鶯、水に住む蛙の声を聞けば、生きとし生けるもの、いづ
れか歌をよまざりける。力をも入れずして天地を動かし、目に見えぬ鬼神をもあは
れと思はせ、男女のなかをも和らげ、猛き武士の心をも慰むるは歌なり。[4]

　이 서문은 기노 쓰라유키의 와카에 대한 이론이며 문학론이라 할 수
있다. 가집 전체의 구성은 20권으로 구성되어 있는데, 봄, 여름, 가을, 겨
울의 사계와 축하, 이별, 여행, 사랑, 잡가 등으로 분류하고 있다. 이러한
와카의 분류와 체제는 후대의 가집 편찬에 있어서 하나의 모델이 되었
으며, 가집에 나타난 미의식 또한 후대의 운문과 산문문학에 그대로 투
영된다. 그리고 사계관을 비롯한 연애관, 자연관, 인생관 등은 일본인의
의식구조에 크나큰 영향을 미쳤다. 『고킨슈』서문에는 왕인王仁 박사의
다음 노래를 와카의 기원으로 지적하고 있다.

　　나니와쓰에 피는 매화꽃이여 지금이야말로 봄이라 아름답게 피는 매화꽃
　　이여.
　　難波津に咲くや木の花冬こもり今は春べと咲くや木の花　　　　　(p.20)

　나니와쓰는 지금의 오사카大阪이며, 여기서 매화꽃은 닌토쿠仁德(5세
기 전반) 천황을 암시하고 있다. 이 노래는 왕인 박사가 닌토쿠 천황의
즉위를 축하하여 읊은 노래라고 한다. 왕인 박사의 상기 와카는 궁녀 우
네메采女의 와카와 함께 노래의 아버지와 어머니라 하고, 후대에 습자를
배우는 어린아이들이 처음으로 쓰는 노래가 된다. 『겐지 이야기』의 와
카무라사키권若紫巻에서도 와카무라사키若紫의 조모는 히카루겐지光源氏
의 편지와 노래에 대한 답장으로, '(와카무라사키는) 아직 나니와쓰조

4　小沢正夫　校注, 『古今和歌集』(『新編日本古典文學全集』11, 小学館. 2006) p.17. 이
　하『古今和歌集』본문 인용은「新編全集」의 歌番, 페이지 수를 표시함.

차도 만족스럽게 이어 쓰지 못하오니 하릴없는 일입니다.まだ難波津をだに
はかばかしうつづけはべらざめれば、かひなくなむ'(①229)⁵라고 답장을 쓴다. 이 때
와카무라사키는 거우 열 살, 습자로 연습하는 와카조차도 연면체로 이
어서 쓰지 못하고 한 자 한 자 겨우 쓰는 정도였던 것이다. 즉 나니와쓰
의 노래를 연면체로 쓸 수 있는가 없는가에 따라 성인의 기준을 생각한
것이다.

다이고醍醐(897-930년) 천황의 명에 따라『고킨슈古今集』(905년)를 칙
찬하게 된 편찬자들의 자부심은 대단한 것이었다. 이것은 와카가 사적
인 문학에서 공적인 문학으로 그 지위를 되찾게 되었다는 것으로, 서문
의 마지막에는 다음과 같이 쓰고 있다.

> 이 가집의 노래가 푸른 버드나무처럼 산실되지 않고, 소나무 잎처럼 떨어
> 지지 않고, 긴 넝쿨처럼 길이 후세에 전해진다면, 새 발자국이 오래 남아있는
> 것처럼 남아 있다면 노래의 형식을 알고, 가집의 본질을 이해하는 사람이라
> 면, 넓은 하늘의 달을 보듯이 이 가집의 옛날 노래를 숭상하고 지금의 노래
> 를 어찌 그리워하지 않겠는가.
>
> 青柳の糸絶えず、松の葉の散り失せずして、真さきの葛長く伝はり、鳥の跡
> 久しくとどまれらば、歌のさまをも知り、ことの心を得たらむ人は、大空の月を見る
> がごとくに、古を仰ぎて今を恋ひざらめかも。　　　　　　　　　　　(p.30)

여기서 '옛날'과 '지금'은『고킨슈』라는 서명을 분석한 말이기도 하
지만 가집의 내용을 풀이한 의미이기도 하다.『고킨슈』의 미의식은 남
성적인『만요슈』에 비해 온화한 여성적인 가풍으로 후대 작품세계에 미
친 영향은 막대하다고 할 수 있다.『고킨슈』보다 약 100년 후에 성립된

---

5 阿部秋生 他校注,『源氏物語』1 (「新編日本古典文学全集」 小学館, 1994) p.229. 이
　 하『源氏物語』의 본문 인용은 「新編全集」의 巻冊, 페이지를 표기함.

『마쿠라노소시枕草子』에는 미의식이 유형화되는 것을 확인할 수 있다.

> 소메도노 황후의 방 꽃병에 꽂아둔 벚꽃을 보고 읊은 와카   전 태정대신
> 세상을 오래 살아 늙어 버렸군요. 그렇지만 아름다운 벚꽃을 보면 아무런
> 근심 걱정도 없군요.
> 染殿の后のお前に、花瓶に櫻の花をさせたまへるを見てよめる   前太政大臣
> 52年ふればよはひは老いぬしかはあれど花をし見れば物思ひもなし   (p.48)

상기 와카는 『고킨슈』봄의 노래春歌上에 태정대신 후지와라 요시후사藤原良房(804-872년)는 딸 소메도노染殿 황후가 거처의 꽃병에 벚꽃을 꽂아 둔 것을 보고 이와 같은 와카를 읊었다. 요시후사는 딸 아키코明子를 몬토쿠文德(850-858년) 천황의 중궁으로 입궐시켜 후지와라 씨로서는 역사상 처음으로 태정대신이 되고, 외손자가 세이와淸和(858-876년) 천황으로 즉위하자 섭정이 된 인물이다. 요시후사는 벚꽃을 딸인 소메도노 왕후에 비유하여 가문의 영화를 읊은 것이다.

한편 『마쿠라노소시』제21단 '세이료덴 동북 방향 구석의淸凉殿の丑寅の隅の'라는 단에는 관백關白 후지와라 미치타카藤原道隆(953-995년)의 딸이며, 이치조一条(986-1011년) 천황의 중궁인 데이시定子가 『고킨슈』의 상기 와카를 의식하여 다음과 같은 우아한 놀이를 한다. 중궁 데이시는 툇마루에 크고 푸른 항아리를 놓고 흐드러지게 만발한 5척(약 150㎝)이나 되는 벚꽃을 꽂게 했다. 벚꽃은 난간을 넘어가는 것이 있을 정도였고, 주위의 뇨보女房들은 모두 갖가지 색의 의상을 차려 입고 있었다. 마침 이치조 천황이 나타나자, 데이시 중궁은 뇨보들에게 먹을 갈게하고 종이를 나누어 주며, 지금 머리에 떠오르는 옛날 와카를 한 수씩 적어 보라고 한다. 모두 당황해 했지만 세이쇼나곤은 재치 있게 상기 요사후사의 와카를 인용하여, 제4구 '벚꽃을 보면花をし見れば'을 '당신을 보면君をし見れば'(p.52)으로 바꾸어 읊었다는 것이다. 데이시 중궁은 여러 와카들을

비교해 보고는 '단지 너희들의 재치를 알고 싶었다.ただこの心どものゆかしか
りつるぞ'(p.52)고 말했다는 대목에 미의식의 유형화를 엿볼 수 있다.

이어서 데이시 중궁은『고킨슈』를 앞에 놓고 노래의 윗구를 말씀하
시고 아랫구는 무엇인지를 확인하는 놀이도 한다. 그리고 데이시 중궁
은 옛날 후지와라 모로타다藤原師尹(908-960년) 가 그의 딸 요시코芳子를
센요덴뇨고宣耀殿女御로 입궐시키기 전『고킨슈』를 암송하게 했던 일화
를 들려준다. 모로타다는 딸 요시코를 무라카미村上(946-967년) 천황에
게 입궐시키기 전의 교육으로, 첫째로 습자를 배우고, 둘째로 칠현금을
다른 사람보다 잘 켤 수 있도록 하고, 셋째로는『고킨슈』의 와카 20권
(1,100여수)을 전부 암송하는 것을 여자의 학문으로 하라고 했다는 것
이다. 이 소문을 들은 무라카미 천황은『고킨슈』를 들고 센요덴뇨고의
방으로 가서 한 수 한 수 확인했지만 전부 암송하고 있었다는 것이다. 데
이지 중궁은 센요덴뇨고의 예를 우아한 풍류와 놀이로 생각하고, 요즘
은 이런 흐뭇한 일이 없다며 감탄했다는 것이다.

이와 같이『고킨슈』의 우아한 미의식은 유형화, 정형화되어『겐지 이
야기』에 영향을 미치고 있다. 그 분위기에 따른 정취만이 아니라, 히키
우타引歌(옛 사람의 노래를 인용하는 것)라는 형태로『고킨슈』의 일부를
인용하여 본래의 와카가 읊어진 전후의 분위기를 자아내기도 한다. 예
를 들면『겐지 이야기』의「유가오권夕顔巻」에서 히카루겐지가 "저기 있
는 사람에게 말 좀 묻습니다.をちかた人にもの申す"(①136)라고 혼자 말을 중
얼거린다. 이는『고킨슈』의 다음 와카의 일부분을 인용하여 중얼거리
는 대목이다.

저기 있는 사람에게 말 좀 묻습니다. 거기에 희게 피어 있는 것은 무슨 꽃
입니까.

1007 うちわたす遠方人にもの申すわれ そのそこに白く咲けるは何の花ぞも

(p.386)

겐지는 유가오의 집 앞에서 울타리에 걸려 있는 푸른 넝쿨에 핀 흰 꽃이 무엇일까 하고 속으로 생각하며,『고킨슈』의 위 노래에서 '저기 있는 사람에게 말 좀 묻습니다.'라는 대목을 중얼거린 것이다. 그런데 이 혼자 말을 곁에 있던 시종 무관이 듣고 '저 하얗게 피어 있는 꽃은 박꽃이라고 합니다.かの白く咲けるをなむ、夕顔と申しはべる'(①136)라고 대답한다. 헤이안 시대의 모노가타리에 등장하는 귀족들은 남녀 지위를 막론하고『고킨슈』를 암송하고 있었고, 작품 속의 세계를 이해하고 미적 감각을 익히고 있었던 것이다.

이와 같이 헤이안 시대의 칙찬집은 와카가 한시漢詩에 대해 일본 노래라는 의도로 편찬되고『만요슈万葉集』의 전통이 재생산되었다. 한편 가나仮名 산문으로 쓴 모노가타리는 전기傳記 모노가타리와 단편의 우타歌 모노가타리가 창출되고, 이러한 와카와 일기, 모노가타리 등의 선행 작품들을 광범하게 수용하여 성립된 것이『겐지 이야기』의 세계이다.『겐지 이야기』의 우아한 정취와 미의식은 수많은 후대 작품에 영향을 주게 되는데, 중세의 유현미와 여정미, 근세의 쓸쓸함과 고독함으로 이어진다.

『겐지 이야기』그림 겨루기권絵合巻에는『다케토리 이야기』를 '이야기가 만들어진 원조物語の出で来はじめの親'(②380)라고 기술하고 있다. 헤이안 시대에는 수많은 모노가타리가 여성들에 의해 창작되고 감상되어 여성의 마음을 위로했다고 한다. 후지와라 미치쓰나의 어머니藤原道綱母(섭정 후지와라 가네이에藤原兼家의 부인)는『가게로 일기』를 가나 산문으로 쓰게 된 이유를 허구의 모노가타리보다 자신의 실제 인생이 더욱 기구하다는 것을 세상에 밝히려 한다고 기술했다. 일부다처제였던 당시의 권문 세도가의 부인으로서 겪었던 슬픈 인생의 기록인『가게로 일기』는 모노가타리보다도 더 독자들을 감동시켰을 것으로 짐작된다.

『마쿠라노소시』제21단 '세이료덴 동북 방향 구석의'에서 여성의 학문으로, 첫째 습자, 둘째 칠현금의 음악, 셋째『고킨슈』의 와카를 지적했다, 그리고 135단에는 심심풀이의 오락으로, 바둑, 주사위 놀이, 모노가타리 등을 들고 있다. 이러한 오락과 교양을 기술한 모노가타리는 여성의 무료함을 달래고, 결혼 저령기의 소년 소녀들이 간접 체험을 하는 소중한 역할을 했을 것으로 생각된다.

3. 사계의 취향과 계절감

비발디Vivaldi의 『사계』는 본래 12곡으로 이루어진 협주곡의 일부인데, 봄가을이 장조, 여름 겨울이 단조로 사계절의 정취가 아름다운 선율로 연주된다. 비발디보다 7세기 정도 앞선 『마쿠라노소시』제1단에는 세이쇼나곤이 일본의 사계에 대한 감각을 다음과 같이 기술하고 있다.

봄은 새벽녘이 좋다. 점점 주위가 밝아지며 산봉우리의 하늘이 밝게 물들어, 보랏빛 구름이 길게 드리운 모양이 운치가 있다.

여름은 밤이 좋다. 달이 있을 때는 더욱 그렇다. 달이 없어 어두울 때도 반딧불이 많이 날아다니는 풍경이 운치가 있다. 또 겨우 한 마리 두 마리가 희미하게 빛을 내며 날아가는 것도 정취가 있다. 비가 내리는 것도 정취가 있다.

가을은 저녁 무렵이 좋다. 석양이 비치어 벌써 산꼭대기에 해가 넘어가려고 할 무렵, 까마귀가 둥지를 찾아 돌아가려고 세 마리 네 마리 두 마리 세 마리가 제각기 서둘러 날아가는 모습도 애수가 느껴진다. 하물며 기러기 등이 떼를 지어 조그맣게 멀어져가는 것은 대단히 정취가 있다. 해가 완전히 진다음 바람소리, 벌레소리가 들리는 것은 새삼스럽게 말할 나위도 없이 좋다.

겨울은 이른 아침이 좋다. 눈이 내린 것은 말할 필요도 없고 서리가 새하얗게 내린 것도 멋있다. 또 그렇지 않아도 몹시 추운 날 아침, 서둘러 피운 숯불을 가지고 오가는 것도 아주 이른 겨울의 아침 풍경으로 어울린다. 낮이 되어 기온이 따뜻해지면 화로나 난로불도 흰 재만 남게 되어 보기가 흉하다.

　春はあけぼの。やうやうしろくなりゆく山ぎは、すこしあかりて、紫だちたる雲のほそくたなびきたる。

　夏は夜。月のころはさらなり、闇もなほ、蛍のおほく飛びちがひたる。また、ただ一つ二つなど、ほのかにうち光りて行くもをかし。雨など降るもをかし。

　秋は夕暮。夕日のさして山の端いと近うなりたるに、烏のねどころへ行くとて、三つ四つ、二つ三つなど飛びいそぐさへあはれなり。まいて雁などのつらねたるが、いと小さく見ゆるは、いとをかし。日入り果てて、風の音、虫の音など、はた言ふべきにあらず。

　冬はつとめて。雪の降りたるは言ふべきにもあらず、霜のいと白きも、またさらでもいと寒きに、火などいそぎおこして、炭持てわたるも、いとつきづきし。昼になりて、ぬるくゆるびもていけば、火桶の火も、白き灰がちになりてわろし。[6]

　상기 서단은 헤이안 시대의 봄, 여름, 가을, 겨울에 가장 어울리는 시간과 경물을 유형적으로 표현한 미적 이념이라 할 수 있다. 『마쿠라노소시』는 전체 300여단에 걸쳐 자연과 인물에 대한 미의식과 사계에 관한 정취를 표현하고 있다. 이러한 사계와 자연, 인간 생활 전반의 미의식은 유형화되었고, 왕조의 귀족들은 와카나 수필, 모노가타리 등에 자연과 사계에 대한 정취를 그렸고, 이를 이해하는 것이 문화인의 교양이라 생각했다.

　헤이안 시대의 자연관은 일본열도 전체가 아니라, 주로 교토京都와 나라奈良 주변의 자연을 묘사하고 있다. 문학작품에서 이러한 사계의 자연이 유형화된 것은 『마쿠라노소시』나 『겐지 이야기』보다 약 1세기 정도 앞선 『고킨슈』의 와카라 할 수 있다. 『고킨슈』는 전체 20권 1,100수 정

6　松尾聰 他校注, 『枕草子』(「新編日本古典文学全集」 小学館, 1999) pp.25-26. 이하 『枕草子』의 인용은 「新編全集」의 페이지를 표기함.

도인데, 사계(봄 2권, 여름·가을 2권, 겨울)가 6권, 별리, 여행, 연애 5권, 애상, 잡가 2권 등으로 구성되어 있다. 단일 시제로는 연애가 가장 많지만, 사계절을 앞부분에 배치한 것은 일본인들이 얼마나 사계를 중요시하고 있는가를 알 수 있다. 봄의 노래 134수 가운데 벚꽃을 읊은 노래가 74수, 매화를 읊은 노래가 17수이고, 여름의 노래 34수 가운데 뻐꾸기를 읊은 노래가 27수이다. 가을의 노래 145수 가운데 단풍을 읊은 노래가 50수이고, 겨울의 노래 39수 가운데 눈을 읊은 것이 22수[7]라는 것은 특정한 자연이 유형화되고 애호되었다는 것을 알 수 있다. 봄의 노래에서 상대의『만요슈万葉集』에서는 매화가 그 왕좌를 지켜왔으나,『고킨슈』에서는 벚꽃이 봄의 꽃을 대표하게 된다. 헤이안 시대 이후 칙찬집 등에서는 '꽃花'이라고 하면 압도적으로 벚꽃을 의미하는 경우가 많아졌다. 이러한 미적 이념은 와카를 읊은 사람이나 후대의 독자들이 모두 공감하는 미의식으로 정착되고 규범으로서 전승된다.

『고킨슈』의 가나 서문仮名序에는 '옛날 대대로 천황은 꽃이 핀 봄날 아침, 달이 아름다운 가을날 밤이면 언제나 가까이 모시는 사람들을 불러, 무언가 관련시켜 와카를 읊게 하셨다.古の世々の帝、春の花の朝、秋の月の夜ごとに、さぶらふ人々を召して、事につけつつ歌を奉らしめ給ふ'(p.22)라는 기술이 나온다. 이는 헤이안 시대의 일본 지식인들이 얼마나 시가문학의 유형적인 미의식을 즐겨했는가를 확인할 수 있다. 이러한 유형미는『마쿠라노소시』의 봄은 새벽녘의 보랏빛 구름, 여름은 밤의 반딧불, 가을은 저녁 무렵의 까마귀와 벌레소리, 겨울은 이른 아침의 서리와 눈과 같이, 계절과 자연을 일치시킨 미의식으로 전승된다. 즉 사계와 자연 경물을 일체화하여 전형적인 형태로 연상할 뿐만 아니라 하루 동안의 시간까지도 연계한 미의식을 즐겼다는 것이다.

춘추우열을 가리는 논쟁은 이미 나라奈良시대 이전부터 있었다.『만

---

7 藤本宗利,「空白への視点」(『むらさき』第21輯, 武蔵野書院, 1984. 7). p.33.

요슈』의 제1권 16번에는 덴지天智(668-671년) 천황이 후지와라노 가마타리藤原鎌足(614-669년)에게 명하여, 춘산만화春山萬花의 아름다움과 추산천엽秋山千葉의 색채를 경쟁시켰을 때 누카타노오키미額田王가 대신 노래로 답하는 대목이 나온다. 여기서 누카타노오키미 자신은 봄을 칭찬하다가 가을이야말로 더욱 매력을 느낀다고 답한다. 그리고 헤이안 시대에 성립된 우타아와세歌合의 가집 『논춘추 노래시합論春秋歌合』에서 판정을 맡은 오시고우치노 미쓰네凡河内射恒는, '정취있는 것은 춘추를 구별하기 어렵고 단지 계절의 마음이 중요한 것이다'[8]라고 했다. 또한 『겐지 이야기』와 거의 동시대에 성립된 『슈이와카슈拾遺和歌集』雜下에는, 기노 쓰라유키紀貫之가 춘추의 우월에 대한 질문을 받고, '때에 따라 변하는 마음은 봄가을에 정신이 혼돈스러워 구별하기 어렵다.春秋に思みだれて分きかねつ時につけつゝ移る心は'(509년)라고 읊어 조화의 균형 감각을 지니고 있다. 그런데 이어지는 510번 와카는, 모토요시元吉 황자가 '봄가을 중에서 어느 쪽이 좋은가'라고 묻자, 쇼코덴承香殿 도시코는 가을이 좋다고 대답한다. 이에 황자는 다시 아름다운 벚꽃을 보여주며 이것은 어떤가라고 묻자, '대개 사람들은 가을이 좋다지만 벚꽃을 보면 어느 쪽이 좋다고 할 수 없어요.おほかたの秋に心は寄せしかど花見る時はいづれともなし'라고 답했다는 것이다. 또 이어지는 511번 작자 미상의 노래에도 '봄은 단지 외겹 벚꽃이 필 뿐, 그윽한 정취는 역시 가을에야말로 깊이 느껴진다.春はたゞ花のひとへに咲く許物のあはれは秋ぞまされる'[9]라고 읊어 가을을 찬양하고 있다.

『겐지 이야기』옅은 구름권薄雲巻에서 히카루겐지는 양녀인 사이구 뇨고齋宮女御(아키코노무 중궁)에게 다음과 같이 자신의 사계관을 밝힌다.

봄날의 꽃과 숲, 가을 들판에 한창인 단풍에 대해서 서로의 생각을 논쟁해

8 『日本古典文學大辭典』第6巻, 岩波書店, 1985. p.317.
9 小町谷照彦 校注 『拾遺和歌集』(『新日本古典文學大系』岩波書店. 2004) pp.145-146

왔으나, 그 계절에 대해 확실히 납득할 수 있는 결론은 아직 없는 듯합니다. 당나라에서는 비단 같은 봄꽃에 비길 계절이 없다고 하고, 일본의 와카에서는 가을의 정취를 특별히 생각합니다만, 그 어느 쪽도 각 계절을 보고 있으면 그 때에 따라 눈이 이끌려 꽃의 색깔도 새소리도 어느 쪽이 좋다고 정하기는 어렵습니다.

> 春の花の林、秋の野の盛りを、とりどりに人あらそひはべりける、そのころのげにと心寄るばかりあらはなる定めこそはべらざなれ。唐土には、春の花の錦にしくものなしと言ひはべめり。大和言の葉には、秋のあはれをとりたてて思へる、いづれも時々につけて見たまふに、目移りてえこそ花鳥の色をも音をもわきまへはべらね。
>
> (②461-462)

겐지는 사이구 뇨고에게 봄가을이 다 나름대로의 장점이 있어 우열을 구별하기가 어렵지만, 당나라에서는 봄을, 일본에서는 가을을 선호한다는 점을 지적한다. 그리고 겐지는 사이구 뇨고에게 봄, 가을 중에서 어느 쪽을 좋아하느냐고 묻는다. 사이구 뇨고는 대답하기 어려운 질문이지만, 가을의 저녁 무렵이 '정취있다ぁゃし'고 대답하고, 특히 어머니 로쿠조미야스도코로六條御息所가 돌아가신 가을이 더 그립다고 한다. 즉 일본인은『만요슈』이래로『슈이와카슈』,『겐지 이야기』에 이르기까지 사계절 중 가을을 더 선호하는 취향이 있고, 중세의 와카에서는 이 경향이 더욱 심화되어 가을의 저녁 무렵을 정취 있게 생각하는 표현이 유형화한다.

『겐지 이야기』봄나물권若菜卷에서 히카루겐지의 장남인 유기리夕霧는 거문고나 피리의 음색은 가을의 구름 한 점 없는 밝은 달밤보다는 봄의 안개 사이로 어렴풋이 비치는 달밤이 훨씬 더 곱고 정취 있게 조화된다고 주장한다.『겐지 이야기』54권을 제일 먼저 읽은 사람으로 추정되는 스가와라 다카스에의 딸菅原孝標女이 쓴『사라시나 일기更級日記』에는, 작자가 황녀의 집에 출사했을 때, 미나모토 스케미치源資通라는 귀족이 계절과 어울리는 악기의 음색을 대비하는 이야기를 듣는다. 스케미치는 봄 안개霞가 자욱하고 흐릿한 달밤에는 비파가 아름답게 들리고, 가을의 밝은 달밤에 벌레소리가 심금을 울리는 때는 쟁과 횡적이 어울린다. 그리고 겨울 밤 춥고 눈이 쌓여 달빛에 빛나고 있을 때에는 피리가 어울린다.(pp.334-335)고 하며, 각 계절의 전형적인 경물과 어울리는 악기의 유형을 지적하고 있다. 이와 같이 헤이안 시대의 귀족들은 계절과 날씨, 시간, 악기의 선율을 유형화시킴으로써 자연과 예술의 조화된 미의식을 향수했던 것으로 추정된다.

『겐지 이야기』소녀권少女卷에서 히카루겐지는 사계절로 나누어진 대저택 육조원에 각 계절에 어울리는 주택과 정원을 조성하고, 각각의 계절에 어울리는 부인을 거주하게 한다. 동남쪽 봄의 저택에는 정처격인 무라사키노우에, 서남쪽 가을의 저택에는 가을을 좋아하는 양녀 아키코노무秋好 중궁, 동북쪽 여름의 저택에는 하나치루사토花散里, 서북쪽 겨울의 저택에는 아카시노키미明石君를 각각 거주하게 하여 자연의 사계절과 인간을 조화시키는 미의식을 실현하고 있다. 노무라 세이치는 이러한 육조원의 세계를 '사계에 의해 상징되는 자연을 이념적으로 표시한 것에 지나지 않는다. 여성들은 그와 같은 이념의 인격화이고, 동시에 자연 자체가 인위적으로 조성된 것인 만큼 미학적인 자연이 되어있다.'[10]라고 정의했다. 그리고 그는 이러한 자연관이 『겐지 이야기』와 헤이안 왕조 전체가 갖고 있던 하나의 사상이고, 육조원이 인간 심정의 상징이고 제2의 자연이라고도 했다.

히카루겐지의 육조원에서 사계의 미의식을 겨루는 절정은 봄을 좋아하는 무라사키노우에와 가을을 좋아하는 중궁과 춘추우열의 논쟁이다. 소녀권少女卷에서 9월의 단풍이 한창 아름답게 물들어 있는 어느 저녁 무렵, 아키코노무 중궁은 궁중에서 육조원으로 나와 쟁반 위에다 갖가지

10 野村精一, 「少女」(『源氏物語必携』 學燈社, 1978) p.49

가을꽃과 단풍을 담아 무라사키노우에게 보낸다. 함께 보낸 와카에는 '스스로 좋아서 봄을 기다리는 정원은 지금 무료하겠지요. 우리 정원의 아름다운 단풍을 바람결에 전합니다.心から春まつ苑はわがやどの紅葉を風のつてにだに見よ'(少女③82)라고 되어 있다. 무라사키노우에는 회답의 와카에서 바람에 지는 단풍이라며 가볍게 응수하자, 곁에 있던 히카루겐지는 봄꽃이 필 때까지 기다리라고 조언한다. 다음 해 3월 무라사키노우에는 아키코노무 중궁에게 꽃을 바치는데, 나비와 새의 장식을 한 동녀에게, 은으로 된 꽃병에는 벚꽃을, 금으로 된 꽃병에는 황매를 꽂아서 들게 하여 배를 타고 중궁이 있는 가을의 정원으로 가게 한다. 안개 속에서 동녀들이 들고 가는 꽃은 아름다움의 극치라 할 정도였다. 무라사키노우에가 소식으로 보내는 와카에는 '풀숲에서 가을을 기다리는 벌레인 당신은 봄의 꽃동산에 나는 호접조차도 싫다는 것입니까.花ぞののこてふをさへや下草に秋まつむしはうとく見るらむ'(少女③172)라고 했다. 이렇게 봄의 계절에는 무라사키노우에가 승리를 거둠으로써 체면을 유지하게 된다. 아키코노무 중궁과 무라사키노우에의 춘추우열논쟁은 육조원의 두 여성을 통해 봄 가을의 자연과 미의식을 대비한 대표적인 사례라 할 수 있다.

이와 같이 사계절이 분명한 일본의 자연관, 사계관은 고대로부터 유형화되고 정형화되어 있었다. 특히 미의식의 완성체라 할 수 있는『겐지 이야기』에는 사계절의 미의식이 유형화 되고, 자연의 이치는 봄에 태어나고 가을에 죽는 것이라 생각했다. 즉 일본인은 사람의 일생을 사계의 리듬과 질서에 맡기는 사생관을 갖고 있었다고 볼 수 있다.

4.『겐지 이야기』의 성립과 미의식

『겐지 이야기』가 성립된 시대는 중고시대 일본 정치의 중심이 헤이안平安(지금의 교토京都)에 있었던 11세기 초이다. 헤이안(중고) 시대는

794년 나라奈良의 헤이조쿄平城京에서 헤이안쿄平安京로 천도하여 가마쿠라鎌倉에 막부가 개설된 1192년까지의 약 400년간을 말한다. 헤이안 시대 초기 100년 동안은 대륙의 신라, 발해, 당나라 등과의 교류를 통해 국가제도와 정치체제, 한문학을 받아들여 문장경국 사상이 팽배해 있었다. 그러나 894년 스가와라 미치자네菅原道真의 건의로 견당사가 폐지되면서 소위 일본 고유의 국풍문화가 꽃피게 된다. 이 시대에 뇨보女房를 비롯한 지식인 여성들은 자신의 전통적인 감정이나 미의식을 자유로이 표현할 수 있는 가나仮名 문자를 발명하여, 와카和歌, 일기, 모노가타리物語 (이야기), 수필 등의 가나 문학을 찬란하게 꽃피우게 된다.

헤이안 시대 중기는 천황의 외척인 후지와라藤原씨가 조정의 실권을 쥔 섭정摂政 관백関白의 정치가 절정에 달했던 시기이다. 후지와라씨는 9세기 후반부터 300여 년 동안 자신의 딸들을 입궐시켜 외척으로서 섭정 관백의 지위를 독차지했다. 특히 후지와라 미치나가藤原道長(966-1027년) 대에는, 보름달이 기울어지지 않는 것처럼 이 세상이 자기 세상이라고 읊을 정도로 영화가 절정에 달했다. 미치나가는 자신의 딸 쇼시彰子를 이치조一条 천황의 중궁이 되게 하고, 무라사키시키부를 출사시켜 쇼시의 교육을 맡겼다. 헤이안 시대의 궁중에는 무라사키시키부 외에도『마쿠라노소시枕草子』의 작자인 세이쇼나곤清少納言, 이즈미시키부和泉式部와 같은 여류작가들이 궁녀 생활을 하면서, 와카를 읊고, 모노가타리와 수필, 일기 등을 창출했다.

이러한 장르 중에서 모노가타리는 헤이안 시대부터 가마쿠라 시대에 걸쳐 가나문자로 작자의 견문과 상상을 기초로 하여, 인물과 사건에 대한 줄거리를 기술한 산문문학이다. 모노가타리는 주로 결혼 적령기의 여성들이 읽었는데, 무수한 모노가타리가 기술되었지만 대부분 역사 속으로 소멸되고 현존하는 것은 극히 일부만이 전한다. 984년에 성립된 미나모토 다메노리源為憲의『산보에코토바三宝絵詞』의 서문에는 다음과 같은 기술이 나온다.

또 모노가타리란 여자의 마음을 위로하는 것이다. 이것은 오아라키 숲의

풀보다 많고 아리소 바닷가의 잔모래 보다 많지만,

　　また物語と云ひて女の御心をやるものなり。大荒木の森の草より繁く、有磯海
の浜の真砂よりも多かれど、[11]

　상기 표현은 다소 과장된 면이 없지 않지만, 당시의 문단에 얼마나 많
은 모노가타리가 범람하고 있었는가를 단적으로 짐작할 수 있다. 그리
고 이러한 모노가타리 문학의 작자는 여성이거나 작자미상인 경우가
많았는데, 이는 동시대의 가나 문학에 대한 위상을 말해준다. 기노 쓰라
유키紀貫之는 현존하는 최초의 가나 일기인『도사 일기土佐日記』(935년)의
서두에서, '남자가 쓴다는 일기라는 것을 여자도 한번 써 보려는 것이
다.男もすなる日記といふものを、女もしてみむとてするなり'[12]라고 기술했다. 즉 쓰라
유키는 일기 속에서 자신을 도회韜晦시킴으로써 일기라는 장르 속에서
표현의 자유와 허구의 방법론을 구현하려 했던 것이다. 이는 당대 최고
의 문학자이며 남성 귀족 관료였던 기노 쓰라유키가 가나 문자로 일기
를 쓰는 것에 대해 마치 자신이 익명의 여성인 것처럼 위장하기 위한 표
현으로 볼 수 있다.

　『겐지 이야기』의 작자 무라사키시키부는 998년 말, 이미 수년전부터
구혼하고 있었던 후지와라 노부타카藤原信孝와 결혼한다. 다음 해인 999
년에는 나중에 와카의 가인으로 유명한 겐시賢子(다이니노산미大弐三位)
가 태어나지만, 노부타카의 병사로 인해 2년여의 결혼생활이 끝나게 된
다. 두 사람 모두 만혼이었고 짧은 결혼생활이었지만 무라사키시키부
는 남편과 인생에 대한 깊은 성찰과 생사의 문제를 반추하고 있는 것을
일기와 만년의 가집인『무라사키시키부집紫式部集』등에서 엿볼 수 있다.

11　源為憲 撰　江口孝夫校注,『三宝絵詞』上, 現代思潮社, 1982. p.37.
12　菊地靖彦 他校注,『土佐日記 蜻蛉日記』(「新編日本古典文学全集」小学館, 2004)
　　p.15

무라사키시키부는 노부타카와 사별한 1001년 가을부터『겐지 이야기』를 집필하기 시작했을 것으로 보인다. 무라사키시키부는 쓸쓸한 과부 생활을 하면서 이승에서 이룰 수 없었던 이상적인 결혼 생활을 허구 속에서나마 그렸던 것이다. 이 세상 사람들과는 비교할 수 없을 정도의 미모와 재능을 가진 주인공 히카루겐지의 연애와 그 작품세계는 작자 자신이 현실적으로 실현 불가능한 것을 허구의 모노가타리 속에서 추구하려고 했고 그 속에 자신을 해방시키고자 한 것이었다. 그러나 이러한 이상적인 모노가타리의 주인공상에는 선행 모노가타리 작품인『다케토리 이야기竹取物語』,『이세 이야기伊勢物語』,『우쓰호 이야기うつほ物語』등의 영향이 있었고, 또한 작자가 살았던 역사 속의 이상적인 인물상도 부분적으로 투영되어 있을 것으로 생각된다. 또한 작자가 헤이안 시대 섭관정치의 최전성기였던 후지와라 미치나가藤原道長 시대에 쇼시彰子 중궁의 후궁문단에서 활약하고 있었다는 현실적인 배경이 있었기 때문에, 단순한 공상이 아닌 궁중의례와 황자에서 신하가 된 이상적인 인물의 창조가 가능했다고 볼 수 있다.

『겐지 이야기』속에서는 작자가 누구라는 것을 어디에도 찾아볼 수가 없으나, 작자의『무라사키시키부 일기紫式部日記』등을 통해 규명할 수 있다. 일기에 의하면 무라사키시키부는 1005년부터 1013년경까지 궁중에서 중궁 쇼시彰子의 뇨보로 근무했고, 1008년경에는 이미 와카무라사키권若紫巻 등이 세상에 유포되어 있었다는 것을 알 수 있다. 일기에 의하면 귀족 관료이며 가인歌人이었던 후지와라 긴토藤原公任(966-1041년)도 무라사키시키부가『겐지 이야기』의 작자라는 것을 알고 있었다. 또한 이치조一条 천황도『겐지 이야기』를 뇨보가 읽는 것을 듣고, '이 사람은 일본서기도 읽은 듯하다. 정말 학식이 풍부한 듯하다.この人は日本紀をこそ読みたるべけれ。まことに才あるべし'(p.208)라고 말했다는 것을 전하고 있다. 이 이외에도 작자와 후지와라 미치나가藤原道長가 증답한 와카의 내용으로 살펴보아도『겐지 이야기』의 작자가 무라사키시키부임을 확신할 수 있다.

11세기 초 여류작가인 무라사키시키부에 의해 400여명의 등장인물과 4대 천황 70여년에 걸친 이야기를 400자 원고지로 2,000매가 넘는 대장편『겐지 이야기』가 성립되었다는 것은 실로 기적에 가까운 일이었다. 무라사키시키부는 헤이안 시대 석학이었던 후지와라 다메토키藤原為時의 딸로 973년경에 태어났다. 부모는 모두 후지와라 명문 집안이었으나 이미 정치의 중심에서는 멀리 떨어진 지방의 수령계층이었다. 무라사키시키부는 일찍이 생모와 사별하고 부친인 다메토키의 훈도를 받으며 자랐다.『무라사키시키부 일기』에는 아버지 다메토키가 아들 노부노리惟規에게 한문을 가르치고 있을 때, 옆에서 듣고 있던 무라사키시키부가 먼저 해독하는 것을 볼 때마다, '이 애가 남자가 아닌 것이 얼마나 불행한 일인가.口惜しう、男子にて持たらぬこそ幸ひなかりけれ'(p.209)하고 입버릇처럼 통탄했다고 기술하고 있다. 이 시대의 한문의 학문이란 남자가 입신출세를 하기 위한 것이었지 여자에게는 무용지물이었을 뿐만 아니라 오히려 경원시 되었던 것이다. 1005년 무라사키시키부는 이치조 천황의 중궁 쇼시彰子의 뇨보로 입궐한 후 한문의 자질을 숨겨 사람들 앞에서는 한 '一'자도 쓰지 않았다고 한다. 그러나 무라사키시키부는 쇼시 중궁에게 사람이 없는 틈을 타서『백씨문집白氏文集』을 은밀히 강독했다는 것을 일기에서 밝히고 있다. 이러한 재능을 지닌 무라사키시키부가 만약에 남자였다면 훌륭한 관리로서 출세는 했을지 모르지만,『겐지 이야기』는 성립되지 못했을 것이다. 왜냐하면 당시의 모노가타리는 여성이 여성을 위해 창작하고 주로 여성들이 감상하는 문학이었기 때문이다.

가마쿠라鎌倉 시대 초기의 후지와라 슌제이의 딸藤原俊成女이 기술한 것으로 추정되는 모노가타리 평론집인『무묘조시無名草子』에는 다음과 같이 기술하고 있다.

그렇지만 이『겐지 이야기』가 창출된 것은 아무리 생각해 보아도 현세만이 아니라 전생으로부터 인연인가 하고 진귀하게 생각됩니다. 실로 부처님에게 기원한 영험이라 생각됩니다.

さても、この『源氏』作り出でたることこそ、思へど思へど、この世一つならずめづらかに思ほゆれ。まことに、仏に申し請ひたりける験にや、とこそおぼゆれ。[13]

그리고 무라사키시키부는 겨우『우쓰호 이야기』,『다케토리 이야기』,『스미요시 이야기』정도를 보고『겐지 이야기』를 창작한 것은 범부가 흉내 낼 수 있는 일이 아니다 라고 지적했다.『겐지 이야기』에 대한 이러한 평가는 후대의 독자들이 공통적으로 실감했을 것으로 생각된다. 이 이야기를 들은 젊은 여성이『겐지 이야기』의 이야기를 해 달라고 하자, 작자는 너무 길어서 다 기억할 수가 없고 책으로 읽어야 한다고 하며 권별로 줄거리와 등장인물에 대해 각각 비평한다.

작품의 구성은 54권으로 구성되어 있는데, 히카루겐지의 일생을 다룬 정편과 자식들의 인간관계를 다룬 속편으로 나누기도 하지만, 일반적으로 전체를 3부로 분류하기도 한다.[14] 제1부는 기리쓰보권桐壺巻부터 등나무 속잎권藤裏葉巻까지의 33권, 제2부는 봄나물 상권若菜上巻부터 환상권幻巻까지의 8권, 제3부는 니오우 병부경권匂兵部卿巻부터 꿈의 부교권夢浮橋巻까지의 13권으로 구성되어 있다. 제1부는 천황의 제2황자로 태어난 히카루겐지가 겐지源氏 성을 하사받고 이야기의 주인공으로 등장하여, 고려인(발해인)의 예언대로 태상천황太上天皇에 준하는 지위에 올라 최상의 영화를 누린다는 이야기이다. 그러나 모노가타리의 논리는 주인공의 운명이기에 영화가 저절로 달성된다는 것으로 전개되지는 않는다. 히카루겐지의 영화는 섭정 관백으로서의 노력과 후지쓰보藤壺, 무라사키우에紫上를 비롯한 여성들과 사랑의 인간관계를 맺거나, 후지쓰

---

13 桑原博史 校注,『無名草子』(「新潮日本古典集成」新潮社版, 1982) p.23.
14 阿部秋生,『源氏物語研究序説』東大出版會, 1975, p.939.

보와의 불륜으로 태어난 아들 레이제이冷泉 천황의 효심 등으로 달성된다. 제2부에서는 히카루겐지의 정처 온나산노미야女三宮와 가시와기柏木라고 하는 귀족과의 밀통이 일어난다. 그 결과 겐지는 자신이 제1부에서 지은 죄과에 대한 인과응보로 생각하여 고뇌하고, 무라사키노우에가 죽은 후, 출가를 기다리는 만년이 묘사되어 있다. 제3부에서는 가오루(표면적으로는 겐지와 온나산노미야의 아들이나 실제는 가시와기의 아들)와 니오우 황자匂宮가 우지宇治의 여성들과 얽히는 사랑과 갈등이 묘사된다.『겐지 이야기』는 워낙 장대한 내용이기 때문에 그 내용을 간단히 요약하기는 어렵지만 주도면밀하고 치밀한 구성, 그리고 자연과 인간심리가 조화된 문체는 일본 문학의 정수라고 지적된다. 중세의 렌가시連歌師들이『겐지 이야기』전편의 이념을 '인과응보'라고 한 것에 대해, 에도江戸 시대의 국학자인 모토오리 노리나가本居宣長는 '모노노아와레もののあわれ'[15]라고 파악했다. 이는 왕조의 우아한 미적 감각을 대표하는 말로서, 어떤 대상을 접했을 대 자연히 느껴지는 감정, 감상, 감동을 나타내며 우아하고 조화된 정취의 이념을 말한다.

　『겐지 이야기』반딧불이권螢巻에는 겐지와 다마카즈라玉鬘가 모노가타리 논쟁을 전개하는 대목이 나온다. 히카루겐지가 36세 되던 여름, 장마가 예년보다 길게 계속되자 겐지의 저택 육조원의 여성들은 모두 그림과 모노가타리를 읽고 쓰는 일에 골몰하고 있다. 그 중에서 히카루겐지의 양녀로 들어온 다마카즈라는 특히 모노가타리를 열심히 베껴 쓰기도 하고 읽기도 했다. 겐지는 여성들이 머리가 풀어 헤쳐지는 것도 모르고 허구의 모노가타리에 골몰하는 것을 보고 비웃는다. 이에 다마카즈라가 모노가타리야말로 진실인 것처럼 생각된다고 하며 반발하자, 히카루겐지는 모노가타리에 관한 자신의 본심을 다음과 같이 밝힌다.

15　大野普,『本居宣長全集』第4巻, 筑摩書房, 1981, p.174.

"정말로 함부로 모노가타리를 모욕했군요. 모노가타리란 신들의 시대 이
래로 이 세상의 일을 써놓은 것이라고 합니다. 『일본서기』 등은 겨우 일부분
에 지나지 않습니다. 이들 모노가타리야말로 오히려 도리에 맞는 자세한 일
들이 쓰여 있는 것이지요."라고 하시며 웃으신다.

「骨なくも聞こえおとしてけるかな。神代より世にあることを記しおきけるななり。
日本紀などはただかたそばぞかし。これらにこそ道々しくくはしきことはあらめ」と
て笑ひたまふ。　　　　　　　　　　　　　　　　　　　　　　　(蛍③212)

상기 대목은 허구의 모노가타리 속에 오히려 진실이 담겨 있다는 겐
지의 문학론이다. 그러나 겐지는 무라사키노우에 부인에게 가서 친딸
(아카시노키미가 낳은 딸을 무라사키노우에가 양육하고 있음)에게 연
애 모노가타리 등을 읽히지 않는 것이 좋겠다고 이야기한다. 특히 무라
사키노우에는 계모의 입장이기 때문에 마음씨 나쁜 계모에 관한 옛날이
야기 등은 제외하고 특별히 가려서 정서를 시키고 그림으로 그리게 했
다. 겐지는 다마카즈라와 무라사키노우에에게 각기 다른 모노가타리
논리를 전개하고 있는 것은, 부모의 입장에서 모노가타리를 자녀 교육
의 중요한 교재로 활용했다는 것을 알 수 있다.

『겐지 이야기』 그림 겨루기권絵合巻에는 후궁들이 소장하고 있는 그림
의 우열을 가리는 시합이 벌어진다. 이 시합은 레이제이冷泉 천황의 후궁
인 우메쓰보梅壷와 고키덴弘徽殿 사이에 벌어지는데, 겐지는 우메쓰보를,
두중장은 고키덴을 후견함으로써 정치적인 시합이기도 했다. 즉 우메
쓰보는 히카루겐지가 애인 로쿠조미야스도코로六条御息所가 낳은 딸을
양녀로 삼아 입궐시켰고, 고키덴은 두중장의 딸이었기 때문이다. 시합
은 먼저 후지쓰보(기리쓰보 천황의 중궁) 앞에서 모노가타리 그림의 우
열을 겨루게 되었는데, 좌우에서 『다케토리 이야기』와 『우쓰보 이야기』
등으로 겨루었으나 우열을 가리기 어려웠다. 이에 다시 날짜를 정하여
이번에는 천황 앞에서 좌우의 그림을 겨룬 결과, 우메쓰보가 겐지의 스

마須磨 그림일기로 이기게 된다. 단순한 그림 놀이이지만 이긴 우메쓰보가 중궁으로 즉위한다는 것은 겐지 측의 정치적인 승리이기도 했다. 즉 히카루겐지는 자신에 대한 세 가지 예언을 의식하고, 그러한 노력의 일환으로 우메쓰보를 양녀로 입궐시켰고, 그림을 좋아하는 레이제이 천황의 중궁으로 즉위시킨 것이다.

　겐지는 7살이 되면서 독서를 시작했는데 학문적으로 그 총명함이 초인적일뿐만 아니라, 거문고箏와 피리 등의 음악에 있어서도 궁중의 모든 사람들을 놀라게 할 정도였다. 겐지는 26세 때 스마須磨에 퇴거하여 폭풍우로 인해 다시 아카시明石로 옮겼을 때, 초여름의 달밤에 도읍을 생각하며 거문고를 뜯는 대목이 나온다. 이 때 아카시 법사가 비파를 가져와서 함께 연주하며 음악에 관한 논쟁을 펼친다. 『겐지 이야기』봄나물 하권若菜下卷에서 겐지가 47세가 되는 봄, 육조원 저택에서는 4명의 부인들만으로 구성된 합주가 개최된다. 이는 스자쿠인朱雀院(겐지의 형)의 50세 축하연을 위한 리허설이었다. 겐지의 장남인 유기리는 합주의 반주를 위해 툇마루에서 피리를 불었다. 겐지는 아카시노키미明石君에게는 비파(4현), 무라사키노우에에게는 화금和琴(6현), 아카시 중궁(아카시노키미의 딸)에게는 쟁(13현). 온나산노미야女三宮(겐지의 정처)에게는 칠현금을 각각의 부인들에게 나누어 주고 연주하게 했다. 이들 악기는 각각의 여성들의 상징으로 가장 잘 연주할 수 있는 악기로서 혼연일체가 되어 연주한다. 그 중에서 아카시노키미의 비파 연주가 가장 뛰어나다고 한다. 또한 겐지는 여성들의 용모와 의상을 바라보며 각각 꽃나무에 비유하는데, 온나산노미야는 푸른 버드나무, 아카시 중궁은 등나무 꽃, 무라사키노우에는 벚꽃, 아카시노키미는 귤나무 꽃으로 비유하여 겐지와의 인간관계를 상징하고 있다. 이윽고 달이 뜨자 겐지와 유기리는 춘추우열에 관한 논쟁을 시작으로 당대의 악기와 누가 가장 뛰어난 연주자인가를 가리는 품평회를 한다. 특히 겐지는 칠현금이 천지를 움직이고 귀신의 마음도 부드럽게 만드는 위력이 있으나 연주의 비법이 단절되고 있어 온나산노미야에게 가르쳤고, 다음에는 아카시 중궁의 아들이 자라면 주법을 전수해야겠다고 한다.

『겐지 이야기』에서 육조원의 여성 합주의 시연이 있은 지 얼마 안 되어 무라사키노우에가 발병한다. 무라사키노우에는 겐지가 셋째 황녀 온나산노미야와 결혼하기 전까지 평생의 반려자였고 육조원의 안주인이었다. 이 때 그녀의 나이는 37세로 액년이었는데, 고모였던 후지쓰보 藤壺도 37세에 죽었다. 무라사키노우에는 용태가 점점 악화되자 기분전환이라도 될까 하여 옛날에 살던 이조원으로 거처를 옮기자, 모든 문병객들이 이조원으로 몰린다. 육조원은 불이 꺼진 듯이 조용해지고, 이 기회를 이용하여 온나산노미야는 가시와기柏木와 밀통을 하게 된다. 이로서 겐지의 영화는 급격하게 조락하는데, 모노가타리는 육조원 영화의 정점을 여성들의 합주로 장식한 것이다.

5. 이로고노미의 연애

'이로고노미色好み'의 사전적 의미는 연애의 정서를 이해하고 세련된 정취를 좋아하는 것, 또는 그러한 사람을 뜻한다. 헤이안 시대의 칙찬 가집 『고킨와카슈古今和歌集』에는 '이로고노미'와 '호색好色'이라는 용례가 동시에 등장한다. 『고킨슈』의 가나 서문仮名序에는 와카가 '이로고노미의 집안色好みの家'(p.22)으로 전승되었다고 하고, 한문 서문에서는 '色好之家'(p.424)라고 기술하고 있다. 그런데 이로고노미가 好色의 번역어인지, 아니면 한자 문화권인 일본 고유어에 한자가 차용되었는지는 확실하지 않다. 여기서는 헤이안 시대의 남녀의 연애와 풍류인의 미의식과 '이로고노미'의 관계를 살펴보고자 한다.

『시대별 국어대사전時代別國語大辭典』상대편上代編에는 '이로고노미'의 '이로는 접두어로, 형이나 모母 등의 친족관계를 나타내는 말에 붙어 같은 어머니에서 태어난 남매라는 것을 나타낸다.'[16]고 되어 있다. 그리고 상대의 문헌에는 '이로'를 '伊呂'로 표기하고, 이로세同母兄, 이로토同母弟, 이로네同母姉, 이로모同母妹, 이로하生母 등의 용례가 보인다. 오리구치시노 부折口信夫[17]는 이로고노미가 호색好色을 직역한 말이 아니라고 하고, '이 로'는 여성 혹은 여성의 길이며, '고노무'는 호색의 '호好'가 아니라 옛날 부터 선택한다는 뜻으로 해석하고 있다. 그래서 '이로고노미'는 아마도 여성과의 연애를 선택하거나, 당신을 선택한다는 의미를 갖게 된 것이 아 닐까라고 추정했다. 오리구치는 모토오리 노리나가本居宣長가『겐지 이야 기』의 미의식을 '모노노아와레'라고 지적한 것을 비판하여, 히카루겐지 의 이로고노미야말로 고대 왕권王權의 본질이며 미덕美德이라 생각했다.

『논어』의 자한편이나『맹자』의 양혜왕 장구하편 등에 나오는 호색자 혹은 호색이란 용어는 여색을 탐하는 것을 경계하는 의미로 사용되는 경우가 많다. 다카하시 도루는 '이로고노미'를 '연애나 남녀의 교제를 좋아하고, 그 정취를 노래 등의 예능으로 표현하는 행위나 사람'[18]이라 고 분석했다. 즉 '이로고노미'는 근세문학 등에 등장하는 단순한 호색 한과는 달리 음악, 미술, 문학 등의 예능에 통달하고, 특히 남녀교제의 필수조건인 와카가 능숙해야 했다. 헤이안 시대 문학작품에서 이로고 노미의 대표적인 인물을 들자면,『이세 이야기伊勢物語』의 주인공인 아리 와라 나리히라在原業平나『겐지 이야기』의 주인공인 히카루겐지가 으뜸 이라 할 수 있다.

한편 미야비雅び란 궁정풍宮廷風, 도회풍都會風으로 우아하고 세련된 정 취를 말하는데, 역시 와카의 능력과 깊은 관련이 있으며 이로고노미의 조건이기도 했다. 미야비가 최초로 등장하는 문헌인『만요슈万葉集』권 제5(852년)에는 '매화꽃이 꿈에 나타나서 말하기를, 나는 풍류가 있는

16 『時代別國語大辭典』上代編. 三省堂. 1968. p.109.
17 折口博士記念古代研究所 編.『折口信夫全集』第14卷, 中央公論社, 1987. p.221.
18 高橋亨, 「いろごのみ」(『國文學』學燈社, 1985. 9) p.50.

꽃이라 생각한다. 부디 나를 술잔에 띄워주시오.梅の花夢に語らくみやびたる花
と我思ふ酒に浮かべこそ'[19]라는 노래가 나온다. 미야비를 만요가나万葉仮名의 원
문에는 '美他備'로 기술했는데, 『만요슈』권 제2(126. 127)에는 '유사遊
士'나 '풍류사風流士' 등을 미야비로 읽은 용례도 나온다.

『이세 이야기』초단初段에는 와카와 미야비의 관계를 알 수 있는 용례
가 나온다.

옛날에 남자가 성인식을 하고, 나라의 도읍인 가스가 마을에 영지가 있었
기 때문에 사냥을 하러 갔다. 그 마을에 대단히 아름다운 자매가 살고 있었
다. 이 남자는 몰래 엿보았다. 아주 뜻밖에도 쇠퇴한 옛 도읍에 전혀 어울리
지 않는 모습이었기 때문에 완전히 여자에게 빠져 버렸다. 남자는 입고 있던
사냥복의 옷자락을 찢어 와카를 적어 보낸다. 그 남자는 지치풀로 염색한 사
냥복을 입고 있었다.

가스가 벌판의 새 지치풀 같은 당신을 만나니 내 마음은 사냥복의 무늬처
럼 한없이 흔들립니다.

라고 즉시 노래를 읊어 보냈다. 이러한 때에 노래를 지어 여자에게 보내는
것이 운치 있는 일이라고도 생각한 것일까.

미치노쿠의 넉줄고사리 무늬처럼 흔들리는 내 마음 누구 때문인가요. 바
로 당신 때문이지요

라는 노래의 정취를 읊은 것이다. 옛날 사람은 이렇게 <u>정열적인 미야비</u>의 행
동을 했다.

むかし、男、初冠して、奈良の京春日の里に、しるよしして、狩にいにけり。
その里に、いとなまめいたる女はらからすみけり。この男かいまみてけり。思ほえ
ず、ふる里にいとはしたなくてありければ、心地まどひにけり。男の、着たりける
狩衣の裾をきりて、歌を書きてやる。その男、信夫摺りの狩衣をなむ着たりける。

---

19 小島憲之 他校注, 『万葉集』(「新編日本古典文学全集」 小学館, 1998). 이하 『万葉集』
의 본문 인용은 「新編全集」의 巻, 페이지 수, 歌番을 표기함.

春日野の若むらさきのすりごろもしのぶの乱れかぎりしられず

となむおいつきていひやりける。ついでおもしろきことともや思ひけむ。

みちのくのしのぶもぢずりたれゆゑに乱れそめにしわれならなくに

といふ歌の心ばへなり。昔人は、かくいちはやきみやびをなんしける。 [20]

『이세 이야기』의 주인공 아리와라 나리히라는 헤이제이平城 천황(806-809년)의 아들인 아보阿保 황자의 제5남으로, 미남이며 와카를 잘 읊는 풍류인으로 알려져 있다. 예문의 마지막 문장에서 미야비(풍류)라는 단어는 『이세 이야기』 중에서 유일한 용례이다. 주인공 아리와라 나리히라의 인간성을 대표하는 미야비는 왕조문학 작품의 미의식을 나타낸 키워드이다. 그 배경에는 왕조 귀족의 풍아風雅, '이로고노미'의 미의식이 깔려 있다. 이후 '이로고노미'의 가장 중요한 조건은 그 분위기에 맞는 와카를 읊는 것이었다.

헤이안 왕조 귀족들의 남녀가 연애를 시작하는 과정과 조건을 살펴보면 다음과 같다. 당시의 신분이 높은 귀족 여성들은 함부로 남이나 남자들에게 얼굴을 보여서는 안 되었다. 그래서 병풍이나 휘장 뒤에 있거나, 가까운 사람을 만날 때에도 발을 사이에 두거나 쥘부채로 얼굴을 가리고 대화를 했다. 그래서 남녀의 교제는 울타리 밖이나 문 틈새기로 서로를 엿보거나, 집밖에서 여성의 악기 연주를 듣거나 시녀의 소개가 있어야 만날 수 있었다. 앞에서 인용한 『이세 이야기』의 초단의 용례, '몰래 엿보았다かいまみてけり'라는 행위를 통해서 연애가 시작되는 경우가 많았다. 이러한 '엿보기垣間見'는 엿보았다는 것으로 끝나는 것이 아니라, 얼굴을 본 것이 연애나 결혼으로까지 이어지는 경우가 많았다.

『겐지 이야기』 와카무라사키권若紫巻에서 히카루겐지는 와카무라사

---

20 福井貞助 他校注, 『竹取物語 伊勢物語 大和物語 平中物語』(「新編日本古典文学全集」 小学館, 1999) pp.113-114. 이하 작품의 인용은 「新編全集」의 페이지 수를 표시함.

키를 울타리 너머로 훔쳐보고, 자신이 이상형으로 생각하는 후지쓰보藤
壺와 닮은 미모에 끌려 평생의 반려자로 삼게 된다. 또 봄나물 상권若菜上
卷에서 가시와기柏木가 온나산노미야(히카루겐지의 정실 부인)를 엿보
고 밀통이 일어난다. 온나산노미야는 저녁 무렵에 귀족의 자제들이 공
차기 놀이를 하는 것을 발 뒤에 서서 구경하고 있었는데, 고양이가 뛰어
나오다가 목에 맨 줄이 발에 걸려 올라가자 가시와기에게 노출된다. 이
러한 엿보기는 결국 가시와기와 온나산노미야가 밀통하는 사건으로 이
어지는데, 이는 등장인물의 시점이 되며 모노가타리 문학의 인물조형
을 위한 전형적인 수법이라 할 수 있다.

　헤이안 시대의 남녀의 교제는 주변의 시녀나 유모, 친척으로부터 소
문을 듣거나, 거문고, 비파 등의 악기 소리를 듣고 연모하는 마음을 느끼
게 되어 시작되었다. 그리고 이러한 교제에는 반드시 와카를 동반하는
연애편지를 주고받았다. 모노가타리에는 대개 자질구레한 편지의 내용
은 생략되고 두 사람의 관계를 상징하는 와카만 기술되는 경우가 많았
다. 연애편지는 대개 얇은, 주홍색, 보라색 등의 종이에 쓰고, 그 계절의
꽃나무 가지에 매달아 보내기도 했다. 『겐지 이야기』의 히카루겐지는
언제나 호색인으로서 풍류를 체현한 인물로 묘사되지만, 아들 유기리
는 그렇지 못했다. 태풍권野分卷에서 유기리는 애인 구모이노가리雲居雁
에게 보내는 편지에 '바람이 불어 떼구름 흩어지는 저녁에도, 나에게는
한시도 잊을 수 없는 당신입니다.風さわぎむら雲まがふ夕べにもわするる間なく忘られ
ぬ君'(③283)라고 읊은 와카를 보라색 종이에 써서 억새에 매어 보내려
고 하자, 시녀들이 색의 조화가 맞지 않는다고 지적한다. 당시의 남녀는
와카를 증답할 때에도 후미쓰키에다文付枝라고 하는 꽃나무와 편지지의
색과 잘 어울리는 내용이라야 연애의 정취를 느꼈다는 것을 알 수 있다.

　그리하여 결혼이 성립되면 남자는 3일간 계속하여 여자의 집을 찾아
가야 하고, 마지막 날 아침에는 여자의 집에서 결혼 피로연을 갖는다. 매
일의 방문은 저녁 무렵에 가서, 다음날 아침 날이 밝기 전에 여자의 집을

나와 본인의 집으로 돌아가는 것이 예의였다. 남자는 집으로 돌아가 바로 여자에게 편지를 써야 했는데, 편지가 늦어질수록 남자의 애정과 성의가 없는 것으로 인식되었다. 이후는 부부의 친밀도와 관계에 따라 남자가 여자의 집으로 방문하는 방처혼의 결혼관계가 유지되는 것이 보통이었으나, 히카루겐지와 같이 처첩들을 자신의 저택으로 데려와 함께 사는 결혼의 형태도 있었다.

히카루겐지는 세 살 때 사별한 어머니의 모습과 '연고ゆかり' 여성을 이상적인 여인으로 생각했다. 죽은 어머니 기리쓰보 고이桐壺更衣와 후궁인 후지쓰보가 닮았다는 말을 듣고, 후지쓰보를 연모하여 밀통을 하게 되고 아들 레이제이冷泉가 태어난다. 후지쓰보의 분별력으로 더 이상의 만남이 불가능해지자, 겐지는 그녀의 조카인 와카무라사키를 좋아하게 된다. 그리고 겐지는 당시로는 만년인 40세에 후지쓰보의 또 다른 조카인 온나산노미야(셋째 황녀)를 정실부인으로 맞이한다.

댑싸리권帚木巻의 궁중의 귀족들이 여성 품평회를 하는 가운데 중류계층의 여성이야말로 개성적이며 특색이 있다는 체험담을 듣고도, 겐지는 오로지 고귀한 신분으로 이상형으로 생각하는 후지쓰보만을 생각한다. 이후 중류계층의 여성을 비롯한 많은 여인들과의 관계에서 겐지는 어머니와 닮은 얼굴의 여성들을 대상으로 이로고노미로서의 이상을 실현한다. 특히 히카루겐지의 영화가 실현되는 논리는 고대 왕권의 이상적인 인물로서 다양한 여성들과의 연애를 통해 성취된다. 그리고 겐지의 왕권은 육조원이라고 하는 지상낙원의 사계와 각 계절의 여성과 관련된 풍류를 실천함으로써 완성된다고 할 수 있다.

6. 맺음말

헤이안 시대 문학작품 중에서 『겐지 이야기』를 중심으로 일본문학의 풍류와 미의식을 고찰해 보았다. 특히 왕조문학의 대표적인 미의식이라 할 수 있는 유형적인 사계의 미의식과 이로고노미의 미야비(풍류)를 살펴보았다. 작가이며 평론가인 나카무라 신이치로가 '일본인의 미의식은 헤이안 시대에 완성되었다. 그 이전은 준비기이고, 그 이후는 해체기이다.'[21]라고 논평했던 말을 실감할 수 있을 정도로 일본인의 미의식은 헤이안 시대 문학에서 유형화된 것이 많다는 것을 확인할 수 있었다.

헤이안 시대에 성립된 『고킨슈』나 『마쿠라노소시』 등의 사계관은 통념적이고 유형화된 미의식이었다. 특히 시가문학인 『고킨슈』에서 형성된 미의식은 오늘날까지 모든 문화 양식의 기본이 되고 있다. 그리고 『겐지 이야기』에서 히카루겐지가 조영한 육조원은 『고킨슈』의 사계관과 미의식의 연장선상에 더욱 심화되었다고 볼 수 있다. 육조원의 사계는 그 계절에 어울리는 사람과 악기, 의복, 나무 등이 서로 어울리는 미의식을 유형화시켰다. 또한 상대 시대로부터 제기된 춘추우열의 논쟁도 절정을 이루어 일본인은 가을을 더 선호하는 미의식을 형성하게 된다.

이러한 우아한 미야비와 미의식을 체현한 '이로고노미'는 고대 일본의 신화 전설에서 왕권을 획득하는 인물이었다. 그런데 헤이안 시대의 문학에서 '이로고노미'란 주로 남녀교제에 있어서 와카를 잘 읊고, 모노가타리, 음악, 미술 등의 예능을 습득한 풍류인을 의미한다. 『이세 이야기』나 『겐지 이야기』에서 '이로고노미'는 아리와라 나리히라나 히카루겐지와 같은 인물이다. 즉 헤이안 시대의 작품세계에서 궁정풍, 도회풍으로 형성된 이로고노미의 우아한 정취는 일본 문화의 원천으로 전승되고 있다는 것을 확인할 수 있다.

Key Words 헤이안 시대, 와카, 풍류, 이로고노미, 모노노아와레

---

21 中村慎一郎, 『色好みの構造』岩波書店, 1985. p.8.

참고문헌

(1968), 『時代別國語大辭典』上代編, 三省堂.
阿部秋生(1975), 『源氏物語研究序説』, 東大出版會.
野村精一(1978), 「少女」, 『源氏物語必携』, 學燈社.
今井源衛(1981.9), 「王朝文學の特質 - その廣さ」, 『國文學』, 學燈社.
大野晋(1981), 『本居宣長全集』第4卷, 筑摩書房.
桑原博史 校注(1982), 『無名草子』, 「新潮日本古典集成」, 新潮社版.
源爲憲 撰　江口孝夫校注(1982), 『三宝絵詞』上, 現代思潮社.
峯岸義秋 校訂(1984), 『六百番歌合』, 岩波書店.
藤本宗利(1984), 「空白への視点」, 『むらさき』第21輯, 武蔵野書院.
高橋亨(1985.9), 「いろごのみ」, 『國文學』, 學燈社.
中村慎一郎(1985), 『色好みの構造』, 岩波書店.
(1985), 『日本古典文學大辭典』第6卷, 岩波書店.
折口博士記念古代研究所 編(1987), 『折口信夫全集』第14卷, 中央公論社.
阿部秋生 他校注(1994), 『源氏物語』1, 「新編日本古典文学全集」, 小学館.
犬養廉 他校注(1994), 『和泉式部日記 紫式部日記 更級日記 讃岐典侍日記』(「新編日本古典文学全集」, 小学館.
小島憲之 他校注(1998), 『万葉集』, 「新編日本古典文学全集」, 小学館.
松尾聰 他校注(1999), 『枕草子』, 「新編日本古典文学全集」, 小学館.
福井貞助 他校注(1999), 『竹取物語 伊勢物語 大和物語 平中物語』, 「新編日本古典文学全集」, 小学館.
菊地靖彦 他校注(2004), 『土佐日記 蜻蛉日記』, 「新編日本古典文学全集」, 小学館.
小町谷照彦 校注(2004), 『拾遺和歌集』(『新日本古典文學大系』岩波書店).
小沢正夫　校注(2006), 『古今和歌集』(『新編日本古典文學全集』11, 小学館. 2006).

제2장
『겐지 이야기』에 나타난
노노미야라는 공간

김 태 영

1. 생령사건의 그림자

비쭈기나무賢木 권에서 겐지는 이세伊勢로 내려가기 위해 노노미야野宮로 거처를 옮긴 로쿠조미야스도코로六条御息所를 방문한다. 그때까지 서로 거리감을 느끼고 있던 두 사람은 노노미야에서 처음으로 마음이 통하게 된다. 로쿠조미야스도코로가 저지른 생령生靈사건으로 인해 단절되어 있던 두 사람이 이별을 전제로 한 마지막 만남에서 이루어 낸 사랑의 장면은 예로부터 명문으로 일컬어져 왔으며, 그 표현성에 대해서도 많은 연구자들이 언급한 바 있다. 기존 연구에서는 노노미야의 자연 속에서 정화되어 가는 히카루겐지의 마음과 두 사람이 정서적 교류를 이루게 되는 장면 묘사에 주로 초점을 맞추고 있는데, 이 글에서는 두 사람의 관계와 작품의 표현 구조와의 관계성을 밝히고 신역神域인 노노미야라는 공간이 가진 의미에 대해 고찰해보고자 한다.

우선 생령 사건 이후의 겐지와 미야스도코로와의 관계가 작품에 어떻게 그려지고 있는지 살펴보고자 한다. 미야스도코로의 생령에 의해 아오이노우에葵上가 숨을 거둔 후 겐지는 성장한 무라사키노우에紫上와

첫날밤을 보내게 된다. 무라사키노우에를 아내로 맞기 위한 의례를 마친 후 겐지는 '입궁을 하거나 상황을 알현하는 동안에도 마음이 안정되지 못하고 (무라사키노우에의 모습이) 눈앞에 어른거리니 참 이상한 일かくて後は、内裏にも院にも、あからさまに参りたまへるほどだに、静心なく面影に恋しけれは、あやしの心やと我ながら思さる。'(葵②75)'이라고 생각할 정도로 무라사키노우에의 매력에 깊이 빠지게 된다. 겐지는 애인관계였던 오보로즈키요朧月夜의 입궁에 대해서도 '남다른 애정을 쏟았던 터라 애석하다고 여기지만 단지 지금은 (무라사키노우에 이외의) 다른 사람에게 나눠줄 마음이 없다君も、おしなべてのさまにはおぼえざりしを、口惜しとは思せど、ただ今は異ざまに分くる御心もなくて(葵②76)'고 생각하면서 미야스도코로가 '진정 의지할 수 있는 정부인으로 삼기에는 어려운 분かの御息所はいといとほしけれど、まことのよるべと頼みきこえむには必ず心おかれぬべし(同)'이라는 인식을 하고 있다. 즉 아오이노우에를 죽음에 이르게 한 미야스도코로의 생령과 겐지와의 대면은 (겐지가 그녀를 다른 여인들과는 다르다고 여기고 있었음에도 불구하고) 미야스도코로의 정부인이 될 가능성을 사라지게 만든 것이다.

비쭈기나무 권의 처음 시작 부분에는 이세 낙향을 앞둔 미야스도코로의 심정이 다음과 같이 표현되어 있다.

재궁이 이세로 내려갈 날이 다가오자 미야스도코로는 마음이 불안하고 초조하였다. 신분이 높은 본처로 어딘지 모르게 다가가기 어려운 분이었던 좌대신 댁 아오이 부인이 돌아가신 후, 세상 사람들은 이번에야말로 미야스도코로가 겐지의 정부인이 될 것이라고 수군거렸고 미야스도코로를 모시고 있는 사람들도 기대감에 마음이 부풀어 있었다. 그런데 그 후에 오히려 겐지의 발걸음이 뚝 끊기고 차갑게 대하시는 것을 보면서 미야스도코로는 진정으로 꺼리시는 어떤 이유가 있는 것이라고 짐작 가는 바가 있으니 모든 미련

---

1 阿部秋生 他校注(1995)『源氏物語』2「新編日本古典文学全集」21, 小学館, p.75. 이하『源氏物語』의 本文引用은 같은 책의 巻, 冊数, 頁数를 표기함. 필자 역.

을 버리고 이세로 떠날 결심을 굳혔다.

　斎宮の御下り近うなりゆくままに、御息所もの心細く思す。やむごとなくわづら
はしきものにおぼえたまへりし大将の君も亡せたまひて後、さりともと、世人も聞こ
えあつかひ、宮の内にも心ときめきせしを、その後しもかき絶え、あさましき御も
てなしを見たまふに、まことにうしと思すことこそありけめと知りはてたまひぬれ
ば、よろづのあはれを思し棄てて、ひたみちに出で立ちたまふ。　　　(賢木②83)

미야스도코로가 전 황태자와의 사이에서 낳은 딸이 재궁斎宮이 되어
이세로 내려가게 되었고, 미야스도코로도 그 딸을 따라 이세로 낙향하
는 것을 고민해왔는데, '지금 겐지와의 관계를 끊고 이세로 내려가는 것
은 괴롭고 불안하다今はとてふり離れ下りたまひなむはいと心細かりぬべし(葵②30∼
31)'고 느꼈기 때문에 결단을 내리지 못하고 있었던 것이었다. 아오이
노우에가 숨을 거둔 후 미야스도코로가 겐지의 정부인이 될 것이라고
세상 사람들도 말해 왔는데 오히려 겐지의 방문이 끊겨 버린 사실이 한
심스럽고 답답한 미야스도코로의 심정을 상기 인용문을 통해서 읽어
낼 수 있다. 위의 문맥을 통해서 미야스도코로 자신 또한 겐지의 정부인
이 될 것을 기대했었다는 사실을 알 수 있는데, 정작 겐지는 미야스도코
로를 정부인으로 삼는 일은 염두에 두지 않았던 것이다. 미야스도코로
는 모든 미련을 버리고 이세로 떠날 결심을 굳히게 되는데 여기에서의
'미련あはれ'은 '끊기 힘든 겐지에의 집착源氏への断ちがたい執着[2]'을 의미하는
것이다.

　　(미야스도코로는) 이 괴로운 세상에서 벗어나려고 생각하시는데 겐지는
　　(미야스도코로가) 이제 멀리 떠나간다고 생각하니 아쉬운 마음에 편지나마
　　정성스럽게 써 보내신다. 여인 또한 이제 와서 다시 만나는 것은 있을 수 없

2　新編日本古典文学全集『源氏物語』頭注, 巻二, p.83.

는 일이라고 생각하신다. 겐지 님이 내가 마음에 들지 않는다고 생각하시는
것이라면 이제 와서 님을 뵈온들 미련이 큰 나만 고통스러울 것인데 새삼 만
나서 무엇하리, 라고 마음을 굳게 먹으셨다.

> うき世を行き離れむと思すに、大将の君、さすがに今はとかけ離れたまひなむ
> も口惜しく思されて、御消息ばかりはあはれなるさまにてたびたび通ふ。対面した
> まはんことをば、今さらにあるまじきことと女君も思す。人は心づきなしと思ひおき
> たまふこともあらむに、我はいますこし思ひ乱るることのまさるべきを、あいなしと
> 心強く思すなるべし。   (賢木②84)

　여기에서는 '여인女君'이라는 호칭이 사용되며 겐지와의 남녀관계가
강조되고 있다. 미야스도코로의 '미련あわれ'이 '끊기 힘든 겐지에의 집
착'이었다면 겐지의 미야스도코로에 대한 감정은 고작 '편지를 주고받
을 정도'의 애착이었던 것이다. 생령사건 전에도 미야스도코로에 대한
겐지의 애정은 그리 깊지 않았음을 작품을 통해 알 수 있는데, 생령사건
을 계기로 하여 겐지의 마음이 그녀로부터 한층 더 멀어진 것을 확인할
수 있다. 여인 또한 이제 와서 다시 만나는 것은 있을 수 없는 일이라고
생각한다는 대목에서 겐지 혼자만이 대면을 피하려 한 것이 아니라 미
야스도코로 또한 겐지와의 대면을 '있을 수 없는 일あるまじきこと'로 여기
고 있음을 알 수 있다. 생령사건이라는 동일한 기억이 두 사람을 갈라놓
고 있는 것이다. 결국 미야스도코로는 마음을 굳게 먹고 이세 낙향을 결
심하지 않을 수 없게 되는 것이다.

　이어지는 장면에서는 '(겐지가) 찾고 싶다 하여 쉬이 찾을 수 있는 곳
이 아닌 터라たはやすく御心にまかせて参でたまふべき御住み処にはあらねば(同)'라는 대
목이 보이며 미야스도코로가 이세로 내려가기 전 단계로서 노노미야로
거처를 옮긴 사실이 그려진다. 노노미야는 사랑의 만남을 자유롭게 가
져서는 안 되는 성스러운 신역神域이므로 겐지 또한 마음을 쓰면서도 미
야스도코로를 만나지 못한 채 시간이 흐른다.

상황께서는 큰 병은 아니나 때때로 용태가 좋지 않으실 때가 많아서 겐지는 더욱 마음의 여유가 없었지만 미야스도코로가 자신을 박정한 사람이라 여기지는 않을까, 세상 사람들이 듣기에도 배려심 없는 처사라고 여기지는 않을까 염려스러워 노노미야로 걸음을 하신다. 구월 칠일 무렵, 미야스도코로가 이세로 떠나는 날이 목전에 다가왔음에 겐지는 발걸음을 서두른다. 미야스도코로도 이래저래 마음이 분주하지만 겐지에게서 "잠시라도 좋으니 보고 싶습니다."라는 편지를 종종 받았던 터라 어찌할까 싶어 주저하면서도 너무 소극적으로 대하는 것도 어떨까 싶어 발 너머로 잠시 만나보는 것은 괜찮겠지 하고 은근히 기다리셨다.

院の上、おどろおどろしき御なやみにはあらで例ならず時々なやませたまへば、いとど御心の暇なけれど、つらきものに思ひはてたまひなむもいとほしく、人聞き情なくやと思しおこして、野宮に参でたまふ。九月七日ばかりなれば、むげに今日明日と思すに、女方も心あわたたしけれど、立ちながらと、たびたび御消息ありければ、いでやとは思しわづらひながら、いとあまり埋れいたきを、物越しばかりの対面はと、人知れず待ちきこえたまひけり。　　(賢木②84〜85)

겐지는 미야스도코로를 방치해 둘 수는 없다는 감정, 그리고 세상 사람들로부터 배려심 없는 박정한 사람으로 여겨지고 싶지 않다는 마음에서 노노미야로 향한 것이다. 겐지는 자신을 야속하게 여기고 있는 미야스도코로의 심정을 알고 있으면서도 실제로는 그녀를 마음속에서부터 측은하게 여긴 것이 아니라 고귀한 신분에 걸맞지 않은 대우를 하고 있다는 세상 사람들의 시선을 의식하여 노노미야로 발걸음을 옮긴다.

겐지는 이전에도 '모처럼 편지를 주셨는데 답장을 하지 않는 것은 인정머리없는 일わざとある御返なくは情なくやとて(葵②52)'이라는 생각에서 미야스도코로에게 답가를 보낸 적이 있었다, 자신의 부인들 사이에 수레 싸움이 있었다는 소식을 들은 뒤에도 '이러한 사이에는 서로 배려심을 가지고 대해야 하는데 그렇지 못했다かかるなからひは情かはすべきものとも思いた

らぬ御掟に従ひて(同②26)’며 안타까워하기도 했다. 나사케情け란 본래 ‘하다, 행하다’란 뜻의 동사 ‘나스爲す’가 명사화한 ‘나사’에 ‘외관, 모습’이라는 뜻의 접미어 ‘케’가 붙은 말로 ‘상대방이 마음에 안 들더라도 일부러 형식으로나마 갖추어 보여주는 태도’, ‘상대방에 대해서 일부러 취하는 애정 표현’을 의미한다[3]고 보는 것이 통설이다. 나사케는 배려심과 뗄레야 뗄 수 없는 관계인데 이는 원래부터 갖추어져 있었던 것이 아니라 자연스러운 마음 상태에 의식적·반성적인 배려심이 더해져 만들어진 ‘상냥함, 다정함’인 것이다[4]. 즉 겐지는 진심으로 미야스도코로를 염려하는 마음에서 노노미야로 향했다기보다는, 상대를 배려하는 이상적인 마음 상태인 ‘나사케’를 갖춘 인물이었기 때문에 미야스도코로를 방문한 것이다[5].

한편 미야스도코로는 너무 소극적으로 나오는 것도 겐지에 대해 실례가 되지 않을까 싶어 ‘발 너머로 잠시 만나보는 것은 괜찮겠지.’하고 생각한다. 하지만 실제로는 겐지의 방문을 은근히 기다리고 있었으며 ‘너무 소극적으로 대하는 것도…….’라면서 겐지를 만나고 싶은 본심을 합리화시키고 있다. 이처럼 겐지가 노노미야를 방문하기 이전의 두 사람의 관계에는 아직 생령사건의 그림자가 드리워져 있었으며, 두 사람은 ‘나사케’로 인해 유지되는 관계로 작품상에 그려지고 있었던 것이다.

2. 노노미야라는 공간

그런데 겐지가 노노미야로 들어간 이후에는 방문자인 겐지의 시점에

---

3 大野晋(1976) 「なさけ」『日本語の世界』朝日新聞社, p.128.
4 藤原克己(1999) 「漢語の「情」と和語の「なさけ」と」『ことばが拓く古代文学史』笠間書院, p.158.
5 今井上(2002) 「情け·六条御息所と光源氏」『むらさき』39, 武蔵野書院, p.22.

따라 '노노미야라는 공간'이 면밀하게 그려지며 겐지의 미묘한 심경 변화가 묘사되기 시작한다.

드넓은 사가노 들판을 헤치고 들어가니 어딘지 모르게 서글픈 가을 풍경에 가슴이 사무친다. 가을꽃은 모두 시들고 바짝 마른 띠로 덮인 들판에는 건조한 풀벌레 소리에 솔바람마저 스산하게 불고, 무슨 곡인지는 모르겠으나 드문드문 들리는 가냘픈 칠현금 소리는 말할 수 없이 우아하고 농염하였다.

はるけき野辺を分け入りたまふよりいとものあはれなり。秋の花みなおとろへつつ、浅茅が原もかれがれなる虫の音に、松風すごく吹きあはせて、そのこととも聞きわかれぬほどに、物の音ども絶え絶え聞こえたる、いと艶なり。　(賢木②85)

이 장면에서는 겐지를 맞이하는 노노미야의 자연 풍경이 그려지고 있다. 대표적인 가을 경물인 '가을 꽃秋の花', '띠가 나 있는 들판浅茅が原', '솔바람松風'이 조화를 이루며 감동적인 풍경을 만들어 내고 있다. 이들 감동적인 풍경 요소가 한데 어우러진 노노미야의 '드넓은 사가노 들판はるけき野辺'은 교토에서 온 겐지에게 일상 세계와는 다른 비일상성을 창출하는 장소이다. 드넓은 사가노 들판을 헤치고 들어간 순간 가슴에 사무치는 풍경이 겐지의 눈앞에 펼쳐지면서 감동을 자아내고 있는 것이다. 그 감동은 시각적 요소나 청각적 요소 어느 하나만으로 이루어진 것이 아니라 두 가지 요소가 합쳐진 복합적인 감각으로 겐지의 눈과 귀를 자극한다. '바짝 마른 띠로 덮인 들판에는 건조한 풀벌레 소리浅茅が原もかれがれなる虫の音'에는 시각적 인상과 청각적 인상을 동시에 불러일으키는 어휘가 사용되어 시각과 청각이 함께 사용된 공감각적 표현을 만들어 내고 있다[6]. 여기에 솔바람 소리와 함께 드문드문 들려 오는 칠현금 소

6　高橋文二(1985)「風景論(三)「風景」と歌物語的世界―『源氏物語』巻考」『風景と共感

리가 청각적 인상을 강화하고 있다. 이 부분은 『사이구뇨고슈斎宮女御集』 57번 노래이자 『슈이와카슈拾遺和歌集』 451번에 수록된 '칠현금 소리와 봉우리에서 부는 솔바람 소리가 비슷하게 들리네 저 칠현금소리는 어느 산의 능선에서, 어느 현에서 저리도 아름다운 소리를 자아내는 것일까琴の音に峰の松風通ふらしいづれのおより調べそめけん[7](巻八・雑上)'라는 노래를 인용한 표현으로 알려지고 있다. 『슈이와카슈』 고토바가키詞書에는 '노노미야에서 재궁이 참여하는 경신 행사가 있었는데 "솔바람이 밤 칠현금으로 들어가네"라는 제목을 읊었다野宮に斎宮の庚申し侍けるに、松風入夜琴といふ題を詠み侍ける'라고 되어 있다. 이 고토바가키로부터 본 노래가 정원貞元 원년(976년) 10월 27일에 있었던 노노미야 경신 가합野宮庚申歌合에서 읊어진 노래라는 것을 알 수 있다. 또한 이 고토바가키에 나오는 '솔바람이 밤 칠현금으로 들어가네松風入夜琴'라는 제목은 『이교백영李嶠百詠』의 '소나무 소리가 밤 칠현금으로 들어가네松声入夜琴'에서 유래한 표현이라고 지적되고 있는데 '소나무 소리松声'가 '솔바람松風'으로 바뀌면서 보다 일본어 문장에 친숙한 표현이 되었다. 『슈이와카슈』 본문은 『겐지 이야기』 본문의 '솔바람마저 스산하게 불고, 무슨 곡인지는 모르겠으나 드문드문 들리는 가냘픈 칠현금 소리는 말할 수 없이 우아하고 농염하였다松風すごく吹きあはせて、そのこととも聞きわかれぬほどに、物の音ども絶え絶え聞こえたる、いと艶なり'라는 표현에서 배어 나오는 풍취와도 잘 어울린다.

겐지가 노노미야의 드넓은 사가노 들판에 발을 들여놓는 순간, 그의 마음에는 '아와레あはれ'와 '우아하고 농염하다艶なり'라는 감동이 솟아나오기 시작한다. 노노미야의 드넓은 사가노 들판은 다양한 감각으로 충만한 공간이며 이들 요소 하나하나가 황량한 가을 풍경을 구성하는 부분이 되고 있다. 여기에서 상기되는 것은 노노미야가 일반 사람들은

覚』春秋社, 참조.

7 『拾遺和歌集』의 인용은 小町谷照彦 校注(1990) 『拾遺和歌集』「新 日本古典文学大系」7, 岩波書店, 에 의한다. 필자 역.

출입을 삼가야 하는 공간, 즉 신역이라는 사실이다. 속세와 멀리 떨어진 노노미야의 자연 풍경이 겐지의 시야에 들어오면서, 칠현금 연주 소리가 자연이 빚어내는 소리와 어우러져 겐지의 귀에 들려온다. 바로 다음 부분, 미야스도코로 쪽 상황이 그려지는 장면에서 '연주 소리가 뚝 하고 멎었다遊びはみなやめて(②86)'라고 되어 있어 칠현금 연주 소리가 미야스도코로와 그 뇨보들이 연주하는 소리임을 알 수 있다. 즉 이 장면에서 겐지를 둘러싼 '노노미야의 공간'은 신역이라는 자연 풍경에 미야스도코로이기에 발산할 수 있는 우아한 인위성이 더해진 공간이다.

겐지는 다가오는 모든 감각에 자신의 몸을 열어둔 채, 눈에 보이는 가을 풍경을 바라보고 귀에 들려오는 섬세한 소리에 귀를 기울인다. 드넓은 사가노 들판에 서서 눈에 보이고 귀에 들려오는 모든 것들을 만나면서 겐지는 미야스도코로에 대한 얼어붙은 자신의 마음도 녹아 가는 것을 느낀다. 겐지 자신의 마음에도 '어찌하여 지금까지 자주 찾아오지 않았을까などて今まで立ちならさざりつらむ(②85)'하고 후회하는 마음이 드는 것이었다. 겐지의 수행원들의 눈에도 '장소가 장소인 만큼 겐지의 모습이나 이곳의 풍정 그 모든 것들이 가슴에 사무치도록所がらさへ身にしみて(同)' 아름답게 느껴진다. 이러한 겐지의 감정 변화는 노노미야라는 '공간' 속에서 일어나고 있다는 사실에 주목해야 할 것이다.

3. 신역에서 일어난 관계의 변화

'노노미야'는 미야스도코로가 현재 존재하고 있는 공간으로, 그 공간 안에 있는 겐지의 시선에서 보면 미야스도코로와 거의 동화된 공간이기도 하다. 그 영역은 신역이므로 신성스러운 분위기로 충만한 공간이다.

허술해 보이는 낮은 울타리가 집을 두르고 있고, 그 사이로 드문드문 보이는 판자 지붕들은 마치 임시로 지은 집처럼 간소하게 서 있다. 커다란 통나무로 세운 문기둥은 장소가 장소이니만큼 신성하기까지 하여, 사랑을 위해 찾아온 걸음을 주저하게 되는 분위기이다. 여기저기 서 있는 신관들이 헛기침을 하면서 자기들끼리 이야기를 하는 모습도 다른 장소와는 다르게 느껴진다. 화톳불을 피운 작은 오두막에서는 은은한 불빛이 새어나오는데, 인기척이 없어 사방은 고요하기만 하다. 이런 곳에서 근심에 가득 찬 나날을 보냈으려니 하고 생각하니 겐지는 미야스도코로가 무척 애틋하고 가여웠다.

ものはかなげなる小柴垣を大垣にて、板屋どもあたりあたりいとかりそめなめり。黒木の鳥居どもは、さすがに神々しう見わたされて、わづらはしきけしきなるに、神官の者ども、ここかしこにうちしはぶきて、おのがどちものうち言ひたるけはひなども、ほかにはさま変りて見ゆ。火焼屋かすかに光りて、人げ少なくしめじめとして、ここにもの思はしき人の、月日を隔てたまへらむほどを思しやるに、いといみじうあはれに心苦し。　　　　　　　　　　　　　　　　(賢木②85～86)

미야스도코로를 방문하는 겐지의 시점을 따라가며 신역 노노미야의 독특한 풍경이 펼쳐진다. 소박한 낮은 울타리가 집을 두르고 있고 판자 지붕들이 간소하게 서 있는, 이렇다 할 것 없는 풍경이지만 신역이라는 엄중하고 성스러운 분위기로 가득 차 있다. '커다란 통나무로 세운 문기둥黒木の鳥居', '신성스러운神々し', '신관神官' 등 노노미야가 신역임을 나타내는 표현이 집중적으로 사용되고 있다. 자연, 인공물, 사람 모두가 신비스러운 분위기로 가득한 노노미야는 일상적인 공간에서는 느낄 수 없는 불가사의한 힘으로 둘러싸인 '비일상의 공간'으로 존재한다. '다른 곳과는 다르게 느껴지는ほかにはさま変りて見ゆ' 이 불가사의한 신역 안에서는 사람이 자연과 공감하고, 사람과 사람이 공감하는 것이 가능하지 않을까. 황량한 가을 풍경 속에서 '화톳불을 피운 작은 오두막에서는 은은한 불빛이 새어나오는데 인기척이 없어 사방은 고요한火焼屋かすかに光り

て、人げ少なくしめじめとして' 정경은 미야스도코로의 내면을 은유적으로 보여주는 풍경[8]이라고 보아도 좋을 것이다. 겐지는 이런 장소에서 근심에 가득 찬 나날을 보냈을 미야스도코로를 생각하며 '몹시 애틋하고 가엾다ぃといみじうあはれに心苦し'고 느낀다. 겐지의 시선을 통해 근심에 잠겨 있는 미야스도코로와 노노미야의 풍경이 일체화되며 겐지의 마음은 저절로 그 안으로 빨려 들어가는[9] 것이다.

북쪽 별채의 눈에 띄지 않는 곳에 서서 만나고 싶다는 뜻을 전하자 칠현금 소리가 멎으면서 시녀들이 움직이는지 옷자락이 스치는 그윽한 소리가 들린다. 양쪽의 말을 전달하는 시녀들의 인사말만 들릴 뿐 미야스도코로는 좀처럼 얼굴을 내보이지 않으니 겐지는 살짝 부아가 나서 "이렇게 몰래 걸음하는 것도 이제는 용이치 않은 지위에 있음을 헤아려, 전혀 상관없는 남 대하듯 하지 마시기를. 가슴 속에 응어리진 설움을 풀어드리려 하니."라고 정색을 하고 말하였다. 시녀들도 "저런 곳에 계속 세워만 두시니 안쓰럽고 뵐 면목이 없습니다." 라고 거듭 설득하였다. '어찌하면 좋을까, 시녀들에게는 체면이 서지 않고, 겐지 님의 생각은 너무 어리시니 이제 와서 내가 나서서 만나는 것도 부끄러운 일이고.' 미야스도코로는 이렇게 망설이다 보니 점점 더 내키지가 않는데 그렇다고 박정하게 내칠 만큼 독한 성품도 아닌지라 한숨을 내쉬며 조심스럽게 나가보았다. 그 기척이 참으로 그윽하고 우아하게 느껴졌다.

北の対のさるべき所に立ち隠れたまひて、御消息聞こえたまふに、遊びはみなやめて、心にくきけはひあまた聞こゆ。何くれの人づての御消息ばかりにて、みづからは対面したまふべきさまにもあらねば、いとものしと思して、「かやうの歩きも、今はつきなきほどになりてはべるを思ほし知らば、かう注連の外にはもて

8　河添房江(1994)「『源氏物語』の人物構造―六条御息所と謡曲「野宮」のドラマトゥルギー」『国文学 解釈と鑑賞』59-3, 至文堂, p.91.

9　新編日本古典文学全集『源氏物語』頭注, 巻二, p.86.

なしたまはで。いぶせうはべることをもあきらめはべりにしがな」と、まめやかにきこ
えたまへば、人々、「げに、いとかたはらいたう、立ちわづらはせたまふに、いと
ほしう」などあつかひきこゆれば、いさや、ここの人目も見苦しう、かの思さむこと
も若々しう、出でゐんが今さらにつつましきこと、と思すにいともものうけれど、情な
うもてなさむにもたけからねば、とかくうち嘆きやすらひてゐざり出でたまへる御け
はひいと心にくし。
                                                     (賢木②86～87)

　겐지는 '드넓은 사가노 들판'을 헤치고 들어와 미야스도코로가 있는
곳까지 당도했다. 그 과정에서 겐지의 미야스도코로에 대한 감정에 변
화가 있었던 것을 이미 살펴보았다. 겐지가 북쪽 별채의 눈에 띄지 않는
곳에 서서 내방의 뜻을 전하자 저쪽에서는 '시녀들의 옷자락 스치는 그
윽한 소리心にくきけはひ'가 들릴 뿐 미야스도코로 자신은 좀처럼 나오지
않는다. 이에 살짝 화가 난 겐지는 '전혀 상관없는 남 대하듯 하지 마시
기를かう注連の外にはもてなしたまはで'이라고 진지한 얼굴로 말하는 것이다.
비쭈기나무 권의 처음 시작 부분에서 두 사람은 '이제 와서 다시 만나는
것은 있을 수 없는 일対面したまはんことをば、今さらにあるまじきこと(②84)'이라
는 공통 인식을 가지고 있었다. 그런데 위 장면에서는 여인의 거처를 방
문한 남성이, 여인이 대면에 응하지 않는 것을 불만스럽게 여기는 상황
으로 변한 것이다. 미야스도코로 측 뇨보들은 저런 곳에 마냥 세워만 두
시니 안쓰럽다고 하며 미야스도코로 또한 박정한 성품이 아닌지라 겐
지의 요청에 마지못해 응하고 있다. 노노미야 방문 전에는 겐지가 미야
스도코로를 그냥 방치할 수 없다는 생각에, 그리고 세상 사람들로부터
박정한 사람으로 보이고 싶지 않다는 마음에서 일부러 노노미야를 방
문한 것이었지만 노노미야에서는 여인 쪽이 내방한 남성을 안쓰럽다고
여기는 상황으로 남녀 관계가 역전된 것이라고 할 수 있다.
　여기에서 주목할 점은 겐지가 발 안에 있는 미야스도코로의 기척을
'그윽하고 우아하다心にくし'고 느끼고 있다는 점이다. '고코로니쿠시心に

く니'는 '마음이 이끌리는 고상함, 우아함'을 가리킨다고 일반적으로 알려져 있지만, 실제 용례를 조사해 보면 '상대방에 대해 더 알고 싶어서 마음이 이끌리는 느낌'을 의미하는 경우가 많은 단어이다. 겐지는 지금 발 바깥쪽에 서서 안쪽에 있는 미야스도코로와 그 뇨보들의 기척을 살피고 있는데, 이러한 상황에 적합한 단어로서 '고코로니쿠시'가 사용되고 있는 것이다. 생령사건이 진행 중일 때는 위와 같은 장면, 즉 겐지가 미야스도코로의 품성이나 취향에 매력을 느끼는 모습은 찾아볼 수 없었지만, 노노미야에서는 겐지가 미야스도코로가 지닌 그윽하고 고아한 일면에 강하게 이끌리며 "더 알고 싶다"고 여기는 모습으로 바뀌어 있는 것이다. 겐지는 스스로 대면을 요청했음에도 불구하고 모습을 보여주지 않는 미야스도코로에게 '시메(注連:말뚝을 세우거나 새끼줄을 쳐서 자기 영역임을 표시하고 출입을 금하는 표지) 바깥에 있는 사람처럼 대하지 마시구려'라는 원망의 말을 한다. '시메'는 지금 두 사람이 있는 장소가 신역이라는 데에서 연유한 표현이다. 겐지는 미야스도코로를 신역이라는 공간의 가장 안쪽에 있는 존재로 보고 있는 것으로 '시메'는 미야스도코로와 '신神'과의 관련성을 보여주는 메타포로 볼 수 있을 것이다.

겐지와 미야스도코로가 노노미야에서 처음으로 와카를 증답하는 다음 장면을 보자.

겐지는 "툇마루에는 올라도 괜찮을런지요."라고 말하고 툇마루로 올라앉았다. 때마침 떠오른 저녁 달빛에 비춰진 겐지의 모습은 비할 데 없이 아름다웠다. 오랫동안 발길을 하지 않은 이유를 그럴싸하게 둘러대기도 면목이 없을 정도로 많은 시간이 지나 있었다. 겐지는 손에 들고 있던 비쭈기나무 가지를 발안으로 밀어 넣으면서 "이 비쭈기나무의 푸른 잎사귀처럼 변함 없는 마음으로 신의 울타리를 넘어 찾아온 것입니다. 그럼에도 당신은 어찌 이리도 박정하게 대하시는지요."라고 말하였다. 그러자 미야스도코로는 "신성한 별궁 울타리에는 이리 오라 가리키는 삼나무도 없는데 어찌하여 비쭈기나무를 꺾어 찾아오신 것인가요."라고 노래로 화답하였다. "신에게 봉사하는 소녀가 있는 곳이라 하여 비쭈기나무의 향에 이끌려 일부러 찾아 꺾어왔습니다."

「こなたは、簀子ばかりのゆるされははべりや」とて、上りゐたまへり。はなやかにさし出でたる夕月夜に、うちふるまひたまへるさまにほひ似るものなくめでたし。月ごろの積もりを、つきづきしう聞こえたまはむもまばゆきほどになりにければ、榊をいささか折りて持たまへりけるをさし入れて、「変わらぬ色をしるべにてこそ、斎垣も超えはべりにけれ。さも心憂く」と聞こえたまへば、

　　神垣はしるしの杉もなきものをいかにまがへて折れるさかきぞ

と聞こえたまへば、

　　少女子があたりと思へば榊葉の香をなつかしみとめてこそ折れ　　（賢木②87）

　앞 장면에서 미야스도코로가 '남 대하듯 하지 말라'는 겐지의 말을 듣고 이제 와서 나서서 만나는 것도 부끄러운 일이라고 생각하면서도 '한숨을 내쉬며 조심스럽게 나가보았다とかくうち嘆きやすらひてゐざり出でたまへる'라는 기술이 있었다. 그리고 위 장면에서 겐지는 '툇마루에는 올라도 괜찮을런지요簀子ばかりのゆるされははべりや'라고 말하고 툇마루로 올라앉는다. 즉 겐지는 아직 방 바깥에 있는 것으로 두 사람 사이에 발이 쳐져 있는 것을 알 수 있다. 두 사람은 겐지가 오랫동안 방문하지 않았던 이유를 그럴듯하게 변명하는 것조차 면목이 없을 정도로 소원해져 있다. 겐지가 비쭈기나무 가지를 미야스도코로 쪽으로 밀어 넣으며 한 말 중에 '신의 울타리를 넘어 찾아왔습니다斎垣も超えはべりにけれ'라는 표현은『이세 모노가타리伊勢物語』71단에 수록된 와카 '넘어서는 안 되는 난폭한 신의 울타리도 넘을 듯합니다. 궁정에서 일하는 당신을 만나고 싶어서ちはやぶる神の斎垣も超えぬべし大宮人の見まくほしさに[10]'와『슈이와카슈』의 924번 노래 '사랑의 마음이 강렬하여 신사 울타리도 넘을 듯합니다. 제 목숨이

어찌 되건 이제는 아깝지도 않습니다ちはやぶる神の斎垣も超えぬべし今はわが名の
惜しけくもなし(恋四·가키노모토노히토마로)'를 인용한 표현이다. 신이
지키는 울타리도 넘어 버릴 듯한 강렬한 사랑을 읊은 이들 와카를 인용
함으로써 겐지는 미야스도코로에 대한 자신의 변치 않는 애정을 강조
하고 있는 것이다. 한편 미야스도코로의 노래 중에 보이는 '이리 찾아오
라 가리키는 삼나무しるしの杉'라는 표현은『고킨와카슈古今和歌集』의 노래
'내가 사는 암자는 미와 산기슭에 있습니다. 내가 보고 싶으시면 문 옆
에 있는 삼나무를 표식 삼아 찾아오세요わが庵は三輪の山もと恋しくはとぶらひ来
ませ杉立てる門11(雑下·982)'를 인용한 것이다. 미야스도코로는 '노노미야
에는 미와 산 삼나무와 같은 표식도 없으며, 저에게는 당신을 맞아들일
의사가 없습니다'라고 겐지의 제안에 대해 돌려서 거절의 뜻을 표명한
것이다. 이『고킨와카슈』의 노래는 옛부터 전승되어 온 '미와산신혼담
三輪山神婚譚'과 관련하여 널리 읊어져 온 노래이다. '미와산신혼담'은 밤
마다 여자를 찾아오는 남자의 정체를 확인하기 위해 남자의 의복에 매
어 둔 실을 따라 가 보니 야마토大和 지방의 미와 산에 도달했다는『고지
키古事記』의 설화에 유래한다. 더욱이 이 '미와산신혼담'의 수용 양상을
보면 많은 가학서歌学書 등에서 원래 남신이었던 미와 신이 남녀가 바뀐
형태로 존재하는 경우가 많이 있다는 지적이 있다12. 미야스도코로는
'미와산신혼담'과 함께 수용된 노래를 인용하여 겐지에게 자신의 메시
지를 전달하고 있는 것이다.

　미야스도코로의 노래에 대한 겐지의 답가는 두 수의 본가를 인용하
고 있는데, 앞부분은『슈이와카슈』의 노래 '소녀가 소맷자락을 흔든다
는 산에 있는 아름다운 울타리처럼 오래 전부터 사모해 왔습니다少女子が

10　片桐洋一 他校注(1994)『竹取物語 伊勢物語 大和物語 平中物語』「新編日本古典文
学全集」12, 小学館, 필자 역.
11　小沢正夫 他校注(1994)『古今和歌集』「新編日本古典文学全集」11, 小学館, 필자 역.
12　後藤祥子(1986)「三輪·葛城神話と「夕顔」「末摘花」」『源氏物語の史的空間』東京
大学出版会, 참조.

袖ふる山の瑞垣の久しき世より思ひそめてき(雜恋 · 1210)'를, 뒷부분은 『슈이와카슈』의 노래 '비쭈기나무 잎사귀 향이 좋아 찾아 와 보니 많은 성씨 사람들이 즐겁게 모여 있었네榊葉の香をかぐはしみとめ来れば八十人ぞまとゐせりける(神楽歌 · 577)'를 인용한 것이다. 1210번 노래 중의 소녀少女子라는 표현은 헤이안 시대 가학서인 『오기쇼奧義抄』등에서는 신녀神女라고 지적하는데, 이 설에 따른다면 소맷자락을 흔드는 동작 또한 신을 초대하기 위한 행위로 해석할 수 있을 것이다. 577번 노래 중 '마토이まとゐ'는 사람들이 원을 이루며 신에게 제사지내기 위한 노래를 연주하며 부르는 행위를 의미한다. 즉 577번 노래는 신을 모시기 위한 노래이며, 여기서 말하는 신이란 이세신궁에서 모시는 신, 황실 숭배의 중심이 되어 온 아마테라스오미카미天照大神를 가리킨다.

비쭈기나무 가지를 보내는 데에서 시작된 두 사람의 와카 증답과 미야스도코로의 노래 속에 보이는 '이리 찾아오라 가리키는 삼나무'의 메타포 등을 통해서 '시메' 안쪽에 있는 미야스도코로가 은유로서 '신'을 내포하고 있다는 점을 지적했다.

4. 노노미야의 공간성과 로쿠조미야스도코로

그런데 아오이葵 권에서 '시메' 안에 있던 사람은 다름아닌 겐지와 무라사키노우에였다.

멋을 낸 노송나무 부채 끝을 접어서 "이미 남의 것인 그대인 줄 모르고 오늘 이 접시꽃 축제날이야말로 신이 허락하신 날이라고 손꼽아 기다린 허망함이여, 금줄을 친 그대의 수레 안에는 들어갈 수 없지요"라고 쓴 글씨를 보니 예의 호색녀 나이시노스케였다. (중략) "접시꽃으로 치장하고 밀회의 날을 기다린 당신의 마음이 너무 가볍게 느껴집니다. 오늘은 누구를 만나도 좋은 날이니까요."

　よしある扇の端を折りて、

　　「はかなしや人のかざせるあふひゆゑ神のゆるしの今日を待ちける

　　注連の内には」とある手を思し出づれば、かの典侍なりけり。(中略)

　　かざしける心ぞあだに思ほゆる八十氏人になべてあふひを　　　　(葵②29)

　무라사키노우에는 가모賀茂 신앙의 성지인 기타야마北山에서 처음 겐지와 인연을 맺게 된다는 점에서 가모 신이 수호하는 성녀라고 보는 견해가 있다[13]. 접시꽃 축제는 재원斎院이 모시는 신인 가모 신을 위한 축제이며, 가모 신과 관련이 깊은 무라사키노우에가 겐노나이시노스케源典侍와의 다툼에서 승리한다는 것은, 아오이 권 끝부분에서 무라사키노우에가 겐지와 첫날밤을 보내게 되는 결말과도 무관하다고 할 수 없을 것이다. 다툼에서 승리하는 무라사키노우에가 가모 신의 성녀라면, 패배하는 겐노나이시노스케는 나이시도코로内侍所에서 아마테라스오미카미를 모시는 무녀이다. 접시꽃 축제 당일에 있었던 다툼에서는 아마테라스오미카미를 모시는 겐노나이시노스케가 패배하며, 접시꽃 축제 전날 있었던 수레 싸움에서는 이세 재궁의 어머니인 로쿠조미야스도코로가 겐지의 정처인 아오이노우에에게 패배하는데, 이 점을 두고 『겐지 이야기』에서는 아마테라스오미카미가 소외되고 패배하는 특징을 볼 수 있다는 지적도 있다[14].

　'수레 싸움車争ひ' 장면에서 미야스도코로가 읊은 독영가独詠歌인 '그대 그림자만 비추고 흘러가는 손숫물처럼 야속한 그대가 원망스러워 이 한 몸의 불행이 더욱 가슴에 사무칩니다影をのみみたらし川のつれなきに身のうきほどぞいとど知らるる(葵②24)'라는 노래는 그 바로 앞부분에 등장하는 미야

13　小山利彦(1991)『源氏物語　宮廷行事の展開』桜楓社, 참조.

14　久富木原玲(1997)「源氏物語と天照大神―六条御息所・光源氏論に向けて」(『源氏物語　歌と呪性』中古文学研究叢書5, 若草書房, p.305.

스도코로의 심정 표현인 '수레에 가려진 그늘이니 이쪽은 보지도 않고
매정하게 그냥 지나쳐버리시니 그 모습을 본 나는 마음이 더욱 괴롭도
다笹の隈にだにあらねばにや、つれなく過ぎたまふにつけても、なかなか御心づくしなり'를 반
영한 표현이다. 이 중 '수레에 가려진 그늘笹の隈'은『고킨와카슈』의 노
래 '조릿대 그늘 히노쿠마 강가에 망아지 세우니 잠시 물을 마시게 하소
서 물에 비친 그대의 모습을 보고 싶습니다ささの隈檜の隈川に駒とめてしばし水か
へ影をだに見む(가미아소비노우타神遊びの歌・1080)'를 인용한 표현인데 이
노래는 히루메日女 즉 아마테라스오미카미를 위한 노래로 알려져 있다.
이 점을 보더라도 미야스도코로의 인물 조형에 나타나는 아마테라스오
미카미의 이미지를 읽어 낼 수가 있을 것이다.

비쭈기나무 권에서 노노미야에 있는 미야스도코로를 찾아온 겐지의
'시메 바깥에 있는 사람처럼 대하지 말라'는 말은 앞서 본 겐노나이시노
스케와 겐지의 증답가에 나오는 '금줄을 친 그대의 수레 안에는注連の内に
は'이라는 표현과 마찬가지로 시메, 즉 상대방의 영역 안에 들어가게 하
는 것, 만나 줄 것을 요구하는 말이었다. 미야스도코로는 겐지를 거부하
지는 않았지만, '오랫동안 발길을 하지 않은 이유를 둘러대기도 면목이
없을 정도月ごろの積もりを、つきづきしう聞こえたまはむもまばゆきほど'로 두 사람의
사이는 멀어져 있었다. 겐지가 내민 비쭈기나무 가지를 매개로 하여 두
사람의 와카 증답이 시작되었고, 신을 모시기 위해 부르는 옛 노래의 발
상과 표현을 계승한 와카 증답을 통해, 미야스도코로와 겐지는 서로의
기분을 상하게 하는 일 없이 마음이 통할 수 있었던 것이다.

원하면 언제든 만날 수 있었고 미야스도코로도 한결같은 마음으로 겐지
를 바라보았던 시절, 겐지는 느긋한 마음에 미야스도코로의 사랑을 안달하
거나 갈구하지 않았다. 더구나 그 사건을 통해 미야스도코로에게 결점이 있
음을 알게 된 후로는 마음까지 식어 두 사람 사이가 멀어지고 만 것이었다.
그런데 오늘 밤 이 오랜만의 만남이 예전 일을 떠올리게 하니, 겐지는 미야

스도코로가 애틋하고 가여워 만감이 교차하는 느낌이었다. 지나간 날들과 앞날을 생각하지 않을 수 없어 겐지는 그만 눈물을 흘렸다. 미야스도코로는 약한 마음을 드러내지 않으려고 애써 참고는 있으나 다 감추지 못하는 모습에 겐지는 더욱 가련하고 안쓰러워 낙향을 만류하였다. 달도 산등성이로 들어가 버렸는지 마음을 저며 오는 하늘을 바라보면서 구구절절 하시는 말씀을 들으니 미야스도코로도 오랜 세월 마음에 응어리져 있던 서러움과 괴로움이 눈 녹듯 사라져 버릴 것 같은 기분이었으리라. 이번에는 꼭 미련을 끊어버리자고 다짐했었는데, 역시나 우려했던 대로 겐지를 만나고 보니 굳은 결의와 결심이 흔들리면서 마음이 동요하는 것이었다.

心にまかせて見たてまつりつべく、人も慕ひざまに思したりつる年月は、のどかなりつる御心おごりに、さしも思されざりき。また心の中に、いかにぞや、瑕ありて思ひきこえたまひにし後、はたあはれもさめつつ、かく御仲も隔たりぬるを、めづらしき御対面の昔おぼえたるに、あはれと思し乱るること限りなし。来し方行く先思しつづけられて、心弱く泣きたまひぬ。女は、さしも見えじと思しつつむれど、え忍びたまはぬ御気色を、いよいよ心苦しう、なほ思しとまるべきさまにぞ聞こえたまふめる。月も入りぬるにや、あはれなる空をながめつつ、恨みきこえたまふに、ここら思ひあつめたまへるつらさも消えぬべし。やうやう今はと思ひ離れたまへるに、さればよと、なかなか心動きてぞ思し乱る。　　　　　(賢木②88)

비쭈기나무를 매개로 한 와카 증답 장면에 이어, 서서히 이별을 준비하는 두 사람의 모습이 아름답게 묘사된다. 와카를 증답하기 전에는 아직 두 사람이 서로 간에 거리감을 느끼고 있었지만, 위 장면에서는 그러한 심적인 응어리가 완전히 사라진 모습이다. 지금까지 두 사람을 갈라 놓고 있었던 미야스도코로의 생령사건이 '결점'으로 상기되며 관계의 과거와 현재가 대조적으로 그려지고 있다. 겐지는 오랜만의 만남에 옛 일을 떠올리지 않을 수 없어 미야스도코로가 애틋하고 가여워서 마음이 어지럽고, 급기야는 미야스도코로의 이세 낙향을 만류하기에 이른다. 아오이 권에서는 그 어떤 말로도 미야스도코로의 낙향을 막지 않았 던 겐지였다. 무엇이 겐지를 변화시킨 것일까.

위 인용 장면의 바로 다음 부분에는 '젊은 궁정 관리들이 한데 몰려와 서 풍류를 즐기며 선뜻 발길을 돌리지 못하고 있는 이곳 정원의 우아한 정취는 참으로 우아하고 요염하였다殿上の若君達などうち連れて、とかく立ちわづら ふなる庭のたたずまひも、げに艶なる方に、うけばりたるありさまなり(同②89)'고 되어 있 다. 아오이 권에서도 '그렇다고는 하나, 미야스도코로는 우아하고 취미 도 고상하기로 정평이 난 분이었다. 노노미야 별궁으로 옮길 때에도 운 치 있고 새롭게 꾸며 궁정 관리들 중에서도 풍류를 즐기는 이들은 아침 저녁으로 사가노 별궁을 드나드는 것이 낙이라는 소식을 겐지가 들으 셨다さるは、おほかたの世につけて、心にくくよしある聞こえありて、昔より名高くものしたま へば、野宮の御移ろひのほどにも、をかしういまめきたること多くしなして、殿上人どもの好まし きなどは、朝夕の露分け歩くをそのころの役になむするなど聞きたまひても(②53)'는 대목이 있었다. 여기에서 주목하고 싶은 것은 풍류를 즐기는 궁정 관리들이 아 침저녁으로 드나드는 것을 낙으로 삼을 정도로 우아하고 고상한 인물 로 정평이 난 미야스도코로는 노노미야라는 공간 안에 있는 미야스도 코로라는 점이다. 다시 말해 노노미야에 있는 미야스도코로야말로 우 아하고 고상한 미야스도코로의 장점을 보다 잘 살릴 수 있는 상태라는 것이다. 비쭈기나무 권의 '젊은 궁정 관리들이 한데 몰려와서 풍류를 즐 기며……'라는 대목은 그 사실을 재삼 상기시키고 있는 것이다. 겐지가 노노미야의 공간에 들어 선 순간에도 '우아하고 요염하다'는 감탄사가 사용되었는데, 위 인용부의 다음 부분에서 '마침내 밝아오는 하늘 풍경 은 마치 두 사람을 위해 일부러 빚어낸 것 같이 운치 있고 아름답다やうや う明けゆく空のけしき、ことさらに作り出でたらむやうなり(②89)'고 표현된 점 또한 노 노미야의 공간성과 연관되어 있다고 생각된다.

이처럼 우미하고 신성한 매력으로 가득한 노노미야라는 공간이 아니 었다면, 두 사람의 화해는 이루어지지 못했을지도 모른다. 지금까지 보아 온 노노미야라는 공간의 매력은 두 사람이 절망적인 관계에 있음을 역설적으로 보여 주고 있기도 하다. 진정으로 마음이 통하는 만남이 가능했던 것은 바로 노노미야라는 공간이 있었기에 가능했던 것이다.

Key Words 노노미야, 공간, 신역, 아마테라스오미카미, 로쿠조미야스도코로, 히카루겐지

참고문헌

今井上(2002)「情け・六条御息所と光源氏」『むらさき』39, 武蔵野書院

藤原克己(1999)「漢語の「情」と和語の「なさけ」と」『ことばが拓く古代文学史』笠間書院

高橋文二(1985)「風景論(三)「風景」と歌物語的世界ー『源氏物語』巻考」(『風景と共感覚』春秋社

河添房江(1994)「『源氏物語』の人物構造ー六条御息所と謡曲「野宮」のドラマトゥルギー」「国文学 解釈と鑑賞」59-3, 至文堂

後藤祥子(1986)「三輪・葛城神話と「夕顔」「末摘花」」『源氏物語の史的空間』東京大学出版会

小山利彦(1991)『源氏物語　宮廷行事の展開』桜楓社

久富木原玲(1997)「源氏物語と天照大神ー六条御息所・光源氏論に向けて」『源氏物語 歌と呪性』中古文学研究叢書5, 若草書房

阿部秋生 他校注(1995)『源氏物語』2「新編日本古典文学全集」21, 小学館

小町谷照彦 校注(1990)『拾遺和歌集』「新 日本古典文学大系」7, 岩波書店

片桐洋一 他校注(1994)『竹取物語 伊勢物語 大和物語 平中物語』「新編日本古典文学全集」12, 小学館

小沢正夫 他校注(1994)『古今和歌集』「新編日本古典文学全集」11, 小学館

제3장
『겐지 이야기』가오루의 와카에 표현된 그리움

이 부 용

1. 머리말

『겐지 이야기源氏物語』에는 히카루겐지光源氏가 사계절의 정원으로 이루어진 육조원을 조영하는 이야기가 제시되어 있다. 특히 가을의 저택에는 그 이름에 어울리게 단풍이 아름답게 꾸며져 있었다. 어느 날 겐지가 가을의 저택에 살고 있는 아키코노무 중궁秋好中宮에게 봄과 가을 중어느 쪽을 더 좋아하는지를 묻자 그녀는 어머니가 돌아가신 계절이 가을이기 때문에 가을에 끌린다고 답한다. 이는 『겐지 이야기』의 춘추우월논쟁과 관련된 에피소드 중 하나로 사별한 계절에 고인을 떠올리고그리워하는 단적인 예라고 할 수 있다.

제3부에 해당하는 우지십첩宇治十帖에는 물살이 세고 빠르기로 유명한 우지강과 그 주변의 자연을 배경으로 젊은이들의 사랑과 고뇌가 그려져 있다. 온나산노미야女三宮와 가시와기柏木의 밀통으로 태어나 출생을 둘러싼 비밀에 고뇌하는 청년 가오루薫는 불교에 이끌려 우지로 향하는데, 법문을 배우러 하치노미야八の宮의 별장에 드나들다가 그의 딸 오이기미大君를 사랑하게 된다. 그런데 아버지가 돌아가신 후 오이기미는

후견인 가오루와의 관계에 고민하며 불안정한 생활 속에서 여동생 나카노키미中の君에 대한 걱정이 더하여 병세가 악화되어 죽고 만다. 자매들을 방문하지 않고 도읍으로 돌아가버린 니오미야匂宮 일행의 우지에서의 단풍놀이 또한 오이기미를 낙담시킨 원인 중 하나이기도 하다.

갈래머리권総角巻에는 니오미야 일행의 단풍놀이 장면에서 창화가 읊어지고, 겨우살이권宿木巻에는 초겨울의 황량한 우지를 바탕으로 한 가오루와 벤노키미弁の君의 와카和歌가 보인다. 본고에서는 두 부분의 와카에서 공통적으로 나타나는 가어歌語 '고노모토このもと'에 주목하여 인물들의 감정이 어떻게 표현되어 있는지 살펴보려고 한다. 『겐지 이야기』 내의 스토리 진행 순서와는 역으로 겨우살이권을 먼저 살펴보고, 그 후 갈래머리권의 와카를 중심으로 계절과 그 때에 느끼는 감정이 어떻게 형상화되어 있는지 살펴본다.

2. 겨울바람이 불어올 때

늦가을에서 초겨울이 될 무렵이었다. 중납언 가오루薫는 떨어진 낙엽을 헤치고 우지를 방문한다. 가는 길에는 건조하고 세찬 바람인 고가라시木枯가 불고 길은 낙엽으로 메워져 발 디딜 틈조차 보이지 않을 정도이다. 나무의 단풍은 다 떨어지고 가지도 별로 남아있지 않은데 선명하게 붙어있는 겨우살이 덩굴이 보인다.

가오루는 예전에 하치노미야를 방문하여 그곳에 묵었던 일을 생각하며 홀로 와카를 읊는다. 법문의 스승으로 삼았던 하치노미야는 타계했고, 사랑했던 오이기미大君도 흰 눈이 내리던 날 하얀 얼굴을 한 채 저 세상으로 떠났다. 가오루는 얼마 전 그녀의 1주기를 추모하는 독경을 아자리阿闍梨에게 부탁하고 우지의 별장을 개축하여 불당을 세우는 일로 상의를 해 둔 참이다. 나카노키미中の君 또한 니오미야匂宮의 아내가 되어

도읍으로 떠났기에 우지에는 비구니가 된 벤노키미弁の君만이 쓸쓸하게 남아있다.

건조하고 찬 바람이 참을 수 없을 정도로 세차게 불어오는데, 잎이 남아있는 나뭇가지도 없고 떨어져 깔려있는 단풍을 헤치고 걸어간 흔적도 보이지 않는다. 회상에 젖은 가오루는 거기서 바로 빠져 나오지도 못했다. 상당히 운치있는 깊은 산 속 나무에 겨우살이로 붙어있는 덩굴에 색깔이 아직 남아있다. 나카노키미에게 전해야지 라고 생각하며 덩굴 등을 조금 줍게 하셨다.

묵었었다고 떠올리지 않으면 나무 아래의

객지에서의 잠도 얼마나 외로울까

やどり木と思ひいでずは木のもとの

旅寝もいかにさびしからまし

라고 혼자 중얼거리는 것을 듣고 비구니는

황폐해버린 썩은 나무의 밑둥 묵었었다고

떠올리어 주시니 마음이 슬퍼지네

荒れはつる朽木のもとをやどり木と

思ひおきけるほどの悲しさ

좀 예스럽지만 이유없는 답가는 아니니 다소 위로가 된다고 생각하셨다.

(宿木⑤462~463)[1]

『겐지 이야기』의 권명이나 주인공을 지칭하는 말은 와카와 관련을 갖는 경우가 많은데, 이 부분의 가오루와 벤노키미의 노래는 권명인 '겨

---

1 『겐지 이야기』본문은 阿部秋生・秋山虔・今井源衛・鈴木日出男 校注・訳(1994－1998),『源氏物語』①~⑥,「新編日本古典文学全集」, 小学館에 의하며 한국어역은 필자의 번역이다. 이하 괄호 안에 권명, 책 번호, 페이지수를 표기한다. 밑줄이나 점선은 모두 필자에 의한다.

우살이'의 근거가 되는 노래이다. 헤이안 시대의 일본어의 표기에는 청음과 탁음이 아직 명확히 구별되지 않았다. '야도리키やどりき'라고 읽어 동사 '야도루宿る'의 활용형에 과거의 조동사 '키き'가 접속한 것으로 해석하면 '묵었었다고'라는 의미가 된다. 한편 '야도리기宿木'라고 읽으면 명사인 '겨우살이 나무'라는 의미가 된다. 즉 이 표현은 가케코토바掛詞로 두 가지 의미가 중첩되어 나타나 있는 것이다.

이 부분과 관련하여 고바야시 마사아키小林正明는 '겨우살이'라는 말이 포함되는 와카를 고찰하고, "출생에 있어 가시와기의 혈연을 잇는 가오루 자신이야말로 히카루겐지 가계도에 기생한 겨우살이에 다름없다"[2]고 지적한다. 즉, 가오루의 노래를 통해 혈연적으로는 가시와기의 아들이지만 사회적으로는 겐지의 아들로서 살아가는 그의 인생의 불안정한 위치를 읽어낸 것이다. 그 연구를 이어서 이마이 다카시今井上는 가오루뿐만 아니라, 의지할 사람을 바꿔가면서 스스로의 안식처를 찾아 끊임없이 흔들리는 나카노키미中君, 아버지인 하치노미야에게 인정받지 못하여 방황하는 인생을 사는 우키후네浮舟의 인생까지가 겨우살이로 표상된다고 지적한다[3].

본문중의 '깊은 산 속 나무'와 벤노키미의 와카에 보이는 '썩은 나무'라는 표현은 『고킨와카슈古今和歌集』의 잡가상雜歌上의 겸예兼藝법사(생몰년 미상)의 875번 노래를 잇고 있음이 『가카이쇼河海抄』에 보인다.[4]

> 여자들이 그를 보고 비웃으니 읊었다
>
> 외모만 보면 깊은 산 속에 숨은 썩은 나무요
>
> 마음은 벚꽃처럼 화사하게 피었소

2 小林正明(1996), 「『源氏物語』王権樹解体論―樹下美人からリゾームへ―」物語研究会 編『源氏物語を〈読む〉』「新物語研究」4, 若草書房, pp.190-191.
3 今井上(2008), 「宿木巻論―時間・語り・主題―」『源氏物語 表現の理路』, 笠間書院 p.298.〈初出〉(2001.12)『国語と国文学』78-12
4 玉上琢彌 編(1968), 『紫明抄・河海抄』, 角川書店, p.551.

女どもの見て笑ひければよめる

形こそ深山隠れの朽木なれ

心は花になさばなりなん[5]

가오루의 독영가를 듣고 벤노키미가 답했기에 둘의 노래는 증답가의 형식이 되어있다. 산 속에 흩어져 깔려있는 낙엽을 헤치고 찾아온 가오루가 '깊은 산 속 나무'의 덩굴을 줍게 하는 것이나, 벤노키미가 늙어버린 자신의 처지를 '썩은 나무'라고 표현한 것에 겸예법사의 노래가 인용되어 있는 것은 분명한 듯하다. 따라서 이 노래는 벤노키미의 와카 표현을 이해하는 데는 도움이 된다고 하겠다. 그러나 이것만으로는 가오루의 와카의 의미를 파악하기 어렵다.

필자는 오히려 가오루의 노래의 가어 '고노모토'에 주목할 필요가 있다고 생각한다. 이 말에는 하치노미야가 타계하고 오이기미도 세상을 떠난 지금, 남아있는 사람들의 외로움을 가리키는 의미가 포함되어 있다고 생각되기 때문이다. 그러나 고주석과 현대의 주석서에는 가오루의 와카의 '고노모토'에 관한 설명이 보이지 않으므로 와카의 예를 더 찾아보자.

3. 남겨진 사람들 '고노모토'

가령 가어의 많은 용례를 노래의 원문을 들어가며 기술하고 있는『우타고토바　우타마쿠라대사전歌ことば歌枕大辞典』에는 '고노시타このした'가 표제어의 하나로서 다루어져 있으며 '고노모토'라고도 한다[6]고 기록되

---

5 와카의 인용은 따로 표기하지 않는 한 新編国歌大観編集委員会(1983-1992),『新編国歌大観』1~10, 角川書店에 의한다. 또한 필자가 한자로 표기한 부분이 있으며 한국어역은 전부 필자에 의한다.

어 있다. 즉, '고노모토'는 '고노시타'의 유사표현 정도로 해설되고 있다. '고노시타'와 '고노모토'가 차이가 있음에도 불구하고 이 두 표현이 혼용되어 사용되는 이유는 두 가지로 정리해 볼 수 있다.

첫째로 한자의 나무 목木자를 일본어로는 '기' 또는 '고'라는 읽는데 나무 아래라는 뜻으로 쓰일 때에는 '고노시타'라고 읽는다는 점이다. 이 때 일본어의 '고'라는 말에는 아이子라는 의미도 있어서 가어 표현에서는 나무와 아이라는 두 의미가 중첩되게 된다. 둘째로 한자의 아래 하下자는 일본어로 '시타'라고 하는데, 곁이나 근본, 밑둥 등을 뜻하는 일본어 '모토もと'에 한자를 붙일 때 습관적으로 '下, 本, 許, 基' 등의 여러 한자를 사용해서 표기했다는 점이다. 따라서 와카의 일부 단어가 한자로 표기된 경우 본래의 음독이 '모토'인지 '시타'인지 명확히 알 수 없는 경우가 있고, 실제로 같은 와카가 이본異本에서 '모토'와 '시타'로 서로 다르게 나타나는 예도 있다. 예를 들어 뒤에 인용할『무라사키시키부집 紫式部集』의 와카의 경우가 그러하다.

그런데 '고노시타'와 '고노모토'는 처음부터 의미차이 없이 같은 표현으로 사용되었을까. '고노모토'의 예를 모아 이 말이 자주 쓰이는 문맥의 특징을 추출해보자. 비교적 이른 시기에 보이는 예는『고킨와카슈』가을하秋下의 헨조遍照의 노래에 보이는 '고노모토'이다.

> 운림원의 나무 그늘에 앉아서 읊었다.
> 쓸쓸한 사람 여행길에 들려 본 나무 아래는
> 의지할 그늘없이 단풍 흩어져있네
>
> うりんゐんの木のかげにたたずみてよみける
> わび人のわきて立ち寄る木のもとは
> 頼む蔭なく紅葉散りけり　　　　（『古今和歌集』秋下, 292, 僧正遍照）

6　久保田淳・馬場あき子 編(1999),『歌ことば歌枕大辞典』, 角川書店, p.346. 해당부분의 집필자는 笹川伸一이다.

여행길에 나무 아래서 잠시 쉬려던 헨조가 나무 아래 떨어져 흩어진 단풍을 보며 읊은 와카이다. 위 노래만 봐서는 '나무木'에 '아이子'의 의미가 중첩되어 있지 않으므로 여기서는 가케코토바가 적극적으로 사용되었다고 하기 어렵다. 그러나 '의지할 그늘'이라는 표현이 나타나 있음이 주목된다. 닌묘 천황仁明天皇(810~850년)의 총애를 받았던 헨조는 천황이 붕어하자 그를 추모하며 출가했던 것으로 유명하다. 이 사실은 와카의 표현이 단순한 여행자의 애상을 나타낸 것이 아니라 어버이처럼 따르던 천황을 잃은 쓸쓸한 심정이 투영되었음을 알게 해준다. 가까이 지내던 사람의 상실에 관해 읊은 초기의 '고노모토'의 예라고 할 수 있다.

다음으로 여류가인 이세의 가집인 『이세집伊勢集』에서는 봄과 가을에 두 명의 아이를 잃어버린 사람이 지은 노래로 실려 있는 와카에 '고노모토'의 예가 보인다. 상실의 슬픔이 극도로 절제되어 자연의 변화에 빗대어 표현되어 있다.

봄과 가을에 아이를 잃고 한탄하며
봄에는 벚꽃 가을에는 단풍이 흩어져 지니
마음을 달랠 나무 밑둥조차도 없네
春秋子をなくなして思ひなげく
春は花秋はもみぢと散りぬれば
たちかくるべきこのもともなし　　　　　　　　　　　　（『伊勢集』458）

이 노래는 『슈이와카슈拾遺和歌集』 애상哀傷부에도 작자 미상의 노래로 실려있다. 와카를 짓게 된 사정이 조금 더 자세하게 서술되어 있다.

아이가 둘 중 한 명은 봄에 죽고 또 한 명이 가을에 죽은 것을 사람들이 애도하니

봄에는 벚꽃 가을에는 단풍이 흩어져버려

마음을 달랠 나무 밑둥조차도 없네

　　　子二人侍ける人の一人は春まかり隠れ、今一人は秋亡くなりにけるを、

人の弔ひて侍ければ

　　春は花秋は紅葉と散りはてて

　　　立ち隠るべき木の下もなし　　　　　　　　（『拾遺和歌集』哀傷, 1311）

이 노래는 "고노모토木の下에 고노모토子の許를 중첩시키고 있다"[7]라
고 해설되듯이 아이를 상실한 슬픔이 애절하게 표현되어 있다. 특히 아
이의 흔적도 "없다"라는 말이 상실감을 강조한다. 화사한 벚꽃의 계절
과 화려하게 수놓인 단풍의 계절에 자식을 잃은 저자는 자연이 내뿜는
아름다움을 감상할 여유가 없다. 아이를 잃은 어머니에게 벚꽃과 단풍
은 피어있는 아름다움보다 꽃이 지고 단풍이 떨어지는 상실감으로 다
가온다.

　『슈이와카슈』 애상哀傷부에는 다음과 같은 노래도 보인다.

　　　여름에 졸참나무의 단풍이 떨어져 남은 것에 붙여 다섯째 공주에게

보낸 노래

　　때도 아닌데 졸참나무의 단풍 흩어져 졌네

　　남겨진 나무의 곁 얼마나 외로울까

　　　夏、柞の紅葉の散り残りたりけるに付けて、女五の内親王のもとに

　　時ならで柞の紅葉散りにけり

　　　いかに木のもとさびしかるらん　　　　（『拾遺和歌集』 哀傷, 1284, 村上天皇）

7　関根慶子・山下道代(1996),『伊勢集全釈』「私家集全釈叢書」, 風間書房, p.520. 저
　본(底本)은 니시혼간지 소장(西本願寺藏) 36가선집(三十六歌仙集)이다.

위 노래는 어머니인 미야스도코로御息所를 상실한 조시내친왕盛子内親王
을 위로하기 위해 아버지 무라카미 천황村上天皇이 보낸 노래이다. 단풍
은 가을에 물드는 것인데 여름에 졸참나무에 단풍이 들더니 그 단풍도
져 버렸다. 나무명인 '졸참나무柞'는 일본어로 '하하소はㅎ̄ㅈ'라고 하며
'어머니'를 의미하는 '하하母'를 연상시키는 표현이다. 미야스도코로의
갑작스러운 죽음이 '때도 아닌데'라는 표현으로 비유되어 있다. 또한
'고노모토(남겨진 나무의 곁)'에는 '고노모토子の許(남겨진 아이)'가 중
첩되어 있는데 이는 어머니를 잃은 조시내친왕을 상징한다. 단풍이 들
고 낙엽이 떨어지는 자연의 변화를 사람의 죽음과 관련시키는 당시 사
람들의 생각을 엿볼 수 있다.

또한 『무라사키시키부집紫式部集』 43번 노래에는 아래와 같은 노래가
존재한다. 무라사키시키부의 남편인 후지와라 노부타카藤原宣孝와 다른
아내와의 사이에서 태어난 딸이 무라사키시키부에게 벚꽃 가지를 보내
오자 읊은 노래이다.

> 같은 사람이 황량한 숙소의 벚꽃이 아름답다며 꺾어 보냈는데
>
> 떨어지는 꽃 한탄하던 사람은 나무 아래가
>
> 외로워질 거라고 벌써 알고 있었나
>
> 아이 걱정이 끊이지 않는다고 돌아가신 남편이 말하던 것을 떠올리
며 읊었다.

> 同じ人、荒れたる宿の桜のおもしろきこととて、折りておこせたるに
>
> 散る花を嘆きし人は木のもとの[8]
>
> さびしきことやかねて知りけむ
>
> 「思ひ絶えせぬ」[9]と、亡き人の言ひけることを思ひ出でたるなりし。

---

8 『무라사키시키부집(紫式部集)』고본계 제2종의 교토대학본에는「시타(した)」라
고 표기되어 있어 본문이동(異同)이 보인다.
9 이 구절은 『슈이와카슈(拾遺和歌集)』봄 36번의 나카쓰카사(中務)의 노래를 인

이 노래의 '고노모토' 또한 "고노모토子の許(아이의 신변·아이의 장래에 관한 일)의 가케코토바掛詞"[10]이다. 여기서 '같은 사람同じ人'이란 노부타카의 딸로 아버지를 잃은 그녀의 '외로운' 심정이 이야기된다. 무라사키시키부의 남편은 생전에 딸에 관해 늘 걱정했는데, 그러한 노부타카도 이제는 고인이 되었다. 벚꽃이 떨어지는 것을 안타깝게 생각하던 남편도 떨어진 벚꽃처럼 이제는 죽고 없는 것이다. 아름다운 벚꽃을 보며 사별한 남편을 그리워하는 무라사키시키부의 심정이 표현되어 있다. 자연의 아름다움은 그와 대비되는 인생의 무상함을 떠올리게 한다.

『겐지 이야기』보다 성립은 이후이지만『센자이와카슈千載和歌集』잡중雜中에도 '고노모토'를 사용한 표현의 증답가가 보인다.

대납언 사네이에의 처소에 36인의 가집을 돌려드리면서
고 오이미카도 우대신이 쓰신 책에 종이를 끼워 와카를 써 보내셨다
태황태후궁
자식의 곁엔 적어 모아두었던 말의 흔적들
돌아가신 가을의 유품으로 삼지요
답가   권대납언 사네이에
자식의 곁은 적힌 말의 흔적들 펼칠 때마다
의지하던 그늘이 없음을 슬퍼하네

　　大納言実家のもとに卅六人の集を返しつかはしける中に、
故大炊御門右大臣の書きて侍ける草子に書きてをし付けられて侍ける
太皇太后宮

　용한 것이다.
　　자식이 먼저 죽자 히가시야마에 틀어박혀서
　피고 지지만 안 피면 그리워라 산벚꽃나무
　자식걱정 끝없는 덧없는 인생이여
　　子にまかりおくれて侍ける頃、東山にこもりて
　　咲けば散る咲かねば恋し山桜思ひ絶えせぬ花の上かな
10 南波浩(1983),『紫式部集全評釈』, 笠間書院, p.253.

このもとに書き集めたる言の葉を

別れし秋の形見とぞ見る　　　　　　　（『千載和歌集』雑中, 1105）

　　　返し　　　　　　　　　　権大納言実家

このもとは書く言の葉を見るたびに

頼みし蔭のなきぞかなしき　　　　　　（『千載和歌集』雑中, 1106）

　위 증답가의 고토바가키詞書에는 36인의 가집이라는 표현이 보인다. 이는 시인 36명의 노래를 모은 36가선집三十六歌仙集 형식을 나타내는 최초의 용례로 알려져 있다. 아버지인 오이미카도 우대신 후지와라 긴요시大炊御門右大臣 藤原公能[11]의 필적이 남아있는 36시인의 가집을 누나 태황태후궁이 남동생인 사네이에에게 반환하면서 보낸 노래와 그 답가이다.

　이 증답가의 '고노모토'에도 '고子'가 중첩되어 아버지와 사별하고 남겨진 자식의 외로운 처지가 상징적으로 제시된다. 사네이에의 답가의 '의지하던 그늘이 없음'이란 앞부분에서 언급한 『고킨와카슈』가을하의 헨조의 노래 중 '의지할 그늘 없이'를 계승한 것으로 이 표현을 아버지를 잃어버린 슬픔의 표출에 사용하고 있는 것이다. 가을이 슬픈 까닭은 아버지가 그립기 때문이다.

　『에이가 이야기栄花物語』 제34권 '해질녘을 기다리는 별暮まつほし' 권에도 '고노모토'의 용례가 보인다. 뇨인 쇼시女院彰子[12]가 궁중을 방문했을 때, 본인의 거처를 들르지 않은 일에 대해서 쇼시 내친왕은 다음과 같은 노래를 보냈다. '흩어져버린 벚꽃 나무 아래'란 돌아가신 고이치조인과 중궁 이시威子, 즉 부모와 사별한 쇼시章子 본인을 비유한 표현이다.

11　에이랴쿠(永曆)2년(1161)8월1일에 사망했다. 国史大系編修会 編(1964), 『公卿補任』, 吉川弘文館, p.450.
12　쇼시(彰子)와 쇼시(章子)의 음독은 같으나 다른 인물이다. 후지와라 미치나가(藤原道長)의 딸인 조토몬인 후지와라 쇼시(上東門院 藤原彰子)는 쇼시(章子) 내친왕의 할머니이다.

삼월이 되자 뇨인이 궁중을 방문하셨다. 행차 때에 틈이 없어서 일품궁은

만나지 않으셨다.

일품궁이

　할머니마저 흩어져버린 벚꽃 나무 아래에

　들르지 않는다곤 생각도 못했지요

답가

　꽃이 져버린 길을 보며 마음이 어지러워서

　남겨진 나무 아래 가서보지 못했네

필적 등이 힘있고 정취있게 쓰여 있었다.

三月ばかりに、院、内裏に入らせたまひたり。道など隙なくて、一品宮に御

対面なし。宮より、

　君はなほ散りにし花の木のもとに

　立ち寄らじとは思はざりしを

御返し、

　花散りし道に心はまどはれて

　木のもとまでも行かれやはせし

御手などと若くあてに書かせたまへり[13]。

　　그 답가로 할머니도 '꽃이 져버린 길을 보며 마음이 어지러워서'라고
천황과 중궁을 잃은 슬픔을 전하고, 남겨진 쇼시 내친왕을 '고노모토'
라고 가리키고 있다. 뇨인 쇼시에게 고이치조인과 중궁 이시는 각각 아
들과 여동생에 해당한다. 87세까지 장수한 쇼시는 아들 고이치조인이
29세에 그리고 여동생인 중궁 이시가 37세에 사망하자 그 슬픔으로 재
출가하여 완전히 삭발하게 된다. 두 명의 쇼시의 증답에서는 육친을 잃

13　山中裕·秋山虔·池田尚隆·福長進 校注·訳(1998), 『栄花物語』③, 「新編日本古典文
　　学全集」, 小学館, p.300.

은 깊은 슬픔이 꽃이 지는 것에 빗대어져 표현되어 있다.

이상으로 헤이안 시대의 와카 표현을 고찰해 본 결과 '고노모토'는 아주 가까이 지내던 사람이나 가족을 잃은 슬픔을 나타내는 말로 특히 그 중에서도 부모를 잃은 아이의 의지할 곳 없음을 나타내는 '고노모토 子の許'로서의 의미가 강하고, 외로움이나 슬픔의 감정과 함께 표현되는 경향이 있음을 알 수 있다.

와카사和歌史에서 이러한 사용방식을 갖는 '고노모토'라는 가어를 매개로 『겐지 이야기』를 다시 살펴보자. 겨우살이권의 가오루의 노래 '묵었었다고 떠올리지 않으면 나무 아래의 객지에서의 잠도 얼마나 외로울까(やどり木と思ひいでずは木のもとの旅寝もいかにさびしからまし)'에 대해 종래의 주석에서는 '겨우살이'라는 가어가 주목되어 왔는데 헤이안 시대 와카 표현을 고찰해 본 결과를 참조로 하면 가오루의 와카의 '고노모토' 역시 중요한 표현임을 알 수 있다. 이 부분에도 역시 부모를 잃고 남겨진 아이를 의미하는 '고노모토子の許'로서의 의미가 포함되어 있다고 생각되기 때문이다.

즉, 가오루가 우지에 남아있는 벤노키미를 방문했을 때, 돌아가신 하치노미야의 터전이었던 그 별장은 '고노모토'로서 지시되는 것에 의해 이제는 하치노미야가 고인이 되었다는 측면이 부각된다. 게다가 '고노모토'에는 아버지와 언니 오이기미를 잃은 나카노키미의 의지할 곳 없는 쓸쓸한 마음과 생부를 만난 적 없는 가오루 그 자신의 생래적 외로움이 중첩되어 나타나있다고 하겠다.

초겨울의 황량한 나무에 감겨 있는 겨우살이를 보며 가오루는 저 세상으로 떠난 하치노미야, 일 년 전 눈이 오던 밤에 마른 나무처럼 쇠약한 모습으로 숨을 거둔 오이기미, 또한 편지의 힘없는 필적으로만 남은 기억나지 않는 자신의 아버지 가시와기를 그리워한다. 그리고 남아있는 자신과 나카노키미의 쓸쓸함에 대해 생각한다. 겨우살이권에는 초겨울에 느끼는 쓸쓸함이 이 세상을 떠난 사람들에 대한 그리운 마음을 통해 표현되어 있다고 하겠다.

4. 가을에 생각나는 사람

　이야기의 진행상 겨우살이권보다 앞선 시점인 갈래머리권에는 단풍놀이紅葉狩를 하기 위해 우지宇治를 방문한 다섯 명의 남성이 창화가를 읊는 장면이 있다. 니오미야匂宮는 나카노키미를 만나기 위해 단풍놀이를 구실로 우지를 방문하는데, 수행원들이 따라왔기 때문에 결국 그녀를 만나지 못하고 귀경하게 된다.

　　지난 봄에 함께 했었던 사람들은 벚꽃의 아름다움을 떠올리며 하치노미야를 잃고 우지에 남아있는 아가씨들의 쓸쓸할 심정에 대해 이야기한다. 니오미야가 그렇게 몰래몰래 아가씨들에게 다니시는 일을 살짝 들어 알고 있는 사람도 있을 것이다. 한편 사정을 잘 모르는 수행원들도 섞여서 여럿이 이러쿵저러쿵 하고 있다. 몰래 산골을 드나들어도 저절로 소문이 나는 법이니 "아가씨들은 정말로 아름답다지요", "쟁금도 잘 타시고 하치노미야가 밤낮으로 악기를 가르치셨으니" 등등 서로 이야기한다.

　　재상중장

　　　　언제이던가 벚꽃이 화창할 때 언뜻 보았던

　　　　남겨진 나무 아래 가을은 외로워라

　　우지의 아가씨들의 후견인이라고 생각하여 가오루를 향해 읊자,

　　중납언(가오루)

　　　　꽃이야말로 깨달음을 전하네 향기롭게 핀

　　　　꽃이나 단풍처럼 덧없는 세상임을

　　위문독

　　　　어디서부터 가을은 가버렸나 산 속 시골의

　　단풍잎의 그늘은 지나치기 힘든데

궁대부

　　그리운 사람 돌아가신 산골의 바위 울타리

　　깊은 마음 그대로 감겨진 덩굴처럼

그 중에서는 나이가 들어서인지 울먹거리신다. 하치노미야가 젊으셨을 무렵
의 세상 일 등을 생각하신 것일까.

니오미야

　　가을이 지나 쓸쓸함이 깊어진 나무 밑동에

　　세차게 불지마오 산봉우리 솔바람

宰相中将、

　　いつぞやも花のさかりにひとめ見し

　　<u>木のもと</u>さへや秋はさびしき

主方と思ひて言へば、中納言(薫)

　　桜こそ思ひ知らすれ咲きにほふ

　　花も紅葉もつねならぬ世を

衛門督、

　　いづこより秋はゆきけむ山里の

　　紅葉のかげは過ぎうきものを

宮の大夫

　　見し人もなき山里の岩垣に

　　心ながくも這へる葛かな

中に老いしらひて、うち泣きたまふ。親王の若くおはしける世のことなど思ひ出づ
るなめり、

宮(匂宮)、

　　秋はててさびしさまさる<u>木のもと</u>を

　　吹きなすぐしそ峰の松風　　　　　　　　　　　　　　(総角⑤296-297)

먼저 재상중장이 일년 전 봄에 가오루와 니오미야가 우지의 하치노미야의 별장을 방문해서 함께 했던 일을 떠올린다. 하치노미야가 돌아가시고 없는 지금의 가을은 한층 더 적막함을 읊는다. 그의 죽음을 계절과 연관지어서 표현하고 있는 것이다. 벚꽃이 한창 피었을 때 그를 방문했던 일을 떠올리며 꽃이 지고 없는 가을의 쓸쓸함을 통해 하치노미야의 죽음을 추모하고 있는 것이다.

『겐지 이야기』의 주석서『고게쓰쇼湖月抄』사설師說은 "하치노미야가 돌아가신 이후를 고노모토라고 표현하고 거기에 아이의 고子를 중첩시켜서 아가씨들이 외로울 것임을 배려하는 것이다"[14]라고 해설하며 '나무'에 '아이'가 가케코토바掛詞로 쓰였음을 제시한다. 하치노미야의 죽음은 남겨진 아가씨들이 있기에 더 안타깝게 인식되는 것이다.

이러한 재상중장의 노래에 대해 가오루는 계절의 변화에 의한 꽃과 단풍의 피고 짐에 관련지어 무상관을 표현하여 답한다. 직접적으로는 돌아가신 하치노미야나 남겨진 아가씨들에 대한 표현은 없지만 인생의 무상함에 대해 읊고 있는 것이다. 이어서 위문독은 가을이 끝나가는 안타까움을, 궁대부는 남아있는 덩굴과 하치노미야의 부재라는 상황을 대조적으로 표현한 노래를 읊는다. 마지막으로 니오미야는 재상중장의 노래 속의 '고노모토'를 받아서 아가씨들의 외로운 심정을 배려하는 노래를 읊어 창화가를 끝맺는다. 위 장면의 창화가는 하치노미야를 잃은 아가씨들에 대한 언급을 통해 남겨진 이들의 쓸쓸함을 읊는 대표적인 와카로 볼 수 있겠다.

한편 이 창화가의 장면이 펼쳐지기까지의 배경을 좀 더 자세히 살펴보자. 니오미야는 단풍놀이를 구실로 나카노키미를 만나기 위해 친구 가오루 및 측근만을 데리고 비밀리에 우지를 방문할 예정이었다.

---

14 有川武彦 校訂(1982), 『源氏物語湖月抄』下, 講談社, p.481.

10월 1일 경, 우지강에 어살을 둘러친 모습이 정취있을 즈음이 되자 니오미야는 가오루를 살살 꾀어 단풍놀이를 가자고 말씀하신다. 가까운 궁인들, 친한 전상인들만 모여 아주 조촐하게 가려고 생각하셨지만, 어쨌든 야단스러운 기세에 저절로 소문이 널리 퍼져서 좌대신가의 재상중장이 오셨다. 상달부 중에서는 그 외에는 가오루 중납언만 함께 가게 되셨다.　　(総角⑤292)

그러나 니오미야는 금상今上 천황의 아들인 몸이다. 둘째 황자가 우지로 간다는 소문은 금새 퍼져 전상인殿上人들이 가세한다. 게다가 어머니인 아카시 중궁明石中宮이 아들의 일탈을 막기 위해 감시역으로 파견한 사람들도 더해져서, 소규모로 진행하려 했던 단풍놀이 일행은 규모가 점점 커져 우지의 자매들을 방문하는 일은 쉽지 않게 되었다.

사람들의 흥취가 조금 가라앉으면 중납언(가오루)도 아가씨들을 만나러 가려고 생각하시고, 때가 되면 가자고 니오미야에게 말씀하실 즈음 궁중에서 중궁의 명령으로 <u>재상宰相의 형 위문독이 위세등등한 수행원들을 데리고 늠름하신 모습으로 오셨다.</u> 이러한 행차는 비밀스럽게 하고 있어도 저절로 알려져서 나중에 나쁜 예를 남길 수 있는데, 수행하는 자들도 별로 없이 갑작스럽게 우지로 가다니. 중궁이 들으시고는 놀라서 전상인들을 많이 파견하시니 한숨이 난다. 니오미야도 중납언도 괴롭게 생각하시고 흥도 깨져버렸다.　　(総角⑤294)

위 인용문은 아카시 중궁이 파견한 위문독과 그 일행들이 나타난 장면이다. 어머니가 보낸 감시역의 사람들이 갑자기 나타났기 때문에 더 이상 우지의 자매들을 방문하는 것은 어렵게 되었고 니오미야와 가오루는 흥이 깨졌다고 서술되어 있다.

그런데 여기서 '위문독'이라는 관직명은 가오루의 와카를 해독하는 키워드가 된다.『겐지 이야기』에서 위문독이라고 불리는 인물은 약 7명인데 그 중에는 실제 모습이 등장하지 않는 고인의 관직명을 가리키는 경우가 2건, 행사에 참가한 사람을 열거하는 말이 2건 등으로 실제로 그 말이나 행동이 묘사되는 인물은 극히 적다. 즉, 위문독의 관직을 가진 인물 중 대표적인 인물은 가시와기柏木라고 할 수 있다.

가시와기가 죽은 후 "아 안타까워라! 위문독ぁはれ. 衛門督이라고 말하지 않는 사람이 없을 정도이다"(柏木④340~341)라는 문장이 보이는데, 이 표현은 온나산노미야女三宮와의 밀통 후 겐지에게 그것이 알려져서 괴로워하다가 병을 얻어 죽은 가시와기에 대해 사람들이 안타까움을 표현하는 말이다. 젊은 나이에 정치적으로도 능력있는 좌대신가의 장손으로 전도가 촉망되는 인물이었기에 주위 사람들의 슬픔은 더욱 컸을 것이다. 가시와기를 애도하면서 그를 관직명인 '위문독'이라고 부르는 것을 보면 그는 이야기 속 사람들의 기억 속에 '위문독'으로서 각인되어 있음을 알 수 있다.

이에이 미치코家井美千子는 가시와기에 대해 "그는 주요인물로서 활약하는 봄나물 상권若菜上巻에서 떡갈나무권柏木巻까지 혹은 죽기 직전까지 일관해서 '우위문독'이라고 불리는 것이 보통으로 재상(참의)나, 중납언 등의 태정관의 관직명으로 불리는 경우는 적었다"[15]라고 지적한다. 가시와기는 이야기 내에서 얼마든지 다르게 지칭될 수 있었음에도 불구하고 오로지 '위문독'이라고 불리고 있다는 것이다. 즉 가시와기에게 있어 관직명 '위문독'은 그와 일체가 되어있음을 알 수 있다.

갈래머리권의 위문독은 "위세등등한 수행원"들을 데리고 "늠름한 모습"으로 나타났다. 여기서는 봄나물 상권에 보였던 가시와기의 역동적인 모습, 즉 무관을 대표하는 수위대의 대장 위문독으로서의 당당한 모습이 연상된다. 활기 넘치는 가시와기의 모습에 대해서는 나가이 다

---

15 家井美千子(1986.3), 「右衛門督―『源氏物語』における―」『中古文学』第36号, 中古文学会, p.12.

카히로永井崇大가 공차기 장면에 그려진 가시와기의 "발놀림의 경쾌함"[16]에 대해 주목하여 밀통 이전의 그의 건장한 이미지에 대해 언급한 적이 있다.

헤이안 시대의 공놀이는 차 올린 공이 떨어지기 전에 계속 차 올리는 놀이로 볼을 상대편 네트에 넣어서 득점하는 현대의 축구와는 규칙이 조금 다르다. 그러나 공놀이에 참가한 젊은 귀족들이 축구 선수처럼 건장한 청년들이었음은 오늘날과 차이가 없는 듯하다. 그렇다면 갈래머리권에 등장하는 위문독 역시 힘이 넘치고 건강한 무관 위문독으로서의 가시와기의 표상을 계승하고 있다고 볼 수 있겠다.

가오루의 와카는 세상 일반의 무상함에 대해 읊고 있는데 이는 하치노미야를 잃은 아가씨들의 상황에도 연결되는 것으로 재상중장의 노래에 대한 답가로서도 이상하지 않고 자연스럽다. 게다가 이 창화가가 갑작스러운 위문독과 그 일행의 방문에 의해 촉발되었다는 사실에 주목해보면, 위문독 가시와기의 아들인 가오루의 노래는 독자에게 새로운 느낌으로 다가온다. 즉, 돌연한 위문독의 방문에 의해 가오루는 만난 적이 없지만, 사람들이 위문독이라고 부르던 젊은 시절의 아버지를 불현듯 상상해 보았을지도 모른다. 그렇다면 생부를 그리워하는 가오루의 솔직한 무상관이 노래에 배어나오고 있다고 파악할 수 있겠다. 즉, 가오루의 와카에는 누구에게도 이해받을 수 없는 그의 고독한 무상관이 자연스럽게 표출되어 있다고 해석되는 것이다.

단풍이 흐드러지게 피어 아름다운 계절은 머지않아 바스러질 낙엽을 예상하게 하는 것 같다. 가오루 또한 아름다운 단풍의 계절이지만 마냥 단풍의 아름다움에 취할 수는 없다. 오히려 그는 아버지 가시와기를 한 번도 만난 적이 없는 것에서 기인하는 자신의 외로운 마음을 똑같이 아

---

16 永井崇大(2006), 「『源氏物語』衛門督攷―柏木論への視角」古代中世文学論考刊行会 編 『古代中世文学論考』第18集, 新典社, p.120.

버지를 잃은 아가씨들의 처지에 투영한다. 이것은 이야기의 다른 인물들은 헤아릴 수 없는 가오루의 내면의 무상관이고, 가오루는 그러한 심정을 벚꽃이나 단풍에 의탁해서 읊고 있는 것이다. 갈래머리권의 창화가의 가오루의 노래는 아가씨들에 대한 관심이 생부를 잃은 슬픔이라는 요인과 연동하고 있음을 상징적으로 제시하고 있다고 하겠다.

5. 맺음말

우지의 아가씨들을 만나기 위한 구실로 단풍놀이를 떠난 니오미야와 가오루 일행은 아가씨들은 만나지 못하고 남자들끼리 단풍만 보다가 돌아온다. 니오미야의 어머니인 아카시 중궁이 아들이 체면에 어긋나는 일을 하여 나중에 문제가 생길까 봐 위문독을 비롯한 수행원들을 파견했기 때문이다. 이 때 읊어진 다섯 명의 창화가에는 하치노미야의 타계와 남겨진 아가씨들의 외로운 처지가 상징되어 있다. 단풍을 보면서 하치노미야가 돌아가신 계절이 가을임을 떠올리고, 벚꽃이 아름다웠던 봄에 그와 만났던 일, 음악을 연주하며 풍류를 즐겼던 일 등을 기억하며 그를 추모하는 것이다. 가을의 단풍은 화사하지만 인물들은 곧 떨어질 단풍에서 자연의 섭리를 느끼며 떠난 사람을 애도한다.

창화가의 표면적인 주제는 하치노미야를 추모하고 남겨진 아가씨들을 처지를 안타까워하는 내용이지만, 거기에는 생부 가시와기를 잃고 남겨진 존재인 가오루의 외로움 또한 상징적으로 제시되어 있다. 아가씨들을 만날 설렘을 안고 출발한 단풍놀이가 하치노미야 추모로 끝나고 만 점은 다소 역설적이지만, 이 장면에는 고인을 추모하는 그리움과 인생의 무상함에 대한 인식이 표현되어 있음을 알 수 있다.

그리고 시간이 흘러 오이기미도 병으로 세상을 떠난 지 일 년 정도가 되었다. 건조하고 차가운 바람이 부는 초겨울에 가오루는 산길을 메울 정도로 가득 떨어진 단풍을 밟으며 우지를 방문한다. 나뭇가지도 얼마 남아 있지 않은 나무에 겨우살이로 감겨있는 덩굴만이 선명한 색을 띠고 있는데 가오루는 우지에서 발견한 덩굴을 나중에 나카노키미에게 전달하려고 수행원들에게 줍게 하여 가지고 간다. 추억이 가득한 우지에는 나이 든 벤노키미만 남아있고 가오루는 그러한 안타까움을 와카로 읊는다. 그가 불도수행을 위해 배움을 구했던 하치노미야와 그가 사랑했던 오이기미의 상실과 그들에 대한 그리움이 겨우살이의 쓸쓸함에 빗대어 표현된다. 가오루는 적막한 우지에서의 일들을 떠올리며, 의지할 곳 없이 홀로 남은 나카노키미의 인생과 생부와 관련된 비밀로 고뇌하는 스스로를 뒤돌아본다. 이 부분에서는 초겨울의 외로움, 적막함, 쓸쓸함이 겨우살이와 가어 '고노모토(나무 아래/남겨진 아이)'를 통해 표현되고 있다.

우지의 화려한 단풍이 쓸쓸함을 자아내는 까닭은 가을이 하치노미야가 돌아가신 계절이기 때문이다. 초겨울에 마른 나뭇가지의 겨우살이를 보면서 외로움을 느끼는 이유는 오이기미를 저 세상으로 떠나보낸 계절이 바로 겨울이기 때문이다. 그리고 기억나지 않는 아버지에 대한 갈망은 영원히 가오루를 쓸쓸하게 한다. 계절의 변화는 이 세상을 떠난 이들을 추모하게 하고 상실의 그리움은 시로 남는다.

Key Words 가시와기, 겨우살이, 단풍놀이, 무상관, 창화가

참고문헌

山岸徳平 校注(1963),『源氏物語』⑤,「日本古典文学大系」, 岩波書店
国史大系編修会 編(1964),『公卿補任』, 吉川弘文館
玉上琢彌 編(1968),『紫明抄 河海抄』, 角川書店
伊井春樹 編(1980),『細流抄　内閣文庫本』「源氏物語古注集成」, 桜楓社
有川武彦 校訂(1982),『源氏物語湖月抄』下, 講談社
南波浩(1983),『紫式部集全評釈』, 笠間書院
新編国歌大観編集委員会(1983~1992),『新編国歌大観』1~10, 角川書店
家井美千子(1986.3),「右衛門督一『源氏物語』におけるー」『中古文学』第36号, 中古
　　　文学会
阿部秋生・秋山虔・今井源衛・鈴木日出男 校注・訳(1994~1998),『源氏物語』①~⑥,
　　　「新編日本古典文学全集」, 小学館
小林正明(1996),「『源氏物語』王権樹解体論一樹下美人からリゾームへー」 物語研究
　　　会 編『源氏物語を〈読む〉』「新物語研究」4, 若草書房
関根慶子・山下道代(1996),『伊勢集全釈』「私家集全釈叢書」, 風間書房
柳井滋・室伏信助・大朝雄二・鈴木日出男・藤井貞和・今西祐一郎 校注(1997),『源氏
　　　物語』⑤,「新日本古典文学大系」, 岩波書店
山中裕・秋山虔・池田尚隆・福長進 校注・訳(1998),『栄花物語』③,「新編日本古典文
　　　学全集」, 小学館
久保田淳・馬場あき子 編(1999),『歌ことば歌枕大辞典』, 角川書店
永井崇大(2006),「『源氏物語』衛門督攷一柏木論への視角一」 古代中世文学論考刊
　　　行会　編『古代中世文学論考』18, 新典社
今井上(2008),「宿木巻論一時間・語り・主題一」『源氏物語　表現の理路』, 笠間書院

● ● ●
제Ⅲ부
고전시가와
근세괴담

일본문학의 기억과 표현

제1장
와카에 나타난
'가을의 석양 무렵'

최 충 희

1. 머리말

와카란 원래 중국의 노래라고 할 수 있는 한시를 의식해서 일본의 노래라는 뜻의 '야마토大和의 노래歌'에서 나온 것이라 할 수 있다. 이 와카라는 말이 완전히 정착된 것은 『고금와카집』이라는 일본최초의 칙찬와카집이 엮어질 무렵부터라고 할 수 있다. 그러나 일본에서 나온 노래라고 해서 모두 와카라고는 하지 않는다. 넓은 의미의 와카는, 일본에서 나온 '5.7.5.7.7'의 운율을 가지고 있는 단가와 '5.7.5.7.……7.7'의 운율을 가진 장가·기타 세도카旋頭歌나 붓소쿠세키노우타仏足石歌, 가타우타片歌 등의 정형시를 지칭하는 말로 사용되고 있다. 그러나 좁은 의미의 와카는 『고금와카집』에 실려진 노래들처럼 '5.7.5.7.7'의 운율, 즉 기본적으로 31자로 된 노래 중에서 일본인의 마음을 노래 속에 담고 있는 것을 지칭하는데, 일반적으로 『고금와카집』이후의 와카를 말하는 경우가 많다. 특히 이 와카에는 다른 문학작품에서는 볼 수 없는 특이한 용어나 표현들이 있는데 이것을 일반적으로 가어歌語라고 한다. 즉 가어란 와카를 읊을 때만 사용되는 말로 사계절의 경물景物, 우타마쿠라歌枕[1], 조코토바

序詞[2], 마쿠라코토바枕詞[3], 가케코토바懸詞[4]등의 와카표현에 관한 관용적이고 유형적인 어구를 나타내는 경우를 말한다고 할 수 있다. 그리고 이 가어는 그 가어 특유의 이미지를 와카 속에서 나타내는 경우가 많은데, 어떤 가어가 와카의 전통속에서 어떠한 형태로 유형화되는가를 고찰함으로써 와카를 이해하는데 많은 도움이 되리라고 사료된다. 우리가 와카를 읽어 나갈 때 그냥 사전류에 나타나 있는 일반적인 단어의 해석만으로는 한 수의 와카를 이해할 수 없는 경우가 많은데, 이러한 경우 가어의 이미지를 통해 그 가어가 어떤 작품세계를 구축하고 있는가를 파악함에 의해 비로소 이해될 수 있는 경우가 많다.

그래서 본고에서는 '가을의 석양 무렵秋の夕暮'이라는 가어의 분석을 통해, 이 가어가 어떠한 작품세계를 구축하는 경우에 사용되고 어떠한 심정을 읊을 때 사용되며, 어느 시대의 어떠한 가인들이 즐겨 사용했는가를 분석해 봄으로써 '가을의 석양 무렵'이란 표현이 가지고 있는 특징을 고찰해 보고자 한다. 그리고 고찰의 범위에는 일본에서 나와 있는 모든 와카를 대상으로 삼을 수는 없기 때문에 각 시대를 대표한다고 할 수 있는 칙찬와카집을 우선 대상으로 정하고 이 중에서도 특히 팔대집八代集을 중심으로 분석하고 있음을 밝혀둔다.

연구방법으로는 우선『신편국가대관新編國歌大觀』[5]의 색인을 통해 '가을의 석양 무렵秋の夕暮'이란 가어가 들어 있는 와카를 찾아내어 칙찬집의 시대별로 차례차례 분석을 시도해 가면서 그 특징을 파악하고 이 가어가 구체적으로 어떤 유형으로 나타나는 지를 모아 정리해 가기로 한다.

지금까지 '가을의 석양 무렵秋の夕暮'이란 표현이 들어있는 각 와카의 개별 주석 및 평석, 평가, 특징등에 대해서는 수 많은 저서나 논문이 존

---

1 歌枕(うたまくら): 와카의 소재가 된 명승지
2 序詞(じょことば): 와카에서 어떤 말 앞에 붙이는 6 자 이상의 수식어
3 枕詞(まくらことば): 와카에서 어떤 말 앞에 붙이는 5 자 이내의 수식어
4 懸詞(かけことば): 와카에서 하나의 단어에 두 개 이상의 의미를 부여하는 수사법
5 國歌大觀編集委員會編(1983)『新編國歌大觀』, 角川書店.

재하지만 이 가어만의 분석을 통해 전체적인 흐름을 파악하는 시도는 아직 미흡한 상태에 있다고 해도 과언이 아니다.

또한 본고의 와카 본문은 모두『신편국가대관新編國歌大觀』[6]의 본문에 의한 것임을 밝혀 둔다.

2. 와카에 나타난 '가을의 석양 무렵秋の夕暮'

그럼 우선 '가을의 석양 무렵秋の夕暮'이라는 가어가 각 칙찬집별로 어떠한 양상을 띄고 있는지를 살펴보기로 한다.

<표 1> 각 칙찬집의「가을의 석양 무렵秋の夕暮」와카 숫자

와카집	古今	後撰	拾遺	後拾遺	金葉	詞花	千載	新古今	新勅撰	續後撰	續古今	續拾遺	新後撰	玉葉	續千載	續後拾遺	風雅	新千載	新拾遺	新後拾遺	新續古今
와카수	0	0	0	7	1	1	2	16	2	8	16	6	6	5	9	1	2	9	5	5	9

이 표를 보면 알 수 있듯이 '가을의 석양 무렵秋の夕暮'이라는 가어는 삼대집에는 전혀 보이지 않고『고슈이와카집』에서 처음으로 출현했다가『신고금와카집』에서 정점을 이루었다가 그 이후도 계속 읊어지고 있음을 알 수 있다. 특히『신고금와카집』에는 너무나도 유명한 흔히 '산세키노우타三夕の歌'로 일컬어지는 와카를 비롯하여 16 수나 되는 와카가 존재함을 보더라도 '가을의 석양 무렵秋の夕暮'이 얼마나 큰 위치를 차지하고 있는지 알 수 있다.

6 전게서.

아울러 참고로 칙찬집은 아니지만 일본 최초의 가집이라 할 수 있는
『만요슈萬葉集』에는 한 수도 존재하지 않음을 확인할 수 있다. 단순히 '가
을의 석양 무렵秋の夕暮'이라는 표현이나 '가을의 저녁秋の夕方', '가을 저
녁秋の夕' 등의 표현은 존재하지만 모두가 사랑의 감정을 억누를 수 없는
때를 가리키고 있음을 알 수 있다.

> 4468. 我が背子がやどなる萩の花咲かむ
>
> 秋の夕は我を偲ばせ   (巻20)
>
> 그리운 님의 뜨락에 싸리꽃이 피는 계절인
>
> 가을 해 저물 때면 저를 생각하소서[7]

위의 만요슈의 노래를 보면 알 수 있듯이 가을 석양이 황량하다거나
쓸쓸하다거나 하는 감정이 아니고 그리운 사람을 생각하며 가슴 조이
는 시간으로 표현하고 있음을 알 수 있다.

그럼 우선 『고슈이와카집』에 실려 있는 7수의 '가을의 석양 무렵秋の
夕暮'이라는 표현이 들어있는 와카를 분석해 보기로 하자.

> 題しらず
>
> 271. あさぢふの秋の夕ぐれなくむしは
>
> わがごとしたにものやかなしき   (秋上, 平兼盛)
>
> 가을 석양에 잡초 속에 우짖는 풀벌레소리
>
> 내 마음과 같아서 왠지 슬퍼지누나

이 와카는 가을 석양에 풀숲에서 울어대는 풀벌레 소리를 듣고 작가

---

7 본고에서 일본와카의 우리말 번역은 필자가 졸역한 것임. 그리고 일본와카의 리
듬을 염두에 두어 우리말 번역도 5, 7, 5, 7, 7로 시도해 보았음.

의 울적함이 가일층 심화되는 분위기를 읊은 노래이다. 그렇지 않아도 적적한 가을 석양 무렵에 더 한층 작가의 마음을 울려주는 풀벌레 울음 소리를 읊은 것이라 할 수 있다.

題しらず

302. 君なくてあれたる宿の浅ぢふに
　　　うづらなくなり秋の夕暮　　　　　　　　　　　(秋上, 源時綱)

　　　내 님이 떠나 황폐해진 그대 집 잡초 속에서
　　　메추라기 우짖는 가을의 석양 무렵

이 와카는 떠나간 님이 그리워 옛 님의 집을 방문해 보니 황폐해진 그 집 잡초더미 속에서 외로이 울어대는 울음소리를 듣고 더욱 더 외롭고 애통한 마음을 읊고 있다. 님을 잃은 슬픔 때문에 옛 님의 집만 보아도 쓸쓸하기 그지없는데, 그 쓸쓸함을 가일층 더해주는 메추라기의 울음 소리 때문에 더욱 더 외로움을 느끼게 해 줌을 알 수 있다. 게다가 때는 바야흐로 해가 서산으로 넘어가는 가을 석양 무렵이니 쓸쓸함은 더 말 할 나위가 없다.

　쓸쓸함을 점층적으로 표현한 와카로 쓸쓸함의 정점을 '가을의 석양 무렵秋の夕暮'이라는 '다이겐도메體言止め[8]'로 끝맺음으로써 더욱 쓸쓸함 의 효과를 잘 나타낸 좋은 와카라 할 수 있겠다.

題しらず

333. さびしさに宿をたち出てながむれば
　　　いづくもおなじ秋のゆふぐれ　　　　　　　　　(秋上, 良暹法師)

　　　너무 쓸쓸해 방을 나와 사방을 바라다보니

8　와카의 제5구를 체언(體言)으로 끝맺는 수사법의 하나임.

어디나 할 것 없이 황량한 가을석양

이 와카는 나그네가 하룻밤 묵어가는 숙소에서 외로움을 견디다 못
해 밖으로 뛰쳐나와 외로움을 달래보려고 하는데 막상 밖에 나와 사방
을 둘러보니 어디나 할 것 없이 황량하기 그지없는 가을의 석양 풍경을
읊은 것이다. 이 와카도 가을의 석양풍경이 보이지 않는 여관방에서조
차 외로움을 느끼는 작가가 위로를 얻기 위해 밖으로 나와 보니 가을의
황량한 석양 풍경 때문에 가일층 외로움을 느끼게 되는 것을 읊고 있다.
역시 여기서도 '쓸쓸함さびしさ'의 클라이막스를 '가을의 석양 무렵秋の夕
暮'으로 표현하고 있다고 볼 수 있다.

九月尽日, 伊勢大輔がもとにつかはしける

375. としつもる人こそいとどをしまるれ

けふばかりなる秋のゆふぐれ　　　　　　　(秋下, 大弐資通)

늙은이에겐 한순간 시간마저 아까울 텐데

오늘로 가을날도 끝나는 저녁노을

나이가 들어 세월이 흐르는 것조차 아쉬운데 음력 9월 그믐, 즉 가을
의 마지막 날 석양 풍경 또한 아쉽기 그지없다는 와카이다. 특별한 일이
없어도 서럽고 아쉬운 늙은 사람들에게 가일층 아쉬움을 더해주는 석
양 무렵을 노래하고 있다.

右兵衛督俊實, 子におくれて歎き侍ける比,

とぶらひにるかはしける

554. いかばかりさびしかるらんこがらしの

ふきにし宿の秋のゆうぐれ　　　　　　　(哀傷, 右大臣北方)

자식을 잃고 얼마나 허전할까 스산한 바람

몰아치는 숙소의 황금빛 가을 노을

이 와카는 자식을 잃고 슬픔에 젖어있는 사람의 마음을 헤아리며 조문을 겸해 보낸 것이다. 자식을 잃은 슬픔이 얼마나 클 것인가를 작가가 짐작할 수 없을 정도인데, 계절 또한 늦가을에서 겨울로 넘어가는 계절인데다가 바람 또한 스산하게 불어오고 게다가 해가 뉘엿뉘엿 저물어가는 석양 무렵이라 조문을 하는 작가의 마음 또한 슬프기 그지없다는 심정을 노래하고 있다. 여기서도 슬프고 외로운 감정이 가일층 고조되어 가다가 '가을의 석양 무렵'의 표현에서 절정에 달해 있음을 알 수 있다.

良暹法師のもとにつかはしける

1038. おもひやる心さへこそさびしけれ

大原やまの秋のゆふぐれ   (雜三, 藤原国房)

그대 심정을 생각만 해보아도 쓸쓸하구려

오오하라 산속의 가을 석양 무렵에

이 와카는 출가해서 오오하라산大原山에서 은둔하고 있는 심정을 작가가 헤아려 읊은 것으로 산 속에 은둔해 있는 스님을 생각하고 있는 작자의 심정이 쓸쓸하니 오오하라산 속에 가을 석양이 물드니 산 속의 스님의 심정이야말로 더 말할 나위가 없으리라고 추측해서 부른 것이다. 잡부雜部에 들어 있지만 와카의 내용으로 보아 가을부에 들어있는 다른 와카와 작품 세계에서는 별다른 차이가 없다고 할 수 있다. 여기서도 그냥 생각하기만 해도 산중 생활이 쓸쓸하리라 짐작이 가는데, 실제로 산중에서 가을 석양을 바라다보면 가일층 쓸쓸함을 느낄 것이라는 심정을 노래한 것으로 역시 '가을의 석양 무렵'라는 시점이 외로움의 절정이라고 볼 수 있다.

1102. はなざかり春のみやまの明ぼのに

　　　おもひわするな秋の夕暮　　　　　　　　(雜五, 源為善朝臣)

　　　꽃이 만발한 봄날 산등성이에 날이 밝을 때

　　　그대 잊지 마소서 가을 저녁노을을

　이 와카는 고레이제이인後冷泉院이 동궁으로 있을 때 꽃이 만발한 봄날 시녀들과 노니는 것을 보고 이 영화로움 뒤에는 어둠 속에서 죽어간 중궁이 있다는 사실을 잊지 말아달라는 내용이다.

　이 노래는 지금까지의 『고슈이와카집』의 노래 내용과는 달리 '가을의 석양 무렵'이 몰락과 암흑의 비유로서 사용되었음을 알 수 있다. 특히 '봄날 산등성이에 날이 밝을 때春のみやまの明ぼの'의 대칭의 표현으로 사용되었다는 점에서 여타의 『고슈이와카집』의 와카와 다르다는 것을 알 수 있다.

　위에서 『고슈이와카집』의 '가을의 석양 무렵'이라는 가어가 들어있는 와카를 분석해 본 결과 271번 와카를 제외한 나머지 6 수가 모두 기법상으로 '다이겐도메体言止め'를 사용하고 있음을 알 수 있다. 이로써 이미 『고슈이와카집』무렵부터 '가을의 석양 무렵'이란 가어가 체언으로 끝나는 형태로 정착되었음을 파악할 수 있다.

　그리고 271번과 1102번 와카를 제외한 나머지 5 수의 작품 세계가 슬픔이나 외로움, 울적함 등의 감정이 가일층 심화되어 가다가 '가을의 석양 무렵'이라는 표현에서 절정에 달하고, 이 절정에 달한 순간의 감정을 오래 여운을 가지고 지속시키기 위해 체언으로 와카를 마무리 짓는 '다이겐도메体言止め' 기법을 효과적으로 사용했다고 할 수 있겠다.

　그리고 '가을의 석양 무렵'이라는 표현과 자주 어울려 다니는 표현으로는 '浅ぢふ', '宿', 'うづらなくなり', 'なくむしは' 등의 '鳴く', 'さびしさ', 'あれたる', 'をしまるれ', 'かなしき' 등의 황량하고 외롭고 슬프고 울적한 심정을 읊은 표현들이 있음을 알 수 있다. 이러한 심정어와의 유대를 통해

비로소 '가을의 석양 무렵'이라는 가어가 제 구실을 한다는 사실 또한 가어의 분석이라는 측면에서 볼 때 시인할 수밖에 없다.

다음은『긴요와카집金葉和歌集』의 와카를 보기로 하자.『긴요와카집』에는 '가을의 석양 무렵'이라는 가어가 들어있는 와카는 한 수만 존재한다.

掘河院御時, 御前にて各題を深りて歌つかうまつりけるに,
薄をとりてつかまつれる

239.　うづら鳴く真野の入江のはまかぜに
　　　尾花なみよる秋のゆふぐれ　　　　　　　(秋部, 源俊賴朝臣)
　　　메추리 우는 마노의 포구가에 강바람 불어
　　　갈대 잎 넘실대는 가을날 해질 무렵

이 와카는 외로이 울어대는 메추라기 울음소리 때문에 적적함과 황량함을 감출 길 없는데, 스산한 강바람까지 불어 바람에 갈대 잎이 흔들리는 풍경을 보니 황량함과 적적함이 가일층 심화되어 가고, 여기에 마침 때는 해가 서산에 기우는 석양무렵이라 외로움과 황량함이 '가을의 석양 무렵'이라는 표현속에 응집되어 절정에 달했다고 볼 수 있다.

이 와카는 도시요리俊賴의 대표적인 와카로『後鳥羽院御口伝』에 'うるはしき姿なり. 故土御門内府亭にて影供ありし時, 釈阿はこれほどの歌たやすくはいできがたしと申されき[9]'라고 격찬하고 있는 노래이기도 하다.

이 한 수의『긴요와카집』의 와카에서도『고슈이와카집』에서처럼 「다이겐도메体言止め」기법과 황량함과 적적함의 표현이 '가을의 석양 무렵'에서 절정을 이루고 있다고 볼 수 있겠다.

그리고 관련 어구로는『고슈이와카집』의 302번 와카처럼 '메추리 우는うづら鳴く'이라는 표현을 '가을의 석양 무렵'과 같이 사용했다는 점을

9　久松潛一 他校注(1964)『日本古典文學大系 歌論集能樂論集』, 岩波書店, p.145.

들 수 있겠다.

그럼 다음은『시카와카집詞花和歌集』의 예를 보기로 하자.

題しらず

107. ひとりゐてながむるやどの萩の葉に

風にそわたれ秋のゆふぐれ   (秋, 源道濟)

홀로 멍하게 상념에 빠진 사람 집안 뜨락의

억새풀잎 사이로 바람 부는 가을 석양

이 와카는 홀로 우두커니 무언가에 상념에 빠져 넋을 잃고 바라다보는 사람 집에 억새풀이 무성한데 찾아오는 사람 하나 없이 바람만이 거칠게 불어 억새풀 우는 소리가 들리는 가을 석양 풍경을 읊은 것이다.

이 노래도 역시『고슈이와카집』이나『긴요와카집』의 노래처럼 황량하고 적적하고 외로운 마음이 점점 고조되어 가다가 '가을의 석양 무렵'에서 절정을 이루고 있다고 볼 수 있다. 그리고 '다이겐도메体言止め' 기법으로 '가을의 석양 무렵'을 처리함으로써 절정감을 오래 지속시키면서 여운을 남기려는 노력이 엿보이는 작품이라 할 수 있겠다. 그리고 관련 어구로는 'やど', '風' 등을 볼 수 있다.

그럼 다음은『센자이와카집千載和歌集』의 작품을 분석해 보기로 하자. 『센자이와카집』에는 '가을의 석양 무렵'의 가어가 들어있는 와카가 두 수 있다.

題知らず

260. 何となくものぞ悲しき菅原や

伏見の里の秋の夕暮   (秋上, 源俊賴朝臣)

나도 모르게 왠지 슬픔에 젖는 스가하라의

후시미 마을에는 가을 석양 비치네

이 와카는 그냥 보기만 해도 이유 없이 슬퍼지는 고색창연한 옛 고을
에 가을 석양빛마저 비쳐 더욱 황량함과 쓸쓸함을 가일층 더해주는 노
래이다.

> 太宰帥敦道の親王中絶え侍りける頃,
>
> 秋つ方思ひ出でて物して侍りけるに詠み侍りける

844.　待つとてもか斗こそはあらましか

思ひもかけぬ秋の夕暮　　　　　　　　　　(恋四, 和泉式部)

기다리는 게 이렇게도 힘들 줄 몰랐었는데

뜻밖에도 옛일을 생각케 하는 저녁

이 와카는 작가가 연인에게서 소식이 끊겨 기다림에 지쳐 있는데 때
마침 뜻하지 않았던 가을 석양을 보고 옛날 그 연인과의 추억의 시간을
회상해 보며 읊은 것이다. 여기서는 작가가 더 이상 기다릴 수 없는 초조
감에 젖어 있는데 '가을의 석양 무렵'의 추억이 작가의 마음을 가일층
초조하게 만드는 역할을 하고 있는 셈이다.

이상의 『센자이와카집』의 '가을의 석양 무렵'란 표현이 들어있는 두
수의 와카에서도 역시 '가을의 석양 무렵'란 가어는 슬픔이나 초조함 같
은 것을 가일층 심화시키는 요소로 작용하고 있음을 알 수 있다. 그리고
두 수 모두 『고슈이와카집』이나 『긴요와카집』『시카와카집』에서처럼
'다이겐도메体言止め'의 기법으로 감정의 절정을 여운으로 처리하고 있다.

그리고 '가을의 석양 무렵'라는 가어와 자주 같이 읊어지는 표현으로
'슬픈悲しき'이라는 표현이 『고슈이와카집』에서처럼 나타났음을 알 수
있다.

또 하나 특기할 만한 것으로는 미나모토 도시요리源俊頼라는 가인이
『긴요와카집』의 239번 와카에 이어 『센자이와카집』에서도 '가을의 석
양 무렵'이라는 가어가 들어있는 와카를 읊었다는 점이다. 이 도시요리

는『센자이와카집』에 52 수나 되는 와카가 들어 있는 센자이와카슈시
대의 대표적인 가인으로 신고금시대의 대표적인 가인인 후지와라 사다
이에藤原定家의 아버지인 후지와라 도시나리藤原俊成에게 많은 영향을 끼
친 가인이라는 점을 유의할 필요가 있다. 즉, 신고금의 가인들이 이 도시
요리俊頼의 영향을 많이 받았다는 것과, 도시요리俊頼가 '가을의 석양 무
렵'의 가어가 들어있는 와카를 두 수나 읊고 있는 것은 우연이라고는 할
수 없겠다.

그럼 이번에는『신고금와카집』의 와카들을 분석해 보기로 하자.

『신고금와카집』에는 '가을의 석양 무렵秋の夕暮'이라는 가어가 사용된
와카가 16수 있는데 번호순으로 분석을 해 나가기로 한다.

歸る雁を

61.　忘るなよたのむの沢を立つ雁も

稲葉の風の秋の夕暮　　　　　　　　　(春上, 攝政太政大臣)

잊지 말거라 논둑길을 날으는 기러기 떼야

벼 잎을 살랑이던 가을 석양 바람을

이 와카는 봄이 되어 고향인 북쪽 지방으로 날아가는 철새 기러기 떼
들에게 지난 해 가을바람이 벼 잎새를 살랑거리게 하던 가을 석양 들녘
을 잊지 말아 달라고 부탁하는 내용을 읊은 것이다.

이 와카는 지금까지의 '가을의 석양 무렵'과 달리 봄에 읊어졌다는
점과 가을의 어떤 정취나 분위기를 '가을의 석양 무렵'이라는 가어가 가
일층 심화시켜 왔는데 비해 여기서는 특별한 정취의 심화라는 측면을
찾을 수 없다는 점에서 좀 특이하다고 할 수 있겠다.

百首歌の中に

321.　ながむれば衣手すずしひさかたの

天の川原の秋の夕暮   (秋上, 式子內親王)

바라다보니 나의 소맷자락이 서늘하구나

은하수 흘러가는 가을 석양 하늘을

　이 와카는 칠석날에 견우직녀가 만나는 것을 연상하며 칠석날 저녁 석양 무렵에 하늘을 올라다 보니 하늘에는 은하수가 가득 흐르고 있다고 읊은 것이다. 그러나 단순히 초가을 칠석날 저녁의 하늘의 풍경을 읊었다기보다는 '소맷자락이 서늘하구나衣手すずし'라는 표현에서 연상해 낼 수 있는 견우직녀의 만남을 부러워하는 마음을 읊고 있다고도 볼 수 있다. 그러나 이런 부러워하는 감정이 '가을의 석양 무렵'이라는 시간이나 환경과는 별로 관계가 없는 것 같이 보인다. 이런 점에서 본다면 이 노래도 역시 '가을의 석양 무렵'이 지금까지 해오던 역할과는 무관한 것이라고 할 수 있다.

347.　小倉山ふもとの野べの花すすき

　　　ほのかに見ゆる秋の夕暮   (秋上,　読人しらず)

　　　오구라산의 산기슭 들판위의 갈대꽃순이

　　　어렴풋이 보이는 가을의 석양풍경

　이 와카는 초가을 들녘에 갈대꽃이 하얗게 보이기 시작하는 쓸쓸한 풍경을 읊은 것으로, 이것도 '가을의 석양 무렵'으로 인해 어떤 감정이나 분위기가 고조되기 보다는 단순히 가을 석양 무렵의 풍경을 노래한 서경가로밖에 볼 수 없다.

357.　おしなべて思ひしことのかずかずに

　　　なほ色まさる秋の夕暮   (秋上, 攝政太政大臣)

　　　이맘때까지 고민에 빠져있는 생각들보다

슬픈 기분이 더한 가을 석양이로군

이 와카는 지금까지 수많은 상념이나 고민에 빠져 있던 것보다도 더욱 참기 어려운 슬픈 분위기를 가을 석양 속에서 발견했다는 노래이다. 위에 나온 신고금의 3 수와는 달리 지금까지 『고슈이와카집』이후 '가을의 석양 무렵'이라는 가어가 담당해 왔던 역할과 거의 같은 역할을 하고 있다고 할 수 있다. 즉, 지금까지의 그 어느 슬픔보다는 '가을의 석양 무렵'에 느낄 수 있는 슬픈 빛이 크다는 뜻으로 이 와카를 읊었기 때문에 역시 '가을의 석양 무렵'이라는 표현에서 슬픔의 절정을 나타내고 있다고 볼 수 있다.

家に百首の歌合し侍りけるに

359. もの思はでかかる露やは袖におく

ながめてけりな秋の夕暮   (秋上, 攝政太政大臣)

고민도 않고 어찌 눈물이 흘러 소매적시나?

나는 시름에 빠져 가을 놀을 보았소

이 와카는 가을 석양 풍경을 무언가의 상념에 빠져 바라다보다 하염없이 흐르는 눈물을 참을 수 없음을 읊고 있다. 소맷자락에 떨어지는 눈물이 왜 흐르는지를 무언가 상념에 빠져보지 않은 사람은 알 수 없다고 읊었는데, 여기의 작자는 상념에 빠져 깊은 시름에 잠겨 멍하니 하늘을 쳐다보다 보니 이유도 없이 눈물이 흘러 그 이유를 깨달아 보니 때는 바야흐로 가을 석양 무렵이었기 때문이라는 것을 비로소 깨닫게 된 셈이다. 여기서도 역시 상념에 빠진 사람의 허전함과 슬픔이 '가을의 석양 무렵'이라는 배경과 어우러져 비로소 절정에 달함을 느낄 수 있다.

題しらず

361. さびしさはその色としもなかりけり

真木立つ山の秋の夕暮　　　　　　　　(秋上, 寂蓮法師)

쓸쓸함이란 그 무슨 빛깔로도 못나타내네

상록수가 **빽빽**한 가을 석양 산 풍경

　이 와카는 쓸쓸함을 뭔가의 빛깔로 나타낼 수 없는데 삼나무나 편백나무 등이 **빽빽**한 산에 드리운 가을 석양 풍경에서 쓸쓸함을 느낄 수 있다고 읊고 있다. 일반적으로 가을하면 단풍 든 산에서 가을을 느낄 수 있는데 가을 석양 무렵에는 낙엽이 들지 않는 상록수 숲에서조차 쓸쓸한 빛깔을 찾을 수 있다고 노래함으로써 역시 '가을의 석양 무렵'라는 표현과 시간이 외롭고 쓸쓸한 감정을 제일 잘 자아내는 절정기임을 나타내고 있다고 볼 수 있다.

362. 心なき身にはあはれはしられけり

しぎたつ沢の秋の夕暮　　　　　　　　(秋上, 西行法師)

속세를 떠난 이 몸도 가을정취 느낄 수 있네

도요새 놀라 나는 늪의 가을 해 질 때

　이 와카는 속세의 속물들이나 느낄 수 있는 정취를 속세를 떠난 작자로서도 뼈저리게 느낀다는 것인데, 그것이 언제인가 하면 바로 가을 석양 무렵에 도요새가 놀라서 뛰어 나는 풍경에서 느낀다고 읊은 노래이다. 역시 여기서도 도요새가 놀라 날며 우짖는 외로운 울음소리 즉 청각과 가을의 석양풍경 즉 시각이 잘 조화되어 있으면서, 가을의 외로움이 '가을의 석양 무렵'에서 절정에 달함을 읊고 있다. 그리고 가일층 절정을 강조한 표현으로, 속세를 떠나 출가한 사람에게조차도 가을의 석양 무렵'은 정취를 느끼게 한다는 표현을 쓰고 있다.

西行法師すすめて百首歌よませ侍りけるに

363. 見わたせば花ももみぢもなかりけり

浦のとま屋の秋の夕暮   (秋上, 藤原定家朝臣)

바라다보니 꽃잎도 단풍잎도 보이지 않네

바닷가 어촌마을 가을 석양 무렵에

이 와카는 쓸쓸하기 그지없는 해변가의 가을 석양 풍경을 읊은 유명한 노래이다. 어촌을 내려다보니 봄의 화려한 꽃도 가을의 운치를 자아내는 단풍도 보이지 않는 삭막하고 쓸쓸한 풍경이다. 여기에 가일층 삭막하고 황량함을 더해주는 가을 석양 풍경을 읊은 노래라고 할 수 있다. 즉, 뭐하나 내놓을 만한 게 없는 바닷가의 어부들의 초라한 집들이 군데군데 보이는 한적한 분위기와 더욱 이 분위기를 심화시켜주는 '가을의 석양 무렵'라는 표현이 조화되어 쓸쓸하기 그지없는 분위기를 연출해 내고 있는 셈이다.

五十首たてまつりし時

1364. たへてやは思ひありともいかがせむ

むぐらの宿の秋の夕暮   (秋上, 藤原雅経)

그대 생각에 가시 넝쿨 움막도 참는다지만

가을 석양 쓸쓸함 어찌 참고 견딜까

이 와카는 아무리 가시넝쿨 풀로 무성한 집일지라도 사랑하는 사람을 생각하면 견딜 수 있지만 가시넝쿨 뒤덮인 숙소의 가을 석양 무렵은 외로움 때문에 도저히 견딜 수가 없다고 읊은 것이다. 즉 다른 어떤 것은 참을 수 있을지라도 외로움을 참을 수 없다. 하물며 가을 석양 무렵의 외로움은 말할 나위가 없다는 노래로써 역시 더 이상 견딜 수 없는 외로움의 극치를 '가을의 석양 무렵'이란 표현을 통해 나타내고 있다.

晩聞鹿といふことをよみ侍りし

443.　われならぬ人もあはれやまさるらむ

鹿鳴く山の秋の夕暮　　　　　　　　(秋下, 土御門內大臣)

다른 사람도 애절한 이런 느낌 드는 것일까?

숫사슴 울부짖는 가을 석양 무렵엔

이 와카는 숫사슴이 암사슴을 찾아 애틋하게 울부짖는 울음소리가 들리는 가을 석양 무렵에 작가 자신은 자기도 모르게 애절함을 느끼게 되는 것에서 나 아닌 다른 사람들도 그런 애틋한 기분이 들까 하고 유추해 보는 노래이다.

짝짓기를 위해 애절하게 울어대는 숫사슴 울음소리만 들어도 안타까운데 이 안타깝고 애절함을 더 한층 느끼게 해주는 가을 석양 풍경을 읊고 있다. 여기의 '가을의 석양 무렵'도 역시 애절한 느낌이 숫사슴의 울음소리에서부터 서서히 고조되었다가 '가을의 석양 무렵'에서 절정에 달하고 그 절정의 분위기를 오래 유지시키기 위해 '다이겐도메体言止め' 기법을 사용하고 있다.

五十首歌たてまつりし時

491.　村雨の露もまだひぬ真木の葉に

霧たちのぼる秋の夕暮　　　　　　　(秋下, 寂蓮法師)

소나기 내려 빗물조차 안 마른 나뭇잎 새로

안개가 피어오른 가을의 석양 풍경

이 와카는 소나기가 한 차례 지나간 직후에 산 속에 안개가 자욱하게 피어오른 가을 석양 풍경을 읊은 것이다.

가을이 되어도 단풍이 들지 않는 침엽수真木 사이로 안개가 피어오르는 풍경과 때는 바야흐로 가을 석양 무렵이니 어딘지 모르게 가을의 운

취를 느끼게 해주는 동양화같은 노래라고 할 수 있다. 왠지 모르게 운치를 느끼게 해주는 소나기 직후의 안개 핀 풍경을 더욱 더 운치 있게 해주는 역할을 '가을의 석양 무렵'라는 가어가 하고 있음을 알 수 있다. 그리고 이런 운치를 더 이상 어떤 곳에서도 느낄 수 없다는 것을 나타내기 위해 '다이겐도메体言止め'를 사용하고 있다.

実方朝臣の陸奥へ下り侍けるに、餞すとてとみ侍りける
874. 別れ路はいつも歎きの絶えせぬに
いとどかなしき秋の夕暮 (離別歌, 中納言隆家)
헤어짐이란 언제나 아쉬움이 끝이 없건만
가을 석양 이별은 더욱더 슬프도다

사람은 만났다 헤어지고 하지만 헤어짐이란 늘 아쉬움과 한탄이 끝이 없는데 그 중에서도 특히 아쉬움이 심한 것은 가을 석양 무렵의 헤어짐이라고 읊은 와카이다. 즉 이별 그 자체는 아쉽고 슬픈 것이지만 특히 가을 석양 무렵의 헤어짐에 따르는 슬픔이 제일 크다고 읊고 있다. 이 와카도 역시 아쉬움의 정도가 '가을의 석양 무렵'과 더불어 절정에 달함을 노래하고 있다.

題しらず
1318. ながめてもあはれと思へおほかたの
空だにかなし秋の夕暮 (恋三, 鴨長明)
하늘을 보며 저를 동정하소서 사랑에 빠져
시름에 젖어있는 가을 석양 무렵에

그냥 보통 사람들에게 조차 가을 석양은 슬프고 허전한데 하물며 사랑에 빠져 시름없이 멍하니 하늘을 쳐다보고 있는 나의 슬픔은 얼마나 클까를 헤아려 동정을 해달라고 부탁하는 노래이다.

여기서는 사랑에 빠져 슬픔에 젖어 있는 자기 마음을 석양에 붙여 읊은 노래로 역시 '가을의 석양 무렵'이란 가어가 슬픔을 가일층 느끼게 해준다는 것을 강조한 것으로 볼 수 있다.

恋の歌としてとみ侍りける

1322. わが恋は庭のむら萩うらがれて

人をも身をも秋の夕暮   (恋四 前大僧正慈円)

나의 사랑은 뜨락의 마른싸리 꽃잎과 같소

그이도 나도 모두 한심한 가을 석양

뜨락의 한 무더기 싸리나무 잎이 말라버려 황량한 가을 석양 풍경이 마치 작가 자신의 마음 같다고 비유한 노래이다. 그 사람의 소식도 끊겼고 그래도 그 사람을 잊지 못하는 자신이 원망스럽다고 읊고 있다. 여기서도 싸리잎이 말라 황량하기만 한 가을 풍경을 보기만 해도 쓸쓸한데, 사랑하는 그 사람에게서 소식이 오지 않아 애타는 사람에게 있어서 가을 석양이야 오죽하겠느냐는 뜻으로 역시 기다림과 쓸쓸한 감정을 '가을의 석양 무렵'이 가일층 심화시키는 역할을 하고 있다.

1620. いとひてもなほいとはしき世なりけり

吉野の奥の秋の夕暮   (雑中, 藤原家衡朝臣)

세상이 싫어 은둔한 이곳 또한 싫어지누나

요시노 산 속 깊은 가을 석양 무렵에

이 노래는 근심 투성이의 이 세상이 싫어져 요시노吉野의 깊은 산 속으로 은둔했는데 이 은둔처에서도 역시 근심은 떨칠 수 없다는 작가의 심경을 읊은 것이다. 이 근심이 깊은 산 속 가을 석양 무렵에는 더욱 뼈저

리게 느껴진다는 것을 노래한 것으로 여기서도 '가을의 석양 무렵'은
염세적인 작자의 심정을 가일층 심화시키는 역할을 하고 있음을 알 수
있다.

秋ごろわづらひけるを、おこたりて、
たびたびとぶらひける人につかはしける

1732.   うれしさは忘れやはするしのぶ草
しのぶものを秋の夕暮   (雜下, 伊勢大輔)

이 기쁨을 어찌 잊을 수 있소 고사리 풀을
볼 때마다 그리운 가을 석양 풍경을

이 노래는 병문안을 와준 사람에게 그 온정을 잊을 수 없다고 감사하
는 노래로 고사리 풀을 볼 때마다 그 고마움이 생각난다는 노래이다. 늘
고마움을 느끼고는 있지만 가을 석양 무렵에는 고마움이 더욱 더 절실
히 느껴진다는 기분을 읊은 노래로 역시 '가을의 석양 무렵'이 어떤 감
정의 심화라는 측면에서 어떤 역할을 담당하고 있음을 느낄 수 있는 노
래라 할 수 있겠다.

이상에서 『신고금와카집』의 '가을의 석양 무렵'란 가어가 들어 있는
16수를 분석해 보았는데, 우선 61번과 361번, 357번 와카를 제외한 다
른 13수가 모두 어떤 감정이나 분위기가 서서히 고조되다가 가을의 석
양 무렵'의 표현에서 정점에 달한다는 것을 알 수 있다. 그리고 어떤 감
정이나 분위기가 절정에 도달한 시점에서 그 분위기의 여운을 통해 깊
은 운치를 느끼게 하기 위해 거의 대부분의 와카에서 '가을의 석양 무
렵'이라는 체언으로 끝맺는 '다이겐도메体言止め' 기법을 쓰고 있음을 알
수 있다.

또한 '가을의 석양 무렵'이라는 가어가 신고금집에서 모두 5,7,5,7,7
에서 아랫구下句의 마지막에 왔다는 점도 특기할 만하다.

그리고 가인별로 보면 자쿠렌법사가 2 수, 후지와라 요시쓰네藤原良経가 3수, 사이교西行·후지와라 사다이에藤原定家·지엔慈円·마사쓰네雅経 등의 당대의 기라성 같은 가인들이 '가을의 석양 무렵'라는 가어가 들어 있는 와카를 읊었다는 점에서 볼 때 '가을의 석양 무렵'이라는 가어가 신고금적인 가풍을 읊는데 적절한 가어였다는 사실을 유추해낼 수 있다.

그리고 '가을의 석양 무렵'이라는 가어가 '風', 'すすき', '思ひ', '色', 'ながめ', 'さびしさ', '真木', 'あはれ', '見わたす', 'やど', '鹿鳴く', '山', 'かなしき', 'いとはしき' 등의 표현과 자주 등장하는 것을 알 수 있다. 이런 표현들은 주로 쓸쓸함, 외로움, 슬픔, 적적함, 그리움 등의 감정을 나타내는 표현들로서 가을의 석양 무렵'이라는 가어가 이러한 감정들을 불러일으키는 역할을 하고 있고, 또한 이 역할은 단순히 이런 감정을 유발시키기 위한 요인으로서 보다는 이러한 감정들을 심화시키거나 고조시켜 절정으로 이끌어 가는 역할을 담당하고 있다고 할 수 있겠다. 그리고 '風', 'すすき', '真木', 'やど', '鹿鳴く', '山' 등의 표현들은 '가을의 석양 무렵秋の夕暮'이라는 가어에서 연상할 수 있는 자연이나 배경을 나타내고 있음을 알 수 있다.

3. 맺는말

이상에서 '가을의 석양 무렵'이라는 가어가 팔대 칙찬집에서 어떠한 양상과 특징을 가지고 있는지 분석해 본 결과를 정리해보면 다음과 같다.

'가을의 석양 무렵秋の夕暮'이라는 가어는 그냥 단순한 가을 석양 풍경을 읊기 위해서보다는 어떤 감정의 세계를 심화시키거나 고조시키는 역할을 담당하는 요소로서의 가치가 높다는 점을 확인할 수 있었다.

그리고 '가을의 석양 무렵秋の夕暮'이라는 표현을 접할 때 누구나가

『신고금와카집』의 '산세키노우타三夕の歌(361,362,363번)'를 연상하기 때문에 중세적인 유겐幽玄이나 우신有心, 요조余情 등의 문학이념을 잘 나타내주고 있으며 신고금의 가풍을 대표하는 표현으로 이해하기 쉽다. 물론 이러한 지적은 이상의 분석 결과에서도 충분히 납득이 가고 이해할 수 있으나 사실은 이미 『고슈이와카집』後拾遺和歌集 시대부터 이러한 가풍을 나타내기 시작했으며, 그것도 거의 대부분의 『고슈이와카집』의 와카에서 확인할 수 있었다. 이러한 점에서 '가을의 석양 무렵秋の夕暮'의 가어로서의 유형이 이미 『고슈이와카집』에서 고정되었다고 해도 과언이 아닐 것이다.

그리고, '가을의 석양 무렵秋の夕暮'이라는 표현은 『고슈이와카집』의 271번 와카집을 제외한 나머지의 모든 와카에서 5, 7, 5, 7, 7,의 마지막 구에서 체언으로 끝맺는 '다이겐도메体言止め' 기법으로 사용되었음을 확인할 수 있었다. 그리고 이 '다이겐도메' 기법의 의도는 고조되어 절정에 달한 어떤 감정을 체언으로 끝맺음으로써 여운을 남겨주기 위한 것이라는 점을 파악할 수 있었다. 또한 '다이겐도메体言止め'의 기법이 『신고금와카집』의 대표적인 기법의 하나인 것을 인정할 수 있으나 이미 『고슈이와카집』에 관한 한 정착되었음을 알 수 있다.

그리고 가인별 특징을 보면 도시요리俊頼, 요시쓰네良経, 사이교西行, 사다이에定家, 지엔慈円 등과 같이 각 시대의 대표적인 가인들이 거의 대부분 「가을의 석양 무렵」이라는 가어를 읊고 있다는 점에서 와카의 정취를 깊게 더해주는 가어로서 인식하고 있음을 알 수 있다.

또한, '가을의 석양 무렵秋の夕暮'이라는 가어와 밀접한 관계에 있는 표현들로는 'かなしき', 'さびしさ', 'あはれ', 'ながめ' 등의 표현으로 정취와 미의식을 겸비한 감정어가 많다는 점도 특기할 만하다. 그냥 단순한 감정표현보다는 이러한 정취와 미의식을 겸비한 표현들과 잘 어울린다는 사실은 '가을의 석양 무렵'이 단순히 일상적인 표현이 아니고 가어로서 제 몫을 충분히 담당하고 있다고 할 수 있다.

　본고에서 분석한 '가을의 석양 무렵秋の夕暮'이란 가어야말로 고마치야 데루히코小町谷照彦의 가어의 개념에 대한 견해 즉, '현재의 연구단계로는 가어를 형태적으로 한정짓지 말고, 일상어와 같은 형태일지라도 와카에서 읊혀짐으로써 의미내용과 용법이 고정화,유형화되고, 정취나 미의식이 부가된 말의 체계를 널리 가어로 부르고 있다現在の研究段階ではを形態的に限定することなく, 日常語と同じ形であっても和歌に詠まれることによって意味内容や用法が固定化·類型化し, 情趣や美意識が付加した語の体系を広く歌語と呼んでいる[10]'라는 지적에 적합한 표현이란 것을 다시 한 번 확인할 수 있다. 그리고 가어로서의 '가을의 석양 무렵'이『고슈이와카집』에서 처음으로 등장할 때부터 이미 의미내용과 용법이 고정화되고 유형화되었고, 거기에서 정취나 미의식을 동반한 감정어와 어우러져 독특한 작품세계를 창출해내고 있다고 할 수 있다.

　본고에서 다루지 못했던 팔대집 이후의 칙찬집에 있어서의 '가을의 석양 무렵秋の夕暮'과 사가집私家集에 있어서의 양상에 대한 고찰은 금후의 연구과제로 삼기로 한다.

Key Words　와카, 가을의 석양 무렵, 칙찬와카집, 신고금와카집, 가어

10　小町谷照彦(1985.9)「歌ことば·歌枕」『國文學』, 學燈社, p.60.

참고문헌

久保田淳(他) 校注(1979),『新古今和歌集』, 新潮社

久松潛一(他) 校注(1963),『新古今和歌集』, 岩波書店

峯村文人 校注(1974),『新古今和歌集』, 小學館

川村晃生(他) 校注(1989),『金葉和歌集·詞花和歌集』, 岩波書店

久保田淳(他) 校注(1977),『千載和歌集』, 笠間書院

久保田淳(1976),『新古今和歌集 全評譯1~9』, 講談社

窪田空穗(1942),『新古今和歌集 評譯上·中·下』, 東京堂

石田吉貞(1970),『新古今和歌集全註』, 有精堂

國歌大觀編集委員會 編(1983),『新編國歌大觀 勅撰集編』, 角川書店

山岸德平(1985),『八代集全註1, 2』, 有精堂

犬養廉(他) 編(1986),『和歌文學大辭典』, 明治書院

市古貞治(他) 編(1983),『古典文學大辭典』, 岩波書店

片桐洋一編(1983),『歌枕, 歌ことば辭典』, 角川書店

原田芳起(1962),「歌語論序説-その傳統性と自由性」,『文學語彙の研究』, 風間書房

中野方子(1975),「八代集の秋の歌をめぐって-その素材史的研究-」,『關根慶子退官
　　　記念寝覺物語對校·平安文學論集』, 風間書房

阪倉篤義(1985.5),「歌ことばの一面」,『文學·語學』, 桜楓社

小町谷照彦(1985.9),「歌ことば·歌枕」,『國文學』, 學燈社

瀧田貞夫(1987),「十三代集の歌語研究」,『武蔵野文學34』,武蔵野書院

제2장
잇사의
훗쿠에 나타난
소나기의 이미지

최 충 희

1. 머리말

우리말에서 소나기는 갑작스럽게 굵은 빗방울이 1-2시간의 짧은 시
간 동안만 내리는 비로, 적란운積亂雲이 통과할 때 내리는 현상을 가리킨
다. 국지적局地的인 현상으로 천둥번개를 동반하기도 하며 주로 한 여름
철에 자주 있는 현상으로, 맑고 무더운 날에 적운積雲이 발달한 적란운이
통과할 때 내리는 것이 상례이다. 소나기는 아주 국지적 현상으로, 보통
은 오후 늦게 내리고 뇌전雷電을 동반할 때가 많다. 한편 한랭전선 또는
스콜선이 통과할 때 내리는 경우가 있어서 한여름 이외의 계절에도 가
끔 내린다. [1]

그런데 본고에서 다루고자 하는 소나기는 일반적인 소나기가 아니라
일본에서 여름날 오후 시간대에서 저녁 시간대에 걸쳐 갑자기 내리는
비를 가리키는 <유다치夕立>[2]라는 소나기를 가리키는 말이다. 일본에서

---

1 최태경(1999)『표준국어대사전2』두산동아 p.3513

는 소나기를 가리키는 표현이 슈우驟雨, 니와카아메にわかあめ, 라이우雷雨, 슈추고우集中豪雨, 유다치夕立 등의 표현이 있는데 본고에서는 하이쿠의 세계에서 여름 계어季語로 사용되는 <유다치夕立>를 분석대상으로 삼고 있음을 미리 밝혀 두는 바이다.

일본 고유의 시가문학의 형태인 하이카이의 홋쿠, 즉 하이쿠 중에서도 18세기 중엽에서 19세기 초반에 걸쳐 활동했던 고바야시 잇사小林一茶(1763-1827년)는 서민적인 애환을 담은 하이쿠를 읊어 당시 많은 사람들로부터 사랑을 받았으며 현재도 많은 독자층을 확보하고 있다. 특히 잇사는 사람 사는 냄새를 느끼게 해주는 작품세계를 구축한 사람으로 알려져 있다.[3] 그는 일생동안 많은 작품을 남기고 있는데 홋구発句만 하더라도 약 2만여 작품을 남기고 있다. 이들 작품을 계어 별로 정리한 전집[4]이 출간되었지만, 그 후에도 새로운 자료가 발굴되어 작품 수는 계속 늘어 가고 있는 추세에 있다. 이러한 현상을 아쉬워하며 잇사의 출신지인 나가노에서 나가노향토사연구회長野郷土史研究会가 결성되어 인터넷 상에 『잇사홋구젠슈一茶発句全集』를 구축하는 작업[5]을 시행하고 있을 정도로 자료적인 측면에서의 연구가 활발히 이루어지고 있다. 아울러 잇사의 삶이나 행적에 대한 연구 또한 비교적 활발히 이루어지고 있는 반면, 그의 작품 분석을 통해 당시의 생활상이나 문화를 읽어내려는 연구는 일본에서도 그다지 이루어지고 있지 않고 있다.

아울러 본고에서 사용된 홋쿠의 본문은 『잇사젠슈 제1권 홋구一茶全集 第1巻 発句』[6]에 의한 것이고 우리말 번역은 필자의 졸역임을 밝혀 두는 바이다.

2 日本大辞典刊行会編(1976)『日本国語大辞典19』小学館 p.652
3 최충희(2008)『밤에 핀 벗꽃-고바야시 잇사 하이쿠 선집-』태학사 p.1
4 信濃教育会編(1979)『一茶全集 第1巻 発句』信濃毎日新聞社
5 http://www.janis.or.jp/users/kyodoshi/issaku.htm#a 2012년 10월 30일
6 信濃教育会編 앞의 책

2. 잇사 홋쿠에 나타난 소나기의 이미지 고찰

그럼 고바야시 잇사는 여름 홋쿠 중에서 <소나기>라는 소재를 어떤 이미지로 그려내고 있는지를 살펴보기로 하자. 본고에서는 그의 작품에 나타난 소나기의 이미지를 크게 1. 식물과 관련된 이미지 2. 동물과 관련된 이미지 3. 풍경과 관련된 이미지 4. 사람과 관련된 이미지의 네 가지로 나누어 분석을 시도해 가기로 한다.

1) 식물과 관련된 이미지

〈풀꽃〉

소나기 오네/풀꽃이 피어있는/베개머리 밑
夕立や草花ひらく枕元   文化句帖

소나기 오네/여름 돗자리 위에/풀꽃이 폈네
夕立や寝蓙の上の草の花   八番日記

첫 번째 구는 베개를 베고 누워 바라다보니 이름 모를 풀꽃들이 피어있는데 때마침 소나기가 내려 풀꽃들이 더욱 선명하게 보이는 장면을 읊고 있다. 푸른 풀잎 사이로 아름답게 피어있는 야생화에 생기를 돋우어주는 소나기의 빗줄기가 반갑기만 한 풍경을 읊고 있는 작품이다.

두 번째 구는 소나기가 내려 바깥출입을 못하고 돗자리 위에서 더위를 식히며 할 일 없이 뒹굴고 있는데 돗자리 위에 수놓은 풀 꽃 문양이 마치 살아있는 꽃인 양 신선하게 보인다는 뜻의 구이다.

소나기가 내리면 평소 눈에 잘 뜨이지 않던 하찮은 것들이 마치 새 단장을 한 듯 선명하게 보인다는 이미지를 나타내고 있는 작품들이다.

〈갈대, 국화〉

소나기 오는/베개 머리맡에서/갈대보이네

夕立の枕元より芒哉   化五六句記

소나기 내려/천창에 부딪치는/갈대 풀일세

夕立の天窓にさはる芒哉   株番

소나기 오네/외로이 피어있는/국화꽃일세

夕立やしやんと立てる菊の花   文政句帖

첫 번째 구는 소나기 오는 저녁에 베개를 베고 누워있는데 머리맡에
서 바라다보니 가을을 예고하는 갈대꽃이 바람에 나부끼고 있는 장면
을 읊고 있다. 계절은 늦은 여름이지만 이미 가을이 머리맡에 와 있음을
강조한 작품이다.

두 번째 구는 지붕에 나있는 천창사이로 소나기에 날려 긴 갈대 잎이
하늘거리고 있는 지붕이 낮은 건지 갈대 키가 큰 건지는 알 수 없지만,
심술궂은 소나기가 얄밉게도 가을을 재촉하고 있는 이미지를 그리고
있다.

세 번째 구는 소나기가 내리는 가운데 철 이른 국화꽃이 외롭게 피어
있는 장면을 읊고 있다. 소나기의 매서운 빗발이 마치 가을을 재촉하는
듯하다 라는 의미이다.

위의 세 구는 모두 여름 저녁에 내리는 소나기이지만 이미 가을이 눈
앞에 와 있음을 읊고 있다. 소나기의 거센 빗발만큼 가을도 빠른 속도로
다가오고 있음을 예고해 주는 구이다.

〈마타리 꽃〉

소나기 오네/갈대 풀과 솔새와/마타리 꽃에

夕立や芒刈萱女郎花　　　　　　　　　　　　　　　　　　七番日記

소나기 오네/태연하게 서있는/마타리로다

夕立やけろりと立し女郎花　　　　　　　　　　　　　　　七番日記

　첫 번째 구는 소나기 내리는 들녘에 피어있는 갈대와 솔새풀과 마타리 꽃을 읊고 있는데 이 세 풀은 모두 키가 커서 빗물을 먼저 맞이하기 때문에 측은한 느낌이 든다는 점을 강조하며 읊은 작품이다.

　두 번째 구는 소나기가 내려도 허리를 굽히지 않고 꼿꼿하게 서 있는 마타리 꽃을 읊고 있다. 노랗게 꽃을 피운 마타리 꽃이 보란 듯이 소나기 가운데 요염하게 서있는 풍경을 읊고 있다.

　마타리 꽃은 여름 꽃의 상징이기도 하지만 한자로 女郎花라고 적는데서 유래하여 아름다운 여인을 암시하는 표현이기도 하다. 즉 소나기가 내리는 가운데 여리면서도 꼿꼿하게 견뎌내는 여인을 암시하는 구이기도 하다.

　　〈그밖의 여름 꽃〉

소나기 내려/패랭이 피지 않은/집들도 없네

夕立になでしこ持たぬ門もなし　　　　　　　　　　　　化五六句記

소나기 내려/꽃잎 큰 무궁화가/피어있도다

夕立に大の蕣咲にけり　　　　　　　　　　　　　　　　　書簡

소나기 오네/빠알간 돗자리에/빨간 꽃 폈네

夕立や赤い寝蓙に赤い花　　　　　　　　　　　　梅塵八番

　첫 번째 구는 소나기가 한바탕 쏟아지자 집집마다 대문 앞에 심어져
있는 패랭이꽃이 만발해 있음을 읊고 있다. 한 더위에 메말라있던 풀에
소나기가 내려 보란 듯이 만발하여 아름다움을 뽐내고 있는 패랭이꽃
을 통해 모처럼 만의 생동감을 느끼고 있음을 노래한 작품이다.

　두 번째 구는 앞 구와 마찬가지로 더위에 메말랐던 무궁화 꽃이 소나
기의 비를 맞아 모처럼 큰 꽃잎을 펴고 있음을 읊고 있다. 소나기에 씻겨
선명하고 큼직하게 피어있는 무궁화 꽃은 다른 설명이 필요 없는 청아
한 느낌을 주는 작품이다.

　세 번째 구는 밖에는 여름 소나기가 한바탕 내리기 시작하는데 방안
에 더위에 몸에 붙지 말라고 깔아 놓은 빨간 돗자리 무늬가 마치 빨간 꽃
이 핀 것 같음을 읊고 있다. 바깥의 소나기가 와서 어수선한 느낌과 더위
속에서도 방안의 화사한 느낌이 대조를 이루는 작품이다.

〈환삼덩굴〉

소나기 오니/그 바람에 넝쿨 펴/환삼덩굴일세

夕立の拍子に伸て葎哉　　　　　　　　　　　　八番日記

환삼덩굴에/소나기가 전면에/내리는도다

葎にも夕立配り給ふ哉　　　　　　　　　　　　八番日記

　첫 번째 구는 소나기가 와서 그런지 환삼덩굴이 평소 때보다 훨씬 길
게 뻗어있는 것 같이 보인다는 내용이다. 환삼덩굴은 여름 들녘에 제일
많이 자생하는 넝쿨 풀로서 잎이 다섯 개로 인삼 잎처럼 생긴데서 이름

이 유래한 풀인데 비를 맞고 젖어있는 환삼덩굴의 푸른 색갈이 더욱 선명해 보이고 줄기도 더 길게 자란 것처럼 보인다는 장면을 읊고 있다.

두 번째 구는 소나기가 모든 대지와 식물들에 퍼붓는데 제일 흔하고 하찮은 풀인 환삼덩굴한테도 뿌리고 있음을 읊고 있다.

〈기타〉

소나기 오네/대나무 홀로 있는/어린 채소밭
夕立や竹一本[の]小菜畠   文化句帖

장엄하게도/소나기 흩뿌리는/버들이로다
いかめしき夕立かゝる柳哉   七番日記

첫 번째 구는 작은 텃밭에 외로이 서있는 대나무를 적시며 소나기가 지나가는 모습을 읊고 있다. 시각적인 이미지가 우선이지만 대나무 잎을 소나기가 적시면서 내는 바삭바삭하는 소리를 연상케 하는 구이다.

두 번째 구는 길게 늘어진 수양버들 잎을 적시며 소나기가 지나가는 풍경을 읊고 있다. 이 작품도 앞 구와 마찬가지로 시각적인 이미지와 더불어 버들잎에 부딪치는 소나기의 소리를 연상케 함으로써 청각적인 이미지를 암시하고 있다고 할 수 있다.

2) 동물과 관련된 이미지

〈제비〉

소나기 오니/기회를 놓칠세라/나는 제비들
夕立を逃さじと行乙鳥哉   七番日記

소나기 오네/장단을 맞추면서/나는 제비들
夕立に拍子を付る乙鳥哉　　　　　　　　　七番日記

소나기 오네/능숙하게 나르는/뭇제비 떼들
夕立や上手に走るむら乙鳥　　　　　　　　七番日記

첫 번째 구는 소나기가 내리자마자 기다렸다는 듯이 제비가 힘차게 날아올라 하늘을 유영하는 모습을 읊고 있다. 여름에는 벌레들이 많아 제비들에게는 아주 먹이가 풍성한 계절이다.

두 번째 구는 소나기 소리에 장단을 맞추듯이 하늘을 자유롭게 날아다니는 제비 떼들을 읊고 있다.

세 번째 구는 소나기가 내리자 약속이나 한 듯이 많은 제비 떼들이 능숙하게 하늘을 나는 모습을 읊고 있다.

위의 제비를 읊은 작품들은 하나같이 소나기에 맞추어 기다렸다는 듯이 무리를 하늘을 자유롭게 날아다니는 제비 떼들을 그리고 있다. 여름 저녁을 대표하는 풍물로 소나기와 제비를 조합했다는 점에서 신선함이 엿보인다고 할 수 있다.

〈기타〉

소나기 오니/처량하게 울도다/지붕위 닭이
夕立のうらに鳴なり家根の鶏　　　　　　　八番日記

청개구리도/소나기에 이끌려/소란스럽네
青がへる迄も夕立さはぎ哉　　　　　　　　政八草稿

첫 번째 구는 소나기가 내리는 저녁 무렵에 지붕 위에서 때를 놓친 닭이 울고 있는 정경을 읊고 있다. 닭이 아침에 울어야 마땅할 텐데 더위에 지쳐서인지 우는 때를 놓쳐버린 닭이 처량하게 울고 있는 모습은 상상만으로도 처량한 느낌이 드는 작품이다.

두 번째 구는 그렇지 않아도 저녁에 내리는 소나기 소리가 시끄러운데 청개구리까지 가세하여 소란함을 더 한다는 의미의 구이다. 개구리의 울음과 여름 소나기와의 조합 역시 여름을 대표하는 풍물시라고 할 수 있다.

여기서 닭과 개구리는 소나기라는 기상현상과 울음소리의 조합을 통해 보다 더 사람들에게 친근감을 느끼게 해 주고 있다.

3) 풍경과 관련된 이미지

〈절〉

소나기 오니/밥공기를 내놓은/암자로구나
夕立に椀をさし出る庵哉   七番日記

소나기 오네/불단에 놓인 꽃도/흔들리도다
夕立や三文花もそれそよぐ   七番日記

내리는 비를/절의 종각 밑에서/보고 있었네
夕立を鐘の下から見たりけり   七番日記

첫 번째 구는 소나기가 오자 암자에서는 스님들이 사용하는 목기로 된 밥공기를 내놓고 물을 받고 있다. 산 속 깊은 곳이라 물이 부족하다는 것을 상상케 해 주는 구이다. 강하게 내리는 소나기에 과연 공기에 얼마

나 물이 고일지 알 수 없지만 깊은 산속의 저녁의 적막함과 빗물소리의
대조가 아주 잘 표현된 작품이다.

두 번째 구는 법당 안에 놓여있는 헌화용 조화가 소나기가 내리자 흔
들리고 있다. 여기의 소나기는 비바람을 동반한 소나기라 바람이 강하
게 불고 있음을 간접적으로 읊고 있다.

세 번째 구는 여행길에서 소나기를 만나 절의 종각 밑에서 비를 피하
고 있는 나그네를 읊은 구이다. 갈 길이 먼데 해는 저물어가고 소나기까
지 내려 난처해하는 나그네의 모습을 잘 표현한 구이다.

〈산〉

소나기 오네/배에서 바라보는/교토의 산들
夕立や舟から見たる京の山   文化句帖

소나기 비도/건너편 산자락의/편을 들도다
夕立もむかひの山の贔屓哉   七番日記

소나기 비를/보란 듯이 뿌리는/산신령일세
夕立を見せびらかすや山の神   八番日記

소나기 비와/한패가 되어버린/산이로구나
夕立のひいきめさるゝ外山かな   八番日記

첫 번째 구는 배를 타고 교토를 유람하다가 갑자기 소나기가 내려 뱃
전에서 바라보는 교토의 산의 풍경을 읊은 구이다. 평소에도 교토의 산
은 신비롭고 아름다웠을 텐데 여름더위를 식혀주는 저녁 소나기는 교

토의 산 풍경을 더욱 신선하고 신비롭게 만들어 주었음을 잘 表現하고 있다.

두 번째 구는 소나기나 건너편에 있는 산이나 모두가 다 같은 패거리로 작자의 심정과는 동떨어져 있음을 읊은 구이다.

세 번째 구는 소나기는 산신령이 만든 작품으로 인간세계에 자신의 작품을 보란 듯이 뿌린다고 읊고 있다. 소나기를 산신령의 술수라고 이해한 점이 신선하다.

네 번째 구는 두 번째 구와 비슷한 발상의 노래로 소나기나 동구 밖에 있는 얕은 산이나 모두 한 통속이라고 읊고 있다. 산이나 소나기나 모든 대자연은 인간의 세계와 달리 자기들끼리의 질서 속에 같은 패거리라는 발상이 신선하다고 하겠다.

〈바다〉

소나기 비가/내리기 시작하는/바닷가로다
夕立が始る海のはづれ哉   七番日記

소나기 오네/외로이 잠에서 깬/고마쓰시마
夕立や一人醒たる小松島   七番日記

첫 번째 구는 바닷가에 소나기가 뿌리는 풍경을 읊고 있다. 여름 저녁 시간대라면 더위를 피해 바닷가에 나온 사람들이 있을 법한데 소나기 때문에 한적하고 적막한 바닷가에 소나기만 쓸쓸하게 내리고 있는 풍경을 읊고 있다.

두 번째 구는 여행지인 고마쓰시마에서 여름날 더위를 피해 잠깐 잠이 들었다가 소낙비가 내리는 소리를 듣고 홀로 잠에서 깬 나그네의 심경을 읊고 있다. 바다로 둘러싸인 섬에서 외로이 소나기를 만나 당혹해

하는 나그네의 모습을 상상해 보기만 해도 처량하다.

〈밭〉

소나기 비에/깊이 갈아 헤쳐진/밭이로구나

夕立にこねかへされし畠哉   文政句帖

소나기 비에/떠내려 흘러오는/밭이로구나

夕立のおし流したる畠哉   政八草稿

소낙비에도/미움을 샀나보다/대문 밖 텃밭

夕立に迄にくまれし門田哉   八番日記

　첫 번째 구는 강한 소나기의 빗발에 밭 바닥이 파헤쳐진 풍경을 읊고
있다. 감자든 야채든 여름작물이 심어진 밭이 소나기 때문에 다 파헤쳐
져서 황량한 풍경을 묘사하고 있다.

　두 번째 구는 첫 번째 구와 유사한 발상으로 읊어진 것인데, 밭이 갑작
스런 소나기 때문에 물에 휩쓸려 나간 참담한 광경을 읊고 있다. 짧은 시
간에 많은 양의 비를 뿌린 소나기의 위력 앞에 꼼짝달싹하지 못하는 농
민들의 나약함을 마음으로 헤아리는 내용의 작품이다.

　세 번째 구는 대문 밖에 있는 텃밭에 여름작물을 심어 두었는데 묘하
게도 소나기가 그곳만은 지나쳐 비 한 방울도 내리지 않았다. 아마도 텃
밭이 소나기에게마저 미움을 사서 심술스럽게 그곳에만 비를 뿌리지 않
고 지나쳤다는 내용이다. 여름 소나기는 국지적으로 내리기 때문에 아
주 가까운 곳일지라도 어떤 곳은 비가 오고 어떤 곳은 오지 않는 광경을
예리하게 잘 포착한 발상이 뛰어난 작품이라 할 수 있다.

〈마을〉

소낙비 오길/안 기다리는 골에/비가 오도다

夕立の祈らぬ里にかゝる也　　　　　　　　　　　　　　　文化句帖

소나기 오길/안 원하는 마을엔/세 번까지만

夕立や祈らぬむらは三度迄　　　　　　　　　　　　　　　七番日記

소나기 비가/빠트려 버렸나봐/작은 마을을

夕立のとりおとしたる小村哉　　　　　　　　　　　　　　文政句帖

　첫 번째 구는 비가 많이 와서 더 이상 비 따위가 오기를 바라지 않는 마을에 심술궂게 소나기가 내리고 있음을 읊고 있다.

　두 번째 구도 첫 번째 구와 비슷한 발상의 작품인데 비 오기를 바라지 않는 마을에는 부디 세 번까지만 내리고 그 이상은 내리지 말아 달라고 부탁하는 작품이다.

　세 번째 구는 소나기가 갑자기 많이 내려 작은 마을을 물속에 빠트려 버렸다고 읊고 있다. 여름 소나기가 짧은 시간에 얼마나 많이 내렸으면 작은 마을 하나를 삼켜버렸을지 상상만으로도 참담한 풍경을 연상할 수 있다.

〈시장, 가게〉

저녁 시장에/소낙비 내리도다/짚신 가게에

夕市や夕立かゝる見せ草履　　　　　　　　　　　　　　　七番日記

소낙비 오는/뜻하지 않은 곳에/찻집이로다

夕立のとんだ所の野茶屋哉   七番日記

담백하게도/아침 소나기 오는/찻집이로다
あつさりと朝夕立のお茶屋哉   七番日記

　첫 번째 구는 저녁 시장이 서는 장터에 노천 짚신 파는 가게가 섰는데 그 짚신들 위에 갑자기 소나기가 내려 상품이 모두 젖어 쓸모없게 된 풍경을 읊고 있다. 초라한 보따리장수의 슬퍼하는 표정이 눈에 떠오르는 작품이다.
　두 번째 구는 예상치도 않은 곳에 야외 찻집이 생겨 손님들이 오가는데 갑자기 소나기가 내려 어쩌지도 못하고 쩔쩔매는 모습을 읊고 있다.
　세 번째 구는 초라한 찻집에 아침에도 소나기가 오더니 저녁에도 담백하게 소나기가 한바탕 내리는 풍경을 읊고 있다. 두 번째 구처럼 초라하지 않으면서 왠지 소나기가 담백하리만큼 조금 내려 오히려 찻집의 분위기를 더욱 운치 있게 만들고 있는 풍경을 읊고 있다.

　〈집〉

대나무 담에/큰 소나기 내리네/밋밋한 물맛
竹垣の大夕立や素湯の味   七番日記

소나기 오네/절구통에 두 방울/키에 세 방울
夕立や臼に二粒箕に三粒   七番日記

외딴 집일세/한바탕 내린 비의/한가운데에
一つ家や一夕立の真中に   七番日記

대문을 털고/소나길 기다리는/저녁이로다

門掃て夕立をまつ夕かな　　　　　　　　　　　　　　八番日記

대문을 털고/소나기 기다리나/내리질않네

門掃除させて夕立来ざりけり　　　　　　　　　　　　文政句帖

첫 번째 구는 대나무로 생 울타리를 만들어 놓았는데 소나기가 크게 한바탕 내려 모든 것이 다 씻어 내린 듯 대나무 잎이 더욱 푸르게 보이는데 그 풍경이 뜨거운 물에 차 같은 것을 넣지 않은 그냥 뜨거운 맹물 맛이 난다고 읊고 있다. 더운 여름 날 저녁의 찜통더위를 소나기가 식힌 것이 미지근하면서도 밋밋한 맹물 맛이라고 표현한 점은 아주 신선한 착상이라 할 수 있다.

두 번째 구는 소나기라고 하기엔 아주 미미한 비가 저녁 무렵에 내려 집안 마당에 있는 살림살이, 즉 절구통이랑 키질하기 위해 만들어 놓은 키에 두, 세 방울 떨어지는 풍경을 읊고 있다. 왠지 더운 대지에 조금 내린 소나기로 대지의 흙냄새가 풍겨올 듯한 구이다.

세 번째 구는 거세게 몰아치는 소나기 가운데 외로이 서 있는 집 한 채를 읊은 구이다. 다른 곳은 비가 오는지 안 오는지 알 수 없지만 지금 비는 외로이 홀로 떨어져 있는 집에 퍼붓고 있다. 그렇지 않아도 쓸쓸한 곳에 비를 맞고 홀로 서 있는 집 풍경은 쓸쓸하기 그지없다.

네 번째 구는 더위를 씻어 줄 소나기를 애타게 기다리는 광경을 읊고 있다. 손님을 맞이할 때 의례적으로 하는 대문 먼지까지 털어 놓고 간절하게 소나기를 기다리는 심경이 잘 나타나 있다.

다섯 번째 구는 네 번째 구와 비슷한 취향의 구이지만 대문을 깨끗이 털고 손님 맞을 준비를 다 하고 기다렸는데도 소나기가 내리지 않아 실망한 심경을 읊고 있다.

4) 사람과 관련된 이미지

〈낮잠〉

소나기 비에/낮잠 자던 엉덩이/얻어맞았네
夕立に昼寝の尻を打れけり　　　　　　　　　　　　　八番日記

소나기 비에/다리를 얻어맞고/누워 있다네
夕立に足敲かせて寝たりけり　　　　　　　　　　　　八番日記

소나기 오네/머리에 베개 삼은/초라한 술통
夕立や枕にしたる貧乏樽　　　　　　　　　　　　　　文政句帖

소나기 오네/도롱이 입고 누워/코를 골도다
夕立や蓑きてごろり大鼾　　　　　　　　　　　　　　文政句帖

툇마루 가에/누워서 비가 오네/비 오네하네
縁なりに寝て夕立よ～よ　　　　　　　　　　　　　　あつくさ

첫 번째 구는 여름 날 저녁에 더위도 식힐 겸 그늘에서 낮잠을 자고 있
는데 갑자기 소나기가 내려 엉덩이를 소나기 빗발이 내려치고 있다고
읊고 있다. 비가 내려 귀찮고 서글프기 보다는 엉덩이를 적시는 빗발이
오히려 더위를 식혀 줘서 고맙다고 표현한 구이다.

두 번째 구는 첫 번째 구와 비슷한 취향의 구인데, 누워있는데 몸은 실
내에 있어서인지 빗물에 젖지 않는데 다리는 바깥으로 나가있어 빗발
을 맞고 있다는 뜻이다. 아마도 날이 더워서 툇마루 같은 곳에 비스듬히
누워 낮잠을 자고 있는데 다리만 바깥으로 나와 비를 맞고 있는 덕분에

더위가 한 물 가셨다는 기분을 읊고 있다.

세 번째 구는 여름 날 저녁 무렵 베개가 없어 낡아빠진 오래된 술통을 가져다가 베개 삼아 누워 있는데 소나기가 내려 더위를 식혀주고 있는 풍경을 읊고 있다.

네 번째 구는 농사일 하다가 지쳐 도롱이 옷을 걸친 채로 코를 골며 곤하게 잠자는 농부가 소나기가 오는지도 모르고 깊이 낮잠을 즐기고 있는 광경을 읊고 있다. 소나기가 와도 모를 정도로 삶의 무게를 짊어진 농부의 모습이 가련하게 보일 수도 있지만, 농부의 입장에서 보면 그 어떤 것에도 동요하지 않고 낮잠을 즐기고 있는 농부의 모습이 행복하게 느껴지기도 하는 작품이다.

〈술〉

소나기 오네/초라한 술잔만이/나뒹굴도다
夕立や貧乏徳利のころげぶり   七番日記

소나기 오네/술이라도 두세 잔/마시라는 듯
夕立や今二三盃のめ〜と   七番日記

소나기 오네/웃통을 다 벗고서/술을 마시네
夕立や大肌ぬいで小盃   七番日記

소나기 오네/아주 조금씩 내려/술안주만큼
夕立やはらりと酒の肴程   八番日記

첫 번째 구는 소나기가 내리는 저녁에 초라하기 그지없는 술잔이 바람에 나뒹굴고 있는 풍경을 읊고 있다. 누가 술을 마시고 내버려둔 술잔인지 알 수 없지만 아마도 짐작컨대 가난한 농부가 더위에 지친 나머지 술이라도 한 잔 마시고 사라졌는지 모른다. 지금은 술잔만이 바람에 나뒹굴고 있는 풍경이 애처롭게 느껴지는 작자의 심경을 읊고 있다.

두 번째 구는 소나기가 내린다는 것은 모든 일을 멈추고 술이라도 두, 세잔 마시라는 명령처럼 들린다는 뜻으로 읊고 있다. 소나기가 삶에 지친 사람들에게 휴식을 제공한다는 뜻으로 이해할 수 있는 구이다.

세 번째 구는 소나기가 내리는 저녁 무렵에 아예 웃통까지 벗어버리고 작은 술잔치를 벌이고 있는 광경을 읊은 구이다. 소나기가 내리자 모든 정신적인 시름과 육체적인 겉치레를 다 벗어 던지고 자유로이 술을 마시는 모습이 마치 이상향을 그려 놓은 듯한 작품이다.

네 번째 구는 직접 술을 읊은 것은 아니지만 소나기가 내리는 양이 아주 조금이라서 가난한 자신의 초라한 술안주 정도 밖에 내리지 않고 있음을 읊고 있다.

3. 맺음말

이상에서 고바야시 잇사의 여름 홋구 중에서 여름을 대표하는 계절어인 <소나기夕立>라는 소재가 어떤 이미지로 그려져 있는지를 크게 1. 식물과 관련된 이미지 2. 동물과 관련된 이미지 3. 풍경과 관련된 이미지의 세 가지로 나누어 분석해 보았다.

그 결과를 정리해 보면 다음과 같다.

① 식물과 관련된 이미지로는 풀꽃, 갈대와 국화, 마타리 꽃, 기타 여름 꽃, 풀로는 환삼덩굴, 기타의 풀로 분류하여 이미지를 분석해 보았다. 풀꽃에 내린 소나기는 생동감을 더해주는 이미지로 그려지고 있고 가을꽃인 갈대와 국화꽃에 내린 소나기는 가을을 재촉하는 이미지로 그려지고 있었다. 소나기를 맞은 마타리 꽃의 경우

는 부드러우면서도 꿋꿋이 견뎌내는 여인과 같은 이미지로 그려지고 있음을 알 수 있다. 기타 여름 꽃으로 패랭이꽃과 무궁화를 읊은 구는 역시 소나기를 맞음으로써 그 꽃들이 더욱 선명하면서도 넘치는 생동감을 주는 이미지로 그려지고 있었다. 환삼덩굴에 내린 소나기는 푸른색을 더해주는 역할로 그려지고 있었다.

② 동물과 관련된 이미지로는 제비와 기타로 나누어 분석해 보았다. 우선 동물과 소나기가 관련된 구가 예상외로 적음을 알 수 있다. 제비의 경우는 하나같이 소나기가 내리자 기다렸다는 듯이 무리를 하늘을 자유롭게 날아다니는 제비 떼들을 그리고 있다. 기타의 동물로는 닭과 개구리가 있었는데 닭과 개구리 울음소리와 소나기가 내리는 소리와의 조합을 통해 얼핏 불협화음인 것 같으면서도 보다 더 사람들에게 친근감을 느끼게 해 주는 이미지로 그려지고 있음을 알 수 있었다.

③ 풍경과 관련된 이미지로는 절, 산, 바다, 밭, 마을, 시장과 가게, 집으로 분류하여 이미지를 분석해 보았다. 절을 읊은 작품들은 절의 적막함을 깨는 소나기가 오히려 좋은 위로거리로 그려지고 있음을 알 수 있다. 산을 읊은 구는 산과 한 패가 되어 자연끼리 서로 동화된 세계임을 강조하는 이미지로 그려지고 있었다. 바다를 읊은 구는 저녁 무렵 내린 소나기 때문에 인적이 줄어든 적막한 이미지를 그리고 있다. 밭을 읊은 구는 소나기로 약간의 피해를 입은 풍경을 이미지로 그리고 있고, 마을을 읊은 구는 대부분의 마을들이 소나기 오기를 바라지 않는다는 이미지로 그려지고 있었다. 시장과 가게를 읊은 구는 지붕이 없이 노천에서 가게를 열다보니 비가 오면 난처하다는 이미지로 그려지고 있고, 집과 관련된 구는 주로 늦은 저녁시간에 더위를 식혀줄 소나기를 기다리는 이미지로 읊어지는 경우가 많았다.

④ 사람과 관련된 이미지로는 낮잠, 술로 분류하여 이미지를 분석해

보았다. 낮잠을 읊은 구는 낮잠을 자다가 소나기를 맞았지만 오히려 더위를 식혀주어 싫지만은 않은 사람들의 모습을 이미지로 그리고 있었다. 마지막으로 술을 읊은 구는 소나기가 내리면 더위도 식히고 무료함도 달래기 위해 술이라도 마시며 살아가는 사람들의 모습을 여유롭게 그려내고 있었다.

이상에서 잇사의 여름 홋쿠에 나타난 소나기의 이미지를 분석해 보았는데, 의외로 소나기가 내려 불편했다는 마이너스적인 이미지의 작품은 극소수였으며, 실제로 여름 저녁에 내리는 소나기夕立는 아주 긍정적인 이미지로 그려지고 있음을 알 수 있었다.

본고에서는 잇사의 여름 홋쿠에 나타난 소나기에 국한하여 이미지를 고찰해 보았는데 다른 계절어와의 관련이나 다른 작품과의 연관관계 등에 대해서는 금후 연구과제로 삼고 싶다.

Key Words 고바야시 잇사, 여름 홋쿠, 이미지, 소나기, 계절어

참고문헌

尾沢喜雄(1972), 『小林一茶とその周辺』, 岩手大学尾沢喜雄教授退官記念事業協賛会, pp. 25-89.

丸山一彦(1979), 『小林一茶』, 桜楓社, pp.101-135.

黄色瑞華(1983), 『小林一茶 : 人生の悲哀』, 新典社, pp.5-17.

藤田真一編(1991), 『与謝蕪村・小林一茶』, 新潮社, pp.3-116.

유옥희(1999), 『마츠오 바쇼오의 하이쿠』, 민음사, pp.12-36.

김정례(1999), 『바쇼의 하이쿠 기행Ⅰ』, 바다출판사, pp.18-55.

유옥희(2002), 『바쇼 하이쿠의 세계』, 보고사, pp.58-62.

矢羽勝幸(2004), 『一茶の新研究 : 人と文学』, 東洋書院, pp. 234-250.

최충희 외(2004), 『일본시가문학사』, 태학사, pp.415-420.

渡邊弘(2006), 『俳諧教師小林一茶の研究』, 東洋館出版社, pp.201-230.

김향(2006), 『하이쿠와 우키요에 그리고 에도 시절』, 다빈치출판, pp.14-27.

최충희 (2006), 『일본시가문학산책』, 제이앤씨, pp.104-111.

최충희 (2008), 『밤에 핀 벚꽃-고바야시 잇사 하이쿠 선집-』, 태학사, pp.10-19.

本堂寛(1974), 「「梅雨」と「夕立」を言語地図でみる」, 『言語生活』08, 275卷, p.10.

鎌田良二(1982), 「兵庫県佐用郡方言の「夕立・雷・稲妻」について−同類同形語の問題−」, 『甲南女子大学研究紀要』03, 18卷, p.16.

稲田利徳(1982), 「夕立の歌−中世和歌における歌材の拡大−」, 『国語国文』06, p.16.

奥野陽子(1989), 「夕立・夏の日・ひぐらしの声―式子内親王の歌」, 『光華女子短期大学研究紀要』12, 27卷, p.20.

田中裕(1992), 「古歌逍遥 夕立の雲」, 『短歌』06, 39-6號, p.2.

神山睦美(1993), 「夕立の前に―賢治、漱石、ヨブ記」, 『現代詩手帖』07, 36-9號, p.10.

復本一郎(1996), 「近世秀句鑑賞-夕立-七月の「竪題」」, 『俳句研究』07, p.2.

小田剛(2002), 「式子内親王と六百番歌合の詞―「鶉」「夕立」「閨」」, 『滋賀大国文』09, 40卷, pp.35-44.

加藤定彦(2004), 「「夕立も」唱和」, 『西山宗因全集』3卷 p.287.

佐藤勝明(2010), 「『猿蓑』夏発句考(五)―夕立時分の花・虫・人」, 『和洋国文研究』03, 45卷, pp.15-24.

최충희(2012), 「잇사의 가을 훗쿠에 나타난<스모>의 이미지 고찰」, 『일본연구』12, 54호, 한국외국어대학교 일본연구소 pp.203-225.

일본문학의 기억과 표현

제3장
『우게쓰 이야기』의 '불법승'

문 명 재

1. 머리말

『우게쓰 이야기雨月物語』는 에도시대의 대표적 요미혼讀本작가인 우에다 아키나리上田秋成(1734-1809년)의 대표작이라고 할 수 있다. 메이와明和5년(1766년) 아키나리秋成의 나이 35세 때 작품을 썼지만 간행된 것은 그로부터 8년 후인 안에이安永5년(1774년)이었다.

오사카大阪 출신인 아키나리는 어려서부터 학문과 문예에 재능이 뛰어났고 츠가 테이쇼都賀庭鐘를 스승으로 한학을 배워 하이카이俳諧와 국학國學에도 조예가 깊었다. 두 사람 사이의 접촉에 대해서는 아직 불분명한 점이 많지만 아키나리가 테이쇼庭鐘의 영향을 입은 것만은 분명하다. 『우게쓰 이야기』 역시 체재나 구성에 있어서 테이쇼의 『하나부사소시英草紙』와 『시게시게야와繁野話』를 모델로 삼고 청출어람의 뛰어난 소설로서 완성시킨 것이다.

『우게쓰 이야기』는 모두 9편으로 된 괴이 단편소설집이다. 그 가운데는 일본설화를 바탕으로 한 것도 있지만 대부분 중국의 괴이 소설을 번안한 것이고, 내용을 간단히 소개하면 다음과 같다.

○ 시라미네白峯 : 사이교西行가 스토쿠인崇德院의 묘소에 참배하고 하룻
밤 독경을 하자 스토쿠인의 원령이 나타나 호겐保元의 난과 헤이케
平家 일족에 대한 자신의 원념과 분노를 털어 놓는다. 사이교는 그
를 설득하지만 듣지 않고 복수를 맹세하면서 사라진다.

○ 깃카노치기리菊花の約 : 사몬左門이 여행 중 병을 얻은 아카나赤穴를 도
와주고 둘은 의형제를 맺는다. 아카나는 국화의 절기인 9월 9일 중
양절에 재회할 것을 약속하고 고향으로 돌아갔지만, 사촌인 탄지
丹治의 계략으로 옥에 갇히는 몸이 되어 약속을 지킬 수 없게 되었
다. 그러자 그는 목숨을 끊고 혼백이 되어 사몬 앞에 나타난다. 사
정을 알게 된 사몬은 즉시 탄지를 찾아가 그의 불의를 책망하고 목
을 베어 아카나의 원한을 풀어 준다.

○ 아사지가야도淺茅が宿 : 가쓰시로勝四郎는 몰락한 집안을 일으키기 위
해서 가을 까지는 돌아오기로 약속하고 아내인 미야기宮木와 헤어
져 상경한다. 그러나 그 지방에서 전란이 일어나 7년 후에야 겨우
고향에 돌아오게 되었다. 낮에 집에 도착하니 완전히 변해버린 집
에서 아내가 아직 그를 기다리고 있었고, 서로 하룻밤의 정을 나누
었다. 그리고 아침에 일어나보니 가쓰시로는 황량한 벌판의 폐가
에서 홀로 자고 있었고, 지난밤의 아내는 불쌍한 아내 미야기의 유
령이었음을 알게 된다.

○ 무오노리교夢應の鯉魚 : 미이데라三井寺의 승려 고기興義는 잉어를 좋아
하고 잘 그리는 명인이었다. 어느 해 병으로 죽었는데, 3일 후에 소
생하여 사람들에게 자기가 잉어가 되어 비와琵琶 호를 헤엄치고 다
니다가 낚시에 걸려 횟감이 되고 말았다는 환상 속의 경험을 이야
기한다.

○ 불법승佛法僧 : 무젠夢然 부자가 고야산高野山에 올라 사당에 등을 밝히
고 밤을 새우는데, 붓포소라는 새가 우는 가운데 간파쿠關白 히데쓰
구秀次의 망령 일행이 나타나 향연을 벌이는 것을 보고 자칫하면 슈

라도修羅道에 떨어질 뻔 했다는 이야기.

○ 기비쓰노카마吉備津の釜 : 쇼타로正太郞는 아내 이소라磯良의 순수한 애
정을 배반하고 유녀인 소데袖를 데리고 도망친다. 이에 원한을 품
은 이소라는 원혼이 되어 소데를 죽이고 쇼타로를 쫓는다. 그러자
그는 음양사陰陽師의 처방대로 42일간 엄중한 근신을 하다가 잠깐
문 밖에 나온 사이에 한마디 비명을 남기고 사라진다. 그리고 남은
것은 엄청난 피와 처마에 걸린 남자의 상투뿐이었다.

○ 자세이노인蛇性の婬 : 부유한 집안 출신인 도요豊雄는 비를 피하다가
알게 된 젊은 미망인 마나고眞女兒에 유혹되어 정을 맺지만, 이로 인
해 재난에 말려든다. 도요는 그녀를 피해 누님 집으로 피신하지만
마나고가 다시 나타나 애욕의 나날을 보내게 된다. 어느 날 신관神
官에게 뱀의 본성이 발각되어 일단 몸을 숨기지만 쇼시庄司 집안의
사위가 된 도요를 쫓아, 이번에는 뱀의 모습을 나타낸 채 정을 통할
것을 재촉한다. 이에 도요는 비장한 마음으로 도조지道成寺 홋카이
法海 화상의 도움을 얻어 뱀을 철 주발 속에 가두어 버린다.

○ 아오즈킨青頭巾 : 가이안快庵 선사가 다이추지大中寺의 인육 먹는 귀신
人肉食鬼이 된 승려를 교화하자, 승려는 선사로 부터 받은 청두건 안
에서 백골이 되어 천도를 받았다.

○ 힌푸쿠론貧福論 : 가모蒲生씨 집에서 일하는 오카사나이岡左內라는 무사
가 어느 날 밤 머리맡에 나타난 금전신金錢神과 함께 전국시대의 장수
들 까지 화제로 삼아 인간세상의 빈부에 대하여 담론을 벌인다.

2. '불법승'에 대하여

위에서 소개한 9편의 단편 가운데에는 역사적 사실이나 인물을 바탕
으로 하였지만 역사적 사실에 의미를 부여하는 것이 아니라 인간적 행

위와 심리에 초점을 맞추어 미적 세계로 승화시킨 작품이 몇 편 존재하는데, 그 대표적인 것으로 '시라미네'와 '불법승'을 들 수 있다.

'시라미네'의 스토쿠인이나 '불법승'의 히데쓰구는 두 사람 모두 역사상 실존했던 인물이고 두 사람 모두 사후 세계에까지 원한을 안고 간 나머지 망령으로서 등장한다는 점에서 성격이 유사하다.

또한 두 단편 모두 도입부가 각 지방의 명소를 순례하는 서술로 되어 있는 점 외에도, '시라미네'에서 사이교의 시가를 계기로 스토쿠인의 망령이 나타나 사라지듯이, '불법승'에 있어서도 무젠의 '鳥の音も秘密の山の茂みかな'라는 홋쿠發句를 계기로 히데쓰구 일행이 나타나, 야마다 산주로三田三十郞의 '芥子たき明すみじか夜の牀'의 와키쿠脇句와 함께 사라지는 점도 거의 비슷한 양상이다.

하지만 '불법승'을 통하여 작자는 특유의 미학적 해석을 가미함으로서 독특한 세계를 그려내고 있다. '불법승'은 무젠 부자가 고야산속에서 간파쿠 히데쓰구의 원령을 만나 초현실 세계(영적 세계)를 경험하게 되는 이야기이다. 이 영적 세계의 경험을 매개로 하여 그는 고야산의 밤에 또 하나의 다른 세계가 존재함을 자각하게 되는 것이다. 히데쓰구가 이시다 미쓰나리石田三成, 마스다 나가모리增田長盛 등의 참소에 의해 추방 당한 것은 역사적 사실이었는데, 이러한 사실에 근거하여 허구화된 것이 히데쓰구의 망령이라고 할 수 있다.

작자 아키나리는 소설 전개에 있어서, 무젠과 히데쓰구의 망령을 연결시키는 두 가지 요소로서 '붓포소의 우는 소리'와 '玉川の水'의 노래를 도입하였다. 이 두 가지 요소가 '불법승' 안에서 어떠한 의미를 가지고 사용되었는가를 논하기 위해서는 먼저 구성 면에서 이야기의 전개를 정리해 볼 필요가 있다.

'불법승'은 인물을 중심으로 보면 무젠이라는 인간의 시간적, 공간적 이동을 따라 전개되고 있고, 장소를 중심으로 보면 고야산에 있어서의 어느 날 밤중의 사건으로 정리된다. 이것은 다시 말하면 고야산을 둘러싸고 변화하는 무젠의 의식의 흐름을 추적해 가면 구성의 특징을 파악할 수 있을 것이라는 방법론을 제시해 준다. 따라서 고야산을 중심으로 한 무젠의 의식의 흐름을 살펴보면 크게 두 가지로 나눌 수 있겠는데, 요약해 보면

(1) 전반 : 고야산에 대한 절대적인 신뢰(<고보弘法>대사에 대한 신뢰)
(2) 후반 : 배반당한 고야산의 한밤중 사건(히데쓰구 일행의 출현)

과 같이 될 것이다. 이하에서는 무젠에서 히데쓰구로 이야기의 주역이 바뀌는 계기가 된 붓포소의 우는 소리, 그리고 히데쓰구 일행이 원령으로 출현함을 예고하는 '玉川の水'의 노래에 초점을 맞추어 고찰하기로 한다.

3. 고야산에 대한 절대적 신뢰

무젠은 이세伊勢지방 오가相可 마을의 하야시排志 집안 출신이었다. 일찌감치 집안을 후손에게 물려준 그가 불문에 든 것은 아니지만 삭발하고 이름도 무젠이라 고친 것을 보면 불문에 관심이 깊었던 것으로 보인다. 그는 여러 지방을 여행하는 것을 노후의 즐거움으로 삼았는데, 어느 해 3월 말 경 요시노吉野의 벚꽃구경을 간 차에 아는 이의 절에 머물고 있었다. 그러던 중 아직 고야산에 가본 일이 없으니 한 번 가보고 싶다는 생각이 들어 막내 사쿠노지作之治와 함께 발걸음을 옮기게 되었고, 이야기는 교토京都 요시노를 거쳐 고야산으로 그 무대가 옮겨진다.

불문에 관심이 있던 무젠은 전국에서 가장 영험한 곳으로 알려진 고야산을 절대적으로 신뢰하고 있었다(이것은 물론 고보弘法대사에 대한 신뢰와 존경과도 통하는 것이지만). 해가 질 무렵에야 도착하여 참배를

마친 그가 하룻밤 머물게 해줄 것을 청하였지만 아무런 대답이 없고, 지나가는 사람으로부터 절에 연고가 없는 길손에게 숙소를 빌려주는 일이 없으니 산 밑에 내려가서 밤을 지내고 오는 수밖에 없다는 가르침을 듣는다. 하지만 무젠은 고야산을 떠나려하지 않았다. 오히려 다음과 같은 말로 고야산에 대한 신뢰를 나타내는 것이었다.

　　이 산은 일본 제일의 영험한 곳으로, 고보 대사의 광대한 덕은 말로 다 표현할 수 없다. 그러니 일부러 라도 여기에 와서 밤새도록 참배하고 내세를 기원해야 하거늘, 마침 다행스런 기회니까 대사의 사당에서 밤새워 염불을 외우도록 하자. …(중략)… 원래 대사의 신처럼 위대한 덕화력德化力은 토석 초목까지도 영혼이 깃들게 하였고, 800여 년이 지난 오늘에 이르러서도 더욱 뚜렷하고 더욱 고귀하다. 대사가 남기신 업적이나 순례하신 자취는 전국에 많지만 그 가운데서도 이 고야산이야말로 제일의 불법佛法도량이다. …(중략)… 이 산의 모든 초목과 샘, 돌까지도 영력을 지니지 않은 것은 하나도 없다. 오늘 밤 생각지 않게 이곳을 하룻밤의 숙소로 삼게 된 것은 이 세상뿐만 아니라 전생부터의 좋은 인연이 있었기 때문이다.

　　此山は扶桑第一の霊場。大師の広徳かたるに尽ず。殊にも來りて通夜し奉り、後世の事たのみ聞ゆべきに、幸の時なれば、霊廟に夜もすがら法施したてまつるべし …(中略)… そもそも大師の神化、土石草木も霊を啓きて、八百とせあまりの今にいたりて、いよいよあらたに、いよいよたふとし。遺芳歴踪多きが中に、此山なん第一の道場なり。…(中略)… すべて此山の草木泉石霊ならざるはあらずとなん。こよひ不思議にもここに一夜をかりたてまつる事、一世ならぬ善縁なり。

대사의 위대함과 영험한 곳으로서의 고야산을 절대적인 것으로 믿고 있었기 때문에 돌과 초목 등의 무정물에 이르기까지 영력을 지니고 있는 것으로 느껴졌던 것이다. 말하자면 무젠에게 있어 고야산은 완벽함을 갖춘 세계, 즉 성역으로서의 인식이 자리 잡고 있었다.

이러한 성역화의 근원에는 대사가 고야산을 도량으로 택하는 과정이 중요한 역할을 했는데, 바로 삼고三鈷[1]에 얽힌 설화이다.

> 대사가 살아 계셨던 옛날, 멀리 당나라에 건너가서 그 곳에서 깨달으신 바가 있어 "이 삼고가 떨어진 곳이 나의 도를 여는 영지가 될 것이다"라고 하고 하늘을 향해 삼고를 던지셨는데, 과연 이 산에 떨어졌다. 단조壇場의 불당 앞에 있는 삼고의 소나무가 바로 이 삼고가 떨어진 곳이라고 듣고 있다.
>
> 大師いまそかりけるむかし、遠く唐土にわたり給ひ、あの国にて感させ玉ふ事おはして、此三鈷のとどまる所我道を揚る霊地なりとて、杳冥にむかひて拋させ給ふが、はた山にとどまりぬる。壇場の御前なる三鈷の松こそ此物の落とどまりし地なりと聞。

804년 당나라로 유학을 떠난 구카이空海는 진언 밀교를 공부하고 806년에 귀국하면서 자신의 종지를 펼칠 수 있는 도량을 찾는 방법으로 삼고를 던졌다. 그리고 귀국 후에 삼고의 행방을 찾아 나서게 되고 그 과정은『혼초코소덴本朝高僧伝』『곤고부지콘류슈교엔기金剛峰寺建立修行縁起』『고보다이시교게키弘法大師行化記』『혼초진자코本朝神社考』등 여러 문헌에 보이는데, 그 중요 부분을『곤자쿠모노가타리슈今昔物語集』를 통해서 보기로 하자.

『곤자쿠모노가타리슈』제11권 제25화는「고보 대사가 처음으로 고야산을 열은 이야기弘法大師始建高野山語」라는 제목의 연기담이다. 귀국 후 진언종의 가르침을 전파하던 대사는 10년이 지난 고닌弘仁 7년(816년)

---

1 삼고(三鈷)란, 원래는 고대 인도에서 사용된 무기였는데, 나중에는 밀교에서 사용하는 불구(佛具)가 되었다. 양 끝이 세 갈래로 나뉘어져 있고 이것을 가지고 번뇌를 깨뜨리는 보리심의 표상으로 여겼다. 양 끝이 나뉘지 않은 것을 독고(獨鈷), 다섯 갈래로 나뉜 것을 오고(五鈷)라 한다.

6월에 마침내 삼고를 찾아 떠난다. 도읍을 떠나 도중에 만난 개 사냥꾼에게 자기가 당나라에 있을 때 장차 선정禪定에 드는데 적절한 영험한 동굴에 떨어지길 바라면서 삼고를 던졌는데 이제 그 삼고가 떨어진 곳을 찾는 중이라고 했다. 그러자 그 사냥꾼이 그 장소를 알려주겠다고 하고 개를 풀어 달리게 했다. 대사가 한참 더 가서 기이紀伊 지방의 경계를 흐르는 큰 강가에 이르러 하루를 묵게 되었다. 거기에서 한 산사람을 만난 대사가 삼고의 위치를 물으니 자기는 이 산을 지배하는 산왕인데 자신의 영지를 대사에게 바치겠다고 하였다. 그리고 함께 산 속으로 들어가니 산 모양은 마치 주발을 엎어놓은 듯 하였고 주위에 여덟 개의 봉우리가 솟아 있었는데 말로 표현할 수 없을 만큼 큰 나무들이 늘어서 있었다. 그 가운데 한 그루의 편백나무에 그 삼고가 박혀 있었다. 이를 본 대사는 감격하며 이곳이 바로 선정에 들 영험한 동굴임을 알게 된다. 그리고 산왕의 정체를 묻자 자기는 니우丹生명신이고 이전의 사냥꾼은 고야高野명신이라고 알려주고 사라졌다.

　말하자면 니우와 고야 두 신이 대사의 법 도량 건설에 조력하였다는 신불습합의 요소가 잘 나타나 있다. 이러한 사실은 설화의 말미에

　　　　산 아래에 니우와 고야 두 신이 도리이鳥居(신사의 문)를 나란히 하고 계
　　　신다. (이 산에서 창시한 도량을 지키고 보호하겠다는) 서원처럼 이 산을 지
　　　키고 있다. 이는 기이한 일이라 하여 지금도 사람들의 참배가 끊이지 않는다.
　　　坂ノ下ニ、丹生高野ノ二ノ明神ハ、鳥居ヲ並テ在ス。誓ノ如ク此ノ山ヲ守ル。
　　　奇異ナル所也トテ、于今、人參ル事不絶エ。

라고 한 부분에도 잘 나타나 있다. 이러한 요소는 고야산을 더욱 신비스럽고 영험이 가득 찬 영장靈場으로 이미지화 하는데 큰 역할을 했을 것이다.

4. 고야산의 감추어진 세계

무젠이 고야산에 대해서 그리고 고보대사에 대해서 절대적인 신뢰를 보내고 있듯이, 무젠에게 있어 고야산은 완전한 세계이고 성스러운 세계였다. 이것은 무젠이 아닌 다른 사람의 경우라도 마찬가지였을 것이다. 그러나 완전한 성聖의 세계로 믿고 있던 공간에는 또 다른 감추어진 세계로서 슈라修羅의 세계가 존재했다. 그것은 히데쓰구秀次 일행이 나타나면서 시작된 것처럼 보이지만 실은 이전부터 존재해 왔던 세계일 것이다.

> 어느 날 무젠이 산조三条교를 지날 때 (그 곳의 즈이센지瑞泉寺에 있는 히데쓰구의) 악역묘가 머리에 떠오르자 저절로 그 쪽으로 시선이 끌려 대낮인데도 엄청나게 무서운 느낌이 들었다고 도읍 사람들에게 말한 것을 (필자는) 들은 대로 여기에 적어 놓는다.
>
> 一日夢然三条の橋を過る時、悪ぎゃく塚の事思ひ出るより、かの寺眺られて白昼ながら物凄くありと、京人にかたりしを、そがままにしるしぬ。

소설의 맨 마지막에 이와 같은 짧은 후일담을 직접 들은 것을 옮기는 형식으로 기록한 부분인데, 이 짧은 내용을 통해 무젠 부자가 느꼈던 공포감을 읽을 수 있다.

앞에서 언급했듯이 무젠 부자는 고야산에서 숙소를 찾지 못하고 산 밑으로 내려오게 된다. 밤은 점점 깊어가고 신비에 묻힌 산 속에서 하룻밤을 지새우게 되었는데 자신을 둘러싼 영기靈気에 좀처럼 잠을 이루지 못했다.

> 이 산은 50정町정도 사방이 평탄하게 열려있어 주변에 기분 나쁜 수풀도 보이지 않고 작은 돌 하나 까지도 정결한 영지이지만, 지금 이곳은 절에서

멀리 떨어져 있고 다라니를 외우는 소리도 석장錫杖 소리도 들리지 않는다. 수목은 구름을 뚫고 우거져 있고 길 가를 흐르는 물소리가 가늘게 전해지니 왠지 모르게 가슴이 허전하다. 잠을 들 수 없어 무젠이 이야기를 시작했다.

> 方五十町に開きて、あやしげなる林も見えず、小石だも掃ひし福田ながら、さすがにここは寺院遠く、陀羅尼鈴錫の音も聞えず。木立は雲をしのぎて茂さび、道に界ふ水の音ほそぼそと清わたりて物がなしき。寝られぬままに夢然かたりていふ。

신비로운 분위기 속에서 점차 시각보다 청각이 우선하는 밤의 세계로 옮겨 간다. 청각적 이미지를 통해 신비의 공간이 효과적으로 묘사되고 있고, 동시에 시간의 흐름을 느낄 수 있다. 가늘고 맑게 전해오는 물소리와 잠을 이루지 못하는 무젠의 심리를 통해서 이 산의 영기서린 분위기가 고조되고, 이러한 설정에 의해 히데쓰구 일행의 출현이 준비되고 있는 것이다.

때마침 사당 뒤의 숲속에서 들려오는 '붓팡붓팡仏法仏法'하고 우는 새소리가 메아리가 되어 들려왔다. 무젠은 새소리에 잠이 달아나는 듯한 기분이 들어 '아아, 희귀한 소리를 들었구나. 지금 우는 새소리야말로 붓포소란 새일 것이다. 이전부터 이 산에 산다고는 들었지만 확실하게 그 소리를 들었다는 사람도 없었는데 오늘 밤 여기에 묵으며 그 소리를 들은 것은 틀림없이 죄를 멸하고 선업을 쌓는 좋은 징조로다あなめずらし。あの啼鳥こそ仏法僧というならめ。かねて此山に栖つるとは聞しかど、まさに其音を聞しといふ人もなきに、こよひのやどりまことに滅罪生善の祥なるや'하며 기쁜 마음에 불법승에 대한 설명과 고보 대사의 게송을 이야기하고 하이카이도 한 수 읊는다.

무젠이 반겼듯이 붓포소는 청정한 지역에만 사는 길조였고, 마쓰오松尾 신사의 제신이 불법승으로 하여금 돈독한 법화경 신앙자였던 엔로延朗법사를 모시게 했다는 일화가 있는 것처럼 마쓰오松尾 신사의 성역에도 살았다고 전해지는 새였다. 이 새는 부츠仏・호법護法・소승小僧의 삼보三寶와

이름이 같아서 삼보조三寶鳥라고도 불리었으니 길조임에 틀림없다. 하지
만 이 새소리 이후 고야산에는 또 다른 감추어진 세계가 펼쳐지게 되는
데 바로 히데쓰구 일행의 등장이다. 무젠은 멀리 사원 쪽에서 들려오는
일행의 행차 소리가 점점 가까이 다가오자 누구일까 궁금해 하며 공포
를 느끼면서 몸을 숨겼지만 들키고 만다. 결국 엎드린 채 일행의 주연과
'玉川の水' 노래를 둘러싼 토론을 지켜보게 되었다. 그런데 흥이 점점 더
해갈 무렵 불당 뒤에서 다시 붓포소의 우는 소리가 들렸고 이를 계기로
무젠은 앞으로 불려나와 자신이 조금 전 읊었던 하이카이를 읊어보라
는 명을 받게 된다. 무젠은 공포에 떨면서 일행의 정체를 묻자 옆에 있던
법사가 간파쿠 히데쓰구와 그 일행임을 알려준다. 무젠은 이들이 망령
이 되어 나타난 히데쓰구 일행임을 알게 되자 '머리에 머리카락이 있었
더라면 순식간에 머리카락이 굵어졌을 정도로 두려움에 떨면서 간이
콩알만 해지고 넋이 빠져버린 듯한 상태頭に髮あらばふとるべきばかりに凄しく肝
魂も虛にかへるここち'가 되어 시를 읊어 바친다. 두려움의 대면은 수라의 시
각이 되어 망령 일행이 물러나면서 끝나게 되고 새벽하늘이 밝아지면
서 무젠 부자는 제 정신을 차리게 된다.

　고야산을 절대적으로 신뢰했던 무젠은 감추어진 또 하나의 다른 세
계가 존재함을 알게 되었는데, 붓포소의 우는 소리는 그 세계와의 접목
을 초래하는 매개의 역할을 하고 있다고 할 수 있을 것이다.

5. '玉川の水' 노래와 고야산에 대한 무너진 신뢰

　무젠은 앞에서 기술했듯이 고야산을 절대적으로 신뢰하여 자기 자신
을 그 공간에 몰입시키는 인간이었다. 그러나 히데쓰구 일행의 망령과
의 만남에 의해 그의 의식은 변화하지 않을 수 없었다. 즉 그것은 초현
실의 세계와의 만남이었고, 현실 세계에 긍정적인 시선을 보내고 있던

그에게 있어서 예기치 않은 세계와의 만남이 얼마나 충격적인 일이었
을까는 충분히 짐작할 수 있는 일이다.

　붓포소의 우는 소리에 심취해 있던 고야산의 심야, 신분이 높은 인물
일행이 나타나 주연酒宴을 벌이는 것으로부터 이야기는 괴이한 성격을
띠게 된다.

　　얼마 지나지 않아 많은 사람들의 발소리가 들려왔는데 그 가운데 유난히
높은 신발소리를 내며 에보시烏帽子와 평상복을 입은 귀인이 불당 안으로 들
어왔다. 그러자 수행하던 무사 4, 5인이 좌우에 자리를 잡는다. 그 귀인은 동
행한 사람들을 향해서 "누구누구는 왜 안 오는가?"라고 묻자 "곧 올 것입니
다."라고 대답했다. 이 때 다시 한 무리의 발소리가 나더니 위엄 있는 무사와
머리를 삭발한 승려 등이 섞여 들어와 공손하게 예를 올리고 불당으로 올라
왔다. 귀인은 지금 온 무사를 향해서 "히타치노스케常陸介 그대는 왜 이렇게
늦게 온 것인가?"라고 하자 무사는 "시라에白江, 구마가에熊谷 두 사람이 전하
에게 술을 바치려고 열심히 일하고 있으니 저도 술안주를 하나 준비해 드리
려고 했기 때문에 일행에서 뒤쳐지게 되었습니다."라고 말씀드렸다. 그리고
서둘러 술안주를 마련해서 권하여 올리니 귀인은 "반사쿠万作, 어서 술을 따
르라."라고 했다. 잘생긴 젊은 사무라이가 공손히 무릎걸음으로 다가와 술병
을 들었다. 그러자 여기저기서 술잔을 돌리면서 흥이 무르익은 듯하였다.

　　程なく多くの足音聞ゆる中に、沓音高く響て、烏帽子直衣めしたる貴人堂に
上り玉へば、従者の武士四五人ばかり左右に座をまうく。かの貴人人々に向ひ
て、誰々はなど來らざると課せらるるに、やがてぞ參りつらめと奏す。又一群の
足音して、威儀ある武士、頭まろげたる人道等うち交ちて、礼たてまつりて堂に
昇る。貴人只今來りし武士にむかひて、常陸は何とておそく參りたるぞとあれ
ば、かの武士いふ。白江熊谷の両士、公に大御酒すすめたてまつるとて実やか
なるに、臣も鮮き物一種調じまいらせんため、御従に後れたてまつりぬと奏す。
はやく酒肴をつらねてすすめまいらすれば、万作酌まいれとぞ課せらる。恐まり

て、美相の若士膝行よりて瓶子を捧ぐ。かなたこなたに杯をめぐらしていと興あり げなり。

이처럼 히데쓰구는 일행의 참석을 확인하면서 술잔을 주고받으며 주연은 무르익어 갔고, 이들의 정체를 아직 눈치 채지 못한 무젠은 이 광경을 엎드린 채 숨을 죽이고 보고 있었다. 그리고 주연의 자리는 히데쓰구가 오랫 동안 조하紹巴[2]의 이야기를 듣지 못했으니 그를 부르도록 했다. 그리고 그에게 옛 노래와 사건 일화 등을 이것저것 묻자 상세히 대답했다. 그 때 한 무사가 그에게 고보 대사의 '玉川の水' 노래에 대해 의문을 제기했다.

> 길손은 설령 깜박 잊더라도 고야산 깊숙이 흐르는 다마카와의 물을 퍼서 마셔서는 안 되네
>
> わすれても汲やしつらん旅人の高野奥の玉川の水

이 노래는 다마카와의 물에는 독이 있으므로 마셔서는 안 된다 라는 경계를 나타내고 있다. 여기서 납득이 가지 않는 점을 이 무사의 말을 인용하여 기술하면 '이 고야산은 덕 높은 대사가 법도량을 연 곳이므로 산천초목에 이르기까지 영혼이 깃들어 있지 않은 것이 없다고 들었습니다. 그런데 이곳에 흐르는 다마카와의 물에는 독이 있어 사람이 마시면 목숨을 잃기 때문에 대사가 그것을 경계하기 위해서 부른 노래로서此山 は大徳の啓き玉ふて、土石草木も霊なきはあらずと聞。さるに玉川の流には毒あり。人飲時は斃る が故に、大師のよませ玉ふ歌とて' 바로 위에서 인용한 '다마카와의 물'이라는 노

---

2 사토무라 조하(里村紹巴). 렌가(連歌)의 명인으로 전국시대 말 소위 렌가 시치묘 케(七名家)의 한사람이었다. 노부나가(信長) 히데요시(秀吉) 히데쓰구(秀次)에게 사랑받았고 특히 히데쓰구와는 교분이 깊었다. 그래서 히데쓰구가 자결한 후 한동안은 미이데라(三井寺)에 감금되었을 정도였다. 나라(奈良) 사람으로 게이초(慶長) 7년(1602년)에 76세로 세상을 떠났다.

래가 있다고 전해 들었다는 것이다. 대사처럼 숭고한 분이 독이 담긴 물을 왜 말려버리지 않았는지 의문스러운데 이에 대해 어떻게 생각하는지를 물었다.

이 의문에 대해 조하는 고보 대사의 노래가 실려 있는 『후가슈風雅集』의 고토바가키詞書[3]를 인용하면서 자기의 의견을 피력하고 있는데, 이것은 조하의 말을 빌려 작자인 아키나리秋成 자신의 의견을 말한 것이라고 할 수 있다.

이 노래는 『후가슈』에 실려 있습니다. 그 고토바가키에 '고야산의 오쿠노인奧の院[4]으로 가는 도중에 있는 다마카와란 냇물은 물 위에 독충이 많으므로 이 물을 마셔서는 안 된다는 것을 알려 경계토록 한 후에 이 노래를 읊었다'라고 분명히 씌어 있으므로 당신이 말한 것이 맞습니다. 그러나 또한 지금 말한 의문이 도리에서 벗어난 것이 아니라고 여겨지는 것은, 대사는 신통력이 자유자재하여 눈에 보이지 않는 신을 부려 길 없는 곳에 길을 열고 바위에 구멍을 뚫는 것을 땅 파는 것보다 쉽게 하고 큰 뱀을 가두어두고 새가 변한 요괴를 따르게 하는 등, 천하 사람들이 우러르고 존경하는 공덕을 나타내신 것을 더불어 생각해 보면, 이 노래의 고토바가키는 아무래도 사실이 아닌 것 같습니다. 원래 이 다마카와란 강물은 여러 지방에 존재하고 있고 어떤 다마카와를 읊은 노래든지 모두 강물의 맑음을 칭송한 것임을 생각하면 이곳의 다마카와도 독이 있는 강물은 아니고, 이 노래의 의미도 이 만큼 유명한 강물이 이 산에 있음을 여기에 참배하러 온 사람들은 설령 잊고 있었다 하더라도 이 강물의 맑음에 마음이 끌려 자기도 모르게 손으로 떠서 마실 것이다 라고 읊으신 것을 후세 사람이 독이 있다고 하는 망설妄說에 끌려 이러

---

3 와카(和歌)의 머리말로서 와카가 지어진 장소 때 사정 등을 간단하게 소개하는 것이 많다.
4 일반적으로는 사원 등의 본존을 안치한 깊숙이 안쪽에 있는 장소를 가리키나, 여기에서는 고야산의 특정 지역을 가리킨 말이다.

한 고토바가키를 지어낸 것이 아니가 생각합니다. 또한 더 깊이 의심해 본다면 이 노래의 격조는 헤이안平安시대 초기의 가풍은 아닙니다. 대개 우리나라의 옛말에 있는 다마카즈라玉鬘(옥으로 장식한 머리장식), 다마다레玉簾(옥으로 장식한 발), 다마기누珠衣(옥을 단 옷, 또는 아름다운 옷)와 같은 말은 모양의 아름다움을 칭찬하고 맑음을 칭송하는 말이기 때문에 맑은 물을 옥수玉水, 옥정玉井, 옥천玉川 등의 말로 칭찬한 것입니다. 독이 있는 강물에 어찌 '옥玉'이란 말을 앞에 붙일 수 있겠습니까. 무턱대고 부처(여기서는 대사)를 신봉하고 게다가 노래 따위는 잘 모르는 사람은 이와 같은 잘못은 얼마든지 저지르는 법입니다. 당신은 가인歌人도 아닌데 이 노래의 의미에 의문을 갖는 것은 매우 소양이 깊으니까 가능한 것이라고 생각합니다.

　此歌は風雅集に撰み入給ふ。其端詞二、高野の奥の院へまいる道に、玉川といふ河の水上に毒虫おほかりければ、此流を飲まじ清をしめしおきて後よみ侍りけるとことわらせ給へば、足下のおぼえ玉ふ如くなり。されど今の御疑ひ僻言ならぬは、大師は神通自在にして隠神を役して道なきをひらき、巌を鑢には土を穿よりも易く、大蛇を禁しめ、化鳥を奉仕しめ給ふ事、天が下の人の仰ぎたてまつる功なるを思ふには、此歌の端の詞ぞまことしからね。もとより此玉河てふ川は国々にありて、いづれをよめる歌も其流のきよきを誉しなるを思へば、ここの玉川も毒ある流にはあらで、歌の意も、かばかり名に負河の此山二ヨを、ここに詣づる人は忘る忘るも、流れの清きに愛て手に掬びつらんとよませ玉ふにやあらんを、後の人の毒ありといふ狂言より、此端詞はつくりなせしものかとも思はるるなり。又深く疑ふときには、此歌の調今の京の初の口風にもあらず。おほよそ此国の古語に、玉鬘玉簾珠衣の類は、形をほめ清きを賞る語なるから、清水をも玉水玉の井玉河ともほむるなり。毒ある流れをなど玉てふ語は冠らしめん。強に仏をたふとむ人の、歌の意に細妙からぬは、これほどの訛は幾らをもしいづるなり。足下は歌よむ人にもおほせで、此歌の意異しみ給ふは用意ある事こそと篤く感にける。

고야산의 다마카와가 그 이름과는 달리 독천毒川이란 설은 불법승 새와 마찬가지로 당시 사람들에게 상당히 관심 있는 일 중의 하나였다.[5] 그러한 관심사에 대해 작자는 언급하고자 했고, '다마카와의 물'에 대한 고증적인 서술이 바로 작자 자신의 해석을 조하의 입을 빌려 나타낸 것임은 『단다이쇼신로쿠胆大小心録』[6] 제46조에도 같은 취지로 실려 있음을 보아도 분명하다. 특히 '이 노래의 고토바가키는 아무래도 사실이 아닌 것 같다, 후세 사람이 독이 있다고 하는 망언에 끌려 이 고토바가키를 지어낸 것 같다'고 하여 고토바가키의 위작설을 주장하고 있는데, 이와 같은 고증을 장황하게 이야기 도중에 삽입시킨 것은 전체의 흐름에서 볼 때 약간의 위화감을 느끼게 하는 면도 있다.

그럼에도 불구하고 아키나리가 대사의 노래를 고증하는 과정을 삽입한 것은 '다마카와의 물'을 통해 이야기하고자 한 숨겨진 의도가 있었기 때문으로 보인다. 즉 다마카와의 냇물이 실제로 독수였는지 아닌지의 문제가 아니라, 일본 제일의 영험한 곳인 고야산에 히데쓰구의 망령이 떠돌고 있다는 모순과, 다마카와의 맑은 물이 독을 품은 물이라는 모순을 동질의 것으로 생각하여, 무젠과 히데쓰구의 망령과의 만남을 상징하는 징조로서 의도된 서술이었다고 보아야 할 것이다.

---

5 本居宣長も『玉勝間』十一の巻で、この歌について記しており、中島広足も『橿園随筆』の中で、この歌に触れている。又この玉川の歌は、既に西鶴の「椀久一世の物語」の中でも取り上げられており、その歌碑が、高野のイメージと切り離せない存在であったこと、また当時、衆人の間で、この歌の由來について、かなりの関心が寄せられていたことがわかる。本編の場合も、この歌に対する解釈を題材として扱うこと自体、そのまま当代人の高野に対する知的関心に訴えかけ、「高野」のイメージを強化させることになるような状況が背景にあり、作者もそのことを意識して、「玉川の歌」を作品のモティーフの一つとしていたと考えていいだろう。(『雨月物語評釈』鵜月洋 角川書店 1985 372p)

6 우에다 아키나리(上田秋成)의 수필집으로 1808~9년경에 성립. 교토(京都)나 오사카(大阪)의 학예계 사람들의 비평, 고금의 역사적 일화, 정론(政論) 등을 서술하고 있다.

6. 맺는말

- '불법승'과 '다마카와의 물'에 나타난 아키나리의 작의作意-

　작품 '불법승'을 통해서 작자 아키나리가 의도한 것 가운데 하나로서 '불법승 새'와 '다마카와의 물' 노래에 대한 고증을 들 수 있다. 일견해서 이들은 작자의 현학적 자기과시를 위해 도입된 듯이 보일 수 있다. 실제로 현학적인 일면을 나타내고 있음을 부정하기도 어렵지만 그 자체가 창작의도의 전부는 아니라고 생각한다. 그렇다면 그 밖에 어떠한 의도를 읽을 수 있겠는가에 초점을 맞추어 전술한 바를 정리해 보고자 한다.

　아키나리는 붓포소 새의 우는 소리를 통하여 이야기의 주인공처럼 보이던 무젠 부자를, 요쿄쿠謠曲로 말하자면 와키ワキ·와키즈레ワキヅレ와 같은 조연의 역할로 후퇴시켰다. 즉 무젠으로부터 히데쓰구로 이야기의 중심을 옮기고, 무젠을 방관자로 삼아 히데쓰구를 전면에 내세워「가나메要」의 역할로 삼는 계기가 된 것이 붓포소 새의 우는 소리였던 것이고, 이 양자를 연결시키기 위한 구성상의 필요에 의해 도입된 것이라 할 수 있다.

　다음으로 '다마카와의 물'의 경우, 무젠은 앞에서 기술한 바와 같이 일본 제일의 영장으로서 신뢰하고 있던 고야산의 밤중에 히데쓰구 일행의 원령과 만나 자신의 신뢰가 산산이 부서지게 되는데, 어떤 의미에서는 배신을 느꼈다고도 할 수 있겠다. 이야기의 전개상 '다마카와의 물' 노래가 갖는 의미가 무엇인가 하는 문제를 해결하는 단서는 바로 여기에 있다. 작자는 '다마카와의 물'과 히데쓰구의 망령이라는 두 가지 이단적인 요소를 관련지음으로서 무젠의 배반당한 고야산의 밤을 예고하려 했던 것은 아닐까 생각한다. 영험의 기운으로 충만한 고야산이란 공간에 대립적 의미를 갖는 것이 히데쓰구의 망령이고, 이 망령의 출현을 예고하는 상징이 '다마카와의 물'이었던 것이다.

　아키나리에게 있어 이 우주라고 하는 것은 현실과 초현실이 공존하는 세계였고, 어느 한 쪽을 부정하는 것은 공존세계의 질서 파괴를 의미하는 것이었다. 다마카와의 물이 독수로서 존재하는 것은 자연의 질서에 순응한다고 하는 의미에서는 그 나름의 존재의의를 지닌 것이고, 만일 대사가 독수를 '모조리 말려 없애버리는涸らしておしまいにする'일이 있었다고 한다면 그런 일이야말로 질서에 대한 거역이었을 지도 모른다. 아키나리는 현실세계의 이단인 다마카와의 강물을 초현실 세계의 이단인 히데쓰구의 망령과 연결 지음으로서 무젠이 히데쓰구의 망령과 조우할 가능성을 예고한 셈인데, 초현실 세계의 존재에 대한 인식이 작자의 내적 질서를 형성하는 원리가 됨으로서 항간에 떠도는 단순한 괴이담이 소설의 주제로까지 승화될 수 있었던 것이다.

Key Words　　요미혼讀本, 불법승佛法僧, 고야산高野山,
고보대사弘法大師, 히데쓰구秀次

참고문헌

鵜月洋『雨月物語評釋』角川書店 1969
中村幸彦 외 2인『英草紙 西山物語 雨月物語 春雨物語』(日本古典文學全集) 小學館
　　　　1973
村田昇『近世文藝の佛敎的考察』百華苑 1963
大輪靖宏『上田秋成文學の硏究』笠間書院 1976
藤本義一『雨月物語』世界文化社 1976
中村幸彦『上田秋成集』(日本古典文學大系) 岩波書店 1959

일본문학의 기억과 표현

근대문학의
확립과 자연

일본문학의 기억과 표현

제1장
일본근대문학의
자연 · 계절의 발견과
그 전개

최 재 철

1. 머리말 —자연 · 계절 표현의 전통—

일본근대문학을 소재로 하여 근대 일본인이 자연自然·계절을 고전과
달리 어떻게 새롭게 표현했는가를 고찰하고자 한다. 사계절의 변화가
풍부한 일본 열도의 풍토와 자연 환경을 바탕으로 일본인은 섬세한 자
연·사계四季 묘사를 즐겨 하게 되었다. 그래서 사계의 자연에 대한 미의
식이 언어의 전통을 매개로 소위 '문화전통으로서의 자연'이라는 의식
을 키워왔다.[1] 그 결과 사계절 묘사는 일본문학의 주요한 특징이 되었다
고 할 수 있다.

일본문학에서 사계를 표현하는 전통은 고전문학 이래로 면면히 이어
지고 있다. 동아시아문학의 원류로서 중국문학 한시漢詩에도 물론 자연
을 읊고 계절을 노래한 산수전원시山水田園詩 등에서 첫 번째와 두 번째 구
절은 대개 자연 계절을 읊고 있다.

---

1 스즈키(鈴木日出男, 1995),「あとがき」,『源氏物語歳時記』, ちくま学芸文庫, p.366.

한국문학에는 조선시대 연시조인 「강호사시가江湖四時歌」와 「어부사
시사漁父四時詞」, 그리고 장편가사 「농가월령가農家月令歌」와 같이 사계절을
한편에 담은 특징적인 사계가四季歌 등이 있다. 불교색이 농후한 향가는
별도로 하고, 위에 열거한 조선시대의 시조나 가사에서 자연 사계의 멋
과 여유로움을 읊으면서, '임금의 은혜'나, 권농가勸農歌 다운 유교적 발
상과 교훈을 드러내는 작품이 눈에 띈다는 점이 특색이다.

일본의 경우는 『만엽집万葉集』(8세기) 이래 『고금와카집古今和歌集』(905)
등 고대가요에서 자연 계절 그 자체를 노래하며 사계의 변화에 인생의
애수를 담아, 5 7 5 7 7음의 정형定型 운율韻律에 맞추어 읊는 시가문학이
일본문학사를 관류하고 있다. 또한, 대표적인 고전 산문 『겐지이야기源
氏物語』(1000년경)에서 육조원六条院 궁궐의 사계절별 배치 및 사계절 연
중행사, '봄·가을 겨루기春秋争い'와 『마쿠라노소오시枕草子』(1000년경)의
사계 등 산문문학의 사계절 묘사도 계절 표현의 전형을 보여주고 있다.
특히, 근세의 단시短詩 하이카이俳諧에 이르러서는 '계절어季語'가 시 성립
의 필수요건 중 하나가 될 정도이다.[2] 이렇게 일본 고전문학에서 언어를
기반으로 계절감의 표현을 정형화하는, 이른바 '문화전통으로서의 자
연'이 형성되었다.

일본고전문학 속의 사계 표현은 헤이안平安 시대의 왕조王朝 문학, 특
히 『고금와카집』(이하, 『고금집』)의 사계절별 편찬 체재 등에서 현저하
게 나타나 정착하게 된다. 예를 들어, 『고금집』 '봄-하春下' 권 와카和歌의
75%인 50수를 '벚꽃' 노래가 차지하여 '봄 꽃'의 대표로 고정하고자 하
는 경향이 나타난다. 또한, 어느 경물景物을 어느 계절에 속한 것으로 본
다든지, 매화에 꾀꼬리, 단풍에 사슴이라는 경물의 조합도 『고금집』이
기준이 되어 점차로 고정되어간다. 와카의 경우 이 전통은 적어도 메이

---

2 최재철(2000.6), 「일본문학의 특수성과 국제성―카와바타(川端)와 오오에(大
江) 문학의 세계화 과정―」, 『일어일문학연구』제36집, 한국일어일문학회,
p.213 참조.

지明治 근대 단가短歌가 나올 때까지 흔들리지 않았던 것이다. 이와 같이 『고금집』이나 『겐지이야기』가 지니고 있던 규범성이 오랫동안 일본인을 구속하여 일본인의 자연과 계절에 대한 감수 방식의 기초가 되었다.[3]

그래서 사계절 그때그때 자연의 정취를 이해하고 거기에 알맞게 응대하는지 여부 즉, 자연 계절의 정취를 해득하는 마음 있음心有り과 없음心無し이 귀족 사회의 교양의 척도가 되기도 한다. 여기서 『신고금와카집新古今和歌集』(1205)의 '가을-상秋·上권 와카 한 수를 인용하기로 한다.

> 무심한 자신도 애달픔은 느껴지누나
> 　　　도요새 나는 습지의 가을날 해질녘 – 사이교 법사
> 心なき 身にもあはれは 知られけり 鴫立つ沢の 秋の夕暮 – 西行 法師

위 와카에서 자신은 자연의 정취를 잘 이해하는 세련된 사람은 아니지만 그래도 황혼 무렵의 애수를 안다고 겸손하게 노래하고 있다. 이와 같은 와카로 볼 때 자연 계절의 정취를 잘 아는 心有り·有心 이가 교양이 있다는 인식이 중세 일본의 지식인들에게 깔려 있었다고 볼 수 있다. 또한, 『사라시나 일기更級日記』(1059년경)에는 '봄에는 비파琵琶, 가을에는 쟁箏의 琴이나 횡적横笛, 겨울에는 피리篳篥' 등과 같이 각 계절의 분위기에 적합한 악기까지 결정하고 있는데, 계절의 정취에 가장 잘 어울리는 도구를 배치하도록 세세하게 신경을 써서 자연의 멋을 보다 더 잘 이해하고 음미하고자 한다는 점이다.[4]

이렇게 일본인의 자연 계절에 대한 감각은 왕조시대 사람들에 의해 규정된 것이 천년에 걸친 오랜 세월 동안 거의 벗어나는 일이 없었던 것이다.

3　니시무라(西村亨, 1988), 『王朝びとの四季』, 講談社学術文庫, pp.41~46.
4　위의 책, pp.20~23.

이와 같은 계절묘사의 전통을 근대 일본문학에서도 이어받으면서 규범성에서 벗어나 새로운 전개를 하게 된다. 자연을 새롭게 내면으로 발견한 산문시풍의 문장으로 쿠니키다 돗포国木田独步의 『무사시노武蔵野』(1898.1~2)[5]와 「잊을 수 없는 사람들忘れえぬ人々」(1898.4)[6] 등이 있는데, 돗포獨步의 자연과 계절의 서정에 대한 근대적 표현은 후타바테이 시메이二葉亭四迷가 1888년에 번역한 러시아 작가 투르게네프의 「밀회あひびき」(1850)나 영국시인 워즈워스의 낭만시 등 서양문학의 영향을 받았다.[7]

또한, 토쿠토미 로카德富蘆花는 자연의 멋을 낭만적 문체로 묘사한 수필 『자연과 인생』(1900)을 썼는데, 로카蘆花는 주로 시각적으로 자연을 묘사한데 비해, 돗포는 전감각을 동원하여 자연 계절을 묘사하는 점이 차이가 있다. 7·5조의 유려한 근대 시집 『새싹집若菜集』(1897)을 지은 시마자키 토오손島崎藤村은 고향 신슈信州의 자연과 삶을 회화絵画에 자극받아 묘사한 사생写生[8]문집 『치쿠마가와의 스케치千曲川のスケッチ』(1912)에서 풍경을 스케치하듯이 표현하며 근대인의 과학적 탐구정신을 반영하고 있다. 이렇게 일본근대의 낭만주의나 자연주의 계열의 작가들은 특히 전원의 분위기와 계절의 변화를 작품 속에서 곧잘 묘사하였는데,

---

5 『国民之友』 발표 원제목은 「지금의 무사시노今の武蔵野」였는데, 단편집 『武蔵野』수록 때 제목 바꿈.

6 이 작품을 통해, 돗포가 풍경의 발견자이며, 그 풍경의 발견이 고독한 내면의 발견과 연결되어 있다고 본다. 카라타니(柄谷)는, 「잊을 수 없는 사람들忘れえぬ人々」말미의 화자 '나(僕)'가 심야 홀로 생의 고립감을 느끼고, 주위 풍경 속에선 평범한 사람들이 그리워진다는 부분을 인용하면서, '여기에는 <풍경>이 고독하고 내면적인 상태와 긴밀하게 연결되어 있는 것이 잘 나타나 있다.ここには、「風景」が孤独で内面的な状態と緊密に結びついていることがよく示されている.'라고 평하고 있다. -柄谷行人(1980), 「風景の発見」, 『日本近代文学の起源』, 講談社, p.24 참조.

7 야마다(山田薄光, 1991.2), 「独步の自然観·運命観」, 『国文学 解釈と鑑賞』, 至文堂, p.50.

8 마사오카 시키(正岡子規, 1867~1902)는 '사생'의 객관성을 피력하였고, 타카하마 쿄시(高浜虚子, 1874-1959)는 '화조풍영(花鳥諷詠)' 즉, 사계의 변화에 의해 생기는 자연계와 사람 사는 세상의 현상을 무심히 객관적으로 사생하듯이 읊는 것이 하이쿠(俳句)의 근본이라고 주장한 바 있다.

이들의 자연을 보는 새로운 시각의 도입과 전개, 사계 묘사의 특징에 대해 알아보기로 한다.

2. 서양문학의 영향과 근대적 자연의 발견

1) 후타바테이의 투르게네프 번역

일본문학에서 근대적 자연을 발견하고 묘사하게 되는 결정적인 계기는 서양문학의 번역에 있다고 하겠다. 우선 거론하지 않을 수 없는 것은 후타바테이 시메이二葉亭四迷(1864~1909)가 번역한 러시아 작가 투르게네프Ivan S.Turgenev(1818~1883)의 「밀회あひびき」이다. 이 작품을 통해 근대 일본인은 새롭게 자연을 보게 되고 근대적 자연·계절 묘사가 비롯되었다. 먼저 후타바테이二葉亭 역 「밀회」 첫머리를 옮겨보기로 한다.

> ①가을 9월 중순 무렵, 하루는 나 자신이 그 자작자무 숲속에 앉아있었던 적이 있었다. 아침부터 가랑비가 뿌리고 그 개인 틈으로는 이따금 뜨뜻미지근한 응달도 비춰 정말이지 변덕스런 날씨. 뽀얀 흰 구름이 하늘 전체에 길게 뻗치는가했더니 갑자기 또 여기저기 순식간에 구름에 틈이 생겨 무리하게 밀어 헤친 것 같은 구름사이로 맑고 영리한 듯이 보이는 사람 눈처럼 맑게 갠 파란 하늘이 보였다. ②자신은 앉아 사방을 둘러보고 그리고 귀를 기울이고 있었다.自分は座して、四顧して、そして耳を傾けてゐた。 나뭇잎이 머리위에서 어렴풋이 살랑거렸는데, 그 소리를 들은 것만으로도 계절은 알 수 있었다. 그건 초봄의 재미있는 듯 웃는 듯 떠들썩한 소리도 아니고 여름의 느릿한 살랑거림도 아니며 따분한 말소리도 아니고, 또 늦가을의 쭈뼛쭈뼛 으스스한 수다도 아니었는데 그저 간신히 알아들을 수 있을지 알아들을 수 없을지 하는 정도의 차분한 속삭임 소리였다. 산들바람은 은근히 나뭇가지

끝을 탔다. ③개이다 흐리다 해서 비로 습기 찬 숲 속의 모습이 끊임없이 변해갔다.[9]　　　　　　(인용자 옮김, 밑줄 강조 표시 등도 인용자. 이하 같음)

이 「밀회」를 읽고 감명을 받은 쿠니키다 돗포는 단편 『무사시노』에 위 밑줄 친 ②를 직접 인용하면서 '무사시노'에서 풍경을 내면으로 발견하고 일본 근대문학에 자연 계절 묘사의 새로운 방식을 도입하게 된다. (이글 제3절의 설명 참조)

위의 인용문 중에서 밑줄 ①은 말할 것도 없이 '자작나무숲이라는 자연 속에 앉아 있는 자신의 위치를 자각한다'는 데에 새로움이 있고 ②에서 '귀를 기울이고 있었다.'에 유의해볼 필요가 있다. 즉, 빛과 응달, 흰 구름과 파란 하늘 등 색깔로 그려진 공간적인 풍경묘사에 소리가 더해지고 그 소리 하나하나를 귀 기울여 들으며 계절별로 구별해 묘사하고 있다는 점에 새로움을 찾을 수 있다. 또한 ③도 '종래 일본의 자연 묘사와는 이질적이고 인상적이며 감각적인 자연 묘사'라고 할 수 있다.[10]

특히나 투르게네프는 '나뭇잎이 살랑거리는 소리를 듣는 것만으로도 계절을 알 수 있을' 만큼 계절의 변화에 따른 소리에 민감했다는 점이다. 그래서 나뭇잎이 살랑거리는 소리를 각 계절별로 사람의 말소리에 적절히 비유하는 재치가 보인다. 초봄은 '재미있는 듯 웃는 듯 떠들썩한 소리'로, 여름은 '느릿한 살랑거림과 따분한 말소리'로, 초가을은 '차분한 속삭임 소리'로, 그리고 늦가을은 '쭈뼛쭈뼛 으스스한 수다'로 구별하여 나뭇잎이 바람에 나부끼는 소리를 표현하는 신선함을 나타내고 있는 것이다. 그러므로 멀리서 그냥 자연을 관조하는 것이 아니라 인간이 자연 속에서 자연과 혼연일체 동화되어 한 가지 자연의 소리를 계절의 추이에 따라 각각 달리 청각적으로도 구분하여 묘사하는 섬세함을

---

9 투르게네프 작·후타바테이 시메이 역, 安井亮平 주(1971), 「あひびき」, 『二葉亭四迷集』, 日本近代文学大系 第4巻, 角川書店, p.344.

10 위의 책, pp.344~345.

보여주고 있다.

　투르게네프가 이 소설의 장면을 비온 뒤 눅눅하고 낙엽 지는 자작나
무숲의 스산한 가을로 설정한 것은 <밀회>를 하다 일방적으로 이별을
통고받는 여자의 처연한 심정이 자연과 계절이 어우러져 극대화되는
효과적인 배경이었기 때문일 것이라고 하겠다.

　이렇게 자연 속에 있으면서 직접 느낀 바 시각과 청각을 동원한 투르
게네프의 구체적 내면적인 자연 계절의 묘사는 일본 고전문학에서는
찾아보기 어려웠던 새로운 자연 계절의 발견으로서, 후타바테이의 투
르게네프 「밀회」번역에 의해 돗포의 『무사시노』 등을 비롯한 일본근대
문학에 도입되는 것이다.

2) 워즈워스의 낭만시 수용

　돗포는 「거짓 없는 기록欺かざるの記」 「워즈워스의 자연에 대한 시상ウ
オーズヲースの自然に対する詩想」 「음력 10월小春」 「자연의 마음自然の心」 「불가사
의한 대자연-워즈워스의 자연과 나不思議なる大自然ーワーヅワースの自然と余ー」
등에서 낭만 시인 워즈워스W. Wordsworth(1770~1850)에 대해 기술하고
있다. 돗포의 문장 중에서 처음으로 워즈워스의 이름이 보이는 것은
「전원문학이란 무엇인가田家文学とは何ぞ」(『青年文学』, 1892.11 초출)이
고, 일기 「거짓 없는 기록」에 의하면 돗포가 워즈워스를 통해 자연을 자
각하기 시작한 것은 1893년경이다. 그러므로 워즈워스를 통한 돗포의
근대적 자각적인 낭만적 문학관은 대개 이 무렵부터 확립되었다고 볼
수 있다.[11]

11　아시야(芦谷信和), 「独歩と外国文学ーワーヅワースの受容と感化ー」, 『国文学 解釈と
　　鑑賞』, 至文堂, p.50.

어제 오전 '자연'에 대해 깊이 생각한바 있다. 워즈워스의 시를 읊다. 자연을 생각하고 인생을 생각하며 인생을 생각하며 자연을 생각하고 그리고 인간을 생각하다. 실로 이것 워즈워스의 시상의 정수이다. (중략) 자연! 지금은 의미 깊은 것으로 되었다. 나를 자연 속에서 찾아낼 수 있었도다.

昨日午前「自然」に就き考究する所あり。ウオーズウオースの詩を唱す。自然を思ふて人生を思ひ、人生を思ふて自然を思ひ、而して人間を思ふ。実に之れウオーズウオースの詩想の粋なり。(中略)自然！今は意味深き者となりぬ。吾を自然の中に見出すを得たり。　　　　　　　　　　（「欺かざるの記)」, 1893.9.12)

돗포는 워즈워스의 자연을 소재로 한 낭만시를 읽고 자연 속에서 인생의 의미를 발견하는 것을 워즈워스 시의 정수라고 이해하면서, 자연과 인생을 동일선상에 놓고 자연의 의미를 깊이 생각하며 자연 속에서 스스로를 발견할 수 있었다고 일기에 토로하고 있는 것이다.

특히 돗포는 워즈워스의 시 중에서도「유년 시대를 회상하며 불사不死를 아는 노래」와「틴탄교회에서 수마일 상류에서 읊은 시」로부터 자연을 보는 새로운 시각을 배웠다.[12]

3. 돗포『무사시노』의 자연 계절 묘사

앞에서 기술한 바와 같이 쿠니키다 돗포国木田独歩(1871~1908)는 후타바테이 역, 투르게네프의 단편소설「밀회」를 읽고 그 자연 묘사의 신선함에 자극을 받았으며 워즈워스의 낭만시로부터도 영향을 받는다. 먼저 돗포의 단편소설『무사시노』를 보기로 한다.

---

12 야마다(山田薄光), 앞의 글, p.51.

그래서 자신은 재료 부족인 터에 자신의 일기를 재료로 해보고 싶다. 자신은 (메이지)29년(1896) 초가을부터 초봄까지, 시부야촌渋谷村의 작은 초가집에 살고 있었다.

(중략)

동 25일-『아침은 안개 두텁고, 오후는 개다, 밤에 들어 구름 틈사이 달 맑다. 아침 일찍이 안개 개이기 전에 집을 나서 들녘을 걸어 숲을 찾다.』

동 26일-『오후 숲을 찾다. 숲 속에 앉아 사방을 둘러보고, 경청하며, 응시하고 묵상하다.』[13]   (「무사시노」제2장)

앞서 인용한 「밀회」첫머리 부분, ②'자신은 앉아 사방을 둘러보고 그리고 귀를 기울이고 있었다.自分は座して、四顧して、そして耳を傾けてゐた。'를 거의 그대로 인용하듯이 소설 「무사시노」에 옮겨놓고 있다. 이와 비슷한 문장이 이 소설 보다 앞서 쓴 일기 「거짓 없는 기록欺かざるの記」의 다음 인용문(1) '숲 속에서 묵상하고 사방을 둘러보고 응시하며 고개를 숙였다 하늘을 보다'와 (2) '숲 속의 묵상과 사방을 둘러보는 것과 경청과 응시를 기록하라' 라고 적은 데에서도 찾아볼 수 있다.

(*사계절 속의 생활과 자연 묘사 포함, 아래 원문 인용 참조.)

(明治二十九年十月) 二十六日。

(前略)午後、独り野に出でて林を訪ひぬ。プッシング、ツー、ゼ、フ、ロント、を携えて。

(1)林中にて黙想し、回顧し、睇視し、俯仰せり。「武蔵野」の想益々成る。

われは神の詩人たるべし。(中略)「武蔵野」はわが詩の一なり。

(中略)

美なる天地よ、深き御心よ。不思議の人生、幽玄の人情よ。われは此の中に驚

13 돗포(国木田独歩, 1977), 「武蔵野」, 『国木田独歩·田山花袋集』, 現代日本文学大系 第11巻, 筑摩書房, p.11. (이하 이 텍스트의 인용은 쪽수만 표기함.)

異嘆美して生活せんのみ。嗚呼人生これ遂に如何。

林よ、森よ、大空よ、答へよ、答へよ。

(中略)

<u>武蔵野</u>に春、夏、秋、冬の別あり。野、林、畑の別あり。雨、霧、雲の別あり

日光と雲影との別あり。

<u>生活と自然の別あり</u>。昼と夜と朝と夕との別あり。月と星との別あり。

<u>平野</u>の美は武蔵野にあり。<u>草花と穀物と、林木との別あり</u>。

茲に黙想あり、散歩あり、談話あり、自由あり、健康あり。

秋の晴れし日の午後二時半頃の<u>(2)林の中の黙想と回顧と傾聴と睨視とを記</u>

<u>せよ</u>。

あゝ「<u>武蔵野</u>」。これ余が<u>数年間の観察を試むべき詩題</u>なり。余は東京府民に大

なる公園を供せん。   (「欺かざるの記」, pp.205~206)

위 문장에서 알 수 있듯이 무사시노 숲은 사계절별로 차이가 있다는
것과 햇빛과 구름 그림자, 들과 숲과 밭, 비와 안개, 낮과 밤, 달과 별 등
숲 속 생활에서 발견한 자연의 여러 가지 모습을 구별하며 시적인 소재
를 찾아 기록하고 있다.

이와 같이 『무사시노』의 전개 방식은 제1장 머리글 다음의 제2장에
스스로의 일기 「거짓 없는 기록」(1896)을 먼저 인용하고, 이와 관련된
선행 작품인 투르게네프 「밀회」의 인상 깊은 구절을 직접 인용 삽입하
고 나서, 자신의 소설 문장을 써내려가는 형식을 취하고 있다. 『무사시
노』(1898)를 이어서 보기로 한다.

즉 이것은 투르게네프가 쓴 것을 후타바테이가 번역하여 「밀회あひびき」라
고 제목 붙인 단편 첫머리에 있는 한 절이며, 자신이 그러한 낙엽 숲의 정취
를 알게 된 것은 이 미묘한 서경敍景의 붓의 힘이 크다. 이것은 러시아의 풍경
이며 게다가 숲은 자작나무이고, 무사시노의 숲은 졸참나무, 식물대植物帶로

말하자면 심히 다르지만 낙엽 숲의 정취는 똑같은 것이다. 자신은 때때로 생각했다, 만약 무사시노 숲이 졸참나무 종류가 아니고, 소나무나 뭐 그런 거였다면 지극히 평범한 변화가 적은 색채 일색인 것이 되어 그렇게까지 귀중하게 여길게 없을 것이라고.

졸참나무 종류니까 단풍이 든다. 단풍이 드니까 낙엽이 떨어진다. 늦가을 비가 속삭인다. 찬바람이 분다. 한 무더기 바람 야트막한 언덕을 덮치면 몇 천만의 나뭇잎 높이 창공에 날아 작은 새의 무리이기나 한 듯 멀리 날아간다. 나뭇잎 다 떨어지면, 수 백리 구역에 걸친 숲이 일시에 벌거숭이가 되어 푸르스름해진 겨울 하늘이 높이 이 위에 드리워 무사시노 전체가 일종의 침정 沈靜(차분히 가라앉아 조용함-인용자주)에 들어간다. 공기가 한층 맑게 갠다. 먼데 소리가 선명하게 들린다.

여기서 돗포도 '이것은 러시아의 풍경이며 게다가 숲은 자작나무이고 무사시노의 숲은 졸참나무, 식물대로 말하자면 심히 다르지만 낙엽 숲의 정취는 똑같은 것이다.' 라고 말하고 있듯이 러시아의 자작나무 숲이나 무사시노의 졸참나무 숲이나 수종은 똑같은 활엽수闊葉樹로서 잎이 넓어 단풍이 잘 들고 낙엽이 지는 스산한 가을 숲의 정취가 동일하다는 데서 기분의 공감대를 느낄 수 있었던 것이다. 그래서 서양(러시아)문학을 참고로 모방하면서 일본의 토양 풍토에 적절히 적용하여 일본문학 속에 잘 녹여낸 결과, 자연 계절의 분위기를 표현하는 새로운 방식을 도입하는 계기를 만든 셈이다.

다음 문장을 보면 투르게네프의 「밀회」로부터 영향을 받아 돗포는 일기 「거짓없는 기록」으로, 다시 소설 「무사시노」로 이어지는, 나름대로 고심하며 집필한 과정을 직접 확인할 수 있다.

자신은 10월 26일의 일기에, '숲 속에 앉아 사방을 둘러보고 귀 기울이며 응시하고 묵상하다' 라고 적었다. 「밀회」에도 '자신은 앉아서 사방을 둘러보고 그리고 귀를 기울였다'고 쓰여 있다. 이 '귀를 기울여듣는다'고 하는 것이 얼마나 가을 끝부터 겨울에 걸쳐 지금의 이 무사시노의 마음에 딱 들어맞는 것이랴. 가을이면 숲 속에서 생기는 소리, 겨울이면 숲 저 멀리 반향하는 소리.

自分は十月二十六日の記に、林の奧に座して四顧し、傾聽し、睇視（ていし）し、黙想すと書た。「あいびき」にも、自分は座して、四顧して、そして耳を傾けたとある。此耳を傾けて聞くといふことがどんなに秋の末から冬へかけての、今の武藏野の心に適つてゐるだらう。秋ならば林のうちより起る音、冬ならば林の彼方（かなた）遠く響く音。 (『武藏野』제3장, p.12)

자기 작품 속에 투르게네프의 문장을 직접 인용하면서, 스스로 '무사시노 숲속에 앉아' 가을에서 겨울까지, 그리고 초봄과 여름 등 계절 따라 변화하는 풍경을 보며 '귀를 기울여' 자연의 소리를 듣고 내면을 응시하게 된다. 이렇게 돗포는 자연과 인생(생활)의 접점을 찾고,[14] 전 감각을 동원한 자연 계절 묘사의 새로운 방식을 일본 근대문학에 도입하게 된 것이다.

『무사시노』의 문장은 한자어 명사를 많이 사용하고 보고 듣는 것을 그대로 사생하며 단문을 나열하여 여운을 남긴다. 작가 자신은 『무사시노』에 대해 다음과 같이 말하고 있다.

『무사시노』 등도 문장은 서툰지도 모르지만 느낀 것을 그대로 직접 서술한 것은 사실이다. 그건 무사시노에 있으면서 늘 머릿속에 자연이 넘쳐나고

---

14 아래 돗포의 시 「먼 바다 작은 섬(沖の小島)」를 보면, 돗포가 자연과 인생을 떼어 놓을 수 없는 불가분의 것으로 생각하고 있었다는 사실을 확인하게 된다.

'먼 바다 작은 섬에 종달새가 날아오른다/ 종달새가 살면 밭이 있다/
밭이 있으면 사람이 산다/ 사람이 살면 사랑이 있다'
沖の小島に雲雀（ひばり）があがる/ 雲雀がすむなら畑（はた）がある/
畑があるなら人がすむ/ 人がすむなら恋がある
-『돗포 읊다(独歩吟)』, 『国木田独歩·田山花袋集』, 앞의 책, p.173.

스스로 지우려 해도 지워 지지 않을 정도로 분명하게 비친 자연을 그대로 서
술했던 것이다. 자연으로부터 감득感得한 바 그대로이니까 한편으로 말하면
자신의 마음을 쳐 박은 자연에 의탁하여 쓴 것이라고 할 수 있다. 자연을 빌
려 자연에서 받은 느낌을 쓴 서정시이다.

（「자연을 사생하는 문장自然を写す文章」,『新声』, 1906.10）

　여기서 돗포는 주관(마음)과 객관(사생)의 융합을 말하고 있다고 할
수 있다. '자신의 마음을 쳐 박은 자연에 의탁하여' '분명하게 비친 자연
을 그대로 직접 서술한 것'이 바로『무사시노』라는 것이다. 무사시노의
자연에 몰입하고 그 생활에 의해 그 자신의 내부에 무사시노를 집어넣
어 융합하고 있다. 자연을 바라보는 자신과 보여 지고 있는 자연을 일치
시키고 있다. 사람과 자연을 늘 동일선상의 것으로 인식하려고 하였으
며 하나의 생명으로서 수평적으로 인식하였다. 실제 자연을 응시하고
내면의 자연을 발견하였던 것이다. 돗포는「잊을 수 없는 사람들」에서
도 사람과 자연의 조화로운 이상향을 표현하고 있다고 하겠다.[15] 무인도
처럼 보이는 작은 섬 해변에서 보일 듯 말 듯 조개를 줍는 어부와 같이
대자연 속에 한 점 풍경으로 녹아 있는 '소민小民'을 그림으로써 자연과
인간의 융화를 추구하고 있는 것이다.

　근대 일본문학에서 자연 풍경과 계절의 변화를 묘사함으로써 인생의
의미를 청량감 있게 음미하게 하는 글은 투르게네프 작 후타바테이 역
「밀회」와 워즈워스의 낭만시 수용 등에서 원류를 찾을 수 있고, 또한 돗
포의 산문『무사시노』에 잘 투영되어 있다는 것을 확인하였다.

　이후 이러한 근대적 자연 계절의 발견과 그 묘사는 토쿠토미 로카의
수필『자연과 인생』이나 시마자키 토오손의 사생문집『치쿠마가와의

---

15 야마나카(山中千春, 2005.2),「<自然>と<人>―初期国木田独歩文学を中心に―」,
　　『芸文攻』第10号, 日本大学大学院芸術学研究科文芸学専攻, p.41.

스케치』 등으로 이어지게 된다.

4. 로카『자연과 인생』의 시각적 계절 표현

토쿠토미 로카德富蘆花(1868~1927)는 자연의 아름다움을 참신한 한문
조漢文調의 낭만적 문체로 묘사한 명문장『자연과 인생自然と人生』(1900)을
발표하여 이름을 떨쳤다. 산문집『자연과 인생』은 단편소설「재灰燼」와
자연스케치「자연에 대하는 5분간」, 인생스케치「사생첩寫生帖」, 자연관
찰일기「쇼오난湘南 잡필」, 그리고 평전「풍경화가 코로Corot」 등이 포함
되어 있는데,「자연에 대하는 5분간」에는 로카가 즐겨 찾은 군마현群馬県
이카호伊香保[16]의 자연을 묘사한 소품 들이 들어 있다.

『자연과 인생』은 돗포의「무사시노」와 함께 의고전주의擬古典主義의 틀
에 박힌 자연관으로부터 벗어난 새로운 낭만적인 자연의 발견이라고
평가받고 있다. 이 작품에 대해 로카는 '자연을 주인으로 삼고 인간을
손님으로 하는 소품으로 눈으로 보고 귀로 듣고 마음으로 느껴 손이 가
는대로 직접 묘사한 자연 및 인생의 사생첩일 뿐'이라고 말한 바와 같이
'자연과 인생'에 대하여 보고 듣고 느낀 것을 '직사直写'한 글이다. 먼저
로카의 자연 계절 묘사를 읽어보기로 한다.

> 그러나 물은 바닥의 돌을 씻고 단풍잎 수책水柵을 빠져나가 노래하면서 흘
> 러간다. 돌에 걸터앉아 듣고 있노라면 그 소리! 솔바람, 사람 없이 울리는 가
> 야금소리, 뭐에 비유해야 좋을지? 몸은 바위 위에 앉아있으면서 물의 흐름의
> 행방을 좇아 멀리 멀리 - 아아 아직 희미하게 들린다.
> 지금이라도 심야 꿈이 깨어 마음이 맑은 때때로는 어딘가 멀리멀리 이 소

---

16 群馬県 渋川市 伊香保町 소재, '토쿠토미 로카 기념 문학관(德富蘆花記念文学館)'
    이카호 온천(温泉) 여정(旅情)의 분위를 자아내는 문학관임.

리가 들린다.   (「공산유수」, 『자연과 인생』)

　併し水は底の石を流い、紅葉の柵を潜つて、歌ひながら流れて行く。石に腰
かけて、聞いて居ると、其音！松風、人無くして鳴る琴の音、何に譬へて宜から
う？　身は石上に座しながら、流水の行方を追つて、遠く、遠く—ああまだ仄かに
聞える。

　今でも半夜夢醒めて、心澄む折々は、何処かに遠く遠く此の音が聞える。

                                        (「空山流水」、『自然と人生』)

　숲속의 돌 위에 걸터앉아 물 흐르는 소리와 솔바람소리에 귀를 기울
이고 있는 모습은 후타바테이 역 「밀회」나 돗포의 「무사시노」와 유사
하다. 스스로 자연 속에 있으면서 직접 자연의 소리를 듣는가 하면 꿈
이 깬 한밤중에도 귓전에 들린다며 자연과 동화된 작가를 발견하게
된다.

　자연은 봄에 분명 자모慈母(자애로운 어머니-인용자)이다. 인간은 자연과
녹아서 하나가 되고 자연의 품에 안겨 유한한 인생을 애달파하며 끝없는 영
원을 사모한다. 즉 자모의 품에 안겨 일종의 응석부리듯 비애를 느끼는 것이
다.   (「봄의 비애」, 『지렁이의 잠꼬대』)

　自然は春においてまさしく慈母なり。人は自然と解け合い、自然の懐にいだか
れて、限りある人生を哀しみ、限りなき永遠を慕う。すなわち慈母の懐にいだか
れて、一種甘えるごとき悲哀を感ずるなり。

                                        (「春の悲哀」、『みみずのたわごと』)

　무한한 자연의 품에서 애수에 잠겨 유한한 인생을 애달파하며 영원
을 사모한다는 위 문장에서 인간과 자연의 융합을 생각하는 로카의 의
도를 읽을 수 있다.

　또한 로카도 무사시노의 계절의 추이에 대해 겨울의 잡목림의 앙상

한 벌거숭이 가지에서 봄에 어린잎이 나고 여름에 파란 잎으로 자라 가을에 오채색 아름다운 단풍으로 나날이 변화무쌍한 풍광의 정취를 자연의 색채로 잘 묘사하고 있다.

> 그들이 동경에서 이사 왔을 때 보리는 아직 예닐곱 치, 종달새 소리도 시원찮고 적나라한 잡목림의 가지로 부터 새하얀 후지富士를 보고 있던 무사시노는 벌거숭이에서 어린잎, 어린잎에서 파란 잎, 파란 잎에서 오채색 아름다운 가을 비단이 되어, 변화해가는 자연의 그림자는 그날그날 그달그달의 정취를 비로소 정착한 시골에 사는 그들의 눈앞에 두루마리그림처럼 펼쳐보였다.   (「추억의 가지가지」, 『지렁이의 잠꼬대』)

> 彼等が東京から越して来た時、麦はまだ六七寸、雲雀の歌も渋りがちで、赤裸な雑木林の梢から真白な富士を見て居た武蔵野は、裸から若葉、若葉から青葉、青葉から五彩美しい秋の綿となり、移り変る自然の面影は、其日〳〵其月〳〵の趣を、初めて落着いた田舎に住む彼等の眼の前に巻物の如くのべて見せた。[17]   (「憶ひ出の数々」, 『みみずのたわごと』)

각 계절의 변화하는 풍광을 흰 눈 덮인 후지산과 청보리, 나뭇잎의 색깔의 변화 등 정착한 시골에서 관찰한대로 표현하고 있는 것이다.

로카의 수필 「자연에 대하는 5분간」에는 구름과 하늘 산에 관한 표현이 많고 세세하다. 특히 이들에 대한 색채표현은 현란하리만치 여러 가지 종류의 색채어가 등장하고 있는데 여기 사용된 색채어는 73종에 이른다는 통계가 있을 정도이다.[18] 봄은 만물이 태동하는 신록의 계절이므로 연녹색이나 알록달록한 밝은 색이 주종을 이루는데, 로카는 봄의 표현으로

---

17 로카(德富蘆花, 1977), 『德富蘆花·木下尚江集』, 現代日本文学大系 第9巻, 筑摩書房, p.210.
18 후카와(布川純子, 1995.3), 「德富蘆花『自然と人生』の「自然に対する五分時」について」, 『成蹊人文研究』第3号, 成蹊大学文学部, 재인용.

어떠한 색을 사용하고 있는지 「신록의 나무新樹」를 읽어보기로 한다.

가만히 보니 온 정원의 신록의 나무新樹가 햇빛을 받아 빛을 투과하며 금
록색으로 빛나 마치 온 하늘의 일광日光을 온 정원에 모은 느낌이다. 그 가지
가지마다 잎 하나하나에는 물 같은 벽색의 하늘이 비치고 땅에는 각각 보랏
빛 그림자를 떨어뜨리는 것을 보라.

벚나무는 잎이 돋았는데 아직 드물게 한 두 송이 남아 있는 꽃이 잎 사이
에 숨었다가 때때로 나비가 나는 듯 하늘하늘 떨어진다. 나무 아래는 낙화와
붉은 꽃받침이 여기저기 그림자와 함께 땅에 붙는다. 하얀 닭 한 마리, 몸에
얼룩얼룩 어린잎의 그림자를 드리운 채 낙화를 쫀다.

가지와 가지 사이에 걸린 거미줄이 초록으로 노랑으로 빨강으로 반짝거리
는 것을 보라.

静かに観れば、一庭の新樹日を受けて日を透し、金緑色に栄えて、さながら
一天の日光を庭中に集たるの感あり。其の枝々葉々上には水の如き碧の空に映
り、地にはおのおの紫の影を落とせるを見よ。

櫻は葉となりたれど、猶稀に一點二點の残花を葉がくれにとどめ、時々蝶の飛
ぶが如くひらひらと舞い落つ。木の下は落花と紅萼と點々として影と共に地に貼
せり。白き鶏一羽、身に斑々たる若葉の影を帯びつつ、落花を啄む。

枝と枝の間に、かけ渡したる蛛糸の、碧に黄に、紅に閃くを見よ。[19]

이 인용문은 봄날 정원의 풍경을 묘사한 부분으로 금록색·벽색(짙푸
른색)·보라·붉은색·하양·초록·노랑 등 다양한 색상이 나열되어 있다. 나
뭇잎이 햇살을 받아 빛나는 모습과 그 나뭇잎에 하늘이 비치는 모습, 땅
에 그림자가 지는 모습을 각각의 색깔을 사용하여 효과적으로 묘사하
고 있다. 또한 땅에 떨어진 붉은 벚꽃 잎을 쪼는 흰 닭에 햇살 받은 어린잎

19 로카(德冨蘆花, 2011), 「新樹」,『自然と人生』, 岩波書店, p.179.

의 그림자 얼룩이 어른거리는 모양도 동영상을 보듯 참신하다. 거미줄이 꽃 색깔을 투영하여 초록, 노랑, 빨강 등 여러 가지 색으로 반짝인다는 부분 역시 인상적이다.

카네코 타카요시金子孝吉는 모든 사물에 고유의 색은 본래 존재하지 않으며 모든 색은 빛의 작용에 의해 생겨난다고 설명하면서 구름은 항상 회백색인 것이 아니라 하양에서 검정으로, 빨강에서 파랑이나 보라로, 노랑에서 금색, 은색으로까지 상황에 따라 다채롭게 변화한다는 예를 들었다.[20] 따라서 보통은 흰색으로 생각하기 마련인 거미줄도 주변의 나무 잎과 꽃의 빛을 반사해 여러 가지 색으로 보일 수 있는 것이다. 이러한 표현은 이전까지 보기 어려웠던 것으로 근대적 색감 표현이라고 할 수 있다.

수채화를 배우고 회화에 관심이 많았던 로카는 색채 감각을 발휘하여 다양한 색상을 자연 묘사에 도입하였다. 특히 여러 가지 초록색이 등장하는 봄에 가장 많은 종류의 색상이 사용되고 있는데 그의 색채 묘사의 특징은 한 가지의 사물이 빛을 반사하여 시시각각 다양한 색으로 나타나는 것을 포착하여 서술한 점이며 원색을 주로 사용하여 강렬한 색채 대비를 했다는 점도 두드러진 특징이다.

이렇게 로카는 색채와 빛의 표현에 관심을 갖고 있었는데 특히 강렬한 태양의 일출이나 일몰 묘사에서 극명하게 잘 나타나고 있다.[21] 카네코金子가 모든 색은 빛의 작용에 의해 생성되며 수증기의 양에도 크게 영향을 받아 인간의 눈에 비쳐지게 된다고 말한 바와 같이, 로카는 그 다이나믹하고 미묘한 변화를 놓치지 않고 순간적으로 색조를 변화시켜가는 구름과 하늘, 산의 모습을 끈기 있게 응시하고 정묘한 색채어를 풍부하

---

20 카네코(金子孝吉, 2005.12), 「德冨蘆花による伊香保の自然描写について―『自然と人生』「自然に対する五分時」を中心に―」, 『滋賀大学経済学部研究年報』第12巻, 滋賀大学経済学部, p.142 참조.

21 「대해의 일출(大海の出日)」「사가미만의 낙조(相模灘の落日)」「사가미만의 저녁놀(相模灘の夕焼)」 등

게 사용하여 잘 묘사하고 있다. 이러한 색채 표현의 성공은 그가 수채화로 풍경을 스케치하는데 열중하여 회화표현의 기술을 얼마간 습득한데서 기인한다고도 볼 수 있다. 영국의 미술평론가 존 러스킨의『근대화가론』을 읽은 로카는, '러스킨은 말한다. 산은 풍경의 시작이자 풍경의 끝이다.'라는 말을 에세이 「산과 바다」(1898)에서 인용하고 있듯이 러스킨의 산악미에 대한 열렬한 지지자가 되었으며 만년의 자서전 일부를 번역하기도 했다. 로카는 이러한 회화론을 참고로 시시각각 변화무쌍한 구름에 대해 세밀하게 묘사하는데도 성공하였다.

그리고, 워즈워스 등 서구 낭만주의의 자연의 '숭고함'이라는 미적개념이 로카의 자연묘사에 영향을 주었고, 시가 시게타카志賀重昂의『일본풍경론日本風景論』(1894)도 근대 일본인의 경관景觀의식에 큰 자극을 주었다는 것을 간과할 수 없다.[22]

로카의 수상집『신춘新春』(1918)은 7편의 에세이를 싣고 있는데, 「봄소식春信」「봄의 산으로부터春の山から」「봄은 가까이春は近い」 등의 각 제목에서도 알 수 있듯이, 로카는 언론인 정치가인 형 소호蘇峰와의 결별 등 개인사도 있었던 때여서 계절로서의 봄에서 생명과 재생의 봄, '새로운 출발'의 봄이라는 의미 부여를 스스로에게 다짐하고 있었던 것이다.[23] 이와 같이 로카의 문장을 통해 자연과 융합하는 자연·계절관을 알 수 있고 시각적인 사계절 묘사의 특징을 확인할 수 있다.

5. 토오손『치쿠마가와의 스케치』의 자연 사생

시마자키 도오손島崎藤村(1872~1943)은 에세이 「구름雲」(1901)에서

---

22   카네코(金子孝吉, 2005.12), 앞의 글, pp.6~7.
23   후카와(布川純子, 2011.1), 「德富蘆花『新春』、新しい出発」, 『解釈』一·二月号(第五十七巻), 解釈学会, p.32.

고향 코모로小諸가 '치쿠마강에 인접한 키타사쿠北佐久군에 있으면서 구름을 보는데 다섯 가지 이득이 있다.'라고 적고 있다. 토오손도 존 러스킨의 『근대화가』론을 읽은 내용을 바탕에 두고 다양한 구름의 색깔과 모양의 변화를 과학적으로 극명하게 관찰하고 있다.

> 초여름의 구름은 하늘의 어린잎이다. 한여름은 양기陽氣가 극에 이를 때로 만물화육의 절정, 해는 가깝고 열이 많으며 지상으로부터 증발하는 수분이 풍부하고 직사하는 빛의 힘이 있는 천지는 실로 분투와 열심과 활동의 무대이며 생식과 경쟁의 세계이다. 그러므로 울창한 녹음에 방황하여 푸른 하늘 저편에 걸린 구름층의 웅대함을 바라볼 때는 이 녹음과 저 큰 구름과 그 색이 예리하며 그 그림자가 깊어 강성한 기세, 맹렬한 표정, 서로 꼭 맞는다는 것을 알아야 한다.
>
> 初夏の雲は天の若葉なり。盛夏は陽気のきはまれる時にして万物化育の絶頂、日近く、熱多く、地上より蒸発する水分の豊かにして直射する光の力ある、天地はまさに奮闘と鋭意と活動との舞台なり、生殖と競争との世界なり。されば欝蒼たる綠陰に彷徨して青空のかなたにかゝれる雲層の雄大なるを望む時は、この綠陰とかの大雲と、其色の鋭く其影の深くして、強盛なる調子、猛烈なる表情、互に相協ふことを知るべし。 24

로카와 토오손은 동시기에 러스킨의 회화론에 영향을 받으면서, 우연히도 아사마浅間 산을 사이에 두고 구름의 형태와 색채, 그 변화를 세세히 관찰하고 일기와 에세이로 기록하고 있었던 셈이다. 위 문장 「구름」에서도 '초여름의 구름은 하늘의 어린잎'이라며 '울창한 녹음에 방황하여 푸른 하늘 저편에 걸린 구름층의 웅대함'과 '그 색을 예리하게' 보고, 구

---

24 토오손(島崎藤村, 1986), 「雲」 『落梅集』, 『島崎藤村全集』 第1卷(筑摩全集類聚), 筑摩書房, pp.196~197.

름의 음영과 기세, 표정 등을 자세히 읽고 있다. 토오손은 『치쿠마가와
의 스케치』에서 계절을 사생하듯이 표현하고 있다.

　　나는 진한 청보리 향기를 맡으며 밖으로 나갔다. 오른쪽에도 왼쪽에도 보
　리밭이 있다. 바람이 불면 녹색의 파도처럼 요동친다. 그 사이로는 보리 이삭
　이 하얗게 빛나는 것이 보인다. 이런 시골길을 걸어가면서 깊은 계곡 아래쪽
　에서 나는 개구리 소리를 들으면 묘하게 나는 짓눌릴 것 같은 기분이 든다.
　무서운 번식의 소리. 알 수 없는 이상한 생물의 세계는 활기찬 감각을 통해
　때때로 우리 마음에 전해진다.
　　私は盛んな青麦の香を嗅ぎながら出掛けて行つた。右にも左にも麦畠があ
　る。風が來ると、緑の波のやうに動揺する。その間には、麦の穂の白く光るのが
　見える。斯ういふ田舎道を歩いて行きながら、深い谷底の方で起る蛙の声を聞く
　と、妙に私は圧しつけられるやうな心地に成る。可怖しい繁殖の声。知らない不
　思議な生物の世界は、活気づいた感覚を通して、時々私達の心へ伝はつて來
　る。[25]

　이 문장은 시각적이며 후각과 청각을 동원하여 감각적인 표현 효과
를 크게 하고 있다. 전반부에서는 '청보리 향기'를 맡으며 밭길을 거닐
고 보리밭이 바람에 '녹색의 파도처럼' 요동치는 사이로 '보리 이삭이
하얗게 빛나는 것'까지 보고 그대로 사생하듯이 묘사하고 있는 것이다.
이렇게 후각과 시각을 표현하고 나서 이 글의 후반부에서는 대조적으
로 청각에 이끌리어 계곡 아래서 나는 개구리 울음소리를 듣게 되는데,
이 소리를 '묘하게 짓눌릴 것 같은 기분'으로 '무서운 번식의 소리'라고
표현하고 있다. 그리고 이 '이상한 생물의 세계'의 소리가 '활기찬 감각'
을 통해 '우리 마음에 전달된다'고 적고 있다.

25　토오손(島崎藤村), 「学生の家」, 『千曲川のスケッチ』, 위의 책, p.261.

개구리 소리에 대한 이와 같은 표현은 고전문학에서는 찾아보기 어렵다고 하겠다. 주지하는 바와 같이, 마츠오 바쇼松尾芭蕉의 하이카이俳諧 '적막한 연못 개구리 뛰어드네 물소리 첨벙古池やかわず飛び込む水の音'의 '고적함'과 같은 이미지 묘사와는 전혀 이질적인 표현이라는 점을 알게 된다. 수많은 개구리들이 서로 경쟁하듯 한꺼번에 울어대는 소리를 듣고, '짓눌릴 듯 무서운 번식의 소리'라며 '미지의 불가사의한 생물의 세계'를 생각하는 근대인을 마주하게 되는 것이다. 개구리 소리에서 번식과 생물의 세계를 연상하는 것은 아마도 과학자 다윈의 진화론이나 자연에 대한 과학적 탐구정신이 본격화된 근대적 사고에서 비롯된 표현이라고 할 수 있을 것이다.

「합본 토오손시집合本藤村詩集」의 서장에서, '나는 예술을 제2의 인생이라 본다. 또 제2의 자연이라고도 본다' 라고 서술[26]한 바와 같이, 자연과 예술과 인생을 상호연결하며 포괄적으로 생각하려는 태도는 문인으로서 토오손의 생애를 관통한 원칙이었다. 일찍이 루소에 의해 근대적 자아에 눈뜬 토오손은 다윈의 「종의 기원」 등을 통해 근대정신을 섭렵하며 전근대적 자연관에서 벗어나 객관적 자연관에 눈을 뜨고, 자연의 객관적 인식에 따라 자기 자신을 새롭게 주체적으로 인식하게 된다. 그의 과학적 비판정신에 입각한 리얼리즘은 「치쿠마가와의 스케치」를 통해 빛을 발하는데 수필의 기본적 특징인 자조성은 전면에 드러내지 않으면서 수상隨想이라는 측면에서 자연현상을 표현할 때, 사생적 객관묘사를 추구하면서 그 표현하고자 하는 자연물 속에 자신의 감정을 투입하며 의인화하는 방식을 취하여 자연 풍경의 계절감을 배가시킨다.

다음 문장에서 들리는 소리와 보이는 자연 경물에 대해 '쾌활하게' '고마운' '적적하고 따스한' '왠지 봄이 다가오고 있다'라고 형용함으로써 작가의 감상과 생각이 적절히 배어나는 효과를 거두고 있다.

---

26 이토(伊東一夫, 1970), 『島崎藤村研究』, 明治書院, p.122. 재인용.

물 흐르는 소리, 참새 울음소리도 왠지 쾌활하게 들려온다. 뽕밭의 뽕나무 뿌리까지도 적실 듯한 비다. 이 질퍽거림과 눈 녹음과 겨울의 와해 속에서 고마운 것은 조금 자란 버드나무 가지다. 그 가지를 통해 해질녘에는 노란 빛을 띤 잿빛 남쪽 하늘을 바라다보았다.

밤이 되어 적적하고 따스한 낙숫물 소리를 듣고 있노라면 왠지 봄이 다가오고 있다는 생각이 든다.

流れの音、すずめの声もなんとなく陽気に聞こえて來る。桑畑の桑の根元までもぬらすような雨だ。このぬかるみと雪解と冬の瓦解の中で、うれしいものは少し延びた柳の枝だ。その枝を通して、夕方には黄ばんだ灰色の南の空を望んだ。

夜に入って、さびしく暖かい雨だれの音を聞いていると、なんとなく春の近づくことを思わせる。[27]

여기서도 알 수 있듯이 짧은 문장 안에서 참새소리와 봄비와 버드나무가지와 구름의 빛깔과 낙숫물 소리 등을 담담히 스케치(사생)하는 가운데 따뜻한 느낌으로 초봄의 정경이 잡힐 듯 다가온다. 이렇게 토오손 수필은 소재를 적절히 구사하며 서정미 넘치는 자연 계절 묘사로 시적인 산문이라고 할 수 있으며, '춘하추동 사계, 1년 12개월을 배경으로 한 풍경 표상을 생각하는 재료로서 시마자키 토오손의 『치쿠마가와의 스케치』의 묘사는 좋은 자료'가 된다.[28] 이 가운데 가을을 표현한 「낙엽1」 「낙엽2」 「낙엽3」 등에서는 '어느 날 아침'이라는 묘사에 애매한 듯하지만 실은 시간의 무게, 경험의 무게가 간결한 묘사에 응축되어 낙엽1, 낙엽2, 낙엽3 으로 조직화되어가는 양상을 볼 수 있다.[29]

또한, 『치쿠마가와의 스케치』각 장의 시작 부분에 이 책 장정을 그린

27 토오손(島崎藤村, 1990), 「暖かい雨」, 『千曲川のスケッチ』, 岩波文庫, p.197.
28 나카지마(中島国彦, 2008.3), 「近代文学にみる<秋>の風景表象—島崎藤村『千曲川のスケッチ』を中心に—」, 『国士舘大学地理学報告』No.16, 国士舘大学地理学会, p.6.
29 위의 글, p.9.

화가 아리시마有島生馬의 삽화 컷이 12장 실려 있는데, 사계절 산촌의 풍물을 간결하게 전하는 것으로 독자들에게 친숙하게 받아들여지고 있다. 이렇게 사계의 사생적 묘사에다 풍경 표상을 시각 영상화하는데도 힘을 쏟은 토오손의 면모를 확인할 수 있다. 근대 초기 시집『새싹집若菜集』(1897)에서 봄과 가을 등 계절을 소재로 청신한 서정을 노래한 토오손은, 이와 같이 시적 산문인 수필에서도 고향의 각 계절의 정경을 돋보이게 사생하고 있다. 토오손은 시각의 사생 묘사를 주로하며 여기에 후각과 청각 등을 곁들여 일본문학에 근대적 자연 계절 표현의 영역을 확대시켜갔다고 하겠다.

6. 카와바타의 사계 표현으로 전개

이후의 일본근현대작가 중에서도 '신감각파'로 등장한 카와바타 야스나리川端康成의 문학에는 특히 자연과 계절 표현이 풍부하고 사계절을 작품의 '차례' 전면에 제시하며 본격적으로 묘사한 작품이 많다.

『온천장温泉宿』(1929)과『천우학千羽鶴』『산 소리山の音』『고도古都』(1962) 등 카와바타의 대표적인 작품들이 사계를 축으로 하여 이야기가 전개된다.

예를 들면, 노년을 다룬 소설『산 소리』는 각 장의 제목이 <겨울 벚꽃> <봄의 종> <가을 물고기> 등이며, 쿄오토京都의 아름다운 사계와 연중행사를 배경으로 한 소설『고도』의 목차는 <봄 꽃> <기온 축제祇園祭>(여름) <가을 색秋の色> <깊어가는 가을의 자매秋深い姉妹> <겨울 꽃冬の花> 등으로 각 계절 명칭을 넣었고 쌍둥이 자매의 기구한 운명을 그린 이야기의 전개도 사계절의 변화를 기저로 하고 있다.『고도』에 나타난 계절묘사 특히 서두의 '봄春'의 표현만 보더라도 계절감의 서정성과 상징, 고독, 순환하는 인생과 사계 등 카와바타 문학다운 특징이 응축되어 있

는 것을 확인할 수 있다.[30]

7. 맺음말 ─일본근대문학의 사계 표현의 의의─

일본근대문학 속의 새로운 자연 계절 표현의 도입과 그 전개과정에 대하여 생각해 보았다. 고전문학의 계절묘사의 전통을 이어받으면서 새로운 전개를 하게 된 근대 일본문학에서 자연 풍경의 발견은 내면의 자각을 일깨워 문학의 근대화에 기여했다고 하겠다.

후타바테이 시메이 역 투르게네프의 소설과 워즈워스의 낭만시 등 서양문학의 영향을 받아 자연을 재발견한 쿠니키다 돗포가 자연 계절에 대한 근대적 전감각적 표현을 도입한 이래로, 서양의 풍경화가 코로와 러스킨의 「근대화가」론 등에 자극받은, 토쿠토미 로카의 다양한 색채에 의한 시각적인 자연 묘사, 그리고 시마자키 토오손의 자연 계절의 사생적 묘사와 과학적 표현 등으로 전개 발전되었으며, 일본근대문학에서 사계절 묘사는 카와바타 야스나리 문학에서 보다 의식적이고 본격적으로 극대화 되었다는 것을 확인하였다.

일본인들은 전통적으로 '눈 달 꽃雪月花', 화조풍월花鳥風月 등 자연 풍경의 사계절별 변화에 민감하게 반응하여 각 시대별로 문학, 예술에 그 표현이 면면히 이어져 내려오고 있다. 자연 묘사는 사계절의 변화를 필수적 요건으로 하며, 따라서 일본인의 자연관은 계절감의 표현으로 구체화 되었다고 할 수 있다. 일본인의 이러한 자연 관찰과 계절 묘사의 성향이 일본문학의 섬세함의 특징을 드러내는데 결정적인 요인이 되었다고

---

30 최재철(2011.2), 「일본근대문학과 사계(四季) -『고도(古都)』의 계절묘사를 통해본 카와바타(川端) 문학의 특징-」,『외국문학연구』제41호, 한국외대 외국문학연구소, pp.531~552.
최재철(2012), 「일본근현대문학과 사계 -카와바타(川端) 문학을 중심으로-」,『문학, 일본의 문학-현대의 테마-』, 제이앤씨, pp.9~31 참조.

하겠다.

　일본근대문학 속의 계절 표현을 소재로 일본인의 자연을 바라보는 시선과 그 특징을 알게 된다. 일본인은 사계의 미세한 변화에 섬세하게 반응하고 묘사하며 자그마하고 불완전 한 것과 덧없는 사계의 순환에 순응하고 융합하는 자연관을 갖고 있다고 하겠다. 어떻게 보면 일본인은 계절의 변화, 사계에 지나치리만치 민감하고 집착하는 것은 아닐까 라는 생각이 들 정도이다.

　이러한 일본인의 자연 계절에 대한 표현과 그 관점은, 예를 들어 맹사성의 「강호사시가」등 한국인의 계절감에서 나타나는 유교적 자연관이나 보름달 같은 크고 완전한 것을 선호하는 측면과 구별된다고 볼 수 있을 것이다.

　Key Words　후타바테이 시메이, 번역, 쿠니키다 돗포, 「무사시노」, 사생

참고문헌

투르게네프 작·二葉亭四迷 역, 安井亮平 주(1971),「あひびき」,『二葉亭四迷集』, 日
　　本近代文学大系 第4巻, 角川書店, pp.344~345.

国木田独歩(1977),「武蔵野」「忘れえぬ人々」「欺かざるの記」「独歩吟」,『国木田独歩·
　　田山花袋集』, 現代日本文学大系 第11巻, 筑摩書房, pp.11, 173.

徳富蘆花(1977),『徳富蘆花·木下尚江集』, 現代日本文学大系 第9巻, 筑摩書房, p.210.

徳冨蘆花(2011),「新樹」,『自然と人生』, 岩波書店, p.179.

島崎藤村(1986),「雲」(『落梅集』),「千曲川のスケッチ」『島崎藤村全集』第1巻(筑摩全
　　集類聚), 筑摩書房, pp.196~197, 261.

島崎藤村(1990),「暖かい雨」,『千曲川のスケッチ』, 岩波文庫, p.197.

西村亨(1988),『王朝びとの四季』, 講談社学術文庫, pp.20~23, 41~46.

伊東一夫(1970),『島崎藤村研究』, 明治書院, p.122.

鈴木日出男(1995),「あとがき」,『源氏物語歳時記』, ちくま学芸文庫, p.366.

柄谷行人(1980),「風景の発見」『日本近代文学の起源』, 講談社, p.24.

山田薄光(1991.2),「独歩の自然観·運命観」,『国文学 解釈と鑑賞』, 至文堂, pp.50~51.

芦谷信和,「独歩と外国文学―ワーヅワースの受容と感化―」,『国文学 解釈と鑑賞』, 至
　　文堂, p.50.

山中千春(2005.2),「<自然>と<人>―初期国木田独歩文学を中心に―」,『芸文攷』第
　　10号, 日本大学大学院 芸術学研究科文芸学専攻, p.41.

金子孝吉(2005.12),「徳富蘆花による伊香保の自然描写について―『自然と人生』「自
　　然に対する五分時」を中心に―」,『滋賀大学経済学部研究 年報』第12巻, 滋賀
　　大学経済学部, p.142.

布川純子(1995.3),「徳富蘆花『自然と人生』の「自然に対する五分時」について」,『成
　　蹊人文研究』第3号, 成蹊大学文学部, 재인용.

＿＿＿＿＿＿(2011.1),「徳富蘆花『新春』、新しい出発」,『解釈』一·二月号(第五十七巻),
　　解釈学会, p.32.

中島国彦(2008.3),「近代文学にみる<秋>の風景表象―島崎藤村『千曲川のスケッチ』
　　を中心に―」,『国士館大学地理学報告』No.16, 国士館大学地理学会, pp.6, 9.

최재철(2000.6),「일본문학의 특수성과 국제성―카와바타(川端)와 오오에(大
　　江) 문학의 세계화 과정 ―」,『일어일문학연구』제36집, 한국일어일문학
　　회, p.213.

＿＿＿＿(2011.2),「일본근대문학과 사계(四季) ―『고도(古都)』의 계절묘사를 통
　　해본 카와바타(川端)문학의 특징―」,『외국문학연구』제41호, 외국문학
　　연구소, pp.531~552.

＿＿＿＿(2012),「일본근현대문학과 사계 ―카와바타(川端) 문학을 중심으로―」,
　　『문학, 일본의 문학 ―현대의 테마―』, 제이앤씨, pp.9~31. (외)

일본문학의 기억과 표현

제2장
모리 오오가이의
역사소설

최 재 철

1. 머리말

모리 오오가이森鷗外(1862~1922)는 일본 근대문학을 일으킨 계몽기
의 선각자로서 평론・소설・시가・희곡・번역문학 등 여러 분야에서
많은 업적을 남겼다. 그 중 소설분야에서는 일본근대문학 초창기에 일
찍이 단편소설의 전형을 보여준 「무희舞姬」(1890)를 비롯하여, 의지와
체념, 우연과 필연을 다룬 『기러기雁』(1911) 등 현대물을 주로 발표하였
는데 후반기에는 역사소설 집필에 주력한다. 오오가이鷗外의 대표적인
단편 역사소설과 장편 역사전기史傳는 다음과 같다.

> (1) 초기 '역사 그대로歷史その侭' 계열 작품
>   「오키츠 야고에몬興津弥五右衛門의 유서」(1912),
>   「아베 일족阿部一族」「사하시 진고로佐橋甚五郎」(1913)
>   (단행본 『고집意地』 수록)
> (2) '역사 벗어나기歷史離れ' 계열과 후기 작품
>   「야스이 부인安井夫人」(1914) 「산쇼 대부山椒大夫」(1915)

「어현기魚玄機」「마지막 한마디最後の一句」「할아버지 할머니ぢいさんばあさん」(1915),

「타카세부네高瀨舟」「한산 습득寒山拾得」(1916)

(단행본『高瀨舟』수록)

(3) 역사전기물

『시부에 츄우사이渋江抽斎』『이자와 란켄伊澤蘭軒』(1916) 외

위의 분류 명칭 '역사 그대로' 계열과 '역사 벗어나기' 계열은 오오가이가 근대 역사소설론으로서 이른 시기에 쓴 「역사 그대로와 역사 벗어나기歷史その侭と歷史離れ」(1915)라는 평론의 제목에서 필자가 따온 것이다. 이 평론은 역사소설 집필시의 작자의 입장을 밝힌 것으로, 역사적 사실(자연)과 역사문학 작품의 거리 즉, 사료와 창작의 차이 정도에 따라 역사적 사실을 될 수 있는 대로 재현하는 경우와, 역사적 사실에서 소재를 구하되 그다지 구애받지 않고 작가가 자유롭게 재구성한 경우를 말한다. 이러한 작가의 의도를 참고하여 발표 순서에 따라 대략 위와 같이 3가지로 분류하여 논하기로 한다. 이런 분류 기준에는 다른 의견, 예컨대 '역사 벗어나기'의 정도의 차이 등에 따른 이견 등이 있을 수 있으나, 여기서는 전체 흐름을 알기 쉽게 하기 위해 편의상 이렇게 나누어 설명한다.

모리 오오가이는 역사 소설가로서 역사 해석의 방식을 통해 근대 지식인의 역사 인식을 보여주고, 공직자(군의관)로서 보수적인 입장을 견지하는 일면과 양식 있는 지성인으로서 자유인다운 상상력과 인간정신의 해방을 추구한 측면이 있다. 역사의 근대적 해석과 역사적 사실의 현재적 의미, 작가의 개성과 상상력, 역사와 역사 문학의 이해를 위하여 근대적 역사소설의 개척자이기도 한 오오가이의 작품세계로 들어가 보기로 한다.

각 역사소설 끝에 작품의 「유래」를 달아 해설 겸 집필 동기, 역사 사료

와 소재를 밝히고 부연 설명을 하여 독자의 이해를 돕고 있는 것도 오오
가이 역사소설의 한 특징이다. 그러면 역사소설의 주요 부분을 번역 인
용하면서 소개하고 해석하며 그 의미와 오오가이 역사소설의 근대성
등에 관하여 파악하고자 한다.

2. 역사소설의 출발
― '역사 그대로', 자기 주장으로서의 '고집' ―

  먼저 초기 '역사 그대로' 계열의 단편 역사소설 3작품을 살펴보기로
한다. 「오키츠 야고에몬의 유서」는 오오가이의 첫 번째 역사소설로서
그 의의가 크다. 이 작품은 러일전쟁의 명장이자 오오가이와 오랜 친분
이 있었던 노기乃木希典 대장이 할복자결殉死한 사건이 계기가 되어 쓰게
된다. 메이지시대가 끝나자 이전에 서남西南전쟁 중 부대의 군기를 빼앗
겼던 일과 러일전쟁에서 많은 전사자를 낸 것을 참회할 겸 노기乃木 대장
은 부인과 함께 스스로 목숨을 끊는다. 근대적 교양과 지식을 갖춘 고위
지휘관이 전근대적인 봉건 무사사회의 인습에 따른 방식으로 할복 자결
한 사건은 오오가이에게 큰 충격을 주었다. 오오가이의 일기(1912.9.18)
에 의하면, 노기대장의 장례식을 마친 다음 하루 이틀 만에 단숨에 쓴 작
품이다. 이로 인하여 오오가이는 창작 활동상 현대소설에서 역사소설
로의 새로운 전기를 맞이하게 되는 것이다.
  소재는 미리부터 수집해오던 과거 역사 자료에서 찾지만 실은 노기
부부의 유서 등을 참고하여 당대의 사건을 해석하고 이해하려는 의도
가 이 역사소설에서 제시된다. 노기와는 개인적인 친분관계도 있어서
인지, 이 첫 번째 역사소설에서는 할복자결을 그리 나쁘게 보지 않은 것
같다. 오히려 노기 대장의 행위를 변호하고 미화하려 한 흔적이 보인다.
그런데 1년 뒤에 대폭 수정한 정본에서는 흥분을 가라앉히고 새 자료의

고증을 참고하여 좀 더 객관적으로 기술하고자 한 것 같다. 여하튼 이 작품은 할복자결의 다양한 측면을 다룬 두 번째 작품 「아베 일족」의 경우와 대조된다.

「아베 일족」은 일본 에도江戶시대 봉건 무사사회를 배경으로 하여 무사의 명예를 존중하는 죽음의 한 형식인 할복자결을 소재로 한 역사소설이다. 능력이 있고 빈틈없이 충성을 다하지만, 주군主君인 번주藩主 호소카와 타다토시細川忠利의 괜한 미움을 산 신하 아베 야이치에몬阿部弥一右衛門 일족의 비극을 다룬 작품이다. 아베는 주군의 임종에 즈음하여 '할복殉死'을 희망하지만 다른 18명의 무사와 달리 허락받지 못하고 주군의 명에 따라 새 번주 밑에서 소임을 다하고 있었는데 주위에서 목숨을 아까워하는 자라는 비판과 눈총을 사게 되자 자신의 충성심을 확인시키려고 자의로 뒤따라 할복을 한다. 그렇지만 일단 받은 모욕은 씻어지지 않고 다른 순사자의 유족에 비해 차별대우를 받자 아베의 적자嫡子 곤베權兵衛는 타다토시 1주기 법요식 때 자신의 상투를 잘라 불전에 놓는다. 이 돌발적 행동에 격노한 새 번주는 곤베를 처형한다. 이에 반발한 아베 일족은 결속하여 번에 대항하다 끝내 전멸한다는 비극적인 이야기이다. 할복한 사람들 각각의 심리 분석도 함께 작품 속에 담았다. 소재는 「아베 다사담阿部茶事談」이다. 이 비극의 연원이 되는 인간 본성의 한 단면을 보기로 한다.

> 타다토시忠利는 이 사내(야이치에몬弥一右衛門)의 얼굴을 보면 반대하고 싶어지는 것이다. 그럼 꾸중을 듣는가 하면 그렇지도 않다. 이 사내만큼 성실하게 일하는 자도 없고 만사를 잘 알아차리고 실수가 없기 때문에 혼내려고 해도 혼낼 수가 없다.
> 야이치에몬은 다른 사람이 분부를 받고서 하는 일을 분부받기 전에 한다. 다른 사람이 아뢰고 하는 일을 아뢰지 않고 한다. 그러면서 하는 일은 언제나 정곡을 찔러 비난받을 여지가 없다. 야이치에몬은 고집만으로 일을 하게

끔 되었다. 타다토시는 처음에 아무 생각도 없이 그저 이 사내의 얼굴을 보
면 반대하고 싶어졌던 것인데, 나중에는 이 사내가 고집으로 근무하고 있는
것을 알고 미워졌다. 총명한 타다토시는 왜 야이치에몬이 그렇게 되었는지
회상해보고 그것은 자기가 그렇게 만든 것이라는 것을 알아차렸다. 그리고
자기의 반대하는 버릇을 고치려고 생각하고 있으면서 달이 가고 해가 감에
따라 그것이 점차 고치기 어렵게 됐다.

　사람에게는 누구나 좋아하는 사람 싫어하는 사람이 있다. 그리고 왜 좋은
지 싫은지 천착해보면 어찌 보아도 파악할 만한 근거가 없다. 타다토시가 야
이치에몬을 좋아하지 않는 것도 그런 까닭이다. 그러나 야이치에몬이라는
사내는 어딘가 남과 친해지기 어려운 점을 지니고 있음에 틀림없다. 그건 친
한 친구가 적은 것으로 알 수 있다. 누구나 훌륭한 무사로서 존경은 한다. 그
러나 손쉽게 다가가려고 시도해보는 자가 없다. (중략) 나이 위인 한 사내가
'아무래도 아베阿部에게는 파고들 틈이 없다'며 스스로 포기했다. 그 부분을
생각해보면 타다토시가 자신의 버릇을 고치고 싶다고 생각하면서 고칠 수가
없었던 것도 의아하게 생각할 것이 없다.

이렇게 야무지고 자기에게 충성스럽지만 '왠지 싫음'과 그 반대쪽에
놓인 '고집'이 서로 점점 증폭되어 낳은 비극을 보여주고 있다. 이 왠지
싫음과 고집이라는 것은 인간 본성 중 하나로 어찌해볼 도리가 없는 것
인지도 모른다. 아베의 말을 듣지 않고 어깃장을 놓으며 반대로 행동하
는 타다토시의 버릇이나 타협을 모르고 자기 길만 가는 아베의 외골수
양쪽에 다 책임이 있지만, 어느 한쪽이 왠지 싫다는 감정을 바꾸든지 스
스로 고집을 꺾지 않는 한 이러한 비극은 아마 필연적인 것일 것이다. 특
히 그것이 봉건사회 군신 간에 있어서는 더욱 그러할 터이다. 더구나 부
친을 닮은 곤베의 급한 성격으로 이 비극은 결정적이 된다.

「아베 일족」은 역사적 사실에서 소재를 찾아 해석은 과거나 현재에
관통하는 인간관계의 불가사의함과 조직의 논리로 풀어 보이려는 데에

이 작품의 근대성이 돋보인다. 그리고 무사도武土道를 지탱하는 지주 중 하나였던 할복에 대하여, 역사소설 제1작품 「오키츠 야고에몬의 유서」에서 미화했던 작가가 「아베 일족」을 통해 할복 제도의 문제점(남을 의식하고 하는 할복, 유족의 호의호식을 위한 할복 등)을 지적하고 비판적으로 본 점에도 의의가 있다고 하겠다.

다음에, 「사하시 진고로」는 조선통신사가 등장하는 이색적인 작품인데, 이 이야기는 오오가이가 이 소설의 끝에 부기하고 있는 대로 『속 무가한화續武家閑話』 『갑자야화甲子夜話』 『한사내빙기韓使來聘記』 등에서 그 소재를 얻었으며, 그 밖에도 『토쿠가와실기德川實紀』 『통항일람通航一覽』 『속일본통감續日本通鑑』 등의 기록을 참고로 작가가 재구성한 작품으로 줄거리는 다음과 같다.

일본 전국시대인 중세 말, 토쿠가와 이에야스德川家康 将軍의 심복이던 '사하시 진고로佐橋甚五郎'는 재능과 기량, 배짱이 뛰어나 처음에는 신임을 받고 충성을 다했으나 뭔가 그런 점을 경계하던 이에야스家康가 진고로甚五郎를 제거하려 하자, 이 낌새를 미리 알아채고 배신감을 느낀 진고로는 아무도 몰래 어디론가 잠적하고 만다. 그 후, 토요토미 히데요시豊臣秀吉의 시대가 끝나고, 일본 근세・에도江戸 시대를 연 토쿠가와 이에야스는 임진왜란으로 단절된 조선과의 국교를 1607년에 재개하게 된다. 조선통신사 일행이 이에야스를 면담할 때, 정사正使 부사副使 종사관從事官의 인사와, 국서國書・선물人蔘 등 전달에 뒤이어, 상상관上々官(통역관) 세 사람을 접견하던 이에야스의 눈에, 그 중 한 사람 교첨지喬僉知가 바로 사하시佐橋 진고로로 비쳐지는 것이다. 다음은 세 사람이 물러간 뒤 이에야스가 츠시마対馬島번주 소宗에게 확인하는 장면이다.

잠시 후 소宗 義智가 주저주저하며 입을 열었다.

"세번째는 교첨지라고 하는 자로……"

이에야스는 소宗를 냉담하게 힐끗 쳐다보고는 이내 눈을 돌려 주위를 둘러

봤다.

"아무도 기억하고 있지 않은고? 난 예순 여섯이 됐지만 아직 쉽사리 속지
는 않아. 저 놈이 텐쇼天正 11년(1583)에 하마마츠浜松에서 잠적했던 때가 스
물세 살이었으니 올해 마흔 일곱이 돼. 발칙한 것! 잘도 조선인인 체하는 군.
저건 사하시 진고로佐橋甚五郎야!"[1]

당시 일본의 최고 권력자 이에야스 앞에 과거 자기가 배신한 심복 진
고로가 조선인이 되어 실로 24년 만에 당당하게 나타나 대등한 입장에
서 마주 선 것이다. 불러 다그쳐도 '모른다'고 하면 그뿐 어쩔 수 없으므
로 그냥 돌려보내게 되는데, 이후 이 소설은 앞에서 소개한 과거의 사연,
즉 군신 관계상의 충성과 의리 인정 재능 기량 배짱 고집 그리고 배신과
잠적 등에 관하여 적절하게 묘사한 다음에, 다음과 같이 기교 있게 암시
적으로 끝맺고 있다.

텐쇼 11년에 하마마츠를 떠난 진고로가 과연 케이쵸 12년(1607)에 조선에
서 교첨지란 이름으로 왔는지? 아니면 그렇게 보인 것은 이에야스의 착각이
었는지? 확실한 건 아무도 모르는 거다. 사하시 집안 사람들은 남이 물어도
전혀 모른다고 우겨댔다. 그러나 사하시 집안에서 뿌리가 인형처럼 자란 인
삼 상등품을 아주 많이 보관해 둔 것이 나중에 알려져, 그건 어떻게 입수한
것인가 수상쩍어하는 자가 있었다.[2]

이「사하시 진고로」라는 작품은「오키츠 야고에몬의 유서」, 「아베 일
족」과 함께『고집意地』(1913.6)이라는 단편소설집에 수록되어 있는데,
이 소설집의 제목에서 알 수 있듯이 모두 봉건시대 절대 권력자인 영주

---

1 오오가이(1979), 「佐橋甚五郎」, 『鷗外選集』第4卷, 岩波書店, p.210.
2 앞의 책, p.218.

주군과 그 신하와의 관계에서 생기는 마찰과 대결, 즉 한 인간으로서 개
인의 의지를 끝까지 관철하는 '고집'스런 인물의 운명을 그린 것이다.

그러므로 이 작품은 그 소재를 과거에서 구했지만 개인의 자아 발견,
자기 주장이란 측면에서 근대적 개성을 표현하고자 했다고 보는 것이
타당할 것이다. 그런데 왜 그러한 인물이 바다 건너 조선으로부터 오는
가. 근대 일본의 관료이자 지식인 작가 오오가이 특유의 암시적인 방법
으로 이렇게 처리한 것이라고 보는데, 물론 조선통신사에 관해 적절한
소재가 주변에 있었고, 개인의 자아 실현이라는 방향으로 해석할 수 있
는 조건이 작가에게 갖추어져 있었던 것이다.[3]

오오가이의 초기 역사소설집 『고집意地』과 『텐포이야기天保物語』는 봉
건시대 일본 무사사회 특유의 덕목인 '할복자결殉死'과 주군에의 복종,
복수라는 주제를 제시하고 있다. 역사인물전기 「오오시오 헤이하치로
大塩平八郎」 등의 경우와 같이 역사적 인물에 흥미를 갖고 창작을 한 경우
도 있다. 무사의 책임감과 사생관을 직접적으로 가장 간단명료하게 응
축시켜 구상화하는 형식인 '할복割腹(切腹)'은, 무사 윤리에 대한 재검토
에 관심을 보이던 오오가이로서는 자연스런 소재였던 것이다.[4]

3. '역사 그대로'에서 '역사 벗어나기'로
─「산쇼 대부」, 전설을 소설로─

역사소설론 「역사 그대로와 역사 벗어나기」는 오오가이 스스로 말하
는 바와 같이 「산쇼 대부」가 '역사 벗어나기' 작품임을 밝히는 작가의
해설로서 역사소설의 창작 방향 두 가지에 대하여 언급하고 있다.

---

3 최재철(1995), 「일본 근대문학자가 본 한국」, 『일본문학의 이해』, 민음사, pp.299
  ~303.
4 코보리(小堀桂一郎, 1979), 「解説」, 『鷗外選集』第5卷, 岩波書店, pp.295~297.

　나는 사료史料를 조사해 보고 그 안에 보여지는 '자연'을 존중하는 생각을
갖기 시작했다. 그리고 그것을 함부로 변경하는 것이 싫어졌다. 이것이 하
나이다. 나는 또 현존하는 사람이 자기의 삶을 있는 그대로 쓰는 것을 보고
현재를 있는 그대로 써도 된다면 과거도 쓸 수 있다고 생각했다. 이것이 둘
이다. (중략)

　나는 역사의 '자연'을 변경하는 것을 싫어하여 알게 모르게 역사에 얽매
였다. 나는 이 굴레 밑에서 헉헉대며 괴로워했다. 그래서 그것을 벗어나고
자 했다. (중략)

　여하튼 나는 역사 벗어나기를 하고 싶어 「산쇼 대부」를 썼던 것인데 글
쎄 다 쓰고 보니 역사 벗어나기가 부족한 것 같다. 이것은 나의 솔직한 고
백이다.[5]

　오오가이가 역사소설 「산쇼 대부」에서 벗어나고 싶었던 것은 실은
'역사' 그 자체가 아니라 '사료'일 것이다. 역사소설을 쓸 때 '전혀 시대
라는 것을 되돌아보지 않고 쓸 수는 없기' 때문에 그럴싸하게 사료에서
조사해온 것처럼 이야기를 만들어내는 것이다. 그러나 이 「산쇼 대부」
를 쓴 동기를 밝힌 위의 문장은 오오가이의 방법을 잘 보여주고 있다. 오
오가이가 즐겨하는 것은 사료의 내용이 아니라 사료라고 하는 것의 성
질인 것이다. 오오가이는 사료나 전승에서 취사선택하여 하나의 '정리'
를 하려고 하지 않았다. 개개의 단편은 각각 뭔가를 의미하고 있다고 보
기 때문이다. 그렇지만 결코 전체의 하나의 이념을 나타내고는 있지 않
기 때문에 오오가이의 작법은 적극적으로 세부를 독립시키려고 하는
것이다. 각각의 사건 스스로가 빛을 발하게 하고자 하는 의지가 있다고
하겠다.[6]

5　오오가이(1979), 「歷史その侭と歷史離れ」, 『鷗外選集』第13巻, 岩波書店, pp.290~293.
6　카라타니(柄谷行人, 1974.3), 「歷史と自然」, 『新潮』, 『森鷗外』群像日本の作家 2, 小
　学館, 1992, pp.58~59.

'역사 벗어나기' 계열의 대표 작품으로 알려진 「산쇼 대부」의 내용은 이렇다. 귀족인 부친이 멀리 츠쿠시(현재의 九州)로 좌천되어 오랫동안 돌아오지 않자, 안쥬安寿(14세)와 즈시오厨子王(12세) 남매의 가족은 부친을 찾아 여행길에 올랐다가 인신매매범에게 잡혀 끌려가던 중 여종은 바다에 몸을 던져 죽고 어머니와 남매는 각각 사도佐渡와 단고유라丹後由良로 팔려가 뿔뿔이 헤어진다. 포악한 산쇼 대부의 농장에서 강제노동의 혹사를 당하던 남매는 탈출을 기도한다. 누나 안쥬의 기지와 연못에 투신하는 희생으로 추격대를 따돌리고 남동생 즈시오는 누나에게서 받은 호신불護身仏을 지니고 산사山寺의 도움을 받아 탈출에 성공한다. 지니고 있던 지장보살 불상이 징표가 되어 즈시오는 복권되며 명예를 되찾아 단고丹後의 영주가 된 다음에 인신매매를 금지시키고 노예들을 해방시켜 선정을 베풀며 어머니와 재회한다는 줄거리로, 중세의 권선징악적인 교훈 설화에서 소재를 찾은 것이다. 본문 중에서 탈출을 결심하고 그 방법을 찾는 안쥬의 야무진 모습을 인용해 보자.

> 그날 밤 무서운 꿈(남매가 동시에 꾼, 부젓가락으로 이마에 열십자로 낙인을 찍히는 꿈; 인용자주)을 꿨을 때부터 안쥬의 모습이 몹시 변했다. 얼굴에는 긴장한듯한 표정이 보이며 눈썹 가운데는 주름이 지고 눈은 아주 먼 데를 응시하고 있다. 그리고 아무 말도 하지 않는다. 해질녘에 해변에서 돌아오면 이제까지는 동생이 산에서 돌아오는 걸 기다렸다가 긴 이야기를 했는데 지금은 이런 때에도 말수가 적었다. 즈시오가 걱정이 되어, '누나, 무슨 일 있어?' 하고 물으면, '아무 일 없어, 괜찮아.' 라고 말하며 짐짓 웃어 보인다.
>
> (중략)
>
> 창백한 얼굴에 홍조를 띠며 눈이 빛나고 있다.
>
> 즈시오는 두 번째로 누나의 모습이 변해 보이는 데 놀랐고 또 자기에게 아무 상의도 하지 않은 채로 갑자기 나무하러 가고 싶다고 하는 것도 의아스러워 그저 눈을 크게 뜨고 누나를 지켜보고 있다.

지로二郎(산쇼 대부의 차남으로 남매에게 호의적인 편임)는 아무 말 않은 채 안쥬의 모습을 가만히 보고 있다. 안쥬는 '두 번 다시 없는 단 한 번의 청입니다. 꼭 산에 가게 해주십시오.'라고 되풀이했다.

이러한 표현에서 과묵하고 뭔가 의지 관철을 위해 결심을 다지는 안쥬의 당찬 모습과 '눈의 반짝임' 등을 보게 되는데, 이는 「타카세부네」의 '경이의 눈' 등의 표현과 통하는 것으로 등장인물의 심리를 적확하게 표현하고 있다고 하겠다.[7]

탈출에 성공하고 신분이 확인되어 지방 영주가 된 마사미치正道 즉 즈시오가 어머니를 찾아 사도지방 어느 농가를 지나치다가, 조에 몰려드는 새를 쫓으며 구슬프게 되풀이 읊조리는 눈먼 여인을 발견하고 발길을 멈춘다.

　　안쥬 그립구나 훠어이 훠이
　　즈시오 그립구나 훠어이 훠이
　　새도 목숨붙은 생물이라면
　　어서어서 날아가라 쫓지않더라도

즈시오가 꿈에도 그리던 어머니였던 것이다. 어머니의 애절한 마음이 이 노래에 응축되어 있다. 지니고 있던 호신불을 이마에 갖다 대니, <양쪽 눈에 윤기가 돌았다. 여인은 눈을 떴다. '즈시오!'하는 절규가 여인의 입에서 나왔다. 두 사람은 꽉 얼싸안았다.> 이렇게 「산쇼 대부」이야기는 막을 내린다. 이 마지막 부분은 우리나라『심청전』에서 딸 심청이와 뜻밖에 재회하여 놀라 눈을 뜨는 심봉사의 경우와도 비슷한 옛이

7　이즈하라(出原隆俊, 1997),「鷗外が多用する表現について─『山椒大夫』を中心に」,『講座森鷗外』2, 新曜社, p.364.

야기의 한 전형으로 보인다.

'산쇼 대부 전설'에서 취재하면서도 과감히 사료史料의 속박을 벗어나 자유로운 상상력으로 재창조한 작품이다. '꿈과 같은 이야기를 꿈처럼 떠올려본' 것으로, 전설 속의 <새를 쫓는 여인> 이야기를 단막극으로 써보고 싶다는 희망을 갖고 있던 오오가이는, 『청년』(1911) 말미에서도 주인공 코이즈미 쥰이치小泉純一로 하여금 전설을 소재로 창작해보겠다는 의지를 표명하게 함으로써 이미 역사소설(「산쇼 대부」, 1915) 집필을 예고하고 있었던 것이다. 이 '산쇼 대부 전설'은 설화 「셋쿄오부시說経節」의 하나로, 사도佐渡, 호쿠리쿠北陸 지방에 '안쥬安寿와 즈시오厨子王의 수난 이야기'로도 구전되어 오는데, 오오가이가 직접 소재로 한 것은 『토쿠가와 문예유취德川文芸類聚』 제8 「죠오루리浄瑠璃」 권(1914)로 알려져 있다.

그런데, 소설 「산쇼 대부」는 원전의 설화성(비현실적 과장)과 잔혹한 장면, 조잡한 정념의 표현 등을 완화하여 고쳐 쓰고 전아하고 품위 있는 문체로 전설의 맛을 살리면서도 현실감을 주며 근대적 해석을 시도한 점 등을 보면 오오가이의 창작의 면모를 여실히 보여주고 있는 작품이다. 「산쇼 대부」는 오오가이 작품 그대로 일본 아동문학총서에 대개 포함되어 있고, 근대아동문학의 백미로 어른들의 읽을 거리로서도 손색이 없다. 코보리小堀桂一郎는 '오오가이 전체 산문작품 중 걸작의 하나' 라고 평가하고 있다.[8]

4. 테마 소설 「타카세부네」 (외)
―지족知足과 안락사, 권위의 문제―

「타카세부네」는 에도시대 수필 『노인이야기(오키나구사翁草)』 중 「유

---

8   코보리(小堀桂一郎), 앞의 책, pp.307~310.

배자 이야기」를 소재로 하고 있다. 동생을 살해한 혐의로 섬에 유배를
가는 키스케^{喜助}와 그를 호송하는 포졸 쇼오베^{庄兵衛}가 죄인 호송선 타카
세부네에서 나누는 이야기의 형식으로 되어 있다.

　유배를 가면서도 표정이 밝은 키스케를 보고 의아하게 생각한 쇼오
베는 그 연유를 묻는다. 키스케는 쿄오토^{京都}에서의 생활은 괴로움의 연
속으로 입에 풀칠하기도 어려웠고 게다가 동생이 난치병으로 누워있어
도 손써볼 도리가 없었는데, 동생이 형에게 아무 쓸모가 없다고 생각한
나머지 스스로 목숨을 끊는 것을 발견하고는 그의 고통스런 모습과 애
원에 못 이겨 자살을 도와주다 뒷바라지해주던 이웃할머니 눈에 띄게
되어 유배형을 언도받게 되었던 것이다. 키스케는 경황 중에 동생을 안
락사 시킨 셈이고 유배를 가는 것이지만 평생 한 번도 가져보지 못한
200푼이라는 거금을 유배지 섬에서의 정착금으로 받아 고맙고 만족하
며 편안한 마음으로 새 삶을 기대하고 있는 것이다. 쇼오베는 그런 키스
케의 모습에 '빛이 발하는 듯'하여 '경외의 마음'을 갖게 된다.

　포졸인 쇼오베는 봉급을 받지만 살림이 쪼들려 처가의 도움으로 그
럭저럭 살아가는 처지라서 만족이라는 것을 모르고 지내온 터였다. 호
송원인 자신은 만족을 모르는데 죄인인 키스케는 만족을 아는 것같다.
그런 키스케를 쇼오베는 외경심을 갖고 보고 있는 것이다.

　　쇼오베는 그저 막연하게 사람의 일생이란 걸 생각해보았다. 사람은 병이
　　나면 이 병이 없으면 하고 생각한다. 그날그날의 양식이 없으면 먹고 살아갈
　　수 있으면 한다. 만일의 경우에 대비하는 저축이 없으면 조금이라도 저축이
　　있으면 한다. 저축이 있더라도 또 그 저축이 더 많으면 하고 생각한다. 이와
　　같이 점점 더 생각하다보면 사람은 어디까지 가서 멈춰 설 수 있는지 모른다.
　　그것을 지금 눈앞에서 멈춰서 보여주고 있는 것이 이 키스케라고 쇼오베는
　　깨달았다.

　　쇼오베는 새삼스럽게 경이의 눈을 부릅뜨고 키스케를 보았다. 이 때 쇼

오베는 하늘을 올려다보고 있는 키스케의 머리에서 호광이 비치는 듯이 느꼈다.[9]

여기서 「타카세부네」의 한 주제인 '지족知足'의 관념을 읽을 수 있는데, 인생과 행복에 대한 이러한 표현은 작가 스스로의 실감으로서 『청년』「망상」(1911) 등의 작품 속에서도 유사한 문맥을 보게 된다. 인생의 한 과정으로서 현재의 삶, 그때그때의 만족을 발견하고 사는 삶의 중요성을 강조하고 있는 것이다.

작품 말미에서 쇼오베는 키스케가 동생을 안락사 시킨 것이 살인죄에 해당하는가 의문을 갖지만 속단하기 어려워, 그냥 '오소리티(권위)' 즉 당국의 판단에 따를 수밖에 없다는 생각을 하면서도 상관에게 한번 물어보고 싶은 기분이 앙금처럼 남는 것이다.

독자입장에서 보면 엉겁결이라도 왜 살리려고 하는 응급처치를 안하고 의원을 부르지 않았는가하는 의구심이 남고, 또 키스케에게 회한이 전혀 보이지 않는 것이 의아하지만, 키스케의 모습에서 빛을 발견하고 외경의 마음을 갖는 쇼오베의 모습에서 공직자인 작가 오오가이의 그림자를 볼 수도 있다.

오오가이는 「부기 타카세부네 유래附高瀬舟縁起」에서, 원소재를 읽고 '재산이라는 관념'과 '유타나지(안락사)'의 문제와 관련이 있고 흥미가 생겨 작품화했다고 하며, 안락사에 대하여 종래의 도덕은 그냥 놔두라고(환자가 고통을 받더라도 천명에 따르게) 하고, 의학사회에서는 그것은 잘못이라고 고통을 구해주는 것이 낫다고 한다, 라고 적고 있다.[10] 상대적인 금전욕 즉 안분지족安分知足은 식자識者들의 오랜 주제이며 안락사는 현대에 이르러서도 법률 종교 도덕인륜 의학적으로도 미해결인 채

---

9 오오가이 지음 ・최재철 옮김(1984), 「타카세부네(高瀬舟)」, 『동양문학』, 동양문학사, pp.295~296 참조.
10 『鷗外選集』第5卷, 앞의 책, pp.182~183.

여전히 우리 앞에 남겨져 있는 숙제인데, 동양에서는 아마도 오오가이가 처음으로 이 안락사의 문제를 소설에서 다룬 것 같다. 이 안락사의 문제는 작가 자신이 군의관이기도 하며, 장녀(마리)를 안락사 시키려 했던 실제 상황에서 소재를 얻어 구상했다고 할 수 있다. (오오가이, 「콘피라金毘羅」, 1909. 참조)

오오가이의 「타카세부네」와 같은 테마 소설 등은, 오오가이의 고금동서에 걸친 교양에 '공포에 가까운 경의'(「문예적인, 너무나도 문예적인」)를 품었다는 아쿠타가와芥川龍之介 등의 소설의 모델이 되었다.[11] 한편, 오오가이는 렌젤M. Lengyel(1880~?)의 단편 「호광毫光」(1913)을 번역(1914)하였는데, 「호광」의 말미에 나오는 순진무구한 바보스러운 여자의 신성한 우자愚者의 이미지[12]가 머리 위에 후광이 비치는 키스케의 형용과 유사하다. 오오가이는 이 번역 이후 「타카세부네」의 전개 과정상 주요 장면의 착상을 했다고 볼 수 있다.

이러한 성인聖人과 우자愚者의 대비와 통하면서 대조적인 인물상을 조형한 작품에 「한산 습득」이 있다. 「한산 습득」은 작중에 유불선儒·佛·仙을 대표하는 인물들이 등장하는데, 그 중에서 선인仙人을 대표하는 '한산과 습득'이 속인俗人들 속에서 바보처럼 행세하는 성인聖人으로서 여러가지 기행과 해학을 보여준다. 고도의 정신세계에 속한 대사大師와 세속적인 인물들의 대비가 돋보이며 '오오가이류'의 담백한 맛을 느끼게 하는 문장이다.

그리고, 역사소설 「할아버지 할머니」는 사이 좋기로 주위에 평판이 자자한 70대 노부부 이야기로, 할아버지(이오리伊織)는 젊은 시절에 당한 모욕을 갚기 위해 동료 무사를 살해한 죄로 유배를 갔다 37년 만에 돌

---

11 와타베(渡部芳紀, 1979), 「森鷗外」, 『芥川龍之介必携』別冊國文學, 冬季号, p.27.
12 「호광」의 말미는 이렇다. '이 여자를 구한 것은 순진무구(광대무변)한 바보스러움으로 그것이 어두운 밤길을 걷는 이 여자의 작은 머리 위에 호광과도 같이 빛나고 있었던 것이다.' 『鷗外選集』第17卷, 岩波書店, 1980, p.289.

아와, 수절하고 자기를 기다리던 할머니(룬るん)와 재회하여 평화로운
노년을 보낸다는 내용이다. 룬은 그동안 남의 집 가정부로 일하면서 시
할머니와 요절한 아들 등 가족을 보살피며 일편단심 남편을 기다려왔
던 것이다. 오랜 세월 떨어져 지낸 두사람의 생활은 실로 비극적이라 아
니할 수 없는데 재회 후의 흐뭇함에서, 자유를 빼앗고 억압하는 사회제
도나 세월도 앗아갈 수 없는 인간 본래의 존귀함이 있다는 주장을 보여
주고 있다. 그리고 죄와 벌의 관계와 제도와 개인의 자유와의 상치의 문
제, 인간의 행복추구라는 기본권리, 인간다운 삶과 존엄성 등에 대하여
평생 공직생활을 해온 작가로서 실제 체험을 통해 느끼고 생각한 바를
작품 속에 투영했다고 하겠다.

운명을 받아들여 삶의 강인한 의지를 키우고, 나아가 역경을 참고 견뎌
서 운명을 뛰어넘는 인생을 그린 <「할아버지 할머니」는 '역사 벗어나기'
로부터 다시 역사로 돌아온 것('역사 그대로')이라고 봐야 할 텐데, 여기
에는 이미 역사의 견고한 속박은 없고 아주 자유로운 느긋한 태도로 사료
를 잘 다루고 있어 오오가이 소품중 수작>[13]이라고 카라키唐木는 평한다.

반면에, 「마지막 한마디」에서는 봉건시대에 헌신과 반항으로 운명을
열어가는 한 나이어린 처녀 이치いち의 모습을 조형하고 있다. 관官의 권
력 앞에 '마지막 한마디'를 하고 마는 민중의 대변자 이치는 권위에 대
한 도전과 대항 의식을 보여주고 있다. 이 권위와 민중의 문제에 대한 작
가의 시야에 관하여 코보리小堀는 다음과 같이 보고 있다.

　권위는 그것을 권위답게 하는 내면으로부터의 조리의 뒷받침이 없는 한
　교육을 받지않은 읍내의 여자아이 하나조차 설득시킬 수가 없다. 조리의 효
　력을 가지고 할 때에는 거꾸로 그 여자 아이의 반항에 의해 관의 권위가 비
　틀거릴 수도 있는 것이다. 스스로 권위를 갖고 실제 권위자의 자리에 앉아

13　카라키 쥰조(唐木順三, 1956), 「歷史小説四つ」, 『森鷗外』作家論シリーズ 5, 東京ライ
　　フ社, p.173.

있기도 했던 오오가이는 분명히 이와 같은 권위의 구조를 그 이면에서 보고 잘 알고 있었던 것일 것이다. 또 '윗분의 결정에는 잘못은 없을 테니까요.'라는 관官의 권위에 쏠린 소박한 민중의 눈이 의외로 예리한 것이라는 사실도 오오가이는 알며 또한 말하고 싶었던 것이 아닐까. 이 말을 발하고 있는 것도 또 받아들이고 있는 것도 같은 작자 바로 그 사람인 것이다.[14]

봉건사회 내부의 권위와 개인의 문제를 부각시킴으로써 국가와 국민, 국가체제와 공직자로서의 자기 자신, 관리와 작가, 각 시대의 권위에 대한 상대적 인식의 차이, 당 시대 근대(메이지에서 타이쇼 시대로 이행)의 권위에 대한 민중의 의식 변화 등에 관하여 독자로 하여금 함께 생각해보게 하는 계기를 제공하고 있다고도 할 수 있다. 「마지막 한마디」에서의 권위에 대한 인식과, 「타카세부네」에서 포졸 쇼오베가 오소리티(권위)에 따른다는 것과는 대조적이다. 어려운 문제 즉 안락사가 죄인가 아닌가 하는 판단을 권위에 위임하는 것은 관리로서 당연한 것일 것이다. 이런 점이 일견 소극적 자세로 보이지만 실제 판단하기 곤란한 문제라서 유보적 자세를 취했다고 볼 수 있다. 그러면서 한편으로는, 그래도 다시 한 번 윗분에게 물어봐야 하겠다고 되뇌이는 구절에서 권위에 대한 일말의 의구심을 갖고 있음을 반영하는 것이 아닐까 생각하게 한다.

작가의 이러한 '권위'에 대한 주제 의식은 첫 번째 역사소설집 『고집』에 수록된 소설(「오키츠 야고에몬의 유서」 「아베 일족」 「사하시 진고로」)들에 공통적으로 보이는 관(공권력)의 권위에 도전하는 개인의 '고집'의 문제와도 이어져 있다고 본다.

5. 역사 소설과 시대의 접목
　—「야스이 부인」「어현기」의 '신여성'상의 투영—

　「야스이 부인」은 직전에 출간된 『야스이 솟켄安井息軒 선생』에서 소재
를 찾았다. 작가와 통하는 흥미있는 인물의 전기인 이 책에 나오는 부인
(야스이 사요安井佐代)의 일화 부분에 주목하여 지혜롭고 야무진 여인상
을 조형해내었다. 사요佐代가 자기 의지로 남이 꺼리는 인물을 남편으로
선택하는 이야기에 공을 들여 묘사하여 사요의 인물 됨됨이를 부각시
키고 있다. 이는 당시 화제가 된 '새로운 여자新しい女(신여성)'의 대두와
무관하지 않다고 본다. 히라츠카 라이쵸平塚らいてう가 여성전문잡지『청
탑靑鞜』을 창간(1911)하고 입센의『인형의 집』을 소개하는 등 여성해방
운동의 중심이 되고, 그녀의 자서전『원래, 여성은 태양이었다』(1912)
가 출간되는 등 이 무렵은 여러 신문 잡지에 '신여성'이라는 말이 유행
어가 된다. 오오가이는 히라츠카의 활동을 평가하고 여동생 키미코를
비롯한 여성의 문단활동을 도우며 이상적인 여성의 삶에 관하여 생각
하게 되었을 것이다.

　남편에 대한 인종과 헌신으로 일생을 보낸 야스이 부인은 자기 의
지와 결단력을 갖춘 '신여성'적인 인물로 설정되어 있다. 오오가이
역사소설의 등장인물 중 야스이 부인은 전형적인 현모양처형의 이상
적 여성상으로 '시부에 이오渋江五百(역사전기『시부에 츄우사이』의 부
인)'와 함께 쌍벽을 이룬다고 할 수 있다. 그리고, 이러한 두 여성상의
연장선상에 작가 오오가이의 어머니가 위치한다고 하겠다.[15]

　「야스이 부인」과는 다른 측면에서 '신여성'상과 통하는 자유분방한
여인을 그린 것이 「어현기」이다. 「어현기」(1915.7)는 당나라 때 미모와

15　히라카와(平川祐弘, 2000.12),「日韓문학에 있어서의 가족 - 오오가이(鷗外)의
　　어머니, 오오가이의 처 -」,『일본연구』제15호, 한국외국어대학교 일본연구소,
　　pp.15～18.

총명함을 겸비한 여류시인 어현기가 질투로 인해 가정부를 죽이고 벌
을 받는다는 이야기이다. 어현기는 야스이 부인과는 대칭적인 여성이
다. 자존심과 자기발전에 집착한 결과 파멸에 이른 처참한 재녀 어현기
의 자기파멸의 직접적인 이유는 애욕에 얽힌 정념과 질투이다. 지성만
으로는 피할 수 없는 함정으로서의 애욕愛慾을 간결하고 응축된 아름다
운 문장으로 묘사하였다. 이 작품도 역시 발표 당시 유행하던 신여성들
의 한 측면을 비춰본 것이라고 볼 수 있다. 예컨데 히라츠카의 고백「오
구라小倉清三郎 씨에게 - '성적생활과 부인문제'를 읽고」가『청탑』(1915.2)
에 실렸던 것도「어현기」발표 직전이다. 단가 시인 사이토 모키치斎藤茂
吉는「오오가이의 역사소설」(『文学』, 1936.6)에서 오오가이가 '어현기'
에 착안한 이유를 다음과 같이 설명한다.

　　이 아름답고 비범한 지혜를 지닌 여자는 오오가이의 생각 속에 있는 여자
임을 알 수 있고, 나는 이전에도 잠깐 그것에 관하여 말한 적이 있다.
　　그리고「어현기」에서는 여자성욕이 발전해 가는 모습, 접촉충동, 쾌감의
발육, 남녀간의 성욕의 차이, 질투감정 발로의 상태 따위를 다루고 그것을 몇
사람이고 직접 어현기에게 접촉하고 실험하여 얻은 것처럼 서술하고 있다.
(중략) 마침 이 무렵, 히라츠카씨가 꽃과 같은 처녀시절을 통과하여 홀연히
몰입한 감각에 관하여 자신의 문장으로 고백하였다. 성욕학에 관하여 포화
할 만큼의 지식이 있었던 오오가이가 곧바로 그 고백에 달려든 것은 지극히
자연스런 일이다.[16]

　이와 같이 미모와 총명함을 갖고서도 애욕에 눈멀어 비극적으로 일
생을 마친 여성을 그린「어현기」는 근대 신여성을 역사라는 거울에 비

16　사이토 모키치(斎藤茂吉, 1985),「鷗外の歴史小説」,『森鷗外全集』別巻, 筑摩書房,
　　p.120.

춰 재조명해본 작품이라 할 수 있다. 그러므로 「야스이 부인」이나 「어현기」는 여성성의 성향은 반대이지만 둘 다 작품에 '신여성'상의 투영이라는 공통분모를 갖고 있는 셈이다.

6. 역사전기의 신경지
—『시부에 츄우사이』, 소우주적 삶의 재현—

『시부에 츄우사이』는 역사전기史傳로서 한 인물의 종적인 가족사의 흐름(전사前史 · 6대 조상과 학문적 계보, 후세 · 자손들의 후일담)과 횡적인 유대관계(가족, 은사, 학자, 친구 등 동시대의 주변인물) 전후좌우, 표면적인 것과 내면의 흐름까지를 기술한다. 한 단락 한 단락 번호를 매기며 일대기의 조사 과정까지 써 나아가 결국은 모든 것을 놓치지 않고 한 인간의 전체상을 조감하도록 펼쳐 보인 역량과 의지가 돋보이는 역사전기의 수작이다. 이제까지 역사소설과 인물전기를 써온 오오가이의 체험과 방법이 집대성된 작품이다. 역사인물전기 『시부에 츄우사이』는 총 119장으로 이루어져 있다.

작중의 '나'는 에도시대 무사들의 계보집인 무감武鑑을 수집하다가 자신과 취미가 비슷한 도서를 소장했던 유학자이며 의사 시부에 츄우사이渋江抽斎(1805~1858)라는 인물에 흥미가 생겨 조사하던 중 그의 묘를 찾아가고 그의 아들 타모츠保를 만나 츄우사이에 관한 이야기를 듣는다. 츄우사이 이야기는 제10장부터 시작하는데, 먼저 조상에 관한 기술과 성년이 될 때까지 만난 스승, 친구들에 관하여 24장까지 적는다. 이어서 츄우사이의 생애와 학자로서의 업적, 인물 됨됨이를 밝혀 나간다. 그의 공직자로서의 정점은 바쿠후幕府의 '직참直参'으로 세이쥬관躋寿館 강사가 되어 쇼오군将軍을 알현할 수 있는 자격을 얻은 것이다. 도중에 상처한 츄우사이의 네 번째 부인 이오五百가 등장하여 현모양처의 전형

으로 활약하고, 츄우사이가 54세에 병사하는 이야기가 64장까지 이어
진다. 이후(츄우사이 사후) 이오를 중심으로 유족의 동정을 전체 분량
의 거의 반을 할애하여 자세히 서술한다는 점이 타 인물전기와는 다른
특징이라고 하겠다. 그 사이에 메이지유신明治維新이 일어나 시부에 일가
는 역경을 겪게 되고, 이오는 토오쿄오에서 타모츠가 지켜보는 가운데 69
세로 숨을 거둔다.(107장) 이오 사후 아들 등 유족의 현재까지의 족적을
살피고 집필 당시인 1916년(타이쇼5년)에 전기를 마무리하고 있다. 다
음 인용은 시부에 츄우사이의 사상 성향과 업적을 기술한 부분인데, 일
본전통적인 것과 서양의 것, 한방과 양의를 동시에 인정하고 배우며 존
중하는 츄우사이의 모습에서, '서양에서 돌아온 보수주의자'(오오가이
의 자전적 작품「망상」중의 말)를 자임하던 오오가이의 면모를 발견하
게 된다.

> 츄우사이는 근왕주의자勤王家였지만 양이주의자攘夷家는 아니었다. 처음에
> 츄우사이는 서양을 싫어하여 양이에 귀를 기울이기 어렵지 않은 사람이었는
> 데, 앞에서 말한 대로 아사카 콘사이安積艮斎의 저서를 읽고 깨우친 바가 있었
> 다. 그리고 몰래 한역漢訳본 (박물궁리博物窮理) 서적을 열람하고 점점 양학洋
> 学을 폐할 수 없다는 것을 알았다. 당시의 양학은 주로 난학和蘭学이었다. 상
> 속자 타모츠씨에게 화란어를 배우게 할 것을 유언한 것은 이 때문이다.
> 츄우사이는 한방의사漢法医로 마침 양의사蘭法医가 바쿠후에 공인받는 것
> 과 동시에 세상을 떠났던 것이다. 이 공인을 쟁취할 때까지는 양의사는 사회
> 에서 분투했다. 그리고 그들 공격의 중임을 맡은 자는 한방의다. 그 응전의
> 흔적은「한난주화漢蘭酒話」,「일석의화一夕医話」등과 같은 책에 비추어보아 알
> 수가 있다. 츄우사이는 굳이 말을 그 사이에 삽입하지는 않았지만 마음속으
> 로 이 때문에 우려하고 근심했던 것은 상상하기 어렵지않은 것이다. (제61장)

동·서양 양쪽의 학문의 필요성을 인식하고 실천한 학자, 의사, 관리,

문인이라는 공통점에서 오오가이는 츄우사이에게서 자기의 초상肖像을 발견하고 호감을 가졌음에 틀림없다. 또한, 이 작품은 개성적이고 매력적인 인물을 적재적소에 배치하여 인물전기의 맛을 배가시킨다. 예를 들면, 츄우사이의 4번째 부인 이오五百는 바둑이 2단이며 60세를 넘어 영문을 읽기 시작하는 등 전형적인 현모양처형 여장부로 오오가이의 관심이 지대하였던 듯하여 츄우사이에 관한 기술 못지않게 많은 분량을 차지하고 있다. 그리고 나이가 두 살 많은 모리 키엔森枳園은 11세인 츄우사이의 제자이자 친구가 되어 갖가지 기벽과 자유분방함으로 근엄한 츄우사이와 좋은 대조를 이룬다. 또한 세 번째 처가 남긴 아들 야스요시優善가 이채를 띤다. 방탕하고 가산을 탕진하며 무뢰한으로 이오를 무던히도 괴롭히던 그가 만년에는 관리가 되어 이오에게 은혜를 갚고 친척과 친구들을 도와주는 등 의외의 전개를 보인다. 이오의 아들 시게요시成善 즉 타모츠는 성실하고 재능이 많아 신문기자가 되며 다수의 저술과 번역을 내놓는 등 츄우사이의 학문적 소양을 이어받은 인물이다. 이 밖에도 민요 사범, 도안 화가가 된 2세들의 이야기도 삽입되어 있다.

이와같은 독특한 역사전기물은 오오가이가 창안한 것으로 그의 작품 중 '최고의 걸작'으로 평가받고 있다.[17] 『오오가이 선집』(22권)의 작품을 고른 평론가 이시카와石川淳는 저서 『모리 오오가이森鷗外』에서 「산쇼 대부」에 대해서는 별로 좋은 평을 하지 않고 있지만, 『시부에 츄우사이』에 대하여는 '『츄우사이』 제1抽斎第一', '조용히 내부로 침잠해 간 정신의 운동이 전개해 가서 소우주小宇宙를 성취' '츄우사이라는 인물이 있는 세계상世界像' '고금 일류古今一流의 대문장'이라고 명언하고 있다.[18]

그러나 오오가이 자신은, '아무리 소설의 개념을 넓게 잡아도 소설이라고는 말할 수 없을 것이다. (중략) 이들 전기를 쓰는 일이 유용한지 무용

---

17 이소가이(磯貝英夫, 1981), 『森鷗外』鑑賞日本現代文学1, 角川書店, p.309.
18 이시카와(1978), 「鷗外覚書」, 『森鷗外』, 岩波書店, pp.7〜11.

한지를 논하는 것을 좋아하지 않는다. 그저 쓰고 싶어서 쓰고 있다.'(「관조루한화観潮楼閑話」)라고 말한다. 발표 당시에는 이러한 종류의 역사전기가 새로운 형식의 문학 장르로 일반인의 주목을 별로 받지 못한 측면이 있다. 그래서 그런지 작가 스스로 역사전기물에 대하여 보통 소설과는 다르며, 새로운 언어표현의 양식으로서 글쓰기의 내적인 요구에 의해 쓰게 됐다는 점을 밝히고 있는 것이다. 요시다吉田精一・야마모토山本健吉 편『신판 일본문학사新版日本文学史』에서는『시부에 츄우사이』를 다음과 같이 평가하고 있다.

> 역사소설을 쓰는 동안에 점차 역사적 사실의 자연을 존중하는 생각이 강해져 정확한 실증적 조사에 바탕을 두고 상상을 가능한 한 배제한 독자적인 세계이다. 학자로서의 그의 학재学才와 작가로서의 그의 시재詩才가 발견한 그에게 있어서 가장 자기의 엘리멘트를 살린 적절한 분야였다. 그것들은 전아단정한 문체에 의해 당시 유자儒者의 생활을 떠올리게 하는 것에 성공한 데다가 긴 역사의 흐름 속에 떠도는 망망대해茫茫大海의 일엽편주孤舟와 같은 인간의 운명을 통감시키는 바가 있다.[19]

이와 같은 평은 공감이 가는 지적이라고 할 수 있다. 과거의 한 인물 '시부에 츄우사이'의 삶이 오오가이의 전기를 통하여 소우주적 인생답게 재현되게 된 것이다.

7. 맺음말

오오가이 역사소설의 이모저모를 살펴보았는데 그 전개 과정은 대개

먼저 '역사 그대로' 계열 작품이 쓰여 지고, 그 다음에 '역사 벗어나기' 계열의 작품을 쓰고, 마지막에 역사적 인물의 행적을 재현하는 역사전기를 집필함으로써 다시 역사존중의 입장으로 돌아왔다고 하겠다. 이러한 역사소설을 통하여 봉건 무사사회의 여러 인간상 즉, 무사의 무사다움과 시대와 환경의 제약 속에서 고투하는 인물들을 하나하나 애정을 갖고 묘사하는 오오가이의 의지를 확인할 수 있다.

역사적 사실을 시대배경이 다른 현대적 의미로 해석하고 재창조해낸 오오가이의 역사소설은 종종 작가 자신과 주변인물, 자기의 사상을 작중에 은근히 투영시키기도 한다. 소설가로서 나름대로의 역사 해석의 방식을 통해 근대 지식인의 역사 인식을 대변하면서, 역사소설 속에서 공직자(군의관)로서 보수적인 입장을 견지하는 일면과 양식 있는 지성인으로서 자유인다운 상상력과 인간정신의 해방을 추구한 측면이 있다.

오오가이의 역사소설을 읽고 난 후에 판에 박은 듯한 이야기의 한 형식이 있는 것처럼 느껴지는 것도 부정할 수 없다. 그것은 일견 작가가 인생을 위에서 조망하고 있는 것처럼 보이기 때문이거나, 작품이 지향하는 메시지와 주제 의식이 뚜렷하고 오오가이 특유의 온전한 문장과 응축된 전개, 체재의 완결미를 추구하기 때문일 것이다.

모리 오오가이의 역사소설을 설명의 편의상 발표 순서에 따라 대체로 '역사 그대로'와 '역사 벗어나기' 계열 작품과 역사전기물로 나누어 고찰해 보았다. 초기 작품(「오키츠 야고에몬의 유서」 「아베 일족」 「사하시 진고로」)에서는 할복자결이나 만사 곤경을 불사하는 자기 주장으로서의 '고집'의 문제를 읽을 수 있었고, 그 다음에는 「산쇼 대부」에서 설화를 재창작함으로써 역사의 중압에서 벗어나고자 한 역사소설가의 고민의 흔적을 보았으며, 테마소설 「타카세부네」 등에서는 지족과 안락사, 권위의 문제를, 「야스이 부인」과 「어현기」의 '신여성'상의 투영을 통하여 역사소설과 시대 접목의 현장을 확인하였다. 아울러 오오가이의 역사소설의 근대성도 이해할 수 있었다. 결국 오오가이는 한 인간

의 소우주적인 삶을 재현한 인물전기『시부에 츄우사이』로써 스스로
의 성향에 딱 들어맞는 문학양식을 찾아 역사전기의 새 장을 열었던 것
이다.

Key Words 전설과 소설, 역사 벗어나기,「타카세부네」,
역사전기,『시부에 츄우사이』

참고문헌

오오가이(1979),『鷗外選集』(전21권), 岩波書店.
『森鷗外全集』(전8권), 筑摩書房, 1985.
사이토 모키치斎藤茂吉(1936.6),「鷗外の歴史小説」,『文学』.
카라키唐木順三(1956),「歴史小説四つ」,『森鷗外』作家論シリーズ 5, 東京ライフ社.
이시카와石川淳(1978),「鷗外覚書」,『森鷗外』, 岩波書店.
코보리小堀桂一郎(1979),「解説」,『鷗外選集』第4,5巻, 岩波書店.
오가타尾形仂(1979),『森鷗外の歴史小説-史料と方法』, 筑摩書房.
코이즈미小泉浩一郎(1981),『森鷗外論 - 実証と批評』, 明治書院.
야마자키山崎一穎(1981),『森鷗外・歴史小説研究』, 桜楓社.
＿＿＿＿＿＿＿＿(1982),『森鷗外・史伝小説研究』, 桜楓社.
코보리小堀桂一郎(1982),『森鷗外 - 文業解題』創作篇, 岩波書店.
가모蒲生芳郎(1983),『鷗外の歴史小説 - その詩と真実』, 春秋社.
히라카와平川祐弘(外)編(1997),『鷗外の人と周辺』,『鷗外の作品』,『鷗外の知的空間』
　　　講座森鷗外1・2・3, 新曜社.
『森鷗外』文芸読本, 河出書房新社, 1978.
이소가이磯貝英夫(1981),『森鷗外』鑑賞日本現代文学 1, 角川書店.
『森鷗外』新潮日本文学アルバム1, 新潮社, 1989.
이케자와池澤夏樹(外)(1992),『森鷗外』群像 日本の作家 2, 小学館.
森鷗外研究会編(1987.5, 1988.5, 1989.12. 1991.2),『森鷗外研究』(1)・(2)・(3)・(4),
　　　和泉書院.
「森鷗外 - その小説世界」『国文学 - 解釈と鑑賞』, 至文堂, 1980.7.
「鷗外 その表現の神話学」『國文學 - 解釈と教材の研究』, 學燈社, 1982.7.
「特集 森鷗外の世界」『国文学 - 解釈と鑑賞』, 至文堂, 1992.2.
「森鷗外を読むための研究事典」『國文學 - 解釈と教材の研究』, 學燈社, 1998.1.
미요시三好行雄 編(1979),『芥川龍之介必携』別冊國文學NO.2, 冬季号, 學燈社.
요시다吉田精一(외)편(1986),『新版日本文学史』, 角川書店.
최재철(1995),『일본문학의 이해』, 민음사.
＿＿＿＿(2000.12)「모리 오오가이의 역사소설」『일본연구』제15호, 한국외국어
　　　대학교 일본연구소 (외)

제3장
다카무라 고타로의
자연관

문 현 정

1. 머리말

　다카무라 고타로^{高村光太郎}(1883~1956, 이하 고타로)는 메이지^{明治} 시대에서 쇼와^{昭和} 시대까지 활동한 일본 근대시인이자 조각가이다. 그는 미국, 영국, 프랑스의 유학을 마치고 1909년 6월에 귀국하여 시, 단가^{短歌}, 하이쿠^{俳句}, 평론, 번역, 조각 등 여러 분야에서 활동하였다. 시기에 따라 주력한 분야는 다르지만 다양한 활동은 만년까지 이어진다.

　특히 귀국 당시 시인으로 유명하던 그는 「시단의 진보^{詩壇の進步}」(8권, p.50)[1]에서 '나는 시인이 아니다'라고 말하듯, 시인이 아닌 조각가로서 더 자부심을 보였다. 이러한 시인으로서의 부정은 문학자들 사이에도 잘 알려진 일이었다. 무샤노코지 사네아쓰^{武者小路実篤}는 고타로가 시인으로서 유명세를 타는 데 일조한 책임감에 다음과 같이 기술하고 있다.

1　본문 인용은 『高村光太郎全集 全22巻』(筑摩書房, 1994~98년)에 의거했으며 괄호 안에는 권수과 페이지를 표기함.

332 제Ⅳ부 ▎근대문학의 확립과 자연

처음 다카무라를 한창 만날 때는 내가 20대였으니, 다카무라도 서른이 채 안 되었을 때였다. 아직 기시다 류세이岸田劉生(1891~1929, 화가)를 보기도 전이니까 내가 스물 예닐곱이었다. 시라카바白樺 잡지를 낼 때 스바루スバル 와 교환광고할 일을 부탁하러 간 것이 다카무라와 첫 만남이었으니, 요즘식 으로 말해 스물다섯이 될까말까 하고, 다카무라는 스물일곱 살이었다. 지금 생각하면 꽤 젊었지만 다카무라는 이미 유명했다. //(중략)// 다카무라의 시 가 정평이 나서 시인으로 더 인정받는 경향이 있었다. 그러나 다카무라는 본 인을 조각가로 여기고 있었다. 그런데 다카무라가 시인으로서 인정받은 원 인 중 하나가, 다카무라의 시가 예술원 상을 받은 것이었다고 한다면, 그 책 임은 나에게도 있는 듯하다. 「다카무라 고타로에 대해」

僕が一番高村君によく逢つた時は、僕の二十代の時で、高村君も三十にはま だなつて居ない時だつたと思ふ。まだ岸田劉生にも逢はなかつた前だから、僕 の二十六七の時と思ふ。白樺を出す時、スバルと交換廣告をする事をたのみに 行つたのが、高村君と最初に逢つた時だから、今風に言つて二十五になるかな らない時で、高村君は二十七歳の時だ。今思ふと随分若い時の話だが、高村 君はもう有名だつた。//(中略)//高村君の詩は世間に定評があり、詩人としての 方が世間では認められて居る傾向がある。しかし高村君は自分では彫刻家と思 つて居た。しかし高村君が詩人として、認められた原因の一つが高村君の詩 が、藝術院賞をもらつた事にあるとすると、その責任は僕にあるやうな氣もするの だ。 「高村光太郎君に就て」(第16巻、月報16、1957・5, pp.1~2)

이와 같이 고타로는 시인으로서 자신을 부정했음에도 평생 동안 칠 백 수십 편이라는 많은 시를 썼다. 그의 시적 기질형성에는 자라온 자연 환경, 부모로부터 물려받은 유전, 사회, 지리 등 다양한 요인들이 영향 을 미쳤다. 특히 초출 「도테道程」(19권, p.25)에서 '언제나 자연의 손을 놓지 않은 나どんな時にも自然の手を話さなかつた僕'라는 말로 이를 대변하듯, 그 의 시는 '자연'에 대한 깊은 관심에서 비롯되고 있다. 그의 자연 인식은

시는 물론, 조각 등의 다른 예술에도 크게 작용하였다. 이것은 귀국 후에 쓴 예술론을 통해서도 쉽게 확인할 수 있다.

구체적으로 「녹색 태양緑色の太陽」(1910), 「점토와 화포黏土と畫布」(1911) 등을 예로 들 수 있다. 고타로는 자연과 자연성을 예술의 필수 요소로 인식하고 다음과 같이 기술하였다.

> 자연을 떠나 예술은 존재하지 않는다. 1,372그램의 뇌는 그저 자연을 투과·굴절시키는 렌즈에 불과하다. 자연이 뒤에 있기 때문에 예술은 위대한 것이다.   「점토와 화포」
>
> 自然を離れて藝術はない。千三百七十二瓦グラムの脳髄は唯自然を透光させ屈曲させる鏡玉レンズに過ぎない。自然が背後にあるので藝術は凄いのだ。
>
> 「黏土と畫布」(第4巻, p.69)

그리고 '자연'은 보편적 예술표현의 대상이며 '보편성'에 대한 자각은 한편 '지방색'과 대조를 이룬다. 이렇게 '지방색'과 '보편성'으로 설명이 가능한 예술세계의 '자연'에 대해 1910년 4월 잡지『스바루』에 발표한 예술론 「녹색 태양」에서는 이렇게 설명하였다.

> 나는 예술계에 절대 자유를 추구한다. 따라서 예술가의 개성에 무한한 권위를 인정하려 한다. 모든 의미에서 예술가를 그저 한 인간으로 간주하고 싶은 것이다.
>
> 僕は藝術界に絶対の自由フライハイトを求めてゐる。従つて、藝術家のPERSOENLICHKEITに無限の権威を認めようとするのである。あらゆる意味に於いて、藝術家を唯一箇の人間として考へたいのである。   (第4巻, p.23)

고타로는 예술가로서 드러나는 예술의 '지방색'을 불가피한 것으로 인정하면서도 그 가치는 인정하지 않았다. 그리고 '지방색이라는 관념

은 엄밀히 따지면, 하나의 보편적 조화이다. 감상하는 자가 마음대로 즐길 것이지, 작가가 신경 쓸 일은 아니다地方色といふ観念は厳格に考へると、一つのALLGEMEINE UEBEREINSTIMMUNGである。鑑賞家の勝手に味はふべき事で、作家の頭を労すべきものではない。'(p.27)는 것이다. 작가 본인은 지방색을 보고도 '마음의 외침은 그 지방색의 가치를 제로로 만들어心の叫びは其の地方色の価値を零にして'(p.29) 버리기 때문이다. 이와 같이 작품과 '인격'의 대응관계를 대전제로 '예술계에 절대적 자유를 추구한다'고 하였다. 예술가의 인격이 '자연'을 기초로 내면적인 자유와 자율을 중시함으로써 구현된다고 보는 한편, 그로써 동반되는 두 가지 필연을 인식하며 아래와 같이 글을 마무리하였다.

> 나는 일본 조각가가 일본을 보지 말고 자연을 보고, 일반화된 지방색을 돌아보지 말고 다시 한번 계산한 색조를 마음껏 표현하길 열망한다.
> 僕は日本の藝術家が、日本を見ずして自然を見、定理にされた地方色を顧ずして更に計算し直した色調を勝手次第に表現せん事を熱望してゐる。
>
> (第4巻, p.29)

이른바 일본의 예술가로서 무의식적으로 나타나는 '지방색'과, 자연을 추구하는 의식적인 행위로 인한 '다시 한번 계산한 색조'로서의 '보편성' 표출을 동시에 인식하고 있다. 이것은 작품에 공존하는 '지방색'에 의한 무의식세계와 '보편성'을 띤 의식세계이다. 달리 말해 예술가로서의 인격은 일본인이라는 상대적 입장에서는 물론, 절대성과 보편성을 갖는 자연 인식에서도 파악할 수 있는 문제임을 의미한다. 일본의 예술가로서 변화되어 나타나는 작가의 '지방색', 즉 '고유색'을 밝힘으로써 절대성과 '보편성'을 띤 불변의 자연 인식도 명확해진다는 의미이다.

자연을 예술대상으로서 파악하는 이러한 그의 견해를 반영하여 '자연'에 대한 선행연구 또한 엔도 유遠藤 祐[2]는 조각가 입장에서, 이다 야스코井田康子[3]는 시인의 입장에서 각각 다르게 다루고 있다.

자연관이란 오랜 기간에 걸쳐 다양한 요인들이 작용하여 형성되는 복합적인 것이다. 따라서 본고에서는 유소년 시절에서부터 단가와 시를 쓰는 청년 시절까지, 이른바 고타로가 구축한 '자연'의 '보편성'을 파악하기 위해 그의 초기 문학적 도정을 중심으로 고찰해보고자 한다.

2. 어린 시절의 성장환경

고타로는 병약하여 만4살 무렵까지 말이 어눌했다. 그럼에도 1887년 4월 만5살에 시타야 네리베下谷練塀 초등학교를 입학하였다. 초등학교법령(1886.4)이 공포된 지 일 년이 지났으나 취학 연령에 대한 규제가 그다지 엄격하지는 않았다.

1889년 3월에 아버지 고운光雲이 도쿄미술학교의 교수로 부임되어 그동안 지내던 연립주택을 떠나 시타야나카 야나카마치下谷仲谷中町로 이사하였고, 이듬해 시타야 야나카下谷谷中로 다시 이사를 하면서 고타로는 닛포리日暮里 초등학교로 전학을 갔다. 그는 야나카谷中 묘지를 놀이터로 삼아 자연을 만끽하던 당시를 이렇게 회상한다.

집이 마침 야나카의 묘지 바로 옆에 있어 묘지가 곧 나의 놀이터가 되었고, 묘지 안에 대해서는 훤히 꿰뚫어 버렸다. 그 무렵은 우에노 숲도 지금과 달라, 저녁이 되어 해가 기울기 시작하면 암흑천지가 될 정도로 소나무나 삼

---

2 遠藤 祐(1998.9), 「光太郎の自然観―彫刻家として―」, 『国文学解釈と鑑賞』第63巻 第9号, pp.22~25.
3 井田康子(1986.3), 「高村光太郎の詩と自然」, 『奈良佐保女学院短大·研究紀要』第4号, p.287.

나무 거목들이 울창했다. 야나카의 묘지 역시 그 무렵에는 아직 자연의 정취
가 그대로 남아 있어 멀리서 바라보면 커다란 숲 같았다. 나의 자연에 대한
애정은 전적으로 이 묘지 안에서 성장했다고 할 수 있다.   「어린 시절」

　　家が丁度谷中の墓地のすぐ傍にあつたので、墓地が忽ち私の遊び場にな
り、墓地の中のことにはすつかり精通してしまつた。その頃は上野の杜も今と異
つて夕方になつて日が傾きかけると眞暗になる位松や杉の大木が亭々とそびえて
ゐた。谷中の墓地もその頃はまだ自然の趣がそのまま残つてゐて、遠くから見る
と大きな森のやうであつた。私の自然に對する愛情は全くこの墓地の中で育てら
れたといつてよいのである。　　　　　　　　　　　「子供の頃」(第9巻、p.336)

위와 같이 초등학교 시절에는 놀이터이던 야나카 묘지가 그의 자연
에 대한 애정을 키워주었다고 고백하고 있다. 남동생 도요치카豊周는 집
안 분위기상 자연을 사랑하고 자연에서 힘을 얻으려는 면이 없었다고
하지만, 고타로는 어린 시절부터 계절에 따라 자연에서 나고 자란 음식
을 즐겨 먹었고, 도쿄의 자연을 사랑하며 가까이 자연과 더불어 지냈다.
그때는 집 근처가 아이들 놀이터였기 때문에 묘지라는 자연환경을 놀
이공간으로 아무런 거리낌이 없이 받아들였다. 고타로는 저녁에 해가
저물면 주위 모습이 어떻게 달라졌는지 또렷이 기억하고 있다. 이렇게
자연과 더불어 지내며 자연에 대한 친근감과 애정을 체험하였다.
　　야나카에 대한 자연현상은 「야나카 집」이라는 글에도 묘사되어
있다.

　　남자 아이들이 모이면 대체로 야나카의 묘지로 몰려나가 술래잡기나 병
사놀이를 했다. 묘지에는 춘하추동 초목의 꽃들이 끊임없이 피어나고 둑에
난 잡초는 셀 수 없이 무성했으며, 가을이면 오층탑 길에 핀 금목서와 은목
서가 온화한 향기를 풍겼다. 덴노지天王寺 정원의 연못에는 거위가 있었는데
쫓아와 자주 도망 다녔다./ 스와사마 신사神社의 경관도 좋았지만, 그보다 스

와사마 뒤에서부터 산으로 이어져 야스카야마飛鳥山로 통하는 오솔길을 가서 도칸야마道灌山의 경관이 나오는 것이 더 좋았다. 도칸야마 아래는 주변 일대의 논에서 멀리 스쿠바야마築波山가 어렴풋이 보이고, 봄에는 자운영이 논바닥에 붉게 피었다. (중략) 그 무렵은 덴노지 묘지나 우에노上野 숲에도 소나무와 삼나무 거목들이 울창하여, 같은 크기로 나란히 늘어서 벽처럼 하늘을 차지하고 있었다. 그 숲이 하늘 높이 이어지는 주위로, 해질녘이 되니 몇 만 마리의 까마귀 떼가 날아들어 밤은 그야말로 무서운 요괴의 세계였다.

「야나카 집」

男の子が集まると多く谷中の墓地へ押し出して鬼ごっこいくさごっこをやった。墓地には春夏秋冬草木の花が絶えず咲き、土手の雑草數知れず、秋になると五重塔道の金木犀銀木犀がやはらかに匂つてゐた。天王寺の庭の池には鷲鳥が居てそれによく追ひかけられた。/諏訪さまの見晴しも好きであつたが、それよりも諏訪さまの裏から山つづきで飛鳥山に通ずる小徑を行つて道灌山の見晴しに出るのは尙ほ好きであつた。道灌山の下は一面の水田で遠く築波山が霞んで見え、春はげんげ草が田面に紅く咲いた。(中略)その頃は天王寺の墓地にも上野の森にも松や杉の巨木が亭々と聳え、同じ高さに並んで壁のやうに空を劃つてゐた。その森の高く天につづく邊りに、夕暮になると幾萬羽といふ鴉の群が飛びかひ、夜はまつたく怖いお化の世界であつた。

「谷中の家」(第9巻, pp.250~251)

　고타로는 아이답게 지극히 자연스레 자연 속에서 지냈고, 그때 자연에서 받은 구체적 정경을 선명하게 기억하고 있다. 특히 초목의 꽃들이 끊임없이 피어나던 야나카의 춘하추동 모습을 뚜렷이 의식하고 있으며, 오층탑 길의 금목서와 은목서가 온화한 정취를 풍기던 '가을', 논에 자운영이 피어 있는 '봄' 풍경을 기억하고 있다. 어릴 적 보았던 자연에 대한 인상들이 '춘하추동'의 계절 풍경과 더불어 생생하게 머릿속에 각인되어 50년이 지났어도 마치 어제 일처럼 선명하게 떠올리고 있다. 고타로의 자연관은 이름난 곳이 아니라 혼잡스러운 자연을 있는 그대로 체득함으로써 형성되기 시작했다고 볼 수 있다. 이렇게 그는 야나카로 이사해 도쿄 자연의 아름다움을 경험하며 소년기를 보냈다.

이후 1892년에는 가족 모두 혼고 고마코메 센다키바야시마치本鄉駒込 千駄木林町로 거처를 옮겼다. 고타로는 고등소학교高等小学校를 졸업한 뒤 가이세 예비교開成予備校에 들어가 중학교 과정을 배웠다. 초등학교 때부터 가이세 예비교 때까지 그에게 아버지는 절대적인 존재로 아버지말씀 한마디 한마디가 법이었다. 그러나 아버지는 미술학교와 일에만 매달려 자녀교육에 무관심한 방임주의였다. 따로 시간을 내어 놀아주는 일이 드물어 아버지가 작업장에서 제자들에게 해주는 옛날이야기나 명인, 작업에 관한 이야기를 함께 듣기도 했다.

오히려 고타로는 할아버지 가네키치兼吉와 자주 놀았다. 할아버지는 장난감을 만들어주었고 식사법이나 놀이방법도 가르쳐주었다. 도쿄 내기였던 할아버지는 그가 조금만 틀려도 엄격하게 바로 잡아 주었다. 부모는 고타로가 유년시절까지 미쓰光, 미쓰코光公, 밋짱 등의 애칭을 불렀다.

1897년 9월 고타로는 만15세로 도쿄미술학교 예과에 입학하였다. 가이세 예비교를 다니고서 아버지가 봉직하는 도쿄미술학교에 시험 없이 입학한다는 변칙적인 취학과정을 거쳤다. 이것은 다만 당시 학제가 제대로 정비되어 있지 않았기 때문이었다.

미술학교에 입학하면서 고타로의 생활에는 많은 변화가 일어났다. 예과에서는 일본화를 배웠는데 왕성한 지식욕으로 다른 분야의 지식까지 빠르게 받아들였다. 활발하게 토론을 하고 다양한 종류의 책을 읽었다. 도서관을 다니고 정식 영어학교에서 영어를 배웠으며 가부키歌舞伎와 만담에도 흥미를 보였고 보디빌딩과 철봉, 활쏘기를 하였다.

1898년 3월에 아버지를 미술학교로 불러들인 오카쿠라 덴신岡倉天心 교장이, 교장 반대파로 인한 미술학교 사건으로 학교를 떠나게 되면서 고타로도 아버지와 함께 한때 학교를 떠났다. 그리고 얼마 뒤 복귀하여 그해 9월 본과 조각과에 진학하였다.

고타로는 점점 고조되는 지식욕으로 바쁜 나날을 보냈다. 아버지는 처음에 고타로가 독서하는 것을 반기지 않았다. 직공에게 학문은 필요하지 않다고 생각했기 때문이다. 그래서 몰래 책을 읽었고 아버지의 제자한테 사서오경四書五經이나 『헤이케모노가타리平家物語』 등을 배웠으며 그림이 삽입된 『난소사토미핫켄덴南総里見八犬伝』과 지카마쓰 몬자에몽近松門左衛門 등이 쓴 글도 탐독하였다. 이후에 무학으로 학교에서 창피 당하는 일을 겪은 아버지는 아들이 독서하는 것을 점차 묵인하게 되었고 공부하는 모습을 보고 심지어 기뻐하기도 하였다.

당시 고타로는 중국, 일본의 고전을 비롯해 서양 서적에 이르기까지 폭넓게 읽었다. 『사기史記』나 『자치통감資治通鑑』에서부터 『만요다이쇼키万葉代匠記』, 그리고 겐유사硯友社 소설, 쓰보우치 쇼요坪内逍遙와 모리 오오가이森鷗外, 히구치 이치요樋口一葉 등에 이어서 『즉흥시인即興詩人』과 『수말집水沫集』을 애독하였다. 『신소설新小説』이나 『문예구락부文芸倶楽部』 등의 잡지와 자연과학계통 서적도 읽었다.

학교에서는 모리 오오가이의 심미학, 구로카와 마요리黒川真頼의 『고사기古事記』, 혼다 슈치쿠本田種竹의 한문수업을 들으며 새로운 지식을 습득하였다.

한편 이렇게 열심히 공부하면서도 아버지를 대신해 동생들의 공부를 자주 봐주었다. 동생들에게 그는 형이면서 자상한 가정교사였다. 노트를 사주고 남동생 도요치카와 다케히코孟彦, 여동생 요시코喜子에게도 노트에 예습, 복습한 내용을 전부 쓰게 해 꼭 확인하였고, 틀린 것은 빨간색 펜으로 고쳐주고 평도 써주었다. 이 일은 아무리 바쁜 날에도 거르지 않았다. 소년시절 이러한 공부법은 고타로가 후에 시인, 조각가, 번역가, 예술과 문명비평가 등 다방면에 걸쳐 활동할 수 있게 한 밑거름이 되었다.

고타로는 이렇게 지적, 예술적으로 열심히 공부함으로써 빠르게 성
장해나갔다. 정신적인 면에서도 이 시기는 고뇌의 시기로, 소년기에서
청년기로 이행하는 과도기를 보내고 종교적인 고뇌를 경험한다. 한때
는 다나카 지가쿠田中智学의 법화경에 열중하여 설교를 들으러 다니거나
임제선臨済禅에 빠져든 적도 있다. 또 기독교에 마음을 빼앗겨 우에무라
마사히사植村正久 집을 찾아가기도 하였다. 종교에 깊은 관심을 보이지만
그는 결국 아무 종교도 갖지 않았으나 어린 시절에 놀이터이던 야나카
묘지의 '춘하추동'의 풍경을 비롯해, '자연'에는 이후에도 일관된 관심
을 보였다.

3. 청년 시절의 자연 각성과 확립

고타로의 자연에 대한 확실한 자각은 청년기에 이르러서이다. 이때
자연에 대한 각성은 '봄'이라는 뚜렷한 계절인식에 의한 자연미自然美로
나타난다.

> 그즈음 갑자기 세상이 새롭게 보였다. 이른 봄 어느 아침 ──지금까지도
> 눈에 선한 건, 나는 아침마다 일어나 마당 쓰는 일을 맡았는데, 마침 마당을
> 쓸고 있자니 ── 정원에 있는 고목에 흰 매화가 피어 있었다. 무심코 보았는
> 데 매화가 핀 옆에, 새로 푸른 대를 비죽 내밀고 있는 새순이었다. 분홍빛 꽃
> 새순이 물을 머금은 듯 고왔다. 나무줄기는 살짝 젖고, 주위에는 안개가 끼었
> 으며, 갑자기 세상에 좋은 냄새가 풍겨 '어제도 이런 풍경을 보았던가' 싶을
> 만큼 참으로 아름다웠다./ 나중에 곰곰이 생각해보니, 그것은 내 자신이 새
> 로워져 보는 것마다 새롭고 아름답게 보인 것이었다.   「나의 청동시절」
> そのころ、急に世の中が新しく見えてきた。早春のある朝、──いまでも眼の
> 前にはつきりしているのは、わたしは毎朝起きて庭をはくのが役目だつたが、ちょ

うど庭をはいていると、――庭の古木の白梅が咲いている。ひよいとみると梅の花が咲いているわきに、新しい青い軸がすうと出ている新芽であつた。桃色の花の新芽が出て、水を打つたようにきれいであつた。幹なんかも仄かにぬれて、まわりに靄がかかつて、ふつと世の中のいい匂いがして、「昨日もこういう風景をみたかな」と思うくらい、實に美しい。/あとでよく考えると、それは自分のほうが新しくなつたのであつて、みるものがなんでも新しくきれいにみえたのであつた。

「わたしの青銅時代」(第10巻, p.280)

이것은 고타로가 미술학교를 다닐 때를 회상한 글이다. 어떻게 자연미와 생명의 미에 눈떴는지를 보여준다. 때는 '이른 봄 어느 아침'이며 '매화' '새순'이라는 사소한 자연현상, 간과할 수도 있는 것을 고타로는 확실히 인식하고 있다. 자연미를 처음으로 명확하게 인식한 기록으로, 소년기를 벗어난 청춘의 자각을 의미한다. 이렇게 주위 자연을 본연의 모습 그대로 자각했다는 것은 자연에 솔직하고 주체적, 자주적이기도 하지만, 이른 봄 아침에 찾아온 우연한 일이다. 자신의 자연 감득을 매화 새순을 묘사하여 전하고 있다. 이와 같이 날마다 새로운 자연을 발견하고 자각을 거듭해간 것이다. 그밖에도 각성은 『일본풍경론日本風景論』의 서적이나 생활 경험을 통해 다양하게 나타난다. 그리고 이러한 자연각성은 다양한 문학 형태로 전개된다.

먼저 일본 전통시형인 단가를 비롯해 우타 모노가타리, 희곡에서는 '자연'이 어떻게 표현되어 있는지 살펴본다.

1) 일본전통 단가에서의 자연과 계절

고타로가 신시샤新詩社에 들어간 것은 도쿄미술학교 본과 3년째에 접어든 1900년이다. 이전부터 하이쿠와 단가를 습작하기는 했지만 그해 10월『묘죠明星』제7호에 다카무라 사이우簞細雨라는 필명으로 단가 5수

를 처음으로 게재하게 된다. 당시를 회상한 내용을 보면 요사노 뎃칸与謝
野鉄幹이 많이 수정하여 본인이 쓴 작품 그대로가 아니라고 하지만, 그때
발표한 단가에는 청년의 순수한 낭만이 있다. 아래에 5수를 전부 인용
한다.

　　　　그대가 보낸 글 읽고 있노라니 슬쩍 그윽한 사람이 내쉬는 숨 내음이 나는
구나.

　　　　君が文よみつつをればそれとなくゆかしき人の息の香ぞする　　（第11巻, p.4)

　　　　그대 오늘밤 올 것이라고 하니 남몰래 적어 두었던 장지문의 노래 지워야
하나.

　　　　君こよひ来べしとききて人知れずかきし障子の歌を消すかな　　（第11巻, p.4)

　　　　열매가 두 개 달린 무화과나무 오늘 봤더니 하나가 사라져서 노래 끝맺음
있네.

　　　　実のふたつ成りし無花果けさ見れば一つはあらで歌むすびあり（第11巻, p.4)

　　　　마을 저 멀리 거친 해안 따라서 헤매다보면 바위 뒤에서 우는 해녀를 보게
될까.

　　　　里とほく荒磯づたひさまよひて岩かげに泣く海人を見しかな　　（第11巻, p.4）

　　　　그런 연고로 지혜 잃은 자라면 붓 또한 고집 굽힐 테고 편지도 고집을 꺾
을 테지.

　　　　それゆゑに智恵を忘れんものならば筆も我れ折らむ書も我れ裂かむ

　　　　　　　　　　　　　　　　　　　　　　　　　　　　（第11巻, p.4)

　　또한 고타로가『묘죠』의 가인으로 어느 정도 특색을 보인 작품에는,
1905년 3월에 발표한「매화말발도리梅うつぎ」62수와 4월에 발표한 희곡
「청년 화가青年畫家」를 들 수 있다. 전자는 우타 모노가타리歌物語이며 아
카기赤城 산을 무대로 산골소녀가 도시에서 온 젊은 화가를 사랑해 산을
떠나려 하자 산신령의 저주로 벌잡제비꽃, 즉 독빈도리로 모습이 변해

버리는 이야기가, 머리말과 단가 46수로 구성되어 있다. 후자 또한 그것과 관련이 깊으며, 도쿄를 무대로 청년 화가와 아카기 산골 출신의 아내가 화가의 숙명적인 질병 때문에 파멸해가는 비극적 내용이다. 당시 학생과 문인들 사이에 아마추어 연극이 유행하였는데 이 작품도 그 가운데 하나이다. 그해 4월에는 신시샤 연극회가 혼죠本所의 이세자쿠라伊勢平桜에서 행해져 상연되었다. 우타 모노가타리와 희곡을 통해서는, 자연 속에서 자란 소녀와 도시의 청년 예술가의 사랑을 다루고 있으며 모두 비극적 결말을 보인다.

결국 단가와 우타 모노가타리, 그리고 희곡에서는 남녀의 사랑이 일본의 '자연'을 통해 이야기되고 있으며 사라져 버린 열매, 벌잡제비꽃이라는 식충식물, 독빈도리라는 독충 등의 부정적인 이미지로 이별, 저주, 질병, 비극 등 비극적 상황을 표현하였다는 공통점이 있다. 꽃이 피어나고 식물, 독충이 살아나는 '봄'이 일본의 자연을 나타내는 계절로 표현되어 있는 것이다.

2) 서양 근대시에서의 자연과 계절

고타로는 아버지의 뒤를 이어 조각가가 되고자 하였다. 도쿄 미술학교에 입학하여 졸업 후 미국과 영국, 프랑스에서 유학생활을 한 것도 그 때문이다. 특히 미국 유학시절에는 제작한 조각품이 단 하나에 불과하고 주로 시창작과 산문, 번역에 몰두하였다.

가인 다카무라 사이우로 활동하던 시절에는 시를 쓰지는 않았다. 그가 시를 처음 쓴 것은 미국에 체류할 때이다. 『묘죠』에 발표한 작품에는 「초각秒刻」(1907.5), 「바다갈매기海鷗」(1907.6), 「패궐록敗闕錄」(1907.6) 이 있다.

고타로는 단가로 표현할 수 없는 내용을 다루기 위한 절실함에서 새로운 표현 형식을 모색하였다. 그 결과 외적인 리듬보다 내재적인 리듬에 따른 시, 즉 자유시를 쓰게 된다. 새로운 시 형태를 취하면서 그는 다카무라 고타로라는 본명으로 발표하였다. 이제까지 경험하지 못한 감정에 촉발되어 시라는 표현형식을 취한 것이었다.

시「초각」은 뉴욕의 창문 없는 다락방에서 아침 5시부터 6시까지 시계 초침이 새기는 소리를 들으며 꿈꾼 것을 소재로 하고 있다. 이것은 표현기법이나 이미지 면에 있어서 우타 모노가타리「독빈도리毒うつぎ」의 연장선상에 있다. 아래의 인용은 그 일부분이다.

> 내 졸린 귀에 더 가까이,/따스한 입김이여 닿아라./'그대는 세상에 무엇을 탐하여,/이리 먼 바다 저편으로/가셨는지.' 울면 메아리처/쉼 없이 옛 목소리가 들린다./아랫방에서 소리를 땡땡/울리며 6시를 치는구나.
>
> 我がねむる耳にけぢかく、/あたたかき息こそかかれ。/『君は世に何を欲りして、/かく遠き海のあなたに/おはするや。』泣くとひびきて/休み無き昔の声す。/
>
> 下の室なるぼんぼんの、/どよみて六時打つものか。　　　　　　(第1巻, pp.5~6)

이 부분은 마지막 제5연이며 아카기 산골소녀가 부르는 소리에 귀를 기울이는 그리움의 향수가 담겨 있다.「바다갈매기」는 시 네 편[4]에 대한 제목이다. 외형적 특징으로는 자아의 내적 독백을 "그대는 세상에 무엇을 탐하여,/이리 먼 바다 저편으로/가셨는지"라고 표현했다는 점이다. 탐미적 경향과, 그 반대로 진실을 궁구하려는 의욕이 서로 교차된 작품으로 보이는 이것들은 아직 습작 단계에 머물러 있음을 보여준다.

다음의「패궐록」역시 네 편[5]의 시에 대한 제목이다. 전체적으로 이성에 대한 강한 욕망으로 고민하는 마음이 표현되어 있다. 다음은 그 중에

---

4 「모델マデル」,「두부 장수豆腐屋」,「박사博士」,「다툼あらそひ」
5 「나 천 번 그대를 품으리われ千たび君を抱かむ」,「그대를 보았다君を見き」,「달아나는 그대는 보내주고 싶구나遁れたる君は遣らばや」,「잠들었는가, 눈뜨려는가眠りてあれか眼覚めよか」

네 번째 작품 「잠들었는가, 눈뜨려는가」의 전문이다.

> 꿈이라면/깨어날 아침이야 오겠지./드높은 곳에서 눈부시게/사정없이 햇빛이/내리쬔다. 내 정신은,/허물을 벗고 나오는 매미의/깊은 고뇌와 이 해를 기리지 않겠다.//꿈이라면/깨어날 아침이야 네게 오겠지./꿈에서 깨어날 자의 두려움/번민을 어찌 견디리./잠들었는가, 눈뜨려는가/눈물로 지내려는가, 유희하고,/그대는 멸하려는가. 마음에 사무치지 않게.
>
> 夢なれば、/覚むる朝こそ来りけれ。/いと高きより赫耀と/仮借ゆるさぬ天日の/光りぞ照れる。我が魂は、/殻を蛻くるうつ蝉の、/強き苦患を此の日たたへぬ。//夢なれば、/覚むる朝こそ君に来め。/夢さめがたの恐ろしき/なやみに如何で堪へまさむ。/ねむりてあれか、眼覚めよか。/泣きて生きよか、たはむれて、/君は滅べか。心こたへず。
>
> (第1巻, pp.24~25)

여기에서 고타로는 고통의 굴레에서 벗어나는 내면의 고통을 읊고 있다. 심적 변화의 괴로움을, 뙤약볕이 내리쬐는 한여름에 허물을 벗고 나오는 매미에 비유해 노래하였다. '꿈이라면/깨어날 아침'이 올 것이기에 '드높은 곳에서 눈부시게' '햇빛'이 내리쬐고 있다. 이것은 오히려 반겨야 할 일이지만 그는 '햇빛' 앞에 '사정없이'라는 수식어를 넣어 '내 정신'의 '허물을 벗고 나오는 매미의/깊은 고뇌'를 노래하고 있다. 게다가 이것을 '기리지 않겠다'며 고통으로 간주하고 앞으로의 각오를 말한다. '패궐'의 고통에서 벗어나면 또 다른 '새로운 삶'의 고통이 등장하겠지만 그 '여름' 안에서 살아가겠다는 의지표명으로, 고타로의 기질을 보여주는 대목이다. 이때 '여름'은 시인으로서의 삶을 걸어가겠다는 자기형성에 대한 의지표명으로, 가쿠다 도시로角田敏郎가 지적하는 자기형성 지표인 '겨울'[6]과 동일한 의미로써 그의 인생에 관여하는 출발점

---

6 角田敏郎, 「高村光太郎の詩的表現」, 弥吉管一編(1989), 『近代詩の表現—(各論編

이 되고 있다.

'여름'이라는 동일한 계절 배경에, 제1연의 1인칭 시점이 제2연에서
는 2인칭으로 바뀌었다. 즉 '나我'를 '너君'라는 표현에 빗대어 노래한
'깊은 고뇌'가 '꿈에서 깨어날 자의 두려움'으로, 고타로가 허물을 벗고
나오는 매미의 고통에서 아직 벗어나지 못했다는 것을 의미한다. 따라
서 이 시에는 탈피의 고통에 대한 자각, 앞으로 닥칠 새로운 삶에 모험을
걸어야 하는 불안이 동시에 내재한다. 괴로움으로 '눈물로 지내려는
가', 아니면 꿈에 '유희하고/그대는 멸하려는가' 하며 방황이 보이지만,
이 시에서는 자아 각성을 위한 진통은 보이지 않는다. 자아 각성은 그가
이미 고국에 있을 때부터 깨어나기 시작했다.

새로운 삶이 실현될 수 있을지에 대해서는, 첫 번째 시(1)에서 이미
붕괴에 대한 예감을 노래했다는 점에서 불안의 실체로 파악할 수 있다.
「아버지와의 관계父との關係」라는 글에서는 미국 생활에 대해 이렇게 기
술하고 있다.

> 미국에서의 1년 6개월은 결국 나를 거칠게 일본적 윤리로부터 벗어나게
> 한 격에 불과하고, 적극적으로 '서양'을 느끼는 단계까지는 가지 못했다. 그
> '서양'을 절실히 체감해야 한 것이 일 년간의 런던 생활이었다.
>
> アメリカの一年半は結局私から荒つぽく日本的着衣をひきはがしたに過ぎず、
> 積極的な「西洋」を感じさせるまでには至らなかつた。その「西洋」を濃厚に身に
> 浴びざるを得なかつたのが、一年間のロンドン生活であつた。　(第10巻, p.240)

그러나 '일본적 윤리'에 대한 아무런 비판의식 없이 미국의 생활환경
을 혐오하고 의지할 곳을 찾지 못함으로써, 꿈에서 깨어난 고통은 보이
지 않는다. 고타로는 '일본적 윤리' 속에 존재하던 것을 '꿈'이라고 말하

17)』, 冬至書房, p.74.

는 것이 아니다. 고국에서 각성하기 시작한 내적 데카당스가 미국에서 '패궐' 생활로 이어지는 것을 '꿈'이라고 말하고 있다. 미국 생활은 그에게 호기심이 없었고 그것을 견디기 위한 해결책을 끝내 찾지 못해 불안하였다. 이른바 '일본적 윤리'에 어긋나 있음을 자각하기는 했지만 그것에 대한 비판적 시각은 여전히 결여되어 있다.

요코하마橫浜를 떠날 때 고타로는 배웅을 나온 선배 히라쿠시 덴추平櫛田中에게『선종 무문관禪宗無門關』의 목판본을 받았다.「패궐록」에서 패궐이라는 말은 그 책에 몇 번 나오는데 시어의 출처라는 지적이 있다. 고타로가 뒤에 회상하는「로댕의 수기담화록ロダンの手記談話錄」(1942)에서 그 책으로부터 무한한 덕을 입었다고 기록하고 '몇 번인가 나는 이 책 속의 활력으로 위기를 극복했다幾度か私は此書の中に生きてゐる活機によつて自分の危機を乗りこえた。'(7권, p.136)고 말한다. 시「패궐록」을 쓴 무렵에도 역시 그러했을 것이다.『무문관』에서「패궐록」을 직역하면 '실패록'으로 표현할 수 있다. 따라서 앞의「잠들었는가, 눈뜨려는가」라는 시 입장에서는 고통의 굴레에서 벗어나지 못한 '탈피 실패록'이라는 표현이 적합하다.「패궐록」은 실패한 미국생활의 기록으로 규정할 수 있지만 동일한『묘죠』적인 문예 방법의식을 토대로 재구성하여 편찬함으로써, 새로운 시 형태의 모색을 위한 고타로의 시도라고 볼 수 있다.

앞서 살펴본 일본 전통시형인 단가와 우타 모노가타리에서는 식물, 독충이 나타나는 일본의 '봄'을 배경으로 한 비극적 결말이, 서양의 근대시라는 새로운 형식에서는 일본의 '여름'을 배경으로 하여 '패궐', '실패'로 이어지고 있음을 알 수 있다. 결국 고타로가 '다시 한번 계산한 색조'로서 표출한 일본의 '자연'은, 식물이 살아나고 벌레가 활동하는 '봄', 식물이 성장하고 매미가 등장하는 '여름'의 자연상을 통해 부정적 이미지로 그려져 있다. 동시에 이것은 단가에서 시로 외적인 형태는 변형되었으나 내용은『묘죠』와 동일선상에 있음을 나타낸다. 한편 일본 전통 단가에서의 '봄'이, 서양 근대시에서는 보다 강렬한 '여름'으로 등장한 것은 자기형성을 위한 강한 의지표명이었다. 실패로 이어지기는 하지만 이것은 일본인으로서의 확고한 자연관 확립을 의미한다고 볼 수 있다.

4. 맺음말

본고에서는 고타로의 자연관이 어떻게 성립되어 전개되는지 초기의 문학적 도정을 중심으로 살펴보았다. 소년기에는 야나카 묘지를 놀이터로 삼아 도쿄의 혼잡한 자연을 있는 그대로 체득하였다는 것이 고타로의 자연관 형성의 시작이었다. 그렇게 도쿄 자연의 아름다움을 경험하며 소년기를 보내고, 이후 미술학교를 다니면서 자연미와 생명의 미에 눈을 뜨게 된다. 그는 '봄'이라는 계절인식과 아침에 매화 새순이라는 사소한 자연현상까지 명확하게 인식함으로써 주위를 본연의 모습 그대로 바라보고 있었으며 이것은 곧 소년기를 벗어난 청춘의 자각을 의미한다. 어릴 적 '춘하추동'의 계절에 따른 자연상에 대한 관심은 이후에도 일관되게 나타나고 있으며, 청년기에는 다양한 문학형태를 통해 그의 인격과 함께 전개되고 있다.

먼저 일본전통 문학인 단가, 우타 모노가타리와 희곡에서는 공통적으로 남녀의 사랑을 주제로 비극적 결말을 보인 한편, 서양의 새로운 시형태에서는 실패로 끝나기는 하지만 '패궐'의 고통에서 벗어나면 다시 등장할 '새로운 삶'의 고통을 수용하고 '여름' 안에서 시인으로서의 삶을 걸어가겠다는 의지를 표명하였다. 단가에서 시로 외적인 형태는 변형되었지만, 내용은 일본의 자연에 의한 '일본적 윤리'를 기초로 한다는 점도 함께 지적하였다. 이렇게 그는 날마다 새로운 자연을 발견하고 자각을 거듭해갔다.

요컨대 일본 전통시형인 단가에서는 '여름'의 독성 식물, 독충이 나

타나기 시작하는 '봄'을 배경으로 비극적 결말을 보이고, 서양의 근대
시라는 새로운 형식에서는 무더운 '여름'을 배경으로 '패궐', '실패'가
이어지고 있었다. 고타로에 의해 '다시 한번 계산한 색조'로서 표출된
일본의 '자연'은, 독성 식물이 성장하기 시작하는 '봄'과 그 식물이 무성
하고 독충과 매미가 등장하는 무더운 '여름'을 배경으로 부정적 이미지
로 그려져 있다. 그리고 새로운 근대시 형식에 일본의 자연을 중심으로
등장한 '여름'은, 『묘죠』의 내적 데카당스를 보이며 비록 실패로 돌아가
기는 하지만, 충실한 시적 삶의 출발을 알리는 강한 의지표명으로 일본
인으로서의 자연관 확립을 의미한다고 하겠다.

　　이후 처녀시집 『도테道程』(抒情詩社, 1914.10)를 중심으로 전개되는
자연관에 대해서는 앞으로 과제로 한다.

　　　　　　　　　　Key Words　자연, 보편성, 계절, 일본, 서양

참고문헌

三好行雄編(.1875.7), 『別冊國文學·特別号 日本現代文學研究必携』発行別冊特大号, 學燈社.

吉本隆明 編·解説(1980.10), 『現代詩論大系 [第二巻 1955~59上]』, 思潮社.

請川利夫(1990), 『新典社選書2　高村光太郎の世界』, 新典社.

安藤靖彦(2001), 『日本近代詩論　高村光太郎の研究』, 明治書院.

福田清人·堀江信男(1966), 『人と作品10 高村光太郎』, 清水書院.

井田康子(1998), 『高村光太郎の詩』, 和泉書院.

伊藤信吉·伊藤整·井上靖·山本健吉編(1974), 『日本の詩歌10 高村光太郎』, 中央公論社.

遠藤 祐(1998.9), 「光太郎の自然観—彫刻家として—」, 『国文学解釈と鑑賞』第63巻第9号, pp.22~25.

井田康子(1986.3), 「高村光太郎の詩と自然」, 『奈良佐保女学院短大·研究紀要』第4号, p.287.

角田敏郎, 「高村光太郎の詩的表現」, 弥吉管一編(1989), 『近代詩の表現—(各論編17)』, 冬至書房, p.74.

제4장
하기와라 사쿠타로의
근대성 연구

서 재 곤

1. 문학에 있어서의 근대성

문학에 있어서의 「근대성」에 관한 연구는 끊임없이 논의되어 왔다. 흔히 말하는 전근대적 봉건사회에서 근대사회로 이행하는 과정을 근대화로, 그 과정 속에서 나타난 특성을 근대성이라 할 수 있을 것이다.[1] 이와 같은 근대사회의 특징으로서의 근대성의 핵심요소에서 빠지지 않는 것이 국민국가, 자본주의, 공업화와 도시화, 그리고 자아의 문제이다. 하지만 이들 요소들은 문학 장르 및 나라에 따라서 다른 양상으로 드러나게 된다. 한국 문학작품의 근대성은 「작자 및 등장인물의 가치관·습관·언어·생활 태도 등이 자본주의 생산 양식에 대응하는 변화·진보의 의미를 지닌 것들과 연결되는 것들로 파악할 수」 있으며 「공통 문어

---

1 보편적 의미의 근대란 봉건체제의 붕괴와 자본주의 발달 및 민족국가의 성립, 그리고 이성적 계몽에 의한 합리적 세계 인식 등이 주된 요소를 이룬다. 이는 무조건적 권위에 대한 부정이나 경직된 형식성에 대한 부정, 현세적 인간주의, 과학적 합리주의, 인간의 자율성과 인격의 존중 등의 요소로 부연 설명되기도 한다.(김영민, 「춘원 이광수 문학의 근대성 연구」, 민족문학사연구소 엮음(1995), 『민족문학과 근대성』, 문학과지성사, p.338.)

文語 문학의 해체」를 중요 지표로 보고 있다.[2] 또 우리 시에서의 근대성을 「율격으로부터의 해방」과 「감성의 자유로운 발로」[3]에서 찾고자 하고 있다. 정리하면 종래의 언어가 아닌 새로운 언어 또는 언어관과 종래의 문학형식(율격)이 아닌 새로운 문학관을 가지고 창작 활동을 하였을 때, 근대문학으로 규정되는 것이다.

2. 하기와라 사쿠타로 문학의 근대성

새로운 언어관에 입각하여 쓰여진 시를 근대시라 할 때, 일본의 경우, 문체에 있어서는 문어文語가 아닌 구어口語, 형식에 있어서는 정형시가 아닌 자유시라는 두 가지 요건들을 모두 충족시킨 시형詩型, 즉 구어자유시로부터 근대시가 시작되었다고 할 수 있다. 그러나 구어자유시라 하여 모든 작품이 근대성을 내재하고 있는 것은 아니며 형식상으로 전통문학의 틀을 해체하고 내용에 있어 근대사회의 특성을 표출하였을 때, 진정한 근대문학이라 규정지을 수 있을 것이다. 이 경우, 일본근대시의 완성자의 한사람으로 일컬어지는 하기와라 사쿠타로萩原朔太郎의 두 권의 대표시집『달 보고 짖는다月に吠える』(1917년)와『우울한 고양이靑猫』(1923년)의 평가가 달라진다. 왜냐하면『달 보고 짖는다』의 경우, 앞에서 이야기한 두 가지의 요건을 다 충족시키지 못했기 때문이다.

사쿠타로는『달 보고 짖는다』의 서문에서 다음과 같이 적고 있다.

시의 표현의 목적은 단순히 정서를 표현하기 위해 정조情調를 표현하는 것은 아니다. 환각을 위해서 환각을 표현하는 것은 아니다. 동시에 또 어떤

---

2 최원식,「한국 문학의 근대성을 다시 생각한다」,『민족문학과 근대성』, p.34.
3 고미숙,「애국 계몽기 시운동과 그 근대적 성격」,『민족문학과 근대성』, p.231.

종류의 사상을 연역演繹하기 위해서도 아니다. 시의 본래의 목적은 오히려 이것들을 통해서 사람의 마음 내부에 전동顫動하는 곳의 감정 그 자체의 본질을 응시하고 또 감정을 왕성하게 유로流露시키는 것이다.

詩の表現の目的は単に情緒のための情調を表現することではない。幻覚のための幻覚を描くことでもない。同時にまたある種の思想を演繹するためでもない。詩の本来の目的は寧ろそれらの者を通じて、人心の内部に顫動する所の感情そのものの本質を凝視し、かつ感情をさかんに流露させることである。

사쿠타로가 이야기하는 인간 내부에 있는 감정의 본질을 드러나게 하다는 것은 「감성의 자유로운 발로」와 같은 맥락임을 알 수 있다. 하지만 『달 보고 짖는다』는 완전한 구어시가 아니고 시의 표현의 일부에 문어가 사용되고 있다는 점에서 종래의 언어(문어)에서 벗어나지 못하고 있다.

이에 비해 『우울한 고양이』는 사쿠타로의 두 번째 시집으로 중기 대표작 55편이 수록되어있다. 수록된 시들의 높은 예술적 완성도로 인하여 일본의 구어자유시가 완성되었다는 평가를 받게 되어 사쿠타로는 시단 대표자로서의 지위를 확보하게 된다.

종래의 『우울한 고양이』 연구는 작품론에 있어서는 문체, 용어, 리듬을 중심으로, 그리고 작가론은 에레나(본명; 바바 나카코馬場仲子)와의 관계 중심으로 전개되어 왔다. 이는 사쿠타로 스스로가 『우울한 고양이』의 작품세계와 배경에 대하여 「우울한 고양이를 썼을 때青猫を書いた頃」 (『신쵸新潮』 1936년 6월)와 「우울한 고양이 문체의 준비에 관하여青猫スタイルの用意に就いて」(『일본시인』 1940년 11월)를 통하여 설명하고 있기 때문이다.

먼저, 「우울한 고양이를 썼을 때」에서 그 당시는 「가장 우울한 장마철いちばん陰鬱な梅雨時」로 「어떻게 처리할 수 없는 고뇌와 권태仕方のない苦悩と倦怠」 때문에 모든 일에 대한 의욕을 상실한 채 자살을 꿈꾸면서도 그것을 실

천에 옮길 여력조차 없었다고 한다. 또「이해도, 사랑도, 섬세한 감수성
도 없이 단지 성욕만으로 맺어져 있는 남녀理解もなく、愛もなく、感受性のデリカ
シイもなく、単に肉欲だけで結ばれてる男女」의 결합이었던 자신의 결혼생활 속에
서「옛 연인만昔の恋人のことばかり」을 꿈꾸고 있었다고 한다. 전자에서「우
울한 강가憂鬱の川辺」「짓무르는 육체くづれる肉体」「들쥐野鼠」가, 후자에서
「고양이의 시체猫の死骸」「요염한 묘지艶かしい墓場」가 탄생되었다고 기술
한 후, 다음과 같이 결론짓고 있다.

> 시집『우울한 고양이』의 리리시즘은 말하자면 단지 이것만의 노래밖에
> 없다. 나는 옛날 사람과 사랑하는 고양이와 문란해지는 키스를 하는 것 이외
> 에는 모든 희망과 생활을 잃어버리고 있었다. 그러한 허무의 버드나무 그림
> 자에서 추억의 여성과 기대어 요염하고 끈적끈적한 사음邪淫에 빠져 있었다.
> 우울한 고양이 한 권의 시집은 비윤리적 사음시詩이고 생활 그 전체는 비 윤
> 리적 죄악사였다.
>
> 　詩集「青猫」のリリシズムは、要するにただこれだけの歌に尽きてる。私は昔の
> 人と愛する猫とに、爛れるやうな接吻をする外、すべての希望と生活とを無くして
> 居たのだ。さうした虚無の柳の陰で、追懐の女としなだれ、艶かしくねばねばとし
> た邪性の淫に耽つて居た。青猫一巻の詩は邪淫詩であり、その生活の全体は非
> 倫理的の罪悪史であった。

한편「우울한 고양이 문체의 준비에 관하여」에서는 제목만 보아도
알 수 있듯이『우울한 고양이』문체의 특징을 설명하고 있다.「제목이
없는 노래題のない歌」「윤회와 환생輪廻と転生」「쓸쓸한 내력さびしい来歴」등에
서 사용된 형용사구「～와 같이やうに」라는 표현은 수사법에서 말하는
'비유'가 아니라 '상징'으로 사용하고 있으며 이는「자신의 독자적 스타
일我流なスタイル」이라고 주장하고 있다.

3. 시집『달 보고 짖는다』의 이중성

앞에서 시적 근대성의 요소의 하나로서 새로운 언어(관), 즉 다시 말해서 시어에 있어 종래의 문어(체)가 아닌 구어의 사용 유무를 들었다. 그리고 시형에 있어서는 정형시가 아닌 자유시를 두 번째 요소로 볼 때, 사쿠타로의 첫 번째 시집『달 보고 짖는다』야말로 일본 근대시가 어떻게 근대성을 확보하여 갔는지, 그 과정을 가장 잘 나타내고 있다고 할 수 있다. 시집『달 보고 짖는다』에는 편수는 그리 많지는 않지만 문어 정형시, 문어 자유시가 수록되어 있고 구어 자유시이지만 부분적으로 문어적 표현을 사용하고 있는 시가 있기 때문이다. 앞으로 이들 시를 구체적으로 살펴보기로 한다.

천연 풍경[4]

조용히 삐걱거려 네 바퀴 마차/어렴풋이 바다는 밝아오고서/보리는 멀리까지 물결치는구나/조용히 삐걱거려 네 바퀴 마차./빛나는 어조魚鳥류의 천연 풍경을/또 푸른 창문의 건축물들을/조용히 삐걱거려 네 바퀴 마차.

「天景」　しづかにきしれ四輪馬車、/ほのかに海はあかるみて、/麦は遠きにながれたり、/しづかにきしれ四輪馬車。/光る魚鳥の天景を、/また窓青き建築を、/しづかにきしれ四輪馬車。

이 시의 전반적인 분위기는 현실적이 아니고 환상적이고 마치 꿈을

4　원시의 제목은 「天景」인데 이는 사전에 없는 단어이다. 北村透谷의『客居偶録』「其七 初月」속에 「黄昏(たそがれ)家を出で、暫らく水際に歩して還(ま)た田辺に迷ふ。螢火漸く薄くして稲苗将(まさ)に長ぜんとす。涼風葉を揺(うご)かして潑水(くわんする)音を和し、村歌起るところに機杼(きじょ)を聴く。初月楚々として西天に懸り、群星更に光甚を争ふ。夐(はるか)に瀟声を聴くは楽を奏するを疑ひ、仰いで天上を視れば画を展(の)ぶるが如し。歩々人境を離れて天景に赴く、人間(じんかん)この味あり、曷(いづ)んぞ促々(そく／＼)として功名の奴とならむ。」(밑줄 인용자)와 같이 등장하고 있다. 문맥으로 봐서 자연, 천연, 풍경, 경치와 같은 뜻으로 해석할 수 있다.

꾸고 있는 것 같은 몽환적이다. 한마디로 요약한다면 꿈속에서 본 경치를 그린 것 같은 느낌이다. 시적 주체는 4륜 마차를 타고 지나가면서 주위의 풍경을 읊고 있다. 주위의 풍경은 바다와 육지의 둘로 나누어진다. 바다는 희미하게 밝아오고 있고 그 곳에서는 물고기와 새가 아침 햇살을 받아서 빛나고 있다. 한편 땅 위에는 보리밭이 저 멀리까지 펼쳐져있고 바람에 보리가 흔들리고 있는 모습이 마치 물결치며 물이 흘려가는 것처럼 보인다. 또 한편으로는 푸른 창문의 건축물이 보인다. 보리밭과 창문의 푸르름, 좀더 나아가 바다의 푸름과도 일치하고 있다고 할 수 있을 것이다. 이 푸른 경치 속을 시적 주체는 4륜 마차를 타고 조용히 지나가고 있다. 바다 풍경과 육지 풍경이 차례로 그려지고 「조용히 삐걱거려 네 바퀴 마차」라는 행의 반복을 통하여 리듬감이 만들어지고 있다. 뿐만 아니라 이 시는 각 행이 7음과 5음의 12음으로 이루어진 7·5조 문어 정형시의 대표적인 형태이다.

그러나 이 시에서는 외적 풍경만이 그려져 있고 그 풍경을 접한 시적 주체의 감정 변화와 같은 내적 풍경에 대한 묘사는 전혀 없다. 이는 시인 개인의 문제라기보다는 당시의 공동 언어였던 문어의 한계성이라 하지 않을 수 없다. 일본의 전통 운문인 와카和歌에서는 개인의 감정을 직접적으로 표현하기보다는 자연 풍경의 묘사를 통하여 간접 표현법을 중시하여 왔다. 이런 운문의 전통이 근대 문어시도 그대로 이어받았으며 사쿠타로도 그 영향을 받았다는 것을 위의 시를 통해서 알 수 있다.

그러나 시집 『달 보고 짖는다』에는 이와 같은 문어 정형시는 그리 많지 않고 문어시이면서도 자유시의 형식을 취하고 있는 것이 대부분이다.

풀줄기

겨울 추위로 인해/가느다란 털로서 감싸여 있고/풀줄기를 보아라/푸러가는 줄기는 쓸쓸한 듯하지만/전체가 온통 얇브리한 털로서 감싸여 있고/풀줄기를 보아라//눈 내릴 듯이 흐린 하늘 저 건너편에/풀줄기는 자라나온다.

「草の茎」　　冬のさむさに、/ほそき毛をもてつつまれし、/草の茎をみよや、/あらみ茎はさみしげなれども、/いちめんにうすき毛をもてつつまれし、/草の茎をみよや。//雪もよひする空のかなたに、/草の茎はもえいづる。

이 시의 시간적 배경은 겨울에서 봄으로 옮겨가는 계절의 변환기이다. 가늘고 얇은 털에 감싸여서 추운 겨울을 나고 있는 풀줄기에도 조금씩 변화의 기미가 보이고 있다. 조금씩 푸르러가고는 있지만 아직까지는 쓸쓸하게 느껴진다. 그러나 금방이라도 하늘에서 눈이 쏟아질 것 같은 흐린 날씨 속에서도 풀줄기는 조금씩 자라나고 있는 것을 확인할 수 있다. 그런 풀의 강인한 생명력에 대한 감동을 표현하고 있다.

앞의 시 「천연 풍경」의 각 행이 7음과 5음의 12음으로 이루어진 정형시였던 것과는 달리 이 시도 전체적으로는 5음과 7음이 기본 음조를 이루고 있지만 자유시이다. 그러나 「풀줄기를 보아라」를 2번 사용하고 있는 것처럼 같은 표현을 반복함으로서 리듬감을 만들어가는 수법은 앞의 시에서도 볼 수 있었다. 또한 「가느다란 털로서 감싸여 있고」와 「전체가 온통 얇브리한 털로서 감싸여 있고」와 같이 비슷한 표현의 반복을 통하여 또 하나의 운율을 만들어내고 있으면서도 표현에 약간의 변화를 줌으로 인해 자유시의 특징인 표현의 자유로움을 충분히 살려내고 있다고 할 수 있다. 가늘다와 얇다 라는 두 단어는 '약하다'는 비슷한 속성을 지니고 있다. 겨울 들판에 있는 마른 들풀의 줄기는 당연히 가늘 것이며 또한 푸르름을 유지하고 있을 때와 비교하면 줄기가 말라들어 그 두께가 얇아져 있을 것이다.

현실 세계의 하찮은 들풀 모습을 새로운 시의 소재로 삼아 겨울날의 미세한 모습을 섬세하게 그려내고 있음을 알 수 있다. 여기서 한 단계 더 나아가 그 관찰 대상을 외부 세계가 아니 자신, 특히 정신적 내면세계로 전환함으로서 시집 『달 보고 짖는다』의 독창적 시 세계가 탄생하였다는 것은 다시 말할 필요도 없다.

> 동틀 무렵
>
> 해묵은 질환의 고통 때문에/그 얼굴은 거미집 투성이로 되고/허리부터 아래는 그림자처럼 사라져 버리고/허리부터 위로는 대竹가 자라고/손이 썩어가/신체 전체가 정말로 엉망진창/아아, 오늘도 달이 뜨고/동틀 무렵의 달이 하늘에 뜨고/그 등불 같이 희미한 불빛에/기형의 흰 개가 짖고 있다./새벽녘 멀지 않은/쓸쓸한 도로 쪽에서 짖고 있는 개이다.

> 「ありあけ」　ながい疾患のいたみから、/その顔はくもの巣だらけとなり、/腰からしたは影のように消えてしまい、/腰からうえには薮が生え、/手が腐れ、/身体いちめんがじつにめちゃくちゃなり、/ああ、きょうも月が出で、/有明の月が空に出で、/そのぼんぼりのようなうすらあかりで、/畸型の白犬が吠えている。/しののめちかく、/さみしい道路の方で吠える犬だよ。

이 시에 대해 간노 씨는 「그의 마음의 질환을 비유적으로 본뜬 몸의 여러 가지 상태와 그기에 등불과 같은 동틀 무렵의 달과 그리고 쓸쓸한 도로에서 짖어대는 기형의 흰 개가 자연스럽게 교묘하게 짝지어져」 있으며 「질환의 고통 때문에 육체가 용해되어 버리는 것이 아닌가 하는 생리적 공포감」[5]이 표현되어 있다고 설명한다.

「질환의 통증」의 표상으로서의 「거미집」과 「덤풀薮」은 이미 그전에 발표된 시 「풀줄기」나 「지면 아래의 병든 얼굴地面の底の病気の顔」에서 찾아볼 수 있으며 4행의 「대竹」는 시집에 수록될 때에 「덤불」로 바뀌었다. 이는 정신 건강 상태가 아주 심각하다는 것을 보여주는 것으로 하반신에서 시작된 부패 현상은 상반신으로까지 확대되어 얼굴에는 대(덤불)가 자라나고 손이 썩어 들어가기 시작한다. 물론 이것은 간노 씨도 지적하

---

5 菅野昭正(1984), 『詩學創造』, 集英社, p.116.

였듯이 육체적 질병이 아니라 현대 의학에서 말하는 일종의 신경쇠약에서 일어난 착각, 환각인 것이다.

육체 이변과 불안정한 정신 상태를 결부시켜서 시로 표현하고자 한 것은 종래의 시적 소재에서는 찾아 볼 수 없는 새로운 시도라 할 수 있다. 이는 종래의 농경, 전원생활에서 공업, 도시 생활로의 삶의 기본 토대가 바뀌었지만 그 변화에 정신적으로, 육체적으로 적응하지 못한 데서 느끼는 근대인들의 심신의 피로와 불안을 대변하고 있는 것이다.

또한 이 시의 언어 표현이 문어체로 쓰여진 「풀줄기」와는 달리 전체가 구어체로 바뀌었다는 점에 주목하여야 할 것이다. 다시 말해서 일상생활에서 사용하고 있는 언어를 사용하여 일상생활 속에서 느끼는 점을 표현하고 있는 것이다. 그러나 아직 완전한 구어체로의 전환은 이루어지지 않았고 일부 문어체 표현이 남아 있다. 이는 시의 소재에 있어서 근대인들의 삶이라는 새로운 영역을 개척하였지만 그 소재를 표현하는 데에 있어서는 아직도 문어체의 힘을 빌리지 않을 수 없었다는 것을 보여주고 있다. 새로운 언어를 사용하여 새로운 문학을 창조한다는 두 가지 목표를 달성하기 위한 과도기적 양상을 보여주고 있는 것이다.

다음 시는 이 두 가지 목표 달성에 성공하였다는 것을 알 수 있다.

> 슬픈 달밤
>
> 도둑개 녀석이/썩은 선착장의 달 보고 짖고 있다./영혼이 귀를 기울이면/음울한 목소리가 들리고/노란 소녀들이 합창을 하고 있다/합창을 하고 있다./선착장의 어두운 석축에서.//언제나/왜 나는 이렇지/개犬여/창백한 불행스런 개여.
>
> 「悲しい月夜」 ぬすつと犬めが、/くさつた波止場の月に吠えてゐる。/たましひが耳をすますと、/陰気くさい声をして、/黄いろい娘たちが合唱してゐる、/合唱してゐる。/波止場のくらい石垣で。//いつも、/なぜおれはこれなんだ、/犬よ、/青白いふしあはせの犬よ。

이 시의 배경은 부두이지만 흔히들 항구하면 떠올리는 각종 어선과 화물선과 여객선이 드나들고 물고기와 화물과 사람들로 인해 생기와 활력이 넘치는 곳이 아니다. 초라하고 한적하다 못해 무언가가 썩어가는 악취가 풍기고 있는 곳이다. 이와 같이 이 시는 부정적 의미지의 수식어가 빈번하게 등장한다. 도둑, 썩어 있는, 음울한, 노란, 어두운, 창백한, 불행한 등. 어느 것 하나 밝고 긍정적인 것이 없다. 이것은 시적 화자 「나」 자신의 심리 상태와 깊은 관계가 있을 것이다. 심리적으로 병든 고독한 「나」 자신의 분신이 「불행한 개」이며 따라서 1연의 풍경은 현실세계의 모습이 아닌 「나」의 내면세계를 묘사한 것이다.

4. 시집 『우울한 고양이』에 나타난 도시상

앞 장에서는 시집 『달 보고 짖는다』에 종래의 문어체 표현과 구어체 표현이 양존하고 있다는 점에 대해 살펴보았다. 이는 구어라는 새로운 표현 도구를 수용하려는 의도를 보여주고 있으며 문어에서 구어로 넘어가는 과도기적 성격을 시집 『달 보고 짖는다』가 가지고 있음을 알 수 있다. 그와 동시에 도시로 생활 토대를 옮겼지만 새로운 환경에 원만하게 적응하지 못한 데서 오는 심신의 불안정한 상태를 시적 소재로 채택하고 그런 근대인들의 생활을 구어체로 표현하고 있는 것이 하기와라 사쿠타로의 첫 번째 시집 『달 보고 짖는다』의 근대성이라고 말할 수 있을 것이다.

다음으로 사쿠타로의 두 번째 시집 『우울한 고양이』의 근대성에 대하여 고찰하고자 한다.

사쿠타로는 『우울한 고양이』의 서문에서 다음과 같이 적고 있다.

시는 언제나 시류時流의 선두에 서서 **다가올 세기의 감정을 가장 예민하**

__게 접촉하는 것이다.__ 그러니까 시집의 진정한 평가는 적어도 출판 후 5년, 10년을 지난 후에 결정되어야 한다. 5년, 10년 후에 비로소 일반 대중은 시의 지금 위치에 도달할 것이다. 다시 말해서 시는 발표되는 것이 정말로 __빠르고__ 이해되는 것은 정말로 늦는 것이 일반적이다.(밑줄 인용자)

　　詩はいつも時流の先導に立つて、来るべき世紀の感情を最も鋭敏に触知するものである。されば詩集の真の評価は、すくなくとも出版後五年、十年を経て決せらるべきである。五年、十年の後、はじめて一般の俗衆は、詩の今現に居る地位に追ひつくであらう。即ち詩は、発表することのいよいよ早くして理解されることのいよいよ遅きを普通とする。

　먼저 시에 대한 사쿠타로의 생각이 첫 번째 시집과 다르다는 것을 알 수 있을 것이다. 『달 보고 짖는다』의 서론에서는 「인간의 감정을 드러내는流露」 것이라 하였는데 『우울한 고양이』에서는 「다가올 세기의 감정」을 감지하는 것이기에 동시대인들로부터 지금 당장 이해받고 평가받기보다는 몇 년 후에 인정받는 것이 진정한 시라고 이야기하고 있다.

　그렇다면 「시대 흐름의 선두」에 서서 감지해야할 「다가올 세기의 감정」이란 무엇을 말하는 것일까.

　　시집 『우울한 고양이』의 시는 도시를 고향으로 할 수 없는 시인이 '가난한 시골'에 있으면서 폐쇄된(가짜) 서양식의 실내 공간에서 발신하는 '요염한 형이상학'에 의한 '슬픈 위안'의 환상이었다.

　　『青猫』の詩は、都会を故郷とし得ない詩人が、＜まずしき田舎＞にあって、閉塞された(疑似)洋風の室内空間から発信した「艶かしき形而上学」による「悲しき慰安」の幻想であった。[6]

6　阿毛久芳(2000.1),「『青猫』ー『憂鬱なる』を起点として」,『国文学』, p.118.

아모 씨가 언급하고 있는「서양식의 실내 공간洋風の室内空間」은 1914년
1월에 된장창고味噌倉를 개조하여 만든 서재를 지칭하고 있다. 사쿠타로
가 막대한 비용을 들여가면서 당시의 유행을 따라 자신의 서재 내부를
분리파형식으로 꾸민 것은 단순한 도시 동경 때문만은 아닐 것이다. 그
이면에는 지방 소도시 마에바시前橋에 당시의 최첨단 건축문화를 보급
시킴으로 인해 시대의 최첨단을 걷고 있는 자신의 모습을 부각시키기
위해서였다고 생각된다.[7]

바슐라르는「집은 인간의 사상과 추억과 꿈을 한데 통합하는 가장 큰
힘의 하나」[8]로 보고「장소분석이란 우리들의 내면적인 삶의 장소들에
대한 조직적인 심리적 연구」[9] 라 하였다.[10] 우리 인간들이 살아가는데
기초 장소가 집이지만 그러나 사람은 사회적인 동물이기에 집안에서만
살 수는 없고 밖으로 나가게 된다. 집안과 집밖이라는 두 공간은 결코 별
개의 것이 아니라 동전의 양면과 같은 것이다.

내밀의 공간과 외부 공간, 이 두 공간은 끊임없이, 이를테면, 그들의 자람
에 있어서 서로를 고무하는 것이다. 심리학자들이 정당하게 그리하는 것처
럼 체험된 공간을 감성적 공간으로 지칭하는 것은, 그러나 공간에 대한 몽상
의 밑뿌리에 이르지는 못한다. 시인은 더 깊이 들어가 시적 공간에 이르러,
우리들을 감성 속에 가두지 않는 공간을 발견하는 것이다. 한 공간을 물들이
는 감성이 어떤 것이든, 슬픈 것이든 무거운 것이든, 그것이 표현을, 시적 표
현을 얻게 되자마자, 슬픔은 바래지고 무거움은 가벼워진다. 시적 공간은, 그
것이 표현되었기 때문에 팽창 expansion 의 가치를 얻는다.[11]

7 서재에 관해서는 졸고「パイオニアとしての朔太郎―セセッションとの関わりを中心に」
   (『日本現代詩歌研究』第五号, 2002년 3월)에서 상세하게 논하였다.
8 가스통 바슐라르, 곽광수 역(1990),『空間の詩學』, 民音社, p.118.
9 바슐라르, 상게서, p.120.
10 졸고「하기와라 사쿠타로(萩原朔太郎) 시에 나타난 물질적 이미지 분석」(『일본
   근대문학-연구와 비평-』제2호, 2003년 5월)에서 바슐라르의 시학을 응용하여
   사쿠타로의 시세계를 분석하였다.

바슐라르가 말하는 「외적 공간」은 도시가 될 것이다. 하지만 그 당시 사쿠타로가 생활하던 마에바시는 지방 소도시였기에 그가 꿈꾸고 있던 도시는 말할 것도 없이 수도 도쿄東京이었다. 사쿠타로는 『정본定本 우울한 고양이』(版畵莊, 1936년)의 서문에서 다음과 같이 밝히고 있다.

> 시집 속의 시 「우울한 고양이」에도 나타나 있는 것처럼 도시의 하늘에 비치는 푸르스럼한 스파크를 커다란 고양이의 이미지로 보고 있기 때문에 당시 시골에 있으면서 시를 쓰고 있던 내가 도시에 대한 애절한 향수를 표상하고 있다.
>
> 集中の詩「青猫」にも現れてる如く、都会の空に映る電線の青白いスパークを、大きな猫のイメーヂに見てゐるので、当時田舎にゐて詩を書いてた私が、都会への切ない郷愁を表象してゐる。

1913, 4년경, 학업을 포기하고 고향 마에바시로 돌아온 사쿠타로는 문학, 즉 시속에서 자신의 가능성을 발견하고, 또는 발견하고자 노력한다. 일차적인 내밀의 공간과 외적 공간은 집과 고향 마에바시가 될 것이다. 그러나 그 영역을 더욱 확대시켜 넓히면 마에바시와 도쿄라는 이중적 동심원 구조가 될 것이다.

사쿠타로가 「내밀의 공간」 속에서 느낀 고독감이 『서정 소곡집純情小曲集』의 「애련愛憐 시편」과 『달 보고 짖는다』의 주된 시원詩源이라는 점은 너무나도 잘 알려진 사실이다. 그러나 「내밀의 공간과 세계의 공간, 이 두 공간이 어울리게 되는 것은 그들의 <무한>에 의해서인 것 같은 것이다. 인간의 커다란 고독이 깊어질 때, 그 두 무한은 맞닿고, 혼동」[12]되기에 어느 한쪽에만 머물러 있을 수 없게 되며 한편으로는 「공간을 바꿈으

---

11 바슐라르, 전게서, p.363.
12 바슐라르, 상게서, p.365.

로써, 통상적인 감수성의 공간을 떠남으로써 우리들은 심리적으로 새롭히는 공간과 교감하게」[13] 되는 것이다.

이와 같이 사쿠타로가 동경하고 있었던 도시, 즉 「외적(세계) 공간」이 본격적으로 형성되기 시작한 것은 『달 보고 짓는다』가 출판된 이후인 1920년대에 접어들어서이다.[14] 다음으로 비록 지방의 소도시였지만 사쿠타로의 고향 마에바시를 포함하여 『우울한 고양이』에 나타나 있는 도시 양상에 대하여 고찰하기로 한다.

사쿠타로의 도시에 대한 감정이 가장 잘 나타나있는 것은 표제시인 「우울한 고양이」이다.

　　　　우울한 고양이

　　이 아름다운 도시를 사랑하는 것은 좋은 것이다/이 아름다운 도시의 건축을 사랑하는 것은 좋은 것이다/모든 상냥한 여성을 찾기 위해/모든 고귀한 생활을 찾기 위해/이 도시에 와서 번화한 거리를 지나가는 것은 좋은 것이다/거리를 따라 서 있는 벚나무 가로수/거기에도 무수한 참새들이 지저귀고 있는 것이 아닌가.//아아 이 거대한 도시의 밤에 잠들 수 있는 것은/오직 한 마리의 우울한 고양이 그림자다/슬픈 인류의 역사를 이야기하는 고양이 그림자다/우리가 찾기를 그치지 않는 행복의 우울한 그림자다./어떤 그림자를 찾

13　바슐라르, 상게서, p.369.
14　「20년대는 이와 같은 도시 풍경의 발견에 있어서 특별한 시대가 아니었을까? 만약 그렇다고 한다면 도시의 새로운 풍경을 포착한 것은 하니야(埴谷) 한 사람만의 문제는 아니고 동시대 현상이었을 것이다. (二〇年代はこのような都市の光景の発見において特別な時代ではなかったろうか。もしそうだとすれば、都市の新しい光景をとらえたのは、埴谷一人の問題ではなく、同時代現象であったはずである。) 海野弘(1983), 『모던 도시 도쿄(モダン都市東京)』, 中央公論, p.8.
　　이와 같은 현대도시가 문학 속에 어떻게 등장하고 있는지, 운노 씨가 말하는 '일본의 도시문학'에 대한 연구는 그렇게 많지 않다. 운노 씨와 비슷한 시기에 마에다 아이(前田愛) 씨의 『도시 공간 속의 문학(都市空間のなかの文学)』(筑摩書房, 1982년)이 출간되었는데 두 권 다 주된 연구 대상은 소설이라는 결점을 가지고 있다. 시를 주 분석 대상으로 한 연구서에는 와다 히로부미(和田博文) 씨의 『텍스트로서의 모던 도시(テクストのモダン都市)』(風媒社, 1999년)가 있다.

기에/진눈깨비 내리는 날에도 우리는 도쿄東京를 그립다고 생각해/그곳 뒷골
목 벽에 차갑게 기대어 있는/이 사람과 같은 거지는 무슨 꿈을 꾸고 있는 것
인가.

　「青猫」　この美しい都會を愛するのはよいことだ/この美しい都會の建築を愛
するのはよいことだ/すべてのやさしい女性をもとめるために/すべての高貴な生活
をもとめるために/この都にきて賑やかな街路を通るのはよいことだ/街路にそうて
立つ櫻の竝木/そこにも無數の雀がさへづつてゐるではないか。//ああ　このおほ
きな都會の夜にねむれるものは/ただ一疋の青い猫のかげだ/かなしい人類の歴
史を語る猫のかげだ/われの求めてやまざる幸福の青い影だ。/いかならん影をも
とめて/みぞれふる日にもわれは東京を戀しと思ひしに/そこの裏町の壁にさむくも
たれてゐる/このひとのごとき乞食はなにの夢を夢みて居るのか。

　도시와 그 도시의 아름다운 건축을 사랑하지 않을 사람이 있겠는가.
더구나 거기에 상냥한 여성과 고귀한 생활이 있는 데도 불구하고. 또한
참새 떼가 벚나무 가로수에 앉아 지저귀고 있는 번화가의 경치는 행복
그 자체인 것이다. 시적 화자의 현 처지가 거지와 같이 초라할 지라도 희
망과 행복의 상징인 「우울한(푸른) 고양이」를 추구할 수 있는 것이다.
　우리는 희망의 상징이라고 하면 가장 먼저 '파랑새'를 떠올리게 되는
데, 같은 상징매개체로서 등장한 것이 「푸른 고양이」인 것이다. 사쿠타
로는 「푸른 고양이」라는 시어를 도시의 전깃줄에서 일어나는 스파크를
보고 얻었다고 했다. 전기야 말로 도시화, 근대화의 대표적인 상징물이
라는 것은 누구나가 인정하는 것이다. 어둠을 밝혀주는 전등에서 쇼윈
도의 네온사인으로의 변신. 대로변에서 도시의 이곳저곳을, 그리고 도
심의 번화가와 근교의 주택가를 이어주는 전차의 등장. 이 모든 것은 전
기가 있었기에 가능하게 된 것이다. 전기야 말로 근대 물질문명의 토대
이고 우리들 주변에서 그 위력을 발휘하고 있지만 우리가 전기의 존재
를 직접 눈으로 확인할 수는 없다는 난점을 가지고 있다. 사쿠타로는 전

기라는 존재를 전기가 일으키는 스파크에서 느끼고 그 현상을 「푸른 고양이」라고 명명하였을 것이다. 이는 시집 『우울한 고양이』의 서문에서 시는 「다가올 세기의 감정」을 감지하는 것이라고 한 것과 일치하고 있다는 것을 알 수 있다. 전기야말로 미래의 핵심이 될 것이라는 것을 감지하고 전기가 가져다 줄 문명의 이기를 꿈꾸고 있었을 것이다.

한편으로는 시골은 도시의 희망찬 인상과는 정반대의 양상을 보이고 있었다.

> 불쾌한 경치
>
> 비 내리는 동안/전망은 흐릿해지고/건물 건물 축축하게 젖고/쓸쓸하고 황폐한 시골을 본다/그곳에서 감정을 썩히며/그들은 말처럼 지내고 있다.//나는 집 벽을 돌면서/집 벽에서 자라는 이끼를 보았다/그들의 음식물은 아주 나쁘고/정신조차도 장마처럼 되어 있다.//비가 오랫동안 내리는 사이/나는 무료한 시골에 있어서/무료한 자연을 방랑하고 있다/약간 퇴색한 유령 같은 그림자를 보았다.//나는 가난을 본 것입니다/이 질퍽질퍽한 우기雨期 속에서/흠뻑 젖은 고독의 아주 불쾌한 것을 보았던 것입니다.
>
> 「厭やらしい景物」　雨のふる間／眺めは白ぼけて／建物　建物　びたびたにぬれ／さみしい荒廢した田舎をみる／そこに感情をくさらして／かれらは馬のやうにくらしてゐた。／／私は家の壁をめぐり／家の壁に生える苔をみた／かれらの食物は非常にわるく／精神さへも梅雨じみて居る。／／雨のながくふる間／私は退屈な田舎に居て／退屈な自然に漂泊してゐる／薄ちやけた幽靈のやうな影をみた。／／私は貧乏を見たのです／このびたびたする雨氣の中に／ずつくり濡れたる　孤獨の　非常に厭やらしいものを見たのです。

장마철의 쓸쓸하고 황폐하기 그지없는 시골 풍경. 건물들은 비에 푹 젖어 있고 벽에는 이끼까지 끼여 있다. 계속되는 비로 인해 변변한 식사조차 제대로 할 수 없는 상황이다 보니 잠시나마 기분 전환을 할 수 있는 오락거리는 당연히 찾아 볼 수 없는 것이다. 이런 열악한 상황 속에서 장기간 지내다 보면 정신에까지 습기가 차기 시작하여 음습한 상태로 빠져들게 되는 것이다. 장마철에다 빈곤이라는 또 하나의 부정적 요소가 가미된 시골 생활에서 시적 화자가 고독과 염증을 느끼는 것은 당연한 것이라 할 수 있을 것이다. 이 계절은 시인에게 있어서 참아내기 어려운 수난의 시간이 아닐 수 없다. 이 감정은 다음 시「나쁜 계절」과 일맥상통하는 것이다.

나쁜 계절

저녁 무렵의 피로한 계절이 왔다/어느 곳이나 실내는 어둠침침하고/관습의 오랜 피로를 느끼는 것 같다/비는 거리에 주룩주룩 내리고/가난한 단층 연립주택이 늘어서 있다.//이런 계절이 지속되는 동안/내 생활은 몰락해서/아주 궁핍하게 되어버렸다/가구는 한구석에 내팽개쳐져 쓰러져 있고/겨울 먼지의 불운한 햇살 속에서/파리는 윙윙하고 창문에 날고 있다.//이런 계절이 지속되는 동안/나의 쓸쓸한 방문자는/노년의 쇠약해진 언제나 백분 냄새 나는 귀부인입니다./아아 그녀야말로 나의 옛 연인/낡아 바랜 기억의 커튼 그늘을 헤매 다니는 정욕의 그림자의 그림자다.//이런 소나기가 내리고 있는 동안/어디에도 새로운 신앙은 있을 리 없다/시인은 진부한 사상을 읊고/민중의 낡은 전통은 다다미 위에서 고민하고 있다/아아 이 싫은 날씨/햇살이 무딘 계절.//내 감정을 태워버릴 것 같은 구상은/아아 이미 어디에도 있을 리 없다.

「惡い季節」　薄暮の疲勞した季節がきた/どこでも室房はうす暗く/慣習のながい疲れをかんずるやうだ/雨は往來にびしよびしよして/貧乏な長屋が並びてゐる。//こんな季節のながいあひだ/ぼくの生活は落魄して/ひどく窮乏になつてしまつた/家具は一隅に投げ倒され/冬の　埃の　薄命の日ざしのなかで/蠅はぶむぶむと窓に飛んでる。//こんな季節のつづく間/ぼくのさびしい訪問者は/老年の　よぼよぼした　いつも白粉くさい貴婦人です。/ああ彼女こそ僕の昔の戀人/古ぼけ

た記憶の　かあてんの影をさまよひあるく情慾の影の影だ。//こんな白雨のふつて
る間/どこにも新しい信仰はありはしない/詩人はありきたりの思想をうたひ/民衆の
ふるい傳統は疊の上になやんでゐる/ああこの厭やな天氣/日ざしの鈍い季節。//
ぼくの感情を燃え爛すやうな構想は/ああもう　どこにだつてありはしない。

「불쾌한 경치」에서처럼 이 시에서도 오랫동안 비가 내리고 있다. 다
만 「불쾌한 경치」가 장마철을 소재로 하고 있으며 외부 풍경을 그린 것
이라면 이 시에서는 비가 계속 내리는 동안의 실내 풍경, 시적 화자의 일
상생활의 한 단면을 그린 것이라 할 수 있을 것이다. 시적 화자는 가난한
동네의 단층 연립 주택의 단칸방에서 계절과 관습이 주는 이중의 스트
레스로 인하여 피곤에 빠져 있다. 겨울비는 끊임없이 계속 내리고 그런
가운데 시적 화자의 삶 자체도 더욱더 가난해져만 간다. 여기서 말하는
「가난」이란 물질적 빈곤만이 아니라 정신적 빈곤의 비중이 더욱 큰 것
이 아닐까. 이럴 때에는 자연히 실내에 머물면서 옛 추억을 더듬을 수밖
에 없다. 이미 낡아 희미해진 추억 속에서 옛 애인의 분 냄새를 떠올리면
서 청춘 시절을 회상하게 되는 것이다. 그러나 이제는 더 이상 새로운 것
을 추구할 기력도 없고 낡은 전통의 다다미 위에 앉아 기존의 생각과 사
상을 되풀이 할 수밖에 없는 것이다. 젊은 시절처럼 청춘을 불태울 수 있
었던 야망을 구상할 만한 에너지는 이미 소진된 상태이다.

이제는 자기 혼자만의 세계를 추구할 것이 아니라 군중 속으로 들어
가 그들을 따라가면서 그러는 가운데 유대감과 동질감을 느낄 수밖에
없는 것이다.

　　　군중 속을 찾아 걷는다
　　나는 언제나 도시를 추구한다/도시의 흥청거리는 군중 속에 있는 것을 추
구한다/군중은 커다란 감정을 가진 물결과 같은 것이다/어디로든지 흘러가
는 하나의 왕성한 의지와 애욕愛慾의 그룹이다/아아 구슬픈 봄날 저녁 무렵/

도시의 뒤섞여 있는 건축과 건축의 그림자를 찾아서/커다란 군중 속에 휩쓸려 가는 것은 얼마나 즐거운 것인가/봐요 이 군중이 흘러가는 모양을/하나의 물결은 하나의 물결 위로 겹치고/물결은 수없는 그림자를 만들고 그림자는 흔들리며 퍼져 나아간다/한 사람 한 사람이 지닌 우울과 슬픔과 물 밑의 그림자로 사라져 흔적조차 없다/아아 어쩌면 이다지도 편안한 마음으로 나는 이 길을 걸어가고 있는가/아아 이 커다란 사랑과 무심한 즐거운 그림자/즐거운 물결인 당신을 따라가는 마음은 눈물겨워지는 것 같다./왠지 슬픈 봄날 저녁 무렵/이 사람들의 무리는 건축과 건축의 처마를 헤엄쳐/어디로 어떻게 흘러가려고 하는 것인가/나는 슬픈 우울을 감싸고 있는 하나의 커다란 지상의 그림자/떠도는 무심한 물결의 흐름/아아 끝없이 끝없이 이 군중의 물결 속에 휩쓸려 가고 싶다/물결의 행방은 지평선으로 흐려진다/하나의, 단지 하나의 '방향'만을 향해서 흘러갑시다.

　　「群集の中を求めて歩く」私はいつも都會をもとめる/都會のにぎやかな群集の中に居ることをもとめる/群集はおほきな感情をもった浪のやうなものだ/どこへでも流れてゆくひとつのさかんな意志と愛欲とのぐるうふだ/ああ　ものがなしき春のたそがれどき/都會の入り混みたる建築と建築との日影をもとめ/おほきな群集の中にもまれてゆくのはどんなに樂しいことか/みよこの群集のながれてゆくありさまを/ひとつの浪はひとつの浪の上にかさなり/浪はかずかぎりなき日影をつくり　　日影はゆるぎつつひろがりすすむ/人のひとりひとりにもつ憂ひと悲しみと　みなそこの日影に消えてあとかたもない/ああ　なんといふやすらかな心で　私はこの道をも歩いて行くことか/ああ　このおほいなる愛と無心のたのしき日影/たのしき浪のあなたにつれられて行く心もちは涙ぐましくなるやうだ。/うらがなしい春の日のたそがれどき/このひとびとの群は　建築と建築との軒をおよいで/どこへどうしてながれ行かうとするのか/私のかなしい憂鬱をつつんでゐる　ひとつのおほきな地上の日影/ただよふ無心の浪のながれ/ああ　どこまでも　どこまでも　この群集の浪の中をもまれて行きたい/浪の行方は地平にけむる/ひとつの　　ただひとつの「方角」ばかりさしてながれ行かうよ。

혼자 있는 고독감이 자유로움보다 더 심할 때, 이전에는 단지 도시에 있는 것만으로도 즐거웠지만 이제는 고독감이 그 즐거움을 억누르고 있다. 같은 도시의 구성원이라는 동질성과 유대감을 확보하는 길은 자신만의 세계에서 벗어나 집단 속으로 들어가는 것이다. 왜냐하면 군중은 물결처럼 왕성한 에너지를 가지고 있어서 그 속에 들어가 따라가기만 하면 되기 때문이다. 조그만 물결이 모이고 모여 점점 더 큰 물결을 이루어 가듯이 군중도 점점 더 큰 무리를 형성하게 되는 것이다.

이런 과정을 통하여 개개인이 가지고 있던 근심과 슬픔은 흔적도 없이 사라져버리는 것이다. 시적 화자가 군중을 찾아다니는 이유가 바로 여기에 있는 것이다. 도시의 건물과 건물 사이를 떠도는 군중은 나를 우울한 상태에서 구제하여 주는 구세주와 같은 것이다. 고민이 사라진 평온함. 그 무심의 경지로 나를 이끌어주는 것이 군중인 것이다.

시 「우울한 고양이」「나쁜 계절」「군중 속을 찾아 걷는다」와 같은 시집 『우울한 고양이』의 대표시들의 공통점은 표현의 유창함이다. 시적 화자가 표현하고자 하는 생각과 감정, 느낌이 너무나도 자연스러운 구어체로 표출되어 있다. 개개의 문장뿐만 아니라 시 전체도 자연스럽다 못해 집요하다고 할 정도의 요설饒舌체 장시長詩이다. 이야말로 구어체라는 새로운 언어에 의해 탄생된 새로운 시 형태라 할 수 있을 것이다.

5. 마무리

본고에서는 사쿠타로의 시 세계의 근대성을 새로운 언어와 새로운 시문학 형식이라는 두 가지 측면에서 고찰하였다. 새로운 언어라고 하는 것은 그 이전까지 사용되어 왔던 문어체가 아닌 구어체, 새로운 시문학 형식이라고 하는 것은 정형시가 아닌 자유시, 다시 말해서 구어 자유시를 지칭하고 있는 것이다.

이런 관점에서 보면『달 보고 짖는다』는 과도기적 시집이라 할 수 있다. 시「천연 풍경」은 7·5조의 문어 정형시,「풀줄기」는 문어 자유시,「동틀 무렵」과「슬픈 달밤」은 구어 자유시였다.

특히「동틀 무렵」은 육체의 이변에 따른 불안정한 내면 상태를 표현하였다는 점이 새로운 시도였다. 이는 근대 사회에 있어 삶의 기반이 도시로 옮겨지면서 그 변화에 제대로 적응하지 못한 데서 오는 근대인들의 심신의 피로와 불안감을 시로 표출시킨 것이다.

시집『우울한 고양이』에는 도시에 대한 동경심과 시골에 대한 혐오감이 그려져 있었다. 시「불쾌한 경치」에서는 시골의 황폐함과 열악함에다 우기雨期라는 계절적 요인이 주는 음습함까지 겹쳐서 시적 화자의 정신 건강조차 위협받고 있었다.

한편 사쿠타로의 조어造語인「우울한(푸른) 고양이」는 근대 물질문명의 토대인 전기와 도시를 의미하고 있었다. 전기야말로 문명의 핵이 될 것을 미리 예감하고 다가올 미래를 꿈꾸며 도시의 군중 속에서 동질감과 유대감, 나아가 평온함을 구하고 있었다.

Key Words   구어자유시, 군중, 근대성, 도시, 하기와라 사쿠타로

참고문헌

가스통 바슐라르, 곽광수 역(1990),『空間의 詩學』, 民音社, p.118.
고미숙「애국 계몽기 시운동과 그 근대적 성격」, 민족문학사연구소 엮음(1995),
　　　『민족문학과 근대성』, 문학과지성사, p.231.
김영민「춘원 이광수 문학의 근대성 연구」,『민족문학과 근대성』, p.338.
서재곤(2003.5)「하기와라 사쿠타로(萩原朔太郎)시에 나타난 물질적 이미지 분
　　　석」,『일본근대문학-연구와 비평-』제2호, pp.195~212.
최원식,「한국 문학의 근대성을 다시 생각한다」,『민족문학과 근대성』, p.34.
阿毛久芳(2000.1),「『青猫』ー『憂鬱なる』を起点として」,『国文学』, p.118.
海野弘(1983),『モダン都市東京』, 中央公論, p.8.
菅野昭正(1984),『詩學創造』, 集英社, p.116.
徐載坤(2002.3),「パイオニアとしての朔太郎ーセセッションとの関わりを中心に」,『日本
　　　現代詩歌研究』第五号, pp.39~55.
前田愛(1982),『都市空間のなかの文学』, 筑摩書房, pp.11~80.
和田博文(1999),『テクストのモダン都市』, 風媒社, pp.13~22.

●●●
제Ⅴ부

현대소설 속의
기억과 시

일본문학의 기억과 표현

제1장
관동대지진 전후
요코미츠 리이치문학
속의 도시

강 소 영

1. 관동대지진이라는 전환점

도시와 시골의 실태를 명확하게 나누어 규정하는 것은 어렵다. 작품의 어떤 문맥에서 도시와 시골이 언급되고 있는지가 중요하며 그 구체적인 양상은 각각의 문맥 속에서 규정된다. 일본문학에서는 '동경과 지방'이라고 하는 의미로 사용하는 경우도 있고, '도회와 고향', '근대성과 전근대성', '표준어와 방언', '중심과 주변'이라고 하는 의미로까지 해석의 폭을 넓혀서 생각할 수 있는 경우도 있다.[1] 도회는 '상공업이 발달해서 많은 문화설비가 있는 번화한 토지'로서, 문화적인 면이 강조되는 말이다. 그 반면 도시는 '근대자본주의사회의 부흥과 함께 발달해서

---

1 『코오지엔(広辞苑)』에 의하면 도회(都会)는 '인구가 밀집되어 있는 상공업이 발달하여 많은 문화설비가 있는 번화한 토지. 도시. -인, -병'으로 설명하고 있다. 도시(都市)는 '일정지역의 정치, 경제, 문화의 중핵을 이루는 인구집중지역. 고대 그리스 로마에서는 국가의 형태를 가지며 중세유럽에서는 길드적 산업을 기초로 해서 때로는 자유도시가 되고 근대자본주의사회의 부흥과 함께 발달하여 사회생활의 중핵이 된다. 학원-, 성곽- 반대는 촌락, 농촌'이라고 되어 있다. 시골은 '도회에서 떨어진 토지. 在郷, 지방. 향리. 고향'으로 설명한다.

376 제Ⅴ부 ┃ 현대소설 속의 기억과 시

사회생활의 중핵이 되는' 사회발전단계 속에서 변화하여 나타난 역사
적 성격을 갖고 있다고 할 수 있을 것이다.

도시로부터는 인간미가 없는 차가운 인간관계, 나란히 늘어선 빌딩
군, 퇴폐적인 문화 등을, 시골로부터는 따뜻한 가족과 풍부한 자연, 온
화한 분위기 같은 이미지가 떠오른다. 도시를 근대적 문명의 문맥에서
말할 때, 시골은 가부장적인 봉건제와 차별문제라는 성격이 부상한다.
그래서 도시와 시골은 상호규정적인 개념이라고 할 수 있다. 특히 시골
에서 도시로 상경한 사람이 도시의 여러 가지 복잡한 관계 및 생활에 지
쳐 시골을 동경하는 장면은 '메이지'시대 이후 일본의 근대화과정과 병
행하여 상당히 많은 일본문학작품 속에 그려져 왔다고 할 수 있다. 특히,
일본에서 근대도시 개념의 부각은 관동대지진이라고 하는 역사적 사건
을 제외하고는 설명할 수 없다. 그것은 지진 후부터 본격적으로 근대적
도시의 모습이 형성되기 시작했기 때문이다.

우선, 관동대지진을 전후로 하여 발표된 요코미츠 리이치橫光利一
(1898-1947)문학 속의 도시를 고찰하기 전에, 작가 요코미츠의 고향관
부터 살펴보자. 그것은 '도시와 시골'이라고 하는 키워드를 주로 '도시
와 고향', '근대성과 전근대성'이라고 하는 의미로 사용하는 것에 유효
한 힌트를 제공해 줄 것이다.

일단 요코미츠의 출신지를 명확히 하는 것은 곤란하다. 코오지엔広辞
苑 제1판(1955.5)에서는 '오이타大分현 사람'이라고 되어있었는데, 제2
판(1969.5) 이후에는 '후쿠시마福島 사람'으로 수정되었다. 아버지의 고
향인 본적지에서 본인의 출생지로 변경된 것이다. 이노우에 켄井上謙의『평
전 요코미츠 리이치』연보에 의하면, '리이치의 출생 후 얼마 지나지 않
아 일가는 철도부설공사를 위해 치바현의 사쿠라佐倉로 이주했다.'고 한
다. 그 후에는 동경, 히로시마広島외에 미에三重현 츠게柘植, 시가滋賀현의
오오츠大津, 그리고 다시 츠게로 갔는데, 비교적 길게 거주했던 곳은 츠
게와 오오츠였기에 요코미츠 자신에게 후쿠시마 사람이라는 의식이 있

었다고는 생각하기 어렵다. 본적지는 아버지의 고향인 오이타현 우사시大分縣宇佐市이다. 요코미츠가 우사에서 지낸 것은 5, 6세 경 1, 2년간에 지나지 않으며 그 후 두 번 정도 방문했지만 거의 아버지의 고향인 우사와는 소원했다. 그러나 요코미츠는 자필 연보에 후쿠시마는 쓰지 않고 오이타현을 본적으로 적고 있다. 초기의 작품 무대는 모친의 고향인 츠게를 중심으로 한 것이 많았다. 생활체험을 통해서 그릴 수 있는 풍토는 츠게와 그 주변을 빼놓고는 없었기 때문이다. 모친의 고향과는 달리 생활체험이 없는 오이타라는 부친의 본적은 요코미츠의 고향관이 관념적 성격을 띠는 계기가 되었던 것으로 생각할 수 있다. 아시아태평양전쟁 중에 쓴 『여수』(1937)에는 그때까지 거의 귀성한 적이 없었던 아버지 우메지로의 고향인 오이타현 우사가 중요한 장소로서 그려지고도 있다. 우사는 전쟁의 신을 모시는 하치만신사의 일본 총본산이기도 한 우사신궁이 있는 곳이기에 일본제국주의가 나아갔던 방향과 발맞추어 작품을 써왔던 요코미츠에게는 더욱 특별한 곳이었을 것이다. 오이타현 우사를 특별한 장소로서 자필연보에 본적으로 굳이 써넣었던 이유가 거기에 있다고 할 수 있다.

요코미츠는 1941년 10월 『3대 명작전집-요코미츠 리이치집』(가와데쇼보) 「해설에 대신하여」에서 관동대지진 직후의 동경을 회상하며 다음과 같이 서술하고 있다.

나는 무엇보다도 예술의 상징성을 중시하며 사진보다도 오히려 훨씬 구도의 상징성에 미가 있다고 믿었었다. 소위 문학을 조각과 같은 예술이라고 공상한 로맨티시즘의 개화기였는데, 이 시기의 마지막 작품이 『일륜日輪』이며 이것이 문단이라고 하는 시장의 잡지에 게재된 처녀작이 된 것은 나 스스로도 불가사의한 일이라 생각한다. 마지막 작품이 처녀작이 됨과 동시에 1923년의 대지진이 나를 덮쳐왔다. 그리고 내가 믿었던 미에 대한 신앙은 이 불행 때문에 곧바로 파괴되었다. 신감각파라고 사람들이 나에게 이름붙인

시기가 이 때부터 시작되었다. 대도시가 망연한 믿을 수 없는 불탄 벌판이 되어 주위에 펼쳐진 가운데 자동차라는 속력의 변화물이 처음으로 세상 속을 어슬렁대기 시작하고, 곧 라디오라고 하는 소리가 기괴한 기형물이 나타나고 비행기라고 하는 새 종류의 모형이 실용물로서 공중을 날기 시작했다. 그것들은 모두 지진 직후 우리나라에 처음으로 생긴 근대과학의 구상물이다. 불탄 벌판에 근대과학의 첨단이 속속 형태가 되어 나타났던 청년기 인간의 감각은, 어떤 의미로든 바뀔 수밖에 없다. 이 시기의 망연한 청년의 생각은 「거리의 바닥街の底」이라는 작품에 그 모습을 드리우고 있지 않나 생각한다.

　私は何よりも芸術の象徴性を重んじ、写真よりもむしろはるかに構図の象徴性に美があると信じてゐた。いわば文学を彫刻に等しい芸術と空想したロマンチシズムの開花期であったが、この時期の最後の作が「日輪」であり、これが文壇といふ市場の雑誌に掲載された処女作となつたことは、我ながら不思議なことだと思ふ。最後の作が処女作となると同時に、大正十二年の大震災が私に襲つて来た。そして、私の信じた美に対する信仰は、この不幸のために忽ちにして破壊された。新感覚派と人人の私に名付けた時期がこの時から始まった。大都会が茫々とした信ずべからざる焼野原となって周囲に広がつてゐる中を自動車といふ速力の変化物が始めて世の中をうろうろとし始め、直ちにラヂオといふ声音の奇形物が顕れ、飛行機といふ鳥類の模型が実用物として空中を飛び始めた。これらはすべて震災直後わが国に初めて生じた近代科学の具象物である。焼野原にかかる近代科学の先端が陸続と形となつて顕れた青年期の人間の感覚は、何らかの意味で変わらざるを得ない。この時期の茫然たる青年の思ひは「街の底」にその姿を浮べてゐるかと思われる。

위 인용문은 1941년에 쓴 지진에 대한 글인데, 요코미츠 문학의 전환점으로서 관동대지진의 의미를 잘 전하고 있다. 요코미츠는 초기작품의 예술적 경향에서 자기전환을 꾀하고 있으며 그 전환은 대지진을 계기로 한 것이었다는 점이 서술되어 있다. 즉, 대지진 후부터 새로운 작품으로 전환하지 않을 수 없게 된 사실이 고백적으로 나타나 있다.

대지진 직후 대도시 동경에 서양근대과학의 구상물이 비로소 나타나, 요코미츠가 '믿고 있던 미에 대한 신앙은 이 불행 때문에 곧바로 파괴되었다'. 관동대지진을 계기로 해서 요코미츠의 작품세계는 전환을 이루었으며 그것은 미의 측면만이 아니라 서양 근대 도시화하는 동경이라고 하는 일본의 근대도시로 그의 관심이 이동했을 것으로 생각할 수 있다. 이에 요코미츠문학에 있어서 도시라고 할 때 대지진 전의 초기 작품과 대지진 후의 도시를 무대로 한 작품을 함께 고찰할 필요성이 생기게 된다.

지금부터 요코미츠 리이치 문학 속의 도시에 대해서 관동대지진 전인 1923년 5월에 발표된 「파리蠅」와 대지진 1년 후에 쓴 「무례한 거리無礼な街」를 중심으로 하여 관동대지진을 계기로 해서 요코미츠는 어떠한 '자기전환'을 이루었는지 살펴보도록 할 것이다.

2. 「파리」-무화無化하는 도시로의 이동

「파리」는 1923년 『문예춘추』 5월호에 발표된 단편소설이고 요코미츠의 문단 데뷔작이기도 하다. 요코미츠의 소위 출세작으로 일컬어지는 「파리」는 시골 역참宿場에서 작은 도시의 초기모습으로 볼 수 있는 읍내町로 이동하는 이야기인데 마차, 마부가 그 이동의 매개물이고 시골 역참에 사람들이 모이면서 이야기가 전개된다. 역참이라고 하는 공간 설정으로부터는 근세 일본 에도시대의 역 숙소를 칭하는 말이기에 공간적인 배경인 시골만이 아니라 전근대성도 읽어낼 수 있다.

잘 알려진 대로 요코미츠는 「시대는 방탕하다(계급문학자 제위에게)」(『문예춘추』1923.1)에서 문학을 '계급타파의 무기'라고 정의한 '계급문학'을 '시대착오'라고 지적하고 '새로운 시대감각'의 필요성을 강조했다. 그리고 반리얼리즘을 의식하여 「파리」속의 신선한 표현문체를 제시했다.[2] 따라서 지금까지의 연구에서도 주로 '파리'의 존재의미, 영화적 기법인 카메라아이의 사용, 인간군상의 은유적 표현 등에 초점이 맞추어져 왔다. 도시와 시골이라고 하는 관점에서 분석한 것은 거의 눈에 띄지 않는다.

「파리」의 시간적 배경이 되는 계절은 한여름이며 그 장소는 '공허'하다고 설정되어있다.

> 한여름의 역참은 공허했다. 단지 눈이 큰 한 마리 파리만은 어스레한 마구간 구석 거미줄에 걸리자 뒷다리로 거미줄을 벗어나려고 버둥거리며 얼마간 대롱대롱 흔들리고 있었다. 그러자 콩처럼 톡 떨어졌다. 그러고는 말똥 무게에 비스듬히 꽂혀선 볏짚의 끝에서 알몸이 된 말의 등까지 기어 올라갔다.
>
> 真夏の宿場は空虚であった。ただ眼の大きな一疋の蠅だけは、薄暗い厩の隅の蜘蛛の巣にひっかかると、後肢で網を跳ねつつ暫くぶらぶらと揺れていた。と、豆のやうにぼたりと落ちた。さうして、馬糞の重みに斜めに突き立ってゐる藁の端から、裸体にされた馬の背中まで這ひ上がった。

이 작품에 등장하는 시골에서 도시로 가려고 하는 승객은 전부 6명이다. 농부아낙은 '역참의 공허한 뜰'에 도착한 최초의 승객이다. 그녀는 아침 일찍 읍내에서 일하고 있는 아들이 위독하다는 전보를 받고 이슬에 젖은 30 리 산길을 내쳐 달려왔다. 첫 마차를 놓치게 되어 울음을 터뜨린 농부아낙은 눈물도 닦지 않은 채 달려서 읍내까지 가려고 한다.

2　'신감각파'라고 하는 명칭은 1924년 10월에 창간된 『문예시대』에 모인 동인들에게 당시 평론가인 치바 카메오(千葉亀雄)가 명명한 것이다. 치바는 「신감각파의 탄생」(『세기』1924.11)에서 『문예시대』에 나타난 경향을, '현실을 단지 현실로서 표현하는 일면에 사소한 암시와 상징을 통해 인생내부의 존재와 의의를 고의로 작은 구멍으로 들여다보게 하는 듯한 미묘한 태도의 예술'이라고 평했다.

다음 손님은 사정은 모르지만 사랑의 도피중인 남녀이다. 역참에 등장하는 모습은 '들판의 아지랑이 속에서 연꽃 깍지를 두들기는 소리가 들려온다. 젊은 남자와 처녀는 역참 쪽으로 서둘러 향했다.'고 그려져 있다.

세 번째 손님은 '역참의 뜰에 어머니 손에 이끌린 남자아이가 손가락을 입에 물고 들어 왔다.'에 나타나 있듯이 어떤 사정인지 몰라도 집을 비우고 읍내로 가야 하는 모자이다.

여섯 명 째의 승객은 시골신사이다. 그는 '시골신사는 역참에 도착했다. 그는 43살이 된다. 43년간 빈곤과 싸워온 보람이 있어 어젯밤 겨우 봄누에의 거간을 서서 8백 엔을 손에 넣었다. 지금 그의 가슴은 미래에 대한 획책으로 가득 차있다.'로 묘사된다.

이렇게 각각의 등장인물 6명이 현재 놓인 현실이 상세히 그려져 있다. 게다가 어떤 의미로는 전원이 비일상적 사정으로 얽혀있다. 승객들은 모자와 같은 친밀한 가족관계로도 맺어져있으나 금전적인 성공욕, 남녀의 사랑의 도피 등에서 알 수 있는 자본주의와 자유연애 등 어느것이나 근대적인 모범의식과도 어딘가에서 맞닿아 있다. 그 하나하나에 있어서 요코미츠가 어떠한 문제의식을 가지고 임했는지는 다른 작품군을 통해 테마별로 고찰해야 할 것이다. 다만 「파리」에서는 전근대에서 일본의 근대도시로의 이행기에 시골의 군상 개개가 안고 있는 근대적 문제의식의 일단을 그리고 있는 것은 분명하다.

역참에 모인 사람들은 모두 제각각 다른 생각을 품고 있다. 우선, 43년 빈곤생활을 강요받아왔지만 누에의 거간으로 벼락부자가 된 시골신사는 어젯밤 공중목욕탕에 갔을 때 거금이 든 가방을 씻는 곳까지 소중히 가지고 들어가 웃음거리가 되었다. 그러나 오늘 아침에는 이미 그 '웃음거리가 된 기억에 대해서는 잊고' 있으며, '지금 그의 가슴은 미래에의 획책으로 가득 차 있는' 것이다. 그러한 남자의 눈에는 읍내에서 일하고 있는 아들이 위독해서 빨리 읍내로 출발하려고 하는 농부아낙의 비통한 모습이 비치지 않는다. 아들이 위독하다는 말을 듣고는 '그거 안 되지'라고 한다. 마차가 출발하는 시각을 질문 받고는 '글쎄. 무얼 하고 있는 겐지'라고 한다. 마차가 읍내까지 3시간이나 걸리는 것은 알고 있기 때문에 지금부터 가도 도착은 빨라야 '그건 정오야'라고 곁에서 가르쳐주기도 한다. 이 벼락부자 시골신사의 태도는 말 뿐이고 상대의 사정을 마음에서 받아들여 이야기하거나 하지는 않는다. 어젯밤 마침내 손에 넣은 800엔의 거금을 어떻게 유익하게 사용할지 생각하는 데에 여념이 없는 신사는 전통적, 전근대적 인간관계에서는 그다지 볼 수 없는 무관심한 태도로 일관하고 있다. 이러한 태도는 시골신사만이 아니라 아이를 제외한 4명의 승객 전원에게 보이는 것이기도 하다.

한편, 「파리」에 나오는 마차가 출발할 수 없는 원인은 마부가 마차에 타지 않기 때문이고 더구나 그것은 마부가 먹는 만두가 다 쪄지지 않았기 때문이다. 막 쪄낸 만두를 먹는 것이 습관인 새우등의 마부는 좀처럼 출발하려고 하지 않았다. 마차의 출발을 기다리고 있는 승객의 개인적인 고민이 만두가 완성되는 시간에 지배당하고 있는 구도야말로 개인의 내면이 외부 우연성의 지배하에 있다고 하는 도시사회 구도의 원형은 아닐까. 개인의 자율성이 외부의 우연과 집단의 지배력 앞에 무화되어버린다고 하는 인식이 작동하고 있는 것이다.

이윽고 다 쪄진 만두를 배속에 밀어 넣은 마부는 마차를 출발시킨다. 그런데 만두를 한가득 꾸역꾸역 먹은 마부는 도중에 졸아버리고 마차는 승객을 모두 태운 채 송두리째 벼랑에서 전락해 버린다. 마차에 붙어서 날개를 쉬고 있던 눈이 큰 파리만이 창공을 유유히 날아간다.

시골에서 도시로 향하려고 하는 6명의 승객은 결국은 도시(읍내)에 도착하지 못하고 '마차는 승객 모두와 벼랑에서 전락한다.' 각각의 이유로 읍내에 가려고 하는 시골의 인물들이 결국 도시에 가 닿지 못했던 것은 무엇을 상징하고 있는 것일까? 그것은 요코미츠가 1923년 5월 시점에서는 도시의 본질과 정식으로 마주하고 있지 않았던 것을 나타내고 있다. 도시라고 하는 테마를 진지하게 성찰하고 작품 속에 그리는 데 이르기까지는 관동대지진이라고 하는 사건이 계기로 작용하게 된다.

3. 요코미츠와 관동대지진

1923년 9월 1일 토요일 오전 11시 58분 44초. 이즈 오오시마伊豆大島 부근을 진원지로 매그니튜드 7.9를 기록한 직하형 지진이 발생했다. 이 관동대지진에 의해서 동경, 카나가와, 치바를 비롯한 관동지방 전역과 야마나시, 시즈오카의 각 현은 커다란 피해를 입었다. 관동대지진의 사망자수는 러일전쟁과 동경대공습의 사상자보다도 많아 일본의 '메이지' 이후 재해로는 단연 1위이다. 지진 피해를 키우고 사상자수를 많이 낸 것은 건물이 부서지고 파괴된 후 덮친 화재 때문이었다. 메이지유신으로부터 반세기가 지나 동경, 요코하마에서는 도시화가 진행되어 인구밀도와 가옥의 밀도가 높아져 있었다. 그러나 거기에 따르는 도시기반시설의 설비는 미처 뒤쫓아 가지 못했던 실정이었기에 관동대지진시의 화재는 인재의 요소가 강했다고 전해진다.

수많은 문학자가 쓴 지진에 대한 기록은 재해의 처참함만이 아니라 비참한 죽음의 슬픈 이야기도 다루고 있는데, 지진을 겪으면서도 '일본인'으로서의 미덕을 지킨 행위를 칭송하는 '미담'도 다수 쓰여졌다. 지진은 일본국민에게 공통적으로 공유된 체험으로 기술되어, 공동체의 일체감을 높인 사건이 된 것이다. [3] 어쨌든 관동대지진은 일본인들의 생

---

3 '불령선인이 폭동을 일으킨다' '사회주의자가 봉기한다' '조선인폭동의 배후에는 사회주의자가 있다' 같은 유언비어와 '불령선인의 발호로 불안에 휩싸인 동경. 우물에 독을 타고 각 곳에서 강도강간약탈을 한다' '수 백 명의 조선인은 이 기회를 틈타 흉기를 가지고 피난민을 습격하고 있다.'등으로 날조하고 선동했던 일본 언론이 가진 측면과 '야마토다마시이(大和魂)'를 강조하는 이러한 모

활과 사고를 일변시킨 역사적 사건이었다.

당시의 문학상황은 무샤노코오지 사네아츠武者小路実篤, 시가 나오야志賀直哉, 아리시마 타케오有島武郎 등의 '백화白樺파'를 대신하여 키쿠치 칸菊地寛, 아쿠타가와 류우노스케芥川竜之介, 쿠메이 마사오久米正雄 등이 문단의 주류가 되었으며, 『씨 뿌리는 사람種蒔く人』창간(1921)으로 프롤레타리아 문학이 태두해 있던 상태였다. 또한 탐미파의 타니자키 준이치로谷崎潤一郎, 히로즈 카즈오広津和郎 등도 활약하고 있었다.

관동대지진이 일어난 날 요코미츠는 서점 동경당東京堂의 가게 앞쪽에 서서 잡지를 읽고 있었다. '지진이라고는 생각하지 못하고 대지가 찢겨졌다고 생각했다. 지구가 파멸한다면 인간이 어떤 얼굴을 이럴 때 하는지 봐둬야지 생각해 주위 사람들을 둘러보았다. 무언가 다른 사람의 얼굴만이 아닌, 자신을 봐두어야겠다는 일종의 자유로움이 있다고 생각했다.地震だとは思わず、大地が裂けたと思った。地球が破滅するなら、人間がどんな顔をこういう時にするか見てみましょうと思って周囲の人を眺めた。なんか人の顔だけでない、自分を見てやろうという一種の自由さがあると思った。'(「전환기의 문학」(동경대 강연 『요코미츠 리이치 전집 제 15권』1939.6.21.)고 그 날의 심정을 묘사하고 있다. 그 후 '칸다神田에 화재가 났기 때문에 슌카다이駿河台 쪽으로 도망쳐 오는 도중에 니콜라이당堂 부근 도로에서 여스님들이 동그랗게 모여 기도하고 있는 것을 보았다. 카스가마치春日町쪽으로 다가오자 키쿠치 칸을 만났다.神田が火事になったので駿河台の方へ逃げてくる途中に、ニコライ党辺りの道路で尼さんたちが輪になって祈っているのを見た。春日町の方へやってくると菊池寛にあった。'고 되어 있다.

요코미츠의 문학스승인 키쿠치는 「지진후 잡감災後雑感」(『문예춘추』1923.11)에서 '사람은 궁지에 몰리면 빵 만으로 살 수 있는 법이다.'라고 비참한 생활에 대한 비관적인 심정을 나타내고 있다. 또한 '궁극의

습은 같은 연장선상에 있다고 할 수 있다.

인생에 예술이 무용지물인 것은 우리들에게는 상당히 불쾌하다. 우리
들이 하는 일에 대해서 신념을 잃어버린 것이 첫째 피해이다' '나는 이
러한 마음을 일으킨 것을 부끄러워하지 않는다. 지진의 공포가 사라짐
과 더불어 동경에 주절주절 눌러 붙어 옛날대로 이러저러한 문필생활
에 들어가려 하고 있는 자신을 부끄러워하고 있다.'고도 서술하고 있어
관동대지진이 일본 '대정'문단의 작가에게 준 충격의 일단을 들여다 볼
수 있다.

실제로 잘 알려져 있듯이 지진 후 타니자키 쥰이치로, 나오키 산쥬우
고直木三十五는 관서지방으로 이주하고, 무로 사이세이室生犀星는 고향인
가나자와로 피신했다. 부흥하기 시작한 프롤레타리아문학에 대항하기
위해 1923년 1월 『문예춘추』를 창간했던 키쿠치 칸도 관서지방으로의
이주를 한 때 생각할 정도였다. 스승인 키쿠치 칸과 달리 지진발생의 한
가운데에서조차 '일종의 자유로움이 있다'며 인간관찰을 하려고 하는
요코미츠의 자세가 '새로운 시대'의 도래를 향해서 활발히 활동을 전개
해간 그 후의 모습을 있게 했을 것이다.

지진에 의한 철저한 파괴와 그 영향으로 생긴 정신의 아나키한 상황
은 『문예시대』 창간전야의 새로운 문학세대 작가들에게는 '타도 기성
문단', '타도 기성작가'였고, 카와바타 야스나리川端康成 처럼 '지진이 기
성문예의 종점이고, 신문예의 기점이 될 것은 분명할 것이다'(「여진문
예의 작품余尽文芸の作品」)라는 발언이 나오는 상황을 만들어내고 있었다.
『문예시대』 좌담회에서 요코미츠의 '우리들은 너무 젊었고 그 지진으
로 상당히 흥분했었기 때문에요.'라는 말은 파괴와 혼란에서 오는 정신
의 앙양이 문예에 있어서는 동시에 창조의 원천이 될 수 있다는 정신 상
황을 확인한 말이라고 해석해도 좋을 것이다.[4] 지진의 충격으로 아방가

---

4 모리 오오가이(森鴎外)는 1909년 『찌르레기 통신(椋鳥通信)』(「스바루(昴)」五)
  에서 이탈리아의 마리넷티의 '미래주의 선언 11개조'를 소개하고 있다. 이 선언
  은 기성가치에 대한 철저한 반항을 주축으로 하고 있으며 여러 곳에 공격, 도약,

르드 정신이 받아들여지는 내적 조건도 갖추어져있었다.

모리 오오가이森鷗外가 소개하여 이미 활동하고 있던 미래파의 '기성 가치에의 반항'이라는 정신은 좋은 기회를 얻게 된 것이다. 실제로 요코 미츠는 '신감각파에 속하는 것'으로서 '미래파, 입체파, 표현파, 다다이 즘, 상징파, 구성파, 여실파의 어느 일부'를 열거하고도 있다. 이 미래파 적인 '파괴' 의식은 각층에서 새로운 가치를 지향하게 되었다.

요코미츠는 후일 「각서8」에서 '지금에 와서 생각해보면 대정 12년의 관동대지진은 일본국민에게는 세계대전에 필적할 만한 큰 영향을 주었 다. 이것은 누구나 그렇게 생각할 것이다.'(『요코미츠 리이치 전집 제 13권』)라고 회상하고 있다. 이어서 같은 글에서 다음과 같은 감개를 서 술한다.

> 그런데 나에게 아직 이상하기 짝이 없는 것 하나는 이 대지진이 문학에 어
> 떤 영향을 주었는가하는 것에 대해서는 아직 거의 아무도 생각하려고 하지
> 않는 점이다. 이것은 문학 연구자에게는 용서받을 수 없을 정도의 큰 누락인
> 것은 분명한데 그럼에도 불구하고 아직 아무도 뭐라고 말을 꺼내지 않는다.
> 너무나도 큰 불행이라고 하는 것은 그것이 무슨 일을 하든지 사람들의 토대
> 가 되어있기 때문일까, 생각하고 싶지 않은 것이다. ……모든 일에 있어서 체
> 념이라고 하는 듯한 노인 같은 염려가 그만 나오려고 하는 것도 나에게는 그
> 지진 이후부터인 듯한 느낌이 들어 견딜 수 없다. 인간의 심리와 성벽에 식
> 물처럼 돌연변이와 같은 현상이 생기는 것이 아닌가 하는 의문은 옛날부터
> 내 머릿속에 숨어있는 의문이지만, 그러나 돌연변이라고 하는 것은 인간에
> 게는 그렇게 눈에 보이는 변이를 말하는 것은 아닐 테니까 우리의 외견으로

폭력 같은 말이 들어있다. 새로운 시대의 상징이 되는 자동차의 예각성을 최고 로 찬미하고도 있다. 이 미래파가 일본에서 실제로 움직이기 시작한 것은 1920 년의 『일본미래파운동제일선언』이다. 喜多川恒男他 編(1998), 『二十世紀の日本 文学』, 白地社.

는 볼 수 없는 것임에 틀림없을 것이다. 그렇지만 그래도 지진 때에는 다소나마 돌연변이를 만난 듯한 느낌이 들어 견딜 수 없다.

ところが、私にいまだに一つの不思議でならぬのは、この大震災が文学にどんなに影響したかといふことについては、まだほとんど誰も、考へようとしなかつたことである。これは文学の研究家にとつては、赦すべからざるとも云ふべきほどの、大きな見落としであることは確かなことであるが、それにも拘らず、まだ誰も何とも云ひ出さない。あまりに大きな不幸といふものは、それが何事をするにも人人の土台となつてゐるためであらうか、考へたくないのである。……物事にあつて、あきらめといふやうな老人じみた念慮のつい出て来ようとしかかるのも、私にはあの震災のときからのやうな気がしてならない。人間の心理や性癖に、植物のやうに突然変異といふやうな現象が生じるものかどうかといふ疑問は、むかしから私の頭の中に潜んでゐる疑問であるが、しかし、突然変異といふやうなものは人間にあつてはさう目に見えた変異のことをいふのではなからうから、私たちの外見からでは眺めることが出来ないものなのにちがひなからう。けれども、それでも地震のときには、多少なりとも突然変異に出くはしてゐさうな気がしてならない。

요코미츠가 대지진을 겪고 어떻게 '체념'과 '무상'감을 안게 되기에 이르렀는지는 강한 충격을 서술한 「지진震災」(『문예춘추』1923.11)이라는 지진 직후의 단문에도 상세하게 나와 있지 않다. 아쿠타가와 류우노스케, 키쿠치 칸, 히로즈 카즈오, 카와바타 야스나리 등 수 많은 작가가 대지진 당일의 기록을 당시 어딘가에 발표했지만 요코미츠에게 그러한 종류의 기록은 보이지 않는다. 지진 직후의 요코미츠가 '무상'감을 느낌과 동시에 '높은 심리의 회전'을 느꼈다고 하는 구절이 위 인용문 다음에 이어지는데 거기에는 자부심마저 느껴진다. 요코미츠는 오히려 '무상'의 감각을 느낀 것으로 인하여 대지진 후 자신만의 독자 노선을 걸을 수 있는 일종의 확신을 가질 수 있게 된 것으로 생각한다. 지진은 모든 것을 파괴하여 새로운 문학의 길을 개척해 나갈 토대를 만들어주었으며 그 후 요코미츠는 신감각파 문학운동으로 나아가게 된다.

요코미츠는 관동대지진 후 신감각파 탄생에 관해 「감각활동-감각활동과 감각적 작용에 대한 비난에의 역설」 속에서 '미래파, 입체파, 표현파, 다다이즘 등이 신감각파에 속하는'것으로 칭하고 있다. 아방가르드[5]의 대표적인 각 유파 명칭을 일컫고 있다는 것은 당연히 요코미츠가 아방가르드 풍조를 시야에 넣고 있었던 것이 된다. 일본에서의 아방가르드의 확산에는 지진을 통한 파괴라는 측면을 빼놓을 수 없는데 기성 예술관을 파괴하고 새로운 문학을 일으켜 세우기 위해서는 관동대지진이 최적의 기회가 되었다고 할 수 있다. 요코미츠에게 있어 신감각파의 탄생은 서구 아방가르드 운동의 측면을 상당히 의식하고 있었지만, '일본에서는 슈르리얼리즘은 지진만으로 충분하니까 인기가 없습니다.'(「주방일기厨房日記」1937)라는 발언에도 나타나듯이 그는 관동대지진을 기점으로 하여 유럽의 아방가르드와는 다른 일본만의 독특한 형태로 새로운 문학을 만들어가게 된다.

4. 「무례한 거리無礼な街」 - 도시라고 하는 토포스로

1920년대 요코미츠의 소설에는 운노 히로시海野弘도 지적하고 있듯이 '이야기를 전개하기 위해서 필요한 일체의 배경을 실재하고 있는 것에서 빌려오는 도시표현은 없다'[6]고 할 수 있다. 도시산업사회의 인간관

---

5 아방가르드는 20세기 초에 시작되어 기성의 예술관을 파괴하고 예술 제 장르의 경계를 뛰어넘으려고 한 혁신적이고 실험적인 운동의 총체이다. 용어로서는 프랑스의 군대용어(전위부대)를 예술영역으로 전용한 것이다. 아방가르드가 지향하는 것은 예술과 비예술의 경계조차 무너뜨린다. 그 점에서 대중문화와 대립하고 예술성을 묻는 모더니즘과는 일선을 긋는다고 볼 수 있다. 다만, 이것들에 의해 생겨난 사상이 자극적인 만큼 널리 대중적으로 소비된다. 시마무라 켄지(島村健司) 「아방가르드 예술」, 『요코미츠 리이치의 문학세계』, 한림서방
6 운노 히로시(2007), 『모던도시 동경』, 중공문고

계를 공장을 배경으로 하여 그린 「기계」(1930)에서도 어디에 있는 공장인지 그 묘사는 구체적으로 나오지 않는다. 즉, 요코미츠는 사회구조를 반영하려고 하는 도시소설의 시도는 하지 않는다. 「무례한 거리」도 마찬가지인데 어느 도시의 거리인지 그 실재묘사는 나오지 않는다.

「무례한 거리」는 『신쵸新潮』(1924.9)에 발표되어 요코미츠의 4권 째 저서에 해당하는 『무례한 거리』(현대단편소설선집3, 문예일본사, 1925.6)에 수록되었다. 이 때 이미 요코미츠는 '신진작가의 백미'[7]라고 평가받는 존재로서 다음 달에는 『문예시대』 창간을 앞두고 <신감각파> 문학운동에 뛰어들려고 하던 참이었다. 이 작품이 정확히 관동대지진이 일어난 지 1년 후에 발표된 점에도 주목을 요한다. 지진 후 1년 사이에 도시의 파괴, 재건과정, 도시생활의 비참함을 보아온 요코미츠는 1923년의 「파리」와는 상이한 도시소설을 발표한 것이다. 지진 전의 「파리」가 시골에서 도시로 이동하는 도중에서 무화되고 도시까지 이르지 못했던 데 반하여 지진을 경험하고 새로운 도시계획이 진행되고 도시에서의 생활모습이 보이기 시작했을 때에 쓴 작품이 「무례한 거리」라고 할 수 있다.

이 작품에서는 이미 도시에 정착해있는 남녀가 중심인물이다. 「무례한 거리」는 초기 작품 군에서 나아가 자각적으로 문예운동으로서 신감각파를 형성하게 되는 시기의 중간에 위치하고 있으며 그 후에 다루는 작품주제에 대한 시사점도 다수 내포한 작품이다.

요코미츠는 이 작품 즈음부터 관동대지진을 거쳐서 근대자본주의와 함께 발전해온 도시로 관심의 시선을 돌린 것으로 보인다. 도시가 인간

---

7 호리키 카츠조(堀木克三)는 「무례한 거리」의 광경묘사 방법에 주목하여 '굴절 광선 같은 인상적인 묘사를 고심하고 있는 등 완전히 새로운 느낌으로 넘치고 있다. 서양의 입체파나 미래파 같은 그림이라도 보고 있는 듯한 느낌이 든다. 색 채도 뛰어나고 강렬하다. 분명히 이러한 의미에서 오늘날의 신진작가중의 백 미이다.' (「요코미츠 리이치씨의 묘사-「무례한 거리」의 해부-」)라고 평가하고 있다.

성을 무시하고 인간을 자본의 노예로 삼는 것에 대한 묘사와 리얼한 사회문제를 폭로하고 있는데 그것은 소위 신감각파적인 상징과 비유로 넘치고 있다. 밤의 도시를 그리는 표현 등은 '도시를 무대로 한 신감각파적인 작품의 효시'라고 평가받는다. 도시와 관동대지진이라는 일본의 자연재해가 결합하여 일본인 요코미츠만의 독특한 세계관의 시초가 보이는 작품이 「무례한 거리」라고 할 수 있다.

우선, 작품의 줄거리를 살펴보자.

암꽃술의 밤의 수면에 대한 연구에 종사하고 있던 '나'는 도망간 아내를 생각하면서 뒷골목의 집에서 고독한 생활을 해오고 있었는데 거리에서 마츠리가 있던 밤, 처음 보는 여자가 '늦어지고 말았네'하며 불쑥 집에 들어왔다. 여자는 잘못 찾아온 듯 했지만 나가려고도 하지 않고 자신의 아기를 신사에 버리고 왔다고 말한다. 무심코 밖으로 뛰어나간 '나'는 아기가 이미 없어진 것을 확인하고 돌아왔지만 결국 '여자'는 아침까지 머물렀고 '나'는 연구를 계속할 수밖에 없었다. 다음날 아침 하치만 신사까지 둘은 같이 가서 거기에서 헤어진다. '나'는 오만하고 무례한 거리를 내려다보며 '너는 착오가 연속된 결정이다'고 외치며 만족감을 느낀다.

이 텍스트는 돈 때문에 아내가 도망간 남자와 마찬가지로 돈 때문에 아기를 버린 여자의 이야기이다. 두 사람이 지금의 비참한 상황에 처하게 된 것은 돈으로 좌우되는 인간관계 때문이다. 그러면 여기에서 구체적인 내용전개를 따라 두 남녀는 도시 속에서 어떤 생활을 하고 있는지 살펴보자.

아내가 도망간 '나'는 '뒷골목 바닥의 맨 밑바닥'에 살고 있고 '아내는 왜 도망갔는지. 나도 잘 모르겠다. 아마 빈곤 때문이겠지. 그것 말고 다른 것을 생각하는 것은 하여튼 생각할 수 있다 해도 너무나 내 아내를 깔보는 것이다.'라고 생각하고 있다. 그런 어느 날 밤 '본 적도 없는 여자'가 집에 굴러들어온다. 그녀에게 '가난한 생활의 냄새'도 맡는다.

'태연한 얼굴'로 하치만 신사에 아기를 버리고 왔다고 하는 여자가 아기를 버리게 된 동기도 역시 경제적 궁핍때문이었다. 하룻밤이 지나고 아기를 누군가가 주워갔다는 것을 확인한 여자는 '가볍게' '거리의 어딘가'로 사라져 간다. 그것을 지켜본 '나'는 높은 돌담위에서 '아내와 버려진 아기를 집어삼키고 있는 거리'를 내려다보면서 '너는 착오가 연속된 결정이다'라고 선고한다.

「파리」와 「무례한 거리」는 공간적 배경으로서는 '공허한 시골역참'과 '도시 거리의 마츠리'가 대비를 이루고 있다. 또한 「파리」의 시골 '역참의 공허한 뜰'과 도시의 '공허'인 '뒷골목'이 대조적이다. 관동대지진을 거쳐 도시에 다다른 등장인물들은 여전히 공허하며 거리의 뒷골목에서 어둡고 비참한 생활을 하고 있다. 아내가 도망간 이유를 모르는 것처럼, 알 수 없는 현실을 '거리'로 상징하여 그것을 '착오가 연속된 결정'으로 파악하고 있다.

　　나는 높은 돌담 위에서 아내와 버려진 아기를 집어삼키고 있는 거리를 내려다보았다. 거리는 장대한 꽃 같았다. 거리는 크게 기복하면서 아침햇빛 속에서 아름답고 힘차게 피어나 뽐내고 있었다. …… 잠시 지나 여자는 쾌청한 공기 속을 가볍게 거리의 어딘가로 사라져버렸다.

　　"나는 무엇이든지 긍정한다."라고 거리는 나중에 남아 혼자서 오만하게 말하고 있었다.

　　나는 그 무례한 거리에 대항하려고 숨을 크게 들이마셨다.

　　"너는 착오의 연속된 결정이다."

　　나는 되돌아 으스대기 시작했다. 거리가 내 발 아래에 가로놓여있다는 것이 나에게는 밝고 상쾌했다. 나는 나무 아래에서 한 발자국 나왔다. 그러자, 아침햇살은 내 가슴을 겨냥해 쇄도했다.

　　私は高い石垣の上から妻と捨子とを飲み込んでゐる街を見降ろした。街は壮大な花のやうであつた。街は大きく起伏しながら朝日の光りの中で洋々として咲き

誇つてゐた。…… 暫くして、女は朗らかな朝の空気の中を身軽に街のどこかへ
消えて了つた。

「俺は何物をも肯定する。」と街は後に残つてひとり傲然として云つてゐた。私
はその無礼な街に対抗しようとして息を大きく吸ひ込んだ。

「お前は錯誤の連続した結晶だ」

私は反り返つて威張り出した。街が私の脚下に横たはつてゐると云ふことが、
私には晴れ晴れとして爽快であつた。私は樹の下から一歩出た。と、朝日は私
の胸を眼がけて殺到した。

그 때까지 '뒷골목'에서 '고독하고 순수한 생활'에 집착하고 있던 '나'
는 비로소 '거리에 대항'하려고 하고 있으며 '나'와 도시의 '거리'가 서로
마주하는 모습이 그려져 있다. '나는 되돌아 으스대기 시작했다.'처럼
'거리'와 전면적으로 맞붙어볼 수 있게 된 것은 관동대지진을 통한 파괴
속에서 도시에 대한 예리한 관찰과 문제의식이 생겨났기 때문이다.

여기에서 타구치씨의 지적대로 '애증과 시기와 희노애락과 빈곤과
고통과 모순과 그 밖의 여러 가지가 통째로 긍정되는 토포스로서 거리
(도시)가 발견되고 인식되고 있다'[8]고 말할 수 있을 것이다.

「무례한 거리」는 '신감각파의 효시'라고 불리는 작품인 만큼 요코미
츠가 중요시한 '구도의 상징성'도 확인할 수 있다. 같은 시기에 나타난
'계급문학'과는 다른 신감각파적인 문제의식과 전개를 보여주고도 있
다. 그것은 말할 것도 없이 관동대지진 이후부터 고민하고 있던 '새로운
시대감각'과 관계 깊다고 할 수 있을 것이다.

거리는 '장대한 꽃 같았다. 거리는 크게 기복하면서 아침햇살 속에서
아름답고 힘차게 피어나 뽐내고 있었다.'처럼 꽃으로 비유되어 있으며,

---

8 타구치 리츠오(田口律男, 2006) 「無礼な街」―都市の発見『横光利一の文学世界』
   翰林書房

'까만 꽃이라도 보듯이'처럼 '여자'를 꽃으로 비유하고 있는 부분도 보인다. 결말부 거리의 의인화 표현, 전편에 흩뿌려진 꽃의 상징은 「파리」에 보이는 의인법 및 상징성과 상통하는 기법이기도 하다.

　지금까지 남자들에게 헌신하고 버림받는 경험을 여러 번 반복해온 '여자'는 저축한 돈도 모두 갈취당해 결국 무일푼이 되어 인고 끝에 '죽는 것보다 낫다'고 생각해 아기를 버리게 되었다고 한다. 그것이 '아기를 위해서도 자신을 위해서도 좋은 방법'이라고 생각한 결과였다. '여자'가 아기를 버린 곳은 하치만 신사[9]이다. '여자'가 가볍게 거리의 어딘가로 사라질 수 있었던 이유는 하치만 신사라고 하는 일본 고유의 전통을 상징하는 곳에서 누군가가 아기를 가져간 것을 확인했기 때문이다. '여자'는 일본고유의 전통인 '마츠리'가 있는 거리(도시)에서 대표적인 일본고유의 종교시설인 하치만 신사를 매개로 하여 구제받고, '나'는 '그 무례한 거리에 대항하려고 숨을 크게 들이마시고' 도시의 본질적인 문제와 맞서 싸울 수 있는 힘을 확보할 수 있었다. 도시에 와서 전통적인 가족이라고 하는 관계성을 잃어버린 남녀, 그 이유는 돈으로 파생되는 경제적인 궁핍이었다. 「파리」에 보이는 가족관계는 관동대지진 후의 「무례한 거리」에서는 해체되고 일면식이 없는 타인과의 관계로 변화 발전하여 전환되었다고 볼 수 있다.

　두 작품에서는 요코미츠가 평생을 통해 천착해 온 테마라고 할 수 있는 서양(세계의 도시)대 일본(세계의 시골), 서양의 과학 대 일본의 신도 내지 감수성, 동경과 우사라고 하는 다양한 대항구도가 생겨나 부상한다. 요코미츠에게 이러한 대항구도는 지진이라고 하는 일본만의 독특한 자연재해를 경유하여 형성되었다는 점에 주목해야 할 것이다.

9　하치만신사(八幡神社)는 오오진텐노(応神天皇)를 주신으로 한 신사이다. 활과 화살의 수호신으로 무사들을 숭배하며 모신다. 오이타현 우사신궁(大分県 宇佐神宮)이 일본전국 하치만신사의 총본산이다. 우사신궁은 전술했듯이 요코미츠의 아버지 우메지로의 고향으로 리이치가 마음의 고향으로 생각했던 오이타현 우사에 있는 것이기에 매우 시사적이다.

5. 맺음말

요코미츠 리이치문학 속의 도시에 대해서, 관동대지진 전인 1923년 5월에 발표된「파리」와 관동대지진 1년 후의 도시를 무대로 한「무례한 거리」를 고찰대상으로 하여 분석을 행했다. 요코미츠의 작품은 1923년 관동대지진을 계기로 해서 어떠한 '자기전환'을 이루었는지 규명해 보았다.

「파리」에서는 한여름, 도시로 이동하기 위해서 시골 '역참의 공허한 뜰'에 6명의 승객이 모였다. 승객들은 모자와 같은 친밀한 가족관계로 묶여있기도 하지만, 금전적인 성공욕, 남녀의 사랑의 도피 등으로 상징되는 자본주의와 자유연애 등 어느 것이나 근대적인 모범의식과도 어딘가에서 맞닿아있다. 결말에서 시골의 인물들이 마차의 전락 때문에 도시에 닿을 수 없었던 것은 요코미츠가 1923년 5월의 시점에서는 도시의 본질과 정식으로 마주하고 있지 않았다는 것을 상징한다. <도시>라고 하는 문제와 정면으로 부딪히기 위해서는 관동대지진이라고 하는 사건이 필요했다. 기성의 예술관을 파괴하고 새로운 문학을 세우기 위해서도 관동대지진이 최적의 기회가 된 것이다.

대지진 전의「파리」가 시골에서 도시로 이동하는 도중에서 무화되고, 도시까지 가닿을 수 없었던 것에 반하여,「무례한 거리」(1924)는 이미 도시에 정착해 있는 남녀가 중심인물이다. 공간적인 틀로서는 일본의 전통인 '마츠리'중인 도시의 '거리'와 '공허'한 '골목 안'이 대조를 이루고 있다. 또한,「파리」의 시골 '역참의 공허한 뜰'과 도시의 '공허한 골목 안'이 대비적으로 공간 설정되어 있다. 도시에 와서 가족이라는 전통적 관계성을 잃어버린 남녀, 그 이유는 경제적인 궁핍이었다.「파리」에서 보이는 전근대적 가족관계는 관동대지진 후의「무례한 거리」에서는 해체되어, 일면식도 없는 타인과의 관계로 치환되고 전환되었던 것이다.

경제적 궁핍 때문에 하치만 신사에 아기를 버린 여자는, '마츠리'가 있는 도시의 '거리'에서, 일본민족 고유의 종교인 하치만 신사를 매개로 하여 구제되는데 여기에서 요코미츠 작품세계를 지탱해준 일본전통으로의 회귀의 원점을 찾을 수 있다. 한편, 남자는 여자와의 새로운 관계성을 통해 거리(도시)를 전면적으로 긍정하고, 도시의 제 문제에 진지하게 임하게 되는 힘을 확보할 수 있게 된다. 「파리」와 관동대지진 1년 후의 「무례한 거리」에서는 서양(세계의 도시) 대 일본(세계의 시골), 서양의 과학 대 일본의 신도 내지 감수성, 동경東京과 요코미츠 아버지의 고향인 우사宇佐라고 하는 다양한 대항구도의 원점이 고찰된다. 요코미츠가 평생 안고 있던 테마인 이러한 대항 구도는 관동대지진이라고 하는 재해를 경험함으로써 비로소 작동하기 시작했다고 볼 수 있다.

Key Words 관동대지진, 요코미츠 리이치, 신감각파, 도시, 시골

참고문헌

横光利一(1981),『定本横光利一全集』, 河出書房新社.
井上謙·神谷忠孝編(2002),『横光利一事典』, おうふう.
神谷忠孝(1978.6),「横光利一『蠅』について」,『朱果』.
川恒男他編(1998),『二十世紀の日本文学』, 白地社.
栗坪良樹(1984.1),「横光利一·『蠅』と『日輪』の方法−表現者の行程−」,『文学』.
田口律男(2006),「無礼な街」−都市の発見」,『横光利一の文学世界』, 翰林書房.
保昌正夫(1981.8),「作品に即して」,『日輪·春は馬車に乗って』, 岩波文庫.
脇坂幸雄(1998.3),「横光利一『蠅』論―日常/非日常の物語」,『阪神近代文学研究2』.
木山谷英紀(1994.6),「横光利一『無礼な街』試論―新感覚派的表現の必然性―」,『日
　　本文芸研究』.

제2장

오오에 켄자부로
『타오르는 푸른 나무』의
기억과 기록

정 상 민

1. 머리말

오오에 켄자부로大江健三郎(1935년~)의 소설에는 주인공 격의 등장인물이 혼자서 행동하기보다 항상 누군가를 동반해서 함께 행동하는 경우가 빈번하다. 이 두 인물은 각각의 부족한 점을 서로 보완해 주지만 완전히 일체화하지는 않는다. 이러한 둘이서 하나의 조합을 이루는 이중적인 관계는 다수의 오오에의 소설 구조 속에서 기본적인 인간관계를 이루고 있으며, 특히 행동적인 주인공과 이야기物語(narrative)의 화자語 り手(narrator)가 밀접한 관계를 이루고 있는 것은 주목할 만하다. 주인공은 결국 죽음을 맞이하지만 남겨진 화자는 주인공의 기록을 남기게 된다. 그리고 이러한 행동적 주인공과 기록자의 동반자 관계는 <숲과 재생>의 테마가 본격적으로 나타나는『만엔원년의 풋볼万延元年のフットボール』(『群像』, 1967년 1월~7월호)부터 두드러진다.[1]

---

1 실제로 오오에는 '내 안에 존재하는 두 명의 인물로서 나누어 인식하고자 의식

『타오르는 푸른 나무燃えあがる緑の木』는 <숲과 재생을 둘러싼 이야기> 의 집대성으로 불리는 작품[2]으로, 제1부『구세주의 수난「救い主」が殴られる まで』(『新潮』, 1993년 9월호)에서 제2부『흔들림揺れ動く』(『新潮』, 1994년 6월호), 그리고 제3부『위대한 세월大いなる日に』(『新潮』, 1995년 3월호)에 이르는 장편소설이다. '삿짱'으로 불리는 양성구유의 화자 '나私'가 이 야기하는 것은 '골짜기 마을谷間の村'에 들어온 '기기ー'라는 한 청년이 '구 세주救い主'로 변모해 가는 과정이다. 내용 및 주제 면에서 작자의 과거 작품들의 흐름을 통합하고 있으며, 발표 당시 '최후의 소설'로 일컬어 졌다. 표현 면에서도 작가가 서술방식語り方에 대해 고뇌를 거듭한 작품[3] 이다. 주인공과 화자의 관계를 서술語り(narration)적인 관점에서 생각 해 보려는 본 연구에 있어서 서술방식에 대한 이러한 작가의 고뇌가 양 성구유라는 새로운 유형의 화자를 등장시켰다는 점에서 본 작품은 유 용한 텍스트임에 분명하다.

이 작품에 대한 지금까지의 연구는 화자가 양성구유라는 특별한 존 재라는 사실에 주목할 뿐, '기'의 행동과 언설을 중심으로 둔 채, '삿짱' 이라는 화자는 부차적인 문제로만 다루어왔다. 그러나 여기서는 '삿짱' 과 '기'의 기록자와 행동자로서의 관계에 초점을 맞추어 '삿짱'이라는 양성구유의 화자가 기록자로서 어떠한 시각과 생각을 갖고 '기'와 관계 를 맺고 있는가, 그리고 '기'의 생애와 죽음을 어떤 식으로 기록하고 있 는가를 검토함으로써 기존의 종교 및 사상적 관점과는 또 다른 작품해 석의 가능성을 추구하고자 한다.

적으로 노력한 그 최초'의 작품으로『만엔원년의 풋볼』을 꼽고 있다.(大江健三 郎／尾崎真理子(聞き手·構成)(2007),『大江健三郎作家自信を語る』, 新潮社, p.104.)
2 白石明彦(構成)(1993.8.16.),「大江健三郎氏, 7年ぶりに長編」, 『朝日新聞』夕刊13 面, 室井光広(1995),「めんどい救済—大江健三郎『大いなる日に-燃えあがる緑の木 第三部』」, 『文学界』49-7, 文藝春秋, p.253. 등 다수.
3 오오에는 작품을 제2부 중반까지 썼지만 서술방식의 문제에 부딪쳐 결국 칠백 장 가까운 원고용지를 불태웠다고 한다. (白石明彦. 위의 책.13면 참조)

2. 양성구유의 화자

1) 양성구유와 전환의 의미

오오에 소설의 화자라고 하면 작가 오오에를 연상시키는 소설가 '나僕, 私'가 대부분이며 화자가 여성인 경우도 「위증의 때偽証の時」(『文学界』, 1957년 10월호), 『조용한 생활静かな生活』(講談社, 1990년), 그리고 근미래SF소설 『치료탑治療塔』(岩波書店, 1990년)과 『치료탑혹성治療塔惑星』(岩波書店, 1991년)에 불과하기 때문에, 양성구유의 화자라는 설정은 '획기적인 것'[4]이자 '의표를 찌르는 설정'[5]이라는 평가를 받았다.

화자인 '나'가 남성에서 여성으로 성전환한 인물이라는 것을 독자가 알아차리게 되는 것은 이야기가 다소 진행되고 나서이다. 마을의 지도자격인 '오바お祖母'와 '나'의 대화중에 돌연히 다음과 같은 대화가 오고 간다.

> "벌써 몇 년 전이지? 총영사가 골짜기에 돌아왔었을 때 삿짱은 훌륭한 젊은이였고, 숲에 오를 때에도 번번이 길동무가 되어 주었지. 그랬던 것이 지금은 처녀의 모습이니까, 총영사가 오면 놀랄 게다."
>
> "너, 반음양이었어? 하며 인사할 걸요."
>
> 「もう幾年前になるか、総領事が谷間に戻られた折は、サッチャンはいい若い者で、盛んに森へ登るお伴をされましたなあ。それがいまは娘の恰好であるから、総領事が来られたら驚かれるでしょう。」
>
> 「お前、半陰陽だったのか、とか挨拶されると思うわ。」　　　　(Ⅰ.8)[6]

4　篠原茂(1998), 『全著作・年譜・文献完全ガイド／大江健三郎文学事典』, 森田出版, p.406.
5　平野栄久(1995), 『大江健三郎—わたしの同時代ゲーム』, オリジン出版センター, p.147.
6　본문의 인용은 제1부(1993) 『「救い主」が殴られるまで』新潮社, 제2부(1994) 『揺れ動く＜ヴァシレーション＞』新潮社, 제3부(1995) 『大いなる日に』新潮社, 에 의하며,

독자는 지문에서의 어떠한 예고나 징후도 없이 대화 속에서 느닷없이 제시된 '반음양'이라는 단어에 일종의 놀라움을 경험할 지도 모른다. 독자에게 있어 텍스트의 화자가 양성구유자라는 사실은 강한 긴장감을 유발시키며, 화자에 대한 호기심은 이야기의 전개를 진행시키는 원동력이기도 하다. 결국, 독자는 양성구유의 '내'가 남성의 목소리로 이야기하는지 아니면 여성의 목소리로 이야기하는지에 주목하면서 읽어 나가게 된다.

'삿짱'이 성전환한 양성구유자라는 사실에 놀라움과 관심을 나타내는 것은 비단 독자 뿐 만이 아니다. 텍스트의 다른 등장인물도 '강에서 헤엄치고 있는 나의 옆에 와서는 성기의 모양새를 보여 달라고 끈덕지게 졸라대'(Ⅰ.23)기도 한다. 하지만, 여기에서 주목할 점은 이러한 타 등장인물들의 관심과 호기심에 찬 시선과는 달리, 성전환에 대한 '나'의 고뇌와 곤혹스러움 등은 거의 찾아 볼 수 없다는 점이다. 주위의 강한 호기심에 비하면 오히려 무신경하며 '무사태평ノホホンと'(Ⅰ.187)할 정도이다. 이렇듯 담담하게 서술해 가는 '삿짱'의 서술방식과 자신의 신체에 대한 무관심은 독자에게 일종의 위화감을 증폭시킨다.

그럼 여기서 '나'의 성전환의 의미에 대해 생각해 보자. 우선 '나'의 여성성과 남성성의 발로의 장면을 이야기의 진행에 맞추어 정리해 보면 다음과 같다.

제1부에서 마을 신화의 전승자였던 '오바'는 '그 남자'를 십년 전 마을의 지도자로 비명의 최후를 맞이했던 '기'로 부름으로써 '새로운 기新しいギー兄さん'로서 인정한 후 죽음을 맞이한다. '나'의 전환의 경위에 대해서는 <제4장 '전환'>에서 회상되는데, 그 유인誘因은 'K백부'의 옛 친구인 '타카야스 캇짱高安カッチャン'의 아들 '잣카리 K 타카야스ザッカリー·K·

이하 텍스트의 인용은 부수部数와 쪽수만을 표기하기로 한다. 예를 들면, Ⅰ.8은 제1부의 8쪽을 의미한다.

高安'였다. '잣카리'는 손과 입으로 애무하여 '나'를 남자에서 여자로 전
환하도록 유도한다. 그것은 '의심할 여지도 없이 여성으로 다시 태어나
는'(Ⅰ.188) 순간이었다. '따뜻이 젖은 견줄 곳 없는 칼집과 같은 입 속
에서 페니스는 여성적인 기관이 올린 깃발'(Ⅰ.188)이었으며, '나'는 처
음으로 여성적 환성을 지르며 사정한다. '오바'가 죽은 후, 농장을 이어
받은 '기'가 폭행을 당했을 때 '나'는 '무력한 젊은 처녀'로서 '처음 여
성의 목소리를 내어'(Ⅰ.281) 울었다. 상처받은 '기'를 간호한 뒤 그의
요구에 응하여 성행위를 하게 된 '나'는 '페니스로 절정에 이르고, 그
여파가 고양되는 식으로 여성적 기관이 또한 절정에 이르'(Ⅰ.315)게
된다.

그리고 '기'와의 성교 후 '나'는 다음과 같이 '기'를 '구세주'로 받아
들인다.

> 어떤 사람을 '구세주'로 또 하나의 인간이 받아들인다는 것은 그 인간이
> 자신의 책임 하에 그것을 선택한다는 것이잖아요? 한 명의 인간으로서 자신
> 의 방식으로 '구세주'를 그렇게 발견해서 그렇게 이해하는 것이고 그렇게 수
> 용하는 것이잖아요? 그리고 누가 발견하고 이해하고 수용하는가 하면 그건
> 나 자신이라고 밖에 할 수 없는 거예요.
>
> ある人を「救い主」として、もうひとりの人間が受け入れるということは、その人
> 間が自分の責任においてそれを撰ぶということでしょう？　ひとりの人間として、
> 自分の仕方で、「救い主」をそのように発見して、そのように理解するのだし、そ
> のように受容するのでしょう？　そしてね、誰が発見し、理解し、受容するかとい
> えば、それは私がというほかにないと思うわ。　　　　　（Ⅰ.318~319）

여기서 '나'는 '기'를 자신의 의지로 수용한다. 수용이라는 단어의 여
성적 상징성을 생각할 때, '기'를 '구세주'로서 인정한다는 것은 앞으로
의 인생을 여성적 인물로서 살아가겠다는 선언이라고도 해석할 수 있

다. '기'가 항상 꿈꿔왔던 '멋진 남자와 멋진 여자가 성교를 하고 있는 중에 내가 거기에 받아들여지는'(Ⅰ. 315) 불가사의한 '성의 삼위일체性の三位一体'와 같은 성교가 '나'의 양성구유라는 신체적 특수성으로 인해 실현되었다는 것은 그때까지 이해할 수 없었던 '나'의 전환이 비로소 중요한 의미를 부여받은 것을 뜻한다. 그것은 단지 별난 '남자여자オトコオンナ'로 늙어 죽음을 맞이할 운명이었던 '나'에게 앞으로는 '구세주'를 위한 삶을 산다는 생의 목표를 제시해 준 것이다. 즉, 여기에서 전환은 '기'와 '나'를 연결시켜 주는 결정적 매체이다.

그런데 제2부『흔들림』에서는 여성으로서의 삶을 즐기고 있던 '내'가 제1부와는 대조적으로 남성성을 표출한다. 예이츠의 '타오르는 푸른 나무'의 그림을 깃발로 내걸고 '기'를 '구세주'로 하는 교회를 설립한 '나'는 어느 날 교회 청중들 앞에서 '기'가 간질 발작을 일으키자 그를 '더할 나위 없이 보기 흉한 모습'(Ⅱ. 309)으로 느끼고 교회를 뛰쳐나가는데 그 모습이 마치 젊은 청년처럼 난폭하고 우악스러웠다. 제1부와는 상반되는 '나'의 이러한 행동은 '기'를 배신했다기 보다는 '기'의 비참한 모습에서 자신의 기괴한 형체를 투영시켰다고 보아야 한다. 이것은 마치 거울을 매개로 하지 않는 한 자신의 신체를 전체적으로 파악할 수 없는 것과 마찬가지이며, 결국 이 장면에서 '나'는 '기'를 자신의 분신과 같이 생각하고 있음을 엿볼 수 있다.

그리고 제3부 제3장까지 마을을 나와 성적편력의 여행이라고도 할 수 있는 방황을 한 '나'는 남성성과 여성성의 충돌을 통해 점차 변화해 간다. 자신을 '에이즈를 감염시킨 매춘부, 그리고 반음양의 괴물'(Ⅲ. 115) 취급을 하는 외무성의 30대 남성에게 남성성을 해방시키는 듯이 박치기로 넘어 뜨려 버리기도 하지만 결코 남성이라는 하나의 극에 치우치는 법은 없다. 생리의 격통이 그녀를 엄습하는 장면에서 그것은 극명해지며, 그 고통은 '나'의 여성성으로의 강렬한 소환이기도 하다.

한편 '기'는 규모가 거대해져 버린 교회를 떠나 '영혼의 운동魂のこと'을 위해 순례단에 참가하지만 결국 비명의 최후를 맞이한다. 그 순례단의 출발 전날 '기'와 '나'는 '타오르는 푸른 나무'를 실제로 조망한 후 오랜만의 성행위를 가진다. 그리고 '나'는 'K백부'에게 자신이 죽은 '기'의 아이를 임신한 사실을 알리고 그 아이를 낳을 결심을 하는 장면에서 이야기는 대단원의 결말을 맞이한다.

이상에서 보듯이 '나'는 전3부에 걸쳐 여성성과 남성성을 함께 표출하고 있다. 성전환을 했다고는 해도 남성과 여성의 성기를 모두 갖고 있는 이 양성구유의 융합체는 극히 자연스러운 형태로 '이중성'이란 테마를 텍스트에 도입한다. 남성적 요소와 여성적 요소 사이를 끊임없이 '흔들리는揺れ動く' 인물이라는 발상이 텍스트에 짙게 배어 있는 이중적 구조의 표출이라는 것은 자명한 사실이다. 앞에서 '나'의 서술방식이 '나'의 신체적 특이성과는 상반되게 지극히 평온하고 담담하다고 했는데, '나'의 전환의 의미를 생각해 볼 때, '나'에게 있어서는 '기'와의 관계성이 가장 중요할 뿐, 그 관계의 역학에 따라 발생하는 남성성과 여성성의 변화는 자신이 남성이든 여성이든 그 성별 자체만으로는 큰 의미를 지니지 않는다고 할 수 있다.

2) '나'의 서술의 특징

이 소설의 화자인 '나'는 냉정하고 침착하여 매사에 그다지 동요하지 않는 성격의 소유자이다. 그런 때문인지 '나'의 감정 표현은 텍스트 내에 별반 드러나 있지 않다.

우선 '나'의 서술에 관한 특징을 논하기 전에 이 작품의 서술에 관한 지금까지의 연구를 검토해 보자. 이노우에 히사시井上ひさし는 '삿짱'이라는 양성구유의 화자에 의한 '다성의 서술의 선도로 주의력을 즐겁게 강요당하며 골짜기 마을 숲 교회의 역동적인 역사로 흡인되어 간다. 이

것은 소설기법을 궁극적 단계까지 연구한 끝에 나온 눈부신 기법으로, 경의를 표할 뿐이다'라고 언급하며 '혼자서 다성의 효과를 내는 화자의 등장에는 간담이 서늘할 정도였다'[7]며 높게 평가하고 있다. 그리고 카가 오토히코加賀乙彦는, '신앙의 기쁨이나 기원, 명상에 무관심한 사람들에게는 수용방식이 난해할 것이라는 것을 알면서도 굳이 끝까지 써 내려간 작자의 용기에 나는 진심으로 박수를 보내고 싶다.'[8]며 긍정적으로 평가하고 있다.

이에 반해, 토미오카 고이치로富岡幸一郎는 이런 화자의 설정이 '오오에씨 소설의 최대 매력이라고 해도 좋은 세부의 힘, 묘사의 힘을 현저히 후퇴시키고 있'으며 '<중층적 서술>은 작품을 중층적인 것으로 만드는 것이 아니라 반대로 전체적인 테마를 단일적으로 집약시켜 버리고 있는 것이다. 묘사가 소멸되었으며 <서술>과 <설명>이 그것을 대체하고 있다.'[9]고 비판하고 있다. 또한, 이구치 토키오井口時男는 '알레고리성과 인용을 심화시킨 결과 오오에의 신작은 참조해야 하는 텍스트가 방대해 졌다. 과도하게 성실한 참조와 엄밀한 해석의 유도는 독자에게 피로와 정체를 강요한다'[10]고 평하고 있다.

'나'의 서술을 긍정하는 측과 비판하는 측의 공통적인 의견은 '나'라는 일인칭의 화자가 '다성의' 목소리 혹은 '중층하는' 목소리를 갖고 있다고 하는 점이다. '삿짱'은 일인칭 형식으로 말하고 있음에도 어떻게 다성적·중층적 효과를 올리고 있는 것일까. 우선 화자가 갖고 있는 양성구유라는 신체적 특성이 서술에도 영향을 끼치고 있다는 점이다. '삿짱'은 텍스트 내에서 애초부터 남자에서 여자로 성전환된 후의 상태로

---

7 井上ひさし(1995),「懐かしい作者への手紙―『燃えあがる緑の木』を読んで」,『新潮』 92-6, 新潮社, p.276.

8 加賀乙彦(1995.2.28.),「大江健三郎の三部作完成」,『東京新聞』夕刊.

9 富岡幸一郎(1995),「大江健三郎『燃えあがる緑の木』(三部作)「小説」と「大説」」,『早稲田文学』230, 早稲田文学会, pp.49~50.

10 井口時男(1994),「大江健三郎『「救い主」が殴られるまで」カジはドストエフスキーをほんとうに読んだか」,『早稲田文学』215, 早稲田文学会, pp.40~49.

이야기하고 있다. 그로 인해 그 말투는 '오늘밤은 <동자의 반딧불>행사
도 있는데, 사람들 눈에 안 띄게 옮길 수 있으려나?今夜は「童子の螢」もあること
だし、人目にふれないように運べるかしらね？'(Ⅰ.82)(방점은 인용자)와 같이 대부
분이 여성의 말투이지만, '저 자식, 하고 나는 무심코 <전환> 전의 말투
로 돌아가서 개탄하고 있었다!あの野郎、と私はつい「転換」前の口調に戻って慨嘆して
いた！'(Ⅰ.136)와 같이 순간적으로 청년의 말투로 바뀌기도 한다.

　서술의 다성적·중층적 효과의 또 다른 이유로는 일인칭의 화자에 의
한 모노로그적인 자기언급에 그치는 것이 아니라 다양한 타자의 목소
리가 오고 가는 폴리포니적 양상을 띠고 있다는 점을 들 수 있다. 텍스트
내에는 작자의 목소리나 주인공, 화자의 목소리에 그치지 않고 다양한
이데올로기적 입장을 대변하는 복수의 의식·목소리가 독자성을 유지한
채 가지각색의 인물들의 소리가 충돌하며 관계를 맺고 있다. 결국 '삿
짱'의 일인칭에 의한 서술임에도 불구하고 하나의 사건에 대한 다른 등
장인물들의 다양한 언설과 그 등장인물들의 발화의 재현 장면에서 '삿
짱'이 아닌 다른 '나'의 등장과 같은 다양한 이유로, 독자들은 때때로
이 텍스트가 '삿짱'의 일인칭에 의한 이야기라는 사실을 망각하기 쉽
다. '삿짱'이라는 이름 자체가 그녀를 객체화하는 삼인칭의 이름으로
써 기능하여 일인칭으로 표현할 때의 협의성, 시야의 제약 등을 완화시
켜 준다.

　소설의 도입부에서 '선대의 기'의 후계자로서 새로운 '기'가 탄생하
는 과정은 다음과 같이 표현된다.

　　　<저택>의 할머니가 그 사람을 '기'라는 정겨운 이름으로 부르기 시작하셨
　　다. 숲으로 둘러싸인 이 땅에 새로운 전설이 되어 있는 인물이 다시 찾아온
　　것처럼. 할머니가 일단 그렇게 부르자 <자이>에서나 골짜기에서나 자연스레
　　그 사람을 '기'로 부르는 데 구애됨이 없었다. 지하에 흐르고 있던 이름이 용
　　수가 되어 땅위로 솟아나온 것이다.

「屋敷」のお祖母ちゃんが、あの人をギー兄さんという懐かしい名前で呼び始
められた。森に囲まれたこの土地で、新しい伝説となっている人物が再来したよう
に。お祖母ちゃんがいったんそう呼ぶと、「在」でも谷間でも自然にあの人をギー
兄さんと呼んでこだわりがなかった。地下に伏流していた名前が、湧き水となって
地表へ出たのだ。 (Ⅰ. 5)

이 이야기는 위와 같이 '십년 전에 비명의 최후를 마친 기'의 소생^{蘇り}으로써 새로운 '기'가 탄생하여 그가 마을의 전승을 이어 받아 가는 과정을 '삿짱'이 기록해 가는 구조임을 명시하고 있다. '내'가 이러한 이야기의 구조를 앞부분에 명확히 하고 있는 것은 이 이야기의 방향성을 먼저 제시해 둘 필요가 있기 때문이다. 화자인 '내'가 자신의 신체에 일어난 '전환'의 비밀을 독자에게 밝히는 것은 <제4장 '전환'>에 이르러서이다. '기'가 마을의 지도자인 '오바'에게 인정을 받아 십년 전 마을 청년들의 리더였던 '선대의 기'의 이름을 계승하는 장면을 제1장의 첫 장면으로 전면에 내세운 것은 '내'가 이 이야기는 '기'의 새로운 전설의 이야기임을 선언하는 것과 같다. 동시에 '나'라는 화자와 주인공 '기'의 복잡한 관계가 시작되었다는 의미이기도 하다. 결국 이 이야기의 기본 구성이 '새로운 기'의 역할인 <행동>임과 동시에 양성구유자인 '내'가 앞으로의 일을 <기록>해 나간다는, 바로 행동자와 기록자의 명확화임에 다름 아님을 분명히 하고 있다.

3. 기록자로서의 '삿짱'

1) 기록의 대상과 방법

기록에 관한 '삿짱' 자신의 중요한 발언이 텍스트의 도입부와 마지막

두 군데에 명시되어 있으므로 우선 이것에 관해 분석하고자 한다.

내가 지금 쓰기 시작한 것은 불편부당한 기록이 아니라 증표로써 내 자신에 아로새겨진 이야기이다. 그 이야기의 일부를 나의 운명 속에서 체험함으로써 내가 결국에는 얼마나 자유롭게 되었는가를 쓰고 싶다. 원래 이야기의 중심에는 새로운 기의 불가사의한 수난과 그 극복이 위치하고 있으며, 나는 다소 기괴한 특성이 있는 배역에다 일개 보조역에 지나지 않지만.

私がいま書き始めているのは、不偏不党の記録ではなく、しるしとして私自身に刻みこまれた物語だ。その物語の一部を自分の身の上に生きることで、私がついにはどのように自由になったかを書きたいと思う。もとより物語の中心には、新しいギー兄さんの不思議な受難とその乗り越えが位置するのであって、私はいくらか奇態なところのある役柄の、一脇役にすぎないけれど   (Ⅰ. 15)

이 기록을 쓰기 시작했을 때 나는 그 이야기의 중심에 기의 불가사의한 수난과 그 극복이 위치하고 있다고 썼다. 또한 그 이야기의 일부를 나 자신의 운명 속에서 체험함으로써 내가 결국에는 얼마나 자유롭게 되었는가를 쓰고 싶다고도 썼다. 내 이야기는 단적으로 기의 수난의 극복을 충분히 보여준 것일까?

この記録を作り始めるにあたって、私はその物語の中心にギー兄さんの不思議な受難とその乗り越えが位置する、と書いた。またその物語の一部を自分の身の上に生きることで、私がついにはどのように自由になったか、をのべたいと思うとも書いた。端的に、私の物語は、ギー兄さんの受難の乗り越えを示しえただろうか？   (Ⅲ. 345)

위 두 인용에서 가장 두드러지는 특징은 '삿짱'이 기록자임을 스스로 표명하는 것에서 텍스트가 시작되어 그 기록을 종결시키는 형태로 텍스트도 끝난다는 점이다. 소설의 등장인물 중의 하나인 '삿짱'이 이 텍

스트는 자신이 쓴 기록임을 독자를 향해 주장하고 있는 것이다. 더 나아
가 '기'를 주인공으로, 동시에 본인을 보조역으로 자리매김하고 결말에
서는 자신의 기록이 '기'의 수난의 극복을 충분히 보여주었는지 아닌지
를 단도직입적으로 묻고 있기까지 하다. '기'라는 한 인간을 중심으로
쓴 '삿짱'의 기록은 역사적 사실에 근거한, 이른바 '불편부당한 기록'이
아니라 '삿짱'의 마음에 '아로새겨진' 형태로, '삿짱'의 시선을 통해 재
해석된 이야기 내지 픽션이라고도 할 수 있다. 오오에는 소설을 쓸 때
'이것은 사실이 아니다, 사실이 아닌 것을 이야기하고 있는 것이다, 라
는 것을 명확히 하면서 기술해 가는 글쓰기방법'[11]을 항상 염두에 두고
있다고 하는데 이것은 위의 인용의 '삿짱'의 기술태도와 일맥상통한다.

그렇다면 어째서 '삿짱'은 이 기록에 대해 사실성 보다는 허구성을
강조하는 듯한 태도를 취하는 것일까? 그것은 이 기록이 단순히 '기'의
개인적 생애의 기록이라기보다는 '기'의 '구세주'로서의 삶의 기록이
기 때문이다. '삿짱'은 '기'의 일생 전부를 그리고 있는 것이 아니라 '삿
짱' 자신이 임의로 선택한 '기'에 관한 몇 가지 에피소드를 '삿짱'의 기
준으로 배치하고 있으며, 독자에게 '기'라는 인물을 '타카시隆'라는 개
인으로서 보다 '구세주'의 역할에 주목하도록 궁리하고 있다. 바꾸어
말하면, '삿짱'은 자신의 기록이 '구세주'의 생과 사를 기록하고 있음을
선언하고 있다고도 해석할 수 있을 것이다. 이것은 어쩌면 예수 그리스
도의 제자들이 그리스도의 생애를 단순한 개인의 '전기'로서가 아니라
'복음서'라는 형식을 통해 후세에 전하고자 했던 것과 유사하다고 할 수
있다.

여기서 생각해 볼 필요가 있는 것이 '삿짱'이 이야기하고 있는 상대
즉 기록을 읽는 것은 누구인가 하는 문제이다. '읽는 이読み手'(narratee)
는 일반 독자, 마을주민, 교회 신자 혹은 앞으로 태어날 제삼의 '기'일 수

---

11   大江健三郎(1978), 『小説の方法』, 岩波現代選書1, 岩波書店

도 있다. 그리고 이 '읽는 이'가 누구냐에 따라 '삿짱'의 기록은 각각 소
설, 마을의 역사서, 교회의 복음서, 영웅담 등 그 기록의 성격도 변화하
게 된다. 이러한 '읽는 이'의 모호성은 텍스트의 실제 독자들로 하여금
다양한 해석의 가능성을 열어 주는 것이 사실이다. 그리고 텍스트의 앞
머리부터 '모든 것이 끝난 후에 쓴다'고 공표되어 있고 '기'의 운명이 이
야기의 여기저기에 암시되어 있기 때문에 그의 비극적 결말은 텍스트
를 읽는 입장에서도 그다지 어렵지 않게 예측할 수 있다. 그 때문에 이
텍스트에서는 이야기가 어떻게 진행되는가 하는 '읽는 이' 측의 상상은
처음부터 제한되어 있다고 볼 수 있다. '읽는 이'가 이야기의 전개에 스
스로의 상상력을 발휘하기 보다는 '삿짱'이 부여하는 정보과다의 서술
을 그대로 받아들이기 쉽다. 등장인물들의 운명과 역할은 처음부터 정
해져 있는 것으로 인식되며, 그 운명과 역할은 '새로운 제3세대의 기가
<저택>에 귀환하게 될지도 몰라'(Ⅱ.298)에서도 추측할 수 있듯이, '선
대의 기'에서 '기'에게, 그리고 '기'에서 '삿짱'이 잉태하고 있는 '제3세
대의 기'에게 반복될 것임이 예견된다. 이러한 설정 때문에 독자들은 주
인공이나 등장인물들이 맞게 될 결말의 추이 보다는 '나'와 '기'의 관계
의 변화에 더 주목하게 되는 것이다.

이구치 토키오는 화자인 '내'가 '어떤 코스를 편력할 지를 독자가 미
리 알아차려 버리기' 때문에 '소설이란 것을 생각할 때 역시 마이너스
면'[12]이라고 지적하지만, 이는 본 논고에서 지적한 서술의 특성을 고려
할 때 반드시 마이너스면만 있다고는 생각되지 않는다.

결론적으로 말하면, '삿짱'의 기록은 '기'의 '구세주'로서의 성격을
명확히 하고 '구세주'로서의 '기'와 '삿짱'과의 관계에 독자의 주의가
집중하도록 유도하는 전략적 장치로 작용하고 있음이 명확해 졌다.

---

12 井口時男・室井光広・松原新一(1995),「<座談会>大江全作品ガイド―批評家三人
による全小説の批評と解読」,『群像特別編集 大江健三郎』, 講談社MOOK, 講談社,
p.192에서의 井口時男의 발언

2) 기록자 '나'와 전문소설가 'K백부'

오오에의 다른 작품의 화자와 『타오르는 푸른 나무』의 화자의 현저한 차이점이라고 하면, 무엇보다도 다른 많은 작품에서는 소설가를 직업으로 하는 화자와 실제 작자인 오오에가 동일시 또는 이중 투영 되어 있는 경우가 많은 데 반해, 『타오르는 푸른 나무』에선 앞에서 살펴본 바와 같이 양성구유의 화자가 등장한다는 점이다. 게다가 다른 작품에서 작가 오오에와 동일시되었던 소설가는 이 작품에서는 'K백부'라는 인물로 등장하여 '이미 20년이나 히카리씨를 중심으로 한 가족 이야기를 소설가인 나=화자로서 써 온'(Ⅱ. 64) 것으로 설정되어 있다. 그리고 'K백부'는 화자인 '샷짱'에게 '기'의 생애를 기록할 것을 권하고 글을 쓰는 방식까지 충고한다.

여기서 주목하고 싶은 것은 '기'의 생애를 기록하는 것이 글쓰기를 직업으로 갖고 있는 'K백부'가 아니라 왜 '아마추어 기록자'라고도 할 수 있는 '샷짱'이 맡고 있는가 하는 문제이다.

『그리운 시절로 띄우는 편지懷かしい年への手紙』, 『인생의 친척人生の親戚』 등의 작품명, 세이죠학원앞成城学園前의 주거와 카루이자와軽井沢의 산장 등의 생활환경, 그리고 장애를 가진 아들의 존재 등의 가족구성 등 'K백부'와 오오에가 밀접한 유사성이 있는 것은 사실이지만 둘이 완전한 동일인물일 리는 없다. 하지만 독자가 'K백부'를 오오에와 동일인물이라고 믿게 만들기를 권하는 듯한 인물설정인 것 또한 부정할 수 없는 사실이다.

'K백부'는 골짜기 마을 출신임에도 항상 제3자적인 거리감을 두고 묘사되어 있다. 그럼에도 불구하고 '샷짱'에 대한 영향력은 텍스트 전반에 걸쳐 있고 무엇보다도 '샷짱'을 비롯해 등장인물들이 'K백부'의 소설을 읽고 있는 'K백부' 소설의 독자라는 사실은 흥미 있다. 게다가 '사고에 관한 건 K씨가 쓴 소설에서 읽었어요. 그 아가씨가 죽은 현장은 이 부근이 아니었나요?'(Ⅰ. 92)에서처럼, 텍스트 내에서 사실로서 회자되고 있는 사건은 'K백부'의 소설 속에서는 명백한 허구임에도 불구하고 텍스트의 등장인물들은 현실에서 일어난 사실로서 받아들이고 있다. 『타오르는 푸른 나무』라는 텍스트의 등장인물과 이 인물들이 읽고 있는 'K백부'의 소설 속의 인물들, 나아가 작가 오오에와 그를 둘러싸고 있는 현실의 인물들이 조금씩 어긋나면서도 서로 얽혀 있다. 그리고 이러한 복잡한 상황을 텍스트 밖에서 보고 있는 독자들도 당혹스러워하며 이 복잡한 세계 속으로 흡인되어 간다.

한편 텍스트에는 'K백부'나 '삿짱' 이외에도 몇 명의 중요한 기록자가 등장한다. 잡지 편집자인 '미츠ミツ'는 '삿짱'이 회피했던 '기'가 규탄을 당한 현장을 녹음하는 등 그의 활동 전부를 기록하고자 하는 인물이다. 피아니스트 '이즈미 씨泉さん'는 '기'의 설교를 기록한 『찰나보다는 얼마쯤 오래된一瞬よりはいくらか長く』이라는 제목의 팜플렛 특별호를 '농장과 공장의 동료들에게 부친 편지의 형식'으로 쓴다. 그녀는 '기가 이런 식으로 말하는 것을 나는 들었다'(Ⅰ.207)는 식의 문체로 '기'의 신비로운 언동을 전하려고 하지만, '삿짱'은 그 '여시아문如是我聞'과 같은 문체에 노골적인 거리감을 느낀다. 왜냐하면 '미츠'와 '이즈미 씨'의 현장 녹음이나 설교의 필기와 같은 것은 'K백부'가 충고한 '쓰는 사람이 주장하고 싶은 것을 중심으로 쓴다'(Ⅰ.16)라는 방식과는 글쓰기의 지향점이 다르기 때문이다. '불편부당한 기록이 아니라 증표로써 내 자신에 아로새겨진 이야기'를 쓴다는 것은 이러한 'K백부'의 소설가로서의 충고를 받아들인 글쓰기 방식임에 분명하다.

'초심자의 글쓰기'이기 때문에 세련된 기교 등은 요구되지 않는다. 또한 객관적 사실의 기록과는 달리 기록자의 의견이나 의지, 사고방식이 중요시되며 무엇을 쓰는가, 어떤 사실을 기록하는가 하는 기록 대상의 문제가 아니라 그 기록을 지속하는 행위 그 자체가 중요한 것이다. 앞절에서 '읽는 이'의 불확실성에 대해 지적했는데, 이러한 '삿짱'의 글쓰기 방식에서 추측해 보건대 자신의 기록이 '읽는 이'에게 어떻게 전달될 것인가 보다는 자신의 기록행위에 의해 자신이 어떤 식으로 회복될 것인지의 여부가 '삿짱'의 글쓰기의 중요한 이유 중 하나이다. 즉 이 이야기의 가장 중요한 '읽는 이'는 '삿짱' 자신이 아닐까 하는 추론이 가능하다. 왜 '삿짱'의 기록이 '삿짱' 자신을 향해 있는가에 대해서는 다음 장에서 '기'와의 관계와 관련해서 검토하고자 한다.

4 '기'의 기록을 남기는 의미

1) 기록자와 행동자 – 양극을 오가는 두 사람

'삿짱'이 이야기의 중심은 '새로운 기의 불가사의한 수난과 그 극복'이라고 밝히고 있듯이 '기'는 끊임없는 수난에 직면한다. 그런데 과연 '기'에게 있어서 이러한 수난 및 폭력이 의미하는 것은 무엇일까. 이런 의문의 이유는 그 폭력이라는 것이 '기'의 선택에 따라서는 충분히 회피할 수 있는 성질의 것이 대다수이기 때문이다. 애초 '영혼의 운동'을 하기 위해 마을로 들어온 것도 '기' 자신의 의지에 의한 것이었다. 마지막 죽음을 맞이하는 장면에서도 그는 그를 공격하려고 하는 '자제를 탈환하는 모임子弟を奪還する会'의 요구에 안전한 차 안에서 스스로 나와서 '내가 <타오르는 푸른 나무> 교회의 <구세주>요'(Ⅲ. 343)라며 당당히 밝힌 후 죽음을 당한다. 이와 같이 '기'의 죽음은 우발적 사고에 의한 것이라기보다는 그의 자발적 행동에 의한 것이다. 결국 '기'는 자신에 대한 폭력의 위협을 숙지하고 있었음에도 불구하고 자신의 의지와 행동으로 그 고난에 직면한다. 그는 교회나 마을 등 이른바 공동체적 내부에서의 전위적 역할을 떠맡고 있으며 그 역할을 오히려 더욱 철저히 수행하려는 행동으로 인해 수난에 빠지는 <행동자>로 파악할 수 있다.

그리고 이러한 '기'의 역할의 배경에는 그의 사상의 딜레마가 존재함을 알 수 있다. 그는 설교에서 항상 '나의 목숨보다도 당신의 생명이 중요하다고 생각한다.'(Ⅰ. 207)고 강조한다. 하지만 이런 사상은 결국 자신의 죽음으로써 전도할 수밖에 없는 운명을 내포하고 있으며 처음부터 그의 설교에는 전도의 원리와 실행 사이에 결정적인 딜레마가 존재하는 것이다. 때문에 그의 사후 그의 죽음의 이유와 정당성을 교회의 가르침으로서 대중에 전파하기 위해서는 본인의 부활 내지는 타인에 의한 기록이라는 두 가지 방법 밖에 없게 된다. 그리고 그의 수난의 연속을 어떻게 얘기하고 어떤 형식으로 기록하는가에 따라서 '기'의 '구세주'로서의 표상은 현격히 달라진다. 그런 의미에서 '삿짱'의 기록은 독자에게 '기'를 '삿짱' 나름의 '구세주'로서 각인시키기 위한 인물조형과 상황배치가 구조화되어 있다고 말할 수 있다.

텍스트 전체를 통틀어 볼 때 '삿짱'은 현실적이고 평범한 성격의 소유자인 반면, '기'는 이상적이고 숭고한 이미지의 소유자이다. 둘은 극명히 대비되는 동시에 때때로 이미지의 전환도 이루어진다. '기'가 '삿짱'과의 성교 중에 '이런 성교를 항상 바래 왔다'고 말하는데 이 평범하지 않은 성행위는 '기'의 숭고한 행위와는 정반대의 세속적인 것이며, 이 순간 독자에게 강하게 인상지어졌던 '기'의 '구세주'로서의 신성한 이미지와 '삿짱'의 매춘부적 이미지가 교차된다. 양극에 편중되어 있던 두 사람이 서로 상대의 극으로 향함으로써 이 텍스트는 현실과 이상의 조화를 꾀할 수가 있는 것이다.

이러한 특이한 등장인물의 성격부여는 현대인의 영혼 구제의 문제를 파헤치려는 이 텍스트의 주제와도 밀접한 관련이 있다. 즉, 오오에는 이상과 현실의 양극을 방황하는 두 사람을 그림으로써 이상과 현실의 조화를 통한 영혼의 구제를 추구하고 있는 것이다. '삿짱'은 현실적 인물의 전형에 머무르지 않고 근본에 있어서 '기'와 동일한 문제에 부닥치는데, '기'를 통해서 욕망을 자극받아 내면에 숨겨져 있던 자신의 꿈과 이상이 표면화된다. 실제로, '삿짱'은 기록자로서 '기'의 수난을 반추하며 그의 이야기를 쓰고 있지만, 살아남은 '삿짱' 역시 다른 의미의 행동자라고 말할 수 있다. 무언가를 쓴다는 하나의 행동은 '기'의 수난보다도 오히려 더 큰 고통일지도 모른다. '삿짱'의 이상의 실현은 양성구유자이면서도 '기'의 아이를 임신한 것으로 대변된다고 본다.

결국 한 사람의 인간이 갖고 있는 현실주의와 이상주의의 양면성이 둘을 통해서 표현되고 있음을 알 수 있다. 대립하고 있는 둘의 세계관에도 불구하고 마지막까지 행동을 같이 하는 인간적 조화는 오오에가 추구하는 휴머니즘의 표상이기도 하다. 오오에는 이상만을 추구하라고 설교하는 것이 아니며 또한 현실만을 긍정하라고 주장하고 있는 것도 아니다. 이상과 현실의 양극은 동시에 긍정되는 것이며 특히 현실은 이상세계의 추구를 통해서 새롭게 수용 가능한 것으로 본다.

2) 죽은 자와의 공존, 그 수단으로서의 기록

'기'와 '삿짱'을 중심으로 한 <타오르는 푸른 나무> 교회에서는 '죽은 자와 함께 살아가자死者と共に生きよ'는 가르침을 기도 문구로서 중요시한다. 그렇다면 죽은 자와의 공존은 어떠한 삶을 의미하는 것인가. 이것을 이해하기 위해서는 무엇보다도 '죽음'에 대한 '기'의 관념을 파악하는 것이 우선시되어야 한다.

죽음에 대해 이상할 정도의 공포감에 휩싸여 있던 '기'가 일변하여 생명의 위기를 느끼는 상황에서도 죽음에 대한 공포감을 표출하지 않게 된 계기는 '새로운 기로서 맞아 죽을 지경이 되더라도 거기엔 의미가 있다'(Ⅱ. 46)며 자각하게 된 것을 들 수 있다. 여기서 '기'가 말하는 '의미'란 그의 희생이 '차후의 새로운 기를 준비하는 것'으로 이어지는 가치 있는 행동이라는 것을 뜻한다. 그가 느낀 죽음의 공포는 죽음이 언제 닥쳐올지 모른다는 불명확성에서 발생하는 것이 아니었다. 그것은 죽음과 동시에 한 인간으로서 실존했던 사실마저도 무無가 되어 버리는 것이 아닌가 하는 공포이다. 때문에 '구세주'로서의 자신의 역할을 명확

히 인식하고 존재가치를 발견한 이후 죽음을 두려워하지 않게 되었다
고 분석할 수 있다.

'기'의 사생관에 나타나는 이러한 죽음의 공포와 영혼의 문제는 오오
에의 다른 작품에도 중요하게 다루어지고 있으며[13], 숲의 신화와 전승을
둘러싼 오오에 자신의 독특한 사생관을 표현하는 것이 작가의 중요한
테마의 하나임을 알 수 있다. 본 작품이 완성된 다음해 행해진 타치바나
타카시立花隆와의 대담에서 '육십 몇 년을 살아오면서 그 사이 소설을 쓰
거나 여러 가지 일을 했습니다만, 죽을 때 난 태어나지 않았던 거나 마찬
가지라고 깨닫고 맥이 풀린 채 죽음을 맞는 게 아닐까 하는 것이 저의 근
본적 공포입니다'[14]고 밝히고 있는데, 오오에의 이 발언은 '기'의 사생
관과 유사한 부분이 많으며, 작가의 사생관이 등장인물인 '기'에 반영
되어 있음을 엿볼 수 있다. 결국, 순환하는 역사 속에서 인간의 <죽음과
재생>을 어떻게 볼 것인가 라는 테마를 '기'라는 존재를 통해서 제시하
고 있다고도 할 수 있다.

한편 '기'는 자신의 발언이나 행위가 어떠한 형식으로든 기록되고 있
다는 것을 자각하고 있었다. '기'는 자신의 족적 그 자체가 문학이나 이야
기가 되는 과정을 인식하면서 '영혼의 운동'을 진행시켜 나간다. 다른
사람에 의해 자신의 행동이 쓰여지고 있다는 인식은 그의 행동에 심대
한 영향을 끼칠 것이다. 여기서 기록이란 행위는 죽은 자와의 공존을 추
구하는 '기'에게 있어서 그것을 가능케 하는 중요한 수단이기도 하다.

---

13 오오에의 작품 속에 죽음의 공포를 주요한 소재로 다른 작품이 다수 존재한다.
   그 가운데 특히 「죽음에 앞선 고통에 관하여(死に先だつ苦痛について)」(『文學界』,
   1985년 9월호)라는 단편에서, 화자인 소설가 '내(僕)'가 죽음에 대해 공포심을
   느끼는 요소를 크게 사후의 허무를 생각할 때의 정신적 고통과 임종시의 육체적
   고통으로 나누어 설명하고 있다. 본 작품에서 '기'가 느끼는 죽음의 공포는 전자
   에 해당하며, 후자의 육체적 고통에 대한 공포심은 '오바'의 죽음의 장면에 잘
   나타나 있다.
14 立花隆·東京大学教養学部立花隆ゼミ(1998), 「大江健三郎にきく」, 『二十歳のころ』,
   新潮社, p.148

그리고 '삿짱'에게 있어서도 '기'를 기록하는 행위의 의미는 각별하다. '기'의 사후, 만약 'K백부'의 권유를 거부했다면 '삿짱'의 남성에서 여성으로의 전환을 이룬 인생도 무의미한 것이 되었을 지도 모른다. 따라서 자신의 전환의 의미를 정당화하기 위해서는 죽은 자인 '기'와 함께 살아가는 수밖에 없으며 '기'를 의미 있는 존재 즉, '구세주'의 위치에 자리매김시키는 작업이 필수적으로 요구되는 것이다. '삿짱'은 '기'의 기록을 행함으로써 '기'의 죽음과 마주 대면하며, '기'의 인생을 정리하고 재해석하는 작업을 통해서 그를 '구세주'의 위치에 놓는다. 앞에서 이 텍스트의 구조가 '기'를 '구세주'로 평가하기 위한 구조라고 분석했는데, 여기에는 '기'를 발견하고, 이해하여 수용함으로써 자신의 전환의 의미를 발견한 '삿짱'의 의지가 강하게 반영되어 있다.

이상에서 살펴본 바와 같이, '삿짱'의 기록은 단순히 '기'의 사상을 후세에 전하기 위함만은 아니다. '삿짱'의 기록이 단순히 '여시아문'의 문체가 아닌 것이 이를 입증하고 있다. 이 텍스트에는 '기'의 이야기를 어째서 이런 형식으로 밖에 기록할 수 없었는가 하는 '삿짱'의 집필경위 자체를 대상화한 '또 하나의 이야기'가 있다. 결국 『타오르는 푸른 나무』3부작은 '구세주'로 불린 한 청년의 생과 사의 이야기임과 동시에 한 양성구유자가 '기록하는 행위'의 의미를 고뇌하며 '구세주'의 이야기를 성립시키는 과정을 기록해 가는 이야기로도 읽힐 수 있음이 명백해 졌다.

5. 맺음말

오오에 켄자부로 『타오르는 푸른 나무』3부작을 주인공과 화자의 관계를 중심으로 살펴보았다. 이 작품은 '기'라는 한 청년과 '삿짱'이라는 양성구유자를 중심으로 한 새로운 종교 설립과정을 통해 인간 구원의 가능성의 문제를 묻고 있다. 최초의 문제의식은 '기'라는 주인공과 그의 곁에서 그에 관한 일을 써 나가는 '삿짱'이라는 화자가 밀접한 관계를 갖고 있다는 점이었다. 그리고 양성구유자인 '삿짱'은 화자의 역할에 머무르지 않고 '기'의 이야기를 쓰는 '기록자'라는 사실에 주목하게 되었다. 본 연구는, 왜 '삿짱'이 '기'의 이야기를 지속해서 쓰는가에 관한 해답을 규명하는 작업이기도 하다.

이 작품의 지금까지의 연구에서는 '무엇이 이야기되고 있는가' 하는 내실을 파악하는 것에 치중한 나머지, '어떻게 이야기되고 있는가' 하는 방법의 문제를 경시해 온 것이 사실이다.

그렇다면 결국 '삿짱'이라는 화자는 어떠한 존재인가. <타오르는 푸른 나무> 교회 사람들은 신은 존재하는가, 죽음이란 무엇인가 라는 문제를 규명하기 위한 종교집단이며 '기'는 그 해답을 자신의 생명을 던지며 규명하고자 한 행동자이다. 등장인물로서의 '삿짱'이라는 존재는 그 집단의 일원에 불과하지만, 화자로서의 '삿짱'은 현실 속에서 신의 존재, 죽음의 문제를 추구하거나 그로 인해 괴로워하는 사람들에게 있어서 그런 추구는 어떤 의미가 있으며 또한 그것을 추구하는 사람들을 기록하는 행위는 어떤 의미가 있는가를 상징적으로 나타내고 있는 존재이다. 또한 '삿짱'은 <타오르는 푸른 나무>라는 교회 이야기를 통해서 영혼의 문제를 쓰는 행위는 어떠한 의의가 있는지를 오오에를 대신해서 시험해 보고 있는 대변자이기도 하다. 그 대변자와 같은 존재의 효과를 극대화하기 위한 설정으로써 양성구유의 화자를 만들고 전면에 내세운 후, 오오에 자신은 'K백부'라는 조언자에 머무르며 거리를 두는 형식 즉, 자기 자신도 제삼자의 시선으로 보여지는 듯한 형식으로 그것을 풀어 나간다.

소설을 쓰는 행위의 의미에 대해서 그리고 소설의 서술방식에 대해서 항상 고민해 온 오오에의 고뇌가 작품 속에 표출되어 있으며 그것이 '삿짱'을 '나'라고 하는 일인칭으로 등장시킨 이유이다.

Key Words 화자, 기억, 기록, 행동자, 양성구유

참고문헌

井口時男(1994),「大江健三郎『「救い主」が殴られるまで』カジはドストエフスキーをほ
　　　んとうに読んだか」,『早稲田文学』215, 早稲田文学会, pp.40~49.
＿＿＿外(1995),「＜座談会＞人江全作品ガイド—批評家三人による全小説の批評
　　　と解読」,『群像特別編集　大江健三郎』, 講談社MOOK, 講談社, p.192.
井上ひさし(1995),「懐かしい作者への手紙—『燃えあがる緑の木』を読んで」,『新潮』
　　　92-6, 新潮社, p.276.
大江健三郎(1978),『小説の方法』, 岩波現代選書1, 岩波書店.
＿＿＿(2007),『大江健三郎作家自信を語る』, 新潮社, p.104.
加賀乙彦(1995.2.28.),「大江健三郎の三部作完成」,『東京新聞』夕刊.
篠原茂(1998),『全著作・年譜・文献完全ガイド／大江健三郎文学事典』, 森田出版,
　　　p.406.
白石明彦(1993.8.16.),「大江健三郎氏、7年ぶりに長編」,『朝日新聞』夕刊13面.
立花隆・東京大学教養学部立花隆ゼミ(1998),「大江健三郎にきく」,『二十歳のころ』, 新
　　　潮社, p.148.
富岡幸一郎(1995),「大江健三郎『燃えあがる緑の木』(三部作)「小説」と「大説」」,『早稲
　　　田文学』230, 早稲田文学会, pp.49~50.
平野栄久(1995),『大江健三郎—わたしの同時代ゲーム』, オリジン出版センター, p.147.
室井光広(1995),「めんどしい救済—大江健三郎『大いなる日に-燃えあがる緑の木第
　　　三部」」,『文学界』49-7, 文藝春秋, p.253.

제3장

일본문학에 나타난 태평양전쟁

서 재 곤

1. 들어가기

일본이 패전(종전)을 맞이한 지도 벌써 60년이 지났다. 중국을 비롯한 동아시아 문화권에서 '60'이라는 숫자가 갖고 있는 의미의 특별함에 대해서는 굳이 설명하지 않아도 될 것이다. 모든 것이 새롭게 시작하는 고비의 시점을 맞이하여 전후 일본 사회의 지난 60년을 되돌아보고자하는 각종 기획들이 쏟아져 나왔고 일본의 대표적 출판사의 하나인 이와나미岩波 서점도 2005년 11월부터 이듬해 6월까지 『이와나미강좌 아시아·태평양전쟁岩波講座 アジア·太平洋戦争』[1]이라는 전8권으로 된 시리즈를 출판하였다. 이 시리즈의 제1권 『왜, 지금 아시아·태평양전쟁인가』라는 책의 머리말에 다음과 같은 부분이 있다.

---

1 이 시리즈에서 사용하고 있는 '아시아·태평양전쟁'이라는 명칭은 1941년 12월 8일의 진주만 공격 이후만이 아닌 1931년 9월의 '만주사변'과 1937년 7월부터 시작된 일중전쟁의 전면화 과정을 포함하는 넓은 의미로 사용하고 있다. 이 전쟁에 대해서는 '대동아전쟁' '태평양전쟁' '15년 전쟁'이라는 명칭이 있었지만 아시아와 태평양 전체가 관련되었다는 점을 고려하여 붙인 것이다.

아시아 · 태평양전쟁의 연구－그 역사적 고찰은 이른바 '전후 사상'의 근간을 이루며 많은 사람들이 발언하고 논의하고 여러 가지 성과를 거두어 왔다. 예를 들어 문학에 있어서 전쟁은 큰 테마이고 여러 가지 전쟁문학의 명작을 등장시켜 왔다. 또 영화에 있어서도 '전쟁영화'는 반복적으로 제작되어 왔고 문학 작품과 함께 사람들의 전쟁체험의 의미를 고찰하여 왔다. 학문 분야의 영역에 있어서도 똑 같이 전쟁의 고찰이 전후에 있어서 인문과학, 사회과학의 근간을 형성하여 간다. 다시 말해서 전쟁의 고찰은 전후 사회의 아이덴티티와 관련되어 있어 전쟁을 어떻게 파악하는 가는 늘 전후의 〈현재〉와 관련지어서 고찰되어 왔다.

(중략)

'왜, 지금 아시아 · 태평양전쟁인가'라는 물음은 아시아 · 태평양전쟁을 어떻게 파악할 것인가, 또 지금까지 어떤 논의가 이루어졌고 그 논점은 어떤 것이었는가 하는 것과 불가분의 관계를 이루고 있다. 오늘 현재 무엇이 초점이 되어 있는가, 그리고 무엇을 논의해야 하는 가 ── 그것들을 분명하게 해서 새로운 '아시아 · 태평양전쟁'의 역사상像 ── 전쟁상像으로의 입구를 만들려고 하는 것이 본권의 목적이다.   (pp. ix ~ x iii.)

이 시리즈는 패전 60년을 맞이하여 일본 전후 사회의 출발점이자 그 근간을 이루고 있는 '아시아 · 태평양전쟁'을 재조명하고자 하는 시도에서 나온 것이다.

인용문에도 나와 있듯이 일본 전후 문학의 가장 큰 테마가 '전쟁' '전쟁체험'이었다는 것은 두 말할 것도 없다.

전후파라고 하는 것은 패전에 의해 초토화된 폐허 속에서 출발하여 전쟁에 의해서 상처받은 자아의 회복을 최우선으로 갈망한 문학이었다.

(중략)

전후파 작가들은 전쟁을 그리는데 있어서 자기의 전쟁 체험을 고집했다.

다시 말해서 장군들을 결코 등장시키지 않았고 하급 장교랑 하사관, 다시 말해서 전쟁의 현장 감각의 시점을 중요시 한 것이다. 그 결과 전후파 문학은 사소설을 부정하고 사회에 직접 연결되는 실존적 사상의 틀을 가진 장대한 현대문학이 될 수 있는 가능성을 지니게 되었다.[2]

전쟁이라는 외적 체험 그 자체와 그로 인한 정체성, 자아 상실과 같은 내적 정서의 파괴 양상을 문학적으로 표출시키면서 그와 동시에 내적 생명력을 되찾고자 하는 이중 목적을 가지고서 일본의 전후 문학은 시작된 것이다.

본 논문에서는 전후 일본 문학의 대표적인 소설가 오오카 쇼헤大岡昇平와 시인 아유카와 노부오鮎川信夫의 작품에 나타난 태평양전쟁에 대해 살펴보고자 한다.

2. 자기 표상과 자기 파괴의 틈새

1) 체험적 모티브의 문학화

옛날, 온 세상이 전쟁 중이었던 이야기이지만——

이 글은 시마오 도시오島尾敏雄의『섬의 끝島の果て』의 첫 부분이다. 이 작품이 발표된 것은 1948년 1월이지만 작가가 쓰기 시작한 것은 1945년 9월이다.[3] 이 작품은 특공대 대장 사쿠朔 중위와 섬 소녀인 도에와의 사랑을 그린 것으로 작가 시마오의 경험담을 바탕으로 하고 있다. 사쿠중위

---

2 古林尙·佐藤勝編(1978),『戰後の文学　現代文学史』, 有斐閣, p.ⅱ.
3 川村湊(1995),『岩波新書371 戰後文学を問う―その体験と理念―』, 岩波書店, p.11.

는 적이 상륙 작전을 개시하기 전, 179명의 부하 중에서 선발된 51명을 통솔하여 '특수 병기'를 타고 적의 배와 충돌하여 죽는 해군 가미카제 특공대의 지휘관이었다.

패전으로부터 한 달이 채 지나기도 전에 작가는 자신의 경험을 '옛날 이야기'라는 형식을 빌어 작품화를 시작하였다는 점에 놀라지 않을 수 없다. 그러나 이와 같은 자기 체험의 문학화 작업은 비록 시간차는 있었지만 직, 간접적으로 전쟁 체험을 한 모든 이들, 특히 문학가로서는 피할 수 없는 숙명이었다고 할 수 있다. 문제는 이 과정에서 자기 자신을 어느 정도까지 관찰 대상화하고 자신의 전쟁 체험을 어느 수준까지 표상할 수 있느냐 하는 것이었다. 왜냐하면 전쟁 체험의 자기 표상화는 자칫하면 자기 부정, 나아가 자기 파괴까지 이어질 수 있는 위험성이 내포된 작업이기 때문이다.

이에 대해 이케다는 "전쟁터에서 모든 것이 벗겨진 <나>에게 있어서 <명철한 이성과 지혜>를 잃지 않고 정확하게 응시하는 것이 존재 이유였던 것이다. 그것은 오오카에 있어서 <인간>으로서의 최후의 조건이었다"[4]고 규정하고 있다.

앞서 이야기했듯이 철저한 자기 부정은 경우에 따라서 자기 파괴로까지 확대될 수 있다는 인식을 바탕으로 하여 전쟁이라는 체험적 모티브를 <자기 이야기>로 승화시킨 전쟁 문학의 대표작으로 오오카의『쥐불野火』을 들 수 있다.

2) <자기부정>에서 <자기구제>로의 승화; 오오카의『쥐불』

오오카는 필리핀의 밍도로섬에서 미군의 포로가 되었는데, 그 때의

---

4 池田純溢(1977),「大岡昇平の方法」, 三好行雄・竹盛天佑編『近代文学7 戦後文学』, 有斐閣, p.145.

체험을 바탕으로 쓴 작품 『포로기俘虜記』(1948~51, 52년 신쵸新潮문고판 간행)에 의해 소설가로서 데뷔하게 된다. 미군 부대의 공격과 게릴라들의 습격을 받아 일본군들은 밀림 속으로 퇴각하게 되는데 그 과정에서 병사들을 끊임없이 괴롭힌 것은 기아와 말라리아였다. 주인공「나」도 말라리아에 걸려 밀림 속을 헤매다가 정신을 잃게 되어 미군의 포로가된다. 작가의 실제 체험을 1인칭 회상 형식으로 기술한 이 작품은 '명석하고' '분석적이며' '금욕적이며' '논리적이면서' '합리적'이라는 평가를 받고 있다. 이는 분노와 원망, 비애로 가득 차있던 종전의 전쟁 문학과는 확연히 구분되는 것이었다. 그러나 '기록성'과 '소설성'이라는 문학의 두 가지 기축基軸에서 보면 오오카의 『포로기』는 기록성에 중점을 둔 작품이라 할 수 있다.

한편, 1951년에 잡지 『전망』에 발표된 『쥐불』은 태평양 전쟁의 최대 격전지이며 승패의 갈림길이었던 필리핀 레이테섬 전투를 소재로 한 작품으로 귀환율 3%에 지나지 않은 이 전투에서 일본군 8만4천명이 희생되었다. 오오카 스스로 "레이테섬의 한 명의 전쟁이탈병의 운명, 기아, 식인을 다룬 것"이라고 밝힌 『쥐불』은 다음과 같이 시작된다.

> 나는 볼을 얻어맞았다. 분대장은 빠른 어조로 다음과 같이 말했다./"바보. 돌아가라고 한다고 해서 말없이 돌아오는 놈이 어디 있어. 돌아갈 곳이 없습니다 하고 버티어야지.(중략) 저걸 봐. 병사들은 거의 전부가 식량 수집을 위해 출동하였다." (중략) 이 때 우리 중대장이 오직 식량을 이야기한 것은 물론 이것이 그의 최대 불안거리였기 때문이었을 것이다.   (p.5.)[5]

주인공인 다무라田村는 결핵 때문에 자신을 받아주지 않는 소속부대

5　텍스트로는 신쵸(新潮) 문고 1973년판 30쇄를 사용하였다. 앞으로는 인용문의 끝에 인용한 페이지만을 적는다.

와 야전 병원사이를 왔다갔다 하게 되는데 그 이유는 '식량' 때문인 것이다. 피투성이의 환자들이 넘쳐흐르는 병원에서 처음에 그를 받아준 것도 그가 가지고 있는 '5일간의 식량' 때문인 것에서 알 수 있듯이 이번 상륙 작전이 완전한 실패라는 징조가 보이기 시작한 이 무렵에 있어 모든 이의 최대 관심사는 '식량' 문제였다.

> 배낭에 집어넣는 나의 손이 떨렸다. 내 생명의 유지가, 내가 속하고, 그것을 위해 내 생명을 제공한 국가로부터 보장받은 한도는 이 6개의 고구마 이외는 아무 것도 없었다. 이 6이라는 숫자에는 가공할 만한 수학적 정확함이 있었다.
> (p.7.)

분대장으로부터 넘겨받은 단 6개의 고구마를 가지고 살아남기 위해 열대의 산야를 방황하면서 고독과 공포와 같은 비참한 경험을 한 끝에 아사 직전에 이르게 된다. 그러던 "어느 날 나는 하나의 그다지 경직되지 않은 시체를 보고 그 고기를 먹고 싶다고 생각" (p.129.)하게 되고 자신이 죽으면 자기의 신체를 먹어도 좋다는 장교의 말을 핑계로 하여 실제 행동에 나서게 된다. "그 때, 이상한 일이 일어났다. 칼을 쥔 내 오른손목을 왼손이 잡"고서 놓아주지 않음으로서 그 상황에서 벗어나게 된다.(29 손) 하지만 끝내는 지쳐 쓰러진 내 앞에 어디선가 홀연히 예전의 동료 나가마쓰永松가 나타나서 "말린 마분지의 맛"이 나는 "검은 쌀과자 같은 것"과 물을 내 입에 넣어 준다. 이후 야스다安田와 함께 3명이 군 명령에 따라 다른 패잔병들과 함께 "파롱퐁"으로(p.92.) 이동하면서 "원숭이 고기" 사냥과 그 실체를 둘러싼 다툼 끝에 야스다를 나가마쓰가, 그리고 주인공이 나가마쓰를 죽이게 되고 그리고는 의식을 잃게 된다. 정신을 차려보니 미군의 야전 병원이었는데 어떻게 거기까지 오게 되었는지 모르는 기억 상실에 걸린 채 일본으로 돌아와서 지금은 도쿄의 교외에 있는 정신병원에서 의사의 권유로 이 일기를 적고 있다는(37 광인 일기) 서술 구조로 되어 있다.

누구도 믿을 수 없는 절대적 고독과 스스로도 자신을 컨트롤할 수 없는 생에 대한 너무나 끈질긴 집착과 그 집착 때문에 예전의 전우 사냥까지도 서슴지 않는다는 <자기부정>적 행위를 둘러싼 해석은 지금까지도 논란이 계속되고 있다. 이 <자기 부정>적 행위는 「38 다시 쥐불로」와 「39 죽은 자의 글」에서 "쥐불의 관념"과 "쥐불의 영상"으로 표상되면서 "망각의 (회색의) 기간", "기억 상실의 전 기간"에 일어났던 사건(기억)을 되살아나게 하는 촉매 작용을 하고 있다.

> 한줄기의 검은 연기가 올라가고 있었다.
> 연기는 이 계절에 섬에서 수확을 마친 옥수수의 껍질을 태우는 연기였을 것이다. (p.16.)

> 숲이 끝났다. 강 건너편에는 여전히 쥐불이 보였다. 어느새 그것은 두 갈래로 되어 있었다. 멀리 사람이 뒤돌아서 웅크리고 있는 형태로 고립된 언덕 꼭대기에서도 한 줄기 연기가 피어오르고 있다. (p.21.)

> 그리고 그곳에서 또 나는 쥐불을 보았다.
> (중략)
> 나는 그 연기를 바라보며 서 있었다.
> 내가 가는 곳마다 내가 가기 때문에 쥐불이 피어오른다는 것은 있을 수 없었다. 일개의 병사에 지나지 않는 나의 위치와 쥐불을 피운다는 작업의 사회성을 비교해보면 그것은 분명했다. 나는 고독한 보행자로서 선택한 우연한 코스의 우연에 의해서 차례차례로 본 것에 지나지 않는다. (p.22.)

원래 쥐불은 수확을 마친 원주민이 옥수수 껍질을 태우는 연기로 어딘가에 있는 원주민의 존재를 의미하는 것이었다. 그러나 "우리들에 있어서 이 섬 주민은 모두 실제의 적"(p.17.)이라는 생각을 가지고 있었기에 그 연기에 대해서도 경계하지 않을 수 없는 것이다.

그런데 우연의 일치인지 모르겠지만 내가 가는 곳마다 쥐불이 피어오르고 그 다음에는 반드시 미군의 공격을 받게 된다. 미군의 공격을 피하여 더욱 깊은 숲속으로 도망치면서 쥐불과 미군 공격과의 연관성에 대하여 생각하기도 한다.

하지만 이 작품에는 '십자가'로 표상되는 <자기구제>적 요소가 있다는 점을 놓쳐서는 안 된다.

밀림 속을 헤매던 가운데 다무라는 우연히 원주민이 경작해놓은 대규모 고무마밭을 발견하게 되고 식량 문제를 해결하게 된다. 이와 같이하여 아사餓死라는 죽음의 그늘에서 벗어난 주인공은 "포만飽滿의 며칠"(p.54.)을 보내게 된다. 하지만 평화로움이 지속되면서 주인공은 그것에 권태를 느끼게 되고 새로운 무언가를 추구하게 되면서 주위 탐험에 나서게 된다.

> 단지 숲의 나무 위에서 하나 빛나는 것은 무엇일까 하는 의문을 남기고 나는 오두막으로 돌아왔다. (p.58.)

해안의 숲 위에 빛나고 있는 것은 저녁 무렵, 그것이 태양과 내 사이에 위치를 차지할 때, 특히 잘 빛났다. 막대기 모양으로 희게 튀어나온 상태로 보아, 우선 말라 죽은 가지로 추정되었지만 그것은 어딘가 우리들이 통상적으로 나무에서 느끼는 미감의 바탕을 이루고 있는 자연스러움이 없었다.

어느 날, 나는 그 형태를 확인하기 위해서 나의 위치를 바꾸는 것을 생각해내었다. 밭이 숲에서 끝나는 곳까지 36미터 정도 오른쪽으로 갔을 때, 나는 그 막대기의 위에서 조금 내려온 곳의 양쪽에 약간 귀퉁이가 나와 있는 것처럼 생각되었다. 그 형상을 즉시 알아차렸다. 십자가였다.

나는 전율을 느꼈다. 그 때, 내가 두려워하고 있던 고독에 있어서는 이 종교적 상징의 갑작스런 출현은 육체적 충격에 가까운 것이었다. (pp.58~59.)

다무라는 '쥐불'이 곡물의 껍질을 태우는 연기인지, 풀을 태우는 연기인지, 아니면 자신들의 위치를 미군에게 알려주는 원주민들의 신호인지에 대해 의심하다가 결국은 '쥐불'의 환상을 보게 되고 밀림 속에서 우연히 발견한 십자가와 교회, 그것을 통하여 다무라는 예전에 버렸던 신이라는 존재에 대해서 다시 생각하게 된다.

오오카는 "이전에 썼던 것 같이 이 소설의 '신'의 관념은 『레이테의 비レイテの雨』에서 다루었던, 고독한 사람을 보고 있는 신, 보호자로서의 신으로부터 출발하고 있습니다. 그것은 나의 소년 시절의 환영으로 어른들의 지혜로는 대적할 수 없는 것으로 그것을 미치광이의 머릿속에 깃들게 한 것입니다"[6]라고 이 작품의 배경에 '신'의 존재가 작용하고 있다는 점을 이야기 하고 있다.

소설 속에는 구약 '시편 130편'과 신약 '마태복음 6장'이 인용되어 있는데 이 두 부분은 주인공이 죄를 범하거나 범하려는 장면과 연관되어 있다는 점에 주목해야 할 것이다.

먼저 십자가를 발견하고 그 교회를 찾아갈 것인지를 고민하다가 꾼 꿈속에서(13 꿈), 그리고 교회 안에서 "우리, 깊은 수렁에서 당신을 부르오니 주여 부탁하오니 우리 소리를 들어소서" "우리 산을 향해 눈을 뜨니 우리 구원은 어디로부터 오는 가"라는 소리를 듣게 된다. (18 시편 130편) 그러나 그는 그곳에서 뜻하지 않게 필리핀 처녀를 총으로 살해하게 되고(19 소금) 이후 죄책감에 시달리게 된다. 시편 130편은 이스라엘을 구원하셨듯이 나의 모든 죄를 구원해달라는 소망, 이른바 구원받고자 하는 소망이 가장 잘 나타나있는 대표적인 참회시詩의 하나로 알려

---

6 大岡昇平, 「「野火」の意図」, 亀井秀雄編(2003), 『大岡昇平『野火』作品論集』, クレス出版에서 재인용. p.30.

져 있다. 따라서 이는 앞으로 저지르게 될 살인과 식인이라는 엄청난 죄악에 대한 복선이라 할 수 있을 것이다.

아이방 모리스는 작품의 후반부에 나오는 다무라의 식인 행위에 대하여 다음과 같이 설명하고 있다.

> 다무라가 사람 고기를 먹기 시작하고 그것이 원숭이 고기라는 망상을 버린 다음에도 다무라에게는 스스로의 손으로 할 수 없는 행위가 하나만 남아 있었다. 그것은 더할 나위없는 최악의 비인간적 행위이다. 극한 상황에 놓인 인간을 그린 작품은 이외에도 많이 있지만 마음속에 숨겨져 있는 경찰관의 의무를 완전히 포기하고 도덕과 규범을 없애고 사실상, 생명을 유지하려고 하는 동물적 본능만 남게 되면 마침내 허용되지 않는 행위를 하는 길 만이 남게 된다는 것이다. 왜냐하면 고난에 괴로워하고 있는 자의 마음속에서는 이 특이한 행위를 억지로 행하는 죄의 무거움은 헤아릴 수 없지만 그것을 범하는 것은 필연적으로 자신의 인간성을 부정하는 것이 되기 때문이다.[7]

모리스는 식인이라는 '더할 나위없는 최악의 비인간적 행위'가 지니고 있는 '죄의 무거움'보다 오히려 그것이 '자신의 인간성을 부정'하는 행위라는 점을 강조하고 있다. 따라서 이후에 일어날 사건들의 충격성에 대한 완충 장치의 필요성이 대두되는 것이다. 그렇지 않으면 독자들은 사건의 충격성의 늪에 빠져서 헤어나지 못하게 되는 것이며 그렇게 되면 이 작품은 모리스가 말했듯이 단순히 '극한 상황에 놓인 인간의 '더할 나위없는 최악의 비인간적 행위'를 그린 여타 작품과 다를 것이 없어져 버린다.

따라서 작품 속에 반복적으로 등장하는 성서 구절이야말로 이런 위

---

7 アイバン・モリス(2003),「『野火』について」, 亀井秀雄編『大岡昇平『野火』作品論集』, クレス出版, pp.142~143.

험(인간성의 부정)으로부터 구출(구원)하여 주는 안전장치라 할 수 있을 것이다.

"너의 오른 손이 하는 것을 왼손이 모르게 하라"(p.137.)와 "들판의 백합은 어떻게 해서 자라는 가를 생각하라. 가꾸지도 길쌈도 하지 않는다. 오늘만 있고 내일은 난로 속에 던져질 들판의 풀도 신은 이렇게 꾸미시거늘. 하물며 너희들 신앙이 얕은 자들이여."(p.140.)라는 '마태복음 6장'도 인용되고 있다. 이 부분 또한 아사 직전에 이른 주인공이 배고픔을 이기지 못해 방금 죽은 장교의 시체에 손을 대려고 하는 충격적인 장면에 인용되어 있다. '마태복음 6장'은 죄를 사해달라는, 그리고 시험에 들지 않게 해달라는 기도문으로 하나님이 우리들에게 먹을 것과 입을 것을 내려 주시고 계신다는 것에 대한 확고한 믿음을 강조하고 있는 부분이다.

그리하여 이들 위기 상황을 5번의 "만약"이라는 가정에 의하여 다시 한 번 회고하는 것으로 작품을 끝내고 있다.

> 만약 내가 나의 오만함에 의해 죄에 떨어지려고 하던 마침 그 순간, 그 정체불명의 습격자에 의해 내 후두부를 맞지 않았다면 ─
>
> 만약 신이 나를 사랑했기 때문에 사전에 그 타격을 준비하여 주신 것이라면 ─
>
> 만약 때린 자가 그 석양이 비치는 언덕에서 굶주린 자신의 고기를 권유하던 거인이라면 ─
>
> 만약 그가 그리스도의 화신이라면 ─
>
> 만약 그가 정말로 나 한 사람을 위해 이 섬의 산야에 보내어진 것이라 한다면 ─
>
> 신에게 영광 있을지어라.   (p.183.)

모리카와는 이 부분에 대하여

오오카 자신의 영혼의 상태, 그 구제를 위하여 피할 수 없는 희구의 표출로서 종장에 이것을 꼭 넣을 수밖에 없었던 심정은 쉽게 추측할 수 있으리라 생각된다. 여기에 제시되어 있는 것은 일종의 신에 대한 갈망이다. 신이 없으면 도저히 식인 행위를 경험한 인간이 혼자서 이겨낼 수는 없다는 것의 단적인 표현이다. 신이 있기 때문에 식인 행위를 할 수 없는 것이 아니고 식인 행위를 하였기에 반드시 신이 필요한 것이다. 이것은 신의 필요를 쓴 소설이다.[8]

고 설명하고 있다.

모리카와가 이야기하는 '신에 대한 갈망' '신의 필요'를 한마디로 한다면 '구원'이 될 것이다. 결론적으로 오오카의 『쥐불』은 전쟁이라는 극한 상황 속에서 어쩔 수 없이 저지른 죄악에 의한 '자기 파괴'로부터 벗어나 '자기 구원'을 갈구하면서 쓴 '기도문'이라 할 수 있을 것이다. 또한 살인과 식인이라는 비윤리적 행위를 어쩔 수 없이 행할 수밖에 없었던 전우들을 위한 '구원서' 성격도 같이 지니고 있다고 말할 수 있을 것이다.

3. 〈유언 집행인〉의 문학[9]

앞 장에서 살펴보았듯이 일본 현대문학, 현대시가 문학가들의 전쟁 체험과 깊은 관련이 있다는 것은 부언할 필요조차 없는 것이다. 한편 1956년도 『경제백서』에서 "더 이상 전후가 아니다"라는 선언이 말해주

---

8 森川達也(2003),「『野火』と原罪の問題」, 亀井秀雄編『大岡昇平『野火』作品論集』, クレス出版, p.174.
9 이 부분은 졸고 「일본 현대시 개설」(『미네르바』2006년 여름호)과 일부 중복됨을 밝혀둔다.

듯이 한국전쟁이 가져다 준 특수 경기와 함께 '패전국 일본'이라는 인식이 사라지고 민주주의와 자본주의를 바탕으로 한 고도 소비 사회로 탈바꿈하게 된다. 그리하여 '전후'라는 단어 자체가 역사의 이면으로 사라지고 그 자리를 '현대'라는 단어가 대신하게 된다. 문학에서도 '전후 문학(시)'은 특정 시기의 문학을 가리키는 좁은 의미로 사용되고 전후의 문학(시) 전체를 통틀어서 '현대 문학(시)'라 부르게 된다.

　먼저 전후의 시단 상황에 대해 간단히 살펴보면 1946년부터 본격적인 시 잡지의 복간과 창간이 시작되는데 일본 현대시의 출발을 이야기할 때, 빠트릴 수 없는 해가 1947년인데 이는『황무지荒地』『지구』『열도列島』의 3대 동인지가 이 해에 발간되었기 때문이다. 전전戰前의 모더니즘의 흐름을 이어 받은『황무지』는 전쟁 체험에 근거한 날카로운 문명 비판을 바탕으로 현대에 있어서의 삶과 죽음의 의미를 추구하면서 전후시의 특색을 가장 선명하게 보여주었다. 아유카와 노부오, 구로다 사부로黑田三郎, 다무라 류이치田村隆一가 주요 동인인데, 이론에서는 아유카와가, 시는 다무라가 핵심적인 위치를 차지하고 있었다.

　<황무지>라는 잡지 이름은 T.S. 엘리트의 시 제목에서 따온 것으로 전후 일본 사회의 피폐한 모습을 암시하고 있다. 그러나『황무지』는 동인지로서의 활동은 그다지 활발하지 못했고 다음 해 6월까지 겨우 6권을 내었을 뿐이었다. 그러나 1951년부터 매년 동인 시 선집『황무지시집』을 발간하면서 자신들의 방향성에 대해 명확히 자각하게 되었다. "친애하는 X……/그다지 사람들의 눈에 띄지 않는 우리들의 일을 호의를 가지고 지켜봐주는 자네는 지금까지 어떤 시에 의해서도 마음속으로 만족하거나 감동을 받은 적이 없을 것이겠지."로 시작되는 첫 번째 시집 권두의「X에의 헌사X への献辞」는 아유카와가 쓴 것으로 알려져 있는데 이는 오늘날 전후파 선언문으로 일컬어지고 있다. "현대는 황무지이다. 우리들의 탄력 있는 정신이 현재의 황무지라는 유일한 소재를 견딜 수 있는가 없는 가에 따라 우리들의 시가 존재할 것인지, 삶에 대한

감정의 패배 뒤편으로 물려나게 될 것인지로 나누어진다"는 말처럼 '시'는 늘 자신들의 '삶'을 건 것이라는 점을 되풀이 하고 있다. 또한 "시에 있어서 소박한 삶을 빼고서 후천적 기교와 세련된 지성을 운운하는 문화적 빈혈증은 우리들이 가장 좋아하지 않는 것이어서 환상을 배척하며 언어를 어떤 종류의 좁은 신조와 정치적 수단으로만 예속시키려고 하는 것은 더욱이 가장 기피하는 것"이고 "조국과 문명에의 결정적 상실감을 안고 있으면서 동시대와 사회에 의해 규제된 언어 세계에서 삶의 방향과 중심을 찾으려는 시니시즘"[10]을 바탕으로 전후 현대시가 출발했다는 점을 알 수 있다.

일본 현대시는 1947년 1월, 『순수시』에 발표된 아유카와의 「죽은 사나이死んだ男」로부터 시작되었다는 것이 일반적인 견해이다.

> 예를 들면 안개랑/모든 계단의 발소리 속에서/유언집행인이 희미하게 모습을 나타낸다./−이것이 모든 것의 시작이다.//먼 어제……/우리들은 어두운 술집 의자 위에서/일그러진 얼굴을 주체하지 못하기도 하고/편지 봉투를 뒤집는 것 같은 일이 있었다./"실제로는 그림자도 모양도 없지?"/−제때 죽지 못하고 보니 분명 그대로였다//M이여, 어제의 차가운 푸른 하늘이/면도날에 언제까지나 남아 있네./하지만 나는 언제 어디서/자네를 잃어버렸는지 잊어버렸어./(중략)//매장 날은 말도 없고/입회자도 없었다/격분도 비애도 불평의 연약한 의자도 없었다./하늘을 향해 눈을 뜨고/자네는 단지 무거운 신발 속에 발을 쑤셔 넣고 조용히 누워버렸던 것이다./"안녕. 태양도 바다도 믿을 수 없어"/M이여, 지하에 잠든 M이여/자네 가슴의 상처는 지금도 아직 아픈가.[11]

---

10 박현서(1989), 『日本現代詩評說』, 高麗苑, p.56.
11 『鮎川信夫全集』(思潮社, 1989年) 第1卷, pp.16~17.

죽어야 할 때, 구체적으로 이야기하면 전쟁 중에 "제때 죽지 못"한 자신을 친구 "M"으로 대변되는 2차 세계 대전 중에 죽은 이들의 "유언 집행인"으로 규정짓고 "입회자도 없"이 "하늘을 향해 눈을 뜨고" "조용히 누워버렸던" 그들의 아직도 아물지 않은 "가슴의 상처"를 진혼시키기 위해 이 시는 창작되었다고 할 수 있다.

이 시에 대해 세리자와는

> 이 시는 확실한 두가지의 모티브로 분열되어 있다. 하나는 아유카와 노부오가 자신을 '유언 집행인'으로서 전후사회에 위치시킴으로서 밝음을 싫어하는 절대적인 제3자로 일관한다는 모티브이고 또 하나는 M(모리카와 요시노부)의 매장에 혼자서 입회하는 가운데 '먼 어제' '황금시대'의 M과의 교제 기억을, 그것을 보상받을 수 없기에 깊은 슬픔과 고독감을 가지고 회상하는 모티브이다. 이 분열하는 두 개의 모티브가 다시 교차하는 지점에 아유카와는 근대적 지식인의 전후적 숙명을 확정하려고 한 것이다.[12]

고 설명하고 있다.

다시 말해서 친구 모리카와와의 추억을 회상하는 개인적 차원과 전후 일본 사회에 있어서의 자신의 위치라는 대사회적인 차원이라는 두 가지 입장이 이 시 속에 응축되어 있다. 그리고 "「죽은 사나이」가 죽은 이들을 잊으려고 하고 있던 사람들에게 어떤 충격과 감동을 주었다면 그것은 이 M의 형상이 어디까지나 고유한 인간이면서 전쟁에 의해 죽은 자들의 상징이 되어 있었기 때문"[13]에 가능했던 것이다.

그러나 이와 같은 "전쟁 체험의 내면화"[14]의 시적 원점에는 친구의 죽음만이 있었던 것은 아니다. 친구의 죽음이 전경前景이라면 다음 시에 그려

---

12 芹沢俊介(1975), 『鮎川信夫』, 國文社, p.148.
13 高良留美子(1975), 「鮎川信夫論」, 『現代詩 手帖』8月号, p.129.
14 吉本隆明(1982), 『鮎川信夫論』, 思潮社, p.21.

진 또 다른 죽음이 후경後景을 이루고 있는 중층 구조로 되어 있는 것이다.

> 그 바다는/먼 앞바다까지/메콩 강물로 혼탁해져 있었다./(중략)/얕은 항구
> 에는/묘비처럼 번호를 붙인 연통이 늘어서 있고/그 밑에는 수많은 수송선이
> 침몰해있었다/우리들은 흰 옷의 망령이 되어/조용하고 잔잔한 묘지 위를/소
> 리 없이 걸어 다니고 있었다/평화로운 나라가 되기 위해서는/평화가 없는 곳
> 으로부터 떠나야 한다/불행한 병사는 하늘을 우러러 보고/어두워져 가는 운
> 명의 암시를 찾아서/거대한 뭉게구름의 틈새를 바라보았다/(후략)
>
> (「해상의 무덤海上の墓」全集 第1券, pp.111～112.)

메콩 강물로 흐려져 있는 항구에 가라앉아 있는 "수많은 수송선"은
시의 제목처럼 제2차 세계대전 중에 죽어간 일본 젊은이들의 "해상 무
덤"인 것이다. 이는 레이테섬 상륙 작전 때, 필리핀 근해에서 수몰되었
거나 섬에서 허무하게 사라져간『쥐불』의 병사들에게도 해당되는 것
이다.

이 시는 1953년 7월호의『시와 시론詩と詩論』에 연작連作「병원선 일지病
院船日誌」이라는 제목으로 발표된 시 중의 하나이다. 이 때 같이 발표된 시
로는「사이공에서サイゴンにて」,「아득한 부표遥かなるブイ」,「왜 내 손이なぜぼ
くの手が」,「신의 병사神の兵士」,「항구 밖港外」이 있다. 그러나 일반적으로
「병원선 일지」시편이라고 할 때에는「병원선 선실病院船室」(『유토피아ゆ
うとぴあ』1947년3월),「출항出港」,「사라져 가는 수평선消えてゆく水平線」(『시
학詩学』1953년6월),「수평선에 대하여水平線について」(『황무지 시집 1954』
1954년2월)까지를 포함시킨다.

「병원선 일지」시편에는 "면도기 자살을 한 젊은 군속"(「사이공에
서」)과, "창백한 기억의 불꽃에 싸여/엄마와 누나와 애인을 위하여 하염
없이 눈물을 흐리면서", "전쟁을 저주하면서" "동지나해의 밤을 달리
는 병원선"에서 죽어간 "그 남자"(「신의 병사」) 들이 그려져 있다. 요시

모토는 「사이공에서」를 "뛰어난 기법과 내적 체험의 정확함과 서경敍景의 생생함과 테마의 본질성을 다같이 고려하면 아유카와의 가장 뛰어난 시의 하나이다"[15]고 높이 평가하고 있다.

세리자와는 「병원선 일지」 시편의 특징을 "시에 있어서의 주격主格이 「병원선 일지」의 속에서는 특수한 전쟁터에 되던져지는 것에 의해 현실성이 부여되어" 있으며 "특수한 전쟁터=「병원선」의 현장 재현을 주로 서경이라는 수법에 의해 가능하게" 되었으며 "직접적인 죽음의 이미지를 <병사>의 죽음의 이미지(=「신의 병사」)로서 조형"하려고 했다는 점을 들고 "「병원선」은 병든 일본의 현실이다, 고 하기보다는 일본 그 자체이다"고 하고 있다.[16] 그 이유로 "전쟁에서 죽은 <병사>들에 대한 망각, 또는 무시라고 하는 사회적 동향"[17]을 들고 있다.

따라서 아유카와는 그들이 남긴, 또는 전하고자 했던 메시지를 대변하는 시적 형식이 모든 것이 폐허가 되어버린 전후 일본이라는 황무지에 부합하는 새로운 예술의 양식(방향성)임을 발견한 것이 아닐까 한다. 그리하여 "「병원선」에 타고 있던 병사들의 내면세계를 공동성共同性으로 하여 내면화하는 것에 성공"[18]함으로써 자신의 기억 속에 남겨진 그들의 "유언"을 전후 일본 사회에 발신하는 행위를 통하여 '살아남은 자의 중압감'을 초월할 수 있었을 것이다.

4. 마무리

오오카 문학의 두 축을 기록성과 소설성(허구)으로 정의하면 『포로

---

15 吉本隆明(1982), p.20.
16 芹沢俊介(1975), pp.195~196.
17 芹沢俊介(1975), p.187.
18 芹沢俊介(1975), p.191.

기』는 자기 체험의 문학화라는 기록성이 중시되고 있다. 그러나 같은 전쟁문학이면서 살인과 식인 문제를 다루고 있는『쥐불』의 특징은 허구성이라 할 수 있다. 이 소설은 윤리적으로 허용되지 않는 이들 행위를 전쟁이라는 강요된 극한 상황에서 어쩔 수 없이 행할 수밖에 없었던 전우들에 대한 '구원서'이며 또한 '자기 구원'을 희구하면서 쓴 '기도문'으로 규정할 수 있을 것이다.

한편 아유카와의 경우, 시적 주체로서의 자기 자신보다는 '남', 구체적으로 이야기하자면 가족과 내일을 생각하며 전쟁터에서 죽어간, 그리고 죽어서는 '원령이 되어 떠돌아다니는 병사들'(「병사의 노래」)의 전경화를 기본 전략으로 택하였다. 그리하여 그들의 고통을 자신의 고통으로 내면화하기 위한 예전의 격전지 순례를 통하여 아직도 치유되지 않는 자신의 상처로 계속 각인시켜 둠으로써 <유언 집행자의 역할>을 유지할 수 있었다고 생각된다.

Key Words   구제, 아유카와 노부오, 오오카 쇼헤,
유언집행인, 전쟁문학

참고문헌

<텍스트>
『野火』, 新潮文庫, 1973年 30刷り
『鮎川信夫全集』第1巻, 思潮社, 1989年

<국내자료>
박현서(1989),『日本現代詩評説』, 高麗苑, p.56.

<국외자료>
アイバン・モリス(2003),「『野火』について」, 亀井秀雄編『大岡昇平『野火』作品論集』,
    クレス出版, pp.142~143.
池田純溢(1977),「大岡昇平の方法」 三好行雄・竹盛天佑編『近代文学7 戦後文学』,
    有斐閣, p.145.
『岩波講座 アジア・太平洋戦争』, 2005年11月~2006年6月, pp.ⅸ~ⅹⅲ.
川村湊(1995),『岩波新書371 戦後文学を問う—その体験と理念—』, 岩波書店, p. 11.
古林尚・佐藤勝編(1978),『戦後の文学 現代文学史』, 有斐閣, p.ⅱ.
高良留美子(1975),「鮎川信夫論」『現代詩 手帖』8月号, p.129.
芹沢俊介(1975),『鮎川信夫』, 國文社, p.148.
森川達也(2003),「『野火』と原罪の問題」, 亀井秀雄編『大岡昇平『野火』作品論集』, ク
    レス出版, p.174.
吉本隆明(1982),『鮎川信夫論』, 思潮社, p.21.

일본문학의 기억과 표현

제4장
일본 현대시의
흐름

서 재 곤

일본 근대 문학은 1868년의 명치유신과, 그리고 현대 문학은 1945년
의 패전과 더불어 시작되었으며, 근대시와 현대시의 시대 구분, 또한 같
이 나누고 있다. 작년 9월, 일본의 대표적인 시 잡지『현대시 수첩』(思潮
社)은 '전후 60년 <시와 비평> 총전망'이라는 특집호를 발행하였는데
전후의 대표적인 시론이 실려 있는 이 책을 간행하게 된 배경은 책의 제
목을 보면 알 수 있을 것이다. 한편 동 출판사가 약 20년 전인 1986년 11
월에 발간한『현대시 독본 현대시 전망』이라는 책에는 아유카와 노부오
鮎川信夫, 오오카 마코토大岡信, 기타가와 도루北川透의 3명이 공통으로 뽑은
대표적인 현대시 100편이 수록되어있다. 그리고 오오카씨는 1996년 9
월, 현대시의 대표작 101편을 선정, 5명이 공동 집필한『현대시 감상
101』(新書館)이라는 책을 편찬하였다. 두 책에 실린 시인들에는 큰 차이
가 없고 작품도 21편만이 중복되고 있어서 이들 시인과 시들이 일본 현
대시 세계를 대표하고 있다고 보아도 무방할 것이다.

한편 일본 현대 대표시에 대한 한국어 해설서로는 박현서(1989)『日
本現代詩評説』(고려원)과 김광림(2001)『日本現代詩人論』(국학자료원)
이 있다. 전자에는 총 51명의 현대 시인이, 후자에는 11명의 쇼와기

(1926~45년) 대표 시인과 8명의 현대 시인이 수록되어 있다. 그래서 본고는 이들 선행 문헌과의 중복을 피하는 의미에서 개개인의 시인과 그 작품 세계보다는 일본 현대시의 전반적 흐름에 대해서 설명하고자 한다.

1. 현대시의 출발

종전까지 일본의 현대문학, 현대시를 '전후 문학' '전후시'라고 부르기도 했다. 이는 이들 문학(시)이 제2차 세계대전 패망 이후에 등장한 문학(시)이라는 의미뿐 만이 아니고 그 주제가 전쟁 체험과 깊은 관련이 있기 때문이기도 했다. 그러나 1960, 70년대 고도경제 성장기에 접어들면서 일본 사회는 정치, 경제, 문화적으로 전후의 특수 상황에서 벗어나게 되고 이를 반영하듯이 "더 이상 전후가 아니다"라는 유명한 경제 백서가 나오게 된다. 민주주의와 자본주의를 바탕으로 고도 소비 사회로 탈바꿈하게 되면서 '전후'라는 단어 자체가 역사의 이면으로 사라지고 그 자리를 '현대'라는 단어가 메우게 된다. 문학에서도 '전후 문학(시)'은 특정 시기의 문학을 가리키는 좁은 의미로 사용되고 전후의 문학(시) 전체를 통틀어서 '현대 문학(시)'라 부르게 된다.

먼저 전후의 시단 상황에 대해 간단히 설명하면, 1946년부터 『순수시』『유토피아』『바우VOU』『코스모스』등, 본격적인 시 잡지의 복간과 창간이 시작되는데 일본 현대시의 출발을 이야기할 때, 빠트릴 수 없는 것이 1947년으로 『황무지荒地』『지구』『열도列島』의 3대 동인지가 발간되었다. 전전戰前의 모더니즘의 흐름을 이어 받은 『황무지』는 전쟁 체험에 근거한 날카로운 문명 비판을 바탕으로 현대에 있어서의 삶과 죽음의 의미를 추구하면서 전후시로서의 특색을 가장 선명하게 보여주었다. 아유카와 노부오, 구로다 사부로黒田三郎, 다무라 류이치田村隆一가 주요 동인인데, 이론은 아유카와, 시는 다무라가 대표적인 위치를 차지하고 있다.『지구』는 아키야 유타카秋谷豊가 네오로맨티시즘을 표방하면서 창간한 것이고『열도』는 세키네 히로시関根弘, 하세가와 류세長谷川竜生 등이 동인으로 종전의 프롤레타리아문학의 흐름을 이어받았다.

일본 현대시는 1947년 1월,『순수시』에 발표된 아유카와의「죽은 사나이」로부터 시작되었다는 것이 일반적인 견해이다.

> 예를 들면 안개랑/모든 계단의 발소리 속에서/유언집행인이 희미하게 모습을 나타낸다./–이것이 모든 것의 시작이다.//먼 어제⋯⋯/우리들은 어두운 술집 의자 위에서/일그러진 얼굴을 주체하지 못하기도 하고/편지 봉투를 뒤집는 것 같은 일이 있었다./"실제로는 그림자도 모양도 없지?"/–제때 죽지 못하고 보니 분명 그대로였다//M이여, 어제의 차가운 푸른 하늘이/면도날에 언제까지나 남아 있네./하지만 나는 언제 어디서/자네를 잃어버렸는지 잊어버렸어./(중략)//매장 날은 말도 없고/입회자도 없었다/격분도 비애도 불평의 연약한 의자도 없었다./하늘을 향해 눈을 뜨고/자네는 단지 무거운 신발 속에 발을 쑤셔 넣고 조용히 누워버렸던 것이다./"안녕. 태양도 바다도 믿을 수 없어"/M이여, 지하에 잠든 M이여/자네 가슴의 상처는 지금도 아직 아픈가.

죽어야 할 때, 구체적으로 이야기하면 전쟁 중에 죽지 못한 자신을 친구 "M"으로 대변되는 2차 세계 대전 중에 죽은 이들의 '유언 집행인'으로 규정짓고 그들의 넋을 진혼시키기 위해 이 시는 창작되었다.

<황무지>라는 잡지 이름은 T.S. 엘리트의 시 제목에서 따온 것으로 전후 일본 사회의 피폐한 모습을 암시하고 있다. 그러나『황무지』는 동인지로서의 활동은 그다지 활발하지 못했고 다음 해 6월까지 겨우 6권을 내었을 뿐이었다. 오히려 1951년부터 <황무지> 동인 시 선집『황무지시집』을 발간하면서 자신들의 방향성에 대해 명확히 자각하게 되었

다. "친애하는 X……./그다지 사람들의 눈에 띄지 않는 우리들의 일을 호의를 가지고 지켜봐주는 자네는 지금까지 어떤 시에 의해서도 마음 속으로 만족하거나 감동을 받은 적이 없을 것이겠지."로 시작되는 시집 권두의 「X에의 헌사」는 아유카와가 쓴 것으로 알려져 있고 오늘날 전후 파 선언문으로까지 일컬어지고 있다. "현대는 황무지이다. 우리들의 탄 력 있는 정신이 현재의 황무지라는 유일한 소재를 견딜 수 있는가 없는 가에 따라 우리들의 시가 존재할 것인지, 삶에 대한 감정의 패배 뒤편으 로 물러나게 될 것인지로 갈린다"는 말처럼 '시'는 늘 자신들의 '삶'을 건 것이라는 점을 되풀이 하고 있다. 또한 "시에 있어서 소박한 삶을 빼 고서 후천적 기교와 세련된 지성을 운운하는 문화적 빈혈증은 우리들 이 가장 좋아하지 않는 것이어서 환상을 배척하며 언어를 어떤 종류의 좁은 신조와 정치적 수단으로만 예속시키려고 하는 것은 더욱이 가장 기피하는 것"이고 "조국과 문명에의 결정적 상실감을 안고 있으면서 동시대와 사회에 의해 규제된 언어 세계에서 삶의 방향과 중심을 찾으 려는 시니시즘"(박현서)을 바탕으로 전후 현대시가 출발했다는 점을 알 수 있다.

2. 감수성의 시대

50년대 중반부터 일본 사회에서 '사상의 속박'이 무너지기 시작하자 정치, 사상, 종교 등에 얽매이지 않고 서구의 문학 이념과 같은 '타인의 언어'도 사용하지 않고 오로지 자신의 감수성을 중시하는 새로운 경향 의 작가들이 등장하게 된다. 그 앞 세대를 '전후파' '제2차 전후파'라고 불렸지만 앞 세대의 문학세계와는 전혀 다르다는 의미로 이들을 '제3의 신인'이라 부른다.

시단에서도 전후에 청춘을 맞이한 새로운 시인들, 이른바 '50년대 시

인'이 등장하게 된다. 오오카에 의하면 50년대는 시인들이 "감수성 자체의 가장 엄밀한 자기표현"으로 시를 자립시키는 것, 다시 말해서 "감수성 그 자체를 수단임과 동시에 목적으로 하는 시"를 추구함으로서 "감수성의 왕국"이었다고 설명하고 있다. 특히 50년대를 대표하는 동인지『노櫂』와『악어鰐』에 참가한 시인들에게서 그런 경향을 공통적으로 찾아 볼 수 있다.『노』는 53년 5월에 가와사키 히로시川崎洋와 이바라기 노리코茨木のり子에 의해 창간되었고 나중에 다니카와 슌타로谷川俊太郎, 오오카 등도 동인으로 참가하였는데 유연한 어법과 청순한 서정성으로 시단에 새로운 바람을 불어넣었다.

> 날개가 젖어요 백조/바라보며는/부러질 것 같이 되면서도/희미하게 날갯소리가//꿈에 젖어요 백조/누구 꿈속에 등장하고 있어?// 그리고 가득 차 와서는 방울져 떨어지고/그 그림자 가 날개에 쏟아져들듯이/여러 가지 이야기거는 별//그림자는 파란 하늘에 비치면/하아얀 색깔이 되니?//태어날 때부터 비밀을 알고 있는/백조 는 이윽고/햇빛 의 무늬 속에/향기 나는 아침 햇살 이 물드는 속에/하늘로//이미 형태 가 주어진/그것은/부끄러움 때문에 하아얀 백조/이제 곧/색채가 되어버릴 것 같은/백조   (가와사키「백조」전문)

히라가나로만 쓴 이 시를 읽어나가다 보면 시인의 순수한 마음과 리듬, 이미지가 우리들 곁으로 조용히 와 닿는 것 같다. 백조를 응시하는 가운데 그 색깔과 모습, 움직임으로부터 그 아름다움에 빠져들게 되고, 마침내 말까지 걸게 된다. 우리들 생각 속에 자리 잡고 있는 백조는 그 모습과 색깔이 이미 정해져 있지만 '파란 하늘'인지 아침 하늘인지에 따라 그 '색채'가 달라지는 '백조'의 비밀을 알고 싶어진 것이 아닐까.

백조 대신에 자신을 응시하면 다음과 같은 시가 될 것이다.

> 저 푸른 하늘의 파도소리가 들려오는 부근에/무언가 어처구니없는 분실

물을/난 떨어뜨리고 온 것 같다//투명한 과거의 역에서/분실물 담당자 앞에

섰더니/난 더욱 더 슬퍼지고 말았다   (다니카와 「슬픔」 전문)

다니카와의 처녀시집 『20억 광년의 고독』(1952년)에 수록되어 있는

이 작품은 우리들의 삶이 상실로부터 시작되기에 그것을 이해하려는

행위 그 자체의 무의미성을 이야기하고 있다. 다니카와는 '외계로부터

온 우주인異星人'이라고 불릴 정도로 독특한 감수성의 소유자이지만 그

가 느낀 것들은 결코 그 혼자만의 것이 아니라 우리 모두에게 해당되는

본질적 문제이기에 오늘날까지도 유일한 대중성의 소유자가 될 수 있

었다.

퍼석퍼석하게 메말라가는 마음을/남 탓으로는 하지마/스스로 물주기를

게을리 하고서//신경질적으로 된 것을/친구 탓으로는 하지마/부드러움을 잃

어버린 것은 어느 쪽일까//애타는 것을/친척 탓으로는 하지마/모든 것이 서

툰 것은 나//초심 사라져 가는 것을/생활 탓으로는 하지마/애초부터 의지가

약한 것에 지나지 않았다//좋지 않은 모든 것을/시대 탓으로는 하지마/간신

히 빛나고 있는 존엄의 포기//자신의 감수성 정도/스스로가 지켜라/어리석은

자여   (이바라기 「자신의 감수성 정도」 전문)

자신과 연관 있는 모든 일의 책임은 자신에게 있다는 동시대의 사람

들, 특히 젊은이들에게 보내는 메시지로 오늘날의 한국 사회에 대한 일

갈一喝이기도 하다. 그녀의 시는 평이하면서도 그 속에 날카로운 현실 비

판을 담고 있는 동시에 밑바탕에는 진한 휴머니즘이 깔려있다. 1999년

에 출판한 『의지하지 않고』가 시집으로서는 오래간만에 베스트셀러가

된 것도 이 때문이었을 것이다. 한국에 대한 관심도 많아서 재일 한국인

의 문제를 다룬 시 「칠석」도 있고 1990년에는 한국현대시를 일본어로

번역, 출판하기도 했다.

한편 『악어』는 59년 8월에 창간되었고 동인은 오오카, 이와타 히로시岩田宏, 이지마 고이치飯島耕一, 요시오카 미노루吉岡実, 기요오카 다카유키淸岡卓行의 5명으로 62년 9월에 종간될 때까지 변동이 없었다. 이들은 초현실주의의 영향을 크게 받아서 언어실험을 통하여 현실과 환상을 통합하고자 했다.

> 목표 없는 꿈의 과잉이 하나의 사랑에서 꿈을 **빼앗았다**. 거만한 마음 한 구석에 소녀 이마의 상처 같은 금이 있다. 제방 아래로 내던져 버려진 참치 머리에서 불고 있는 피보라 같이, 아득하게 그리고 생생하게 슬픔이 그곳에서 뿜어져 나온다./ (중략) /불룩해져 가는 하늘. 불룩해져 가는 물. 불룩해져 가는 나무. 불룩해지는 배腹. 불룩해지는 눈꺼풀. 불룩해지는 입술. 야위는 손. 야위는 소牛. 야위는 하늘. 야위는 물. 야위는 땅. 살찌는 벽. 살찌는 쇠사슬. 누군가 살찌다. 누군가. 누군가 야위다. 피가 야위다. 하늘이 구원. 하늘이 벌罰. 그것은 피가 정제된 맑은 물. 하늘은 피의 정제 물水.　　　　　(오오카 「청춘」)

전반부와 후반부의 문체는 전혀 다르지만 자동기술법, 비유의 남용, 은유의 연속과 같은 오오카의 초현실주의 경향이 가장 잘 나타나있으며 이 시가 수록되어 있는 오오카의 처녀시집 『기억과 현재』(1972년)는 청춘의 암울함, 비통스러운 고민, 상실감이 주된 주제이다. 시 이외에도 시론, 고전 평론, 번역, 외국 시인과의 연작 작업 등, 시인으로서는 드물게 폭넓은 활동을 통하여 세계적인 지명도를 높여가고 있다.

> 새들이 돌아왔다./땅의 검은 틈새를 쪼았다./눈에 익지 않은 지붕 위를/날아오르거나 내리거나 했다./그 모습은 어찌할 바를 몰라 하는 것처럼 보였다.//하늘은 돌을 먹은 것처럼 머리를 감싸고 있다./생각에 빠져있다./더 이상 흘러나올 일도 없었기 때문에/피는 하늘에서/타인처럼 맴돌고 있다.
>
> 　　　　　　　　　　　　　(이지마 「타인들의 하늘」 전문)

이 시의 발표 당시, 한국은 6 · 25전쟁 중이었고 일본 국내에서는 학생 데모대와 경찰이 격렬한 충돌을 되풀이 하고 있었다. 이런 격동의 시대 상황과 패전 직후의 혼란스러움과를 오버랩시켜서 현실에 적응하지 못하고 방황하는 자신의 모습을 그린 것이다.

> 네 명의 승려/정원을 산책하며/가끔씩 검은 천을 말아 올린다/막대 모양/증오감도 없이/젊은 여자를 때린다/박쥐가 외칠 때까지/한사람은 식사를 만든다/한사람은 죄인을 찾으러 간다/한사람은 자위/한사람은 여자에게 살해 당한다
>
> (요시오카 「네 명의 승려」 1연)

이 시는 모두 9연으로 되어 있는데 모두가 '네 명의 승려'로 시작되고 있다. 그리고 2행부터는 승려들의 행동이 기술되어 간다. '승려'가 상징하는 것은 분명하지는 않고 신의 대리인, 유토피아, 절대적 자유 등으로 해석할 수 있지만 어떤 정해진 주제나 특별한 테마에 얽매이지 않고 의식의 흐름에 따라 그때 그때 연상되는 이미지를 형상화한 것으로 보여진다.

요시오카의 시는 언어의 절약과 시 공간의 자율성이 돋보이고, "괴기스러우면서도 우아하고, 음란하면서도 고귀하고, 우스꽝스럽지만 엄숙한 암흑의 축제"(이지마)를 연출하고 있다.

3. 고도성장과 〈시〉의 자기 목적성 추구

1960년의 미일안보조약 발족과 그 저지 투쟁으로부터 시작된 1960년대는 고도경제성장과 대중사회를 바탕으로 한 새로운 세대의 시인들이 등장하게 된다. 이들의 공통점은 시는 어디에서 탄생하는지, 시를 쓴다는 것은 어떤 것인지, 창작 행위에 있어 언어란 무엇인가, 등과 같은

<시>의 근원에 대해서 끊임없이 반문해왔다는 것이다. 이와 같이 시의 방법론에 대한 자각과 동시에 언어의 다의성과 애매성에 착안하여 자기 목적적 존재로서의 '시적 언어'와 '시적 공간'을 탄생시켰다. 그리하여 언어의 의미성과 시의 주제를 해체하고 음악성과 운율을 중시하는 가운데서 시적 감동을 추구하였고 일상성과 생활감을 고집하고 때로는 시대와 격렬하게 충돌하면서도 존재론적 의문을 요설饒舌스럽게, 또 다이나믹하게 뱉어내었다.

이 시대를 대표하는 동인지에는 『드럼통』(62년 7월)과 『凶区』(64년 4월)가 있고, 또한 59년 6월에 『현대시 수첩』이 창간되어 『시학』 『현대시』 『유리이카』의 '4대 상업 시잡지' 시대가 열렸다는 사실도 빼놓을 수 없다. 또한 아유카와, 오오카의 뒤를 잇는 이 시대의 대표적인 비평가 겸 시인인 기타가와 도루는 『앙카루와あんかるわ』(62년 1월)를 발간하여 언어의 상업화를 반대하고 잡지의 직접구입을 호소하며 자각적 '자립 잡지'를 지향하였다.

> 정사情死하려고 둘이서 왔더니/ 쟈쟝카 와이와이/산은 엄한 표정 풀고 생긋/유황 연기를 또 뿜어 올린다/ 쟈쟝카 와이와이//새도 울지 않는 야케이시야마燒石山 산을/정사하려고 찾아갔더니/약한 햇살이 구름에서 떨어진다/ 쟈쟝카 와이와이/구름에서 떨어진다//정사하려고 둘이서 왔더니/산은 엄한 표정 풀고 생긋/ 쟈쟝카 와이와이/유황 연기를 또 뿜어 올린다/새도 울지 않는 야케이시야마 산을/ 쟈쟝카 와이와이/정사하려고 둘이서 왔더니/약한 햇살이 등줄기에 무겁게/정사하지 않네 산이 허락하지 않아/산이 허락하지 않아/ 쟈쟝카 와이와이//쟈쟝카 쟈쟝카/쟈쟝카 와이와이
>
> (이리자와 야스오入澤康夫 「실제失題 시편」 전문)

같이 죽으려고 찾아온 남녀를 의인화된 산이 놀려된다는 설화적 분위기의 시이다. 하지만 시의 제목을 잃어버렸다는 그 자체에 시인이 표

출하고자 하는 또 하나의 메시지가 들어있는 것이 아닐까. 시의 근원을 추구하다 보니 시 그 자체의 존립 기반까지도 위태롭게 하는 의도적 <시> 해체 시도를 얼마만큼 이겨낼 수 있는지를 확인하는 글쓰기는 60년대 시인들의 공통 현상이었다.

　　무엇보다도 먼저/그 소녀에게는 입이 없었다/소녀의 목을 지탱하고 있는 두 자루의 막대에는/기묘한 반점과 많은 마디가 있었다/뜨져 있는 단단한 눈동자 가득/습기찬 벽이 꽉 차있었다./그 벽 건너편으로부터/죽은 소녀의 시선이 다가왔다//소녀 목으로부터 아래를 바닷물이 씻은 것이겠지/파도에 찢긴 창자와 여러 내장은/닦겨져 빛나며 여기저기의 해안에 표착하여/각자 검은 항구 도시로 성장하여 갔을 것이겠지/손발만은 해파리보다 부드럽고 매끈매끈해서/언제까지나 목 아래에서 흔들리고 있을 것이겠지

　　　　　　　　　　　　　　　　　(아마자와 다이지로天澤退二郞 「눈과 현재」 1, 2연)

　'6월의 죽은 자를 찾아서'라는 부제가 달려 있는 이 시는 '6월 시인'이라는 60년대 시인들의 공통 체험에서 나온 것이다. 속칭 '안보 투쟁' 중, 동경대 여대생이 국회를 포위하고 투쟁하는 젠가쿠렌全學聯과 군중 속에서 깔려죽는 '6월 15일 사건'이 발생한다. 불안정하고 불확실한 비일상적인 일상성의 원형을 부드러운 리듬과 이미지로 그려낸 아마자와 이기에 한편으로는 시어의 현실적 대응의 결여를 지적받기도 했다. 그러나 그가 안보 투쟁과 약간의 거리는 두고 있었지만 결코 현실을 외면하지 않고 주시하고 있었다는 점을 앞의 시가 뒷받침해주고 있다고 할 수 있을 것이다.

　　황금의 큰 칼이 태양을 똑바로 쳐다본다/아아/항성 표면을 통과하는 배꽃!//바람 부는/ 아시아의 한 지역/영혼은 바퀴가 되어 구름 위를 달리고 있다//나의 의지/그것은 보지 못하는 것이다/태양과 사과가 되는 것이다/닮는

것이 아니다/유방, 태양, 사과, 종이, 펜, 잉크, 꿈이! 되는 것이다/굉장한 운
율이 되면 좋지//오늘밤 자네/스포츠카를 타고/유성을 정면에서/얼굴에 문
신 새길 수 있겠어, 자네는!   (요시마스 고조吉增剛造 「타오르다」 전문)

요시마스는 암유와 말의 반복을 애용하면서 스피드와 공격성이 넘치
는 시어로 일상과 비일상 사이를 왕복하면서 혼돈에 빠져있는 현대의
위기감을 그려내었다. 긴 시가 많기에 이 시는 짧은 편에 속하지만 시어
를 대담하면서도 선명하게, 종횡무진으로 구사하여 맹렬한 속도로 이
미지를 증폭시켜 일상성을 뚫고 우주적 스케일로 시 공간을 확대시켜
나간다.

4. 현대시의 현주소

기타가와는 1980년대 시단의 특징을 여성시의 출현, 가사歌詞시 유행,
전후 시인의 침묵과 사망, 포스트모더니즘, 포엠파의 대두를 들고 있다.
80년대의 고도 소비 사회로 접어들면서 종전에는 'sub-culture'라 불렸
던 대중문화가 사회 전면에 등장하면서 이에 대한 인식이 높아지게 되
었다. 이런 흐름 속에서 현대시와 J-pop도 그 영향을 받지 않을 수 없게
되어 종전의 고유 영역을 벗어난 중간형의 새로운 시들이 탄생하게 된
다. 가사시와 포엠파 작품이 바로 이것에 해당하는데 이들은 동전의 양
면과 같은 것으로 각각의 출발점이 다를 뿐이다. 한쪽은 전통시에, 다른
한쪽은 대중가요의 가사에 그 원류가 있다.
현대 사회의 일회성 소비 풍토와 활자 기피현상으로부터 어떻게 하
면 언어(시)를 지킬 것인가를 고심한 대표적인 시인이 아라카와 요지荒
川洋治이다.

시선 푸르고 낮게/에도江戶 가이타이쵸改代町으로의/숲을 지나친다//봄의 미쓰케見附/개개의 숲이여/아침이니까/깊숙이는 쫓아가지 않는다/단지/풀은 무성하고 흔들리고 있다//여자는 해자垓字가의/청아한 풀숲으로 달려 들어가/흰 허벅지를 숨긴다/잎새 끝에 바람 한줄기의 흔들림이 끝나자/참고 있던 작은 물보라의/아주 귀여움을 덧붙인 소리가/소란스런 잎 그림자를 잠시/때린다//뛰어 돌아오니/나의 모습이 보이질 않는 것이다/왠지 벌써/어두워져서/해자의 물결도 사라지고/여자를 향하는 피부의 압박이/청명하게 되어서/숲길만이/희미하게 나왔다//꿈을 꾼다면 또 다시 숨바꼭질을 할 수도 있겠지만 여자여/에도는 조금 전 끝나버렸다/그로부터 나는/멀리/상당하게 왔다//지금 나는 사이타마埼玉 은행 신쥬쿠新宿 지점의 백금빛을 따라 걷고 있다. 건물 부서지는 소리. 사라지기 쉬운 그 포말. 구어口語 시대는 춥다. 잎 그림자의 그 온기를 따라 한번, 나가 볼까 미쓰케에.   (「미츠케의 숲에」 전문)

에도시대의 여성과 숨바꼭질을 하다가 한순간 현대의 신쥬쿠로의 시간 이동. 과거에서 현대로의 타임 슬립은 6연에서 산문시로 형식이 바뀌는 것과 동시에 일어난다. 이 시는 75년의 오일 쇼크로 인한 불안한 사회상을 반영한 '구어 시대는 춥다'라는 표현으로 유명해졌지만 이 시대가 '춥게' 느껴지는 것은 경제 상황뿐만이 아니라 대부분의 시들이 종래의 전통적 영역 속에 안주하려하고 있기 때문은 아닐까. 그에게는 '세대의 흥분은 지나갔다'라는 또 하나의 유행어가 있는데 이들 표현들은 마치 광고 문구 같다고 해서 '기술주의'라는 비판도 받았다. 하지만 자신만의 독특한 은유로서 현실을 그려내고자 하는 노력은 80년대에 들어서 기타가와가 말한 '가사시'로 방향을 바꾸어 이어져 나갔고 출판사 운영을 통해 뛰어난 여성시인을 발굴해낸 것도 그의 업적 중의 하나이다.

현재 주목받고 있는 시인에는 노무라 기와오野村喜和夫, 기도 슈리城戶朱里, 비평가겸 시인으로 세오 이쿠오瀨尾育生가 있다.

오늘은 잔설이 위태로워서,/곤란합니다./또 그것을 보고 있는 나 같은 자도 위태롭고.//오오 나는 불구,/그것은 더 이상 의심할 여지가 없습니다./전생轉生에 대한 바람은 배경으로 사라지고,/그런가 하고 생각하니/나의 조촐한 툇마루 근처에,/물방울처럼 떨어져,/신경의 개미를 적시고 있습니다./오오 나는 불구,/눈 감으면,/타버린 하늘의 색조./날아가는 불길한 히라가나,

(노무라 「시편6 바위」 서두)

고독함 따위의 것은/대수롭지 않았다./꿈을 꾸는 것도 없어졌기에/꿈꿀 수 있도록/가망 없는 고통만을/알처럼 품고 있었다/무서운 원문原文, 자연이여/읽어낼 수 없는 것이여/듀공dugong이 완만하게 잠수하여/바닷물이 푸르름을 더했다./투명함을 겹쳐 포갠,/그 색이, 지금, 투명하게 보였다.

(기도 「은수저」 서두)

같은 50년대 출생이지만 선배인 노무라는 암유의 시인으로, 세도는 직유의 시인으로 불리고 있다.

Key Words 감수성의 시대, 고도 경제 성장과 안보 투쟁,
시의 자기목적성, 여성시, 일본 현대시

참고문헌

天沢退二郎(他)編『日本名詩集成』学灯社, 1996
分銅惇作(他)編『日本現代詩辞典』桜楓社, 1986

遠地輝武『現代日本詩史』昭森社, 1965
西原大輔『日本名詩選 1·2·3』笠間書院, 2015
野山嘉正『現代詩歌』放送大学教育振興会, 1994
————『改訂版 近代詩歌の歴史』放送大学教育振興会, 2004
吉田精一『吉田精一著作集 近代詩 Ⅰ·Ⅱ』桜楓社, 1980·81
和田博文編『近現代詩を学ぶ人のために』世界思想社, 1998

김광림『日本現代詩人論』국학자료원, 2001
박현서『日本現代詩評說』高麗苑, 1989

제 I 부 상대의 신화와 문화의 동류

제1장 일본의 태양신화와 태양숭배
김후련(2005. 봄),『종교연구』제38집, 한국종교학회

제2장 일본 신화와 설화를 통해 본 신의 세계
문명재(1999.12),「일본 신화와 설화를 통해 본 신의 세계」『국제
지역연구』제4호, 한국외국어대학교 국제지역연구센터

제3장 일본의 고대문학에 나타난 한문화
김종덕(2000.11),「일본고대문학에 나타난 한문화」『외국문학연
구』제7호, 한국외국어대학교 외국문학연구소

제 II 부 헤이안 시대 문학의 미의식

제1장 헤이안 시대의 문학과 미의식
김종덕(1989. 5),『외국문학』제18호, 열음사

제2장 『겐지 이야기』에 나타난 노노미야라는 공간
김태영 : 초출

제3장 『겐지 이야기』가오루의 와카에 표현된 그리움
이부용(2014.5),「薫の実父柏木への思い―「このもと」の歌ことば を中心
に」『일본학보』제99집, 한국일본학회

제 III 부 고전시가와 근세괴담

제1장 와카에 나타난 '가을의 석양 무렵'
최충희(1990),『일본연구』제5호, 한국외국어대학교 일본연구소

제2장 잇사의 홋쿠에 나타난 소나기의 이미지
최충희(2013),『일본연구』제58호, 한국외국어대학교 일본연구소

제3장　『우게쓰 이야기』의 '불법승'

　　　　문명재(2001.12), 「『우게츠모노가타리』의 붓포소론」『외국문학
　　　　연구』제8호, 한국외국어대학교 외국문학연구소

제Ⅳ부　근대문학의 확립과 자연

제1장　일본근대문학의 자연·계절의 발견과 그 전개

　　　　최재철(2013.2), 『일어일문학연구』제84집, 한국일어일문학회

제2장　모리 오오가이의 역사소설

　　　　최재철(2001.8), 『일본연구』제16호, 한국외국어대학교 일본연구소

제3장　다카무라 고타로의 자연관

　　　　문헌정 : 초출

제4장　하기와라 사쿠타로의 근대성 연구

　　　　서재곤(2007.8)『일본어문학』제38집, 일본어문학회

제Ⅴ부　현대소설 속의 기억과 시

제1장　관동대지진 전후 요코미츠 리이치문학 속의 도시

　　　　강소영(2011.11), 「横光利一文学における都市―関東大震災を前後に
　　　　して―」『일어일문학연구』제79집, 한국일어일문학회

제2장　오오에 켄자부로 『타오르는 푸른 나무』의 기억과 기록

　　　　정상민(2012.12), 「오오에 켄자부로『타오르는 푸른 나무(燃えあが
　　　　る緑の木)』론-기록자로서의 '나', 행동자로서의 주인공」, 『일어일
　　　　문학연구』제83집, 한국일어일문학회

제3장　일본문학에 나타난 태평양전쟁

　　　　서재곤(2008.8), 『일본어문학』42집, 일본어문학회

제4장　일본 현대시의 흐름

　　　　서재곤(2006), 『미네르바』한국외국어대학교

일본문학의 기억과 표현

집필진

강소영	한국외국어대학교 일본언어문화학부 강사
김종덕	한국외국어대학교 대학원 일어일문학과 교수
김태영	한국외국어대학교 일본어통번역학과 강사
김후련	단국대학교 일본연구소 연구교수
문명재	한국외국어대학교 일본언어문화학부 교수
문헌정	한국외국어대학교 대학원 박사과정
서재곤	한국외국어대학교 대학원 일어일문학과 교수
이부용	한국외국어대학교 일본어통번역학과 강사
정상민	한국외국어대학교 일본언어문화학부 강사
최재철	한국외국어대학교 일본언어문화학부 교수
최충희	한국외국어대학교 일본언어문화학부 교수